铁翎

著

民国偶像·喋血青春
大型动作谍战电视剧
《灰雁》原创剧本

Grey geese

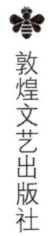

灰雁

上

敦煌文艺出版社

图书在版编目（CIP）数据

灰雁 / 铁翎著. -- 兰州：敦煌文艺出版社，2019.8（2021.8重印）
ISBN 978-7-5468-1769-9

Ⅰ. ①灰… Ⅱ. ①铁… Ⅲ. ①电视文学剧本－中国－当代 Ⅳ. ①I235.2

中国版本图书馆CIP数据核字（2019）第158134号

灰雁

铁 翎 著

责任编辑：侯君莉
装帧设计：李关栋 郝 旭

敦煌文艺出版社出版、发行
地址：（730030）兰州市城关区曹家巷1号新闻出版大厦
邮箱：dunhuangwenyi1958@163.com
0931-8152307（编辑部）
0931-8120135（发行部）

三河市嵩川印刷有限公司印刷
开本 710毫米×1000毫米 1/16 印张 41.25 插页 4 字数 765 千
2019 年 12 月第 1 版 2021 年 8 月第 2 次印刷
印数：1001~3000 册

ISBN 978-7-5468-1769-9
定价：126.00 元

如发现印装质量问题，影响阅读，请与出版社联系调换。
本书所有内容经作者同意授权，并许可使用。
未经同意，不得以任何形式复制。

主要人物

林秋雁	女，18–21岁，军统特工，林氏三姐妹老二
小丸子	女，19岁，街头混混，原名林秋芸，林氏三姐妹老三
林秋月	女，24岁，上海地下党组织的负责人之一，林氏三姐妹老大
周天昊	男，25岁，军统少校，军统南京站特训班教官，后加入共产党
唐二十三	男，23岁，造假高手，外号"娘娘腔"
龟田次郎	男，45岁，日本少将，以大和洋行总经理身份潜伏在上海的日本特务
马文涛	男，36岁，上海公共租界巡捕房副总探长
藤原纪子	女，23岁，日本特务，龟田次郎的得力助手
贞　子	女，22岁，日本特务，龟田次郎女儿、土肥原贤二的得意门生
鲍大牙	男，48岁，小丸子的师傅，上海滩黑龙帮老大，与日本人有勾结
林其轩	男，55岁，历史文物学家，林氏三姐妹的父亲
胖　子	男，19岁，小丸子的跟班
瘦　猴	男，19岁，小丸子的跟班

第一集

1-1. 街道　　夜　　外

△暴雨倾盆,一道明亮的闪电划过,照亮了倒伏在地的数十具黑衣人尸体。

△一阵沉闷有力的击打声传来,五六名黑衣人围攻着一名白衣女子——该名女子披散着头发,浑身血迹,一副筋疲力尽的样子,明显没有了还手能力。

△啪,一名黑衣人一记右勾拳,将白衣女子打翻在地;另一名黑衣人补踹了一脚,白衣女子被踹得在泥水中打了个滚。

△白衣女子双手撑地,挣扎着爬起来,又一名黑衣人飞起一脚,将白衣女子踢飞,撞在身后一辆汽车上,然后滚落下来,倒伏在地。

△数十只大脚踩向白衣女子的躯体,白衣女子蜷缩着身子,双臂护头,一点点蹭进了汽车底盘下边。

△两名黑衣人上前,各拽住白衣女子的一只脚,将她从汽车底盘下拖出来。被拖出来的白衣女子手里却举着一支长枪:"啾",一名黑衣人倒了下去;拉动枪栓,"啾",又一名黑衣人倒了下去……一枪一个,枪法精准。

△剩下最后一名黑衣人,他愣了愣神,忽然转身就跑。

△白衣女子喘着粗气,长枪拄地,强撑着站起来,靠在车身上。

△黑衣人渐跑渐远,白衣女子慢慢举起枪,瞄准,扣动扳机,枪声响处,黑衣人身形一顿,缓缓仆倒。

△又一道闪电划过,照亮了白衣女子混合着血迹和雨水的脸,她的眼神冷峻而凛冽——正是本剧女主人公林秋雁。

叠映字幕: 军统特工　林秋雁

　　　　黑屏

字　　幕: 三年前　　南京

·灰 雁·

1-2. 街道　　日　　外

　　　　△行人熙攘。年仅18岁的林秋雁优哉游哉地瞎逛，手里拿着个橡胶球，双手互换扔着玩。
　　　　△忽然，林秋雁无意中踩到一块西瓜皮，结结实实地摔了个狗啃屎，手中的橡胶球也脱手飞出，正砸在不远处一个大胖子的鼻梁上。
　　　　△大胖子带着手下的几名混混，一脸凶相地走过来，把流着鼻血的一张大胖脸凑近林秋雁。
　　　　△林秋雁看出对方不是善茬，故作无辜地嘿嘿傻笑，但眼珠子乱转。

混混甲：大哥，怎么办？
大胖子：（恼火）怎么办……还能怎么办？给我打，狠狠地打。
混混甲：上。
　　　　△混混甲等人逼近林秋雁。
林秋雁：喂喂喂，等等，等等……哎，我说，你们一堆大男人，欺负我一个女孩子，也不嫌臊得慌……（一指对方身后）喂，那谁，警察……警察来啦……
　　　　△大胖子等人遽然回头，却哪儿有警察的踪影。待他们反应过来，林秋雁已经撒丫子跑了。
大胖子：（拖长声调，大吼）给我追——

1-3. 另一街道　　日　　外

　　　　△林秋雁在前飞奔，边跑边划拉街边摊上的货物阻挡。
　　　　△林秋雁贴身的狼牙项链无意中掉落，她跑出几步，又折返回来，捡起项链继续跑。
　　　　△稍后处，大胖子流血的一侧鼻孔里塞着纸卷，气喘吁吁地带着手下在后边追。
大胖子：臭丫头，给我站住……（冲手下）快，抓住她。
　　　　△混混甲等人迅速追出，嘴里"站住、站住"地乱喊着。
　　　　△实在跑不动的大胖子停下来，弯下腰，喘着粗气。

1-4. 街角·隐蔽处　　日　　外

　　　　△林秋雁探出头，悄悄窥视街道两边。
　　　　△对切：混混甲等人分两拨跑过来，相互比画一番，朝另一个方向追去。
　　　　△林秋雁松了一口气，一转身，大胖子却正站在她身后。

2

大胖子：（龇牙）嘿嘿。

林秋雁：啊?!

　　△林秋雁欲跑，被大胖子从脖领子上一把抓住，然后举至头顶，旋转几圈，扔出。

　　△临落地时，林秋雁一个鲤鱼打挺，强撑着没有摔倒。

　　△混混甲等人折了回来，将林秋雁团团围住。

大胖子：臭丫头……给我狠狠地打！

林秋雁：哎，哎，别介呀，咱有话好好说，好好说……

　　△林秋雁冷不防扬起一把沙尘，然后与混混甲等人斗作一处，一边打一边逃窜。

1-5. 某池塘桥头　　日　　外

　　△林秋雁蹿上跃下，将混混甲等人陆续从桥上打落水中。

　　△只剩下大胖子一人，林秋雁对着大胖子的肚腹一通拳击，对方却浑然无事。

　　△力大无穷的大胖子抓住林秋雁，抡了一个圈，将她摔在地上。

大胖子：臭丫头，跑呀……你不是挺能耐吗？怎么不跑了呀？

林秋雁：嘿嘿嘿，大哥，咱好商量，好商量，那个啥，是个误会……误会……

大胖子：……误会？看见我鼻子成啥样了吗？

林秋雁：看、看见了。那、那个啥……

大胖子：知道我流了多少血吗？

林秋雁：不、不知道。

大胖子：知道我的血有多金贵吗？

　　△林秋雁心虚地摇摇头。

　　△林秋雁一眼瞥见大胖子正踩在一截烂草绳上，悄悄抓住绳头，猛一拽。

　　△大胖子摇来晃去、将坠未坠，林秋雁站起来，补推了他一把。

林秋雁：下去吧你。

　　△大胖子嗷嗷叫着，也从桥上跌落水中。

　　△林秋雁得意扬扬地拍拍身上的尘土，蹦蹦跳跳地离去。

1-6. 林宅　　日　　内

　　△林母拿着鸡毛掸子打扫卫生，忽然看到全家福照片，怔住。

　　△照片特写：林其轩夫妇和三个小女孩合影；相框陈旧，照片纸张发黄，

·灰 雁·

明显是很多年以前的。
　　△林母拿着照片，怔怔地盯着最小的那个女孩。

1-7. （闪回）上海·闸北火车站　　日　　内
　　△火车即将开动，熙熙攘攘的逃难人群争抢着上火车。
　　△林其轩牵着十一岁的林秋月和八岁的林秋雁，林母牵着六岁的小女儿林秋芸，一家人吃力地往火车上挤。
　　△林其轩和林秋月、林秋雁率先登上火车；林母刚登上车门，汽笛响了，人群一阵骚动，牵着的林秋芸瞬间被冲散。

林　母：（嘶喊）芸儿，芸儿，我的孩子！
林秋芸：娘，娘……
　　△火车开动，林母欲往下冲，却被人群裹挟进了车厢。
林　母：（哭喊）芸儿……芸儿……
林秋芸：娘……
　　△林母视角：林秋芸幼小的身影瞬间被汹涌的人流淹没。

1-8. 林宅　　日　　内
　　△林母轻轻地擦拭照片，抚摸着照片上小女儿的脸庞。
　　△林秋雁风风火火地闯进来。
林秋雁：我回来啦。
　　△林秋雁看母亲拿着照片发愣，轻轻依偎过去。
林秋雁：娘，你又想小妹了？
林　母：唉，如果还活在人世的话，你妹妹她……应该也是跟你一般高的大姑娘了。可这年头，兵荒马乱的……（忍不住哽咽）但愿她能碰到个好人家！
林秋雁：娘！
　　△林母擦擦湿润的眼角。
林　母：……一个女孩子家，别整天四处瞎跑。也不说学学你大姐，看秋月多持重，学业上又肯用功，就你跳上跳下，一天到晚疯疯癫癫的。
林秋雁：娘，你别哪壶不开提哪壶。大姐天生就是搞学业的料儿，不然，能一路读书读到法国去？
林　母：（戳戳女儿额头）你呀，就会耍贫嘴。再没个正形儿，小心将来嫁不出去。
林秋雁：谁说我要嫁人啦？（一噘嘴）我才不嫁人呢。我就守着爹和娘，一辈子。

4

林　　母：傻孩子，净说瞎话。女孩子家，哪有不嫁人的？
林秋雁：我呀，就不嫁……爹呢？
林　　母：在书房……他有客人，你别去打扰他。
林秋雁：知道啦，娘。
　　　　△林秋雁做了个鬼脸，跑出。

1-9. 林宅·书房　　日　　内
　　　　△一位外形儒雅的中年男人，小心翼翼地摊开一幅古籍书法长卷。
叠映字幕：历史文物学家　林其轩
　　　　△一名学者打扮的日本人弯着腰，用放大镜细心地察看长卷。
　　　　△长卷特写：冯承素版《神州策序》摹本，盖满大大小小各种收藏印章。
龟田次郎：好东西，好东西……笔锋骨秀、气韵绵长，哟西！哟西！
林其轩：（声音硬朗）那不过是唐代书法家冯承素的摹本。如果见到王羲之的真迹，你会更惊讶，那才是真正的旷世之作，书法中的瑰宝呀——世人只知《兰亭集序》是中国书法界的瑰宝，却很少有人知道，《神州策序》的艺术价值，丝毫不亚于《兰亭集序》！
龟田次郎：是呀，这《神州策序》跟《兰亭集序》一样，都是书圣王羲之的巅峰之作，真正的好东西呀，好东西……其轩君，根据贵国史书记载，《神州策序》的真迹被你们古代的一位皇帝带进了坟墓里边……对这一说法，不知其轩君有没有详细研究，是否确证有其事？
林其轩：是唐太宗李世民。史书上是这么记载的，但未必就是真实情况。龟田先生，不瞒您说，我林其轩穷尽半生，翻烂了无数正史野史资料，也走访了很多地方，就是在寻找这《神州策序》真迹的下落。
龟田次郎：（眼睛一亮）哦？难道说，其轩君已经找到真本的下落啦？
林其轩：（连忙摆手）没有没有，一点儿眉目都没有……你想啊，这古人的东西，上千年过去了，哪那么容易找到？我不过是闲得无聊，偶尔收集这方面的资料，仅此而已。
　　　　△龟田次郎盯着林其轩，似信非信地哦了一声。
龟田次郎：（试探地）……那么，其轩君是否找到了相关的线索？
林其轩：龟田先生，你想听真话还是假话？
龟田次郎：其轩君真会开玩笑，当然是想听真话啦。
林其轩：真话就是——没有线索！
龟田次郎：哦……（斟酌地）我怎么听说，其轩君手里有一张密图，与《神州策序》真本的下落有关？
　　△林其轩微微一愣，但随即掩饰过去。
林其轩：密图？没有没有，哪里来的密图啊？龟田先生肯定听岔了，这年头，道听途说、以讹传讹的事情多了去啦……依老夫看，书圣王羲之的这件传世之作，十有八九已经不在人世了，或许，早伴随着某个君王的尸身，化成了一撮粉尘，哈哈哈。
　　△龟田次郎也跟着干笑了两声，有点皮笑肉不笑。
林其轩：咱们不谈这个啦。来来来，龟田先生，看看老夫的藏书。

1-10. 林宅·书房　　日　外
　　△走廊上，林秋雁路过父亲的书房。
　　△林其轩和龟田次郎的对话依次飘出来。
龟田次郎：（画外音）其轩君，你这些藏书，我可以花很高的价钱买下来。请其轩君随便开价，价钱好说，保证让其轩君满意。
林其轩：（画外音）对不起，龟田先生，老夫这些藏书是不卖的。这些珍本书籍，都是老祖宗留下来的宝贝，我没有权力出售它们。
龟田次郎：（画外音）其轩君，我可以出很高的价钱，高到你无法想象！
　　△林秋雁好奇地停住脚步。

1-11. 林宅·书房　　日　内
林其轩：对不起，龟田先生，老夫已经说过了，这些书是不卖的，我要捐给国家图书馆。
龟田次郎：其轩君，说句不中听的话，你认为，一个连自己的国土和百姓都保护不了的国家，能妥善地保存你这些书籍吗？
林其轩：能不能妥善保存，是我们中国人自己的事儿，与龟田先生无关……请用茶。

1-12. 林宅·书房　　日　内／外
　　△书房外。林秋雁透过门缝看进去——
　　△书房内。林秋雁的视角：林其轩的正面和龟田次郎的背影。
龟田次郎：其轩君，你会后悔做出这样的决定的——到了那个时候，这天底下可没有什么后悔药买。
林其轩：（爽朗一笑）龟田先生，你这话说错了。我林其轩，虽然不过是一介书生，但平生从不做后悔的事情。

龟田次郎：（目光闪烁不定）是吗？……既然话不投机，那么在下就先告辞了。

林其轩：（冷冷地）龟田先生走好，不送。

1-13. 林宅·院子　　日　外

　　△龟田次郎嘿嘿冷笑着离去，两名黑衣打手紧随在他的身后。
　　△稍远处的走廊上，林秋雁有些疑惑地看着龟田次郎等三人离去的背影。
　　△林秋雁转身，进了父亲的书房。

1-14. 林宅·书房　　日　内

　　△林其轩怔怔地看着书架上的各种珍本书籍。

林秋雁：爹。

林其轩：哦，是秋雁啊。来来来，过来……（指着书架上的一些书）看见了吗？这些珍本书籍，是你曾祖父的祖父留下来的，他是前清的状元；（又指着另一些书）还有这些，是你太祖爷爷留下来的……（顿了顿）从你曾祖父的祖父开始，我们林氏一门，一代代搜集、整理、传承，满打满算下来，整整七代人的心血啊。

林秋雁：（似懂非懂地点头）唔。

　　△林其轩摸摸女儿的头，有些落寞地长叹一声。

林其轩：……战乱之年，就连这些书籍，都成了虎狼之邦的觊觎之物。秋雁啊，你爹我大半辈子的努力，还有老祖宗留下的这份家业，恐怕要毁于一旦了。

林秋雁：？

林其轩：倾巢之下，岂有完卵？……告诉你娘，抽空收拾一下东西，咱们还是离开南京吧。

林秋雁：啊，离开？！

1-15. 林宅·餐厅　　傍晚　内

　　△林其轩、林母、林秋雁一家三口在吃晚饭。

林　母：国家太弱，个人太强，终归是要吃亏的。依我说，这些书籍，谁爱要谁要，只要咱们一家人平平安安，就行了。

林其轩：（一拍筷子、发火）瞎说！你一个妇道人家，懂得什么？……国之重宝，岂能随随便便交予侵略强人之手？

·灰 雁·

△林秋雁偷看一眼父亲的脸色,吐吐舌头。

1-16. 龟田次郎寓所　　傍晚　　内/外
　　△室内的灯光下,龟田次郎背对院子席地而坐,正在一丝不苟地擦拭着一把锃亮的武士刀。
　　△室外的院子里,并排肃立着数十名黑衣打手,一律黑巾蒙面。
　　△一名小头目样的黑衣打手走到龟田次郎身后。
龟田次郎:(背对手下)都准备好了?
小头目:是,将军,准备好了。
龟田次郎:(头也不回,依然不紧不慢地擦拭着刀刃)好,很好……现在是戌时,子时行动。告诉他们,届时不管老幼,一律格杀勿论,不留一个活口。
小头目:嗨,属下明白。
　　△龟田次郎摆摆手,小头目躬身退出。
　　△龟田次郎猛地挥刀,只见白光一闪,一个木制笔筒生生被劈成了两半。

1-17. 军统南京站·站长办公室　　夜　　内
　　△一位高大英俊的青年笔挺地站立在屋子中央,面容沉着而坚毅——他叫周天昊,正是本剧男主人公。
叠映字幕:军统南京站特训教官兼行动队队长　周天昊
站　长:根据我们截获的情报,日本人可能要对林其轩先生不利——林先生是历史文物学界的泰斗,家中藏有很多秘本书籍,我们必须保证他的人身安全。你连夜带几个人过去,务必赶在日本人动手之前,将林先生一家包括他家中的藏书安全转移,不能出任何纰漏……记住了吗?
周天昊:记住了。请站长放心,我保证完成任务。
站　长:(点点头)嗯,好。去吧。
周天昊:是,站长。
　　△周天昊行了个军礼,转身大踏步走出。

1-18. 甬道　夜　外
　　△数十名黑衣蒙面打手,步履急促地向前潜行。

1-19. 林宅·院墙　　夜　　外

　　△一众蒙面打手迅速潜行而至，分两排肃立。

　　△最后现身的是龟田次郎，一众黑衣打手向他低头行礼。

龟田次郎：记住，一定要找到密图和《神州策序》的摹本。

众打手：（压低声音）嗨。

　　△龟田次郎将黑巾拉上来蒙住面孔，然后一挥手。

龟田次郎：行动。

　　△一众黑衣打手先后跃上墙头，跳入院内。

1-20. 林宅·院子　　夜　　外

　　△小头目一挥手，数名黑衣人各自冲向就近的房间。

1-21. 林秋雁卧室　　夜　　内

　　△正在睡觉的林秋雁，忽然猛地睁开眼睛，侧耳倾听。

　　△窗外，传来细碎的脚步声。

　　△林秋雁一跃下床，奔向房门。

　　△林秋雁刚刚跑出房门，却又一步步退了回来——一把锃亮的武士刀，架在她的脖子上。

1-22. 林宅·书房　　夜　　内

　　△书房内一片狼藉，小头目等数名黑衣人正在胡乱翻找，凡是比较珍贵的秘本书籍，都被一一挑了出来，其他的则乱扔一地。

　　△小头目细心地查找，挨个敲书柜的板壁。

　　△敲到一处地方，小头目手势忽然一顿，停住……

1-23. 林秋雁卧室　　夜　　内

林秋雁：你们是什么人？干吗闯到我家里来？

　　△不待对方回答，林秋雁忽然身子后仰，一招铁板桥，顺势躲过黑衣蒙面人的刀锋。

　　△林秋雁与黑衣人打作一处，由室内打到室外。

1-24. 林其轩卧室　　夜　　内

　　△林其轩夫妇正在熟睡，外面的打斗声隐隐约约传来。

·灰 雁·

　　△林其轩夫妇被惊醒，倏地坐立起来。
　　△林其轩一步跨到窗户旁，掀起一角窗帘朝外边望去。
　　△林其轩的视角：窗外的走廊上，雪白的刀刃在夜色中翻飞，身穿白色睡衣的林秋雁与数名黑衣人斗作一处。

1-25. 林宅·走廊　　夜　外
　　△林秋雁与两三名黑衣人缠斗，虽渐处下风，但凭借着地形熟悉和身形的灵巧，勉强还能支撑。

1-26. 林其轩卧室　　夜　内
林　母：（惊恐地）啊，其轩，咋回事儿？
林其轩：（惊而不乱）有人闯家里来了……快起来，躲柜子里去。
林　母：啊？！
　　△林其轩搀扶起惊慌失措的妻子，让她往衣柜里躲。
　　△忽然，咣的一声，卧室门被一脚踹开。
　　△一名手握武士刀的黑衣蒙面人站在门口——依稀可看出是龟田次郎。
　　△林母再次惊呼一声。
林　母：啊……其轩！

1-27. 林宅·走廊　　夜　外
　　△林母的惊呼声遥遥传来，林秋雁心里一惊，与对方打斗的动作随即一滞。
林秋雁：……爹、娘！
　　△林秋雁抽冷子踹翻一名黑衣人，跑向父母亲的卧室。

1-28. 林其轩卧室　　夜　内
　　△林母瘫倒在地上，吓得瑟瑟发抖。
　　△林其轩则毫不犹豫地一步跨向床头，迅速打开暗格，取出一张密图纸，伸向烛火。
　　△密图燃烧了一个角儿，黑衣人射出一枚飞镖，将烛火击灭。
　　△黑衣人冲向林其轩，同时挥刀劈向一旁的林母。

1-29. 林其轩卧室　　夜　　外
　　　△飞跑向父母卧室的林秋雁，后背中了一刀，倒地前踹翻了砍她的黑衣人。
　　　△两名黑衣人冲上前，反扭住林秋雁的两只胳膊，将她架起来，两把刀交叉搁在她的脖颈上。
　　　△林秋雁的视角：
　　　——黑衣蒙面人（龟田次郎）的刀劈翻林母，林母惨叫一声；
　　　——黑衣蒙面人（龟田次郎）再挥刀，劈中了林其轩。
林秋雁：（目眦尽裂）爹——娘——

1-30. 林其轩卧室　　夜　　内
　　　△黑衣蒙面人（龟田次郎）狞笑着，再次举起刀来。
　　　△林其轩踉跄着向后退了两步，一只手捂着伤口，一只手指着黑衣蒙面人（龟田次郎）——他貌似认出了对方是谁。
林其轩：你……你……
龟田次郎：（狞笑）其轩君，我警告过你，你会后悔自己做出的决定的。
林其轩：你？
　　　△龟田次郎弯腰，捡起烧残了一角的密图。
龟田次郎：其轩君，你不是说，没有什么密图吗？那这是什么？……哈哈哈！
　　　△龟田次郎毫不犹豫地再次挥刀，林其轩连中数刀。
林其轩：（口中吐血，挣扎着）你……你这个……强、强盗！
　　　△林其轩不甘地倒下，头一歪，死去。

1-31. 林其轩卧室　　夜　　外
林秋雁：（嘶喊）爹——娘——
　　　△林秋雁目眦尽裂，耳中回响着黑衣蒙面人（龟田次郎）的狂笑，眼前闪现着对方一再挥刀砍下去的情景。
　　　△忽然，林秋雁猛地挣脱束缚，打翻扭住她的两名黑衣人，夺过一把刀，冲向父母卧室。

1-32. 林其轩卧室　　夜　　内
　　　△林秋雁举着刀，近乎癫狂地冲向黑衣蒙面人（龟田次郎）。
　　　△背对着林秋雁的黑衣蒙面人（龟田次郎）先是静立不动，待对方的刀

·灰　雁·

快砍到后脑勺的时候，才身形一错，猛地回转身，同时挥刀。
△黑衣蒙面人（龟田次郎）先是劈断了林秋雁手中的刀，然后又一刀划过对方的肚腹。
△林秋雁手中的半截刀跌落，然后缓缓仆倒在地上。
△在林秋雁血污模糊的视线中，黑衣蒙面人狞笑着转身离去。

1-33. 林宅·书房　　夜　　内

△小头目小心卸下书柜内壁的一块木板，露出一个暗格。
△小头目从暗格中小心地掏出一个书卷，展开一角匆匆扫了一眼，又合上。

小头目：（低声招呼同伴）撤。
△其他黑衣蒙面人将挑选出来的秘本书籍裹成包袱，负在背上，跟在小头目身后，闪身而出。

1-34. 林宅·院子　　夜　　外

△龟田次郎与一众手下汇聚一处。
△小头目呈上书卷。
△龟田次郎展开一角，露出个别字迹和藏书印——正是《神州策序》的冯承素版摹本。

龟田次郎：都检查过了？
小头目：检查过了，林家上下，无一活口。
龟田次郎：好。放一把火，把这儿烧掉。
小头目：嗨。

1-35. 林宅　　夜　　外

△林宅被熊熊大火包围。

1-36. 车道　　夜　　外

△一辆黑色轿车颠颠簸簸地向前行驶。
△车内。队员甲开车，周天昊坐在副驾位置上，另有两三名队员坐在后边。

队员甲：（一指前方）队长，你看。
△车内。周天昊的视角：林宅方向燃烧着熊熊大火。

周天昊：（心里一沉）好像是林先生家……快，开快点儿。
　　　　△车内。队员甲猛地一踩油门，汽车吼叫着蹿出。

1-37．林其轩卧室　　夜　内
　　　　△浑身血污的林秋雁，一点点向林其轩夫妇的尸体爬过去。
林秋雁：（虚弱地）爹——娘——

1-38．林宅　　夜　外
　　　　△大火熊熊燃烧，风助火势，越烧越旺。
　　　　△汽车急速驶来，咔地猛停住。
　　　　△周天昊和几名队员跳下车。
　　　　△看到火势如此之大，大家伙儿一时有些发懵。
队员甲：队长，怎么办？
周天昊：（沉着地）拿水来。
　　　　△稍倾，一名队员拎着一桶水跑过来。
　　　　△周天昊举起水桶，将水兜头浇下，淋湿自己的全身。
　　　　△周天昊就要往大火中冲，队员甲急忙拦住他。
队员甲：队长，你不能去，这太危险了。
队员乙：是啊，队长，火势太大，万一有个好歹……
周天昊：（厉声）闪开！
众队员：（异口同声）队长……
周天昊：少他妈废话……四处搜一下，注意警戒。
队员甲：队长……
周天昊：执行命令！
队员甲：（双脚一并）是。
　　　　△队员甲极不情愿地闪开一旁。
　　　　△周天昊头顶一件被水浸湿的衣服，毫不犹豫地冲进大火中。

1-39．林宅　　夜　内
　　　　△周天昊在燃烧的火焰中穿行，不时有烧断的横梁砸下来。
　　　　△周天昊一脚踹开书房的门。
　　　　△周天昊的视角：书房内狼藉一片，书架上空空如也。
　　　　△周天昊又蹿进另一间房（林秋雁卧室），没人。

·灰　雁·

　　　　△周天昊出来，猛一回头，看到不远处的门口，一具躯体头朝里倒伏在地。

1-41. 林其轩卧室　　夜　　内/外
　　　　△周天昊冲过去，看到浑身血污的林秋雁倒在地板上。
　　　　△周天昊伸手探试，林秋雁还有着微弱的气息。
周天昊：（摇晃）喂，醒醒，醒醒。
　　　　△周天昊又跃过去，分别摇晃林其轩夫妇。
周天昊：林先生，林先生……林夫人，林夫人……
　　　　△周天昊伸手探试，林其轩夫妇已然没有了任何生命的迹象。
　　　　△周天昊转身抱起奄奄一息的林秋雁。
　　　　△临往外走时，周天昊无意中回头，看到林其轩的睡衣兜里露出一只怀表。

1-41. 林宅　　夜　　外
　　　　△队员甲等人焦灼地等待着，眼巴巴地看着大火中央。
　　　　△忽然，火光中闪出一团黑影——是周天昊背着林秋雁奔了出来。
　　　　△队员甲等人迅速围上去，七嘴八舌地喊着队长。
周天昊：快，扶她到车上去。
队员甲：快，快。
　　　　△队员甲和队员乙将林秋雁扶上汽车。
　　　　△周天昊跑向驾驶员车门。
　　　　△车内。周天昊发动车，用力一踩油门，汽车颠簸着驶出。

　　　　黑屏
字　　幕：三天后

1-42. 病房　　日　　内
　　　　△林秋雁静静地躺在病床上，脸上缠满白色的绷带，只露出一双眼睛。
梦境：
　　　　△林秋雁朦朦胧胧睁开眼睛，看见床前站着两个白色的人影。
　　　　△白色人影渐渐清晰起来，是林其轩夫妇，他们慈祥地看着自己的女儿，微笑着。

林秋雁：（OS，惊喜）爹、娘！
　　　　△林秋雁猛地坐起来，张开双臂，作势要扑过去。
　　　　△林其轩夫妇却忽然向后飘去，面目渐渐模糊，最后化成了一缕青烟。
林秋雁：（OS，焦急）爹——娘——
　　　　现实：
　　　　△林秋雁依然躺在病床上，嘴巴一张一翕，依稀是喊"爹、娘"的口型，发出的声音细弱如蚊蚋。
队员甲：（画外音）队长，她醒啦。
　　　　△林秋雁慢慢睁开眼睛，看见一个男人（队员甲）站在她的病床边。
　　　　△林秋雁转了转眼珠：看见一位高大英俊的青年（周天昊）斜靠在窗户边，这时朝她走过来。
　　　　△周天昊走到病床边，俯下身，凝视着林秋雁的眼睛。
　　　　△林秋雁的眼睛特写：眼神痴呆、茫然、无助，死气沉沉。
　　　　△周天昊帮林秋雁掖掖被角，朝队员甲摆摆手，两人退出病房。
　　　　△林秋雁闭上眼睛，大颗大颗的泪滴，顺着她的脸颊滚落下来。

1-43. 军统秘密特训基地·野外　　日　　外
　　　　△林秋雁正在进行长跑训练。
　　　　△伴随着她有韵律的跑动，脑中闪现——
　　　　闪回：
　　　　△林秋雁卧室。黑衣蒙面人挥刀劈向林秋雁，林秋雁身体后仰，一招铁板桥，堪堪躲过刀锋。
　　　　现实：
　　　　△林秋雁顺着道路拐弯，继续向前跑着。

1-44. 军统秘密特训基地·场地　　日　　外
　　　　△林秋雁伏身在铁丝网下，艰难地匍匐前行。
　　　　闪回：
　　　　△林宅。林秋雁被两名黑衣蒙面人反扭住胳膊，两把刀架在她的脖颈上，眼睁睁看着一名黑衣人（龟田次郎）的刀劈中了自己的母亲。
　　　　现实：
　　　　△林秋雁咬咬牙，继续向前爬。

·灰　雁·

1-45. 军统秘密特训基地·另一场地　　日　　外

△林秋雁在训练奔跑跨越障碍物。

闪回：

△林宅。黑衣蒙面人（龟田次郎）的刀劈中林其轩，林其轩捂住胸口，跟跄着向后退了几步。

现实：

△林秋雁继续在练习奔跑跨越障碍物。

△伴随着奔跑跨越的身形，林秋雁的面容由18岁幻化成21岁的模样，眼神也变得犀利、冷峻起来。

1-46. 军统秘密特训基地·空地　　日　　外

△泥泞中，林秋雁和周天昊在呼喝着对打。

△林秋雁明显不是周天昊的对手，虽然使尽了全力，但仍然一次又一次被打翻在地。

△林秋雁四仰八叉地瘫倒在泥淖中，不住地喘着粗气。

周天昊：记住，敌人不可能给你重新来过的机会，所以每次出手，都必须精、准、狠，力求一举重创对方……（厉声）起来！

△林秋雁仍旧喘着粗气，躺在地上一动不动。

周天昊：（加大声音）……起来！

△林秋雁依旧不动。

周天昊：（厉声）林秋雁，我以教官的身份命令你，马上爬起来！……爬起来！

△林秋雁挣扎着往起爬。

△林秋雁摇摇晃晃地站起来，尚未来得及出手，就又被周天昊打倒在地。

△林秋雁半卧在泥淖中，由于脱力而眼神稍显凌乱。

周天昊：……再来。

闪回：

△林宅，内。林秋雁的视角：黑衣蒙面人（龟田次郎）一次次挥刀，林其轩连中数刀，口中喷出鲜血。

△林宅，外。处于半昏迷状态的林秋雁被周天昊背出大火，混沌中的林秋雁下意识地回过头去，看到偌大林宅葬身在一片火海中。

现实：

△林秋雁一咬牙，爬起来，没打两下，又被周天昊打倒。

周天昊：……再来。

△林秋雁爬起来，对打，又一次被打倒……

周天昊：再来……

1-47. 军统秘密特训基地·山崖　　　日　　外

　　△耸立的陡峭山崖，林秋雁费力地徒手向崖顶攀登。

　　△林秋雁抓住的一块岩石忽然松动，整个人掉了下去。

　　△林秋雁掉到半山腰，晃晃荡荡地悬在半空中——原来她的腰上系有保险绳。

　　△林秋雁长吸一口气，再次向上攀去。

1-48. 军统秘密特训基地·打靶室　　　日　　内

　　△林秋雁面前摆着数十把飞刀。

　　△林秋雁射出一把，飞刀稳稳地扎在远处的靶心上。

　　△林秋雁又射出一把，继续扎在靶心上。

　　△靶心上已经扎了一圈飞刀，形成了一个小小的圆，林秋雁举起最后一把飞刀，射出，直接扎在圆圈中央。

1-49. 军统秘密特训基地·某高台　　　日　　外

　　△十来个酒瓶，七上八下地从高空中落下。

　　△林秋雁从高处凌空侧斜着身子飞纵，手中的两支手枪接连射击。

　　△伴随着枪声，酒瓶陆陆续续被子弹射中、击碎。

　　△酒瓶射完了，林秋雁也一个漂亮的飞旋，堪堪落地，半蹲在地上。

　　△又有一只酒瓶从高空落下，带着细微的啸声。

　　△林秋雁直起身，双腿叉开，站稳，举起双枪。

　　△"叭，叭叭……"一连串射击，只见该只酒瓶在下落过程中，从瓶嘴处开始碎裂，一直碎到瓶底位置。

1-50. 军统秘密特训基地·空地　　　日　　外

　　△林秋雁和周天昊在激烈对打，可以明显看出，林秋雁虽然仍旧处在下风，但与周天昊的实力已经相差无几。

　　△林秋雁几次险被打倒，都被她灵巧地化解过去。

　　△近身搏斗中，周天昊的一双手无意中捉住了林秋雁的一对乳房，明显一愣。

·灰　雁·

　　△就在周天昊一愣神的工夫，林秋雁手腕一翻，抓住周天昊的手腕，来了一个大背摔，狠狠地将对方摔倒在地上。
　　△林秋雁刚刚直起腰，倒在地上的周天昊忽然一个扫堂腿。
　　△林秋雁"哎哟"一声，跌趴在周天昊身上，两人四目相对。
　　△稍倾，反应过来的周天昊和林秋雁，旋即相互推开对方，神色略显尴尬。

1-51. 周天昊办公室　　日　　内
　　△照片特写：一位脸上长满横肉的、四五十岁的中年男人。
　　△一身戎装的林秋雁站在屋子中央，仔细端详着照片上的中年男人——此时的林秋雁，已经褪去了三年前的那种调皮和稚气，言行举止上，处处透着干练、沉着、冷静和机智。
周天昊：他叫王占魁，四十八岁，毕业于保定军官学校，曾经去日本留过学，是军统天津站的机要室主任……一周前，王占魁叛离党国，潜逃来南京，目前被秘密关押在小日本的宪兵司令部大牢里。
林秋雁：（不解）秘密关押？
周天昊：名义上是关押，实际上是被日本人保护了起来。他投靠了日本人，但又并不完全相信日本人……王占魁跟宪兵司令部的队长中村佐介有同窗之谊，他投降日本人的条件之一，就是要跟中村佐介亲自对话。
林秋雁：……哦？
周天昊：中村去前线慰问部队，正在往回赶。王占魁是老军统了，掌握着我们军统内部的许多机密情报，他一旦跟中村接上茬，天津、北平、上海，包括南京站在内，我们的组织将遭受到毁灭性的打击。
林秋雁：我的任务是什么？
周天昊：在中村佐介赶回来之前，除掉王占魁。
林秋雁：……
周天昊：你只有不到二十个小时来采取行动——这是你第一次执行任务，只许成功，不许失败。

1-52. 南京日本宪兵司令部·大牢　　傍晚　　内
　　△一间单独的铁栅栏囚室，编号是十八号。一名日本看守将盛有饭菜的盘子递进去——菜肴比较丰盛，可见里边关押的犯人待遇不同于一般囚犯。

十八号囚室内：
△一名中年男人背对外面，面朝墙壁侧睡着，对递进来的饭菜没有任何反应。
△过了一会儿，中年男人猛地翻身坐起来——他的衣衫干净整洁，跟其他囚室中又脏又黑的犯人有明显区别。
△中年男人面部特写：满脸横肉，跟照片上一模一样——是王占魁。
△王占魁忽然端过盘子，狼吞虎咽起来。

1-53. 南京日本宪兵司令部·大门口　傍晚　外
△两名日本士兵在大门口站岗。
△一辆轿车忽然歪歪扭扭地开过来，径直撞在一辆日本军车上，两车均有不同程度的损坏。
△轿车的车门滑开，首先掉出来一只酒瓶，摔碎在地上，接着是一只漂亮的女人腿斜搭在车门处。
△从大门里边冲出数名日本士兵，领头的是一名日本中佐，他们将轿车团团包围起来，然后是哗啦、哗啦拉动枪栓的声音。
△轿车内散发着浓烈的酒气，一位身着艳丽旗袍的女郎伏在方向盘上，明显是喝醉酒后，开车失控造成的事故。
日本中佐：把她拉下来。
△两名日本士兵走上前，将醉酒女郎拉下车。
△醉酒女郎摇摇晃晃地站着，看见周围荷枪实弹的日本士兵，感到莫名其妙。
醉酒女郎：（打嗝）你、你们……是什、什么人？
△醉酒女郎忽然看见相撞在一起的两辆车。
醉酒女郎：（打嗝）咦，撞、撞车了……嘻嘻……幸、幸亏……不是……我、我的车，（晃到日本中佐近前，拍着他的胸口）不是……我、我的车，不是……这辆车……是、是……偷来的，嘻嘻……是偷来的……
△醉酒女郎忽然弯下腰，吐出一堆秽物。
△个别日本士兵掩住自己的鼻子。
日本中佐：把她关到牢里去，等中村队长回来再发落。
士兵甲、士兵乙：嗨。
△士兵甲、士兵乙上前拖起醉酒女郎，朝大门内走去。
醉酒女郎：（兀自嘟囔着）嘻嘻……不是……我的车，不是……

1-54. 南京日本宪兵司令部·走廊　傍晚　外
　　△士兵甲、士兵乙半拖半拽着醉酒女郎，朝大牢方向走去。
　　△醉酒女郎嘴里兀自嘟囔着，脚上的高跟鞋先后掉落在地。
　　△日本中佐随后走过来，看见地上的红高跟鞋，狐疑地捡起来，凑到鼻子边嗅了嗅。
　　△日本中佐随手将高跟鞋摆在一旁的护栏上。

1-55. 南京日本宪兵司令部·大牢通道　傍晚　内
　　△士兵甲和士兵乙拖拽着醉酒女郎朝前方走，依次经过大囚室、单间囚室，囚室门框上方均标着数字编号。
　　△各个囚室内，形形色色的犯人们，隔着铁栅栏好奇地看着醉酒女郎的窘态。
　　△士兵甲腰间挂着一串钥匙，随着他走动的步伐晃来晃去。
　　△醉酒女郎的目光，忽然落在士兵甲腰间的钥匙上。

1-56. 南京日本宪兵司令部·大牢　傍晚　内
　　△另一通道上，士兵甲和士兵乙拖拽着醉酒女郎，经过十八号囚室。
　　△囚室内。原本背对坐着的王占魁，不经意地回头看了一眼，但只看到拖曳而过的一双美腿。
　　△走到三十七号囚室门口，士兵甲和士兵乙打开门，将醉酒女郎扔进去，然后上了锁。
　　△囚室内。醉酒女郎迷迷糊糊地倒卧在地板上。
　　△囚室外。士兵甲和士兵乙转身离去。

1-57. 南京日本宪兵司令部·大牢　夜　内
　　△子夜时分，大牢内一片安静。
　　三十七号囚室内：
　　△正打着轻微呼噜的醉酒女郎忽然睁开眼睛，迅速站了起来，原本萎靡不振的醉态一扫而光。。
　　△醉酒女郎背对镜头，取下头上的褐色假发，露出一头乌黑的头发。
　　△醉酒女郎脱去旗袍，露出里边卷缠在腰部和大腿处的黑色紧身衣。
　　△醉酒女郎将上半身的紧身衣推上去，套进胳膊，直至脖颈；又将下半

身的紧身衣推下去，一直推到脚腕处——就这样，原本身着艳丽旗袍的醉酒女郎，眨眼之间就变成一位穿着紧身衣的黑衣人。

△这时，醉酒女郎转过身来，她真实的面容在微弱的光线下变得清晰了些——赫然是军统特工林秋雁。

△林秋雁走到囚室门边，手腕一翻，亮出一串钥匙——正是挂在士兵甲腰间的那串。

△林秋雁试了几下，用其中的一把钥匙打开门锁，走出三十七号囚室。

1-58. 南京日本宪兵司令部·大牢通道　夜　内

△林秋雁赤着脚，悄无声息地潜行。

△拐角处，林秋雁探头一看，数名巡逻的日本看守正走过来，她急忙缩回头，隐身暗处。

△待巡逻的日本看守走过去，林秋雁闪身而出，继续向前潜行。

△另一拐角处，又一队巡逻的日本看守背对着林秋雁朝前走。

△林秋雁紧随在巡逻的日本看守身后，贴地滑行，一直滑进另一边的通道。

1-59. 南京日本宪兵司令部·大牢　夜　内

△林秋雁一边小心翼翼地往前走，一边察看着囚室门上方的编号：十五、十六、十七、十八……

△林秋雁停在十八号囚室门口，左右看了看，一片安静。

△林秋雁从发髻上抽出一根细铁丝，正要开锁，忽然传来一阵脚步声。

△林秋雁警觉地停下来，四处观察，发现一时之间竟然无处可躲。

△林秋雁抬头，目光落在通道顶部的一根水管上。

1-60. 南京日本宪兵司令部·大牢通道　夜　内

△数名巡逻的日本看守，朝十八号囚室的方向走去。

1-61. 南京日本宪兵司令部·大牢　夜　内

△巡逻的日本看守走过十八号囚室门口，在他们头顶，林秋雁双手紧握水管，脚撑住另一头的墙壁，倒悬在通道顶部。

△待看守们走远了，林秋雁轻盈地跳下来。

△林秋雁将铁丝探进锁孔，三下两下就鼓捣开了门锁，手法熟练。

·灰 雁·

△林秋雁悄无声息地闪进十八号囚室内。

十八号囚室内：

△王占魁面朝墙壁，沉沉地睡着。

△林秋雁一步步逼近王占魁。

△这时，王占魁忽然警觉地醒了过来，猛地翻身坐起。

王占魁：……谁？你是谁？你怎么进来的？

林秋雁：（冷冷地）我是送你去见阎王的人。

王占魁：（冷笑）嘿嘿，想要我王占魁死，没那么容易……我这号子人，阎王爷见了都怕。

林秋雁：阎王爷怕不怕，你很快就会知道。

王占魁：是吗？我倒要看看，你这臭丫头片子，能有什么厉害手段。

△王占魁动作极快地摸出枕头底下的手枪，对准林秋雁。

△谁知林秋雁的动作更快，眨眼间即夺过对方的枪，瞬间拆卸成了一堆零部件。

△零部件以慢镜头掉落在地上。

王占魁：臭娘们儿，你找死！

△王占魁又拔出靴筒中的匕首，刺向林秋雁。

△林秋雁和王占魁斗作一处。

△林秋雁卖了个破绽，抽冷子飞起一脚，将王占魁手中的匕首踢飞。

△王占魁也不示弱，瞅准机会近身缠斗，勒住了林秋雁的脖子。

△林秋雁一时无法反抗，处于下风。

王占魁：说，你到底是谁？谁派你来的？

林秋雁：……

王占魁：你是军统的人？

林秋雁：（挣扎着）我是谁并不重要，重要的是你今天晚上必须死。

王占魁：放心吧，臭娘们儿，我会先送你去见阎王爷的。

△王占魁开始加力，林秋雁喘不过气来，拼命挣扎着。

△林秋雁的手胡乱摸着，摸到了菜盘中的一双筷子，一把抓起来，狠狠地刺了王占魁的大腿一下。

△王占魁吃痛，低呼一声，双臂一松。

△趁此间隙，林秋雁顺势将王占魁打倒在床沿上。

△林秋雁抓起盘子中的半块馒头，塞住王占魁嘴巴，以防他喊出声来，然后将筷子狠命刺进了他的心脏。

△王占魁不住抽搐扭动着，过了一小会儿，就变得悄无声息了。
△林秋雁将王占魁的尸体摆好，盖上被子，伪装成正在睡觉的模样儿。

1-62. 南京日本宪兵司令部·大牢通道　夜　内
△林秋雁依旧悄无声息地朝自己的囚室潜去。

1-63. 南京日本宪兵司令部·大牢　夜　内
△林秋雁走到三十七号囚室门口，闪身进去，返身锁上门。
三十七号囚室内：
△林秋雁将紧身衣重新卷缠至腰部和大腿部，然后套上旗袍，戴上假发，俨然又变回了妖冶的醉酒女郎。

1-64. 南京日本宪兵司令部·大牢　日　内
△数名巡逻的日本看守路过三十七号囚室。
三十七号囚室内：
△醉酒女郎（林秋雁）依旧沉沉地睡在地板上。

1-65. 南京日本宪兵司令部·大门口　日　外
△荷枪实弹的日本士兵分两排肃立在大门口。
△一辆日本军车在数辆日本摩托车的卫护下开过来，停住。
△军车内，副驾位置上坐着宪兵队长中村佐介。
△日本中佐快步跑上前，替中村佐介打开车门，中村佐介下车。
中村佐介：王占魁地，关在什么地方？
日本中佐：报告队长，他在十八号囚室，有卫兵二十四小时巡逻保护。
中村佐介：马上地、带我去见他。
日本中佐：嗨。
△日本中佐在旁引路，中村佐介一行快步朝大门内走去。

1-66. 南京日本宪兵司令部·大牢　日　内
△一位日本看守经过三十七号囚室门口。
△囚室内，醉酒女郎（林秋雁）忽然"哎哟、哎哟"地喊起来。
看守甲：怎么回事儿？
林秋雁：长官，我、我肚子疼。

·灰 雁·

看守甲：肚子疼？
　　△看守甲有些狐疑地走到囚室门前。
　　△林秋雁冷不防伸出胳膊，隔着铁栅栏扼住看守甲的脖子，用力一扭。
　　△看守甲当即软绵绵地倒了下去。
　　△林秋雁打开囚室门，将看守甲拖进来。
　　△林秋雁剥下看守甲的衣服，给自己换上，俨然也变成了一名日本看守。

1-67. 南京日本宪兵司令部·走廊　日　外
　　△身穿日本看守服装的林秋雁低着头，谨慎地往外走。
　　△对切：宪兵队长中村佐介带着日本中佐等一行随从，正从对面气势汹汹地走过来。
　　△林秋雁急忙闪到旁边，也学其他日本士兵的样儿，对中村佐介等躬身行礼。
　　△中村佐介带着随从，目不斜视地从林秋雁身旁经过。
　　△林秋雁松了一口气，转身往外走。
　　△林秋雁刚走出几步，忽然，一个严厉的声音自身后传来——
中村佐介：你地、站住！

—— 第二集 ——

2-1. 南京日本宪兵司令部·走廊　日　外
　　△林秋雁匆匆忙忙朝外走，刚走出几步，忽然，一个严厉的声音自身后传来——
中村佐介：你地、站住！
　　△是中村佐介，林秋雁倏地停住脚步，内心一紧，双手不由自主地握成了拳头。
　　△中村佐介大踏步走过来，紧紧地盯着林秋雁。
　　△中村佐介忽然伸出手，将林秋雁弯进去的衣领理顺。
中村佐介：身为我大日本天皇陛下的勇士，必须时刻地、注重自己的仪表，你地、明白？
林秋雁：（嘎着嗓子）嗨，属下明白。
中村佐介：嗯，哟西，哟西。
　　△中村佐介用力拍拍林秋雁的肩膀，转身离去。
　　△林秋雁长舒一口气，紧握着的拳头随即松弛下来。

2-2. 南京日本宪兵司令部·大牢通道　日　内
　　△中村佐介带着日本中佐等一行人，朝十八号囚室走去。

2-3. 南京日本宪兵司令部·大牢　日　内
　　△中村佐介带着日本中佐等一行人，走到十八号囚室门口。
　　△囚室内，王占魁依旧面朝墙壁侧睡着。
　　△中村佐介一招手，看守乙上前开门。
　　△看守乙忽然咦了一声——锁是坏的，囚室门原本开着。
看守乙：（指着坏了的锁、语无伦次）队、队长，这、这门……开、开、开着……
中村佐介：（意外地）……嗯？！
　　△中村佐介冲进囚室内，一把掀开被子，手枪的零部件从被子中哗啦啦

掉落下来。

　　△中村佐介搬过王占魁的身子，对方已然死得硬翘翘了。

中村佐介：（大怒）巴嘎！

日本中佐：（小心翼翼）队、队长，这……这是怎么回事儿？

　　△中村佐介甩手给了日本中佐一个耳光。

中村佐介：你地，饭桶！

日本中佐：是是是，属下是饭桶，属下是饭桶。

中村佐介：马上地、封锁大牢，凶手地、应该还在大牢里边……马上地、行动！

众士兵：嗨。

　　△一众日本士兵迅速散开，展开搜索。

　　△就在这时，又有一名日本看守气喘吁吁地跑了过来。

看守丙：队长，队长，不好啦，不好啦。

中村佐介：巴嘎！什么地、不好啦？

看守丙：出、出事啦，那边……出事啦。

2-4. 南京日本宪兵司令部·大牢　日　内

　　△三十七号囚室门口，看守甲的尸体已经被抬了出来，他的军装不见了，只穿着贴身的内衣。

中村佐介：这个囚室地，关的什么人？

日本中佐：报、报告队长，三十七号关的是一个女人，一个喝醉酒的女人，她开车撞坏了我们的摩托车，还没来得及向您汇报……

　　△中村佐介眼前倏地闪过——

闪回：

　　△走廊上，穿着看守服装的林秋雁，低着头，匆匆往外走——服装明显不合身，有些大。

　　△走廊上，中村佐介替林秋雁整理衣领，对方多少有些紧张，脸庞细嫩，不似男子。

现实：

中村佐介：（反应过来）刚才地、那个士兵，她地、就是凶手……马上地、去追她！

　　△日本中佐及一众士兵迅速朝外冲去。

2-5. 南京日本宪兵司令部·走廊　　日　外

　　　　△中村佐介、日本中佐带着一众日本士兵从里边冲出来。
　　　　△中村佐介忽然看到了摆在护栏上的红色高跟鞋。
　　　　△日本中佐取过高跟鞋，举到中村佐介面前。
日本中佐：报告队长，这双高跟鞋，就是那名女犯人穿的。
中村佐介：巴格！你们地、一群饭桶！……（恼火地）还不马上地、快追？
日本中佐：嗨。
　　　　△中村佐介、日本中佐带着一众士兵朝大门外追去。

2-6. 南京日本宪兵司令部·大门口　　日　外

　　　　△顺着人行道，一长溜儿停靠着宪兵队的军车、摩托车等。
　　　　△林秋雁一边往前走，一边脱掉日本看守的服装，露出里边的黑色紧身衣。
　　　　△林秋雁跳上一辆单骑摩托车，拔出线头，打火。
　　　　△大门口，中村佐介、日本中佐带着一众士兵，端着枪冲了出来。
日本中佐：（一指林秋雁的方向）她在那里。
中村佐介：抓住她，千万地、别让她跑掉。
日本中佐：快，快，跟上。
　　　　△日本中佐和数十名日本士兵朝林秋雁冲过来，距离越来越近。
　　　　△危急时刻，林秋雁猛地打着了火，一踩油门，摩托车飞驰而出。
　　　　△日本士兵连忙开枪射击，中村佐介也举着一支手枪射击。
　　　　△林秋雁的摩托车瞬间飙出老远，脱离了日本士兵的有效射程。
中村佐介：（气急败坏）快、快回去，马上地、上车。
日本中佐：（挥手）回去，回去，都回去。
　　　　△日本士兵又忙乱地折返到大门口，有的跳上军车，有的跳上摩托车。

2-7. 街道　　日　外

　　　　△林秋雁驾驶着摩托车在前飞奔。

2-8. 街道·稍后　　日　外

　　　　△中村佐介坐在一辆翻斗摩托车中，指挥着自己的车队向前追赶。

2-9. 另一街道　　日　外

△林秋雁驾着摩托车继续在前飙飞。

△中村佐介的追击车队紧咬在后。双方的距离已经拉得很近，日本士兵不时开枪射击。

△林秋雁驾车蹿进了一处卖场，在各种摊贩之间穿行。

△中村佐介的追击车队也蹿进了卖场，一路撞翻水果摊之类。

2-10. 窄巷　　日　外

△林秋雁驾着摩托钻进了一条狭窄的巷子。

△中村佐介等的车队急忙开往前方，试图绕路迂回拦堵。

△有两辆日本士兵驾驶的单骑摩托也追进了巷子，却撞在抬着大箱子走路的行人身上，接连翻倒在地。其中一辆摩托车起火，驾驶员昏迷；另一名日本士兵没事儿，他爬起来，推起摩托车继续追。

2-11. 窄巷·另一端出口　　日　外

△林秋雁驾着摩托车蹿出巷口，一个急转弯，蹿上街道。

△紧跟在后边的日本摩托车也蹿出来，却直直地撞在了对面的护栏上。

△另一侧街道，绕行迂回过来的中村佐介一行车队，也冲了过来，枪声啾啾。

2-12. 街道　　日　外

△林秋雁驾驶的摩托车继续向前狂飙。

△后方街道，中村佐介的追击车队愈追愈近，子弹乱飞。

△林秋雁的摩托车成"S"形向前飞驰，身体时而悬在左侧，时而悬在右侧，躲避啾啾飞来的子弹。

△前方街道，忽然也冒出四五辆日军摩托车，设置了拦截的路障。

△林秋雁受到前后夹击，无路可走。她急踩刹车，一个大回旋，打横停住；然后又猛踩油门，摩托车凌空飞出，直接跃入对面的一条街道。

2-13. 立交桥　　日　外

△林秋雁驾驶着摩托车，驶上一座立交桥。

△一辆日本军车越迫越近，车顶上架着一挺机关枪，哒哒哒扫射。

△形势危急，这时，有一辆黑色轿车从另一条道上疾驰过来，紧贴着林

秋雁的摩托车行驶。
△黑色轿车摇下车窗，林秋雁扭头一看——

林秋雁：（意外）教官?!
△车内，戴着大墨镜的周天昊，双手稳稳地握着方向盘。
△前方出现一人字形分岔路口，周天昊对林秋雁大喊——

周天昊：（大声地）快，跳进来。
林秋雁：（大声地）好。
△分岔口，林秋雁跃离摩托车，从车窗跳入黑色轿车内。
△摩托车带着惯性冲入右侧车道，继而冲破路栏，凌空飞出；日本军车也沿着惯性冲入右侧车道。
△周天昊的黑色轿车则驶入了左侧车道，暂时摆脱了日本士兵的追击。

2-14. 车内　　日　内

林秋雁：（大声地，下同）教官，你怎么来啦？
周天昊：（大声地，下同）我一直在这里等你。王占魁怎么样了？
林秋雁：他死了。
周天昊：干得漂亮——中村佐介的鼻子肯定都气歪了。
△忽然，一阵急促的子弹射在车身上，车后窗的玻璃被打了个稀巴烂。
周天昊：（低头，同时大喊）趴下。
△林秋雁急忙伏下身子。
△子弹更急促地射来，有数枚子弹刚好擦过周天昊和林秋雁的头顶。
△后视镜中：一辆日本军车紧随在周天昊的车后，车顶上的机关枪吐着火舌。
周天昊：那儿有枪，车座下边。
△林秋雁摸出车座下的一把手枪，吸一口气，猛地探起身，通过车后窗朝日本军车射击。
△子弹打完了，林秋雁再次伏下身子。
林秋雁：（换上新弹匣）这样不行，小鬼子的火力太猛了。
周天昊：那就干掉它。
△周天昊猛一打方向盘。

2-15. 车道　　日　外

△周天昊驾驶的黑色轿车，忽然来了个一百八十度的大转弯，停在路中

央。

△日本军车一边扫射一边往前开，距离愈来愈近。

△对切：黑色轿车两侧的车门忽然打开，林秋雁和周天昊一左一右，各自横着探出身子，一手抓车门一手举枪，同时向日本军车射击：先是击中了两只前轮胎，车身失衡侧倾；然后，他们又向油箱部位连续射击。

△随后赶至的中村佐介等，眼睁睁地看着日本军车爆炸，成了一片火海。

△而前方，周天昊驾驶的黑色轿车已经绝尘而去。

2-16. 军统南京站　　傍晚　　外

△林秋雁抱膝坐在护栏上，静静地看着天边的夕阳一点点落下。

△周天昊走过来，站到她身旁。

周天昊：想什么呢？

林秋雁：（摇摇头）没想什么。

周天昊：喏，这个给你。

△周天昊说着，递过去一只怀表。

周天昊：这只怀表，是你父亲的贴身之物。救你出来那晚，我在他的衣兜里发现的，顺手带了出来。

△林秋雁迟疑片刻，机械地接过怀表。

周天昊：因为担心你受刺激，所以，我一直替你保存着，没有给你。（有些感慨）这时间过得真快呀，一转眼间，三年就过去了。时间也许无法抚平你内心的伤口，但给了你重新面对和振作的机会……不管怎么样，逝者已矣，活着的人，总要面对未来。

林秋雁：……

周天昊：明天是清明节，我陪你去一趟墓地吧，祭拜一下你父母。

林秋雁：（面无表情）对不起，我不习惯有人陪——这是我自己的家事。

△说完，林秋雁起身离去，背影显得落拓而倔强。

△周天昊看着她远去的背影，若有所思。

2-17. (梦境) 卧室　　夜　　内

△林秋雁沉沉地睡着。

△一截刀尖从窗户缝隙刺进来，小心地拨着窗拴。

△窗户被轻轻推开，一名黑衣蒙面人跳了进来，依稀是龟田次郎的模样儿。

△黑衣蒙面人举着刀，蹑手蹑脚地走到床边。
　　△林秋雁这时忽然睁开了眼睛，看见黑衣蒙面人后，迅速摸出枕头底下的手枪。
　　△林秋雁冲着黑衣蒙面人开枪射击，但撞针空响，却不见子弹射出。
　　△黑衣蒙面人一脚踢飞她的手枪，狞笑着举起了刀——
蒙面人：嘿嘿，去死吧——去死吧——
　　△黑衣蒙面人的刀猛地劈了下来——

2-18. 卧室　　夜　内
　　△林秋雁惊呼一声，猛地坐起身来，大汗淋漓，喘着粗气。
　　△林秋雁拥被坐在床上，目光投注到床头柜上。
　　△床头柜上搁着：烧得焦黄的全家福照片、父亲的怀表。
　　△林秋雁伸出手，拿过怀表，轻轻地摩挲着。

2-19. 墓地　　日　外
　　△一座墓碑，上面刻着"林其轩夫妇之墓"几个大字。
　　△一身素净白衣的林秋雁慢慢走上前，将一大束白花搁在墓碑前。
林秋雁：（OS）爹、娘，女儿秋雁看你们来了！

2-20. （闪回）林宅　　日　内
　　△院子。少女时期的林秋月、林秋雁、林秋芸三姐妹，大概都是五六岁到八九岁的样子，脖子上各挂着一枚狼牙项链，在空地上嘻嘻哈哈地追逐嬉闹。
　　△客厅。三姐妹先后跑进客厅，围着正在打扫卫生的林母，相互追逐嬉戏。
林　母：哟，我的小祖宗，慢点儿跑，慢点儿跑，小心摔着……
　　△书房。三姐妹追逐着跑进书房，时而藏在书柜旁，时而躲在父亲身后。正在读书的林其轩抬起头，看着嬉闹的三个女儿，慈祥地微笑着。

2-21. 墓地　　日　外
　　△林秋雁慢慢蹲下来，小心翼翼地抚摸着墓碑上的字迹。
林秋雁：（OS）爹、娘，女儿真是没用，至今不知道杀害你们的仇人是谁……不过，请爹娘放心，女儿一定会找出凶手，亲手为爹娘报仇！……爹、娘，女儿想你们了，（哽咽）女儿多么希望，你们还好好地活着！
　　　　△两滴清亮的泪珠，顺着林秋雁的脸颊滚落下来。

2-22. 打靶室　　日　内

　　　　△林秋雁举着一把手枪，对着靶心射击。
　　　　△林秋雁的视角：枪靶幻化成了黑衣蒙面人（龟田次郎）呵呵冷笑着离去的背影。
　　　　△在林秋雁的幻象中，黑衣蒙面人身形渐远，她的枪口也随着对方的身形移动——最后几枪，不是打偏了，就是直接打脱靶了。
　　　　△林秋雁愣愣地举着手枪，拼命甩了甩头，再看过去，只有孤零零的靶子竖在那里，哪有黑衣人的身影？
　　　　△周天昊从一旁走过来，站到另一个靶台前。

周天昊：这不是你该有的状态。（盯着林秋雁的眼睛）你的眼中充满了仇恨，这导致你的枪法中也带有一股戾气。这种戾气，或许能够化为暂时的动力，但更多的时候，戾气会蒙蔽你的内心和眼睛……作为一名军统特工，你必须做到不论何时何地，都能心神合一，不为外物所动。就像这样——
　　　　△周天昊瞬间拔枪，推弹上膛，瞄准靶子开枪射击。
　　　　△叭叭叭，一连数枪，枪枪直中靶心。

周天昊：（大声）……记住了吗？
林秋雁：（颓然垂下枪、低声）记住了。
周天昊：大声点儿。
林秋雁：（双脚一并，立正，大声地）记住了，教官。
周天昊：嗯，好。你去收拾一下——上头来了命令，给你下达了新的行动任务。车票已经帮你订好了，下午的火车，马上就出发。
林秋雁：（一愣）啊，去哪里？
周天昊：（转身走）上海。
林秋雁：（惊讶）上海？！

2-23. 火车道　　日　外

　　　　△一辆火车，顺着铁轨，咣当、咣当地向前开着。

2-24. 火车包厢　　日　内

　　　　△林秋雁坐在车窗边，望着车窗外一闪而过的田野。

△伴随着火车哐当、哐当的前进声，林秋雁的耳边，回响起教官周天昊朗朗的声音——

周天昊：（画外音）这次去上海，你的任务是秘密调查日本人启动的一项绝密计划："蝎美人计划"……记住，从现在开始，你就是我们军统的顶级特工，行动代号："灰雁。"

△"灰雁"两个字，以回音的方式，在林秋雁耳边回响数遍。

周天昊：（画外音）你不是孤军作战，我们有一个特工小组，会在上海那边接应你——这个小组，常年潜伏在上海，是由我们军统最优秀的四名女特工组成的，她们的行动代号，叫"四朵金花"……

△伴随着周天昊的画外音，依次出现以下画面：

△一名穿着红色旗袍的女子举着半杯红酒，气质高贵、步履优雅地往前走，忽然，酒杯脱手飞出，接着一个漂亮的旋转，双手射出数十枚飞镖……定格。

打出字幕：孟少华　军统特工，"四朵金花"老大，擅长飞镖，百步穿杨

△一名穿着白色旗袍的女子，外表冷酷，接连几个劈腿动作，然后凌空跃起，双腿连环踢出……定格。

打出字幕：林双月　军统特工，"四朵金花"老二，擅长连环腿，招招致命

△一名穿着黄色旗袍的女子，嘴唇红艳、性感妖冶，嘴里叼着一支香烟，跳着舞步前行，忽然一个后仰的舞蹈动作，一只腿高高跷起，迅疾拔出藏在大腿根部的一支手枪，然后变换舞蹈动作，顺势拔出另一支手枪，双枪左右开弓，连环射击……定格。

打出字幕：杜秋红　军统特工，"四朵金花"老三，擅使双枪，弹无虚发

△一名穿着蓝色旗袍的女子，外表调皮，她一动不动地盯着狙击枪的瞄准镜，然后自信地吐吐舌头，猛地扣动扳机，子弹精准地击中目标，目标炸裂开来……定格。

打出字幕：吴小梅　军统特工，"四朵金花"老四，狙击手，百发百中

2-25. 上海·高楼顶端　　日　外

△分别穿着红、白、黄、蓝旗袍的军统特工"四朵金花"埋伏在楼顶：孟少华照例优雅地端着半杯红酒，林双月举着望远镜观察着下面的街道，杜秋红叼着一支香烟，吴小梅则伏在楼栏上，一动不动地盯着狙击枪的瞄准镜。

△望远镜中：街道上，一溜儿四辆黑色轿车自远而近开过来。

·灰 雁·

林双月：他们来了。
孟少华：小梅，准备射击。
吴小梅：好。哪一辆？
林双月：第二辆。
　　　△一旁的杜秋红气定神闲地吐出一个大大的烟圈。
　　　△吴小梅从瞄准镜中死死地盯着第二辆黑色轿车中的司机，推弹上膛。
　　　△吴小梅猛地扣动扳机，子弹直直飞出。

2-26. 上海·街道　　日　外
　　　△第二辆黑色轿车的司机额头中枪，当即死去，轿车失控，撞在一堵墙上，停住。
　　　△另外三辆黑色轿车见状，慌忙停车，先后跳下数十名身穿黑衣的日本打手。
　　　△孟少华、林双月、杜秋红、吴小梅等四人手抓悬索，从高楼顶端飞速滑下。
　　　△孟少华先是酒杯出手、接着飞镖连发，林双月是连环腿，杜秋红是双枪，吴小梅则把狙击枪当铁拐使，四人各施绝技，短时间内就解决了所有的日本打手和士兵。
　　　△孟少华等四人走向第二辆黑色轿车，身后，一名未死的日本打手挣扎着抬起上半身，朝她们举起手枪。
　　　△孟少华好像背后长了眼睛，头也不回地甩出一枚飞镖，正中对方咽喉。
　　　△林双月打开车后盖：里边整整齐齐地码着十个银色的金属箱。
孟少华：我们撤！
　　　△大家上了黑色轿车，林双月驾驶，孟少华坐副驾位置，杜秋红和吴小梅坐后排。
　　　△黑色轿车拐进一条巷子，消失不见。

2-27. 上海·闸北火车站　　日　内
　　　△火车进站，林秋雁提着一只密码箱，夹杂在熙熙攘攘的人群中走下火车。
叠映字幕：上海　闸北火车站
　　　△看着似曾相识的地方，林秋雁的心情极为复杂，她不由得摸出贴身戴着的狼牙项链，脚步慢了下来。

34

2-28. （闪回）上海·闸北火车站　　日　　内
　　　△火车即将开动，熙熙攘攘的逃难人群争抢着上火车。
　　　△林其轩牵着十一岁的林秋月和八岁的林秋雁往车厢里边挤。
　　　△林秋雁回头，眼巴巴地看着被人群冲散、还留在站台上的小妹林秋芸。林母在她身旁，哭喊着，但被人群裹挟住了，无法冲下车。
林　母：（嘶喊）芸儿，芸儿，我的孩子！
　　　△林秋雁的视角：只有六岁的小妹林秋芸，举着小手，惊慌失措地朝他们哭喊着。
林秋芸：娘，娘……
　　　△火车缓缓开动。
　　　△林秋雁的视角：林秋芸幼小的身影瞬间被人流淹没。

2-29. 上海·闸北火车站　　日　　内
　　　△女扮男装、一副小混混打扮的小丸子（即林秋芸），大摇大摆地带着她的两名铁杆跟班——一个胖得出奇，叫胖子；一个瘦得出奇，叫瘦猴——混在人群当中，东张西望，寻找可供下手的目标。
瘦　猴：老大，你看那边，那个女的……
　　　△小丸子顺着瘦猴的手指方向看过去——
　　　△对切：林秋雁提着密码箱，在熙熙攘攘的人群中朝前走。
胖　子：老大，好像很正点噢。
小丸子：嗯，就是她了——准备行动。
瘦　猴：好嘞，老大，你就瞧好儿吧。
小丸子：都散开，手脚放利索点儿……胖子，出手的时候狠一点儿，别穿帮了。
胖　子：呃，俺知道了，老大。
　　　△小丸子等三人装作若无其事地分散开来。

2-30. 大和洋行　　日　　外
　　　△大和洋行外景。
　　　△门牌特写，上书"上海大和洋行"几个大字。

2-31. 大和洋行·外厅　　日　　内
　　　△五六名身着日本和服的歌伎，轻歌曼舞着。

·灰　雁·

　　　△龟田次郎与一名胖胖的戴眼镜的男人分宾主相对而坐，一边观赏歌舞，一边饮酒。

　　　△龟田次郎面部特写：阴鸷，一副老奸巨猾的样子。

叠映字幕：上海大和洋行总经理、日本少将　龟田次郎

　　　△戴眼镜男人面部特写：小心翼翼，脸上始终挂着谦恭的笑容，有点皮笑肉不笑的意思。

叠映字幕：中央银行上海闸北区支行副行长　金明辉

　　　△龟田次郎举起酒杯，遥遥示意一下。

龟田次郎：金行长，请！

金明辉：（连忙举起酒杯）哎，龟田先生，您请，您请！

　　　△这时，青木一郎急匆匆地走进来，俯在龟田次郎耳边低语了几句什么。

　　　△龟田次郎神色一凛，猛地搁下酒杯。

2-32. 大和洋行·内室　　日　内

龟田次郎：你是说，我们的货被人劫了？

青木一郎：是的，将军。

龟田次郎：什么人干的？

青木一郎：是军统的人，四名女特工，外号"四朵金花"。

龟田次郎：四朵金花？

青木一郎：是的，将军。她们的身手非常厉害，我们的人一个都没有回来。

龟田次郎：（猛一拍桌子、冷笑）哼哼，四朵金花？……给岗村队长打电话，让他把宪兵队的特种小分队给我派过来，我要亲自出马，端掉她们的老巢。

青木一郎：是，将军，属下马上去办。

　　　△青木一郎躬身行礼，然后转身退出。

　　　△龟田次郎一扬手，一朵很小的金百合花激射而出，钉在墙上的一张密图上——该张密图被烧去了一角，颜色焦黄，正是三年前从林其轩手里抢来的那张。

2-33. 上海·闸北火车站　　日　内

　　　△林秋雁提着密码箱，混杂在人群当中往出走着。

　　　△忽然，前方传来喧哗声，只见一胖一瘦两个人打了起来。

　　　△胖子抬腿一脚，将瘦猴踹到了林秋雁不远处。

瘦　猴：死胖子，你敢打我？

胖　　子：（恶狠狠）打的就是你，小兔崽子！
瘦　　猴：呀……我跟你拼了！
　　　　　△瘦猴爬起来，老牛拱角般用脑袋朝胖子顶过去。
　　　　　△胖子抓住瘦猴的头发，对着他的脸颊狠狠一拳，瘦猴的鼻血当即就流了下来，晕头转向地转着圈儿。
　　　　　△围观的人群叽叽喳喳地议论着，林秋雁面无表情，转身欲走。
　　　　　△胖子又一把抓起瘦猴，举起来抡了个圈儿，狠狠地掼出；瘦猴打了个滚，翻滚到了林秋雁的脚跟前。
　　　　　△林秋雁正在犹疑，忽然手中一松。她低头一看，密码箱不见了，自己手中握着跟密码箱提柄一样粗细的一截木棍。
　　　　　△林秋雁迅速回头，目光四下搜寻，当即锁定了小丸子，但小丸子的身影在人群中一晃而没。
　　　　　△林秋雁再回头，刚才打架的胖子和瘦猴两个人也钻进了人群，瞬间消失不见了。
　　　　　△林秋雁追出几步，又若有所思地停了下来。

2-34. 小巷　　日　外
　　　　　△小丸子和胖子、瘦猴汇合一处。
　　　　　△小丸子打开密码箱，三个人当即惊讶地张大嘴巴：密码箱中，码着数叠崭新的钞票，另有望远镜等私人物品。
瘦　　猴：哇，老大，好多钱啊——我瘦猴这辈子，第一次见这么多钱！
胖　　子：嘿嘿，老大，俺们这次可赚大发了！
小丸子：告诉你们，我小丸子不出手则已，一出手，肯定满载而归——（抓起钞票）看见了没？看见了没？这么多钱，够咱们逍遥一阵子的了。
瘦　　猴：（一竖大拇指）那是，咱老大是谁？大名鼎鼎的小丸子，手艺自然没得说……
胖　　子：老大，俺们去醉仙楼大撮一顿吧？
瘦　　猴：死胖子，你就晓得吃吃吃，都不看自个儿胖成啥样了，也不怕撑破肚子？……（讪笑）嘿嘿，老大，要不，咱们去逛妓院吧？
小丸子：（在胖子和瘦猴头上各敲一记）逛你个头啊！你们两个，整天不学好，就知道吃、喝、嫖、赌——
　　　　　△胖子和瘦猴不约而同地对视一眼，异口同声地——
胖子、瘦猴：……赌？

·灰 雁·

小丸子：（扬扬拳头）呀，你们这两个臭小子！
　　　△小丸子的眼珠子骨碌碌一转，接着挠挠后脑勺。
小丸子：嘿嘿，也罢，我就带你们两个去赌场开开眼界——谁让我小丸子，是上
　　　　海滩天字第一号的赌神呢。
胖子、瘦猴：（异口同声）那还等什么？走吧，老大。
小丸子：（得意扬扬地一扬手）嗯，走。

2-35. 赌场　　日　内
　　　△小丸子起劲地摇着骰子，她面前堆着赢来的光洋和钞票。
　　　△一圈赌徒，都鼓突着眼珠子盯着小丸子的动作。
小丸子：……开！四五六，十五点，大。
赌徒甲：啊，又是大？
赌徒乙：唉，真倒霉！押大开小，押小开大，这骰子成心跟我过不去啊？
　　　△胖子和瘦猴兴高采烈地把桌上的光洋、钞票揽过去。
小丸子：（继续摇）来呀，都下注喽，押大开大，押小开小，买定离手。
瘦　猴：各位，都下注，下注。
　　　△一众赌客犹犹豫豫地，有的押大，有的押小。
小丸子：开！豹子，通吃。
　　　△一众赌客顿时泄了气，胖子和瘦猴再次将押注的光洋和钞票揽过去。
　　　△得意扬扬的小丸子继续摇骰子。
小丸子：来呀来呀，都下注喽，都下注喽。押大开大，押小开小……
　　　△忽然，一个冷冰冰的女声传来——
林秋雁：（画外音）我押不大不小！
　　　△众人遽然回头：只见林秋雁站在那里，冷冷地盯着小丸子。

2-36. "四朵金花"秘密驻地　　日　外
　　　△孟少华、林双月、杜秋红、吴小梅四个人，依次穿着红、白、黄、蓝
　　　　四色旗袍，说说笑笑地走过来。
吴小梅：我回去要大吃一顿。
林双月：我困了，先睡觉。
杜秋红：我呀，需要舒舒服服地洗一个热水澡。
吴小梅：最好再有个男人陪你洗。
杜秋红：对，健壮的男人。

△一直没有说话的孟少华，忽然面色一凝，警觉地停住脚步。
　　△林双月、杜秋红、吴小梅疑惑地回过头，看着孟少华。

林双月：怎么了？

孟少华：不对劲儿。

　　△孟少华话音刚落，四周的院墙、屋脊等处忽然冒出无数荷枪实弹的日本士兵，枪口对准她们四人，一式儿的特种装备。
　　△孟少华等四人迅速背靠背，成环形防御状态。
　　△龟田次郎挎着武士刀出现，青木一郎和数名黑衣打手紧随在他身后。

林双月：我们被包围了，怎么办？

杜秋红：还能怎么办？打呗。打死一个够本儿，打死一双赚一个。

吴小梅：该死的小鬼子——我肚子还饿着呢。

孟少华：我数一二三，大家一齐动手。一……二……三……

　　△孟少华、林双月、杜秋红、吴小梅等迅疾出手。
　　△日本特种兵开枪，孟少华等人一边翻滚躲避子弹，一边各自施展绝技，陆续干掉了数名日本士兵。
　　△但形势随即急转直下，吴小梅负了枪伤，杜秋红被龟田次郎的金百合花击中手腕，双枪掉落。
　　△"四朵金花"已经明显处于劣势，龟田次郎一抬手，枪声骤停。
　　△孟少华见势不妙，连发数枚飞镖，直奔龟田次郎的面门而来。
　　△龟田次郎冷笑一声，拔刀，挥舞，飞镖悉数被击落，其中一枚飞镖被击回，刺中孟少华的胸口。
　　△林双月凌空跃起，连环十三腿踢向龟田次郎，但被龟田次郎瞅准一刀，劈中胯部，翻滚着跌出。
　　△青木一郎随即带着打手冲上去，手枪顶着孟少华、林双月、杜秋红、吴小梅等四人的脑袋。

2-37. 赌场　　日　内

　　△小丸子、胖子、瘦猴三人惊讶地张大嘴巴。

小丸子：(OS)啊，臭娘们儿，够精啊，还能追到这儿来？

　　△小丸子的眼珠子骨碌碌一转。

小丸子：喂，我说，咱们赌的可是真金白银，现过现的。你既然想下注，就得给大家伙儿亮亮你的家底儿，别折腾到最后，输了赌局，兜里却摸不出几个大子儿来。

·灰　雁·

林秋雁：我兜里没钱。
小丸子：没钱？没钱你跟我赌个什么劲儿呀？
林秋雁：（冷笑一声）我押这个。
　　　　△林秋雁将随身携带的手枪，啪的一声，拍在赌桌上。
赌徒丙：啊，枪？！
　　　　△一众赌客发出一连串的惊呼，窃窃私语数句，旋即就变得一片安静。
　　　　△小丸子、瘦猴、胖子三个人，也一下子怔住了。
林秋雁：怎么，不敢赌了？
小丸子：（一咬牙）哼，赌就赌。谁说我不敢赌了？……不就一把破枪吗，吓唬谁呀？
林秋雁：你赢了，这把枪归你；我赢了，你把我的东西还给我。
小丸子：好，咱们就这样说定了……买大还是买小？
林秋雁：我买大。
瘦　猴：（扯扯小丸子的衣襟、低声）老大，行不行啊？要不，咱们还是脚底板儿抹油，溜吧。
胖　子：（胆怯、低声）老大，俺们还是先撤吧——这娘们儿，好像不大好对付。
小丸子：闭嘴！你们什么时候见我小丸子怕过？我小丸子天不怕、地不怕，还会怕一个小娘们儿？去，都滚一边去！
　　　　△小丸子开始起劲地摇骰子，同时嘴里嘀嘀咕咕地念叨着。
小丸子：天灵灵，地灵灵，观音菩萨快显灵；天灵灵，地灵灵，观音菩萨快显灵，快显灵，快显灵……保证对方买小开大，买大开小，来个豹子最好，一家伙通吃……天灵灵，地灵灵……
　　　　△小丸子摇完，猛地将骰盅倒扣在桌上。
　　　　△一众赌徒依旧鼓突着眼珠子，紧紧地盯着小丸子的动作；唯有林秋雁，面上丝毫不动声色。
　　　　△小丸子一点一点地掀开骰盅。
小丸子：一二四，七点小……你输了。
　　　　△小丸子伸手就去抓枪，林秋雁一把将她的手摁住。
小丸子：怎么，想赖账？
林秋雁：（冷笑）谁赖谁，还不一定呢。
　　　　△林秋雁迅疾出手，在小丸子的手腕关节及袖筒处连拍数下。
　　　　△"当、当、当"，一副骰子从小丸子的袖筒中滚落下来。
赌客甲：啊，两副骰子？

赌客乙：他出老千？……（对小丸子）把我的钱还给我！
　　　　△其他赌客也乱纷纷地嚷着："还钱，还钱……"并一步步逼近小丸子等三人。
小丸子：喂喂喂，诸位，诸位，事情不是你们想象的那样，不是……（胡乱支吾）这个……那个……
胖　子：老大，形势好像不妙。
瘦　猴：我看，咱们还是扯呼吧，好汉不吃眼前亏。
小丸子：好，走就走。你和胖子拦着点儿。
瘦　猴：（愕然）……啊，我和胖子？
　　　　△小丸子猛地抓起桌布，连赌具带赢来的钱裹在里边，往肩上一扛，再拎起密码箱，转身往外蹿出。
　　　　△胖子和瘦猴本想替小丸子殿后，但一看一众赌客凶神恶煞的样儿，一哆嗦，也转身往外跑。
林秋雁：（冷笑）想跑？门儿都没有。
　　　　△林秋雁飞身跃起，从众赌客头上蜻蜓点水般跃过，拦在小丸子面前。
林秋雁：把我的东西还给我！
小丸子：（OS）哎呀，臭娘们儿，真是个扫把星！
　　　　△小丸子抬腿一脚，将一只凳子踢向林秋雁。
　　　　△林秋雁也是抬腿一脚，将凳子踢个粉碎。
小丸子：去你的吧你。
　　　　△小丸子将肩上的包袱兜头盖脸扔向林秋雁；林秋雁挡开，钞票和光洋散落一地，众赌客开始哄抢。
　　　　△林秋雁和小丸子迅疾斗在一处，密码箱在两人手中争来夺去。
　　　　△胖子和瘦猴见势不妙，哧溜儿、哧溜儿，干脆钻到了桌子底下，瘦猴还不忘捡滚进来的光洋。
　　　　△密码箱在两人的争抢过程中飞向空中，林秋雁飞身去抓。
　　　　△小丸子摸出怀里的弹弓，拉开，对准身在空中的林秋雁。
小丸子：哼，臭娘们儿，尝尝我小丸子弹弓的厉害！
　　　　△小丸子弹弓连发，林秋雁在空中腾跃闪躲。
　　　　△小丸子趁机接住落下来的密码箱，转身跑出。
　　　　△林秋雁飞旋落地，随即追了出去。

·灰 雁·

2-38. 赌场　　日　外
　　　△小丸子从赌场内蹿出来，林秋雁紧随着也追了出来。
　　　△两人对打，小丸子抽冷子将道路旁的物件一一抛向林秋雁，然后撒腿就跑。

2-39. 街道　　日　外
　　　△小丸子仍旧一边和林秋雁对打，一边逃窜。
　　　△对切：对面的街道上，一辆缓缓行驶的黑色轿车，车后座影影绰绰坐着一名戴礼帽、叼着烟斗的中年男人，中年男人正朝这边看过来。

2-40. 车内　　日　内
　　　△前排，开车的司机是一名警察。
　　　△后排，坐着一名中年男人，戴着礼帽，叼着一个硕大的烟斗。
　　　△中年男人特写：面容沉着、冷静。
叠映字幕：上海公共租界巡捕房副总探长　马文涛
　　　△马文涛的视角：街道对面，小丸子和林秋雁打得难解难分。
马文涛：好身手！……（对手下）下来盯着点儿，摸摸她们的底，看是什么来头。
警　察：是，探长。

2-41. 赌场　　日　内
　　　△外边一片安静，躲在桌子底下的胖子和瘦猴两人对视一眼，小心翼翼地往出爬。
　　　△爬出半截的胖子和瘦猴一抬头，看到一众赌徒正鼓突着眼珠子瞪着他俩。
　　　△接着，就是一通噼里啪啦的暴打声。
　　　△黑屏。

2-42. 街道　　日　外
　　　△小丸子终归稍逊一等，被林秋雁反扭胳膊控制住。
小丸子：喂，不带这样的啊……别以为我打不过你，我呀，是好男不跟女斗，让着你呢。
林秋雁：（手上一用力）还嘴硬？
小丸子：哎哟，哎哟……行行行，我认输，我认输还不行吗？不就一个破箱子，犯得着吗？还给你就是了。
林秋雁：（放开小丸子）像你这样的小混混，我见得多了——以后别再让我碰到你，不然，有你吃的苦头。
小丸子：（兀自嘴硬）谁稀罕呀，以为我想见你呀？下辈子吧。
△林秋雁冷哼一声，拎着密码箱转身离去。
△等林秋雁走没影了，小丸子才揉着被扭疼的胳膊，哎哟、哎哟地呻吟着。
胖子、瘦猴：（画外音、有气无力）老大……
△小丸子一回头，猛地吓了一跳。
小丸子：啊?!
△只见胖子和瘦猴站在自己身后，两个人都是一副鼻青脸肿的样子。

2-43. 同福客栈　傍晚　外
△林秋雁拎着密码箱走过来。
△林秋雁抬头看看"同福客栈"的招牌，走进店门。

2-44. 同福客栈·客房　傍晚　内
△林秋雁举着望远镜站在窗前，朝窗户外边看过去。
△望远镜中：镜头所指的远处，赫然是"四朵金花"秘密驻地的所在，三三两两的行人，间或有黄包车跑过，并无什么特别异常之处。
△林秋雁放下望远镜，沉思一会儿，再次举起望远镜看出去。

2-45. 同福客栈　夜　外
△一串气死风灯，散发出晕黄的光，每个灯笼上有一个字，串起来就是"同福客栈"。
△稍远处，一只手拨开树丛，露出小丸子、胖子、瘦猴三个人的脑袋，胖子和瘦猴脸上贴着膏药。
小丸子：你们确定她住在这家客栈?
瘦　猴：没错儿，老大，我和胖子两个，亲眼瞅着她进去的。
小丸子：臭娘们儿，我小丸子自打出道以来，还从来没有吃过这么大的亏——不给她点颜色瞧瞧，我就不叫小丸子。
胖　子：老大，依俺看，俺们还是别招惹她了，她有枪，万一……
小丸子：死胖子，闭嘴！不就一把破枪吗，怕个啥？咱们三个大男人，难道还对付不了一个小娘们儿?……都给我打起精神来,盯紧点儿。

2-46. 同福客栈·客房　　夜　内
　　△林秋雁抓过望远镜,再次朝外观察。
　　△望远镜中:"四朵金花"秘密驻地在黢黑的夜色中,一片静谧。
　　△林秋雁搁下望远镜,回过身,脱下身上的衣服,然后换上一套黑色的劲装。
　　△林秋雁将匕首别在靴筒里,又检查了一下手枪的弹匣,将枪别在腰间。
　　△林秋雁推开窗户,翻身而出。

2-47. 同福客栈　　夜　外
　　△一个黑影,顺着客栈的檐角滑了下来。
瘦　猴:老大,看。
　　△小丸子看过去,正好黑影回了一下头,露出清晰的脸庞,是林秋雁。
小丸子:没错儿,是她——咦,奇怪,这臭娘们鬼鬼祟祟的,她要干什么?
胖　子:老大,她朝那边走了。
瘦　猴:怎么办,老大?
　　△小丸子看看客栈的方向,又看看林秋雁走去的方向,稍作犹豫,眼珠子骨碌碌一转。
小丸子:走,跟着她,看她搞什么把戏。

2-48. "四朵金花"秘密驻地　　夜　外
　　△林秋雁走到院墙角下,谨慎地四下观察。
　　△稍远处,蹑足跟踪而来的小丸子等三人,隐身在暗处,紧盯着林秋雁的一举一动。
　　△只见林秋雁嗖的一声,跃上墙头,又一跃而没。
瘦　猴:老大,她进去了。
小丸子:走,过去看看。
　　△小丸子、瘦猴、胖子三人蹑手蹑脚地走到院墙角,胖子有些紧张,不小心踩翻了一块砖头。
小丸子:(手指压唇)嘘……死胖子,你能不能小心点儿?
胖　子:嘿嘿,老大,说实话,俺这心里面,老是扑通、扑通的,忒不踏实。
小丸子:怕什么?有我小丸子在,保证阎王爷都不敢来勾你。

瘦　猴：胆小鬼！

胖　子：臭猴子，你说谁是胆小鬼？

瘦　猴：哼，就咱们仨，除了你，还能有谁呀？

胖　子：你？

小丸子：别吵了。胖子，趴下来，让我上去。

　　　　△胖子答应一声，弯下腰，小丸子踩在他背上，爬上墙头。

2-49.　"四朵金花"秘密驻地　　夜　内

　　　　△林秋雁蹑手蹑脚地推开门，走进客厅，厅内一片安静，气氛有些诡秘。

　　　　△这是一座复式小楼。在一楼的客厅内，朦胧的烛光中，一位身着红色旗袍的艳丽女子坐在椅子上，优雅地跷着二郎腿，手里还端着半杯红酒，是"四朵金花"的老大孟少华。

　　　　△林秋雁正要上前，却发现孟少华一动不动，嘴角隐隐有一丝血迹。

　　　　△林秋雁心生警觉，猛一抬头，发现一名身着蓝色旗袍的艳丽女子横担在二楼的护栏上，长发遮面，胸口泗出大片大片血迹，却是"四朵金花"中的老三杜秋红。

　　　　△林秋雁吃了一惊，再一回头，另有一名身着蓝色旗袍的艳丽女子被日本武士刀钉死在墙壁上，是"四朵金花"中年龄最小的吴小梅。

　　　　△林秋雁疾往后退，不意碰着一物，回头，却与倒吊在屋梁上的一张人脸贴了个正着，该张人脸血污满面，已经完全变形——却是身着白色旗袍的另一名艳丽女子，正是"四朵金花"中的老二林双月。

　　　　△林秋雁大骇。

2-50.　"四朵金花"秘密驻地　　夜　外

　　　　△院墙头，小丸子、瘦猴、胖子三个人的脑袋挤在一起，朝里边窥探着。

2-51.　"四朵金花"秘密驻地　　夜　内

　　　　△林秋雁心知不妙，迅速转身，打算离开。

　　　　△忽然，周围的门窗瞬间破裂，四下冒出无数名日本黑衣打手，有的打手举着火把，顿时火光通明。

2-52.　"四朵金花"秘密驻地　　夜　外

　　　　△小丸子、瘦猴、胖子三人哧溜、哧溜地滑下院墙，缩在墙根处。

△胖子和瘦猴吓得不轻，不住地抚着胸口。

胖　　子：哎哟，妈呀！哎哟，妈呀！……吓死俺了，吓死俺了！

小丸子：（自言自语）哎呀，真够邪性的——这个臭娘们儿，到底是什么路数啊？

瘦　　猴：（苦着脸）老大，要不，咱们还是走吧？胖子说得没错儿，这件事儿，是有点儿、有点儿……那个。

小丸子：再等等看。放心，他们在明处，我们在暗处，出不了事儿……胖子，扶我上去。

胖　　子：（不情愿地）呃。

△胖子再次弯下腰，撑着小丸子爬上墙头。

2-53. "四朵金花"秘密驻地　　夜　内

△啪、啪、啪，一阵不紧不慢的掌声传来。

△青木一郎拍着巴掌，现身二楼，居高临下地看着林秋雁。

青木一郎：哈，有意思，满以为只有"四朵金花"，现在，又冒出一朵来。（打量着林秋雁）脸蛋儿长得不错，挺漂亮；身材嘛，也还行……喂，小妞儿，告诉我，你叫什么名字？

△林秋雁凝神戒备，用眼角的余光打量着四周的环境和日本打手的力量。

林秋雁：（冷冷地）对不起，我的名字你不配问！

青木一郎：哟嗬，脾气挺倔呀……（对手下）给我上，老子要活的。

△一众黑衣打手纷纷跃下，将林秋雁团团围住。

△双方动手，林秋雁跳跃飞纵，力争一招制敌，眨眼间，就有数名黑衣打手被打翻在地。

2-54. "四朵金花"秘密驻地　　夜　外

△小丸子、瘦猴、胖子小心翼翼地趴在墙头，偷眼观看。

△小丸子的视角：大厅中，林秋雁和一众黑衣打手斗作一处。

2-55. "四朵金花"秘密驻地　　夜　内

△林秋雁神勇异常，跟她对打的黑衣打手悉数被她打翻在地。

青木一郎：哟嗬，看不出，小妞儿挺厉害呀。

△青木一郎慢慢地拔出武士刀，然后一纵身，从二楼跃下。

△林秋雁拔出靴筒中的匕首，双手各持一把匕首，与青木一郎斗作一处。

△林秋雁的匕首刺中了青木一郎的大腿，青木一郎的刀也划中了林秋雁

的背部，留下一道长长的血痕。
△青木一郎占兵刃长的优势，林秋雁又挨了一刀，渐处劣势。
△林秋雁胸口挨了青木一郎狠狠一脚，被踹飞出去，匕首掉落。
△林秋雁撞在身后的墙壁上，又跌落下来，倒卧在地，嘴角渗出血来。
△青木一郎忽然大吼一声，凌空跃起，双手举刀，对着林秋雁的脑门，恶狠狠地劈下来——

―― 第三集 ――

3-1. "四朵金花"秘密驻地　　夜　内
△身受多处刀伤的林秋雁，胸口挨了青木一郎狠狠一脚，被踹飞出去，匕首掉落。
△林秋雁撞在身后的墙壁上，又跌落下来，倒卧在地，嘴角渗出血来。
△青木一郎忽然大吼一声，凌空跃起，双手举刀，对着林秋雁的脑门，恶狠狠地劈了下来——

3-2. "四朵金花"秘密驻地　　夜　外
△院墙头，小丸子的视角：青木一郎的刀眼看就要劈到林秋雁的脑门上。
△小丸子低低地惊呼一声，下意识地捂住了自己的眼睛；胖子和瘦猴也吓得张大了嘴巴。

3-3. "四朵金花"秘密驻地　　夜　内
△青木一郎的刀带着风声劈了下来。
△千钧一发之际，林秋雁就地一滚，堪堪躲过青木一郎的刀。
△林秋雁拔出枪，但尚未来得及扣动扳机，就被青木一郎一脚踢飞。
△青木一郎举刀再劈，林秋雁躲无可躲，双手抓住对方的刀刃，生生将青木一郎的刀拗断，两人各执半截。
△青木一郎握着断刀稍一愣神，林秋雁适时反击，一连串飞脚踹在青木一郎的胸口上，青木一郎跌出。
△林秋雁将手中的断刀甩出，射中守在一窗口的日本打手，日本打手中刀跌落。
△林秋雁就地翻滚，捡起掉落在地上的手枪，一边朝青木一郎射击，一边跃向窗口。
△青木一郎仰翻躲避，林秋雁的子弹堪堪擦着他的眉梢飞过。
△一众日本打手开枪，林秋雁左臂中枪，在啾啾的子弹声中，她凌空撞断窗棂，飞跃出去。

3-4. "四朵金花"秘密驻地　　夜　外

　　　△小丸子、胖子、瘦猴等三人的视角：

——先是林秋雁撞断窗棂跃出，然后几个箭步，迅速攀上院墙，一跃而没；

——青木一郎带着一众日本打手冲出屋子，打开大门，朝林秋雁逃走的方向追去。

　　　△小丸子、瘦猴、胖子三人紧张地滑下院墙，躲进一旁的树丛。

瘦　猴：（压低声音）老大，好像是日本人。

小丸子：嘘，别说话。

3-5. 街巷　　夜　外

　　　△青木一郎带领一众日本打手，飞速跑过来。

　　　△青木一郎忽然一抬手，停住脚步：火光下，路面上散落着星星点点的血迹。

青木一郎：她受伤了，跑不远，快追。

　　　△一众日本打手迅速向前追去。

3-6. "四朵金花"秘密驻地　　夜　外

　　　△小丸子、胖子、瘦猴瞪三人蹑手蹑脚地从树丛后边走出来。

　　　△大门敞开着，院子里边一片静谧。

小丸子：走，进去瞧瞧。

瘦　猴：（一扯小丸子衣袖）老大，别……咱还是别凑这热闹了，扯呼吧！

胖　子：老大，俺有点怕。

小丸子：瞧你们那点儿出息，还大老爷们呢！古人说过一句什么话来着，"不入……"（一时想不起来，挠挠后脑勺）"什么什么穴……"

瘦　猴：老大，是"不入虎穴，焉得虎子"。

小丸子：对对对，就是那句，"不入虎穴，焉得虎子"……（压低声音）里边现在没人，咱们就进去瞧瞧，快进快出，说不定还能捞点儿小钱花花。

3-7. "四朵金花"秘密驻地　　夜　内

　　　△院子里，小丸子走在前边，胖子和瘦猴战战兢兢走在后边。

　　　△小丸子等三人走进大厅：室内一片狼藉，穿红、白、黄、蓝旗袍的四

·灰 雁·

名艳丽女子死法各异，显得极为恐怖。
　　△瘦猴和胖子吓得啊了一声，转身就跑，却冷不防后领子被小丸子一把抓住，将他们拽了回来。
　　△小丸子在胖子和瘦猴头上各敲了一记。
小丸子：号什么号？死人没见过啊？真是！……四处找一找，看看有没有什么值钱的东西。
　　△小丸子大大咧咧地四处翻腾，胖子和瘦猴也四处翻找，但动作谨小慎微。
小丸子：（挠挠后脑勺）啊呀，真是的，穿得倒挺光鲜，感情也是一窝子穷光蛋……（目光四下逡巡）咦？
　　△小丸子的目光落在悬吊着的林双月身上，她倒垂的手心中，握着一小叠钞票。
　　△小丸子走上前，小心翼翼地从林双月手中抽出纸钞，纸钞上沾有点点血迹。
小丸子：（用嘴亲了一下纸钞）钱啊钱，我小丸子爱死你们啦！好歹有点儿收获，没有白跑这一趟……胖子、瘦猴，我们走。
　　△胖子、瘦猴答应一声，跟在小丸子身后走出。

3-8. 深巷　　夜　外
　　△小丸子、胖子、瘦猴三人无精打采地走着。
小丸子：流年不利，流年不利啊，非但偷来的钱没啦，连赢来的大把钱也没啦，无端端地在一个小娘们身上栽了跟斗——啊呀，真是喝凉水碜牙、放屁砸脚后跟，倒了八辈子霉啦……胖子，瘦猴！
　　△胖子答应一声，瘦猴则殷勤地凑到近前去。
瘦　猴：老大，什么事儿？
小丸子：我说，你俩大清早上茅厕，是不是没有擦屁股呀，坏了我小丸子的风水？
瘦猴、胖子：啊?！……（叫屈）不是吧，老大？这也怪我（俺）们？
　　△忽然，一个黑影闪出，一支手枪顶在小丸子的脑门上。
　　△一个冷冰冰的女声响起——
林秋雁：不许动！
小丸子：（连忙举起双手）喂喂喂，别开枪，别开枪，千万别开枪，你要什么我都给你……千万别开枪，千万千万……
林秋雁：（意外地）是你？

50

　　　　　△小丸子抬起头，认出黑影是林秋雁。
小丸子：啊，是你……扫把星?!
　　　　　△小丸子话音未落，林秋雁忽然直直地向后倒去。

3-9. 废弃仓库　　日　内
　　　　　△处于半昏迷状态的林秋雁躺在一张简陋的木架床上。
　　　　　△胖子和瘦猴枯坐在稍远处，小丸子则叉着腰，在地上焦躁地走着来回，不时地挠挠后脑勺。
小丸子：（对胖子和瘦猴招手）你们两个，过来。
　　　　　△胖子和瘦猴小心翼翼地凑上前。
小丸子：去，看看那个扫把星醒了没有。
　　　　　△胖子和瘦猴对视一眼，胆怯地摇摇头。
　　　　　△小丸子生气地扬扬拳头，作势要打，胖子和瘦猴连忙抱住脑袋。
　　　　　△犹豫片刻，小丸子走到床前，伸出手，在林秋雁眼前晃动了几下。
　　　　　△林秋雁这时刚好醒了过来，飞速抓住小丸子的手，用力反扭住。
小丸子：哎哟，哎哟……放开我，放开！
　　　　　△林秋雁定了定神，目光落在自己的身上：受伤的部位简单包扎过了——显然是小丸子所为。
　　　　　△林秋雁松开小丸子的手腕。
林秋雁：是你救了我?
小丸子：呃，是我们救了你不假。但你千万别误会啊，一码归一码，我小丸子跟你，仇大着呢……哼，要不是看在你跟日本人作对的份儿上，才懒得救你回来呢，算我倒霉。
　　　　　△沉默，稍倾——
林秋雁：……谢谢！
小丸子：（连忙摆手）别，你千万别说这个"谢"字儿，咱俩是井水和河水的关系，犯不着来这些虚头巴脑的客套……你赶紧养伤，伤好了马上离开，这是我小丸子的地盘，不欢迎陌生人。
林秋雁：你放心，我马上就走。
　　　　　△林秋雁挣扎着下了床，向外走去。
　　　　　△胖子和瘦猴凑到小丸子身后。
瘦　猴：老大，就这样让她走了?
小丸子：不走怎么办？还能把她当菩萨一样供着呀?……扫把星。

·灰 雁·

胖　　子：老大，这个仓库是俺们的秘密落脚点，现在让那个娘们儿知道了，她会不会出卖俺们呀？
小丸子：放心吧，日本人还在到处找她呢，她是泥菩萨过河，自身难保……走吧，出去找点吃的。

3-10. 街道　　日　外
　　　△林秋雁低着头，顺街道往前走，身上依旧穿着昨晚的夜行服。
　　　△街旁，一群老百姓围观着墙上的一张通缉告示，叽叽喳喳地议论着，一名书生模样的观众，摇头晃脑地读着告示上的内容。
书　　生："兹有四位上海名媛，于昨夜子时时分，暴死豪宅，疑似杀人凶手系女性，姓氏不详……"
　　　△书生朗读的告示内容，字字句句清晰地传进林秋雁的耳朵，她忽然停住脚步。
书　　生："……该犯二十出头，行凶时身穿黑色夜行衣，左臂中枪，背部另有刀伤数处……"
　　　△林秋雁猛地回转头，看向墙上的通缉告示。
　　　△通缉告示的特写：写着大大的"缉凶"二字，以及疑似杀人凶手的脸部轮廓画像——赫然与林秋雁的面目无二。
　　　△林秋雁心里一惊，四下扫视一番，一低头，匆匆离去。

3-11. 另一街道　　日　外
　　　△林秋雁谨慎地向前走着。
　　　△对切：前方，一队巡捕房的警察，迈着整齐的步伐，迎面跑过来。
　　　△林秋雁一转身，进了旁边一条胡同。

3-12. 胡同口　　日　外
　　　△林秋雁走出胡同口，边走边察看四周的行人和环境。
　　　△对切：后方，有两三名巡捕房的警察，散散漫漫地走过来。
　　　△林秋雁闪到一处墙角，藏身隐蔽处。
　　　△林秋雁的视角：两三名巡捕房的警察，晃晃悠悠地从她面前走了过去。
　　　△林秋雁闪身而出，然后朝相反的方向走去。

3-13. 又一街道　　日　外

　　　　△林秋雁继续向前走着，她用手捂着左臂，伤口处已经渗出血来。
　　　　△对切：前方，一辆日本军车和数辆日本摩托车开了过来。
　　　　△躲无可躲，林秋雁闪身进了旁边的一家小店铺。
　　　　△日本军车和摩托车队开了过去。
　　　　△林秋雁从店铺中出来，身上已经裹了一件男人的衣服，头上还戴了一顶破帽子，继续匆匆向前走。

3-14. 同福客栈　　日　外

　　　　△林秋雁谨慎地四下观察：行人、车辆，以及一些小摊贩。
　　　　△见四周并没有什么异常，林秋雁才抬腿走进客栈。

3-15. 大和洋行·内室　　日　内

　　　　△一溜儿摆着十个银色的金属箱子。
　　　　△一只大手打开其中一只箱子：里边码着一沓沓崭新的钞票。
青木一郎：将军，货都在这里了，下一步怎么办？
龟田次郎：（拿起一沓钞票）通知中央银行上海闸北区支行的金行长，马上启动"蝎美人"计划。
青木一郎：是，将军。
　　　　△青木一郎躬身行礼，转身走出。
　　　　△龟田次郎轻轻地捻着钞票，慢慢地，嘴角浮起一丝狞笑。

3-16. 街道　　日　外

　　　　△小丸子带着胖子、瘦猴摇摇晃晃地走着。
　　　　△路过一个包子铺，小丸子趁主人不备，顺手偷了三个包子，扔给胖子、瘦猴各一个，边走边吃起来。
　　　　△一个小报童从老远处跑过来。
小报童：卖报，卖报，四位名媛暴死豪宅，巡捕房悬赏五百大洋缉凶……卖报，卖报，四位名媛暴死豪宅，巡捕房悬赏五百大洋缉凶……卖报，卖报……
　　　　△小报童从小丸子身旁跑过，小丸子又顺手偷了一份报纸。
　　　　△小丸子展开报纸，却是颠倒拿着，胖子和瘦猴凑过来看报。
瘦　猴：嘿嘿，老大，报纸拿反了。

·灰　雁·

小丸子：（瞪瘦猴一眼）我还不知道拿反了呀，要你提醒？我是故意拿反的……故意的，知道不知道？

瘦　猴：（赔着小心）哎哎，知道，知道。

小丸子：哼，真是的。

　　　　△小丸子将报纸拿正，瘦猴和胖子凑上前看。

　　　　△几乎同时，胖子和瘦猴两人惊呼一声。

胖　子：呃，老大，好像是那几个女的。

瘦　猴：啊，没错儿，是她们，化成灰我都认得。

小丸子：嗯？

　　　　△小丸子仔细端详报纸上的图片。

　　　　△报纸特写：头版位置，醒目地印着孟少华、林双月、杜秋红、吴小梅四人的死状照片。

　　　　△小丸子脑海中倏地闪过红、白、黄、蓝四位旗袍女子的不同死状，与报纸上的照片一一印证、叠合。

小丸子：啊，还真是她们！

　　　　△瘦猴干脆伸手拿过报纸，展开来读。

瘦　猴："……四位名媛，于昨夜子时暴死豪宅，杀人凶手系女性，二十出头，行凶时身穿黑色夜行衣，左臂中枪，背部另有刀伤数处"——啊，老大，是、是、是……是她？

　　　　△瘦猴惊慌地指着报纸，报纸另一端画着疑似杀人凶手的通缉画像。

小丸子：嗯？……是扫把星？！

　　　　△通缉画像特写：画像的脸型轮廓，与林秋雁酷似无二。

瘦　猴：是她，百分之百是她，错不了……坏啦，坏啦，这下子麻烦大了！老大，你说会不会牵扯上咱们啊？

小丸子：啊，这个不好说，要说牵扯吧，肯定有牵扯……你们看啊，（掰手指头）我们不但救了杀人凶手一命，还替她包扎伤口，还留她住了一个晚上——这怎么着，也算犯了窝藏包庇罪吧？

胖子、瘦猴：啊？窝藏包庇罪？！

小丸子：（自言自语）啊呀，感情是扫把星杀了那四个女的呀，我还以为是日本人干的呢……瘦猴，再读读，看报纸上还说啥了？

瘦　猴："从即日起，巡捕房全城缉拿凶手，凡举报、提供有效线索者，特悬赏大洋五百块……"

小丸子：（一把抓过报纸）什么，大洋五百块？！

　　　　△小丸子、瘦猴、胖子三人鼓突着眼珠子，一个瞪着一个。

3-17. 上海公共租界巡捕房·大门口　　　日　外
　　　　△招牌特写，上书"上海公共租界巡捕房"几个大字。
　　　　△大门口，左右各站一名值岗的警察。
　　　　△小丸子偏着头，盯着巡捕房的大门，眼珠子骨碌碌乱转。
小丸子：你们两个在外边把风，我进去。都醒着点神儿，万一我有个啥好歹，你
　　　　们先撒丫子跑人，然后再想办法来救我。
瘦　猴：啊，救你？
小丸子：（在瘦猴头上敲了一记）猪头！我是说万一，万一——懂吗？
瘦　猴：哎、哎，懂，懂。
胖　子：嘿嘿，活该。
　　　　△瘦猴生气，作势要打胖子，胖子龇牙。
小丸子：都记住了吗？
胖子、瘦猴：记住了，老大。

3-18. 上海公共租界巡捕房·马文涛办公室　　　日　内
　　　　△小丸子局促不安地站在屋子中央。
　　　　△一个不紧不慢、中年男人的声音响起——
马文涛：（画外音）你是说，我们要缉拿的杀人凶手躲在一家小客栈里？
　　　　△巡捕房副总探长马文涛拿着一个硕大的烟斗，上下打量着小丸子。
小丸子：哎，是，是，我们亲眼看着她进去的。
马文涛：你们？
小丸子：啊，不，不，我，是我，我一个人，不是我们……嘿嘿。
马文涛：知道我是谁吗？
小丸子：嘿嘿，知道，您是……马、马探长。
马文涛：行，有点眼力见儿，还知道我是谁。
小丸子：嘿嘿，您是上海滩的名人，谁个不认识您呀？
马文涛：那家客栈，叫什么来着？
小丸子：叫同福客栈，同福，共同的"同"，福气的"福"。
马文涛：（沉吟）同福客栈？……（对门外）来人。
　　　　△一名警察推门进来。
马文涛：集合队伍，去同福客栈。

·灰 雁·

警察甲：是，探长。
　　　　△警察甲转身走出。

3-19. 同福客栈·客房　　日　内
　　　　△桌上摆着两个小药瓶，旁边搁着一支手枪。
　　　　△林秋雁半裸着上身，自个儿给背上以及左臂上的伤口上药。

3-20. 同福客栈　　日　外
　　　　△三辆黑色轿车急速开过来，咔地停在同福客栈门口。
　　　　△一大群荷枪实弹的巡捕房警察跳下车来。
　　　　△马文涛最后下车，嘴里叼着他一刻也不离手的硕大烟斗。
马文涛：把这儿给我包围起来。
　　　　△一众警察们各自寻找掩体，执枪瞄准客栈。
　　　　△稍远处的树丛后边，悄悄探出小丸子、胖子、瘦猴三个人的脑袋。
　　　　△小丸子的视角：马文涛一挥手，一部分警察执枪冲进了客栈。
小丸子：（OS）扫把星啊扫把星，你可千万别怪我。救你归救你，举报归举报——撇开咱俩的恩恩怨怨不说，谁让你值五百块大洋呢？你就好好地待在巡捕房的大牢里，过你的下半辈子吧。

3-21. 同福客栈·大堂　　日　内
　　　　△店老板是一位戴着老花镜的小老头，正在柜台后边划拉着算盘。
　　　　△巡捕房的警察横冲直撞地冲进来。
　　　　△店老板一惊，赶紧迎出来。
店老板：哟，几位官爷，你们这是？
　　　　△马文涛用探究的眼神打量一番店老板。
马文涛：你就是店老板？
店老板：（小心翼翼）哎，是，是。
马文涛：我们是巡捕房的，前来缉拿杀人凶手。
店老板：（变得有些结巴）啊、杀、杀、杀……杀人凶手？
马文涛：对，杀人凶手。根据我们得到的线报，这名凶手，此刻就躲在你的客栈里。
店老板：（惊骇地）啊？！
马文涛：（对手下）给我挨个儿搜。
　　　　△一应警察迅速冲上楼去。

3-22. 同福客栈·楼道　　日　内
　　　△急促的脚步声。快速移动的长筒皮靴。
　　　△警察挨个房间搜查，房客们惊慌失措地被驱赶出房间。

3-23. 同福客栈·客房　　日　内
　　　△林秋雁已经上好了药，用长绷带将整个背部缠绑了起来。
　　　△外边传来急促的脚步声以及喧哗声，林秋雁警觉地竖起耳朵。
　　　△林秋雁快速穿上外衣，一把抓起枪，躲到门背后。
　　　△林秋雁将门打开一条缝儿，透过门缝朝外观察。
　　　△林秋雁的视角：一群荷枪实弹的警察，正在挨个房间搜查，将每个客房的客人都驱赶了出来。
　　　△林秋雁略一思索，反扣上门，折返回来，将药品等装进密码箱。
　　　△林秋雁掀开天花板的一小块，将密码箱搁进去，又盖上。
　　　△外边的脚步声越来越近，林秋雁快步走向窗户边，无意中怀中掉下一物——正是父亲林其轩的怀表。
　　　△林秋雁掀开后窗户，忍着痛，翻窗而出。

3-24. 同福客栈·旁边巷道　　日　外
　　　△林秋雁跃下地面，由于太用力，左臂上开始渗出血来。
　　　△林秋雁从巷子口探出头，看到客栈门口守着若干警察。
　　　△林秋雁转过身，朝另一边的出口走去。

3-25. 街巷　　日　外
　　　△林秋雁谨慎地向前走着。
　　　△林秋雁忽然一怔，猛地停住脚步：伸向怀中的手摸了个空。
　　　闪回：
　　　△同福客栈·客房。林秋雁快步走向后窗户，父亲的怀表无意中从她的怀中掉落。
　　　现实：
　　　△林秋雁毫不犹豫地转身朝客栈的方向跑去。

3-26. 同福客栈·客房　　日　外
　　　△背窗处，林秋雁双手紧扣墙壁，透过窗户缝隙，谨慎地朝室内窥探。

·灰　雁·

　　　　　△林秋雁的视角：室内，父亲的怀表静静地躺在地板上。

3-27.　同福客栈·客房　　日　　内

　　　　　△林秋雁翻窗而入。
　　　　　△林秋雁弯腰去捡怀表。
　　　　　△忽然，传来拉动枪栓的声音——屏风后转出数名警察，拿枪指着林秋雁。

警　　察：（众）不许动！不许动！
　　　　　△林秋雁怔住。
　　　　　△林秋雁慢慢举起双手，直起腰来。
　　　　　△忽然，林秋雁瞬间出手，抓住两支长枪一拉一搋，又就地一个扫堂腿，放翻了数名警察——由于受伤，她的动作略显迟滞。
　　　　　△林秋雁冲向门口，却再次猛地顿住。
　　　　　△林秋雁慢慢退了回来——她的脑门上，顶着一支手枪。
　　　　　△马文涛用手枪顶着林秋雁的脑门，伸手下了她腰间的枪。

马文涛：看来，我的分析没错儿，这只怀表对你有着特殊的意义，所以，你又跑了回来——（盯着林秋雁渗血的左臂）你就是日本人点名要抓的那个杀人凶手？

林秋雁：我没有杀人。你们不能抓我！

马文涛：你有没有杀人，我不管。反正死了人，日本人说是你杀的，那就是你杀的喽。他们指名道姓要抓你，我也就只好拿你去交差——要怪，就怪你自个儿的命不好吧，什么人不好招惹，偏偏要去招惹日本人？

林秋雁：（冷笑）哼，从什么时候起，大上海公共租界的巡捕房变成日本人的走狗了？

马文涛：哟嗬，看不出，一个姑娘家家的，牙叉骨倒是挺硬的。我劝你还是省点劲儿吧，到了日本人那里，有你吃的苦头——（对手下）带走。

3-28.　同福客栈·大堂　　日　　内

　　　　　△一众警察押着林秋雁往出走。
　　　　　△店老板惊讶地大张着嘴巴，半天没有合拢。

3-29.　同福客栈　　日　　外

　　　　　△林秋雁的双手被反绑着，一众警察推搡着她走出来。

△两名警察将林秋雁塞进第二辆黑色轿车。

△马文涛叼着烟斗，不紧不慢地走向自己的黑色轿车。

△小丸子小心翼翼地凑上去。

小丸子：哎，探长，马探长。

△马文涛回转身，探究地看着小丸子。

小丸子：（谄媚地）嘿嘿，探长，您……那个，那个……（搓搓手指头，做了个数钱的动作）说好的，那个……赏钱呢？

马文涛：赏钱？……嚯，有点儿意思！这日本人点名要抓的凶手，你也敢要赏钱？

小丸子：这个，这个……嘿嘿，报纸上不是登了嘛，说你们那个，举报有功，赏五百大洋？（岔开五根手指头，朝马文涛晃晃，同时强挤出一丝笑容）五百……大洋？

马文涛：报纸上登了不假。问题是，你怎么知道凶手躲在这家客栈里呀？

小丸子：（挠后脑勺）这个，我、我……嘿嘿，刚好碰上了。

马文涛：刚好碰上了？依我看，你跟她就是一伙的，同案犯——（对手下）来人，把他也给我抓起来，回头一并交给日本人。

△两名警察冲上来，反扭住小丸子的胳膊。

小丸子：喂，你们干什么？马探长，马探长，你不能赖账啊，五百块大洋，要不少点儿也行……放开我，你们放开我，放开……

△两名警察对小丸子的大喊大叫充耳不闻，将她也塞进了第二辆黑色轿车。

3-30. 车内　　日　内

△小丸子被推搡进来，和林秋雁并排挤在后座上，两个人的双手都被反绑着。

△林秋雁盯了小丸子一眼，小丸子有些心虚，目光游离开去。

林秋雁：这上海滩可真够小的，最不想遇见的人，隔三岔五地老碰在一起。

小丸子：是啊，是真小……自打遇到你，我小丸子什么倒霉事儿都碰上啦。（OS）哎呀，真是的，偷鸡不成，反而蚀了把米——这下子糗大了，还成了扫把星的同案犯，到了日本人手里，肯定死路一条，怎么办？怎么办？

3-31. 同福客栈　　日　外

△马文涛叼着烟斗，上了自己的车。

△三辆黑色轿车陆续发动，掉头，驶出，渐渐远去。

·灰 雁·

　　　　　△稍远处，树丛后边，胖子和瘦猴两个人，哭丧着脸，不住地打着哆嗦。
瘦　猴：完了！完了！赏钱没赚到，老大还被抓走了……胖子，这下咋办？
胖　子：老大说，她要出了事儿，让俺们想法子救他……你就说，咋救吧。
瘦　猴：（带哭腔）还能咋救？就凭咱们俩，敢跟真刀真枪的巡捕房干？那不是白白送死吗？
胖　子：呃，那你说咋办？
瘦　猴：咋办？我怎么知道咋办？……（歪头想了想）先跟上去看看吧，万一老大逃不出来，那是他的命不好，咱一拍两散，各走各的。
胖　子：呃。
　　　　　△瘦猴起身走出，胖子还蹲在那里。
瘦　猴：（回头喊）走吧，胖子……愣什么神呢？
　　　　　△胖子再次呃了一声，起身屁颠屁颠地跟了上去。

3-32. 街道　　日　外
　　　　　△巡捕房的三辆黑色轿车，顺着街道向前行驶。
　　　　　△第一辆轿车：副驾座上，马文涛不紧不慢地抽着烟斗。
　　　　　△第二辆轿车：影影绰绰，能看见林秋雁和小丸子坐在后排。

3-33. 车内　　日　内
　　　　　△林秋雁一脸冷肃，小丸子的眼珠子则骨碌碌乱转。
　　　　　△趁前排的警察不注意，小丸子咬住自己的领口，用牙齿拽出一把小刀。
　　　　　△小丸子侧斜过身子，要把小刀落在手心里，谁知却落空了，落在了脚旁边，手根本够不着——小丸子傻眼了。
　　　　　△林秋雁冷嗤一声，小丸子朝她恨恨地龇龇牙。
　　　　　△林秋雁面上不动声色，却将被绑着的两条胳膊向屁股下边移动，并一点点从双腿下边套过来。
　　　　　△林秋雁完全将反绑着的双手移到了身体前边，小丸子看得目瞪口呆。
　　　　　△小丸子学林秋雁的样儿，也试图从屁股下边将胳膊翻转过来，但吭哧了两下，根本不成功。
　　　　　△林秋雁用绑着的双手，弯腰去捡小丸子的刀片。
小丸子：（OS）啊，臭娘们儿，想要我的刀子，门儿都没有！
　　　　　△小丸子抬腿挡住林秋雁的手，一个要捡，一个要挡，两个人闷声不响地过起招来。

60

△听见后座上的响动，副驾座上的警察回过头来察看。
警察乙：喂，你们干什么？
　　△警察乙忽然发现不对劲儿，伸手去抓林秋雁。
　　△林秋雁抓住警察乙的手腕一翻一扭，将他推开去，然后迅速用两只胳膊箍住开车警察的脖子。
　　△开车警察在林秋雁的胳膊底下挣扎，轿车扭来扭去。
　　△警察乙急忙拔出枪，对准林秋雁。
　　△小丸子这时反应了过来，猛地伸出头，张口咬住了警察乙的手腕，警察乙的手枪掉落。
　　△林秋雁扼晕开车警察，又用胳膊肘三下两下将警察乙打昏过去。

3-34. 马文涛车内　　日　内
　　△马文涛悠闲地叼着烟斗，目光无意识地看向后视镜。
　　△后视镜中：第二辆轿车先是歪歪扭扭，然后偏离主干道，撞在一堵墙上，咣的一声，侧倾翻倒。
马文涛：嗯？怎么回事儿？停车。
　　△司机一踩刹车，轿车停住。

3-35. 车内　　日　内
　　△侧翻的轿车内，林秋雁摸到小丸子掉落的小刀，用力割断手腕上的绳索。
　　△林秋雁一手抓过开车警察腰间的手枪，同时用脚狠踹车门。

3-36. 街道　　日　外
　　△林秋雁率先爬出了轿车，紧接着，小丸子也侧着身体爬了出来。
　　△对切：几乎同一时间，另外两辆巡捕房的轿车停了下来，一众警察跳下车，朝林秋雁和小丸子的方向射击。
　　△林秋雁和小丸子躲在车身后，林秋雁不时举枪还击。
　　△稍远处，马文涛叼着烟斗，饶有兴味地观战，丝毫没有紧张和着急的意思。
小丸子：喂，帮我解开绳子。
　　△林秋雁不吭声，对准小丸子手腕上的绳索开了一枪，小丸子吓得一哆嗦。

·灰　雁·

小丸子：喂，有你这么帮忙的吗？
林秋雁：那要怎么帮？
小丸子：啊呀，扫把星就是扫把星……别忘了，我可是救过你一命的。
　　　　△小丸子掏出怀里的弹弓，对准一名警察射出，警察中弹，哎哟一声跌倒。
林秋雁：你最好少废话……（探出身子，开了一枪）还是想想怎么逃出去吧。
　　　　△小丸子一边用弹弓射击，一边四下扫视，这才发现两人的处境大为不妙：前方的两列警察互为犄角，堵截住了所有出路，而在她们身后，则是一堵极高的墙。
小丸子：（OS）完了，完了，这次亏大发了……五百大洋没挣到，还把小命玩儿没啦！
　　　　△忽然，从高墙上伸下一条绳子来，同时传来瘦猴压低的声音。
瘦　　猴：喂，老大，快上来，快上来。
　　　　△小丸子抬头一看，胖子和瘦猴正爬在高墙头上，冲她招手。
小丸子：（惊喜地）呀，胖子、瘦猴！
　　　　△瘦猴拽着绳子，胖子面前则搁着几个大灰包，抓起来朝警察扔过去。
　　　　△灰包撒开来，烟灰纷扬弥漫。
小丸子：（OS）啊呀，看来我这个老大没白当，关键时刻，总是有人来救的！
　　　　△小丸子一把抓住绳子。
小丸子：喂，扫把星，你慢慢跟警察玩吧，我小丸子先走啦。
　　　　△谁承想，林秋雁的动作比小丸子更快，她一边开枪，一边跃向绳子。
　　　　△林秋雁从小丸子头上跃过，赶在小丸子前头，抓住绳索向上攀去。
小丸子：呀，该死的扫把星！
　　　　△小丸子也紧随在林秋雁身后，抓住绳索向上攀去。攀爬过程中，林秋雁和小丸子不时过一两招。
　　　　△稍远处，一直悠闲观战的马文涛，忽然咦了一声。
闪回：
　　　　△赌场门前：小丸子拎着密码箱，一边和林秋雁对打，一边逃窜。
现实：
　　　　△马文涛认出了林秋雁和小丸子两个人。
马文涛：原来是她们！
　　　　△眼看着林秋雁和小丸子已经攀上墙头，一众警察就要上前追，马文涛抬手阻止住他们。

马文涛：算啦，不用追了——让她们走。

同场切：
　　△两辆轿车急速开过来，停住。
　　△车门打开，青木一郎和手下的一众日本打手下车。
　　△青木一郎朝马文涛走过来。
青木一郎：马探长。
马文涛：青木先生，你来得可真及时。看来，你们日本人的情报，比我这巡捕房要灵通得多了——我们这边刚一动手，你们那边就得着消息了。
青木一郎：马探长说笑了。因为死者是龟田先生的好朋友，也是我们大日本帝国的好朋友，所以，龟田先生非常重视这个案子，催得急，我们这些做下属的，就不能不跑快点儿……（四顾）马探长，你们抓的凶手呢？
马文涛：跑啦。
青木一郎：（脸色一变）什么，跑啦？
马文涛：是的，跑啦。就在你赶来的前一分钟，我们还在跟凶手激烈地枪战。
　　△马文涛指指侧翻的轿车，以及刚刚从轿车中抬出来、尚处于昏迷状态的警察乙、开车警察两个人。
马文涛：看见没有，为了帮你们抓凶手，我不但折了两个弟兄，就连这辆车，也报废了——回头，得让龟田先生补偿我们。
青木一郎：（脸上的表情阴晴不定）既然凶手跑掉了，那就请马探长继续加强追捕，直到将凶手缉拿归案为止——龟田先生的脾气，马探长应该是清楚的，如果抓不到凶手，届时，巡捕房难辞其咎，恐怕你马探长的日子，也不大好过。
马文涛：你告诉龟田先生，让他放心，凶手会抓到的，只是迟早而已。
青木一郎：（对手下）我们走。
　　△青木一郎带着一众日本打手上车，掉头离去。
　　△警察甲走到马文涛身后。
警察甲：探长，这小日本，也太他妈嚣张了！
马文涛：人家嚣张，自有嚣张的资本——谁让人半个中国，都在人家手里攥着呢。
警察甲：……
马文涛：（淡淡地）走吧，回去。
　　△马文涛等人上了轿车，驱车离去。

·灰　雁·

3-37. 巷道　　日　外

　　　　△正在向前走的林秋雁忽地回转身，将小丸子抵在墙壁上，用手枪顶着她的下巴。

林秋雁：是你出卖我？

小丸子：（大急）喂，有没有搞错啊，谁出卖你呀？是你自己杀了人，还连带我成了同案犯……是你连累了我好不好？

　　　　△胖子和瘦猴对视一眼。

　　　　△瘦猴顺手抓起路旁一根木棒，高举着冲向林秋雁。

瘦　猴：呀……

　　　　△瘦猴的木棒尚未挥下来，就被林秋雁一脚踹飞，哎哟、哎哟地栽倒在地上。

　　　　△胖子举着一个灰包，向林秋雁的脸上扣过去。

　　　　△林秋雁腾出一只手，一挡一推，灰包反扣在胖子的脸上。

　　　　△胖子脸部特写：一张脸顿时成了大花脸，沾满烟灰；他动动眉毛，一呼气、一动嘴唇，烟灰就扑簌簌往下掉。

林秋雁：我没有杀人——他们诬陷我。

小丸子：你没有杀人？还狡辩？告诉你，报纸上都登啦，那四个女的，死得一个比一个惨……没想到你这女人，看起来跟画张子上的仙女似的，下手还真狠！

林秋雁：我没有杀她们。她们是死在日本人手里的。

小丸子：哼，谁信啊？

林秋雁：爱信不信。（顿了顿）我也没打算让你相信。

小丸子：喂，放开我。我好歹救过你一命，有你这样对待救命恩人的吗？

　　　　△林秋雁一动不动地盯着小丸子，不吭声。

　　　　△忽然，林秋雁扣动扳机，传来撞针清脆的撞击声。

　　　　△小丸子啊的一声，吓得闭上了眼睛。

　　　　△过了好半响，惊魂甫定的小丸子慢慢睁开眼睛。

　　　　△林秋雁已经转身离去，走出了好远。

　　　　△小丸子无力地顺着墙根滑下去，瘫软在地。

　　　　△胖子和瘦猴连忙跑上前，扶起小丸子。

瘦　猴：老大，你没事吧？

胖　子：老大，你没事吧？

小丸子：（有气无力）放心吧，没事儿，我没事儿。

△小丸子拍拍身上的尘土，冲着林秋雁远去的背影扬扬拳头。

小丸子：（咬牙）好你个扫把星，记得下回别栽在我手里，不然，我小丸子让你脱三层皮！呸呸呸——

3-38. 中央银行上海闸北区支行·大厅　　日　内

△副行长金明辉挟着公文包，行色匆匆地往外走。

3-39. 中央银行上海闸北区支行　　日　外

△金明辉走出大门，右拐，继续向前走。

3-40. 街道　　日　外

△一辆黑色的轿车停靠在街道边上。
△金明辉走近黑色轿车，打开后车门，坐了进去。

3-41. 车内　　日　内

△后座上，并排坐着龟田次郎和金明辉。

龟田次郎：东西带来了吗？

金明辉：带来了，龟田先生，您看。

△金明辉打开公文包，露出一串锃亮的钥匙。

龟田次郎：嗯，很好。今天晚上的行动，必须确保万无一失！

金明辉：请龟田先生放心，金某已经做好妥善安排，保证万无一失。

龟田次郎：嗯，好。辛苦金行长了。

金明辉：哎，应该的，应该的。

3-42. 红十字会总医院　　夜　外

△医院外观夜景，以及门牌特写："红十字会总医院"字样。
△背角隐蔽处，一个黑影顺着楼角，速度极快地攀爬了上去。

3-43. 红十字会总医院·楼道　　夜　内

△在微弱的光线下，黑影背对镜头，向前走着。

3-44. 红十字会总医院·药房　　夜　外

△黑影走到药房门口，停住。

·灰　雁·

△黑影的视角：隔着门框玻璃，能看见里边的药柜，以及影影绰绰的药瓶等物。
△黑影用胳膊肘撞碎门框玻璃，伸手进去扭开门。

3-45. 红十字会总医院·药房　　夜　内
△黑影打开灯，明亮的光线下，黑影的脸部轮廓显现出来：原来是林秋雁——她的脸色苍白，明显失血过多。
△林秋雁在药柜里边划拉药瓶，寻找自己需要的东西。
△桌上，摆着几瓶药和一应输液设备，林秋雁用针管兑药，然后将药水注射进输液瓶里边。
△林秋雁将输液瓶挂起来，然后自己给自己扎针，针头刺进血管里边，输液管里边出现回血——似乎有点儿疼，林秋雁轻微地蹙了一下眉头。
△输液器开始往下滴药液，林秋雁伸出手，调整了一下输液器的调速开关。

3-46. 中央银行上海闸北区支行·侧后门　　夜　外
△一辆黑色轿车悄无声息地滑过来，停下。
△车门打开，金明辉、青木一郎和数名日本打手等先后下车。
△青木一郎打开车后盖，日本打手每人掂起两只银色箱子。
△金明辉用钥匙打开大门，青木一郎以及一众日本打手掂着箱子走进大门。

3-47. 中央银行上海闸北区支行·铁栅栏门　　夜　内
△金明辉、青木一郎以及日本打手等走到铁栅栏门边。
△金明辉打开铁栅栏门，青木一郎等人掂着箱子鱼贯而入。

3-48. 中央银行上海闸北区支行·金库　　夜　外
△在手电筒的照射下，金明辉用钥匙打开金库门。
△金明辉、青木一郎以及一众日本打手走进金库。

3-49. 中央银行上海闸北区支行·金库　　夜　内
△金库内，陈列的银色箱子竟然跟日本打手掂的箱子一模一样。
△青木一郎随意打开陈列架上的一只箱子：里边整整齐齐地装着崭新的钞票。

金明辉：必须抓紧时间，巡逻的守卫子时准点换岗，这中间只有不到五分钟的空当时间。

青木一郎：快，动作都快点儿。

△日本打手迅速用手中的箱子换下金库内的箱子。

青木一郎：撤。

△金明辉、青木一郎以及掂着箱子的日本打手迅速离开。

△金库门迅速关闭。

3-50. 中央银行上海闸北区支行·侧后门　　夜　外

△青木一郎以及一众打手等迅速走出门来，最后出来的金明辉锁好大门。

△日本打手将箱子搁进车后厢，然后迅速上车。

3-51. 中央银行上海闸北区支行　　夜　外

△黑色轿车悄无声息地向前滑行。

△忽然，探照灯大亮，几名执枪警戒的巡逻守卫跑过来。

守卫甲：什么人？停车，检查。

△黑色轿车缓缓停住。

△守卫甲跑过来。

△车窗玻璃摇下，露出金明辉带着微笑的脸。

守卫甲：啊，是金行长，对不起，对不起！（直起身冲同伴挥手）是金行长，放行，放行。

△其他巡逻守卫让开道儿，黑色轿车缓缓驶出。

3-52. 一组特效镜头　　日　内 / 外

△中央银行上海闸北区支行。翻卷的钞票从柜台一直漫卷到排队办理业务的客户身上。

△街道。翻卷的钞票如龙卷风般，高楼、商铺、小摊、行人均在其裹挟之下。

△街道。翻卷的钞票铺天盖地落在地面上，无数只纷乱的脚、逃跑的脚，踩踏在上面……最后，只剩下一片狼藉。

3-53. 街道　　日　外

△小丸子带着胖子和瘦猴，晃晃悠悠地走着，她手里攥着从林双月手里

拿来的钞票，把玩着。

△一个小老头，挑着卖麻花的担子迎面走过来。

小老头：卖麻花喽，又香又甜的大麻花……卖麻花喽，又香又甜的大麻花……

△小老头挑着麻花担子从小丸子等人身旁走过，小丸子嗅嗅鼻子。

小丸子：嗯，好香啊！

胖　子：嘿嘿，老大，要不，俺们也买几根尝尝？

小丸子：嗯？你是说，买？

胖　子：哎哎，买。

瘦　猴：死胖子，瞎说什么呢，谁不知道咱老大是上海滩天字第一号的空空妙手，还用得着买吗？……嘿嘿，老大，要不，咱们这个？

△瘦猴做了个偷的手势。

胖　子：臭猴子，就你会拍马屁！

小丸子：（眼珠子一转）哈，有意思。我小丸子长这么大，不是偷就是抢，还从来没有正儿八经花钱买过东西……要不，今天咱们就买一回？

△胖子和瘦猴对视一眼，旋即眉开眼笑。

瘦　猴：嘿嘿，老大，你是咱仨的主心骨儿，你说了算。

小丸子：好，既然我说了算，那我就决定：今天买他一回！……（转身，喊）喂，老头儿，等一等，我们要买你的麻花。

△小老头停住脚步，搁下担子。

小老头：哎，小哥儿，你要几个？

小丸子：啊，三个。我们仨儿，一人一个。

△小老头包了三根麻花递给小丸子，小丸子将手中的钞票递过去。

小丸子：喏，给你钱。

△小老头接过带血的纸钞，一怔，仔细看了看，又将纸钞递回给小丸子。

小老头：对不起，小哥儿，你这钱我不能收。

小丸子：（意外地）嗯？不能收？为什么？

小老头：（一把夺过麻花）不为什么，这麻花我不卖了。

△小老头挑起担子，仓皇地转身就走。

小丸子：喂，老头儿，有你这么做生意的吗？为什么不卖给我们？

△小老头根本不理睬他们，挑着担子混入人群，不见了。

△小丸子、胖子、瘦猴三个人，大眼瞪小眼，你看看我，我看看你，脸上均是一副迷惑不解的神情。

3-54. 酒楼　　日　　外

　　△小丸子、胖子、瘦猴晃晃悠悠地刚好走到酒楼底下。

　　△小丸子歪着头，斜睨着酒楼悬着的酒幌子。

小丸子：啊呀，真是奇了怪了！……（眼珠子一转）我小丸子就不信了，这世道，有钱还能花不出去？

3-55. 酒楼　　日　　内

　　△小丸子、胖子、瘦猴三个人，大不咧咧地走进酒楼。

　　△店小二肩上搭着一条白毛巾，连忙迎上来。

店小二：哟，三位爷，你们要点儿什么？

　　△小丸子一只脚踩在凳子上，啪，将手中的纸钞拍在桌子上。

小丸子：看见没？就这么多钱，你们店里有什么好吃的、好喝的，统统给我上——小爷我别的本事没有，就是不怕花钱。

　　△店小二狐疑地看了一眼桌上的钞票，又上下打量了小丸子等人一番。

店小二：对不起，我们店里不收这种纸币。

胖子、瘦猴：啊，又不收？为什么？

店小二：不为什么，几位爷，你们还是去其他店里瞧一瞧吧。

3-56. 废弃仓库　　日　　外

　　△小丸子、胖子、瘦猴三个人，垂头丧气地走了回来。

小丸子：啊呀，气死我了！这死人身上的东西，果真不吉利，就这几张破钞票，竟然还花不出去，不就沾了点血吗，有什么大不了的！……晦气！晦气！

第四集

4-1. 废弃仓库　　日　内

　　△小丸子、胖子、瘦猴三个人，无精打采地走进仓库。
　　△小丸子将带血的钞票扔到桌子上，斜倚着桌子坐下来，支起一条腿，有一下没一下地捶着。

小丸子：胖子、瘦猴，过来，给我捶背。
　　△一个冷冰冰的女声忽然响起——
林秋雁：（画外音）要不要我帮你捶？
　　△小丸子一回头，啊地惊叫一声，猛地蹦起来。
　　△只见林秋雁冷冷地坐在桌子的另一头。
小丸子：喂，你这个扫把星，又来干什么？
林秋雁：我来，是想跟你谈一笔生意。
小丸子：别，千万别。你呀还是马上离开，我小丸子，跟你没啥谈的生意……（连连摆手）赶紧走吧赶紧走吧，我这儿不欢迎你。
　　△林秋雁将脚边的密码箱摆到桌子上，打开，推到小丸子面前，然后，一动不动地盯着她。
林秋雁：难道，也不欢迎这个？
　　△密码箱里边，码着整整齐齐的钞票。
　　△小丸子顿时瞪大了眼睛。
　　△胖子和瘦猴也凑上来。
胖子、瘦猴：哇，钱？！
林秋雁：对，钱，很多的钱。只要你们老大答应我的条件，这些钱，也有你们的一份儿。
瘦　猴：啊，也有咱的一份儿？
胖　子：真的？不骗俺？
林秋雁：当然是真的，我不会骗你们。
　　△胖子和瘦猴转向小丸子，眼巴巴地望着她。
胖子、瘦猴：（央计）嘿嘿，老大？

　　　　△小丸子在胖子和瘦猴两个人的头上各敲了一记。
小丸子：你们两个家伙，就知道见钱眼开，瞧你们那点儿出息！去，滚一边去。
　　　　△小丸子转过头，审视地打量着林秋雁。
小丸子：（眼睛望向高处）哼，这老天爷会白白地往下掉馅饼吗？
林秋雁：当然不会。
小丸子：（一指林秋雁）回答正确。老天爷只会下雨，不会掉馅饼……所以，不管你是哪路神仙，你打哪来的，仍然回哪儿去——这些钱，我小丸子不稀罕！
胖子、瘦猴：老大？
小丸子：你们两个家伙，给我闭嘴！
　　　　△胖子和瘦猴呃了一声，乖乖地退回墙角。
林秋雁：真的不稀罕？
小丸子：不是"真（蒸）"的，难道是"煮"的呀？
　　　　△小丸子说着别过头去，一副爱答不理的样子。
　　　　△林秋雁合上密码箱，拎起来，朝外走去。
小丸子：（眼看林秋雁走到门口了，有点急眼）喂，等等。
　　　　△林秋雁停住脚步。
小丸子：（斟酌地）或许，我们可以再商量商量……说吧，你什么条件。
林秋雁：（回转身）我的条件很简单。第一，我要租你的这间仓库。
小丸子：对不起，这一条不能答应，不租。
林秋雁：哼，不租？这间仓库的所有权，恐怕并不属于你吧？我了解过了，你们三个只是四处流浪的小可怜虫，无家可归，临时侵占了别人家的房子，借以栖身而已。我完全可以找到仓库的真正主人，从他手里把这个仓库租下来——到那时候，恐怕你和你的两个小跟班，就只有滚蛋的份儿。……你最好还是仔细地衡量一下，是收下这些钱、答应我的条件呢，还是打算被仓库主人像撵野狗一样撵出去？
小丸子：（急眼、举拳欲打）你？！……（眼珠转了转，OS）不行，好汉不吃眼前亏，现在还不是跟扫把星闹翻脸的时候，小丸子，忍着点儿！
　　　　△小丸子思量着放下拳头，回到桌子边，斜倚着坐下来。
小丸子：还有呢？
林秋雁：第二个条件，更简单。我需要几个帮手——我要雇你们。
小丸子：（翻白眼）对不起，不干。我小丸子，自个儿当老大当习惯了，不喜欢给别人跑腿儿，尤其是给一个小娘们儿跑腿。

·灰 雁·

林秋雁：这只是一半的费用。事成之后，我会再付你们一大笔酬金。

胖子、瘦猴：啊，还有?!

　　　　△胖子、瘦猴再次激动地惊呼一声。

　　　　△小丸子也是大张着嘴巴，老半天合不拢来。

　　　　△小丸子的眼珠子滴溜溜转动着，一副急遽思考盘算的神情。

小丸子：你就不怕我们出卖你？

林秋雁：你已经出卖过一次了，最后是什么下场，你心里清楚。

　　　　△林秋雁和小丸子两个人，一个死盯着一个，互不退让。

4-2. 某高楼·楼梯　　日　外

　　　　△林秋雁、小丸子、胖子、瘦猴四人顺着楼梯往上走。

小丸子：喂，我说，你一个姑娘家家的，不说学学针线，绣个花、缝个衣裳什么的，将来嫁个好男人——这整天舞刀弄枪的，有意思吗？

林秋雁：没意思。

小丸子：（一愣）没意思？……没意思还干？

林秋雁：虽然没意思，但总比一天偷鸡摸狗的强。

小丸子：你！

4-3. 大和洋行·稍远　　日　外

　　　　△一辆黑色的轿车，朝大和洋行的大门方向驶去。影影绰绰的，可看出开车的人是青木一郎。

4-4. 某高楼·楼梯　　日　外

小丸子：喂，你还没告诉我们你的名字呢。

林秋雁：我姓林，叫林秋雁。

瘦　猴：（谄媚地）嘿嘿，原来是林姑娘啊。

小丸子：林、秋、雁……啊，好名字。

林秋雁：你呢，你叫什么？

小丸子：我啊，没爹没娘、没名没姓，打小就在乞丐堆里长大，大家都叫我小丸子，我就是小丸子喽。

瘦　猴：嘿嘿，我叫瘦猴。

胖　子：俺叫胖子。

4-5. **大和洋行　　日　外**

　　△青木一郎驾驶的轿车，驶进大和洋行的大门。

4-6. **大和洋行·前院　　日　外**

　　△黑色轿车停住。
　　△车门打开，青木一郎下车。

4-7. **某高楼·楼顶　　日　外**

　　△小丸子嘴里叼着一根草棍儿，斜搭着腿坐在楼栏上。
　　△林秋雁举着望远镜，观察着对面的大和洋行。
　　△胖子和瘦猴凑在林秋雁身后，一脸的惊奇和兴奋。
　　△望远镜中：大和洋行的院子里，青木一郎下车，回头望了一下林秋雁他们所在的方向，然后朝龟田次郎的寓居走去。
　　△林秋雁眼前闪过与青木一郎对打时的情景：

　　闪回：

　　"四朵金花"秘密驻地：

　　——青木一郎拍着巴掌，现身二楼，居高临下地看着林秋雁。
　　——身受多处刀伤的林秋雁，胸口挨了青木一郎狠狠一脚，被踹飞出去，匕首掉落。
　　——青木一郎大吼一声，凌空跃起，双手举刀，对着林秋雁的脑门，恶狠狠地劈了下来……

　　现实：

　　△林秋雁举着望远镜，望着青木一郎朝内室走去的背影。

林秋雁：没错儿，就是他。

小丸子：他叫青木一郎。这家大和洋行，是日本人开的，青木一郎是洋行老板的贴身警卫，据说身手很是了得。

林秋雁：哦？

小丸子：不是我吹牛——在上海滩，想找个把人，那等于是在大海里捞针；但搁在我小丸子手里，（竖起小拇指）只不过是很小很小的小事一桩。

瘦　猴：那是，咱老大是谁？大名鼎鼎的小丸子！

胖　子：嘿嘿，只此一家，别无分号。

林秋雁：你们最好少拍他的马屁——不然，牛皮都要吹到天上去了。

小丸子：（冲林秋雁扬扬拳头）……你?!

·灰　雁·

林秋雁：我们走。

小丸子：（意外地）嗯，走？

林秋雁：这个人，暂时先留着。他只是一个小虾米，还不到动他的时候——我们不能打了草，却惊了蛇。

　　　　△林秋雁率先转身离去，胖子和瘦猴屁颠屁颠地跟在后边。

　　　　△小丸子眨巴眨巴眼睛，然后悻悻地跳下楼栏，也跟了上去。

4-8. 大和洋行·内室　　日　内

　　　　△墙上挂着冯承素版的《神州策序》摹本，以及被烧残一角的密图。

　　　　△龟田次郎背身而立，举着放大镜，非常专注地察看着密图。

　　　　△青木一郎走进来，双腿一并，行了个军礼。

青木一郎：报告将军，属下回来了。

龟田次郎：（头也不回）货送出去了？

青木一郎：送出去了。岗村队长专门派了一支小分队，全程护送，要不了两天，就会安全抵达我前线作战部队的后勤补给处。

龟田次郎：嗯，很好。（转过身来）这笔钱，可以暂时解解我大日本皇军军需补给的燃眉之急——这只是我们"蝎美人计划"的第一步，接下来，还会有更多的钱，源源不断地补充到前线去。（顿了顿）天皇陛下将如此重大的任务交给我们，是基于对我大日本勇士的绝对信任。所以，我们的每一步行动，都必须谨慎小心，不能出半点纰漏——我龟田次郎，一定要给天皇陛下交一份满意的答卷。

青木一郎：属下明白。属下一定竭尽全力，保证"蝎美人计划"的顺利实施，请将军放心。

　　　　△龟田次郎嗯了一声，满意地点点头。

龟田次郎：（招招手）青木啊，过来，过来……你来看看，这张密图，到底有什么玄妙的地方？

　　　　△青木一郎上前，接过龟田次郎手中的放大镜。

　　　　△青木一郎举着放大镜，仔细察看密图。

青木一郎：将军，恕属下愚钝，属下实在看不出什么名堂。

龟田次郎：这不怪你。我已经看了整整三年了，也没看出什么名堂来——现在看来，当初杀林其轩，或许是一个错误，至少不应该那么早就结果了他的性命。

　　　　△龟田次郎默然片刻，摆了摆手。

龟田次郎：下去吧。

青木一郎：嗨。

　　　　△青木一郎躬身行礼，退出。

　　　　△龟田次郎回转身，依旧眉头紧蹙地盯着墙上的密图。

4-9. 林荫道　　日　外

　　　　△一辆日本军车在三辆日本摩托车的卫护下驶过来，车上坐着荷枪实弹的日本士兵。

　　　　△树丛中，一支黑洞洞的枪口悄悄拨开树梢，露出一张黑布蒙着的脸庞。

　　　　△一溜儿过去，另有十来名同样黑布蒙面的人埋伏在树丛背后，枪口瞄准渐渐驶来的日本军车。

　　　　△打头的黑布蒙面人喊了一声："打！"顿时枪声大作。

　　　　△猝不及防的日本兵接连被击中，栽下车去。

　　　　△日本军车司机中弹，军车撞到一棵大树上，歪斜倾侧，停住。

　　　　△剩余的日本士兵仓促还击，但处于对方包围圈中，在对方密集的火力扫射下，一一中弹、栽倒。

　　　　△枪声骤歇。

　　　　△一众蒙面人钻出树丛，打头的蒙面人扯下脸上的蒙面黑布，露出一张中年男人的脸庞。

叠映字幕：中共上海地下党特别行动队队长　魏大宏

　　　　△魏大宏掀开日本军车的后盖，露出整整齐齐的十个银色箱子——正是青木一郎从中央银行上海闸北区支行调换出来的那些。

魏大宏：看来，我们的情报没错儿，刚好给鬼子来了个釜底抽薪——这些钱，够我们组织用一阵子的了。

　　　　△队员甲撮起嘴唇，打了个响亮的呼哨。

　　　　△稍倾，一辆黑色轿车从稍远处的隐蔽点开了过来。

　　　　△黑色轿车停住。一众队员将银色箱子搬进黑色轿车的后备厢里。

魏大宏：我们撤。老规矩，分头走。

队员甲：是。

　　　　△队员甲一挥手，带着其他队员钻进树丛，转眼间，消失不见。

　　　　△魏大宏和剩下的两名队员钻进黑色轿车。

　　　　△黑色轿车发动，迅速掉头离去。

·灰 雁·

4-10. 废弃仓库　　日　内

　　△墙上贴着报纸剪图：孟少华、林双月、杜秋红、吴小梅四人的死状图片。
　　△另有一幅青木一郎的手绘头像，与孟少华等人的死状图片用箭头勾连着。
　　△小丸子偏着脑袋，斜睨着墙上孟少华等四人的死状图片。

小丸子：你的意思是说，这四个女的，都跟你是一伙的？
林秋雁：对。
小丸子：你确定是这个日本人杀了她们？
林秋雁：我本来是要跟她们接头的，但当我赶到的时候，她们四个已经变成了死人。就是这个叫青木一郎的，带着一群手下躲在那里——我中了埋伏，还受了伤。
小丸子：（探究地看着林秋雁）真是奇了怪了……喂，我说姓林的，你到底是什么人呐，这一会儿日本人抓你，一会儿巡捕房抓你的？
林秋雁：这个你不需要知道。
小丸子：喊，女人真是麻烦，你以为我稀罕知道啊？真是的！
　　△小丸子一边说话，一边走近林秋雁，下意识地将一只胳膊搭在林秋雁的肩上。
　　△林秋雁斜眼一瞥，反手抓住小丸子的手腕，一个大背摔，将小丸子狠狠地摔在地上。
小丸子：哎哟，哎哟！
胖子、瘦猴：啊，老大！
　　△胖子和瘦猴急忙跑上去，搀起小丸子。
小丸子：（揉着腰）哎哟，哎哟……喂，你这女人怎么回事儿？
林秋雁：（头也不回、冷冷地）我不喜欢臭男人，所以，你以后最好离我远一点儿。
小丸子：……你！
　　△林秋雁不再理小丸子他们，自顾自研究着墙上的连线图片。
　　△小丸子龇龇牙，悻悻地冲林秋雁的后脑勺扬扬拳头，做了要打的动作。

4-11. 林荫道　　日　外

　　△两三辆黑色轿车疾速驶来，咔地停住。
　　△青木一郎及一众黑衣打手下车，最后下车的，是阴沉着脸的龟田次郎。

△龟田次郎打眼一扫：倾翻的日本军车，以及姿态各异的日本士兵尸体。
　　　△青木一郎快步走到日本军车前，朝车厢内一看，车厢内空空如也。
　　　△青木一郎折回到龟田次郎面前。
青木一郎：将军，我们的货不见了。
　　　△龟田次郎的嘴角，不由自主地抽搐了两下。

4-12. 大和洋行·内室　　日　内

　　　△啪，龟田次郎将一只杯子狠狠地摔在了地上，碎片四溅。
龟田次郎："蝎美人计划"，是我们大日本皇军对华作战的重中之重，现在却接二连三失利……第一次被抢，是我们疏忽大意所致，尚情有可原；这第二次被抢，就只能有一个解释：那就是我们太愚蠢——真是把我们大日本帝国勇士的脸面都丢尽了！
　　　△龟田次郎在地上焦躁地走着来回。
龟田次郎：（咬牙）这次是什么人干的？难道又是军统？
青木一郎：请将军息怒，这次应该不是军统的人——军统的"四朵金花"被剿后，他们在上海的力量已经所剩无几，根本不足以对我们造成太大的威胁。
龟田次郎：（恼火地）那会是什么人？
青木一郎：现场没有留下任何痕迹，属下在想——（斟酌地）会不会是共党方面的人？
龟田次郎：共党？！……（冷笑）哼，我不管他是什么党，既然摆明了跟我龟田次郎作对，那我龟田次郎也得给他们点儿颜色瞧瞧——去查，马上去查，哪怕把上海滩翻个个儿，也要把这帮人给我找出来。
青木一郎：是，将军，属下这就去追查！
　　　△青木一郎欲往外走，龟田次郎忽然一抬手，又止住了他。
龟田次郎：等等！
　　　△龟田次郎手捏下巴，踱着来回，陷入了沉思。
　　　△稍倾——
龟田次郎：（沉吟地）算啦，我们在明处，敌人在暗处，目前的形势，应该说对我们很不利——（摆摆手，缓和了语气）丢失几箱钞票不算什么，重要的是，我们不能被对方牵着鼻子走，否则，一步错，步步错。目前最要紧的，是保证工厂那边不出事儿……（踱了几步，回头）备车，我要去工厂那边看看。
青木一郎：是，将军。

·灰　雁·

　　　△青木一郎躬身行礼，匆匆退出。

4-13. 废弃仓库　　日　内
　　　△小丸子漫不经心地支起一条腿坐在桌边，胖子和瘦猴在他身后。
　　　△小丸子瞟了一眼面墙而站的林秋雁，有些悻悻然。
小丸子：喂，姓林的，不妨实话告诉你，其实你受伤那天晚上，我、胖子、瘦猴——我们三个人也在现场。
　　　△林秋雁的目光唰地盯向胖子和瘦猴两个人。
　　　△胖子和瘦猴有些惧怕地点了点头。
瘦　猴：（谄笑）嘿嘿，林姑娘，那个，那个……
　　　△林秋雁转而盯向小丸子，目光如刺一般。
小丸子：别，你最好不要用这样的眼神看我——我们是跟着你去的，本打算给你点儿颜色瞧瞧，结果，刚好看到你跟日本人动手，最后还歪打误撞地救了你……（起身，拿起带血的钞票）喏，看见没，这些钱，是从你那个同伴手里拿来的，但这死人手里的东西，就是晦气——硬是花不出去，没人要。
　　　△林秋雁接过小丸子递过来的带血钞票，大脑中电光石火般一闪：
闪回：
　　　△"四朵金花"秘密驻地：
　　——林秋雁疾往后退，不意碰着一物，回头，却与倒吊在屋梁上的一张人脸贴了个正着，该张人脸血污满面，已经完全变形——却是身着白色旗袍的一名艳丽女子，正是"四朵金花"中的老二林双月。
　　——林秋雁眼角的余光一扫，看到林双月倒悬的一只手中，握着一叠纸钞样的东西。
现实：
　　　△林秋雁迅速回头，盯着林双月的死状照片：报纸剪图虽然模糊，但可以明显看出，林双月倒悬的手中，握着一小叠纸钞。
　　　△林秋雁对着光举起纸钞，一张张仔细地察看着。
林秋雁：这些钱是假的。
小丸子：（惊讶地）什么，假的?!

4-14. 大和纺织厂　　日　外
　　　△纺织厂的大门口，两侧设有荷枪实弹的日本守卫。

△门牌特写，上书"上海大和纺织厂"等字样。
△稍高处，有两处暗堡，影影绰绰地埋伏有执枪的日本暗哨。
△两三辆满载货物的大卡车从大门内缓缓驶出。
△三辆黑色的轿车急速驶过来，停住，青木一郎及一众黑衣打手下车。
△青木一郎一招手，数名黑衣打手迅速分站到大门两侧，负责警戒。
△青木一郎跑向第二辆黑色轿车，打开车门，龟田次郎下车。
△龟田次郎在前，青木一郎带着两三名打手跟随在后，走进纺织厂的大门。

4-15. 大和纺织厂　　日　内
△穿着工作服、戴白色口罩的工作人员正在纺织机器上忙碌。
△龟田次郎带着青木一郎等人，视若无睹地径直朝内走去。
△不时有路过的工作人员朝龟田次郎躬身行礼。

4-16. 大和纺织厂·仓库　　日　内
△龟田次郎带着青木一郎等人穿过成堆的半成品布料，走到一堵墙前。
△龟田次郎伸手按了一下墙上某处的按钮。
△一道极为隐蔽的铁门，缓缓滑开，露出一道自高而下的台阶。
△龟田次郎带着青木一郎等人，逐级而下。

4-17. 地下印钞厂　　日　内
△龟田次郎带着青木一郎等人走下台阶，眼前赫然开朗：一个完整的印刷工厂展现在众人面前。
△十来名工人正在匆忙地干着活儿，印刷机咣当、咣当地工作着，印刷出来的，赫然是钞票。
△一处工作台上，整整齐齐地码着已经成品的钞票——可以明显看出，这些钞票跟小丸子等发现的假钞一模一样。
△龟田次郎伸手拿起一小叠钞票，举到眼前，眯缝着眼睛，仔细地端详着。
△特写：一只大手，捏着一小叠钞票，对空半举着。

4-18. 某钱庄　　日　内
△一只大手，捏着一小叠钞票，对着光线半举着——钞票上沾着点点血

　　　　　　迹，正是小丸子从林双月手中拿来的那叠。
　　　　　△柜台后边，一位戴着老花镜的老先生，透过镜片，验看着那叠带血的假钞。
　　　　　△林秋雁和小丸子两个人站在柜台外边，望着老先生的举动。
老先生：如果不仔细看，这些钱跟真钞几乎没有区别——说实话，老夫开了大半辈子钱庄，经手的真真假假钱币、钱钞不计其数，但做得如此精致、几乎达到以假乱真地步的，还是第一次见到。
林秋雁：哦？那依老先生的意思，这些假钞，是否有着特殊的来头？
老先生：这个不好说。但能让这么多假钱流入市场，而且不让老百姓起疑心，肯定非一般人可为啊。除非——
　　　　　△老先生的话只说了半截，就住口不言，自顾摇了摇头。
小丸子：啊呀，真是急死人啦……喂，老头儿，你怎么说话半里半截的呀，除非什么？
老先生：小哥儿，就冲你这个态度，老夫我这话就只有半截，后半截——没啦。
小丸子：你！
林秋雁：（扯扯小丸子）对不起，老先生，我这位小兄弟不懂事儿，言语中多有冒犯，请您见谅！
老先生：（摆摆手）姑娘放心，老夫不会跟他一般见识的。
小丸子：（冲林秋雁）喂，谁不懂事儿？
　　　　　△林秋雁将小丸子拦在身后，不让他再说话。
林秋雁：老先生，不瞒您说，这些假钞牵涉重大，与近日发生的几起命案有关，请老先生务必有话明说，指点晚辈一二。
老先生：有些事儿，不是咱们普通老百姓可以掺和的。姑娘，老夫劝你们一句，还是别打听这些了，以后经手钱钞的时候，多长个心眼儿……（顿了顿，继续说）古语有云，闭门家中坐，祸从天上来——人不肇祸，怕就怕，祸患自己寻上门来啊！
　　　　　△林秋雁和小丸子两个人，有些不解地相互看了一眼。

4-19.　某钱庄　　日　外
　　　　　△林秋雁和小丸子两个人从钱庄大门走出来。
　　　　　△守候在外边的胖子和瘦猴围上去。
瘦　猴：嘿嘿，老大，怎么样，查出什么眉目了没？
小丸子：还能怎么样？无头公案一个，能查出个什么眉目啊？哼，白瞎工夫。

林秋雁：（自顾沉思）到底谁有这么大的能耐，能够让大量的假钞流入市场，而又不着痕迹呢？

小丸子：喂，姓林的，你别神神道道的好不好？管他假钞真钞，左右都是官家的事儿，咱普通老百姓一个，操那份闲心干吗？……这人也帮你找了，线索也帮你查啦，依我看啊，咱们还是趁早歇菜，分钱走人是正经。

林秋雁：（猛地一把抓住小丸子的胳膊）你刚才说什么？

小丸子：喂，你最好别动手动脚的——我说什么了？我就说，你付我们该得的报酬，咱们分钱走人，以后井水不犯河水，各走各道。

林秋雁：前面一句。

小丸子：（有点莫名其妙）嗯，前面一句？没说什么呀。

林秋雁：你刚才说，"官家"？

小丸子：（挠挠后脑勺）嗯，官家，怎么啦？

林秋雁：（松开小丸子）我明白了。能让这么多假钱流入市场，而又不让老百姓起疑心的，只有一个地方能做到。

小丸子：什么地方？

林秋雁：你想想，老百姓的钱，平常都存在什么地方？老百姓需要用钱的时候，又从什么地方取出来？

小丸子：（眼珠骨碌碌一转，反应过来）啊，你是说，"官家"的银行？

林秋雁：对，除了银行，没有哪个地方能做到这一点。

△小丸子、胖子、瘦猴三个人，又一次惊讶地张大了嘴巴。

4-20. 中央银行上海闸北区支行　　日 / 稍晚　外

△正是下班时分，副行长金明辉腋下夹着公文包，走出银行大门。

△银行对面的隐蔽处：悄悄探出林秋雁、小丸子、胖子、瘦猴四个人的脑袋。

△林秋雁等人的视角：金明辉挟着公文包，走到一辆轿车旁，拉开车门，上车。

小丸子：喏，我打听过了，就是这个戴眼镜的，姓金，大号金明辉，是这家银行的副行长，平常跟日本人打得火热——最近十来天，这个姓金的至少见了五六拨日本人，其中就有那个叫青木一郎的。

△林秋雁等人的视角：轿车发动，缓缓开出。

胖　子：呃，他要走了。

林秋雁：盯紧他，我们就从这个人身上下手。

·灰 雁·

小丸子：放心吧，没问题。我小丸子别的本事没有，但这找人盯人，却是我的老本行。

瘦　猴：林姑娘，咱们要不要上去……绑了他？

林秋雁：不用，我自有主张。

4-21．东方巴黎夜总会　　夜　内

△富丽堂皇的舞厅。很显然，聚会的主要是商界名流，以及一些政要和红男绿女。

△一队日本艺伎正在翩翩起舞。

△唱主角的显然是龟田次郎，他这时拍了拍巴掌，艺伎停止舞蹈，行礼退出。

△龟田次郎举起一杯红酒，向参加酒会的嘉宾致欢迎辞。

龟田次郎：诸位，今天是我们中日两国商界人士的一次盛会。为了实现我天皇陛下大东亚共荣的宏伟目标，我龟田，期望和各位在今后的生意往来上，携手共赢，共同开创大上海中日友好的崭新局面！

△众宾客鼓掌。

龟田次郎：鄙人今晚略备薄酒，请各位尽兴！

△掌声再起，夹杂着叫好声和"谢谢龟田先生"之类的话句。

△大厅中，穿着一身白色西装、粘着两撇小胡子、扮相多少有些滑稽的小丸子，混杂在客人们中间，他顺势端起服务生盘中的一杯红酒，煞有介事地和其他客人哼哼哈哈打招呼——但一双眼珠子，却在骨碌碌四处逡巡。

△大厅一角，金明辉与一名女士聊着天，不时地仰起头大笑。

△大厅另一角，巡捕房的副总探长马文涛则端着红酒靠在吧台上，饶有兴味地打量着前来参加酒会的形形色色的客人。

∧龟田次郎端着酒杯走向马文涛。

龟田次郎：马探长，好久不见。

马文涛：龟田先生，你好。

△龟田次郎和马文涛碰杯，各自抿了一口。

龟田次郎：马探长，这通缉令发出去也有些时日了吧？我可是眼巴巴地盼着你们巡捕房能有所作为，早日将凶手缉拿归案，好替我死去的那几位朋友报仇雪恨。

马文涛：龟田先生，您知道，这上海滩河大水深的，什么路数的人都有。有些人，

82

可以随便抓，想怎么收拾就怎么收拾；这有些人，抓起来容易，想放出去，可就难喽——马某坐在一个火烧屁股的位子上，不得不有所权衡，这日子实在不怎么好过呀。

龟田次郎：（眼睛闪了闪）哦？难道说，这凶手有什么来头？

马文涛：来头不来头的，马某不方便明说——不过，我倒是做了一点背景调查，死去的那四个小娘们儿，可是跟龟田先生八竿子也打不着啊。

龟田次郎：（皮笑肉不笑地干笑两声）既然如此，那就不劳马探长费心了……请马探长尽兴，我去招呼其他客人。

马文涛：龟田先生客气，您请！

△龟田次郎走向另一拨客人。

△大厅一角，小丸子呼气，却不小心把一撇胡子吹掉了，胡子悠悠然飘落进了他的酒杯，浮在酒液中。

△小丸子左右扫视一眼，见没有人注意他，赶紧捏起胡子，粘在嘴唇上。

△一位身着靓丽旗袍的性感美女忽然现身，她背对镜头，迈着优雅的步子，扭着臀部，款款走向大厅中央，顿时吸引住了大部分人的目光。

△马文涛的目光，也有意无意地瞟向该名性感美女。

△负责警戒的青木一郎迎上去，拦住该名性感美女。

青木一郎：这位女士，请留步。

△性感美女停住脚步，稍倾，朝青木一郎转过脸来。

△特写镜头：性感美女的脸部——仔细看过去，却是经过精心化妆的林秋雁。

青木一郎：（上下打量着对方）这位女士，看着很眼生啊——请问，你有我们的邀请函吗？

林秋雁：……

青木一郎：（提高声音）请问，你有我们的邀请函吗？

△马文涛忽然哦了一声，端着酒杯踱过来。

马文涛：青木先生，这位女士是跟我一起来的，她是我的朋友。

△青木一郎有些狐疑地看看林秋雁，又看看马文涛。

青木一郎：既然是马探长的朋友，那我就放心了——请！

△青木一郎转身离去。

△马文涛转向林秋雁，意味深长地望着她。

马文涛：林小姐，别来无恙！

△林秋雁猛一怔，一双锐利的目光刷地盯向马文涛。

·灰　雁·

4-22.　东方巴黎夜总会·门口　　夜　外
　　　　△一溜儿，停着数十辆各种类型的轿车。
　　　　△胖子和瘦猴两个人，鬼鬼祟祟地挨个查看轿车的车牌什么的。

4-23.　东方巴黎夜总会　　夜　内
　　　　△马文涛微微笑着，朝林秋雁举起酒杯。
马文涛：怎么样，林小姐，咱们两个人，要不要碰一杯？
林秋雁：对不起，这位先生，你大概认错人了。
马文涛：是吗？马某虽然眼神儿差，常常认错人，但对林小姐你，却绝对不会认错——我马文涛在巡捕房干了大半辈子，能从我的手掌心里逃出去，林小姐的身手还真不错，（凑近林秋雁耳边，低声）林小姐不愧是军统的顶尖特工！
　　　　△林秋雁再次一怔，目光如尖刀般刺向马文涛。
马文涛：（低声）林小姐的目光都可以杀人了。不过，你最好不要这样看着我——说实话，在上海滩这块地面上，我马文涛想要查清楚一个人的底细，不过易如反掌，真不是多大的事儿。
林秋雁：……
马文涛：（低声）我还知道，林小姐你有个行动代号，叫"灰雁"……像林小姐这么美丽脱俗的女子，用这样一个文绉绉的行动代号，还真是贴切极了。
　　　　△林秋雁脸上的表情瞬息万变，阴晴不定。
　　　　△稍倾——
林秋雁：（冷冷地）你想怎么样？
马文涛：（低声）马某不想怎么样。我只是想给林小姐提个醒儿，虽然日本人那儿被我糊弄过去了，但并不意味着那件案子就可以撤销——林小姐你最好还是小着点心儿，别忘了，你是通缉要犯，案底还在巡捕房存着呢。
　　　　△林秋雁沉默。
　　　　△稍倾——
林秋雁：对不起，我要去补个妆。
马文涛：（大声地）林小姐，请！
　　　　△马文涛作了个请的手势。
　　　　△林秋雁扭转身，款款朝洗手间的方向走去。
　　　　△马文涛饶有兴味地盯着林秋雁的背影，轻轻地抿了一口酒。

4-24. 东方巴黎夜总会·门口　　夜　外

　　　　△瘦猴蹲在一辆轿车旁，朝不远处的胖子招招手。

瘦　猴：（压低声音）胖子，过来，过来。

胖　子：呃。

　　　　△胖子屁颠屁颠地跑过来。

瘦　猴：胖子，你看，是不是这辆？

胖　子：呃……好像是。

瘦　猴：看清楚了，千万别搞错了。

　　　　△胖子伸头，又仔细瞧了瞧车牌。

胖　子：没错儿，就是这辆。

4-25. 东方巴黎夜总会　　夜　内

　　　　△小丸子一路点头哈腰，刚好与金明辉撞了个满怀。

　　　　△小丸子手中的红酒，洒到了金明辉笔挺的西装衣领上。

小丸子：哟，对不起，先生！对不起对不起，我帮你擦擦，擦擦——

　　　　△小丸子给金明辉擦西装上的酒液，却故意使坏，越擦，脏污的面积越大。

　　　　△金明辉有些生气地挡开小丸子的手。

金明辉：（语气生硬）行啦，不用擦了！

　　　　△金明辉转过身，走向洗手间方向。

小丸子：（兀自点头哈腰）对不起，先生！对不起，先生！对不起……

　　　　△弯腰的小丸子斜眼看着金明辉远去的背影，嘴角浮起一丝诡秘的笑。

4-26. 东方巴黎夜总会·洗手间　　夜　内

　　　　△林秋雁面对镜子，正在往红嘟嘟的嘴唇上补口红。

　　　　△金明辉进来，用手帕蘸水，擦拭西装上脏污的地方。

　　　　△林秋雁的视角：镜子中，映出金明辉擦拭西装的样子。

　　　　△金明辉擦拭完西装，转身欲走，刚好与正转过身来的林秋雁撞了一下。

　　　　△林秋雁手中的口红，以慢镜头掉在地上。

金明辉：对不起，小姐！

　　　　△金明辉弯腰，拣起口红，递给林秋雁。

林秋雁：谢谢！

　　　　△林秋雁伸出纤纤玉指，接过口红，转身朝外走。
　　　　△金明辉紧走几步，赶上林秋雁。
金明辉：这位小姐，不知能否赏个光，与鄙人共舞一曲？
　　　　△林秋雁停住脚步，回过头来，望着金明辉。
　　　　△稍倾——
林秋雁：不知先生，怎么称呼？
金明辉：鄙人姓金，是中央银行上海闸北区支行的副行长。
林秋雁：原来是金行长，失敬！
　　　　△林秋雁的嘴唇红嘟嘟的，显得很是性感，金明辉不由自主地咽了一口唾沫。

4-27. 东方巴黎夜总会　　夜　内
　　　　△舒曼的音乐，一对对红男绿女在舞池中翩翩起舞。
　　　　△金明辉拥着林秋雁，也随着音乐的节奏慢慢摇摆。
金明辉：小姐天姿国色，只怕三国时期的貂蝉再世，也得被你的美貌比了下去。
林秋雁：是吗？
金明辉：（忙不迭地点头）是，是，金某绝对没有说谎！……古人有句诗，"此物只应天上有，何时为我降人间"，说的就是小姐这样的人间尤物。
林秋雁：金先生真会开玩笑。
　　　　△稍远处，马文涛半举着酒杯，饶有兴味地盯着正在跳舞的林秋雁和金明辉两个人，时不时地抿一口酒。
　　　　△另一个角落，小丸子四下观望一番，眼珠子骨碌碌一转，悄悄退出人群。

4-28. 东方巴黎夜总会·门口　　夜　外
　　　　△参加舞会的各色人等，陆续走出门来，各自打着招呼。
　　　　△金明辉与熟悉的人告别，径直走向自己的专车——正是胖子和瘦猴找到的那辆。
　　　　△金明辉刚刚打开车门，身后忽然传来一个娇脆的女人声音——
林秋雁：金先生，你的车能不能载我一程？
　　　　△金明辉回头，身穿旗袍、性感迷人的林秋雁俏生生地站在他身后。
金明辉：（谄笑）哟，能为小姐您效劳，金某荣幸之至，荣幸之至！——（一手扶车门、一手作了个请的姿势）小姐，请上车。

林秋雁：谢谢金先生！
　　　△林秋雁矜持地伸出一只手，在金明辉的手上一搭，上了车。
　　　△金明辉小跑到另一侧车门，上了驾驶座。

4-29. 车内　　夜　内
　　　△金明辉上了驾驶座，正要发动车，忽然，有人拍了拍他的肩膀。
　　　△金明辉回头，后座上挤着小丸子、胖子、瘦猴三人的脑袋，小丸子的嘴唇上依旧粘着两撇小胡子。
小丸子：喂，姓金的，咱们又见面了。
　　　△胖子和瘦猴同时向金明辉龇龇牙，嘿嘿一声。
金明辉：（生气）你们是什么人？怎么在我的车上？下去。
小丸子：这个嘛，（朝副驾座上的林秋雁努努嘴）喏，得问她喽。
　　　△金明辉似乎有些明白过来，惊慌地看向身旁的林秋雁。
　　　△原本妖冶性感的林秋雁，此刻，已是一脸冷肃的表情。
金明辉：你？
　　　△金明辉"你"字刚出口，林秋雁一肘子，将他打昏过去。
　　　△林秋雁将金明辉移到副驾座上，自己坐到驾驶座上。
　　　△林秋雁一踩油门，轿车驶出。

4-30. 街道　　夜　外
　　　△林秋雁驾驶着金明辉的专车，在街道上急速向前行驶着。

4-31. 车内　　夜　内
　　　△前座，林秋雁在专心驾车。
　　　△后座，小丸子撕下两撇假胡子，用嘴吹向车窗外边。
瘦　猴：嘿嘿，老大，这趟活儿真过瘾！
小丸子：（在瘦猴头上敲了一记）过瘾你个头啊？知不知道我们是把脑袋别在裤腰带上干事情？
胖　子：嘿嘿，活该！
瘦　猴：死胖子，你……
　　　△轿车猛一颠簸，瘦猴被颠起来，脑袋撞到了车顶。
瘦　猴：哎哟！

·灰 雁·

4-32. 废旧仓库　　夜　内

　　　　△处于昏迷状态的金明辉被扔在墙角。

　　　　△哗，胖子将一大盆凉水，兜头浇在金明辉的脑袋上。

　　　　△小丸子上前，蹲下来，拍拍金明辉的脸蛋。

小丸子：喂，醒醒，醒醒。

　　　　△金明辉迷迷糊糊地睁开眼睛。

　　　　△金明辉的视角：身着劲装、一脸冷肃的林秋雁，撕去小胡子装扮的小丸子，以及一胖一瘦的胖子和瘦猴两个人。

小丸子：喂，姓金的，这好戏还没开场呢，你倒睡得踏实！……怎么，还没清醒过来？胖子，再来。

　　　　△胖子再次将一大盆凉水，兜头浇在金明辉的脑袋上。

　　　　△金明辉打了个激灵，倏地睁开眼睛。

　　　　△金明辉环顾一下四周，瞳孔忽然急遽收缩，露出惊慌害怕的神情。

金明辉：你、你们是什么人？为什么抓我到这里来？

小丸子：这个嘛，怎么说呢——（站起身）说实话，一身肥肉，长得又丑，我小丸子对你这个人，实在是一点兴趣都没有……（朝林秋雁努努嘴）喏，看见没，抓你来的是她，我呢，（竖起小拇指）只不过是稍微助了一点点力而已！

　　　　△金明辉惊恐地看向林秋雁。

小丸子：你们之间有什么恩怨，当面锣，对面鼓，自个儿解决吧。（冲胖子和瘦猴）胖子、瘦猴，我们出去。

　　　　△胖子和瘦猴答应一声，跟着小丸子走出仓库。

4-33. 废旧仓库　　夜　外

　　　　△小丸子、胖子、瘦猴三个人，相跟着走出仓库。

　　　　△胖子殷勤地搬过来一只凳子，搁好。

胖　子：老大，你坐。

　　　　△小丸子大不咧咧地坐下来。

瘦　猴：老大，你看——

　　　　△小丸子顺着瘦猴的手指望过去，只见天上悬着一轮饱满的月亮。

小丸子：啊呀，今儿个是什么日子啊，连月亮都这么圆？

　　　　△瘦猴谄媚地凑上去，做了个捻钱的动作。

瘦　猴：老大，依小的看，今儿个，是咱兄弟们发财的日子！

小丸子：（点点头）嗯，也对。你们俩，就等着大把大把地数钱吧。
　　　　△小丸子、胖子、瘦猴三人对视一眼，会心地哈哈大笑起来。

4-34. 废旧仓库　　夜　内
　　　　△林秋雁冰冷着脸，一步步走近金明辉。
金明辉：（往后缩）你，你你你……别过来！你别过来！
林秋雁：金行长，你不用怕。我抓你来，只不过是想问你几个问题。
金明辉：你、你到底是什么人？
林秋雁：我是什么人，你迟早会知道的……（将一叠假钞举到金明辉眼前）金行长，你仔细看看，这些假钞，可是从你的银行里面流出来的。
金明辉：（惊恐）你胡说什么？什么假钞？……我不知道，我什么都不知道！
林秋雁：（冷笑）哼，你是不知道，还是不想说呀？
　　　　△林秋雁抓住金明辉的一只手腕，猛地一拗。
金明辉：（惨叫）啊——

4-35. 废旧仓库　　夜　外
　　　　△金明辉的惨叫声从仓库里边传出来。
　　　　△声音凄惨，小丸子、胖子、瘦猴三个人不由得打了个寒战，然后面面相觑。
瘦　猴：老大，不会……搞出人命来吧？
　　　　△胖子胆小，有些吃惊地张大嘴巴。
胖　子：啊，人命？！
小丸子：（琢磨）啊，也是啊，这娘们凶神恶煞的，出手没轻没重，万一整个好歹出来，咱仨别最后钱没赚到，反倒招惹一人命官司？……（冲胖子、瘦猴）走，进去看看。
　　　　△小丸子率先起身走向仓库，胖子和瘦猴跟在后边。

4-36. 废旧仓库　　夜　内
　　　　△林秋雁使劲儿拗着金明辉的手腕，金明辉疼得额头都冒出大颗大颗的汗珠来。
林秋雁：（厉声）说，"蝎美人计划"到底是什么？
金明辉：（带着哭腔）我不知道，我真的不知道……姑奶奶，你就饶了我吧！
林秋雁：叫姑爷爷也没有用！

·灰　雁·

　　△林秋雁狠狠一拳，击打在金明辉的腮帮子上，金明辉的嘴角当即渗出血来。

林秋雁：（厉声）你说不说？！

金明辉：姑奶奶，我什么都不知道，你让我说什么呀？……我真的什么都不知道哇！真的，我没骗你……

　　△林秋雁不再吭声，左一拳、右一脚，对着金明辉狠狠地连踢带打。

　　△金明辉被打得在地上翻着滚儿，惨叫连连。

　　△小丸子带着胖子和瘦猴，大不咧咧地走进仓库。

　　△胖子和瘦猴看见金明辉的惨状，哆嗦一下，不自觉地缩在小丸子身后。

小丸子：喂，我说姓林的，你出手这么重，要是把他打死了怎么办？——（凑上前，诌笑着，捻捻手指头）咱总得靠他……要点赎金啥的？

　　△林秋雁狠狠地瞪小丸子一眼，小丸子立马噤声。

小丸子：好好好，算我没说，算我没说……你继续，继续。

　　△小丸子悻悻地走开，蹲在一旁的墙角里，冷眼看着林秋雁的动作。

　　△胖子和瘦猴对视一眼，也乖乖地走到小丸子身旁，蹲下来。

　　△林秋雁一把抓起金明辉，将他双脚悬空，抵靠在墙壁上。

林秋雁：（厉声）说，日本人的"蝎美人计划"到底是什么？他们给了你什么好处，让你这么死心塌地为他们办事儿？

金明辉：（气若游丝、结巴着）我、我不知道！我、我真的……不、不知道……什么"蝎美人计划"，真的！……你、你就是打、打死我，我、我也不、不知道……

　　△林秋雁再次挥拳，金明辉狂吐一口鲜血，血迹溅满整个屏幕。

第五集

5-1. 大和洋行·后院　　日　外

　　　　△龟田次郎双手握刀，左一挥，右一劈，正在练习刀法。
　　　　△青木一郎急匆匆地走到龟田次郎身旁。

青木一郎：将军！
龟田次郎：（动作不停）什么事儿？
青木一郎：是金行长那边，他出事了。
龟田次郎：（不紧不慢）金行长？他能出什么事儿？
青木一郎：他失踪了。
龟田次郎：（猛地收住刀、面露诧异）你说什么，金行长失踪了？
青木一郎：是的，将军。我刚刚得到消息，金行长从昨天晚上参加完我们的酒会以后，就失去了踪影，不但一晚上没回家，而且，今天也没去银行上班。
龟田次郎：哦？
　　　　△龟田次郎慢慢将刀收回刀匣，皱着眉，沉思着。
青木一郎：将军，要不要我马上带人去查？
龟田次郎：（抬手止住）不。
　　　　△龟田次郎来回踱着方步，继续思索。
　　　　△稍倾——
龟田次郎：不行。这件事情，我们这边不能出面。金行长失踪事小，暴露我们的"蝎美人计划"事大——马上知会巡捕房的马副探长，让他出面去查。
青木一郎：（意外地）马探长？
龟田次郎：对，就让马探长去办。
青木一郎：将军，请恕属下直言。马文涛这个人，一贯诡诈，当面说的是一套，背后做的又是另一套，说实话，属下对他不是特别放心，他不会跟我们一条心的——上次逃走的那名女军统，属下怀疑，就是他故意放走的。
龟田次郎：马文涛这个人，虽然跟我们不是一条心，但他有一个嗜好，就是喜欢钱，他跟钱绝对是一条心……一个贪财的人，总是有着这样那样的弱点；只要有弱点，就会被我们利用——给他多送些钱去，他会认真查的。

·灰 雁·

青木一郎：是，将军。
　　　　△青木一郎躬身行礼，然后匆匆离去。

5-2. 上海公共租界巡捕房·马文涛办公室　　日　内
　　　　△马文涛叼着硕大的烟斗，坐在办公桌后边。
　　　　△马文涛对面，坐着青木一郎。
　　　　△青木一郎将一个手提箱摆到桌子上，打开，推到马文涛面前。
　　　　△特写：手提箱中，整整齐齐地码着黄澄澄的金条。
　　　　△马文涛抓起几根金条，漫不经心地把玩着。
马文涛：龟田先生真是客气，我跟他是老朋友了，哪儿用得着这些？
青木一郎：属下受龟田先生委托，特来拜会马探长，请马探长一定笑纳——不然，
　　　　属下回去，无法向龟田先生交代。
马文涛：哦？……既然这样，那马某就却之不恭了。
青木一郎：谢谢马探长。金行长的事情，务必请马探长多多费心！
马文涛：放心吧，你回去告诉龟田先生，我会把所有的警察都派出去，哪怕是把
　　　　上海滩挖地三尺，也要把金行长给你们找回来。
青木一郎：（起身、行礼）那就先谢谢马探长了，属下告辞。
马文涛：嗯，好……（冲门外）来人，送青木先生出去。
　　　　△警察甲应声进来。
警察甲：青木先生，您请！
　　　　△青木一郎在警察甲的陪同下走出。

5-3. 废旧仓库　　日　内
　　　　△浑身布满伤痕的金明辉被绑在一根柱子上，他身上的衣服已经被剥了
　　　　个精光，只剩下一条大裤衩穿着。
　　　　△小丸子举着一条皮鞭，左一下、右一下，有气无力地抽打着金明辉。
　　　　金明辉处于半昏迷状态，已经只剩下进的气儿，没有了出的气儿。
小丸子：一百二十七、一百二十八、一百二十九……（停住手，弯腰喘着粗气）
　　　　喂，姓林的，这要打到什么时候呀？
林秋雁：（冷冷地）打到让他说真话为止。
小丸子：啊呀，真是……（将皮鞭一递）胖子，你来。
胖　子：呃。
　　　　△胖子答应一声，上前接过小丸子手中的皮鞭，继续抽打着金明辉。

　　　　△瘦猴小心翼翼地扶小丸子坐到墙角。
瘦　猴：老大，累坏了吧？
小丸子：（一翻白眼）你没长眼睛啊，这还用问？没看见我连腰都直不起来了吗？哎哟，哎哟……（手抚腰部，冲林秋雁）喂，姓林的，照这样打下去，万一把他打死了怎么办？
林秋雁：（冷冷地）放心，他死不了！

5-4. 上海公共租界巡捕房·大门口　　日　外
　　　　△大批荷枪实弹的巡捕房警察，成队成列地从大门内跑出。

5-5. 街道　　日　外
　　　　△一队警察横冲直撞地跑过，行人摊贩纷纷闪躲。

5-6. 某民居　　日　外
　　　　△一名警察用力拍打着红漆大门，另有数名警察分散两旁站立。
某警察：（喊）开门开门，我们是巡捕房的，快开门。

5-7. 某店铺　　日　内
　　　　△三四名警察屋里屋外地翻腾着，举着刺刀东刺一下，西刺一下。
　　　　△年老的店主和家人抖抖索索地挤在一起，店主妻子紧紧地搂着一大一小两个孩子——他们的眼中，均流露出一丝惊恐的神色。

5-8. 某街口　　日　外
　　　　△十来名警察，设了路卡，挨个排查过往的路人。
警察丙：都排好队，排好队，不要挤，一个一个过，接受检查。
　　　　△一众行人挨个儿走过路卡，两名警察负责对他们进行搜身检查。
　　　　△小丸子、胖子、瘦猴三个人，也夹杂在人群当中；小丸子的一双眼珠子骨碌碌乱转。
　　　　△瘦猴忽然一碰小丸子。
瘦　猴：（悄声）老大，你看——
　　　　△小丸子的视角：警察丙手里拿着一张画像，时不时逡巡一眼过卡的路人，跟画像比照一下。
　　　　△画像特写：赫然是金明辉的脸部画像。

·灰　雁·

胖　　子：（悄声）老大，好像是……俺们抓来的那个人！
小丸子：（OS）啊呀，真是晦气，这钱还没挣到手呢，警察就先找上门来了……
　　　　扫把星就是扫把星，只要沾上她，一准儿倒血霉，呸呸呸！
瘦　　猴：（悄声）老大，怎么办？
小丸子：还能怎么办？碌碡拉到半山腰了，总不能现在撂挑子吧？
胖　　子：（胆怯地）老大，要是万一……被警察逮着了怎么办？
小丸子：没有万一！
　　　　△小丸子左右逡巡一眼，观察了一下各个警察的方位。
小丸子：……都沉住气，警察也是黑地里捉蚂蚱——瞎摸腾呢，咱不用怕。（压低声音）把腰板挺直了，别东张西望的。
胖子、瘦猴：（一挺腰）是，老大。

5-9. 某街口·稍远处　　日　外
　　　　△一辆黑色的轿车，停靠在街道边。

5-10. 车内　　日　内
　　　　△马文涛的嘴里叼着硕大的雪茄，隔车窗望着不远处的路卡。
　　　　△马文涛的视角：自己手下的警察正在设卡处挨个查问过往的行人。
　　　　△马文涛面部特写：他的面容沉着、冷静，一副波澜不惊的模样。

5-11. 某街口　　日　外
　　　　△人群向前移动，稍倾，轮到了小丸子、胖子、瘦猴三个人。
　　　　△小丸子、胖子、瘦猴三人接受警察的检查，顺利通过路卡。
　　　　△小丸子等三人刚刚面露喜色，忽然，警察丙的声音从身后传来——
警察丙：喂，你们三个，站住！
　　　　△小丸子、胖子、瘦猴等三人倏地停住脚步。
　　　　△警察丙走向小丸子、胖子、瘦猴三人。
小丸子：（讪笑）嘿嘿，长官，您……有什么事儿？
警察丙：你们三个，是干什么的呀？
小丸子：嘿嘿，长官，咱们仨……都是卖苦力的，在码头扛包。
瘦　　猴：对对对，卖苦力的，码头，扛包，扛包。
　　　　△警察丙上上下下打量了小丸子等三人一番。
警察丙：（盯着小丸子，狐疑地）就你这身板，也能扛包？

小丸子：能，能，当然能。小的力气大着呢，不信您看……
　　　　△小丸子曲起右臂，试图做一个孔武有力的架势。
警察丙：（不耐烦地）行啦行啦……（举起画像）见过这个人吗？
　　　　△小丸子凑近画像，假装端详片刻，然后摇了摇头。
小丸子：没，没见过。
警察丙：真的没见过？
　　　　△小丸子等三人一齐摇头。
小丸子：真的没见过，真的。咱们小老百姓，哪敢骗长官您啦？……（小心翼翼地凑近警察丙）敢问长官，这个人犯了什么罪呀，是杀了人还是放了火呀？
警察丙：（脸一板）不关你们的事儿，少他妈瞎打听……（摆摆手）好了，去吧去吧。
小丸子：（忙不迭地鞠躬）是，是，长官！
　　　　△小丸子在鞠躬的间隙，用眼角瞄着警察丙，见他走远了，冲胖子和瘦猴一使眼色。
小丸子：（压低声音）快走！
　　　　△小丸子、胖子、瘦猴三人，匆匆离去。

5-12. 车内　　日　内
警察甲：探长，咱们真的要替小日本卖命，帮他们找金行长？
马文涛：找，当然要找。
　　　　△马文涛嘴里叼着烟斗，依旧是一副波澜不惊的样子。
马文涛：你不找，龟田次郎那里，我们怎么交差？吃人的嘴软，拿人的手短，既然拿了人家的钱，我们就得有所动作——哪怕是做做样子，咱也得做足了。
警察甲：那个龟田次郎，不就是一个小商人吗，咱们巡捕房也得看他的脸色？
马文涛：哼，老龟田，你最好别小瞧他——他的大和洋行是不怎么起眼，但他在日本人当中的威望却很高，在背后给他撑腰的，是冈村宁次的宪兵队。
警察甲：……啊？！

5-13. 废旧仓库　　日　内
　　　　△浑身血污的金明辉双手双脚被反绑着，缩在墙角，处于半昏迷状态。
　　　　△林秋雁冷冷地坐在不远处的桌旁。

·灰　雁·

　　　　　△小丸子带着胖子和瘦猴进来，将一个包袱扔到桌上，包袱散开，露出烧鸡、馒头等食物。
小丸子：喏，吃的。
　　　　　△林秋雁瞥了一眼食物，对小丸子爱答不理。
小丸子：啊呀，真是的——爱吃不吃。
　　　　　△小丸子讨了个没趣儿，自顾撕下两块烧鸡，扔给胖子和瘦猴各一块，然后又抓起两个馒头，左右各咬一口。
　　　　　△小丸子歪头想了想，忽然走到金明辉身旁，蹲下，拍拍他的脸蛋。
小丸子：喂，姓金的，醒醒，醒一醒……（将咬残的馒头强塞进金明辉嘴里）喂，吃馒头，吃一点馒头，喂……
　　　　　△金明辉的嘴角塞着馒头，却如同死鱼一般，一动不动。
　　　　　△胖子和瘦猴凑上去。
胖　子：老大，这姓金的不会是死了吧？
小丸子：（在胖子头上狠敲了一记）死你个头啊，没看见他还在出气吗？
胖　子：（抱头）啊！
　　　　　△小丸子走回桌前，大不咧咧地坐下，撕下一条鸡腿啃起来。
小丸子：喂，姓林的，我可告诉你，这位姓金的什么破行长，警察可是设了路卡，到处在找他呢——就差把每个过路人，都扒光了检查一遍。
林秋雁：（淡淡地）哦，是吗？
瘦　猴：是啊，林姑娘，巡捕房的警察满大街都是。
林秋雁：（冷笑）哼，这日本人不急，巡捕房的警察倒是积极得很。
小丸子：喂，姓林的，咱把丑话说在前头，这警察万一找上门来，可别怪我小丸子翻脸不认人——钱虽然是好东西，但犯不着为了钱，把咱哥仨的身家性命也搭进去。
　　　　　△瘦猴和胖子忙认同地点头。
瘦　猴：（讪笑）嘿嘿，林姑娘，咱老大说得没错儿，这趟活儿，风险也忒大了些。
林秋雁：（盯着小丸子）怎么，想打退堂鼓？
小丸子：（眼珠子滴溜溜乱转）……谁说我小丸子要打退堂鼓了？俗话说，君子一言，驷马难追！怎么说我小丸子也是站着撒尿的爷们儿，既然答应了跟你干这一票，就不会说话不算话。不过，话说回来，你干的可是掉脑袋的活计，不但跟日本人作对，还招惹上了巡捕房的警察，这一个不小心，咱哥仨随时都有被日本人和警察抓的危险，说不定哪天，小命儿就玩完啦。（靠近林秋雁，一条胳膊不由自主地搭在对方肩上，同时捻捻手指头，做了个数钱的动作）所以，这酬金嘛……

△林秋雁朝他一瞪眼，小丸子旋即反应过来，迅速挪开胳膊。

林秋雁：你什么意思？
小丸子：意思很简单，酬金必须在原来的基础上，再加一倍——否则，咱们一拍两散，各走各道。

△林秋雁没有答话，只是死死地盯着小丸子；小丸子迎着林秋雁的目光，没有丝毫退让的意思。

5-14. 车内　　日　内

△马文涛看看车窗外边，一众警察们还在路卡处挨个排查路人。

马文涛：走吧，让他们先折腾，我们回巡捕房。
警察甲：是，探长。

△警察甲发动车，轿车缓缓驶出。

5-15. 废旧仓库　　日　内

林秋雁：好，我答应你——但有一个条件。
小丸子：什么条件？
林秋雁：从现在起，你们必须全权听从我的指挥，不能有丝毫差池——如果胆敢坏了我的大事儿，不等日本人和巡捕房来抓，我首先就要了你们的小命儿！

△林秋雁的话冷冰冰的，胖子和瘦猴不由得打了个哆嗦。

小丸子：（思索片刻）好，咱们一言为定——你说一，我小丸子绝不说二；你说往东，咱绝不往西！
林秋雁：一言为定！
胖　子：（凑近小丸子、低声）老大，依俺看，俺们还是别干了——让她多少给一点钱，俺们早早分钱走人的好。
林秋雁：分钱可以，但不是现在。
瘦　猴：嘿嘿，林姑娘，那什么时候分？
林秋雁：我是雇主，你们是我的雇员，当然得是我说可以的时候。

5-16. 大和洋行·内室　　夜　内

△龟田次郎背身而立，依旧盯着墙上的半角密图。

·灰　雁·

　　　△青木一郎匆匆进来。

青木一郎：将军！
龟田次郎：（回转身）巡捕房那边有消息了吗？
青木一郎：（摇头）还没有。不过，马文涛把所有的警察都派上街了。
龟田次郎：……
青木一郎：将军，是不是把我们的人也派出去？
龟田次郎：（一抬手）不，再等等。
　　　△龟田次郎踱着方步，沉吟片刻——
龟田次郎：等过了今晚再看。到了明天，如果巡捕房还没有金行长的消息，就把我们的人派出去，但必须秘密地查，千万不可泄露我们的行踪。
青木一郎：是，将军，属下明白。
　　　△青木一郎躬身行礼，悄悄退出。

5-17. **大上海（空镜）　　夜　外**

　　　△夜色中的大上海：街道、鳞次栉比的楼宇、酒楼、歌厅等，一派灯红酒绿。
　　　△最后，镜头落在林秋雁、小丸子等人栖身的废旧仓库门外。

5-18. **废旧仓库　　夜　内**

　　　△桌上，一盏摇曳的油灯，散发出晕黄的光。
　　　△双手双脚均被反绑的金明辉，依旧保留着白天昏死的姿势，嘴角还塞着半拉馒头。
　　　△木架床上，林秋雁双目紧闭，沉沉地睡着。
　　　△墙角的草铺上，小丸子、胖子、瘦猴三人肩靠肩挤在一起，打着轻微的呼噜；胖子和瘦猴的嘴角还挂着一丝涎水。
　　　△忽然，金明辉的眉角几不可察地抖了抖，接着，他的眼睛慢慢睁开一条缝儿。
　　　△金明辉一点一点挪动身子，朝桌子旁蹭过去。
　　　△金明辉借助凳子，强撑着让自己站起来，将反绑的双手凑向油灯。
　　　△绳子着火，金明辉疼得直龇牙，但他强忍着。
　　　△金明辉烧断手上的绳子，又三下五除二解开脚上的绳子。
　　　△金明辉抱起自己的衣服和裤子，又顺手撕下半拉烧鸡，蹑手蹑脚地走向门口。

△忽然，小丸子嘴里嘀咕了一句梦话、翻了个身，金明辉一惊，当即静立不动。

△待确定没有惊醒林秋雁和小丸子等人后，金明辉再次抬起脚，小心翼翼地朝门口走去。

5-19. 废旧仓库　　夜　外

△金明辉的嘴里叼着烧鸡，一边跑一边慌里慌张地套上衣服和裤子。

5-20. 废旧仓库　　夜　内

△小丸子、胖子、瘦猴三人依旧沉沉地睡着。

△木架床上的林秋雁，忽然倏地睁开眼睛，双目如箭。

5-21. 街道　　凌晨　外

△将明未明的曦光中，金明辉一边啃着烧鸡，一边慌慌张张地朝前跑着——由于受过鞭打，他的脚步一颠一跛的。

5-22. 街道/稍后　　凌晨　外

△拐角处，林秋雁悄悄探出头来。

△林秋雁的视角：金明辉一颠一跛地朝前跑着。

5-23. 大和洋行　　凌晨　外

△金明辉用力拍打着大和洋行的大门。

△大门一侧的探视孔打开，一个低沉的声音传出来。

守　卫：谁？

金明辉：（抖抖索索）……是、是我，我、我要见龟田先生。

守　卫：（意外地）金行长？！

△吱呀一声，大门迅速打开。

守　卫：快，快进来。

△金明辉闪身而入，大门旋即关闭。

5-24. 大和洋行·稍远处　　凌晨　外

△拐角处，转出林秋雁，目光冷冷地盯着刚刚关闭的大和洋行大门。

闪回：

·灰 雁·

　　△某高楼楼顶。林秋雁举着望远镜，观察着对面的大和洋行。
　　△望远镜中：
　　——大和洋行的大门、招牌等外景；
　　——大和洋行的院子里，青木一郎下了轿车，回头望了一下林秋雁他们所在的方向，然后朝龟田次郎的寓居走去。
　　现实：
　　△林秋雁观察一下四周的环境，飞身跃上院墙。

5-25. 大和洋行·内室　　凌晨　内
　　△血污满面的金明辉，狼狈不堪地站在龟田次郎面前。
　　△青木一郎肃立一旁。
金明辉：（带哭腔）龟龟龟……龟田先生！
龟田次郎：金行长！这是怎么回事？谁打的你？
金明辉：（语无伦次）她她她……她们，绑绑绑……绑架我，还、还用鞭子……打打打……打我……
龟田次郎：（沉着地）她们是谁？为什么绑架你？不要慌，慢慢说。
金明辉：（语无伦次）龟龟龟……龟田先生，你你你……一定要给我做主！她们会杀杀杀……杀了我的……她她她、她们……真的会杀了我的……
龟田次郎：金行长，你不用怕，这是在大和洋行，有我龟田次郎在，没有谁敢杀了你！来，坐下慢慢说……青木，给金行长倒水，让他压压惊。
青木一郎：是，将军。
　　△青木一郎上前，倒了一杯水递给金明辉。
　　△金明辉接过水，仰起头，咕咚咕咚往下灌。

5-26. 大和洋行·走廊　　凌晨　外
　　△林秋雁顺着墙角、廊柱，谨慎地潜伏而行。
　　△林秋雁的视角：数名巡逻的黑衣打手，正朝林秋雁藏身的方向走来。
　　△林秋雁飞身而起，身体悬空，倒贴在檐壁上。
　　△待黑衣打手们走了过去，林秋雁一跃而下，继续向前潜去。

5-27. 大和洋行·内室　　凌晨　内
　　△龟田次郎的双目倏地圆睁。
龟田次郎：……你说什么？她们是冲着"蝎美人计划"来的？

　　　　△金明辉的情绪，已经明显平静下来。
金明辉：（小心翼翼）是的，龟田先生。她们一直拷问我，想知道"蝎美人计划"到底是什么……
　　　　△龟田次郎和青木一郎的眼神飞快地一碰，然后旋即盯向金明辉。
金明辉：（反应过来）不不不，龟田先生，您放心，我可是什么都没说……这么大的事儿，她们就是打死我，我也绝不会透露半个字的……
　　　　△龟田次郎以一种探究似的眼光盯着金明辉。
龟田次郎：哦，是吗？
金明辉：（忙不迭地点头）是是是，是的。
龟田次郎：那你有没有搞清楚，对方到底是什么人？
金明辉：（摇摇头）没、没有，我、我光顾害怕了……
龟田次郎：……
金明辉：（眼巴巴地）龟田先生，您一定要相信我，我可是费了老大的劲儿，才从她们手里逃出来的——我这条小命儿，差点就丢在她们手里了……

5-28. 大和洋行·内室·窗外　　凌晨　外
　　　　△林秋雁伏在窗外，用唾液濡湿窗户纸，弄出一个小孔，朝室内望去。
　　　　△林秋雁的视角：金明辉坐着，龟田次郎在地上踱来踱去，青木一郎肃立一旁。
　　　　△龟田次郎不紧不慢的声音从室内飘出来——
龟田次郎：（画外音）金行长，你上当啦。不是你运气好，是她们故意放你逃出来的，用你们中国人的话说，这叫欲擒故纵——

5-29. 大和洋行·内室　　凌晨　内
龟田次郎：……如果我所料不差，当你逃出来的时候，绑走你的人肯定一直跟着你——怕只怕，对方此刻已经在我的大和洋行里了。
金明辉、青木一郎：（同时一惊）啊？！

5-30. 大和洋行·内室·窗外　　凌晨　外
　　　　△伏在窗棂下的林秋雁，听完龟田次郎的分析，忽然神色一凛。
　　　　△几乎在同一时间，刺耳的警报声响了起来。

5-31. 大和洋行·走廊　　凌晨　外
　　　　△听到警报声,正在巡逻的数名黑衣打手,迅速拔出腰间的武士刀,返身朝内室方向跑来。

5-32. 大和洋行·警卫室　　凌晨　内
　　　　△警报声响,正在睡觉的一众黑衣打手,迅速翻身坐起。
　　　　△黑衣打手们挨个儿拿取挂在墙上的武士刀和手枪,动作迅速、有力、井井有条,显得训练有素。

5-33. 大和洋行·走廊　　凌晨　外
　　　　△龟田次郎挎着武士刀,迈着大步朝前走,身后跟着青木一郎和屁颠屁颠的金明辉,以及数名黑衣打手。
龟田次郎：把整个院子包围起来,挨个儿搜,不要漏过一处死角!
青木一郎：是,将军。
　　　　△青木一郎转身,匆匆离去。
金明辉：（小跑几步,跟上龟田次郎）龟龟龟、龟田先生,事、事情……不会这么巧吧?我是等她们睡着了,才烧断绳子逃出来的。你看,这伤口……
　　　　△金明辉举起胳膊,亮出手腕上的烧灼痕迹。
龟田次郎：（头也不回,冷冷地打断金明辉的话）你以为,她们会和你一样蠢?……（冲一名黑衣打手）通知宪兵队,让他们派人来,封锁附近的所有街道!
黑衣打手：嗨。
　　　　△该名黑衣打手转身,匆匆走向内室。

5-34. 大和洋行·前院　　凌晨　外
　　　　△青木一郎冲十余名黑衣打手分派任务,有黑衣打手举着火把。
青木一郎：你们几个,去那边,其他人跟我来。
黑衣打手：（众）嗨。
　　　　△一众黑衣打手分成两路,一路由青木一郎带领,迅疾冲出。

5-35. 大和洋行·另一走廊　　凌晨　外
　　　　△数名黑衣打手执刀持枪,举着火把一路搜寻过来。
　　　　△黑衣打手们刚刚从一根廊柱旁走过,林秋雁就顺着廊柱滑了下来,闪

身朝相反的方向飞奔而去。
　　△一名黑衣打手回头，刚好看到林秋雁一闪而没的身影。
该打手：（大喊）他在那边，快，追。
　　△一众黑衣打手迅速转过身，冲向林秋雁跑去的方向。

5-36. 大和洋行·走廊拐角　　凌晨　外
　　△枪声大作。
　　△林秋雁躲在拐角处，举着双枪，左右开弓射击，有黑衣打手中弹栽倒。
　　△对切：青木一郎及一众黑衣打手们，分头躲在屋脊、院墙、廊柱、护栏等掩体后边，朝林秋雁开枪射击。
　　△林秋雁弹匣打空了，忽然就地几个翻滚，子弹一直追着她翻滚的身形。
　　△青木一郎拔出武士刀冲上去，林秋雁忽然腾身而起，凌空几个飞脚。
　　△青木一郎堪堪躲过林秋雁的攻击，双方迅速贴身过了几招。
　　△青木一郎身手稍逊，胸口挨了一脚，接连向后两个翻滚。
　　△青木一郎稳住身形，抬头盯住林秋雁——对方的身手有种似曾相识的感觉。
　　闪回：
　　△"四朵金花"秘密驻地内。青木一郎手持武士刀，林秋雁双手各持一把匕首，激烈对打。
　　现实：
　　△青木一郎当即认出了林秋雁。
青木一郎：臭娘们儿，原来是你？
　　△林秋雁冷哼一声，并不答话，身子飞跃而起，迅速藏身另一廊柱后，同时以极快的动作瞬间换上新弹匣，探出身子继续射击。
青木一郎：给我围起来打，不要让她跑了！

5-37. 街道　　晨曦　外
　　△数辆日军摩托车，坐着荷枪实弹的日本士兵，飞驰而来。

5-38. 大和洋行·后院　　晨曦　外
　　△一众黑衣打手们将林秋雁逼在一处死角位置，双方互相射击。
　　△青木一郎一抬手，黑衣打手们停止射击，枪声骤歇。
青木一郎：（喊话）喂，小妞儿，你跑不掉啦。如果你乖乖放下武器投降，我青

·灰 雁·

　　　　　木一郎保证放你一条生路！否则，这枪子儿可不长眼睛，万一有个闪失，
　　　　　你这娇嫩嫩一个大姑娘……
林秋雁：（打断对方的话，冷冷地）哼，姑奶奶我打从娘胎里出来，就没有向人
　　　　投降的习惯，更何况是你们日本人……想让我放下武器，可以，除非太
　　　　阳从西边出来！
　　　　△林秋雁趁说话的间隙，抬手打出一枪。
　　　　△青木一郎一缩脑袋，子弹堪堪擦过他的头皮。
青木一郎：（恼火地）给我打，狠狠地打！
　　　　△一众黑衣打手们再次开枪射击，枪声骤起。

5-39. 大和洋行·附近街口　　晨曦　外
　　　　△几名日本士兵迅速搬来大麻袋，堆起一个堡垒。
　　　　△一挺机枪架在堡垒上，另有十来名日本士兵举着步枪伏在堡垒后，枪
　　　　口瞄准大和洋行的方向——很明显，整条街道都被日本宪兵队封锁了。

5-40. 大和洋行·后院　　晨曦　外
　　　　△僻角处，林秋雁和一众黑衣打手们依旧在相互对射，不时有黑衣打手
　　　　受伤。
　　　　△龟田次郎带着金明辉及数名黑衣打手匆匆赶过来。
　　　　△金明辉一指远处正在开枪射击的林秋雁。
金明辉：龟、龟田先生，就就就、就是她，就是她……就是她绑架我！
龟田次郎：哦？
　　　　△青木一郎迎上来。
青木一郎：将军，就是这个女的，上次从我们手里逃走的那个——她跟"四朵金
　　　　花"，有可能是一伙的。
龟田次郎：又是军统的人？
青木一郎：应该错不了。
龟田次郎：让他们住手，我要活的。
青木一郎：是，将军。
　　　　△青木一郎转身，跑向一众黑衣打手的掩体处。
青木一郎：停止射击。
　　　　△枪声骤歇。
　　　　△龟田次郎抬腿，一步一步走向林秋雁藏身的所在，一众黑衣打手自动

104

闪开一条道。
△龟田次郎走到离林秋雁藏身处不远的空地中央，稳稳地站定身形。
△稍倾，林秋雁从藏身处走出，边走边利索地退掉弹匣，最后，扔掉双枪。
△龟田次郎和林秋雁相向而站，一个盯着一个，对峙着——龟田次郎沉着、冷静，面上不动声色；林秋雁则始终是一副冷冰冰的样子。
△默然片刻，龟田次郎缓缓拔出腰间的武士刀，双手握定；林秋雁则唰地拽出两把匕首。
△眨眼间，龟田次郎和林秋雁两个人，当即你来我往，恶斗在一处。

5-41. 废旧仓库　　晨　内

△一束灿烂的阳光透窗而入，晃在小丸子的脸上。
△小丸子揉揉惺忪的眼睛，站起来，伸了伸懒腰。
△小丸子环视一眼室内，当即一愣：林秋雁和金明辉都消失不见了，只剩下捆绑金明辉用的绳子堆在地上。

小丸子：（踢踢尚在酣睡的胖子和瘦猴）喂，都给我起来，起来！
△胖子和瘦猴迷迷瞪瞪地爬起来。

胖　子：咦，老大，他们人呢？

小丸子：谁知道？我一醒来，他们就不见人影了，只剩下一堆破绳子。
△小丸子说着，朝地上的绳子努努嘴。

瘦　猴：老大，林姑娘不会是想赖账，带着钱跑了吧？

小丸子：（一惊）……钱？！
△小丸子、胖子、瘦猴三人面面相觑。但旋即，他们就反应了过来，同时转身，扑向木架床底下。
△三只脑袋挤在床底下，六只眼睛同时盯着一个方向：林秋雁的密码箱，端端正正地搁在那里。

5-42. 大和洋行·后院　　晨　外

△龟田次郎和林秋雁依旧恶斗在一起，武士刀和匕首翻飞，时不时磕在一起，溅出耀眼的火花。

5-43. 废旧仓库　　晨　内

△已经打开的密码箱搁在桌子，里边码着整整齐齐的钞票。

·灰　雁·

小丸子：（得意地捻着钞票）啊，只要钱还在，管他姓金的还是姓林的……咱哥仨这趟差事，算是没白忙活！
瘦　猴：老大，咱们这趟赚大发了！
胖　子：嘿嘿，老大，依俺看，趁林姑娘不在，俺们还是分钱走人吧。
瘦　猴：对对对，老大，咱们分钱吧。
小丸子：（有点动心）你们是说，咱们现在就分了钱，走他娘的人？
　　　　△胖子和瘦猴忙不迭地点头。
小丸子：后边的活计，不干了？
胖子、瘦猴：（同时摇头）不干了。
小丸子：（眼珠子乱转，思索）这要万一，姓林的又折了回来，怎么办？那娘们儿的手段，你们都见识过，可是够狠辣的。
瘦　猴：嘿嘿，老大，咱兄弟们手里有了钱，早就脚底板抹油——撒丫子跑路了，谁还守在这里等她来逮呀？……这么大个上海滩，她上哪儿找去？
胖　子：老大，瘦猴说得没错儿，你快拿主意吧。
小丸子：（眼珠子一转）啊，也对。反正咱哥仨帮她人也找了，票也绑了，总之，没亏着她……（手往下一劈）分！

5-44．大和洋行·后院　　晨　外
　　　　△龟田次郎和林秋雁的打斗进入白热化状态。林秋雁凌空翻滚，堪堪躲过龟田次郎的致命一刀，肩头受伤。
　　　　△林秋雁落地，半蹲稳住身形。她抬起头，死死地盯着龟田次郎，目光依旧冰冷如铁。

5-45．废旧仓库　　晨　内
　　　　△小丸子、胖子、瘦猴三人围桌而坐，每人面前搁着两三叠钞票——小丸子正在挨个儿分钱，三人均面呈喜色。
小丸子：你的，你的，我的……你的，你的，我的……
　　　　△忽然，一支硬邦邦的枪口顶住小丸子的腰部，同时，一个男声响起——
周天昊：（画外音）不许动！
　　　　△小丸子、胖子、瘦猴三人脸上的笑容顿时僵住。
周天昊：（画外音）举起手来！
　　　　△小丸子、胖子、瘦猴三人乖乖地举起双手。

5-46. 大和洋行·后院　　晨　外

△龟田次郎明显占了上风，林秋雁稍显狼狈，手持的双匕接连被磕飞。

△林秋雁顺手抓过一根竹竿与龟田次郎对打，但没过几招，竹竿也被对方的刀劈成了数截。

△林秋雁见无法与龟田次郎力敌，只好再次抓过一根竹竿，狠打几招，逼退龟田次郎，旋即用竹竿一撑，身形腾起，凌空跃向房顶。

△青木一郎及一众黑衣打手见林秋雁要逃，立即开枪射击。

5-47. 大和洋行·房顶　　晨　外

△林秋雁与埋伏在屋脊上的两名黑衣打手短兵相接，劈手夺过对方的枪，将他们一一踢下屋顶。

△林秋雁返身与青木一郎等对射数枪，然后纵身一跃，消失于屋脊后。

5-48. 巷道　　晨　外

△林秋雁一边射击一边后撤，青木一郎及一众黑衣打手们紧追不放。

△林秋雁蹿出巷道口，一阵密集的子弹却朝她射来——原来，街道两边已经完全被日本宪兵队封锁了。

△前后道路均被封死，林秋雁迅速钻进另一条巷道，边打边退。

5-49. 另一巷道　　晨　外

△十字形巷道，林秋雁身前、身后、身左、身右均是黑衣打手和日本宪兵队的士兵。

△噌噌噌，林秋雁迅速蹿上墙头。

5-50. 民居屋顶　　晨　外

△后有黑衣打手追击，林秋雁一边回头开枪射击，一边顺着屋脊朝前飞跃。

△左前方屋脊，青木一郎带着数名黑衣打手忽然冒出头来。

△右前方屋脊，一队日本宪兵队的士兵忽然冒出头来。

△林秋雁被对方成三角包围，双方激烈枪战。

△林秋雁一边与敌方对射，一边改向另一个方向飞跃。

5-51. 巷道拐角　　晨　外

　　△数名日本士兵端着步枪，顺着巷道冲过来。

　　△忽然，一个黑影从檐角飞身跃下，是林秋雁。林秋雁三下五除二，打翻一众日本士兵，又拧断了领头士兵的脖子，夺了对方的手枪别在自己腰间，又捡起一支长枪，瞄准从另一个方向追击而来的黑衣打手，拉动枪栓，扣动扳机。

　　△对切：两声枪响，两名黑衣打手当即倒了下去。

　　△林秋雁迅速转身，继续向前飞跃。

5-52. 大和洋行·附近街口　　晨　外

　　△麻袋垒成的堡垒上，架着一挺机枪，另有十来名日本士兵举着步枪伏在堡垒后边。

　　△堡垒稍后处，龟田次郎挎着武士刀挺立着，金明辉和一名小头目模样的日本中佐陪站在一旁。

　　△正前方，林秋雁从一条巷道内蹿出来，后边紧追着青木一郎带领的黑衣打手和日本宪兵队的士兵，激烈枪战。

日本中佐：（手向下一挥）射击。

　　△堡垒上，日本士兵的机关枪和步枪同时吐出火舌。

　　△正前方，林秋雁在前后火力的夹击下，腾挪、翻滚、飞跃，一边躲避子弹，一边用长枪还击。

　　△林秋雁跃入一僻角处，不住地喘着粗气。她探出身子，用长枪瞄准机关枪手。

　　△堡垒后边，枪声响处，机关枪手应声栽倒，但紧接着又有一名日本士兵补了上来，机关枪依旧吐着火舌。

　　△林秋雁再次探出身子，瞄准机关枪手扣动扳机，撞针空响，却没有子弹射出——没子弹了。

　　△林秋雁观察四周：不远处有一座高耸的大楼，一楼是落地玻璃构成的。林秋雁扔掉长枪，拔出手枪，毫不犹豫地几个翻滚，然后一边射击一边飞跃向前，撞碎落地玻璃进入大楼。

　　△稍后处，青木一郎及黑衣打手、追击的日本士兵、堡垒后的日本士兵，成半包围式，纷纷冲向大楼。

5-53. 大楼·大厅　　晨　内

　　△林秋雁陆续隐身在桌角、柜台及楼梯口，与青木一郎带领的黑衣打手及日本宪兵队的士兵激烈枪战。

5-54. 大楼·旋转楼梯　　晨　内

　　△林秋雁顺着旋转楼梯，一边往上跑，一边俯身射击。
　　△青木一郎、黑衣打手、日本士兵等一边追击，一边仰射。
　　△枪声时而密集时而稀疏，不时有黑衣打手或日本士兵中弹。

5-55. 大楼·楼梯顶端　　晨　内

　　△通向楼顶的小门，挂着一把硕大的锁。
　　△追兵的枪声和脚步声已经很近了，林秋雁毫不犹豫地抬手一枪，打掉锁头，又狠命踹了一脚。

5-56. 大楼·楼顶　　晨　外

　　△楼顶小门被踹开，林秋雁夺门而出。
　　△林秋雁迅速蹿到楼栏边，却发现楼顶完全是一条死路，四处均无路可逃。
　　△这时，青木一郎、黑衣打手、日本士兵等均从小门中陆续追了出来，啾啾的子弹朝林秋雁密集射来。
　　△林秋雁隐身楼栏后边，一手抓楼栏，一手持枪，与青木一郎、黑衣打手、日本士兵等激烈对射——林秋雁的脚下，是高达数十丈的虚空。
　　△镜头自上而下，一直摇到高楼下的街道上。

5-57. 街道　　晨　外

　　△高楼下的街道上，依次停着数辆日军的摩托车。
　　△龟田次郎、日本中佐、金明辉等站在一起，日本中佐手里举着望远镜，望向高楼顶端。
　　△望远镜中：林秋雁悬挂在楼栏外边，一手抓着楼栏，一手持枪射击。
　　△日本中佐一挥手，两名日本士兵抬着机关枪过来，架起，朝高楼顶端的林秋雁射击。
　　△枪声过处，高楼顶端的数扇窗户玻璃被击中，玻璃碎片哗啦啦掉落下来。

5-58. 大楼·楼顶　　晨　外

　　　△林秋雁悬挂在楼栏外边，上有青木一郎、黑衣打手、日本士兵等的激烈进攻，下有日军机关枪的疯狂扫射，形势极端危急。
　　　△就在千钧一发时刻，一支飞索带着啸声，飞旋而至，嘭，钉在离林秋雁不远的墙壁上。
　　　△飞索是从对面楼顶射过来的，林秋雁回头一看——
林秋雁：（意外地）小丸子！

5-59. 对面大楼·楼顶　　晨　外

　　　△小丸子手里举着发射飞索的铁弩弓，身旁挤着胖子和瘦猴两个人。
小丸子：（冲林秋雁招手）喂，姓林的，快滑过来。

5-60. 大楼·楼顶　　晨　外

　　　△林秋雁跃上飞索，迅速滑向对面大楼的楼顶。
　　　△青木一郎、黑衣打手及日本士兵追至楼栏边，冲已经滑远的林秋雁开枪射击。

5-61. 对面大楼·楼顶　　晨　外

　　　△林秋雁飞速滑至，小丸子一搭手，林秋雁跃上楼顶。
小丸子：喂，姓林的，你的命可真大——这么多日本人，都没能把你怎么样。
林秋雁：（虽领情但语气依旧冷淡）多谢！
小丸子：别，姓林的，你不用谢我。说实话，我小丸子并没想过要来救你，但有人非逼着我来，没办法，只好来喽……（朝旁边努努嘴）喏，就是他。
　　　△林秋雁一怔，看向旁边：戴着大墨镜的周天昊，正举着一支长枪，朝对面楼顶开火射击。
林秋雁：（既惊又喜）教官？!
周天昊：（扔过一支长枪、大声地）先对付他们。
林秋雁：（接住枪，大声地）好。
　　　△对切：飞索上，四五名黑衣打手正在朝这边快速滑过来。
　　　△周天昊和林秋雁一人一枪，小丸子举着弹弓，陆续打中黑衣打手，中弹的黑衣打手嗷嗷叫着从高空掉落。
　　　△胖子和瘦猴两个人，则缩在楼栏后边，兴致勃勃地观战。

　　　　△对切：又有数名黑衣打手及日本士兵攀上飞索。
周天昊：（大声地）打断绳索。
林秋雁：好。
　　　　△林秋雁瞄准飞索，迅速扣动扳机，飞索应声而断。
　　　　△攀在飞索上的黑衣打手及日本士兵，有的失手掉了下去，有的悬吊在剩下的半截飞索上，晃晃悠悠。
　　　　△见林秋雁的枪法如此厉害，缩在楼栏后的胖子和瘦猴不由自主地咂咂舌头。
小丸子：啊呀，这扫把星的枪法，还真不赖……喂，姓林的，回头教教我。
林秋雁：怎么，想学？
小丸子：（兀自挠挠后脑勺，言不由衷地）也不是特别想学，不过，嘿嘿，多少……有点儿。
　　　　△周天昊忽然一把抓过小丸子，搂在胸前，单手举枪射击；林秋雁也迅速抬枪射击——原来，有日本士兵和黑衣打手顺着这边大楼的楼梯，摸到楼顶上来了，被周天昊和林秋雁连发数枪，一一打翻在地。
　　　　△小丸子尚在周天昊怀里兀自发怔，周天昊已经放开了他。
小丸子：（冲周天昊）喂，你这人怎么回事儿，怎么随随便便就搂人家？
周天昊：（头也不回，一把抓过弩弓，朝另一大楼射出飞索）你没有搞错吧？刚才如果不是我，你早就喂了日本人的枪子了……再说，都是大老爷们儿，搂搂又咋啦？
小丸子：（气恼）你？
周天昊：（并不搭理小丸子）我们撤。
林秋雁：（冲胖子、瘦猴等）快走。
　　　　△周天昊、林秋雁率先跃上飞索，手抓滑轮。
　　　　△小丸子兀自在生气，胖子和瘦猴小心翼翼地凑上去。
胖　子：老大，俺们还是快走吧，不然，日本人又上来了。
林秋雁：（吊在飞索上，喊）喂，你们快点儿。
瘦　猴：老大，怎么办？
　　　　△胖子和瘦猴眼巴巴地望着小丸子。
小丸子：（莫名发火）看着我干什么？还不快走？
胖子、瘦猴：哎，是，是。
　　　　△有日本士兵和黑衣打手再次冲上来，朝小丸子等人开枪射击。
　　　　△林秋雁和周天昊悬吊在飞索上举枪还射，掩护小丸子、胖子、瘦猴三

·灰 雁·

人。
林秋雁：（大喊）快，上来。
△小丸子、胖子、瘦猴三人不再磨蹭，迅速跳上飞索。
△周天昊、林秋雁、小丸子、胖子、瘦猴五个人，手握滑轮，飞快地朝另一大楼的楼顶滑过去。
△黑衣打手和日本士兵追至楼栏边，冲已经滑远的林秋雁、周天昊一行，徒劳地开枪射击。

5-62. 另一大楼·楼顶　　晨　外
△周天昊、林秋雁、小丸子、胖子、瘦猴五人，先后落在楼顶上。
△周天昊抬手一枪，打断飞索。

5-63. 对面大楼·楼顶　　晨　外
△龟田次郎、青木一郎、日本中佐、金明辉等在日本士兵和一众黑衣打手的拥护下，赶到楼顶上。
△龟田次郎举着望远镜，朝对面楼顶观察。
△望远镜中：林秋雁、周天昊、小丸子等五个人，在对面楼顶一晃而没。
青木一郎：将军，现在怎么办？
龟田次郎：（气急败坏）还不快去追？
青木一郎：是，将军。（转身，冲一众黑衣打手）跟我来。
△一众黑衣打手在青木一郎的带领下，迅速返身朝楼下冲去。
△忽然，龟田次郎猛地拔出武士刀，劈向楼栏的一个柱头。火花飞溅之后，楼栏柱头被生生地劈断。
△龟田次郎保持着下劈的动作，老半天一动不动。过了良久，他才从胸腔里边低低地怒吼一声——
龟田次郎：巴嘎！

—— 第六集 ——

6-1. 废旧仓库　　日　内

　　　　△林秋雁、周天昊、小丸子、胖子、瘦猴五人走进仓库。
　　　　△林秋雁上前，撕下墙上"四朵金花"的死状图片以及青木一郎的手绘头像等一应资料。

小丸子：喂，姓林的，你干什么？

林秋雁：（收拾自己的东西）这个地方已经暴露了——收拾你们的行李，我们尽快离开。

胖子、瘦猴：（吃惊）啊？！

小丸子：（反而大不咧咧地坐下）对不起，要走你们走，我不走！……这是我小丸子的地盘，我呀，得守着它。
　　　　△胖子和瘦猴面面相觑，不知该听谁的话好。

林秋雁：（不容置疑地）不行。你必须跟我们走！

小丸子：（一下子蹦起来）怎么，姓林的，你威胁我？

周天昊：威胁不威胁的，并不重要。摆在你和你那两个小跟班面前的，只有两个选择：要么，乖乖地跟我们走；要么，就待在这里，等日本人来扒你们的皮、抽你们的筋，然后，再把你们大卸八块——
　　　　△胖子和瘦猴再次吃惊地啊了一声。

小丸子：（气急）你……

林秋雁：（冷冷地）只要蹚了这趟浑水，你以为，日本人会放过你们？
　　　　△小丸子有些恨恨地瞪着林秋雁和周天昊，久久没有说话。

6-2. 废旧仓库　　日　外

　　　　△四五辆日军摩托车以及两辆黑色轿车急速开至，青木一郎、日本士兵以及黑衣打手等迅速跳下车，各自占据有利位置架起枪支，枪口瞄着废旧仓库。
　　　　△龟田次郎和金明辉先后从轿车上下来，站在稍远处观战。

龟田次郎：你确定没有记错地方？

金明辉：错不了，龟田先生。我逃出来的时候，还专门做了标记……您看，在那里。

　　△龟田次郎顺着金明辉的手指望过去：道路中央，三块圆石呈箭头形状摆放着，箭头直指废旧仓库。

　　△龟田次郎若有若无地点了点头，嗯了一声。

　　△仓库门前，青木一郎一扬手，将一颗手雷扔向仓库门，轰隆一声，仓库门被炸成了碎片。

青木一郎：（一挥手）上。

　　△青木一郎、日本士兵和黑衣打手等迅速执枪冲进仓库。

6-3. 废旧仓库　　日　内

　　△青木一郎、日本士兵、黑衣打手等执枪冲进仓库，但仓库内空空如也，一个人影都没有。

　　△这时，龟田次郎、金明辉等在随从的陪同下走进仓库。

青木一郎：（走到龟田次郎身旁，低声）将军，他们跑了。

龟田次郎：（冷冷地环视一圈）放心，他们跑得了今天，跑不了明天。（转身往外走）把我们的人都派出去，全城搜索，哪怕是一只苍蝇，也不要给我放过！

青木一郎：是，将军！

　　△龟田次郎、金明辉、青木一郎以及日本士兵、黑衣打手等退出仓库。

6-4. 废旧仓库　　日　外

　　△龟田次郎、金明辉、青木一郎等刚刚走出仓库，马文涛的专车驶至，车后紧跟着大批荷枪实弹的巡捕房警察。

　　△马文涛从自己的专车上下来，老远就冲着龟田次郎喊——

马文涛：龟田先生，看来，我们又迟了一步——我们巡捕房刚得着消息，你们的人就已经到了。

龟田次郎：（淡淡地）马探长辛苦！

马文涛：不辛苦，不辛苦。给龟田先生办事儿，岂敢说辛苦二字？（转向金明辉）不过，看到金行长完好无损地回来，马某就放心多了。金行长，身体没事吧？

金明辉：（表情略僵硬）哎，没事儿，金某……只是略受了点惊吓，身体并无大碍，多谢马探长关心！

马文涛：没事就好。请龟田先生和金行长放心，哪怕是把上海滩挖地三尺，马某也要把绑架金行长的凶手找出来，给你们二位一个满意的交代！

龟田次郎：（依旧淡淡地）那就有劳马探长了！

马文涛：龟田先生客气！马某既然受了龟田先生的委托，岂敢不尽心尽力去办？……看来，这边没什么事了，马某先行告辞。

龟田次郎：马探长慢走。

△马文涛转身上车，带着手下的大批警察离去。

青木一郎：这只老狐狸！

龟田次郎：（转身走向轿车）我们走。

△龟田次郎、金明辉、青木一郎先后上了轿车，日本士兵、黑衣打手等上了摩托车，离去。

6-5. 马文涛车内　　日　内

△警察甲开车，马文涛叼着硕大的烟斗。

警察甲：探长，你说，咱们收了大和洋行的钱，差事却没办出个名堂，龟田那儿，会不会记恨咱们？

马文涛：放心吧，不会。老龟田这个人，你不了解，他的城府深着呢，即使真吃了哑巴亏，他也不会显露出分毫不快——不到生死关头，他是不会跟我马文涛翻脸的。

警察甲：哦，为什么？

马文涛：哼，因为他的大和洋行，在很多事情上，还必须借助我们巡捕房的力量。

6-6. 街道　　夜　外

△四五辆日军摩托车，啸叫着驶过街道。

△紧接着，又有两列荷枪实弹的日本士兵，迈着整齐的步伐跑过。

6-7. 临街小楼·二楼小厅　　夜　内

△窗口旁，周天昊掀开一角窗帘，朝外观看。

△周天昊的主观视角：街道上，日军的摩托车呼啸而过；紧接着，两列荷枪实弹的日本士兵，列队跑过。

△小丸子大不咧咧地仰躺在精致的沙发上，胖子和瘦猴陪坐在一旁。

瘦　猴：嘿嘿，老大，舒服吧？

小丸子：舒服，当然舒服。这地方不错，我喜欢——我小丸子做梦也没想到，这

·灰 雁·

辈子还能住上小洋楼。

胖　　子：嘿嘿，老大，等俺们赚了钱，也买这样一栋小洋楼，再雇一个老妈子，专门给俺们做好吃的。

小丸子：啊，这主意不错。我看，可以考虑。

瘦　　猴：（冲胖子）死胖子，你就晓得吃吃吃，也不怕撑破肚子？……（转向小丸子，讪笑）嘿嘿，老大，这老妈子雇不雇的，都是小事儿。咱哥仨，咋着也得娶个三妻四妾吧？

林秋雁：哼，只怕你们的三妻四妾还没娶进门，日本人和巡捕房的警察，就先找上门来了。

小丸子：（一下子坐起来）喂，姓林的，你能不能说点吉利的？

周天昊：（从窗口走过来）话虽然不吉利，但却是事实。这日本人只要还在中国的地盘上折腾，你们啊，就甭想过上舒服的日子。

△小丸子有些意味深长地看着周天昊和林秋雁两个人。

小丸子：喂，我说，你们俩到底是什么关系啊？……（凑近周天昊）喂，你们俩会不会……是这个？（竖起两根大拇指碰了碰，暗示是情侣的意思）

△周天昊和林秋雁不由自主地相互看了一眼。

周天昊：我们俩是什么关系，不关你的事儿。你只需要按我们的吩咐去做，等完成了任务，拿钱走人就是了。

小丸子：啊呀，真是的，没劲儿……（百无聊赖地伸伸懒腰）算啦，不跟你们磨叽了，我要去舒舒服服地泡个热水澡，然后，再睡他个日上三竿。

胖　　子：老大，俺也要泡澡。

瘦　　猴：嘿嘿，老大，咱哥仨一起洗吧，互相搓搓背，多热闹。

小丸子：（在胖子、瘦猴头上各敲了一记）搓你们个头啊，谁说要跟你们一起洗啦，也不闻闻你们身上，臭味都能熏死人啦……滚，一边去。

△小丸子大摇大摆地朝卧室走去，胖子和瘦猴沮丧地呃了一声，退回沙发旁。

6-8. 临街小楼·浴室　　夜　内

△整洁的卫生间，完全西化的各种洗浴设施。洁白的浴缸中已经放满了清水，小丸子好奇地东摸摸、西嗅嗅。

小丸子：（感叹）啊，这洋人的玩意儿，真不错！

△小丸子脱去外套，撤掉包头的布巾，露出一头乌黑柔顺的长发。

△小丸子一圈圈解开缠裹胸部的白布，两只洁白的乳房"托"地跳了出

来，显露出原本丰腴曼妙的女儿身。

△赤裸着曼妙身体的小丸子背对镜头，小心翼翼地钻进浴缸。

6-9. 临街小楼·二楼小厅　　夜　内

△只剩下林秋雁和周天昊两个人，站在窗前。

周天昊：目前形势严峻。"四朵金花"出事后，我们在上海的所有联络点，均遭到了日本人的严重破坏。上级派我来，是想让我配合你，继续查探并破坏日本人的"蝎美人计划"——但任务如此艰巨，仅凭你和我两个人，成功的概率非常小。

林秋雁：……

周天昊：小丸子和他那两个跟班，人可靠吗？

林秋雁：他们都是小混混出身，靠在车站码头坑蒙拐骗偷混一口饭吃，我调查过他们的底细……小丸子的身手不错，如果用好了，倒也能帮我们不少忙。

周天昊：鉴于目前的形势，像小丸子这样的江湖人物，只要来路清白，能用的，我们都尽量用起来。

林秋雁：我明白。

周天昊：天太晚了，早点休息吧——关于"蝎美人计划"的详细情况，明天我再向你介绍。

6-10. 临街小楼·浴室　　夜　内

△小丸子躺在浴缸里，漫不经心地往身上撩着水，一副非常陶醉的神情。

6-11. 临街小楼·林秋雁卧室　　夜　内

△林秋雁走进卧室，顺手关上门。

△林秋雁脱掉外套，将手枪、匕首等搁在床头柜上。

△只穿着贴身内衣的林秋雁抱膝坐在床头，贴身佩戴的狼牙项链无意中悬垂下来，她愣了愣，举起狼牙项链，轻轻地摩挲着。

闪回：

△林宅。少女时期的林秋月、林秋雁、林秋芸三姐妹，大概都是五六岁到八九岁的样子，脖子上各挂着一枚狼牙项链，在院子里嘻嘻哈哈地追逐嬉闹着。

现实：

△林秋雁依旧呆呆地抱膝坐在床头，摩挲着手中的狼牙项链，神情忧郁。

·灰 雁·

　　　　△林秋雁摩挲狼牙项链的手，渐渐幻化成小丸子的手。

6-12.　**临街小楼·浴室　　夜　内**
　　　　△小丸子躺在浴缸里，举着胸前的狼牙项链，歪着脑袋，端详着。
　　　　△端详了片刻，小丸子丢开狼牙项链，继续往身上撩着水。
　　　　△特写：小丸子胸前悬挂的狼牙项链，与林秋雁贴身佩戴的狼牙项链，一模一样。

6-13.　**临街小楼·二楼小厅　　日　内**
　　　　△墙壁上，贴着龟田次郎、青木一郎、金明辉等的头部画像，用箭头相互勾连着；龟田次郎、金明辉两人的画像下分别标注着"大和洋行、中央银行上海闸北区支行"等字样。
　　　　△周天昊站在墙壁前，介绍详细的情况；林秋雁、小丸子、胖子、瘦猴四人坐在沙发上倾听。
周天昊：根据我们掌握的情报，所谓的"蝎美人计划"，实际上就是日本人针对我们的一项"伪钞"计划，该项计划的具体执行人，就是这个龟田次郎——他外在的身份是大和洋行的总经理，实际上，却是一名日本少将，青木一郎是他最得力的手下。
林秋雁：（略略惊异）少将？
周天昊：是的，少将。军衔并不怎么高，但身份却极为尊崇，因为，他直接接受日本天皇的指令。
林秋雁：哦？
小丸子：啊呀，真是的，弄了半天，原来你们就是那个……什么什么……军统？
胖　子：（疑惑不解）军统？
瘦　猴：嘿嘿，老大，"军统"是个干啥的？
小丸子：（讥讽地）哼，军统嘛，就是那些吃人粮不干人事，说是替什么什么委员长尽忠效力，实际上却干着搜刮民脂民膏勾当的那种人。
胖子、瘦猴：啊？
　　　　△林秋雁狠狠地瞪了小丸子一眼，小丸子别转脸，装作没看见。
周天昊：（不理小丸子他们，继续说）龟田次郎以大和洋行为掩护，私底下却印制了大量的假钞，然后通过中央银行上海闸北区支行的副行长金明辉，用假钞把金库里的真钞替换出来。日本人的目的有两个，一是试图用假钞扰乱我们的金融市场，二呢，他们用替换出来的真钞，弥补军费支出的不足。
林秋雁：你是说，他们有秘密的印钞厂？
周天昊：对，只是我们不知道这个秘密印钞厂在什么地方。"四朵金花"应该是查出了一些眉目，但却被日本人灭了口。
小丸子：（眼珠子骨碌碌乱转）啊呀，这小日本真他妈够聪明的呀，连这样的招儿，都能够想出来？……（冲周天昊和林秋雁）喂，我说，要不咱哥几个裹起来，学学日本人，也这样干一票？（自顾一副陶醉的神情）嘿嘿，大把大把的钞票……
△林秋雁再次狠狠地瞪了小丸子一眼。
林秋雁：你再敢胡说八道，信不信我把你的脑袋扭下来，当夜壶？
小丸子：得，算我没说，行了吧？权当是我小丸子打了个嗝、放了个屁……（有些悻悻地）你们继续，继续。
林秋雁：……
小丸子：哼，一天到晚凶巴巴的，小心将来嫁不出去！
林秋雁：（淡淡地）你放心，我这辈子没打算嫁人，所以，这个心不用你操。
小丸子：哼，像你这样的扫把星，天底下的男人哪怕娶头母猪回来，估计也不会娶你……除非，这太阳打西边出来。
林秋雁：（恼火）你……
周天昊：（打断林秋雁和小丸子）在我来上海前，军统方面刚刚得到最新的线报，日本方面派出了一名女特工，携带着最新一版的假钞模板，将于近两天抵达上海——这次的模板，票面金额是十万元。
林秋雁：（一惊）十万？
小丸子、胖子、瘦猴：（异口同声）啊，十万元？
周天昊：是啊，日本人的狼子野心，昭然若揭。
林秋雁：我们怎么办？
周天昊：得先把假钞模板截下来，然后，再伺机找到龟田次郎的秘密印钞厂，彻底摧毁它。
小丸子：说得轻巧。到处都是日本人，你说，怎么个截法儿？
周天昊：日本方面派出的女特工，叫藤原纪子，年龄二十三岁，据说，身手非常了得。明抢肯定不是办法，一是我们的人手太少，二呢，会打草惊蛇——所以，我们必须智取。

·灰 雁·

6-14. 海面上　　日　外
　　　　△宽阔的海面上，一艘巨轮迎风破浪，向前驶来。
　　　　△甲板上，一位优雅、漂亮、身材曼妙的日本女郎迎风而立，在她的脚边，搁着一只精致的密码箱。
叠映字幕：日本女特工　　藤原纪子

6-15. 临街小楼·二楼小厅　　日　内
　　　　△周天昊依旧站在墙壁前，林秋雁、小丸子、胖子、瘦猴四人坐在沙发上。
林秋雁：怎么智取？
周天昊：仿造一套带有明显错误的假钞模板，然后，把藤原纪子带来的假钞模板，伺机调换出来。
林秋雁：哦？
小丸子：喂喂喂，我咋听着，怎么这么绕啊？……你的意思是说，在假模板的基础上，再继续造假？
周天昊：对，再继续造假。我们需要找一位造假的高手，帮我们制作一套假模板。
　　　　△话毕，周天昊和林秋雁不约而同地看向小丸子。
小丸子：喂，你们看着我干什么？……我又不会造假。
　　　　△周天昊和林秋雁继续盯着小丸子，没有说话。
小丸子：啊呀，真是……
　　　　△小丸子很不情愿地龇了龇牙，挠挠后脑勺。

6-16. 戏园子　　夜　内
　　　　△戏台上，一名浓妆艳抹的旦角伸着兰花指，正在嗲声嗲气地唱着戏词。
叠映字幕：唐二十三　造假高手，四川唐门第二十三代传人
　　　　△戏台下，稀稀落落地坐着一些听戏的老百姓；周天昊、林秋雁、小丸子、胖子、瘦猴五个人也挤在观众席上。
小丸子：（朝戏台上的唐二十三努努嘴）喏，就是他……他就是你们要找的人。
周天昊、林秋雁：（异口同声）她？
　　　　△周天昊和林秋雁有些疑惑地对视一眼，有点不大相信。
小丸子：对，就是他。姓唐，叫唐二十三。
林秋雁：唐二十三……怎么是个男人的名字？
小丸子：他本来就是男的。但在戏台子上，这个唐二十三，一直扮演的却是女角

儿……你还别说，这姓唐的只要一换上女装，比娘们儿还娘们儿，所以，他有个外号，叫"娘娘腔"。

林秋雁：娘娘腔？
瘦　猴：（碰碰小丸子）老大，这个唐二十三，唱戏那么难听，他真的能做出那玩意儿？
小丸子：嗯，难听吗？不难听啊，听他的唱腔，好像还蛮不错哎。
瘦　猴：嘿嘿，老大，那是你没听过好听的。在人家大戏园子里，就连那些跟班打杂跑小腿的，都唱得比他出彩儿——这样的小戏园子小角色，在上海滩根本排不上号……（冲胖子）胖子，你说，好听还是难听？
胖　子：难听。
小丸子：（在胖子、瘦猴头上各敲了一记）我还不知道他唱戏难听啊，要你俩提醒？……那个啥，再大的戏园子，只要是在上海滩这旮旯地方，就没有我小丸子没去蹚过的……你们说，有我没去遛过的戏园子吗？有吗？有吗？
胖子、瘦猴：（缩着头，唯唯诺诺）没、没有。
周天昊：你确定，这个人会造假？
小丸子：当然。
　　　　△对切：戏台上，正在唱戏的唐二十三，有意无意地瞥了观众席上的周天昊、林秋雁、小丸子等人一眼。
小丸子：你们千万别小瞧他。他是四川唐门的第二十三代传人，虽然平常说话做事的时候，跟他唱戏一个样儿，比娘们儿还娘们儿，但造假的祖师爷留下来的十八般手艺，他至少会十九样。
林秋雁：（半信半疑）这个姓唐的，真有那么厉害？
小丸子：当然是"蒸（真）"的，难不成是"煮"的呀？……反正，大到楼台亭榭，小到古玩字画，就没有他仿造不出来的东西。论造假的技艺，在上海滩，他要说自己是第二，就没人敢说自己是第一。
　　　　△戏台上，唐二十三的戏词告一段落，只见他伸着兰花指、迈着小碎步，绕舞台一圈，然后走向后台。
林秋雁：他要卸妆了，我们去后台。
周天昊：走。
　　　　△周天昊、林秋雁、小丸子、胖子、瘦猴五人起身，匆匆朝后台走去。

·灰 雁·

6-17. 戏园子·后台　　夜　内
　　　　△梳妆台前，唐二十三背对镜头坐着，正在卸去头发上的装扮。
　　　　△周天昊、林秋雁、小丸子、胖子、瘦猴五人走进后台。
　　　　△一个颤巍巍的白胡子老头，拄着拐杖从周天昊他们身旁经过，不小心与林秋雁撞了一下。
　　　　△周天昊大步走到唐二十三身后，一只手稳稳地搭在对方的肩膀上。
周天昊：唐先生，你好！
　　　　△唐二十三回过头来，展现在周天昊、林秋雁他们面前的，却是一张极为丑陋的女人的脸——原来是一个女戏子穿着唐二十三的行头。
周天昊：（一怔，有些迟疑地）你……不是唐……唐二十三？
女戏子：（冲周天昊一笑，露出一口白森森的牙齿）俺不姓唐，姓苗，叫苗金花。
　　　　△周天昊和林秋雁迅速环顾四周。
小丸子：别找了。这姓唐的，应该发现了我们，早就撒丫子溜了。
林秋雁：（反应过来）刚才那个老头……快追。
周天昊：走。
　　　　△周天昊、林秋雁、小丸子、胖子、瘦猴五人迅速追了出去。

6-18. 胡同　　夜　外
　　　　△一位白胡子老头拄着拐杖，颤颤巍巍地向前走着。
　　　　△忽然，白胡子老头撞在一个人的胸膛上，他老眼昏花地抬起头，瞄了瞄，却是一位极为帅气的年轻人堵在面前——正是周天昊。
　　　　△白胡子老头颤颤巍巍地转向另一边，欲走，林秋雁却冷冷地堵在面前；再转向，却是笑嘻嘻的小丸子，抱着双臂堵在面前；再转向，却是胖子、瘦猴两人堵在面前，胖子嘿嘿一声，亮出一口白森森的牙齿。
周天昊：唐先生，你也太仗义了吧？看我们来了，也不说招呼一声……怎么，想溜？
　　　　△白胡子老头貌似耳背，把一只手搭在耳朵边，耳朵侧向周天昊一边。
白胡子老头：（苍老的男声）年轻人，你说什么？我耳背，听不清楚。
小丸子：喂，姓唐的，别装了……你面前这位爷，可不是吃素的，他是军统。
　　　　△白胡子老头的几根眉毛细不可察地抖动了两下。
白胡子老头：（耳朵侧向小丸子）你说什么？什么……饭桶？
　　　　△林秋雁冷哼一声，快步上前，一把扯掉白胡子老头的假发和颔下的大胡子，露出一张奶油小生的白皙脸庞——正是唐二十三的本来面目。

周天昊：久闻唐先生的大名，今天，我们是特来拜会你的。

唐二十三：（娇笑一声，竖起兰花指，嗲声嗲气地）哟，这几位爷，小的不过是一个卖唱的破戏子，哪里来的什么大名啊？

小丸子：喂，姓唐的，咱们真人面前不说假话，这两位，（指着周天昊和林秋雁）都是军统的。他们找你，是想让你帮忙做一个东西——也不让你白帮忙，他们会给你钱的。（凑近唐二十三，瞄着周天昊和林秋雁，捻捻手指头，低声）他们都是官家的人，有的是钱，你可以多要一点儿。

唐二十三：（嗲声嗲气）哟，小哥儿真会开玩笑！我一个小戏子，哪会做什么东西啊？充其量，就是串个场子，唱唱戏，混口饭吃……对不起，各位官家爷官家奶奶，小的还有事，先走一步了。

△唐二十三说完，转身欲走。

林秋雁：想走？……（闪身拦在唐二十三面前，冷冷地）你以为，自己还能走得了吗？

唐二十三：（嗲声嗲气）哟，这位姑娘，干吗凶巴巴的呀？女孩子家，得笑，笑起来才动人、才好看，像花一样好看。

△唐二十三再次转身欲走，林秋雁依旧闪身拦在他面前，冷冷地盯着他。

唐二十三：（嗲声嗲气）哟，姑娘，干吗老挡人家的道儿呀？……麻烦你，让开一下，小的得赶路。

小丸子：喂，姓唐的，你别敬酒不吃吃罚酒。

唐二十三：（嗲声嗲气）哟，各位官家爷，这做生意，怎么着也得你情我愿、好商好量，是不？……（竖起兰花指）你们这样，左一个拦着我，右一个拦着我，难道想要强迫人家不成？……人家可是男的，要身材没身材，要相貌没相貌……

林秋雁：（打断唐二十三，冷冷地）我们没打算和你商量。你答应，也得答应；不答应，也得答应。

△唐二十三与林秋雁相互盯视着，他原本媚笑着的一张脸，慢慢地僵了下去。

唐二十三：（依旧嗲声嗲气，但语气略显强硬）如果，我不答应呢？

周天昊：你不答应也可以。这巡捕房的案底，我们可是查过了，背在你身上的案子，光数得着的大案要案，就不下二百起。你知道，我们这些干军统的，都有一个特权，既可以把你变成我们的朋友，也可以把你变成全国通缉的要犯。摆在你面前的，只有两条路：要么，成为我们的朋友，你赚钱，我们办公务；要么，你继续唱你的戏，但过了今晚，明天各大报的头条，都会是你唐二十三的通缉照片。

△唐二十三久久没有说话,脸上的神色急遽变化着,阴晴不定。

周天昊:怎么,想让我们带你去巡捕房?——真去了那里,你就在大牢里边,过你的下半辈子吧。

唐二十三:(满脸堆起媚笑)哟,瞧这位长官说的,有钱赚,谁还不乐意啊?小的没那么傻!小的这就跟你们走。

△唐二十三话音刚落,身体忽然凌空后翻,同时双手一扬,射出数十枚绣花针,分别飞向周天昊、林秋雁、小丸子。

△周天昊、林秋雁、小丸子等人迅疾躲开绣花针,然后,与唐二十三你来我往,动起手来。

△双方激烈打斗,唐二十三明显处于劣势,他抽冷子朝身手较差的胖子、瘦猴射出绣花针,然后跃上一处高墙,几个腾跃,消失在夜色中。

6-19. 丁字形胡同　　夜 外

△唐二十三一边四下观望,一边贴着墙根,小心翼翼地走过来。

△丁字形胡同口,唐二十三顺势拐进另一条胡同。但旋即,唐二十三就举着双手退了回来,一支黑洞洞的枪口顶在他的脑门上。

△周天昊用手枪顶着唐二十三的脑门,林秋雁、小丸子、胖子、瘦猴陆续现身,将唐二十三团团围困在中间。

周天昊:(半带调侃地)怎么,现在不跑了?

△唐二十三没有说话,只是眼珠子转了转:只见周天昊举枪指着自己,神态笃定;林秋雁的目光冰冷;小丸子则是笑嘻嘻的,一副玩世不恭的模样。

6-20. 大和洋行·内室　　日 内

△墙上挂着冯承素版的《神州策序》摹本,以及被烧残一角的密图。

△青木一郎肃立在屋子中央,原本面壁而立的龟田次郎这时回转过身来。

龟田次郎:纪子小姐马上就到了,你带几个人去码头迎接她……记住,纪子小姐随身携带着最新一版的伪钞模板,务必确保纪子小姐和模板的安全。

青木一郎:是,将军。

△青木一郎躬身行礼,转身退出。

6-21. 海面上　　日　外
　　　△宽阔的海面上，巨轮迎风破浪，向前驶去。
　　　△远处，影影绰绰的上海滩码头，已然遥遥在望。
　　　△藤原纪子站在甲板上，遥望着上海码头方向，脸上一副踌躇满志的神情。

6-22. 临街小楼·二楼小厅　　日　内
　　　△刚刚仿制完工的假钞模板搁在桌子上，做工精致，周天昊、林秋雁、小丸子等一众人围观。
胖子、瘦猴：（脑袋挤在一起，惊叹地）哇！
周天昊：不愧是四川唐门的传人，这手艺还真不赖。真掉了包，恐怕就连藤原纪子本人，也未必能分清哪个模板是真、哪个模板是假。
　　　△唐二十三跷着二郎腿，竖起兰花指，优雅地端起茶杯，轻轻抿了一口。
唐二十三：（嗲声嗲气）哼，别的不敢说，若论造假的手艺，在上海滩，我唐二十三是头一号儿……钱呢？
　　　△林秋雁将两叠崭新的钞票，扔到唐二十三面前。
林秋雁：（冷冷地）拿了钱，你可以走人了。
唐二十三：（斜睨一眼钞票，嗲声嗲气）哟，就这么点儿？
林秋雁：（冷冷地）怎么，嫌少？
小丸子：喂，姓唐的，你就知足吧。怎么着，也比你在那破戏园子里唱戏挣得多吧？
周天昊：想要多的，也行，那就再帮我们一个忙。
　　　△唐二十三的眼珠子转了转，没有说话。

6-23. 街道　　日　外
　　　△青木一郎及数名黑衣打手乘坐的三辆黑色轿车，在街道上行驶着。

6-24. 中央银行上海闸北区支行·大门口　　日　外
　　　△稍远处的街道边上，一辆七座的别克轿车静静地停在那里。
　　　△镜头跳转至车内——

6-25. 别克车内　　日　内
　　　△林秋雁坐在驾驶座上，周天昊坐在副驾座上，小丸子、唐二十三、胖

子、瘦猴四人坐在后排，盯视着中央银行上海闸北区支行的大门口及附近街道。

△林秋雁的视角：中央银行上海闸北区支行的大门口，站岗的保安，以及进进出出的零星客户。

△唐二十三举着一面小镜子，细心地修着自己的眉毛。

小丸子：（碰碰唐二十三）喂，姓唐的，我说，你这双手还是人的手吗？怎么就能那么灵巧，咋什么玩意儿都能仿制出来啊？

△唐二十三很是不屑地嗤了一声，别转脸去。

小丸子：（嬉皮笑脸，谄媚地）喂，娘娘腔，我说，咱哥俩商量商量。好歹咱们都是混江湖的，在上海滩也算那么一号子人物，要不，咱俩互通互通有无，你教我你的那几招绝活，我小丸子呢，教你这个……（比画了个偷窃的手势）

瘦　猴：（凑上去）嘿嘿，唐先生，也教教咱呗。

胖　子：还有俺。

小丸子：（在胖子和瘦猴头上各敲一记）你们两个家伙，凑什么热闹？滚，一边去。

△胖子和瘦猴啊了一声，极不情愿地抱头缩了回去。

小丸子：（转向唐二十三）嘿嘿，不用管他们，就咱俩，啊，咱俩。

林秋雁：（插话，讥讽地）一个是江湖骗子，一个是混混加小偷，你们两个凑成一对儿，虽谈不上"珠联璧合"，但怎么着，也算得是"狼狈为奸"了。

唐二十三：（嗲声嗲气）哟，瞧林姑娘这话说得，什么"狼狈"不"狼狈"的，多难听啊！我唐二十三行走江湖，向来独来独往，没打算跟谁珠联璧合，也没打算跟谁狼狈为奸。

小丸子：（冲林秋雁）喂，姓林的，我小丸子跟别人说话，关你什么屁事儿？……多嘴多舌，小心烂舌头。

林秋雁：（淡淡地）放心，我的舌头烂不了。

△林秋雁不再搭理他们，专心盯视着街道对面的中央银行上海闸北区支行。

小丸子：（转向唐二十三，嬉皮笑脸，谄媚地）喂，姓唐的，你看我的提议怎么样？考虑考虑？

唐二十三：（嗲声嗲气）你的提议，不怎么样。想给我唐二十三当徒弟，得有天分——你瞧瞧你那双手，也忒寒碜了点儿。

小丸子：（莫名所以，伸出手，端详）嗯？我的手怎么啦？没什么呀，挺好看

　　　　　……
唐二十三：（嗲声嗲气）哼，说是男人的手吧，忒细嫩了点儿；说是女人的手吧，又忒糙了点儿……一双不男不女的手，也想跟我唐二十三学造假？
小丸子：（恼火）你？
　　　　△胖子和瘦猴不由得嗤笑出声，小丸子狠狠地瞪了他们一眼，胖子和瘦猴立马噤声。
小丸子：喂，娘娘腔，怎么说话呢你？你自个儿不男不女，看别人也不男不女啊？哼，不教就不教……你想教，我小丸子还不一定稀罕呢。
　　　　△稍倾，一直紧盯着中央银行上海闸北区支行门口的林秋雁，忽然开口——
林秋雁：他来了。
　　　　△周天昊、小丸子、唐二十三等人，迅速看向车窗外边。

6-26. 中央银行上海闸北区支行·大门口　　日　外
　　　　△金明辉的专用轿车驶来，缓缓停住。
　　　　△金明辉下车，锁好车门，然后转身，朝中央银行上海闸北区支行的方向走去。

6-27. 别克车内　　日　内
　　　　△周天昊的主观视角：金明辉腋下挟着公文包，走向中央银行上海闸北区支行大门。
周天昊：准备动手。开车。
林秋雁：好。
　　　　△林秋雁一踩油门，别克车急速驶出。

6-28. 中央银行上海闸北区支行·大门口　　日　外
　　　　△林秋雁驾驶的别克轿车，咔的一声，停在金明辉面前。
　　　　△金明辉一愣，只见车窗玻璃摇下，一支黑洞洞的枪口指着自己——是林秋雁。
林秋雁：（冷冷地）金行长，别来无恙！
　　　　△金明辉脸上的肌肉，僵硬地抖动了两下。
金明辉：林、林、林……林小姐！
小丸子：（探出头，笑嘻嘻地）喂，姓金的，咱们又见面了。

·灰 雁·

　　△胖子习惯性地朝金明辉龇龇牙，嘿嘿一声，亮出一口白森森的牙齿。
　　△周天昊下了车，走向金明辉，拍拍他的肩膀。
周天昊：金行长，你放心吧，看在都是中国人的份上，我们不会特别为难你——但是，你得跟我们去个地方。
金明辉：（有些结巴，迟疑地）去、去、去……去哪里？
周天昊：到了地方，你自然就知道了……走吧，上车。
　　△周天昊半搂半挟持地将金明辉拥上别克轿车。
　　△对切：中央银行上海闸北区支行大门口的保安，朝别克轿车这边瞥了一眼，又不经意地转过脸去。
　　△林秋雁发动车，猛打一把方向盘，别克轿车来了个180°的大转弯，迅速驶离。

6-29. 另一街道　　日　外
　　△别克轿车咔的一声停住，唐二十三和胖子两人下车。
唐二十三：（隔车窗问周天昊，嗲声嗲气）你确定，这个叫什么青木一郎的，会从这里经过？
周天昊：错不了。就按我们的既定方针行动……记住，必须拖够二十分钟。
唐二十三：（嗲声嗲气）哟，周长官，您就大放宽心吧。有我唐二十三在，保证让这个什么什么郎的脑袋瓜子，能大上天去。
周天昊：那就好。（转对林秋雁）我们走。
　　△林秋雁发动车，别克轿车疾驰而去。

6-30. 街道　　日　外
　　△青木一郎及黑衣打手们乘坐的三辆黑色轿车，在街道上行驶着。

6-31. 码头　　日　外
　　△巨轮上。巨轮已经停靠在码头，藤原纪子提着密码箱，混杂在人群当中，优雅地顺着登船甲板往下走。
　　△稍远处。别克轿车停在码头边，局促不安的金明辉、淡定的周天昊，以及林秋雁和小丸子等人，均站在别克轿车旁；周天昊穿着日本军官的服装，林秋雁、小丸子、瘦猴三人穿着日本士兵的服装。
　　△林秋雁唰地展开一张画像，和正从甲板上款款走下来的藤原纪子，两相比照——画像上的面孔，正是藤原纪子。

林秋雁：没错儿，就是她。
周天昊：（一捅金明辉）金行长，下边就看你的了。
金明辉：（局促地点头）哎、哎。
林秋雁：（冷冷地）你最好别耍什么花招，不然，本姑娘的这把枪，随时会让你的脑袋开花。
金明辉：（依旧局促地点头）哎，哎。
小丸子：（笑嘻嘻地）喂，姓金的，别怕，稳着点儿，只要别让对方看出破绽，我小丸子保你没事儿……当然喽，如果你胆敢耍什么幺蛾子，嘿嘿，看见没，我小丸子的这只弹弓，可不是吃素的。这么说吧，天上飞过一只鸟儿，你让我打它的左眼，我就不会打中它的右眼；你让我打它的鸡巴，哼，那打下来的，就一定是鸟的鸡巴。
金明辉：（不住地擦额头上的冷汗）哎，哎。
瘦　猴：（凑近小丸子）嘿嘿，老大，这天上飞的鸟儿，也有鸡巴？
小丸子：当然有。只不过，像你这样的凡夫俗子，平常是看不见的。
瘦　猴：（愕然）啊?!
　　　　△对切：藤原纪子拎着密码箱，混杂在人群当中，走下登船甲板。
林秋雁：她下来了。
周天昊：（示意金明辉）走吧。
金明辉：（忙不迭地点头）哎，哎。
　　　　△金明辉抬腿迈出，周天昊、林秋雁、小丸子、瘦猴四人紧随在后，朝藤原纪子迎上去。

6-32. 另一街道　　日　外
　　　　△一具血污满面的"尸体"，一动不动地摆放在街道中央——正是胖子所扮。
　　　　△一副老太婆装扮的唐二十三，一边"伤心欲绝"地摇晃着"尸体"，一边呼天抢地地哭喊。
唐二十三：哎哟，我苦命的胖儿子呀……哎哟，我苦命的胖儿子呀……到底是哪个天杀的，谋了你的钱财不说，还害了你的命哟……
　　　　△过往行人纷纷围观，刹那间，就把整条街道围得水泄不通。
唐二十三：（一把鼻涕一把泪）哎哟，我苦命的胖儿子呀……哎哟，我苦命的胖儿子呀……到底是哪个挨千刀的，谋了你的财、害了你的命哟……哎哟，我的胖儿子啊，你这样去了，丢下我一个孤老婆子，孤苦伶仃的，可怎

·灰　雁·

　　么活哟……可怎么活哟……
　　△围观的群众指指点点，叽叽喳喳地议论着，说着"哎呀，太惨了""太可怜了"之类的话语。
　　△稍后处，青木一郎以及黑衣打手们等乘坐的三辆黑色轿车，驶了过来。

6-33．码头　　日　外
　　△金明辉在前，身着日军服装的周天昊、林秋雁、小丸子、瘦猴四人紧随在他身后，迎面走向藤原纪子。

6-34．另一街道　　日　外
　　△青木一郎以及一众黑衣打手等乘坐的三辆黑色轿车，缓缓停住。
　　△老太婆装扮的唐二十三，依旧坐在街道中间，抚着血污满面的胖子"尸体"，呼天抢地地哭喊着，围观的行人越聚越多。
唐二十三：哎哟，我苦命的胖儿子呀……哎哟，我苦命的胖儿子呀……这世上还有没有天理啊？……打死人不偿命哟……哎哟，我苦命的胖儿子……
　　△青木一郎的司机摁摁喇叭，但人群没有散开的迹象。
　　△青木一郎上半身探出车窗外。
青木一郎：前面怎么回事儿？
　　△一名黑衣打手从人群中折回，跑向青木一郎。
黑衣打手：是一位支那老太婆，刚刚死了儿子，在街道上喊冤。
青木一郎：支那老太婆……儿子……她儿子怎么死的？
黑衣打手：被人打死的，听说是谋财害命。
青木一郎：（疑惑地）谋财害命？
黑衣打手：是的。看那样子，死得很惨。
青木一郎：我们没时间了。让他们把道让开。
黑衣打手：是。
　　△黑衣打手走前两步，拔出腰间的手枪，叭、叭、叭，朝天连鸣数枪。
　　△围观的人群，被枪声惊吓，迅速惊慌散乱奔逃而去，有稍微胆大的，站在不远处观看。
　　△街道上，只留下"尸体"胖子和老太婆装扮的唐二十三。
唐二十三：（一把鼻涕一把泪）哎哟，我苦命的胖儿子哟……哎哟，我苦命的胖儿子哟……
黑衣打手：喂，老太婆，你让开一下，我们要过去。

唐二十三：哟，这不是皇军大老爷吗？（连爬带跪上前，抱住黑衣打手的大腿）皇军大老爷，你一定要给老太婆我做主哇……
黑衣打手：喂，老太婆，你干什么？你干什么？
唐二十三：皇军大老爷，你一定要给我做主哇，我儿子被人杀了呀……这挨千刀的强盗哟，谋了我儿子的财、要了我儿子的命哟……
　　△青木一郎等得不耐烦，这时下车走过来。
青木一郎：怎么回事儿？
黑衣打手：（指着唐二十三）她……她……这个支那老太婆，她不让道。
　　△青木一郎冷冷地瞥了一眼兀自在呼天抢地的唐二十三。
　　△青木一郎唰地拔出腰间的武士刀，明晃晃的刀尖搁在唐二十三的脖颈上。
唐二十三：（惊慌地）啊？！
青木一郎：马上把你儿子的尸体搬走！再敢磨蹭，你就会和你儿子一个下场。
唐二十三：（惊恐地）啊？！
青木一郎：（厉声）还不快搬？
唐二十三：（惊慌失措地）是是是，皇军大老爷，请您息怒，请您息怒……小老太婆这就搬，小老太婆这就搬！
　　△气喘吁吁的唐二十三，异常吃力地扶起"尸体"胖子，负在背上。

6-35. 码头　　日　外
　　△金明辉堆起一副小心翼翼的笑容，迎向藤原纪子。
金明辉：纪子小姐！纪子小姐！
藤原纪子：（站定，狐疑地看向金明辉）嗯？
金明辉：（堆起笑容）纪子小姐，鄙人金明辉，是中央银行上海闸北区支行的副行长。龟田先生临时有事，鄙人受他委托，专程前来迎接纪子小姐！
藤原纪子：哦，原来是金行长。我知道你——龟田将军打来的报告上，多次提到金先生您，他称您是我们大日本帝国的好朋友。
金明辉：哎，哎，是，是……纪子小姐千里迢迢而来，一路辛苦！
藤原纪子：不辛苦。（看向周天昊）这位是？
金明辉：这位是周副官，在岗村队长手下供职——龟田先生担心纪子小姐的安危，专门从宪兵队把周副官和他的三名侍从调了过来。
　　△藤原纪子不由得多看了周天昊两眼，又扫了扫穿着日军士兵服装的林秋雁、小丸子、瘦猴三人一眼，淡淡地哦了一声。

·灰 雁·

周天昊：（朝藤原纪子伸出手）纪子小姐，欢迎你来到中国！
　　　　△藤原纪子伸出手，纤纤指尖和周天昊伸过来的手轻轻一碰。
藤原纪子：周副官？我怎么没听说过你？
周天昊：我刚到冈村队长手下供职，时间不长。我想，龟田将军的报告上，肯定
　　　　没有提到过我。
藤原纪子：（淡淡一笑）你是中国人？
周天昊：是。不过，我在日本留过学——（日语）事实上，更多的时候，我充当的
　　　　是冈村队长翻译官的角色。
藤原纪子：哦？
金明辉：纪子小姐，请上车吧。
藤原纪子：谢谢金行长。
周天昊：纪子小姐，我来帮你拿行李。
　　　　△周天昊说着伸出手，试图接过藤原纪子拎着的密码箱。
藤原纪子：不，我自己拿。
　　　　△金明辉、藤原纪子、周天昊等一众人，走向别克轿车。

6-36. 另一街道　　日　外
　　　　△唐二十三背着"尸体"胖子，一步三摇，踹跚着走向街道旁边。
唐二十三：（兀自哭哭啼啼）哎哟，我苦命的胖儿子哟……我怎么就那么命苦呀
　　　　……哎哟，我可怜的胖儿子哟，都没有人替你报仇、替你申冤哟……
　　　　△青木一郎冷冷地看着唐二十三背"尸体"离开的动作，直到对方完全
　　　　离开街道中央。
青木一郎：（转身）我们走。
　　　　△青木一郎及黑衣打手回到轿车上，三辆黑色轿车依次驶出。

6-37. 码头　　日　外
　　　　△别克轿车旁，金明辉朝藤原纪子作了个请的手势。
金明辉：纪子小姐，请！
藤原纪子：谢谢。
　　　　△藤原纪子拎着密码箱，率先上了别克轿车。
　　　　△金明辉、周天昊等其他人，也陆续上了别克轿车。林秋雁担任司机，
　　　　金明辉坐副驾，藤原纪子和周天昊坐中排，小丸子和瘦猴坐后排。
　　　　△林秋雁发动轿车，别克轿车驶离码头。

6-38. 小胡同　　日　外

　　　△背着"尸体"胖子的唐二十三，见四下无人，一松手，"尸体"胖子猛然坠落在地。

　　　△"尸体"胖子跌落在地上，依旧直愣愣地躺着，一动不动。

　　　△已经走出几步的唐二十三一愣，返身回去，踢了踢胖子。

唐二十三：（嗲声嗲气）哟，死胖子，快起来，别装了。

胖　子：（睁开眼睛）嗯，不装了？……（立马摸屁股）哎哟，哎哟……俺的屁股！

唐二十三：（三两下撕去装扮老太婆的行头，恢复本来面貌，嗲声嗲气地）哟，平常也不说少吃一点儿，长那么胖，死沉死沉，可累死我了……哟，起来吧，还等什么呢？

胖　子：呃。

　　　△胖子傻愣愣地站起来，看着唐二十三。

唐二十三：（嗲声嗲气）哟，走吧。看着我干什么？

　　　△胖子再次呃了一声，跟在唐二十三身后，朝胡同深处走去。

6-39. 码头·附近街道　　日　外

　　　△林秋雁驾驶的别克轿车，车内坐着金明辉、藤原纪子、周天昊、小丸子等人，向正前方驶去。

　　　△对切：正前方，青木一郎以及黑衣打手们乘坐的三辆黑色轿车，迎面驶了过来。

　　　△林秋雁驾驶的别克轿车和青木一郎的黑色轿车车队，刹那之间交错而过……

第七集

7-1. 码头　　日　外
　　　　△青木一郎及黑衣打手乘坐的三辆黑色轿车急速驶至，咔的一声，停住。
　　　　△青木一郎下车，举目四望：码头上行人稀稀落落，哪有藤原纪子的身影？

7-2. 街道　　日　外
　　　　△林秋雁驾驶的别克轿车，在街道上行驶着。

7-3. 别克车内　　日　内
　　　　△驾驶座上，林秋雁目视前方，专心开车；副驾座上，金明辉不住地用手绢擦着额头上的汗珠。
　　　　△中排座上，藤原纪子和周天昊两个人，眼观鼻，鼻观口，神态笃定。
　　　　△后排座上，小丸子的一双眼珠子骨碌碌乱转，瘦猴的神情略显紧张。
藤原纪子：（忽然说话）金行长，天很热吗？
金明辉：啊？……哦，不，不热，不热。
　　　　△藤原纪子淡淡地哦了一声，不再说话。

7-4. 街道　　日　外
　　　　△别克轿车拐了个弯，驶入另一条街道。

7-5. 别克车内　　日　内
　　　　△副驾座上，金明辉依旧在一个劲儿地擦汗。
　　　　△中排座上，藤原纪子神色不动，一只手却悄悄摸向腰间的手枪。
　　　　△藤原纪子的手刚搭上枪托，一支硬邦邦的手枪就顶住了她的腰部——是周天昊。
周天昊：纪子小姐，你最好不要乱动！
藤原纪子：（摸枪的手顿时僵住，脸上却堆满笑容）哟，周副官，你这是干什么？
　　　　△周天昊伸手下了藤原纪子腰间的枪。

周天昊：纪子小姐，我要干什么，你心里当然清楚。
小丸子：（三两下扒去日军服装和帽子）啊呀，这劳什子的衣服，穿着真他妈别扭……（扭扭肩膀和脖子）啊，舒服多了。
　　　　△小丸子一伸手，抓过藤原纪子身旁的密码箱。
小丸子：嘿嘿，纪子小姐，你这密码箱，我看，还是我来替你保管吧。
藤原纪子：（神态依旧从容、镇静）原来，你们不是岗村队长的人。
周天昊：当然不是。我周天昊，还没想过要给日本人做事。
藤原纪子：周、天、昊？……好名字，跟你的人一样帅气。
金明辉：（由于紧张而结巴）纪纪纪……纪子小姐，这这这……这不关我的事儿……是、是他们……劫劫劫……劫持我！
藤原纪子：金行长，我不会怪你——你专程前来迎接我，我怎么会怪你呢？
　　　　△正在开车的林秋雁，对准金明辉的脖子一肘子，将他打昏过去。

7-6. 大和洋行·内室　　日　内
　　　　△啪，青木一郎脸上挨了狠狠的一巴掌。
龟田次郎：（怒吼）蠢货！
青木一郎：（头一低）嗨。
龟田次郎：（指着青木一郎，恼火地）人呢？你接的人呢？

7-7. 别克车内　　日　内
　　　　△别克轿车再次拐弯，藤原纪子趁机撞飞周天昊手中的枪，进而扑向前用力勒住了林秋雁的脖子。
　　　　△车内大乱。林秋雁一边把方向盘，一边用力挣扎；藤原纪子一边勒住林秋雁的脖子，一边用双脚与周天昊、小丸子等斗在一处。

7-8. 街道　　日　外
　　　　△别克轿车在街道上扭来扭去，咣，撞到了街边一栋房子，停住。

7-9. 别克车内　　日　内
　　　　△林秋雁挣脱藤原纪子的胳膊，迅疾与藤原纪子过了几招。
　　　　△藤原纪子双手与林秋雁对打，双脚与周天昊、小丸子两人对搏，缩头缩脑的瘦猴不小心挨了藤原纪子一脚，身体撞开车门，哎哟、哎哟地跌下车去。

7-10. 街道　　日　外
　　　△藤原纪子、小丸子、林秋雁等先后撞碎车窗玻璃，飞跃而出，三人激烈对打，密码箱在三个人手中抢来抢去。
　　　△打斗中，林秋雁的帽子掉落，露出一头女儿黑发。
藤原纪子：哟嗬，原来你是女的呀，怪不得，看起来挺秀气。
林秋雁：（冷哼）找死！
藤原纪子：那就得看你有没有那个本事了。
　　　△林秋雁旋即和藤原纪子死斗在一处，小丸子随后也加入战团。
　　　△车内，周天昊捡起被撞飞的手枪，也随后下车来。
　　　△周天昊举枪瞄准藤原纪子，却冷不防被藤原纪子飞起一脚，将手枪踢飞。
　　　△藤原纪子、林秋雁、小丸子、周天昊四人激烈对打：藤原纪子神定气闲，但出手狠辣，与林秋雁的冷酷狠辣是一个路子，小丸子的动作灵巧而顽劣，周天昊的动作稳、准、狠；瘦猴则缩头缩脑地躲在一旁。
周天昊：（一边与藤原纪子对打，一边说）看来，纪子小姐的身手不错！
藤原纪子：（娇笑一声）周副官，你的身手也不赖。如果你愿意投入皇军麾下，我保你做的官儿比现在大。
周天昊：对不起，我周天昊对做日本人的狗没兴趣。
　　　△小丸子刚好挨了藤原纪子一脚，就地几个翻滚。他拽出腰间的弹弓，瞄准正在与林秋雁、周天昊激烈对打的藤原纪子。
小丸子：啊呀，臭娘们，有两下子啊……让你尝尝我小丸子弹弓的厉害！
　　　△小丸子拉开弹弓，嗖，弹丸带着啸声飞向藤原纪子。藤原纪子闪身躲开，小丸子连发飞弹，藤原纪子连翻数个筋斗，一一躲开弹丸。
　　　△小丸子还待再射，藤原纪子拔出靴筒中的匕首，甩手向小丸子射出；小丸子一低头，匕首越过小丸子，直直射在探头探脑的瘦猴帽子上，吓得他当即坐在地上，老半天回不过神来。
　　　△密码箱飞落一旁，藤原纪子、林秋雁、周天昊、小丸子四个人同时飞身去抢，再次缠斗在一起。
　　　△打斗中，藤原纪子率先夺得密码箱，然后顺势翻滚，捡起早先自己踢飞的手枪，朝周天昊、林秋雁、小丸子等开枪射击，一边射击一边逃窜。
　　　△周天昊、林秋雁两人拔枪，在掩体后与藤原纪子对射；小丸子躲在另一隐蔽处，用弹弓射弹丸对付藤原纪子。

7-11. 另一街道　　日　外

　　　　△藤原纪子一手拎着密码箱，一手举枪与周天昊、林秋雁、小丸子对射。

　　　　△一位正在奔跑的人力车，车夫丢下车子躲向一旁；藤原纪子一边举枪射击一边身体斜飞，落在人力车上。

　　　　△人力车借助藤原纪子的冲力，载着藤原纪子飞速向后滑去。人力车上的藤原纪子，依旧举枪与周天昊、林秋雁等对射着。

　　　　△稍后处，周天昊、林秋雁举着枪，小丸子举着弹弓，一边追赶，一边朝藤原纪子射击。

　　　　△人力车停住，藤原纪子跳下来，连开数枪，然后拎着密码箱几个腾跃，旋即消失不见。

　　　　△周天昊、林秋雁、小丸子三人一边射击，一边追赶过来，但藤原纪子早已经跑没影了。

林秋雁：让她跑掉了。

周天昊：不用追了。

小丸子：啊呀，这个日本小娘们儿，身手还真不错啊……（笑嘻嘻地）不过，嘿嘿，她再厉害，也比不上我小丸子的手快。

　　　　△小丸子手腕一翻，亮出已经调包过的假钞模板。

周天昊：（赞许）不愧是三只手出身，干得不错。

小丸子：（一瞪眼）喂，姓周的，怎么说话呢你？什么三只手不三只手的……我小丸子好歹帮了你们的忙，你就不能说点好听的？

周天昊：（半带调侃）好，我说点好听的：小丸子大英雄，日本女特务刚刚在你手中吃了个大亏，你是这个（朝小丸子竖起大拇指）。

小丸子：哼，这还差不多。

周天昊：走吧，我们回去。

　　　　△周天昊、林秋雁、小丸子三人，转身往回走。

7-12. 街道　　日　外

　　　　△周天昊、林秋雁、小丸子三人回到别克轿车旁。

　　　　△林秋雁拉开副驾座的车门，一愣：只见副驾座上空空如也，原本被打昏的金明辉不见了。

林秋雁：嗯，人呢？

　　　　△周天昊、林秋雁、小丸子三人环顾一圈，只见瘦猴兀自瑟瑟发抖地坐在地上，帽子上还扎着藤原纪子的匕首。

·灰 雁·

小丸子：（上前，踢踢瘦猴）喂，起来。
瘦　猴：（哆嗦、语无伦次）老老老、老大，我、我、我……我已经……死死死……死啦……
小丸子：（一把撸飞瘦猴头上的匕首和帽子）死你个头啊……还不快给我站起来！
瘦　猴：（摸摸脑袋）啊，老大，我我我、我没死啊？……哈哈哈，老大，我没死啊……我没死……
小丸子：是，你没死——不过，离死不远了。
瘦　猴：（惊愕）啊？
小丸子：我问你，姓金的人呢？
瘦　猴：啊？我我我、我不知道哇……（迟疑地）我、我以为自个儿死了，光顾着……害怕了！
小丸子：啊呀，真是的……瞧你那点儿出息！
　　　　△小丸子冲瘦猴扬扬拳头，瘦猴连忙抱住脑袋往后缩。
周天昊：算啦，跑了就跑了，这不怪他。
林秋雁：下一步怎么办？
周天昊：走，去龟田次郎的老巢看看。
　　　　△周天昊、林秋雁、小丸子、瘦猴四人上了别克轿车。
　　　　△林秋雁将别克轿车倒出来，掉头离开。

7-13. 街道　　日　外
　　　　△等林秋雁驾驶着别克轿车驶远以后，金明辉才从一堆破烂物件中，鬼鬼祟祟地钻出来。
　　　　△金明辉四下观望一下，慌里慌张地跑到街道上，朝远处的黄包车招手。
金明辉：（不住地擦汗）……黄包车！……黄包车！
　　　　△一位车夫拉着黄包车，小跑着过来。
金明辉：（急切地坐上车）快，快，去大和洋行！
车　夫：好嘞，先生您坐好。
　　　　△车夫拉起黄包车，迈步跑出。

7-14. 大和洋行·内室　　日　内
　　　　△龟田次郎一改往日的沉着与冷静，在地上焦灼地走来走去。
　　　　△青木一郎垂着头，肃立在屋子中央。
龟田次郎：（低吼）我一再嘱咐过你，一定要保障纪子小姐和模板的安全。现在

138

倒好，人没了，模板也没了……你说，现在怎么办？

青木一郎：……

龟田次郎：（低吼）如果纪子小姐和模板出了事，我如何向东京方面交代？如何向天皇陛下交代？我龟田次郎，还有什么脸面继续主持"蝎美人计划"，啊？

　　△这时，一名黑衣打手快步走了进来。

黑衣打手：报告将军，纪子小姐到了。

龟田次郎：（一怔）嗯，你说什么？

黑衣打手：报告将军，是纪子小姐到了，就在大门外边。

　　△青木一郎这时也惊讶地抬起头来，与龟田次郎狐疑的目光一碰。

龟田次郎：（沉声）你没有搞错，确定是纪子小姐本人？

黑衣打手：是的，将军，是纪子小姐本人，她刚刚赶到我们大和洋行。

龟田次郎：快，出去迎接。

　　△龟田次郎抬腿朝外走去，青木一郎、黑衣打手紧随在后。

7-15. 大和洋行·大门口　　日　外

　　△藤原纪子双手揣在兜里，优雅地站着，脚边搁着那只装模板的密码箱。

　　△龟田次郎、青木一郎带着数名黑衣打手，匆匆从大门里边走出来。

藤原纪子：龟田将军！

龟田次郎：（惊喜）纪子小姐！

　　△龟田次郎张开双臂，和藤原纪子亲热地拥抱了一下。

龟田次郎：纪子小姐，我专门派青木去码头接你，结果没接到。我刚才还在担心，以为你出事了呢。

藤原纪子：（轻描淡写）是出了点事儿。

龟田次郎：（眉毛一竖）哦？

藤原纪子：碰到几只小虾米，好在没什么大碍……龟田将军，数年不见，你是越发精神矍铄了。

龟田次郎：哪里哪里，老啦，老啦。我是不能和纪子小姐相比——纪子小姐风华正茂，正是如花一样的年纪。

藤原纪子：将军过誉了。

龟田次郎：纪子小姐，里边请。

　　△龟田次郎作了个请的手势，藤原纪子抬步朝大门内走去；一名黑衣打手帮藤原纪子拎起密码箱，跟在藤原纪子和龟田次郎身后。

·灰 雁·

7-16. 某高楼·楼顶　　日　外
　　　　△周天昊举着望远镜,观察着对面的大和洋行,林秋雁站在周天昊身旁。
　　　　△小丸子、唐二十三、胖子、瘦猴四人,或坐或站,姿态各异。
　　　　望远镜中:
　　　　——大和洋行的招牌以及外景等。
　　　　——龟田次郎陪着藤原纪子,朝大和洋行的大门内走去。
　　　　△周天昊将望远镜递给林秋雁,林秋雁接过,继续观察。
周天昊:鱼饵已经撒下去了,下一步,我们就守株待兔,等着好戏上演。
林秋雁:(举着望远镜)藤原纪子和龟田次郎,会上当吗?
周天昊:他们两个人,都是日本特工中的老狐狸,一个比一个狡猾——虽然不一定上当,但一定会露出他们的狐狸尾巴。
林秋雁:……
周天昊:(把玩着调包出来的假钞模板)放心吧,只要假钞模板在我们手里,就一定能牵着他们的鼻子走。

7-17. 大和洋行·内室　　日　内
　　　　△密码箱已经打开,搁在桌子上。龟田次郎和藤原纪子站在桌旁。
　　　　△特写:装在密码箱中的假钞模板,在光线的映射下熠熠生辉。
龟田次郎:(眼中射出兴奋的光芒)太好了!太好了!只要十万元大钞一上机印刷,就会源源不断地给我大日本皇军提供作战军费,同时,还能扰乱中国的金融市场,造成他们的经济混乱——
藤原纪子:用中国人自己的话说,这就叫"一石二鸟"。(顿了顿)这也是我们"蝎美人计划"的精妙之处。
龟田次郎:对,一石二鸟。我们大日本皇军取得亚洲战场的胜利,应该指日可待。
藤原纪子:那是当然。
　　　　△龟田次郎和藤原纪子对视一眼,会心地哈哈大笑起来。
　　　　△这时,青木一郎急匆匆进来,附在龟田次郎耳边嘀咕了两句。
龟田次郎:什么,金行长?……他还有脸来见我?

7-18. 大和洋行·外厅　　日　内
　　　　△金明辉的脖子上贴着膏药,拘谨而恐慌地站在屋子中央。
　　　　△龟田次郎、藤原纪子、青木一郎三个人,冷冷地盯视着金明辉。尤其

是龟田次郎，像是不认识似的，上上下下打量着金明辉。
金明辉：龟田先生，我、我……
龟田次郎：（讥讽地）金行长，你可真给我龟田次郎长脸，竟然亲自带着军统的人，去抓纪子小姐？
金明辉：（由于紧张害怕而稍显结巴）龟、龟田先生，事、事情不是这样的，你、你听我解释，你听我解释……
龟田次郎：（冷笑）对不起，金行长，我不需要你的解释。青木——
△青木一郎上前一步，拔出手枪顶在金明辉的脑袋上。
金明辉：（吓得立马跪倒在地上，惊恐地）龟田先生，饶命啊！龟田先生，饶命啊！
龟田次郎：（冷冷地）上次，是你把军统的人引到了我的大和洋行里；这次，又是你，带着军统的人前去抓纪子小姐……拿了我的钱，却接二连三坏我的大事，你以为，我龟田次郎还能饶了你吗？
金明辉：（惊恐，语无伦次地）龟、龟田先生，我、我、我是有苦衷的……真的，我是有苦衷的……他、他们，胁、胁迫我……我、我、我不带他们去，他们会杀了我的……会杀了我的……
△龟田次郎冷哼一声，冲青木一郎一使脸色，暗示动手。
金明辉：（惊恐，磕头如捣蒜）龟田先生，饶命啊！龟田先生，饶命啊！
藤原纪子：（忽然发声）等等。
△藤原纪子走上前，轻轻按下青木一郎手中的枪。
藤原纪子：龟田将军，请息怒。
龟田次郎：纪子小姐，你这是？
藤原纪子：这次的事情，不怪金行长。那几个人的身手，都十分了得，别说是金行长，就连我，也差点栽在他们手里。
△龟田次郎沉吟片刻。
△稍倾——
龟田次郎：（冲金明辉）起来吧。看在纪子小姐的面子上，今天先饶你一命……以后，如果再敢干吃里爬外的事情，你就是有两个脑袋，我也给你扭下来。
金明辉：（忙不迭地磕头）谢谢纪子小姐！谢谢龟田先生！……谢谢纪子小姐！谢谢龟田先生！

7-19. 临街小楼·二楼小厅　　夜　内

△墙壁上画着图表，以龟田次郎的大和洋行为中心，分别连线了"大和

纺织厂、大和染厂、大和货运、东方巴黎夜总会"等,刚好形成一个圆。

△林秋雁指点着墙上的图表,正在给周天昊、小丸子、唐二十三等介绍情况,胖子和瘦猴懵懵懂懂地守在一旁。唐二十三则跷着二郎腿,似听非听,他手里举着一面小镜子,专心致志地修着自己的眉毛。

林秋雁:根据我这段时间的调查,大和洋行就是龟田次郎的老巢。除此之外,还有大和纺织厂、大和染厂、大和货运,以及东方巴黎夜总会等,都是龟田次郎名下的产业……日本人的秘密印钞厂,应该就设在这几家厂子内。

小丸子:(眼珠子骨碌碌一转)夜总会?……(讪笑)嘿嘿,要不,咱们先从夜总会查起?……(向往、陶醉的神情)那里边,可是灯红酒绿,有很多好玩的地方。

周天昊:龟田次郎再笨,也不会把印钞厂建在夜总会里边——那个地方人多眼杂,想要做好保密工作,可不怎么容易。

小丸子:啊呀,真是的……那你说,应该怎么查?

林秋雁:龟田次郎名下的这几家工厂,我都做过相应的调查,并没有什么特异的地方——只是有一点,非常奇怪。

周天昊:哦?

林秋雁:最近十来天,龟田次郎去得最勤的,是夜总会和大和纺织厂。大和染厂和大和货运那边,几乎一次都没有去过。

周天昊:哦?……(沉思)夜总会?纺织厂?

林秋雁:龟田次郎去夜总会,并不奇怪,因为他经常在那里招待客人。而大和纺织厂,去得如此频繁,就显得有些特别——几乎每隔两三天,他就会带着青木一郎去一趟。

△林秋雁在"大和纺织厂"的名字上,重重地画了一个圆圈。

小丸子:(托着腮)嗯,你还别说,是有些不对劲儿,这家厂子一定有古怪……(碰碰唐二十三)喂,姓唐的,你怎么看?

唐二十三:(依旧修着眉毛,哆声哆气)哟,你们商量你们的,别打扰我——没看人家正在修眉毛吗?

小丸子:啊呀,真是的。天底下竟然还有你这样的男人,一天到晚不是涂口红,就是画眉毛,身上还喷着香水儿……哼,真是比娘们儿还娘们儿。

周天昊:(站起来)既然这样,我们就把调查的第一目标,放在大和纺织厂。

7-20. 大和纺织厂　　夜　外

△大和纺织厂外景、门牌特写,以及稍高处的暗堡,影影绰绰的日本暗

哨等。
△数辆黑色轿车驶来，龟田次郎、藤原纪子等下车。
△日本守卫打开纺织厂的大门。
△龟田次郎、藤原纪子朝大门内走去，青木一郎及若干黑衣打手紧随在两人身后，青木一郎拎着藤原纪子的密码箱。

7-21. 大和纺织厂　　夜　内
△由于是下班时间，偌大的纺织车间内，空无一人。
△龟田次郎、藤原纪子、青木一郎以及若干黑衣打手，穿过空荡荡的纺织车间。

7-22. 大和纺织厂·仓库　　夜　内
△龟田次郎、藤原纪子、青木一郎，以及黑衣打手若干，穿过成堆的半成品布料，走到暗门前。
△青木一郎上前，按了一下暗钮，隐蔽的铁门缓缓滑开，露出自高而下的台阶。
△龟田次郎、藤原纪子、青木一郎，以及黑衣打手等人，逐级而下。

7-23. 临街小楼·小丸子等人卧室　　夜　内
△分散的床铺，小丸子、唐二十三各睡一床，胖子、瘦猴两人挤一床，四人睡态各异，打着长短不均的呼噜，瘦猴的嘴角还挂着涎水。
△唐二十三打着细而长的呼噜，眼睛却慢慢地睁了开来。
△唐二十三扫视了尚在酣睡的小丸子、胖子、瘦猴等三人一眼，一边打着细而长的呼噜，一边悄悄地下了床，向门口移去。

7-24. 临街小楼·走廊　　夜　内
△唐二十三由卧室内闪身而出，悄无声息地关上卧室门，蹑手蹑脚地向前走去。
△经过林秋雁卧室门口，唐二十三悄悄推开一条门缝，朝室内窥探——
△唐二十三的主观视角：林秋雁静静地躺在床上，酣睡着。
△唐二十三悄悄关上卧室门，继续蹑手蹑脚地向前走去。

7-25. 临街小楼·二楼小厅　　夜　内

△周天昊盖着一条毛毯，躺在沙发上，手枪搁在一旁的茶几上。

△唐二十三蹑手蹑脚地走进小厅，不小心撞到了博古架，一只花瓶应声而落。唐二十三一惊。

△花瓶以慢镜头掉落，眼看就要着地，唐二十三灵巧地伸出脚，用脚尖轻轻接住花瓶。

△对切：躺在沙发上的周天昊，纹丝不动。

△唐二十三脚尖一用力，挑起花瓶，然后双手接住，轻轻地摆回博古架上。

7-26. 地下印钞厂　　夜　内

△龟田次郎、藤原纪子、青木一郎以及黑衣打手等，走下台阶。

△藤原纪子的视角：一个完整的印刷工厂展现在她面前：

——印刷机哐当、哐当地工作着，吐出一张张未经裁切的假钞半成品；

——十来名印刷工人各司其职，匆忙而有序地干着活儿；

——两三名工人搬来刚刚裁切好的成品假钞，往一处工作台上码。

龟田次郎：这就是我们的秘密印钞厂，三班工人，二十四小时不停歇工作……纪子小姐，你看怎么样？

藤原纪子：不错。

藤原纪子：（环视四周）"蝎美人计划"能够顺利实施，龟田将军功不可没。

龟田次郎：哪里哪里，纪子小姐过誉了！……以后，还要仰仗纪子小姐的大力协助，天皇陛下那里，我自会给纪子小姐请功。

藤原纪子：请将军放心，东京方面之所以派我来，就是为了让我全力以赴地协助将军您。

龟田次郎：那就好！那就好！……（转向青木一郎）青木，将模板交给他们，择日开机印刷，一天都不要耽搁。

青木一郎：是，将军。

△青木一郎拎着密码箱，走向负责印刷的工作人员。

7-27. 临街小楼·二楼小厅　　夜　内

△唐二十三蹑手蹑脚地走到周天昊近前，在他眼前晃了晃手，见周天昊没有反应，又蹑手蹑脚地走到墙壁前。

△唐二十三将墙壁上的一幅画悄无声息地卷起，露出后边的一个暗格。

△唐二十三打开暗格，拿出一只密码箱——正是林秋雁用来装钱的那只箱子。
　　△唐二十三将密码箱搁在桌子上，轻轻打开，露出整叠整叠的崭新钞票。
　　△唐二十三合上密码箱，拎起来，蹑手蹑脚地朝楼下走去。

7-28. 临街小楼·一楼客厅　　夜　内
　　△唐二十三顺着楼梯，蹑手蹑脚地走下来。
　　△唐二十三刚走到客厅中间，忽然，吧嗒一声，灯光大亮。
　　△林秋雁背对唐二十三，坐在一把旋转椅子上。
　　△林秋雁转过身来，冷冷地盯着怔在客厅当中的唐二十三。
林秋雁：（冷冷地）怎么，唐二十三，招呼也不打一声，这就要走？
唐二十三：（立即满脸堆笑，嗲声嗲气）哟，这不是林姑娘吗？……这大半夜的，你也不睡觉，干吗待在这里呀？吓我一大跳。
周天昊：（画外音，讥讽地）是吗？这都能吓着你？……我看你唐二十三的胆子，不是挺大的吗？
　　△唐二十三回头，只见周天昊拎着手枪，正顺着楼梯走下来。
唐二十三：（嗲声嗲气）哟，瞧周长官这话说得。我唐二十三的胆子呀，比小拇指的指甲盖都要小，你们呀，千万别吓着我。
　　△周天昊走到沙发旁坐下来，将手枪搁在茶几上，然后往后一靠。
周天昊：既然你的胆子这么小，还敢偷我们的钱？
唐二十三：（眼珠子骨碌碌一转，嗲声嗲气）哟，这是误会！误会！……我是觉得呀，这只箱子搁在上边不安全，想给它呀，找个安全点儿的地方。
林秋雁：（冷冷地）哼，这个心，恐怕不用你唐二十三来操吧？
唐二十三：（嗲声嗲气）哟，林姑娘，干吗横眉冷目的呀？我唐二十三呀，对你们二位，也是好心……
　　△唐二十三"心"字刚落，身体忽然旋转而起，凌空向林秋雁和周天昊射出数十枚绣花针。
　　△周天昊和林秋雁躲开绣花针，随即与唐二十三腾上跃下、飞跃来去，恶斗在一处（打斗动作以林秋雁和唐二十三为主，周天昊为辅，重点突出林秋雁的冷酷与狠辣）。
　　△缠斗片刻，唐二十三找了个空隙，拎着密码箱撞碎窗户玻璃，飞跃而出。

7-29. 临街小楼·院子　　夜　外

△唐二十三拎着密码箱由窗户飞跃而出，就地两个翻滚。

△林秋雁随即也从撞碎的窗户中飞跃而出，旋即与唐二十三斗作一处。

△周天昊随后从屋中走出，神态悠然地站在一旁观战。

△两人缠斗片刻，唐二十三渐渐处于下风。一个不留神，唐二十三的胸口连挨林秋雁数脚，身体翻滚而退，密码箱脱手飞出。

△密码箱以慢镜头在空中飞旋、打开，然后，一沓沓钞票天女散花般乱纷纷地撒落下来。

△唐二十三一时大急，身体一跃，飞旋而起，顺势脱下外套兜住下落的钞票，拧成一个包裹负在背上，同时向飞跃而来的林秋雁射出数十枚绣花针。

△林秋雁半空中拧转身躯，向后连翻数个筋斗，躲开绣花针。趁此间隙，唐二十三接连两个腾跃，飞跃向院墙头。

△就在唐二十三即将落向墙头的时刻，一张大网忽然兜头罩下。猝不及防的唐二十三随即被裹在大网中，悬吊在半空中晃来荡去。

△小丸子坐在院墙头上，冲悬吊在大网中的唐二十三贼嘻嘻地笑着；胖子和瘦猴的脑袋，从小丸子肩后一左一右探出来。

△小丸子从院墙头上跳下来，胖子和瘦猴随后也从院墙上稍显笨拙地爬下来。

小丸子：喂，娘娘腔，怎么，想当逃兵？……就你那点儿花花肠子，还能逃过我小丸子的法眼？

唐二十三：（嗲声嗲气）哟，小丸子，你这是干什么呀？咱们两个人，一个是骗子，一个是小偷，都是下九流的角色，得相互照应着点儿。回头，我教你我造假的绝招儿……快放我下来。

小丸子：（慢悠悠地）对不起，姓唐的，我小丸子现在不想学了。

瘦　猴：（凑上去）嘿嘿，唐先生，实际上，这不关咱老大的事儿，（瞥向周天昊和林秋雁）都是两位军统爷……设的套儿。

小丸子：（在瘦猴头上敲了一记）喂，死猴子，就你多嘴多舌？……滚，一边去。

△瘦猴抱着头，讪讪地退向一旁。

胖　子：（幸灾乐祸地冲瘦猴咧咧嘴）嘿嘿，活该！

瘦　猴：（恼火地瞪了胖子一眼）死胖子，要你管？

周天昊：（走近唐二十三，讥讽地）唐二十三，好歹你也是江湖中响当当的一号人物，像现在这个样子，可不怎么雅观呀。

唐二十三：（嗲声嗲气）哟，周长官，这没什么不雅观的。我唐二十三呀，刚好累了，正好躺在里边，缓缓乏劲儿。

林秋雁：（冷冷地）哼，还嘴硬？

△林秋雁一挥手中的匕首，斩断悬吊的绳索，裹在网中的唐二十三哎哟一声，跌落在地上。

7-30. 临街小楼·二楼小厅　　夜　内

△绑得结结实实的唐二十三被扔在墙角，小丸子走上前，蹲下，拍拍他的脸。

小丸子：喂，娘娘腔，你也太不仗义了吧？……（站起身来）这本来嘛，你偷谁的钱，都不关我小丸子的事儿。问题是，你偷走的这些钱里边，还有咱们哥仨的酬劳。

瘦　猴：对对对，咱哥仨的钱，还都没拿呢。

小丸子：你谁的钱都可以偷，就是不能偷我小丸子的钱！

唐二十三：……

周天昊：唐二十三，这白道有白道的规矩，黑道有黑道的规矩。你背信弃义在先，偷盗财物在后——说老实话，像你这种出尔反尔、什么规矩都不遵守的人，还真是不多见。

林秋雁：（一把锁住唐二十三的咽喉，冷冷地）说，为什么这么干？

唐二十三：（嗲声嗲气）哟，林姑娘，你轻着点儿……我这脖子，细皮嫩肉的，可经不住你这么一捏。

林秋雁：（冷笑）你再油嘴滑舌，我立马扭断你的脖子！

唐二十三：（干笑两声，嗲声嗲气）哟，林姑娘，别生气……你们是想听真话呢，还是想听假话？

周天昊：说吧，我们当然想听真话。

唐二十三：（嗲声嗲气）我唐二十三只是一个小戏子，下九流的角色，在戏园子里胡乱混口饭吃，虽然饥一顿、饱一顿，倒也逍遥自在。你们跟日本人对着干，又是枪又是炮的，我可不想为了你们的什么民族气节、民族大义，把自己的小命儿搭进去。

林秋雁：（冷笑）是吗？既然你唐二十三这么怕死，怎么就敢偷我们的钱？

唐二十三：（嗲声嗲气）哟，林姑娘，瞧您这话说的，我那不叫"偷"，叫"拿"——我只是想拿走属于我自己的那份儿酬劳。

小丸子：啊呀，真是的……

·灰 雁·

　　　　　△小丸子上前，在唐二十三的脸上摸来摸去。
唐二十三：（嗲声嗲气）哟，小丸子，你干什么？
小丸子：我就是想摸一下，看看你这张脸，是不是比南门口的城墙都要厚？
唐二十三：（疑惑地）嗯？
小丸子：你明明偷走了整箱钱，还好意思说是"拿"？……（站起身来，踢踢唐二十三）喂，我说姓唐的，你到底还是不是一个男人啊？我小丸子如果是你，早都不站着撒尿了。
唐二十三：（一愣，不解地）嗯？
小丸子：（凑近唐二十三）改蹲，就跟娘们儿一样。
　　　　　△胖子和瘦猴扑哧一下，忍不住笑出声来。
周天昊：唐二十三，说老实话，如果你帮我们办完了事儿，我们绝不会食言，答应给你的酬劳，一分都不会少。但现在，你既然中途打退堂鼓，就不得不让人怀疑你的真实用心。
唐二十三：……
周天昊：（凑近唐二十三）你知道我们这么多情况，谁知道你是不是想出卖我们，去日本人那里告密？
唐二十三：……
周天昊：我现在给你两个选择：要么，加入我们，一同对付日本人；要么，就去阎王爷那里，慢慢唱你的戏吧。
　　　　　△唐二十三的目光在周天昊、林秋雁、小丸子三人脸上扫了扫去（周天昊神定气闲，林秋雁目光冰冷，小丸子一脸顽劣），老半天没有说话。

7-31. 临街小楼·二楼小厅　　晨　内
　　　　　△林秋雁背身而立，静静地站在窗前。
　　　　　△林秋雁脸部特写：冷酷的神情中掩藏着一丝忧郁。
　　　　　△小丸子走进小厅，伸了个懒腰，看见站在窗前的林秋雁，略愣了愣。
小丸子：嗯？
　　　　　△小丸子一脸坏笑蹑手蹑脚上前，伸出手，猛地一拍林秋雁的肩膀。
　　　　　△谁承想，电光石火之间，林秋雁一把抓住小丸子的手腕，来了一个大背摔，将小丸子狠狠地摔在了地上。
林秋雁：（一愣）是你？
小丸子：哎哟……哎哟……
　　　　　△周天昊、胖子、瘦猴听到响动，先后跑进小厅。

周天昊：怎么回事儿？

　　　　△胖子和瘦猴殷勤地跑上前，扶起小丸子。

小丸子：喂，姓林的，不过是跟你开个玩笑，干吗出手这么狠啊？

林秋雁：（冷冷地）我早就警告过你，不要离我太近。

　　　　△林秋雁说着，转身走向一张桌子。

小丸子：（恼火地）你……

　　　　△小丸子冲林秋雁的背影扬扬拳头，但随即就抚着屁股哎哟、哎哟起来。

　　　　△桌子上摆着一应武器装备：冲锋枪、手枪、匕首、防弹背心、爆破装置等。林秋雁穿上防弹背心，将手枪别在腰间，将匕首别在靴筒里。

小丸子：（环视一圈）咦，娘娘腔呢？

瘦　猴：嘿嘿，老大，我和胖子去找找唐先生吧……（冲胖子）胖子，走。

胖　子：呃。

周天昊：不用找了——我已经找过了。

　　　　△小丸子、胖子、瘦猴三个人有些不解地望着周天昊。

周天昊：他走了。

林秋雁：（猛地回过头）嗯？

小丸子：你说什么，走啦？

周天昊：天要下雨，娘要嫁人——既然他不愿意加入我们，就由他去吧。

小丸子：啊呀，真是的……（挠挠后脑勺）那钱呢？

周天昊：放心吧，钱还在。（走到桌前，抓起一支手枪别在腰间，又将冲锋枪、爆破装置等塞进一个大包里）走吧，我们出发。

　　　　△周天昊、林秋雁、小丸子、胖子、瘦猴，依次走下楼梯。

7-32. **临街小楼·院子　　晨　外**

　　　　△周天昊、林秋雁、小丸子、胖子、瘦猴五人走向别克轿车。

　　　　△忽然，周天昊、林秋雁等明显一愣——

　　　　△对切：唐二十三靠在车门旁，举着小镜子，正在一丝不苟地修着眉毛。

　　　　△周天昊和林秋雁不由得对视了一眼，会心地点了点头。

7-33. **街道·某隐蔽处　　日　外**

　　　　△别克轿车驶来，咔的一声停住。

　　　　△周天昊、林秋雁、小丸子、唐二十三、胖子、瘦猴迅速下车，周天昊拎着装冲锋枪和爆破装置的大包。

7-34. 大和纺织厂·对面街道　　日　外

　　△隐蔽处，周天昊、林秋雁、小丸子、唐二十三、胖子、瘦猴六个人，挤在一起，观察着对面的大和纺织厂。
　　△林秋雁举着望远镜，她的主观视角：
　　——大门口，巡逻的日本守卫，定格；
　　——进进出出的大货车，定格；
　　——稍高处的暗堡中，影影绰绰的日本暗哨，定格。

林秋雁：我先进去查探。一旦找到他们的秘密印钞厂，我会及时发信号。
周天昊：（点点头）好。如果超过半个时辰你还没有出来，我们就执行B方案。
林秋雁：我明白。
　　△林秋雁检查一下枪支等装备，转身走出。
小丸子：（忽然喊道）喂，姓林的。
　　△林秋雁止步。
小丸子：虽然我平时很讨厌你，但现在嘛，怎么着也是大敌当前，所以，我提醒你还是多加小心，最好啊活着回来。
林秋雁：（头也不回）多谢。
小丸子：（一摆手）别，你千万别谢我。我小丸子不是关心你，我呀，是关心我的钱。咱哥俩，可是跟你达成的协议，跟姓周的没有任何关系——你不活着回来，咱哥俩的报酬，也不怎么好算，是吧？
林秋雁：（依旧头也不回，淡淡地）放心，少不了你的。
　　△林秋雁抬腿走出，身形一闪，消失。

7-35. 大和纺织厂·附近街道　　日　外

　　△一辆大货车，朝大和纺织厂的方向驶去。林秋雁从某高处跃下，刚好落在大货车车斗上的货物中间。

7-36. 大和纺织厂　　日　外

　　△大门口，大货车停住。
　　△一名日本守卫查验大货车司机的进厂手续，一名日本守卫手拿铁刺，对着车厢中的货物东扎一下、西扎一下，见无异常，挥手放行。
　　△大货车缓缓驶进纺织厂的大门。

7-37. 大和纺织厂·院子　　日　外
　　　△大货车缓缓驶进纺织厂的院子。
　　　△车斗中：林秋雁从一堆货物中，强挤着探出上半身来。
　　　△未待大货车停稳，林秋雁已经从大货车上一跃而下，就地几个翻滚，隐身在一堆杂物后边。
　　　△林秋雁四下观察一番，悄悄地向后退去。

7-38. 大和纺织厂·走廊及某拐角处　　日　外
　　　△林秋雁顺着僻静的走廊一路潜行。
　　　△拐角处，林秋雁探头一看。
　　　△对切：两三名穿白色工作服、戴白色口罩的工作人员，正朝林秋雁这边走过来
　　　△林秋雁抬头看看廊顶，然后飞身跃起，倒悬在廊檐底下。
　　　△待两三名工人走过，林秋雁轻轻跃下，一闪身，消失在拐角处。

7-39. 大和纺织厂·茅厕　　日　外
　　　△一名穿白色工作服、口罩吊在脖颈下的工作人员，走进茅厕。

7-40. 大和纺织厂·茅厕　　日　内
　　　△穿白色工作服的工作人员站着撒尿，嘴里还悠然自得地打着口哨。
　　　△一双人脚忽然从顶端垂下，夹住该工作人员的脑袋，用力一扭，该工作人员闷哼一声，当即死去。
　　　△林秋雁从顶端跃下，伸手试了试死去工作人员的鼻息。

7-41. 大和纺织厂·茅厕　　日　外
　　　△一名穿白色工作服、戴着口罩的工作人员走出茅厕。该工作人员低着头，急匆匆地朝纺织车间的方向走去——从眼神和背影看，依稀是林秋雁所扮。

7-42. 大和纺织厂·纺织车间　　日　内
　　　△林秋雁所扮的工作人员，混杂在其他工作人员中间，干一些搬运之类的简单活计，但一双眼睛却敏锐地四下观察。

·灰 雁·

7-43. 大和纺织厂·对面街道　　日　外
　　　　△隐蔽处，周天昊、小丸子、唐二十三、胖子、瘦猴五个人，挤在一处。周天昊举着望远镜，观察着对面的大和洋行。
　　　　△对切：两辆黑色轿车急速驶来，停在大门口。藤原纪子优雅地下了车；另有数名黑衣打手，也陆续下了车。
周天昊：藤原纪子？
　　　　△周天昊举起望远镜——
　　　　△望远镜中：
　　　　——藤原纪子带着数名黑衣打手，朝大和纺织厂的大门内走去。
　　　　△周天昊放下望远镜，抬起手腕，看了看表。
　　　　△特写镜头：时针和分针稍错开，分别指在上午九点钟左右处，秒针则嘀嗒、嘀嗒地向前走着。

7-44. 大和纺织厂·纺织车间　　日　内
　　　　△藤原纪子带着数名黑衣打手，走进纺织车间。
　　　　△正在搬运的林秋雁，瞥见藤原纪子等人，有意识地用怀中的纺织材料遮住自己的脸部。
　　　　△藤原纪子带着数名黑衣打手穿过纺织车间，朝里边走去。
　　　　△林秋雁扔下纺织材料，悄悄向后退去，一转身，消失。

7-45. 大和纺织厂·走廊　　日　内
　　　　△藤原纪子带着数名黑衣打手向前走去。
　　　　△林秋雁忽然从走廊旁第一扇门内闪身而出，紧跟在最后一名黑衣打手身后，并顺势抓过手旁一根细长的绳子。
　　　　△林秋雁猛地将细长绳子套在最后一名黑衣打手的脖子上，飞快地将其拽进走廊旁第二扇门内。
　　　　△稍倾，身穿黑衣打手服装的林秋雁从第二扇门内闪身而出，低着头，尾随在藤原纪子一行最后边。

7-46. 大和纺织厂·仓库　　日　内
　　　　△藤原纪子带着数名黑衣打手，穿过成堆的半成品布料，走到暗门前；林秋雁低着头，站在最后边。
　　　　△林秋雁的主观视角：一名黑衣打手上前，按了一下暗钮，隐蔽的铁门

缓缓滑开,露出自高而下的台阶。

△藤原纪子带着黑衣打手等人走下台阶;林秋雁四下扫视一眼,也尾随而下。

7-47. 地下印钞厂　　日　内

△藤原纪子带着黑衣打手等人,走下台阶。

△藤原纪子走向摆放印刷成品的工作台,数名黑衣打手分散站定。林秋雁低着头,缩在不太引人注目的最后边。

△林秋雁的主观视角:正在印制假钞的印刷机、穿梭来去的印刷工人,以及刚刚印刷出来的假钞等。

△藤原纪子伸出手,拿起一叠刚刚印刷出来的假钞成品。

△特写镜头:崭新的假钞,票面金额赫然是十万元(显示"拾万"等字样)。

△藤原纪子端详着票面金额十万元的假钞,脸上露出满意的笑容。

△忽然,藤原纪子的神色大变。

△藤原纪子眼前迅速幻化着(叠加若干假钞模板的闪回镜头):假钞模板和成品假钞的纹路对比。

黑衣打手甲:(发现藤原纪子的异样)纪子小姐,怎么啦?

藤原纪子:不对。

黑衣打手甲:(疑惑地)嗯?

藤原纪子:这些钞票有问题——(指着成品假钞上的一处图案)这个图案是反的。

△身穿黑衣打手服装的林秋雁,悄悄地向后退去。

黑衣打手甲:(惊讶地)啊,怎么会这样?

△啪,藤原纪子狠狠地在工作台上擂了一拳。

藤原纪子:(咬牙,气急败坏地)是他们!他们把模板给调包了。

△藤原纪子气急败坏地转过身来,正好瞥见一名黑衣打手(林秋雁)朝出口台阶走去。

藤原纪子:(冲林秋雁的背影,厉声)你,站住!

· 灰　雁 ·

── 第八集 ──

8-1. 地下印钞厂　　日　内

　　△身穿黑衣打手服装的林秋雁悄悄地转过身，向出口处的台阶走去。
　　△忽然，藤原纪子严厉的声音从身后传来——
藤原纪子：（厉声）你，站住！
　　△林秋雁倏地停住脚步。
　　△所有黑衣打手的目光，唰地盯向林秋雁的背影。
藤原纪子：（走到林秋雁身旁）我怎么看着你，有些面生啊……（绕到林秋雁正面，厉声，不容置疑地）抬起头来！
　　△林秋雁慢慢地抬起头，藤原纪子明显一愣，旋即认出了对方。
藤原纪子：（惊讶地）……是你？！
林秋雁：（讥讽地）藤原纪子，这么快，咱们就又见面了。
藤原纪子：（狞笑）原来，是你这条母狗！
　　△黑衣打手等也认出了林秋雁，迅速拔出手枪围上去，枪口指着林秋雁。
　　△藤原纪子猛一抬手，止住黑衣打手等人。
藤原纪子：（厉声）你们退下！
　　△黑衣打手等人收了枪，退后数步。
　　△藤原纪子的情绪已稍平复，她上上下下地打量着林秋雁。
藤原纪子：敢闯到这里来，看来，你的胆子不小啊！
林秋雁：（冷冷地）藤原纪子，咱们还是废话少说。上次打得不过瘾，今天，我们重新比画比画。
藤原纪子：（慢悠悠地）很好！我也正有此意。
　　△藤原纪子拔出腰间的两支手枪，双手半举，自动卸掉弹匣，然后一松手，空枪掉落在地上。
　　△林秋雁冷哼一声，也拔出腰间的两支手枪，双手半举，自动卸掉弹匣，手一松，空枪掉落在地上。
藤原纪子：（围着林秋雁慢慢转圈）今天，我们就好好地较量一番……用你们中国人的话说，叫"切磋切磋"。

林秋雁：（拉开架势，冷冷地）那就来吧，婊子！
　　△林秋雁和藤原纪子摆开架势，一个死盯着一个，慢慢地转着圈儿。
　　△过了片刻，忽然，林秋雁和藤原纪子两人同时呼喝出声，迅疾出招。
　　△林秋雁和藤原纪子均出招狠辣，你一拳、我一脚，迅速缠斗在一处。

8-2. 大和纺织厂·对面街道　　日　外
　　△隐蔽处，周天昊举着望远镜，时不时观察一下对面的大和纺织厂，神情笃定；小丸子歪着脑袋，和胖子、瘦猴挤在一起，三人均是一副百无聊赖的样子；唐二十三则雷打不动地举着小镜子，细心地修着眉毛、涂着口红。
小丸子：喂，姓唐的，你一天到晚打扮来打扮去的，这是要嫁人呢，还是要娶亲啊？
唐二十三：（头也不回，嗲声嗲气）哟，我画我的眉毛，你管得着吗？
小丸子：是管不着。不过，你这男不男、女不女的模样儿，我小丸子瞧着恶心！
唐二十三：（嗲声嗲气）哼，那就别瞧。
小丸子：（有些扫兴）啊呀，真是的……没劲儿。
　　△周天昊放下望远镜，原本笃定的神情中显露出一丝不易察觉的忧虑。
　　△周天昊抬起手腕，看表——
　　△特写镜头：时针和分针稍错开，分别指在上午接近十点钟处，秒针依旧嘀嗒、嘀嗒地向前走着。

8-3. 地下印钞厂　　日　内
　　△藤原纪子和林秋雁两人呼喝有声，腾上跃下，恶斗在一处。黑衣打手等人站在一旁观战。
　　△藤原纪子略占上风，对准林秋雁胸口狠狠地踹了数脚，将其踹飞。
　　△林秋雁的身体斜飞而出，撞倒了一处工作台，跌伏在地，假钞哗啦啦掉下。
　　△林秋雁挣扎着爬起来，擦去嘴角的血迹，长吸一口气，再次飞身扑上。
　　△林秋雁与藤原纪子恶斗。这次林秋雁略占上风，狠出数招，在藤原纪子的腮帮上来了一拳，又一个扫堂腿，将藤原纪子打翻在地。
　　△藤原纪子一个鲤鱼打挺，跃身而起，双手拄地成半蹲式。她猛一扬头，吐出口中的血沫，死死地盯着林秋雁。
　　△稍倾，藤原纪子飞身扑上，与林秋雁缠斗数招。势均力敌之中，两人

·灰　雁·

各有中招。

△打斗片刻，林秋雁忽然凌空连环腿踢向藤原纪子，藤原纪子顺手抓过身旁一个大木箱，掷向林秋雁。大木箱在林秋雁的脚下被踢得粉碎。

△藤原纪子借机腾跃而起，从林秋雁头顶飞跃而过，同时在她背上狠命一脚，将林秋雁踹得半跪在地。紧接着，藤原纪子就地两个翻滚，捡起地上的弹匣和空枪，装弹匣、推弹上膛，整个动作一气呵成。

△半跪着的林秋雁正要往起来站，藤原纪子的枪口已经顶在了她的太阳穴上。林秋雁一怔，双手半举，僵住。

林秋雁：你使诈？

藤原纪子：这是战场。

林秋雁：……

藤原纪子：在战场上，从来是只讲胜负，不讲规矩——输赢才是最主要的，何来"使诈"一说？……（冲黑衣打手，严厉）把她绑起来。

△数名黑衣打手迅速上前，反扭住林秋雁的胳膊，将她的双手反绑起来。

8-4. 大和纺织厂·对面街道　　日　外

△隐蔽处，周天昊放下望远镜，蹙着眉头，再次抬起手腕看表——

△特写镜头：时针、分针、秒针汇合一处，正好指在上午十点钟处。

周天昊：时间差不多了，按 B 方案行动吧。（冲小丸子）你带着胖子和瘦猴去放火，记住，火势要大、要猛，然后跟我们汇合。（冲唐二十三）唐二十三，跟我走。

唐二十三：（嗲声嗲气，语气勉强）是，周长官。

小丸子：（冲胖子和瘦猴）我们走。

△周天昊带着唐二十三，小丸子带着胖子和瘦猴，分别朝不同的方向走出。

8-5. 某小巷　　日　外

△周天昊带着唐二十三，走到一处用篷布盖得严严实实的大型物件前。

△周天昊和唐二十三掀去篷布，露出一辆消防卡车，车身上喷有"消防""救火"等字样。

△特写镜头：车斗中，搁着铁架绞盘、救火机，以及帆布水管等一应救火设施，另有数套消防警察穿的制服以及帽子等。

8-6. 大和纺织厂·附近大树　　日　外

　　　△树杈上，一只手轻轻拨开树枝，露出小丸子的脸，一双眼珠子骨碌碌乱转。

　　　△小丸子骑在树杈上，胖子和瘦猴一左一右，挤在小丸子身旁。

　　　△小丸子的主观视角：大和纺织厂的外观全景，院子、走廊、纺织车间等。

　　　△小丸子掏出怀中的弹弓，又摸出一个内装硫黄等易燃物品、带着长捻子的弹丸。

小丸子：点上。

　　　△瘦猴划燃火柴，点燃弹丸的捻子。

胖　子：老大，这东西是个啥？管用吗？

小丸子：这是火流星弹，我小丸子独创的，当然管用。

　　　△小丸子拉开弹弓，将带火星的弹丸射出。

胖　子：（疑惑地）火流星弹？

小丸子：我小丸子做的东西，能不管用吗？

瘦　猴：（拍马屁）嘿嘿，那是。咱老大是谁？上海滩大名鼎鼎的小丸子，做出的东西当然管用了……（冲胖子）死胖子，你不懂就别乱说话。

　　　△胖子有些不服气地瞪了瘦猴一眼。

　　　△带火星的弹丸，划了一条弧线，飞向大和纺织厂院内的一堆杂物。

　　　△对切：带火星的弹丸落在大和纺织厂院内的一堆杂物上，忽地蹿起一片火焰。

　　　△小丸子再次拉开弹弓，接连射出若干带火星的弹丸，分别落在檐角、廊柱等易燃物品处。

8-7. 大和纺织厂·院子　　日　外

　　　△风助火势，巨大的火焰瞬间吞没了廊柱、檐角以及大半间屋子。

某工人：（大喊）不好了，着火啦！……着火啦！

某守卫：（一边朝院内冲来，一边大喊）快，快救火！

　　　△纺织工人和守卫等，跑来跑去救火，有拎水桶的，有用器物扑打火焰的……一时间，跑步声、喧哗声，以及火焰燃烧的噼啪声，同时响起。

8-8. 大和纺织厂·附近大树　　日　外

　　　△小丸子、胖子、瘦猴三人骑在树杈上，透过树缝向大和纺织厂的方向

·灰 雁·

望去。

△对切：熊熊燃烧的火焰、奔跑来去救火的纺织工人以及守卫等。

小丸子：（洋洋得意）看见了没，我这火流星弹，够厉害吧？

瘦　猴：嘿嘿，那是。

小丸子：我们走。

△小丸子、胖子、瘦猴三人滑下树干，转身离去。

8-9. 某小巷口　　日　外

△一辆消防卡车，驶出小巷口。

△车内：周天昊驾车，唐二十三坐在副驾座上，两人已经换上了消防警察的黄色制服和帽子。

△周天昊驾驶着消防卡车，拐入正街道。

8-10. 街道　　日　外

△周天昊驾驶着消防卡车，朝大和纺织厂的方向驶去。

△中途，消防卡车停在街道边。

△旁边树丛中，小丸子、胖子、瘦猴三人迅速跳出来。

周天昊：（喊）快，上车。

△小丸子、胖子、瘦猴三人跳上卡车，迅速换上了消防警察的制服和帽子。

△周天昊发动车，消防卡车向大和纺织厂的方向快速驶去。

8-11. 大和纺织厂·大门口　　日　外

△周天昊驾驶着消防卡车，快速驶至大和纺织厂的大门口，守卫跑上来拦住。

某守卫：（喊）停车！停车！

△消防卡车停住，周天昊探出身去，亮出证件。

周天昊：我们是警察局消防处的，消防警察……快，把门打开。

某守卫：（冲另一守卫挥手，喊）他们是消防警察，来救火的，打开大门。

△大门咯吱、咯吱打开。

△周天昊驾驶着消防卡车，驶进大门。

8-12. 大和纺织厂·走廊　　日　内
　　　△藤原纪子带着黑衣打手等，押着林秋雁往外走。

8-13. 大和纺织厂·院子　　日　外
　　　△消防卡车咔地停住。
　　　△周天昊和唐二十三先后跳下车。
　　　△车斗上，小丸子将帆布水管扔下去，然后也跳下车，和唐二十三各执一根帆布水管，对准火焰。
　　　△车斗上，胖子和瘦猴吭哧、吭哧地转动绞盘，给水箱加压，帆布水管喷出水柱。
　　　△守卫、纺织工人等，乱纷纷地拎着水桶扑火。
周天昊：（冲小丸子和唐二十三，喊）这边，还有这边……对准火焰。
　　　△小丸子和唐二十三根据周天昊的指挥，移动着手中的帆布水管。

8-14. 大和纺织厂·纺织车间　　日　内
　　　△藤原纪子带着黑衣打手等，押着林秋雁走进纺织车间。
　　　△纺织车间内乱成了一团。火势已经蔓延过来，外边的窗户、檐角等处起了火，浓烟顺着窗口滚滚而入。
　　　△藤原纪子眉毛一蹙，停住脚步。
藤原纪子：怎么回事儿？
某纺织工人：外边失火了。
藤原纪子：失火？……（环顾四周环境）马上组织救火，给警察局的消防处打电话，让他们也派人来。
另一纺织工人：消防处的警察已经来了，正在灭火。
　　　△藤原纪子有些意外地哦了一声。
藤原纪子：尽量控制火势，不要蔓延到这边来。
某纺织工人：是。
　　　△两名纺织工人转身，匆匆离去。
藤原纪子：（转对黑衣打手等）我们走。
　　　△藤原纪子带着黑衣打手等，押着林秋雁往外走。

8-15. 大和纺织厂·院子　　日　外
　　　△车斗上，胖子和瘦猴吭哧吭哧地转动绞索。

·灰　雁·

　　　　　△地面上，周天昊指挥，小丸子和唐二十三举着帆布水管，装模作样地冲火焰喷着水柱。
周天昊：（喊）这边，这边……还有这边。
　　　　　△稍远处，纺织车间门口，藤原纪子以及黑衣打手等一行，押着林秋雁走出来。
　　　　　△对切：双手被反绑着的林秋雁，夹在藤原纪子等一行的中间。林秋雁不动声色地朝周天昊这边看了一眼。
周天昊：（冷静地）动手吧！
　　　　　△周天昊说着，从驾驶舱中拿出装武器等物的包袱，取出冲锋枪。
　　　　　△一名守卫刚好拎着水桶走过来，看见周天昊手中的冲锋枪，猛一愣。
该守卫：（吃惊地）你、你们……你们不是消防警察？
小丸子：嘿嘿，当然。小爷我们，是来送你去见阎王的人！
　　　　　△该名守卫伸手去拔枪，小丸子将手中的帆布水管抡出，缠在该名守卫的脖子上，一拉一拽，该名守卫当即闷哼一声，倒在地上。
　　　　　几乎同一时间：
　　　　　——周天昊手中的冲锋枪朝藤原纪子的方向猛烈开火。
　　　　　——藤原纪子就地翻滚，躲开扫射，同时拔出手枪，隐身掩体后还击；
　　　　　——林秋雁忽然一个倒翻，用双脚劈翻押解她的两名守卫，与其他黑衣打手等混战在一起；
　　　　　——日本守卫、纺织工人等或拔枪，或执刀，乱纷纷地冲过来。小丸子和唐二十三扔掉帆布水管，各自施展绝招，腾上跃下，与冲上来的守卫、纺织工人等混战在一起；
　　　　　——车斗上，胖子和瘦猴对视一眼，跳下卡车，从背后用帆布水管将一名纺织工人的脖子勒住，飞快地将对方拖进了卡车底下。
　　　　　——暗堡中，埋伏的暗哨架起机关枪，冲周天昊、小丸子、唐二十三等人猛烈开火；
　　　　　△一时间，场面一片混乱。周天昊、林秋雁、唐二十三、小丸子四个人，用枪的用枪、施展拳脚的施展拳脚、使用暗器的使用暗器，与藤原纪子、黑衣打手、守卫、纺织工人等，混战在一处——不时有日方人员受伤或死去。
藤原纪子：（一边开枪一边回头吩咐）关上大门，不要让他们跑了！
　　　　　△一名守卫气喘吁吁地跑向大门口。
该守卫：（喊）快，快，关上大门！

△有两名守卫各推着一扇大门，大门咯吱、咯吱地响着，开始关闭。

8-16. 地下印钞厂　　日　内

△外面传来隐隐约约的枪声，一应工作人员等均停止手中的工作，面面相觑。

△这时，一名黑衣打手顺着台阶快步跑下来。

黑衣打手：工厂受到攻击，纪子小姐命令你们，马上上去支援。

△一名小头目模样的工作人员冲其他印钞工人们喊道——

小头目：快，拿上武器。

△啪，一扇柜门打开，里边摆着一排排的长枪。

△一应工作人员等紧张、迅速、有序地抓起长枪。

小头目：分成两队，一队保护印钞厂，一队随我上去支援……你们几个，跟我走。

△一部分印钞工人执着枪，随着小头目朝出口处的台阶跑去。

8-17. 大和纺织厂·院子　　日　外

△周天昊用冲锋枪，与藤原纪子等激烈对射；林秋雁用双脚，小丸子用拳脚和弹弓，唐二十三拳脚与绣花针并施，分别与黑衣打手、守卫等激烈对打——时不时有日方人员受伤或死去。

△纺织车间门口，地下印钞厂的一应工作人员冲出来，与藤原纪子等汇合一处，朝周天昊那边开枪射击。

△掩体后，藤原纪子一边朝周天昊开枪射击，一边冲黑衣打手甲吩咐道——

藤原纪子：（大声地）我压制他们的火力，你带人从后边包抄过去，千万不能让他们跑掉！

黑衣打手甲：（大声地）是，纪子小姐！……（冲几名印钞工人）你们几个，跟我走。

△黑衣打手甲带着几名印钞工人，转身离去。

△打斗过程中，林秋雁和小丸子恰好汇合一处，相互背靠背防御。

小丸子：（调侃地）喂，姓林的，你的命可真硬啊，还没死？

林秋雁：（冷冷地）放心，死不了。

△数名黑衣打手冲了上来，小丸子反手一匕首，劈断林秋雁手腕上的绳子，两人旋即分开，与黑衣打手等斗在一处。

△暗堡中，机关枪吐着猛烈的火舌，子弹紧紧地追着林秋雁和小丸子两

人。林秋雁就地翻滚、小丸子翻着筋斗,躲避子弹。
　　△周天昊远远地将冲锋枪扔向林秋雁,同时拔出手枪,一边与藤原纪子等对射,一边大喊——

周天昊:(大声地)接着。打掉机关枪。
林秋雁:(凌空接过冲锋枪,大声地)好。
　　△林秋雁一个飞跃,隐身一掩体后边,瞄准暗堡中的机关枪手,射击。一名机关枪手栽了下来,另一名机关枪手立马补了上去。林秋雁再射击,另一名机关枪手也栽了下来——机关枪变成了哑巴。
　　△一名黑衣打手刚好退到消防卡车旁边,躲在卡车底盘下的胖子和瘦猴,抓住对方的双脚,将对方拖了进来。黑衣打手反抗,胖子死死勒住对方的脖子,瘦猴用一个棒槌样的东西拼命砸对方脑袋,直到对方一动不动。
　　△黑衣打手甲带着数名印钞工人,迂回绕到了林秋雁、小丸子、唐二十三他们身后,冲林秋雁等人开枪射击。周天昊、林秋雁、小丸子、唐二十三等人在藤原纪子、黑衣打手甲等的两面夹击下,激烈枪战——时不时有日方人员受伤或死去。

藤原纪子:(厉声)给我狠狠地打!
　　△林秋雁恰好背对藤原纪子,藤原纪子瞄准林秋雁开枪。生死一线间,周天昊一边射击一边飞身扑救,两人相拥着就地打了个滚儿。
　　△周天昊、林秋雁、小丸子、唐二十三汇合一处,胖子和瘦猴也不知什么时候悄悄地摸了过来。

周天昊:(冲林秋雁,大声地)查到了吗?
林秋雁:(大声地)查到了……他们把印钞厂建在地下,就在纺织厂的下边。
周天昊:(大声地)我们得炸掉它!
林秋雁:(大声地)入口在那边……跟我来。
周天昊:(冲小丸子、唐二十三等大喊)走!……朝那边冲!
　　△周天昊、林秋雁等一行,一边射击一边朝纺织车间的方向移动。

8-18. 街道　　日　外
　　△青木一郎带着数十名黑衣打手,开着一辆黑色轿车、两辆摩托车,急速朝大和纺织厂的方向驶去。

8-19. 大和纺织厂·院子　　日　外
　　△周天昊、林秋雁一行,一边与藤原纪子等对射,一边朝纺织车间冲去。

林秋雁：（大声地）敌人的火力太猛了！
　　　△周天昊打开装武器的包袱，扔给小丸子、唐二十三各一把手枪。
周天昊：（大声地）拿着，用这个。
小丸子：（挠挠后脑勺）啊呀，真是的……这破玩意儿，我小丸子认识它，它不认识我小丸子。
唐二十三：（嗲声嗲气，讥笑）哼，真笨！……枪这玩意儿，我唐二十三呀，打一出娘胎就会使。
小丸子：（撇撇嘴，不屑地）吹牛！
唐二十三：（嗲声嗲气）哟，小丸子，你要不服气，也吹一个牛试试？
　　　△胖子和瘦猴两个人，缩在小丸子身后，一个劲儿打着哆嗦。
瘦　猴：死、死、死胖子，你、你、你哆嗦个啥？
胖　子：俺、俺、俺……俺没哆嗦。
瘦　猴：你、你、你……你就哆嗦了。
胖　子：俺、俺、俺……俺没哆嗦。
小丸子：（恼火地）啊呀，真是的……你们两个家伙，给我闭嘴！
　　　△唐二十三举枪射击，小丸子也学唐二十三的样子扣动扳机，但撞针空响，却没有子弹射出。
小丸子：（嘀咕）啊呀，真是的……什么破玩意儿，还没有我小丸子的弹弓好使。
　　　△小丸子扔掉枪，摸出弹弓，瞄准敌方射出弹丸，不时有日方人员被弹丸打中。
　　　△林秋雁、周天昊、小丸子、唐二十三、胖子、瘦猴，一边射击，一边冲进了纺织车间。
　　　△稍后处，藤原纪子率领一众人等，随即追了上去。

8-20. 大和纺织厂·纺织车间　　日　内
　　　△林秋雁、周天昊、小丸子、唐二十三、胖子、瘦猴一边射击一边朝里边退去。
　　　△稍后处，藤原纪子率领黑衣打手甲等一众随从，紧追在后。不时有日方人员受伤栽倒。
黑衣打手甲：（疑惑地）纪子小姐，他们为什么不朝外跑？
藤原纪子：（冷笑）哼，他们是冲着印钞厂来的。
黑衣打手甲：（大吃一惊）啊？！
藤原纪子：必须拦住他们，不能让他们得逞……给我狠狠地打！

·灰 雁·

　　△藤原纪子一方的枪声骤然加强。
　　△纺织车间后门处，周天昊、林秋雁、唐二十三等朝藤原纪子一方开枪射击，小丸子用弹弓，胖子和瘦猴缩在最后边，时不时笨拙地开一枪。
周天昊：（冲林秋雁，大声地）我和唐二十三拦住他们，你和小丸子去炸印钞厂。
林秋雁：好。（背上装武器的包袱，冲小丸子）我们走。
　　△林秋雁和小丸子迅速转身朝里边冲去，胖子和瘦猴屁颠屁颠地跟在后边。

8-21. 大和纺织厂·走廊　　日　内
　　△林秋雁、小丸子、胖子、瘦猴四人向前走着，沿途不时埋伏有印钞工人，但未待对方开枪，林秋雁手中的冲锋枪已经吐出火舌，将他们一一射翻。

8-22. 大和纺织厂·走廊　　日　内
　　△林秋雁、小丸子、胖子、瘦猴四人继续向前走着，埋伏的印钞工人等，一一被林秋雁手中的冲锋枪射翻。
　　△暗门处，林秋雁用冲锋枪对准暗门，一通激烈的射击，然后一脚踹开了暗门。
　　△暗门内，两名印钞工人执着枪闪身出来，正要开枪，林秋雁已经率先射出子弹。两名印钞工人中弹，顺着台阶栽了下去。

8-23. 大和纺织厂·纺织车间　　日　内
　　△周天昊、唐二十三与藤原纪子等人激烈对射。中途，周天昊换了一次弹匣，继续射击。

8-24. 地下印钞厂　　日　内
　　△林秋雁、小丸子、胖子、瘦等顺着台阶走下来，林秋雁一边下台阶一边扫射，剩余不多的数名印钞工人被一一打翻。
　　△林秋雁将包袱扔在一处工作台上，取出定时爆破装置等物，迅速安装在印刷机等重要设备上边。小丸子则带着胖子和瘦猴二人，在成品、半成品假钞上边撒上了大量硫黄等易燃物品。
　　△特写镜头：定时炸弹开启，显示屏上，五分钟倒计时开始计时。
林秋雁：（冲小丸子）走。

　　　　△林秋雁、小丸子、胖子、瘦猴迅速离开。

8-25. 大和纺织厂·纺织车间　　日　内
　　　　△周天昊、唐二十三依旧与藤原纪子等人激烈对射着。
藤原纪子：（厉声）一群蠢货，给我冲上去打！
　　　　△林秋雁、小丸子、胖子、瘦猴四人返回，随即加入战团。
周天昊：（大声地）好了吗？
林秋雁：（大声地）好了……我们必须在四分钟内撤离。
周天昊：（大声地）干得漂亮！
周天昊：（再次换了一个弹匣，打出几枪）我们撤。
　　　　△周天昊、林秋雁、小丸子、唐二十三、胖子、瘦猴，一边射击一边朝外边冲去。

8-26. 大和纺织厂·大门口　　日　外
　　　　△青木一郎率领的车队，飞速驶至，咔的一声停住。
　　　　△青木一郎以及一众黑衣打手等跳下车。
某守卫：（喊）快，打开大门。
　　　　△大门咯吱、咯吱打开。
　　　　△青木一郎率领一众黑衣打手等，冲进大门。

8-27. 大和纺织厂·院子　　日　外
　　　　△周天昊、林秋雁、小丸子等人冲破藤原纪子等人的火力，冲到了院子里。
　　　　△这时，青木一郎率领着黑衣打手冲了进来，朝周天昊他们猛烈射击。
周天昊：（跑向消防卡车）快，上车。
　　　　△周天昊跳上驾驶座，发动消防卡车。
　　　　△林秋雁断后，小丸子、唐二十三等迅速跑向消防卡车。
　　　　△稍远处，藤原纪子和青木一郎的人马汇合一处。
青木一郎：纪子小姐，你没事吧？
藤原纪子：没事儿……拦住他们，不要让他们跑了！
青木一郎：放心吧纪子小姐，他们跑不掉……（冲黑衣打手等）给我围起来！
　　　　△一众黑衣打手等迅速分散，成半包围式冲周天昊他们开枪。
　　　　△另一处，瘦猴正在抱头鼠窜，半拉着火的厂房瞬间坍塌，一大团火焰

·灰雁·

　　　　　落在瘦猴身上，瘦猴顿时变成了一个火球。
瘦　　猴：（惨叫）老大……
　　　　　△唐二十三已经上了车，正要上车的林秋雁和小丸子，听见瘦猴的惨叫声，立马回过头来。
小丸子：（撕心裂肺）瘦猴……
瘦　　猴：（惨叫）老大……
小丸子：（撕心裂肺）瘦猴……
　　　　　△小丸子拧转身子，迈开大步朝已经变成火球的瘦猴冲去。
林秋雁：（大喊）回来，小丸子！
　　　　　△小丸子不管不顾地冲向瘦猴，怀中的狼牙项链不小心掉落出来。
　　　　　△林秋雁的主观视角：狼牙项链以慢镜头下落，跌落在地上。
　　　　　△林秋雁顿时愣住，怔在原地。
　　　　　△车内，周天昊一边驾驶着消防卡车冲向大门口，一边朝林秋雁大喊——
周天昊：（大声地）快，上车……我们没时间了。
　　　　　△就在这时，只听轰隆、轰隆，数声巨大的爆炸声接连响起。
　　　　　几乎同一时间：
　　　　　——周天昊驾驶着消防卡车，撞碎大门，冲出了大和纺织厂。
　　　　　——巨大的爆炸气浪，将小丸子、林秋雁以及藤原纪子、青木一郎等人，均掀翻出去。

8-28. 上海公共租界巡捕房·马文涛办公室　　　日　内
　　　　　△马文涛嘴里叼着硕大的烟斗，手中拿着一张照片端详着。
　　　　　△警察甲急匆匆地走进来，附在马文涛耳边嘀咕了几句什么。
马文涛：（放下照片，神色一凝）哦？……情报可靠吗？
警察甲：刚刚传回来的消息，绝对错不了。
马文涛：（点点头，慢条斯理地）嗯，很好，来得正是时候！……（冲警察甲）马上集合队伍，去大和纺织厂。
警察甲：是，探长。
　　　　　△警察甲转身走出，马文涛注目桌子上的照片。
　　　　　△特写镜头：照片上，是一个男人的模糊背影，该男人体型宽大，头上戴着绅士帽，手中拎着一只金黄色的密码箱。
　　　　　△马文涛微微颔首，嘴角露出一丝不易察觉的微笑。

8-29. 大和纺织厂·院子　　日　外

△整个院子一片狼藉。林秋雁挣扎着，从一堆杂物中抬起身子，忽然，一支黑洞洞的枪口顶在了她的脑门上——是藤原纪子。

△几乎在同一时间，稍远处，青木一郎的枪也顶住了小丸子的脑袋。

8-30. 大和纺织厂·大门口　　日　外

△藤原纪子、青木一郎以及剩余的黑衣打手等一行，押着林秋雁、小丸子两人走出大门。

△忽然，一辆黑色轿车、数辆摩托车飞速驶至，停住——是马文涛，带着大批的巡捕房警察赶到了。

青木一郎：（意外地）马探长？

马文涛：青木先生，听说你们这儿发生了枪战？……这不，我带着巡捕房的人，前来援助你们。

青木一郎：多谢马探长！只不过是闯进来几个小毛贼，我们自己应付得了。

马文涛：哦？

△马文涛看向被反绑着的林秋雁、小丸子两人，上上下下打量一番。

马文涛：（故作惊讶地）哟，原来是你们两个？哈哈，真是"踏破铁鞋无觅处，得来全不费工夫"——这不是上次从我手中逃走的那名通缉犯和她的同伴吗？

马文涛：（转对青木一郎）青木先生，这两个人都是巡捕房的重要通缉犯，我得带她们回去，录个口供。

藤原纪子：（忽然发话、冷冷地）你不能带她们走！

马文涛：（意外地）哦？

△马文涛上下打量藤原纪子。

马文涛：这位是？

青木一郎：这位是纪子小姐，是我们龟田先生的好朋友，刚刚从日本来到上海。

马文涛：哦，原来是纪子小姐，（抱拳）幸会，幸会！……这龟田先生的好朋友，也太多了些吧？上次死的那四位名媛，不也说是龟田先生的好朋友吗？

青木一郎：……

马文涛：追捕这两名通缉犯，虽然是受了龟田先生的委托，但我们巡捕房有巡捕房的办案规矩，该走的程序还是得走一下，这么大的案子，怎么着也得给上头和广大市民一个交代吧？……放心，最后我一定把人交给你们。

·灰 雁·

　　　　　但现在，我得带她们回巡捕房……（回头，吩咐警察甲等）把她们押走。
警察甲：是，探长。
　　　　△警察甲带着两名警察，朝林秋雁、小丸子两个人走去。
藤原纪子：（冷冷地）不行，谁也不能带走她们！
　　　　△警察甲以及两名警察倏地止步。
马文涛：（脸上神色慢慢冷了下去）怎么，纪子小姐，你这是要跟马某作对吗？
藤原纪子：（冷哼一声）她们刚刚炸毁了我们的工厂，还打死了我们十来名弟兄……我得把她们带回去，交给龟田先生处理。
马文涛：是吗？既然发生了爆炸案和人命案，巡捕房就更得插手了。至于龟田先生那里，我自会向他解释……（冲警察甲等人一挥手）带人！
　　　　△警察甲以及两名警察再次抬步，朝林秋雁和小丸子走去。
藤原纪子：（厉声）谁敢？
　　　　△藤原纪子忽然拔出枪，她身后的黑衣打手等也拔出枪，枪口对准巡捕房的警察；而马文涛身后的警察，也迅速拔出枪来，枪口对准藤原纪子等人。双方对峙，一时剑拔弩张。
　　　　△稍倾——
马文涛：哟嗬，看来，纪子小姐不是想跟马某人作对，而是打算跟整个巡捕房作对啊？……（走近青木一郎）上次，那四位名媛怎么死的，别人不清楚，恐怕青木先生心里一清二楚。（压低声音）怎么，要不要我重新写个案情提要，报到上头去？
　　　　△青木一郎脸上的神情急遽变化着，青红不定。
　　　　△稍倾，青木一郎附在藤原纪子耳边，嘀咕了几句什么。藤原纪子脸上的神色变了变，盯了马文涛几眼。
　　　　△藤原纪子死死地盯着马文涛，马文涛则悠然自得地抽着自己的烟斗，不时吐一个烟圈儿。
　　　　△稍倾，藤原纪子一挥手，身后的黑衣打手等收回枪，退向一旁。
藤原纪子：把人给他们。
　　　　△警察甲和两名警察冲上去，将林秋雁、小丸子押解过来，推上一辆摩托车。
马文涛：纪子小姐，回头见！……（转对手下的警察）我们走，回巡捕房。
　　　　△马文涛上车，带着手下的警察，押解着林秋雁和小丸子两个人，扬长而去。

168

8-31. 上海公共租界巡捕房·牢房　　日　内

　　　△两名警察将林秋雁和小丸子扔进铁栅栏牢房，然后咣当一声，锁上铁门，转身离去。

牢房内：

△小丸子揉着被摔疼的屁股，哎哟、哎哟地呻吟着。
△林秋雁忽然上前，一把抓起小丸子，将她抵在墙壁上。
△林秋雁一手抵着小丸子，一手举着小丸子掉落的那枚狼牙项链。

林秋雁：（厉声）说，你这枚狼牙项链哪来的？
小丸子：（莫名其妙）喂，姓林的，你干什么？……你发什么神经啊？
林秋雁：（厉声）说，你这枚狼牙项链哪来的？
小丸子：喂，我凭什么告诉你啊？……那是我的东西，还给我！
林秋雁：（手上用力，厉声）你说不说？
小丸子：好好好，我说，我说，我说还不行吗？……你先放开我，放开。
　　　△林秋雁一松手，放开小丸子。
小丸子：（恨恨地）我捡的，满意了吧？
林秋雁：（急切地）在什么地方捡的？
小丸子：喂，姓林的，你干吗那么好奇？……不就一个破项链吗？关你屁事儿！
林秋雁：（冷冷地）当然关我的事儿。
小丸子：（疑惑不解）嗯？
林秋雁：（一字一顿）因为，它是属于我妹妹的！
　　　△林秋雁摸出自己怀中的狼牙项链，两枚狼牙项链完全一模一样。
小丸子：啊？！
　　　△小丸子忽然吃惊地张大嘴巴，老半天没有合拢。

8-32. 大和洋行·内室　　日　内

　　　△哗啦，龟田次郎近乎癫狂地将桌上的一应物品扫到了地上。
　　　△藤原纪子和青木一郎肃立一旁，大气都不敢出。

龟田次郎：（歇斯底里）我辛辛苦苦建立的地下印钞厂，就这样被炸啦？……"蝎美人计划"一旦流产，我龟田次郎，还有何面目去觐见我天皇陛下，啊？
　　　△龟田次郎近乎癫狂地再次将桌上的其他物品，也哗啦啦地扫到了地上。
龟田次郎：（气急败坏地走来走去）还有这个马文涛，不就是巡捕房一个小小的副探长吗？……他收了我的金条，却一再帮助外人，到底是何居心，啊？

8-33. 上海公共租界巡捕房·牢房　　日　内

小丸子：（明显一愣）你妹妹？

林秋雁：是，我妹妹。

小丸子：（嘀咕）啊呀，真是的，你妹妹？我怎么听着这么乱呀……喂喂喂，姓林的，你有没有搞错？

林秋雁：（冷冷地）错不了。这枚狼牙项链，是我妹妹的贴身佩戴之物，我们三姐妹每人戴有一枚，合起来，刚好是一副完整的狼牙。

小丸子：喂，等等等等，等等，等等……你是说，你们是三姐妹？

林秋雁：对。大姐在法国留学，小妹在她六岁那年，跟我们一家走散了。

小丸子：（眼珠子骨碌碌乱转，嘀咕）啊呀，真是的……原来是这样啊。

林秋雁：告诉我，你在哪儿捡到的这枚项链？

小丸子：（挠挠后脑勺）哎呀，我想想啊，我想想……这都十来年过去了，我得好好想一想……我想想……我是在哪儿捡的呢……我到底是在哪儿捡的呢……

小丸子：（猛一拍脑袋）啊呀，我想起来了，想起来了。

林秋雁：（眼睛一亮，急切地）在哪儿？

小丸子：（沉思地）好像是在……是在……对，是在一个垃圾堆上。

林秋雁：垃圾堆？

小丸子：对，垃圾堆。好像是……嗯，是一个小姑娘来着……没错儿，是一个小姑娘。我当时在垃圾堆里扒拉吃的，刚好看到了那位小姑娘……嗯，年龄应该差不多，就是七八岁的样子……

林秋雁：（情急地一把抓住小丸子的胳膊）快告诉我，是什么样的小姑娘？她现在在哪里？

小丸子：喂，吼什么吼啊，你抓痛我啦！

林秋雁：（松开小丸子的胳膊）对不起。

林秋雁：哼，说声"对不起"顶个屁用啊……告诉你，这都是十来年前的陈年旧事啦，那个小姑娘，早死啦。

林秋雁：（情急地）你说什么？她死啦？

小丸子：对，死啦，死在垃圾堆里——这枚项链，就是从她的尸体上扒拉下来的。

△林秋雁脸上的神情急遽变化着，震惊和悲恸兼而有之。

林秋雁：（语无伦次地）不，不会的，你骗人，你骗人……我妹妹不会死，我妹妹她不会死！你一定记错了……（一把抓住小丸子，用力摇晃着）告诉

　　　　　　我，你一定是记错了，她没有死！……她一定没有死！
小丸子：喂，姓林的，你醒醒吧，你妹妹她早死啦。
林秋雁：（松开小丸子，神情呆滞地）死啦……死啦……她死啦……

8-34. 上海公共租界巡捕房·牢房　　夜　内

　　　　△小丸子背靠墙角坐着，嘴里叼着一根草棍儿，若有所思地望着不远处的林秋雁。
小丸子：（OS）啊呀，真是的，我还以为自己是个没爹没娘的野孩子，闹了半天，不但有爹有娘，上边还有两个姐姐，这个扫把星，竟然是我的亲二姐？……啊呀，我到底要不要跟她相认呢？……啊，不行不行，不能跟她相认。他们当年抛弃了我，让我一个人孤苦伶仃这么多年，吃尽了苦头，坚决不能跟她相认……
　　　　△林秋雁坐在另一处墙角，神情呆滞，两眼空洞而无神地望着地上。

8-35.（闪回）上海·闸北火车站　　日　内

　　　　△火车即将开动，熙熙攘攘的逃难人群争抢着上火车。
　　　　△林其轩牵着十一岁的林秋月和八岁的林秋雁往车厢里边挤。
　　　　△林秋雁回头，眼巴巴地看着被人群冲散，还留在站台上的小妹林秋芸；林母在林秋雁身旁，哭喊着，但被人群裹住了，无法冲下车。
林　母：（嘶喊）芸儿，芸儿，我的孩子！
　　　　△林秋雁的主观视角：只有六岁的小妹林秋芸，举着小手，惊慌失措地朝他们哭喊着。
林秋芸：娘，娘……
　　　　△火车缓缓开动。
　　　　△林秋雁的主观视角：林秋芸幼小的身影瞬间被人流淹没。

8-36. 上海公共租界巡捕房·牢房　　夜　内

林秋雁：（OS）爹、娘，女儿对不住你们！……女儿无法完成你们的遗愿，小妹她……她……早已经……不在人世了……
　　　　△大颗大颗的泪滴，顺着林秋雁的脸颊，滚落下来。
　　　　△另一处墙角，小丸子的嘴里叼着一根草棍儿，远远地望着满脸悲伤的林秋雁，神情有些异样。

·灰 雁·

8-37.　上海公共租界巡捕房·牢房　　晨　内
　　△一束灿烂的晨光透窗而入。
　　△林秋雁背身而立，一动不动地站在牢房的铁栅栏前。
　　△特写镜头：林秋雁棱角分明的脸部——她已经恢复了往日的冷峻神情。
　　△刚睡醒的小丸子揉了揉惺忪的眼睛，站起来，伸了伸懒腰。

小丸子：喂，姓林的，你没事吧？
林秋雁：（冷冷地）能有什么事儿？
小丸子：（凑上去，拿手在林秋雁眼前晃了晃）真的没事儿？
　　△林秋雁冷冷地瞥小丸子一眼，转身走开。

8-38.　上海公共租界巡捕房·马文涛办公室　　日　内
　　△马文涛举着硕大的烟斗，漫不经心地看了一眼面前的周天昊。

马文涛：军统？……周先生，我想，你大概是走错了地方。你们军统跟马某的巡捕房，可是八竿子也打不着。
周天昊：是打不着。但我们的人，昨天刚被马探长抓了来，现在就关在你们巡捕房的大牢里。
马文涛：哦，你是说，那个女通缉犯和她的帮凶？她们可都是重大凶杀案的主要嫌疑犯，是杀人凶手……
周天昊：（打断马文涛）她们不是杀人凶手。死的那几个，也是我们军统的人。之所以成了通缉犯，不过是日本人在背后捣鬼，而你们巡捕房，一直充当着帮凶的角色——这一点，马探长心里比谁都清楚。
马文涛：周先生，你这话说错了。案子还在调查阶段，尚未开审——马某可是什么都不清楚。
周天昊：（冷笑）马探长，我知道，在上海滩，你是可以一手遮天的人物。不过，我们军统是干什么的，想必马探长你也知道一点儿。虽然日本人暂时占领着上海，但他们迟早会被赶出中国的。到那时候，凡是跟日本人沆瀣一气、给日本人干事的，恐怕日子都不好过……马探长难道就没有想过，给自己留一条后路？
　　△马文涛盯着周天昊，周天昊也盯着马文涛，两人用目光对峙着。

8-39.　上海公共租界巡捕房·牢房　　日　内
　　△林秋雁和小丸子各在一头，背靠墙坐着。林秋雁神情冷峻，小丸子百无聊赖地叼着一根草棍儿。

△警察甲带着两名警察走过来,咣当一声,打开牢房门。
警察甲:你们两个,出来。
△林秋雁和小丸子走出牢房。
小丸子:(讪笑)嘿嘿,长官,这是……要带我们去哪儿呀?
警察甲:(推搡了小丸子一把)怎么那么多废话?快走。
△警察甲一行押着林秋雁、小丸子两个人,朝外边走去。

8-40. 上海公共租界巡捕房·马文涛办公室　　日　内
　　△林秋雁和小丸子两个人,被推搡进马文涛的办公室。
马文涛:想让我放人,可以——但你们,必须答应我一个条件。
周天昊:什么条件?
马文涛:很简单,帮我去拿一样东西。
周天昊:哦?
马文涛:有人拿了我需要的东西,我需要你们去帮我拿回来。
林秋雁:(冷冷地)你想让我们去偷东西?
马文涛:对,聪明。我喜欢跟聪明的人打交道,不需要我重复第二遍。只要你们答应帮我做成这件事儿,马上就可以离开这里,之前所有的案底,都一笔勾销。(顿了顿)另外,我还可以付你们一大笔报酬——那可是你们这辈子做梦都赚不到的钱。
　　△周天昊和林秋雁两个人,有些狐疑地相互对视一眼。
小丸子:(眼睛一亮,谄媚地)啊,真的?好哇好哇,不瞒马探长您说,这偷东西啊,嘿嘿,可是我小丸子的拿手好戏!不信,你去打听打听,整个上海滩……
　　△林秋雁狠狠地一瞪小丸子,小丸子有些不甘心地闭上了嘴巴。
周天昊:如果,我们不答应呢?
马文涛:不答应也行。一个杀人,一个蓄意纵火外加爆炸,随便哪个罪名,都足可以让她们两个人掉脑袋……不光她们两个,恐怕周先生你,也得在马某的大牢里边,待上一辈子。(凑近周天昊)更何况,还有在一旁虎视眈眈的日本人,他们可是恨你们恨得牙根都痒痒!
周天昊:你要挟我们?
马文涛:对,我就是在要挟你们。(举着烟斗走来走去)你们必须明白一点,你们没有跟我讨价还价的资本——我不管你们是什么来路,军统也罢,混混也罢,只要是在我马文涛的地盘上,就得按照我马文涛的规矩来。

·灰 雁·

周天昊：……
马文涛：（回头，冲警察甲）把人带上来。
　　　　△两名警察押着一个浑身血污的人走进来，是胖子。
小丸子：（吃惊地）胖子？
胖　子：老、老大，救、救俺！
小丸子：（一时大急）喂，你们放开他！放开他！……姓马的，你要干什么？
马文涛：我想要干什么，你们应该很清楚。（转对手下警察）带下去。
　　　　△马文涛挥挥手，两名警察押着胖子往外走。
胖　子：（挣扎着）老大，救、救俺……救俺……
小丸子：（急切地）喂，你们放开他，放开他……胖子！……胖子！
　　　　△小丸子欲扑向胖子，两名警察冲上来，反扭住小丸子的胳膊。
小丸子：（挣扎着大喊）胖子……

第九集

9-1. 上海公共租界巡捕房·大门口　　日　外

　　△一辆黑色轿车、两辆摩托车急速驶至，停住。
　　△藤原纪子、青木一郎，以及数名黑衣打手先后下车，以藤原纪子为首，迈开大步朝大门内走去。

9-2. 上海公共租界巡捕房·走廊　　日　内

　　△一名警察在前引路，藤原纪子、青木一郎等一行，朝牢房方向大步走去。

9-3. 上海公共租界巡捕房·牢房　　日　内

　　△藤原纪子、青木一郎等一行，在警察的带领下，来到关押林秋雁、小丸子两人的囚室门口。
　　△藤原纪子和青木一郎扫视一眼，顿时愣住：只见囚室门洞大开，门锁掉在地上，马文涛正蹲在地上，仔细查看着一堆被割断的绳索——却哪里有林秋雁和小丸子两人的踪影？

藤原纪子：马探长，这是怎么回事？
马文涛：（站起身来，冲藤原纪子无可奈何地摊摊双手）对不起，纪子小姐，你们来迟了一步——这两个狗杂碎，不但想法子逃走了，还打伤了我两个弟兄。

　　△藤原纪子和青木一郎顺着马文涛的目光看向旁边：只见两名警察，都是一副鼻青脸肿的样子，其中一名警察腮帮上贴着膏药，另一名警察胳膊上缠着绷带。
　　△藤原纪子和青木一郎两人对视一眼，一时说不出话来。

9-4. 临街小楼·二楼小厅　　夜　内

　　△周天昊、林秋雁、小丸子、唐二十三走进二楼小厅。
小丸子：啊呀，真是的，脏死了脏死了，我小丸子长这么大，还是头一回进牢房，

　　　　　晦气！晦气！……（坐到桌前，冲林秋雁）喂，姓林的，为了帮你们，我的两个弟兄，一个死了，一个关了，就连我自己，也陪你蹲了一回大狱……

林秋雁：（冷冷地）你什么意思？

小丸子：哼，没什么意思，咱们之间这个账嘛，得重新算算。

　　　　△啪，几叠崭新的钞票扔到了小丸子面前。

周天昊：这些，够了吗？

小丸子：（眉开眼笑）啊哈，够了，够了……（将钞票一揽子揣进怀里，冲周天昊竖起大拇指）嘿嘿，姓周的，还是你够意思，我小丸子，可就不客气了。

小丸子：（站起来，伸伸懒腰）啊，你们待着吧，我要去洗澡了……舒舒服服地泡个热水澡，再睡他个日上三竿，嗯，真是赛过活神仙的日子！

　　　　△小丸子转身朝里走，唐二十三凑上去。

唐二十三：（嗲声嗲气）哟，小丸子，我跟你一起洗吧。

小丸子：（恼火地瞪唐二十三一眼）洗你个头啊……哼，你也不自个儿撒泡尿照照。

唐二十三：（莫名其妙，嗲声嗲气）嗯？我怎么啦？

小丸子：（讥讽）怎么啦？就你那不男不女的德行，从头到脚都散发着一股臭味儿，还想跟我一起洗澡？……哼，臭男人！

唐二十三：（嗲声嗲气）哟，小丸子，你怎么说话呢你？你不也是臭男人吗？

　　　　△唐二十三撩起衣襟，仔细地嗅嗅。

唐二十三：（疑惑地，嗲声嗲气）嗯，不臭啊……我洒了香水的呀，很贵的那种。

　　　　△小丸子冷哼一声，不再搭理唐二十三，径直走进里边。

9-5. 临街小楼·浴室　　夜　内

　　　　△小丸子泡在浴缸里，赤裸着曼妙的女儿身，漫不经心地往身上撩着水。

9-6. 临街小楼·林秋雁卧室　　夜　内

　　　　△林秋雁呆呆地抱膝坐在床头，手里拿着一张全家福照片。

　　　　△照片特写：林其轩夫妇和林秋月、林秋雁、林秋芸三姐妹的合影；相框陈旧，照片纸张发黄。

　　　　△林秋雁轻轻地抚摸着照片上小妹林秋芸的脸庞，耳边响起小丸子在大牢里边说的话——

小丸子：（画外音）……喂，告诉你，这都是十来年前的陈年旧事啦，那个小姑娘，她早都死啦。
小丸子：（画外音）……怎么死的？哼，兴许是饿死的，也有可能是冻死的，还有可能是被街头的乱枪打死的……反正，这年头兵荒马乱的，什么可能性都有。
△"死啦、死啦"的声音，以回音的方式在林秋雁耳边不住地回响着。
△大颗大颗的泪滴，顺着林秋雁的脸颊，滚落下来。

9-7. 临街小楼·走廊　　夜　内
　　△唐二十三走到浴室门口，敲了敲门。
唐二十三：（嗲声嗲气）小丸子！小丸子！
　　△不见小丸子答应，唐二十三疑惑地抬头瞧了瞧，推开门进去。

9-8. 临街小楼·浴室　　夜　内
　　△唐二十三进屋，疑惑地左右瞧了瞧。
　　△隔帘后边传来哗哗的撩水声，唐二十三"嗯"了一声，有些迟疑地走向隔帘。
　　△隔帘后边，小丸子赤裸着曼妙的女儿身，泡在浴缸里，漫不经心地往身上撩着水花，满脸陶醉的神情，对唐二十三渐近的脚步声浑然不觉。
　　△唐二十三一伸手，拉开隔帘。
唐二十三：（嗲声嗲气）小丸子！
　　△但紧接着，唐二十三就"啊"地惊呼一声，愣怔在原地。
唐二十三：（吃惊地，嗲声嗲气，有些结巴）哟，小丸子，你、你、你……你是女的？
小丸子：（同时吃了一惊，又羞又恼）唐二十三！
　　△唐二十三反应过来，当即惊慌失措地转过身，紧紧捂住双眼。
　　△小丸子身体飞旋，迅速披上浴袍，顺手抓过一把匕首，将唐二十三抵靠在墙壁上，匕首顶在他的咽喉部位。
小丸子：（恼火地，咬牙）娘娘腔，谁让你闯进来的？
　　△唐二十三作投降状，紧闭双目，丝毫不敢睁开眼睛。
唐二十三：（嗲声嗲气，有些结巴）哟，我、我、我……我不知道你是女的！我、我、我……我什么也没看见……什么也没看见……
小丸子：（咬牙切齿地）姓唐的，你要是敢告诉别人，我就杀了你！

唐二十三：（嗲声嗲气，一迭声）好好好，我不告诉别人，我不告诉别人。

小丸子：说，你什么都没看见。

唐二十三：（重复小丸子的话）我什么都没看见。

小丸子：滚！

唐二十三：（嗲声嗲气）好好好，我滚，我滚。

△唐二十三有些狼狈地逃出门去。

9-9. 临街小楼·走廊　　夜　内

△唐二十三从浴室内慌里慌张地跑出来。

△稍远处，周天昊经过走廊，刚好看到唐二十三慌里慌张跑出来的背影，脸上不由得掠过一丝疑惑的神色。

9-10. 帝国饭店·门口　　日　外

△巍峨高耸的帝国饭店，霓虹灯闪烁着，"帝国饭店"四个大字，显得格外醒目。

△帝国饭店对面，一辆七座式别克轿车，静静地停靠在一处不太显眼的树荫背后。

△镜头跳转至车内——

9-11. 别克车内　　日　内

△周天昊、林秋雁、小丸子、唐二十三四个人，坐在车中，观察着对面的帝国饭店。

△由于知道了小丸子的女儿身份，唐二十三对待小丸子的态度多少有些异样，始终不敢正眼瞧小丸子；小丸子则趁着周天昊和林秋雁不注意，时不时狠狠地瞪唐二十三一眼。

△周天昊端详着手中的一张照片——正是马文涛办公桌上的那张。

△特写镜头：照片上，是一个男人的模糊背影，该男人体型宽大，头上戴着绅士帽，手中拎着一只金黄色的密码箱。

△周天昊的主观视角：照片上的宽大男人背影，忽然慢慢地变大、变得清晰起来，并且开始向前走动……

9-12. 帝国饭店·楼梯　　日　内

△一个体型宽大的男人，戴着绅士帽，一只手拄拐杖，一只手拎着一只

金黄色的密码箱，背对镜头，在数十名保镖的簇拥下，顺着楼梯往上走。

9-13. 帝国饭店·楼梯（稍高一层）　　日　内
△戴绅士帽、拄拐杖、拎着金黄色密码箱的男子，始终背对镜头，在一众保镖的簇拥下，顺着楼梯拐弯，继续往上走。

9-14. 帝国饭店·走廊　　日　内
△戴绅士帽、拄拐杖、拎着金黄色密码箱的男子，依旧背对镜头，在一众保镖的簇拥下，向前走去。
△该男子以及一众保镖等人，走到一处豪华套房门口，停住（该男子依旧背对镜头）。
△特写镜头：门牌号，1688号。
△一名保镖上前，打开房门，该男子背对镜头，在四名保镖的陪护下走进房门。

9-15. 帝国饭店·1688房　　日　内
△身形宽大男子等一行走进室内，顺势关上房门，咔嗒一声，反锁上了。
△两名保镖守在房门旁，另两名保镖守在落地玻璃窗口，随着衣襟的摆动，露出保镖腰上别着的手枪。
△身形宽大男子依旧背对镜头，取下墙上的一幅油画，打开藏在后边的一个保险柜，将金黄色的密码箱搁进去，锁上，然后重新挂上油画。

9-16. 帝国饭店·走廊　　日　内
△留在门外的其他七八名保镖，各自分散站立，将整个楼层严密看守了起来——他们的腰部都鼓鼓囊囊的，明显带着武器。

9-17. 别克车内　　日　内
△帝国饭店的构造图在林秋雁、周天昊、小丸子、唐二十三的面前摊开。

林秋雁：（指着构造图某处）他们在这一层，房间是1688号，这个。（手指移动着）这是楼梯，这儿是垃圾通道，这儿是通风孔……（手指继续移动）这儿，是储物间，旁边是楼层服务员的休息室。（手指继续移动）还有，这里，是整个饭店的供水主管道……他们只登记了半天时间。

周天昊：（看表）我们时间不多了，按预定方案，大家分头行动吧……能不动家

·灰 雁·

伙，就尽量不要动家伙。

△周天昊亮出一个警官证，上面印着"马文涛、上海公共租界巡捕房副总探长"等字样。

周天昊：必要的时候，我们还有这个。

小丸子：啊，姓周的，你什么时候顺的？……你这只手，竟然比我小丸子的还滑溜儿。

周天昊：没什么，不过是小儿科的把戏……趁着马文涛不知道，他这副总探长的身份，我先借用一下。走吧。

小丸子：（转身欲下车，见唐二十三还在举着镜子画眉毛）喂，娘娘腔，该走了，你还磨蹭什么？

唐二十三：（嗲声嗲气）哟，小丸子，你着什么急呀？

小丸子：我当然着急，胖子还在巡捕房关着呢。

唐二十三：（嗲声嗲气）哟，关就关着呗。他是你的兄弟，又不是我的兄弟——关不关的，跟我有什么关系？

小丸子：（咬牙切齿）娘娘腔，你信不信，迟早有一天，我会把你的脑袋扭下来，当皮球踢？

唐二十三：（嗲声嗲气）哟，那得先看看你小丸子，有没有那个本事了。

小丸子：（恼火地）姓唐的，你……

林秋雁：（冷冷地打断小丸子和唐二十三）都别吵了！

△小丸子和唐二十三噤声。

林秋雁：（冷冷地）大家都在同一条船上，如果拿不到东西，谁也别想在马文涛那里讨了好去——你们最好团结一点儿。

周天昊：唐二十三，收起你的镜子，现在不登台唱戏，用不着画那么仔细——别忘了，我们之间可是有协议的。

唐二十三：（不大情愿地收起镜子）是，周长官。

△林秋雁、周天昊、小丸子、唐二十三四人先后下车。

9-18. 某高楼顶　　日　外

△小丸子举着弩弓，朝对面的帝国饭店楼顶射出飞索。

△飞索钉入帝国饭店楼顶的一堵墙壁上，钉头爆开，死死地卡在墙壁里边。

△小丸子悬吊在飞索上，飞快地向对面的帝国饭店楼顶滑去。

9-19. 帝国饭店·楼顶　　日　外

　　△小丸子顺着飞索快速地滑过来，落在帝国饭店的楼顶上。

9-20. 帝国饭店·背面某角落　　日　外

　　△唐二十三戴上尖利的铁指套，抠住砖缝，顺着墙角向上攀爬而去。

9-21. 帝国饭店·另一角落　　日　外

　　△林秋雁左右看了看，挪移开下水管道的井盖，纵身跳了进去。
　　△林秋雁伸出一只手来，轻轻合上井盖。

9-22. 帝国饭店·下水道　　日　内

　　△林秋雁在下水道内潜行。
　　△林秋雁走到下水道与通风孔的连接处，用铁扳手拧开螺丝，打开金属盖子，钻进通风孔内。

9-23. 帝国饭店·通风孔　　日　内

　　△林秋雁抓着通风孔内的钢铁架，一点一点地向上攀爬而去。

9-24. 帝国饭店·门口　　日　外

　　△周天昊昂着头，走到帝国饭店门口，朝两名保安亮了亮马文涛的警官证。
　　△两名保安躬身行礼，周天昊继续昂着头，朝里边走去。

9-25. 帝国饭店·背面　　日　外

　　△唐二十三戴着尖利的铁指套，抠住砖缝攀爬至中间某层。
　　△唐二十三纵身一跃，悬吊在某扇半开的窗户下边，晃来荡去。
　　△唐二十三一跃，翻上窗台，从半开的窗户中钻了进去。

9-26. 帝国饭店·楼顶　　日　外

　　△小丸子将一根飞索，一头卡在楼栏上，一头绑在腰间，试了试松紧，然后一纵身，如大鸟般凌空跃下。

·灰 雁·

9-27. **帝国饭店·1688房·落地窗外   日 外**

△小丸子身悬飞索，凌空倒悬如大鸟般落下，停在1688号房的落地窗户外边。

△小丸子的主观视角：身形宽大男子背对窗户，正坐在沙发上品茶；门口守着两名保镖，窗户旁守着两名保镖。

△对切：守在窗户旁的一名保镖，这时，朝小丸子悬吊的方向看过来。

△小丸子急忙一闪身，躲向窗户旁边的墙壁处。

9-28. **帝国饭店·某一层   日 内**

△唐二十三打开一个盖子，露出里边的供水管道。

△唐二十三伸手，拧松供水管道上的两三颗螺丝，供水管道开始往外滴答滴答地渗水。

△唐二十三合上盖子，拍拍手，转身离开。

9-29. **帝国饭店·某杂物间   日 内**

△唐二十三换上一套略显破烂的工人服装，又粘上两撇假胡子，瞬间变成了一个粗糙汉子。

△唐二十三挎上一个大包袱，里边装着维修水管用的锤子、铁钳、螺丝帽等物，然后闪身而出。

9-30. **帝国饭店·储物间   日 内**

△一名楼层女服务员背对窗户，正在收拾床单、被套等物，旁边搁着一辆手推车。

△在女服务员身后，一只手从窗户外边伸进来，慢慢拨开一扇窗户；紧接着，林秋雁从窗口处悄无声息地爬了进来。

△林秋雁蹑手蹑脚上前，一只手捂住女服务员的嘴巴，然后用胳膊扼住她的脖子，将对方扼晕过去。

△林秋雁将昏迷过去的女服务员拖进杂物堆里，用床单、被套等物遮挡住。

9-31. **帝国饭店·走廊拐角   日 内**

△储物间的房门打开，穿着女服务员服装的林秋雁，推着手推车走出。

9-32. 帝国饭店·1688 房·落地窗外　　日　外
　　　△小丸子悬吊在 1688 号房窗户外的隐蔽处，朝室内窥探——
　　　△小丸子的主观视角：背对镜头坐在沙发上的身形宽大男子、门口处的两名保镖、窗户旁的两名保镖，防守严密。

9-33. 帝国饭店·走廊　　日　内
　　　△七八名保镖分散站立，两名守在楼梯口，两名守在 1688 房门口，两名保镖守在走廊另一头，另有两名保镖，顺着走廊来回走动。
　　　△走廊中间的供水管道处，化妆成粗糙汉子模样的唐二十三，正在用一把大锤子，使劲儿砸着锈蚀严重的供水开关，动作略显怪异僵硬；他的脚下，有一圈水渍。
　　　△这时，在走廊的另一头，化装成服务员的林秋雁，推着手推车慢慢地走了过来。
　　　△几乎在同一时间，楼梯口，周天昊也顺着楼梯走了上来。
　　　△楼梯口的两名保镖一闪身，拦住周天昊。
保镖甲：站住。干什么的？
周天昊：（亮出马文涛的警官证）巡捕房的，例行检查。
保镖甲：（和另一保镖对视一眼，惊讶地）马探长？
　　　△周天昊欲抬步往里走，两名保镖再次拦住他。
保镖甲：对不起，马探长，这个楼层被我们老板包了下来，您不能进去。
周天昊：哦，我不能进去？真是笑话，还有我不能进去的地方？……我们巡捕房刚刚接到线报，有歹徒混进了这家酒店，以期行不法盗窃之事……你们拒绝检查，这万一要是出了什么事儿，你们，还有你们的老板，担待得起吗？
　　　△周天昊话音刚落，唰，所有保镖的眼睛，都朝正在维修水管的唐二十三看过去。
　　　△三四名保镖走向唐二十三，边走边摸手枪；唐二十三手中的动作不停，但额角已经沁出紧张的汗珠来。
　　　△三四名保镖离唐二十三愈来愈近，唐二十三忽然一扬手，手中的铁锤飞向正走过来的保镖。
　　　△几乎同一时间，林秋雁将手推车猛地推向守在走廊另一头的两名保镖；该两名保镖躲开手推车，迅速拔出枪，林秋雁飞身跃起，踢飞他们的手枪。

△走廊中间，三四名保镖已经与唐二十三打作一团，守在楼梯口的两名保镖见势不妙，拔出手枪奔去帮忙。
△周天昊趁机扔出两枚自制的烟幕弹，同时拉响了楼梯口的火警警报，火警警报声刺耳地响了起来。
△烟雾弥漫，走廊内一片混乱，有人大喊着"不好啦，着火啦"之类的话语。

9-34. **帝国饭店·1688房　　日　内**
△火警警报声以及外边的嘈杂声传进来，并有烟雾从门缝底下弥漫进来。
△室内的四名保镖一惊，同时奔向坐在沙发上的身形宽大男子。

保镖乙：快走，先生！
△四名保镖将身形宽大男子搀扶起来，匆忙而慌乱地朝房门奔去（身形宽大男子始终背对镜头）。

9-35. **帝国饭店·1688房·落地窗外　　日　外**
△悬吊着的小丸子，用玻璃刀在落地窗户上划了一个圆圈，然后取掉划好的圆形玻璃，露出一个大洞。
△小丸子身形一矮，钻了进去。

9-36. **帝国饭店·1688房　　日　内**
△小丸子在房间内四处翻腾搜索，但一无所获。
△小丸子挨个敲打墙壁，侧耳倾听。敲到挂油画的地方，小丸子一顿，再次敲打两下并细心倾听，眼睛忽然一亮。
△小丸子取下油画，露出隐藏在油画后边的保险柜。
△小丸子脸上现出喜色。

小丸子：啊呀，真是的……就这点小把戏，也敢在我小丸子面前玩？
△小丸子尝试着开锁，没几下，保险柜应声打开：金黄色的密码箱静静地搁在里边。
△小丸子一把抓起金黄色的密码箱，然后一摁腰间的飞索开关，连人带密码箱由玻璃洞中跃出。

9-37. **帝国饭店·1688房·落地窗外　　日　外**
△小丸子手里拎着金黄色的密码箱，飞速向楼顶升去。

9-38. 帝国饭店·走廊　　　日　外

　　　△走廊里，烟雾弥漫。
　　　△角落里，保镖乙等四人紧紧地保护着身形宽大男子；而另一头，林秋雁、唐二十三则与其他保镖混战在一起，不时有保镖被打翻在地。
　　　△保镖甲举起手枪，冲林秋雁瞄准，周天昊抓住他的手腕一抬，子弹射向廊顶。

保镖甲：（惊愕地）你、你……你不是真的马探长？
周天昊：当然是假的，蠢货！
　　　△周天昊挥出一拳，将保镖甲打晕昏过去。
　　　△周天昊一边打翻两名保镖，一边靠近林秋雁和唐二十三。

周天昊：（低声）时间差不多了，我们撤。
　　　△周天昊、林秋雁、唐二十三各自打翻就近的保镖，分头蹿出。周天昊在楼梯口一闪，身形消失。
　　　△两名倒在地上的保镖，忽然捡起掉落一旁的枪，冲林秋雁和唐二十三开枪射击；保护身形宽大男子的四名保镖，这时也加入战团，开枪射击。
　　　△枪声骤起，子弹一直追着林秋雁和唐二十三飞。林秋雁纵身在墙壁上一踩，飞跃而出，然后落在手推车上，手推车载着林秋雁快速滑出，一直滑到走廊尽头，林秋雁一跃，身形消失；唐二十三则连翻数个筋斗，躲开子弹，然后一个飞跃，蹿入垃圾通道。

9-39. 帝国饭店·垃圾通道　　　日　内

　　　△唐二十三顺着狭长的垃圾通道，飞速滑下。

9-40. 帝国饭店·楼顶　　　日　外

　　　△小丸子拎着金黄色的密码箱，悬吊在飞索上，朝对面大楼的楼顶快速滑过去。

9-41. 帝国饭店·大门　　　日　外

　　　△刺耳的火警警报声中，饭店里边的宾客乱纷纷地朝外跑。
　　　△周天昊混杂在人群中间，很从容地出了帝国饭店。

9-42. 帝国饭店·垃圾通道出口　　日　外

△唐二十三从垃圾通道口飞快地滑出来，身上头上均是垃圾。

唐二十三：（嗲声嗲气）呀，脏死了！

△唐二十三抖去身上的垃圾，撕掉胡子，又甩掉工人服装，转身离去。

9-43. 帝国饭店·另一角落　　日　外

△下水道的井盖轻轻移开，林秋雁探身跳出来，然后重新盖上井盖。

△林秋雁转身离开，一边走一边脱下女服务员的服装，扔进一旁的垃圾桶。

9-44. 帝国饭店·走廊　　日　内

△烟雾逐渐散尽。只见一众保镖东倒一个，西爬一个，抚着受伤的部位，哎哟、哎哟地挣扎着往起爬。

△角落里，贴身保护身形宽大男子的四名保镖虽然没有受伤，但也面面相觑，显然受惊吓了。稍倾，他们忽然反应过来，拥着身形宽大男子冲进1688房内。

9-45. 帝国饭店·1688房　　日　内

△一众保镖拥着身形宽大男子冲进来，顿时愣住：只见原本挂在墙上的油画扔在地上，保险柜洞开着，金黄色的密码箱已经不见踪影。

9-46. 别克车内　　日　内

△周天昊、林秋雁、小丸子、唐二十三，先后回到别克车上。

△小丸子打开密码箱，里边装着一个又黄又破的卷轴。

小丸子：（失望地）啊呀，真是的……就这么一卷又旧又破的废纸，害我们几个人费这么大的周折，没劲儿。（将卷轴一扔）真搞不懂，这姓马的，为什么非要我们偷这么一个破玩意儿。

△林秋雁伸手拿过卷轴，展开一部分，仔细查看。

△长卷特写：褚遂良版《神州策序》摹本，盖满大大小小的各种收藏印章，甚至还有乾隆皇帝的私家藏印。

林秋雁：这不是废纸。

林秋雁：这是《神州策序》，唐代大书法家褚遂良的摹本。

△周天昊和唐二十三同时哦了一声，凑上前去看。

小丸子：喂，姓林的，你说是……什么什么序？
林秋雁：《神州策序》。
小丸子：（莫名所以，疑惑地）《神州策序》？
周天昊：看来错不了，真是褚遂良版的《神州策序》摹本……怪不得马文涛如此上心，千方百计地想要拿到这个箱子，敢情是觊觎这个东西。
小丸子：喂，《神州策序》是什么玩意儿？
唐二十三：（嗲声嗲气）哟，小丸子，告诉你你也不懂……知道书圣王羲之吗？这《神州策序》呀，是他的代表作之一，真正的好宝贝呀，价值连城！
小丸子：什么，宝贝？价值连城？……（一把夺过卷轴）我看看我看看，嘿嘿，是不是能卖很多钱啊？
周天昊：当然能卖很多钱，但是不能卖。
小丸子：为什么？
周天昊：因为，它是国宝。
小丸子：国宝？
　　△唐二十三仔细查看着卷轴，这时忽然插话——
唐二十三：（摇摇头，嗲声嗲气地）不对。
　　△周天昊、林秋雁、小丸子疑惑地看向唐二十三。
周天昊：怎么啦？
唐二十三：（嗲声嗲气）这个摹本，是赝品，假的。
林秋雁：假的？
小丸子：喂，姓唐的，你有没有搞错啊，怎么会是假的？……啊，我明白了，该不会是你唐二十三想独吞这件宝贝，故意说是假的吧？
唐二十三：（嗲声嗲气）哼，以小人之心，度君子之腹！这古玩字画呀，只要到了我唐二十三手里，我只需稍稍一打眼，就知道真的、假的，是什么年代的东西，用什么材料做的，保证分毫不差。
　　△周天昊、林秋雁、小丸子三个人面面相觑——他们见识过唐二十三的真本事，知道他所言不虚。

9-47. 帝国饭店·1688 房　　日　内
　　△周天昊、林秋雁、小丸子、唐二十三四人查看房间——但人去屋空，身形宽大男子连同他的一众保镖，早已经收拾离开。
　　△林秋雁仔细检查着隐藏在油画背后的保险柜。
林秋雁：我们中计了。

△周天昊、小丸子、唐二十三闻言回头。

林秋雁：这个保险柜，分里外两层。密码箱的主人应该早有防备，他把赝品放在外边一层，而把真迹，藏在里边的一层——我们偷走的，刚好是赝品。

小丸子：（沮丧地挠挠后脑勺）啊呀，真是的……

9-48. 帝国饭店·大厅　　日　内

△服务台边，周天昊朝服务生亮出马文涛的警官证。

周天昊：巡捕房的。

服务生：马……马探长？

周天昊：我正在调查一起重大盗窃案，住在你们饭店1688房的客人有重大作案嫌疑，请你们配合我们调查。

服务生：（吃惊地张大嘴巴）啊，盗、盗、盗……盗窃案？

周天昊：对，盗窃案。1688房的人呢？

服务生：（因紧张而结巴）他、他、他……他们刚、刚退了房，去、去、去……去码头了。

△一旁的林秋雁、小丸子、唐二十三飞快地对视了一眼。

周天昊：（转对林秋雁等人）必须追上他们。我们走。

△周天昊、林秋雁、小丸子、唐二十三迅速转身，朝饭店外边冲去。

9-49. 街道　　日　外

△林秋雁驾驶着七座别克车，载着周天昊、小丸子、唐二十三，急速朝码头方向驶去。

9-50. 码头　　日　外

△一艘远洋巨轮停靠在码头。

△身形宽大男子戴着绅士帽，一手拄拐杖、一手拎着金黄色的密码箱，背对镜头，在一众保镖的簇拥下，朝远洋巨轮走去。

△稍远处，林秋雁驾驶的七座别克车急速驶来，猛地停住，响起刺耳的刹车声。周天昊、林秋雁、小丸子、唐二十三先后从别克车上跳下来。

保镖甲：不好，他们追来了。

保镖乙：（冲保镖甲等人）拦住他们。

保镖乙：（冲三名贴身保镖）快，保护先生上船。

△一众保镖迅速分成两组，保镖甲等拔出枪，与冲上来的周天昊、林秋

雁等人开战；保镖乙等，则拥着身形宽大男子快速上了登船甲板。

△周天昊、林秋雁、小丸子、唐二十三，各施绝技，与七八名保镖开战，先是远距离枪战，再是近距离贴身搏斗。

△打斗过程中，一名保镖从背后偷袭小丸子，小丸子遇险，十分危急。

唐二十三：（喀声喀气）哟，小丸子，小心！

△唐二十三扑上去，抱着小丸子就地打了个滚，躲开偷袭保镖的致命一击，但不小心抓在小丸子的乳房上。

△啪，恼火至极的小丸子甩手给了唐二十三一耳光。

唐二十三：（喀声喀气）哟，小丸子，你干吗打我？

小丸子：哼，打的就是你！

△小丸子再次一耳光甩向唐二十三，却被唐二十三抬手拦住，两人瞬间互拆了几招，旋即又与冲上来的保镖斗在一处。

△稍倾，一众保镖在林秋雁、周天昊、小丸子、唐二十三的搏击下，或受伤，或被打昏在地，或落入海中。

△稍远处，身形宽大男子在四名贴身保镖的簇拥下，已经登上了轮船，有船员正在急急忙忙地收起登船甲板。

△登船甲板已经缓缓升至半空中，林秋雁抓起码头上的一根竹竿，猛跑几步，用力一撑，凌空跃向船头。

9-51. 巨轮·甲板　　日　外

△林秋雁落在船头的甲板上，竹竿横扫，打落正在升起登船甲板的两名船员，登船甲板重新落下，周天昊、小丸子、唐二十三冲上船来。

△四名保镖一边保护身形宽大男子进入船舱，一边朝林秋雁、周天昊、小丸子、唐二十三开枪射击。周天昊和林秋雁举枪还击，小丸子和唐二十三趁机从侧翼迂回，绕到了四名保镖身后，先后打飞了他们的手枪，与他们近身打斗。

9-52. 巨轮·船舱　　日　内

△林秋雁、小丸子、唐二十三与四名保镖激烈打斗，从甲板上一直打到船舱里边。

△打斗间隙，林秋雁、小丸子、唐二十三时有遇险，相互扑救。稍倾，他们将四名保镖一一打翻在地。

△身形宽大男子见势不妙，拎着金黄色的密码箱，慌慌张张地向内舱逃

窜而去。但随即，身形宽大男子又一步一步地退了回来——只见周天昊举着手枪，枪口正顶在他的脑袋上。

　　△周天昊取下身形宽大男子的绅士帽，随即一愣：对方竟然是一名满脸络腮胡子的外国人。

周天昊：（意外地）你不是中国人？

该男子：（生硬的汉语）你、你们要干什么？

小丸子：（挠挠后脑勺）啊呀，真是的，竟然是个外国佬儿。

小丸子：（上前，拍拍该男子的脸）喂，外国佬儿，看你长得毛里毛糙的，心眼儿还挺多，弄了个赝品让我偷——我小丸子打出道以来，这还是第一次失手。

该男子：（生硬的汉语）你们要干什么？我是美国公民，你们不能这样对我。

周天昊：（冷笑）你是美国人不假，（抓过对方的密码箱）但这是我们中国的东西，你不能带走。

该男子：（生硬的汉语）那是我的东西，是我花大价钱买的，你们不能拿走……还给我！还给我！

周天昊：对不起，现在属于我们了。

　　△周天昊挥动枪托，猛地将该美国男子砸晕在地。

周天昊：我们走。

　　△周天昊、林秋雁、小丸子、唐二十三，走出船舱。

9-53. 码头·隐蔽处　　日　外

　　△不太显眼的隐蔽处，一辆黑色轿车静静地停在那里。

　　△镜头跳转至车内——

9-54. 马文涛车内　　日　内

　　△马文涛和警察甲坐在车内。

　　△马文涛嘴里叼着硕大的烟斗，望着码头的方向。

　　△马文涛的主观视角：周天昊手里拎着金黄色的密码箱，与林秋雁、小丸子、唐二十三先后走下登船甲板。

9-55. 码头　　日　外

　　△周天昊、林秋雁、小丸子、唐二十三，先后上了别克轿车。

　　△镜头跳转至车内——

9-56. 别克车内　　日　内

　　△唐二十三展开褚遂良版的《神州策序》摹本,仔细查看。

小丸子:喂,姓唐的,怎么样?这次是真的假的?

唐二十三:(嗲声嗲气)嗯,没错儿,是褚遂良的摹本,是真迹。

小丸子:太好了太好了……(陶醉地)我们这次,发大财了!

　　△林秋雁发动车,别克轿车驶出。

9-57. 马文涛车内　　日　内

　　△马文涛的主观视角:林秋雁驾驶的别克轿车驶离码头,渐渐远去。

警察甲:探长,他们得手了。

马文涛:(颔首)嗯,很好。

警察甲:……

马文涛:走。我们看看去。

　　△马文涛和警察甲两人打开车门,下车。

9-58. 码头·隐蔽处　　日　外

　　△马文涛和警察甲从黑色轿车上下来,走向码头方向。

9-59. 巨轮·船舱　　日　内

　　△满脸络腮胡子的外国人抖抖索索地缩在角落里。

　　△稍倾,一双大脚停在满脸络腮胡子的外国人面前。

　　△满脸络腮胡子的外国人惊恐地抬起头,只见一个叼着硕大烟斗的男人盯着他——是马文涛,他的身后还站着警察甲。

该男子:(生硬的汉语,惊恐地)你、你们是什么人?……你们要干什么?

　　△马文涛一动不动地盯着满脸络腮胡子的外国人。

　　△稍倾,马文涛的嘴角,浮起一丝阴冷的笑。

9-60. 临街小楼·二楼小厅　　夜　内

　　△装有褚遂良版《神州策序》摹本的密码箱,搁在桌子上。

周天昊:马文涛这个人,向来老奸巨猾,一边当着巡捕房的副总探长,一边和日本人勾勾搭搭。我们不能拿着价值连城的《神州策序》摹本,去跟一个有汉奸嫌疑的探长做交易。

·灰　雁·

小丸子：喂，姓周的，你这话是什么意思？……啊，合着你是说，胖子不救了？
周天昊：救，人当然要救——（来回走了几步）但不是拿这件国宝去跟马文涛交换，我们得重新计划一下，想别的法子去救人。
小丸子：啊呀，真是的……喂，姓周的，不就是一卷破纸吗？我小丸子不懂什么国宝不国宝的，但明摆着，这玩意儿能从马文涛手里救出胖子，还能换来一大笔天文数字的报酬，一举两得的美事儿，何乐而不为？
周天昊：不行，我们不能这么做。军统有军统的纪律，身为党国的少校特工，我必须把褚遂良版的这个摹本，交给我的上级，由他们去处理。
　　　　△小丸子有些恼火，鼓突着眼珠子，恨恨地瞪着周天昊。
　　　　△稍倾——
小丸子：（冲林秋雁）喂，姓林的，你说怎么办？
林秋雁：他是我的教官，也是我们行动队的队长，我必须听他的。
小丸子：（冷笑）好啊，你们两个，现在是同一个鼻孔出气——喂，娘娘腔，你站哪一边？
唐二十三：（瞧了瞧周天昊和林秋雁，又瞧了瞧小丸子，嗲声嗲气）哟，瞧你们这个架势，我唐二十三呀，还是站在我自己这一边好了。
小丸子：姓唐的，你这是什么屁话？
唐二十三：（嗲声嗲气）哟，小丸子，我这不是屁话，是人话。
小丸子：（冷笑）哼，既然这样，那就对不住了。（一把抢过密码箱）你们是军统，是官家的人，我小丸子不是；你们上面有人管，我小丸子天做铺盖地做床，孤家寡人一个，没人管……对不起，咱们大道朝天，各走一边，这桩生意，我小丸子做定了。
　　　　△小丸子拎着装有褚遂良版《神州策序》卷轴的密码箱，转身欲走。
　　　　△周天昊忽然拔出枪，枪口指着小丸子的后脑勺。
周天昊：（厉声地）站住！
　　　　△小丸子倏地止步。
周天昊：（厉声地）把箱子放下！
小丸子：（回转身，毫不示弱地）怎么，姓周的，你这是想过河拆桥呢，还是打算杀人灭口？
林秋雁：小丸子，不许胡说，放下箱子。
小丸子：想让我小丸子放下箱子，也行。除非……
　　　　△小丸子的嘴角，忽然浮起一丝诡谲的笑容。
　　　　△特写镜头：小丸子的一只袖管中，露出半截竹管，竹管中正冒出一丝

丝淡淡的青烟。

△只见周天昊和林秋雁两个人，开始摇摇欲坠，最后软绵绵地倒了下去。

小丸子：（蹲下，拍拍周天昊的脸蛋）喂，姓周的，好好睡吧，等你们一觉醒来，我小丸子，早已经带着马文涛给的钱，远走高飞了。

△这时，一个嗲声嗲气的声音忽然响起——

唐二十三：（画外音，嗲声嗲气）小丸子！

△小丸子惊得一下子蹦起来，迅速回过头：只见唐二十三的鼻孔里各塞着一个纸团，正贼兮兮地望着自己。

小丸子：（意外地）嘿嘿，姓唐的，你没事儿？

唐二十三：（嗲声嗲气）哟，小丸子，你说的这是什么话？我当然没事儿……就你那小把戏，对付他们行，对付我唐二十三，还嫩了点儿。

△小丸子干笑了两声，忽然反手拔出一把匕首，飞快地刺向唐二十三。

唐二十三：（一边躲避退让，一边嗲声嗲气地）哟，小丸子，你别介呀……我呀，是好男不跟女斗……

小丸子：（恼火地）你还说？！

唐二十三：（嗲声嗲气）好好好，是我说错了，我说错了还不行吗？……哎哟……

△小丸子攻势凌厉，唐二十三一再遇险，情急之下凌空倒翻，堪堪躲过。

唐二十三：（与小丸子一边过招，一边嗲声嗲气地）哟，小丸子，你先住手。至于事情嘛，咱们两个好商量……

△小丸子倏地停止攻势。

小丸子：怎么，姓唐的，你想求饶？

唐二十三：（嗲声嗲气）哟，小丸子，咱们两个呀，一个是小偷，一个是骗子，共同语言总要多过他们两个……再说了，这个箱子呀，是咱们共同偷出来的，也有我唐二十三的一份儿，是不？

小丸子：怎么，姓唐的，你的意思是说，你想掺和这趟生意？

唐二十三：（嗲声嗲气）对，小丸子，你呀可真聪明。咱们俩呀，抛弃嫌隙，携手合作，二一添作五，这和气才能生财。

△小丸子的眼珠子骨碌碌一转，思索片刻。

小丸子：不行，太高了，三七分。

唐二十三：（摇头，嗲声嗲气）嗯，不行。

小丸子：（一咬牙）好，那就四六。

△唐二十三继续摇头。

·灰　雁·

　　　　　　△小丸子有些着恼，挥动匕首欲再往上扑，唐二十三连忙抬手止住。
唐二十三：（嗲声嗲气）好好好，四六就四六，我呀答应你。

9-61. 废弃工厂　　夜　内

　　　　　　△一座早已经废弃不用的工厂车间，四处破破烂烂，门窗垮塌，到处积满灰尘，满布着蛛网。
　　　　　　△小丸子大大咧咧地坐在一张破旧的桌子边，唐二十三则在空地上走着来回。小丸子的脚边，搁着装有褚遂良版《神州策序》卷轴的密码箱。
　　　　　　△稍倾，马文涛带着警察甲等两三名警察走了进来。
马文涛：怎么，就你们两个？
小丸子：对，就我们两个。（站起来，走了几步）说实话，我们对你马探长，不是特别放心。这老话说得好，小心驶得万年船，他们两个嘛，就躲在你看不见的地方，正用枪指着你的脑袋呢。
小丸子：咱们之间的交易，成了，那自然没话说；如果你马探长敢动什么歪心思，那对不起，林姑娘的枪法，你可是见识过的，绝对的超一流。
　　　　　　△小丸子的一只手作手枪状，指着自己的脑袋，做了个扣动扳机的动作。
马文涛：（不以为然地笑笑）放心吧，我马文涛，堂堂巡捕房的副总探长，说一句话，算一句话，不会出尔反尔的……东西呢？
小丸子：好，痛快。既然是交易，那咱们就按道上的规矩来：先放人，然后一手交钱，一手交货。
马文涛：好，没问题。
　　　　　　△马文涛冲门外拍拍巴掌，两名警察押着胖子走了进来。
小丸子：（冲胖子，喊）胖子，你没事吧？
胖　子：（带哭腔）老大，救俺……
小丸子：（朝胖子努努嘴，冲马文涛）先放了他。
马文涛：（冲手下警察）放人。
　　　　　　△两名警察松开胖子。胖子小心翼翼地走过去，藏在小丸子身后。

9-62. 临街小楼·二楼小厅　　夜　内

　　　　　　△昏迷中的周天昊和林秋雁，此时悠悠醒转过来。
　　　　　　△周天昊和林秋雁一跟斗翻身坐起来，两人目光迅速一碰。
周天昊：我们必须阻止他们，把摹本拿回来。
林秋雁：去接头的地方？

194

周天昊：走。

△周天昊和林秋雁迅速站起身，转身冲下楼去。

9-63. 废弃工厂　　夜　内

△小丸子将金黄色的密码箱摆在桌子上，推向马文涛。
△马文涛打开密码箱，拿出卷轴，展开摹本一角，仔细验看。
△稍倾，马文涛满意地点了点头，朝身后摆了摆手。
△警察甲拎着一只密码箱走过来，打开，推到小丸子和唐二十三面前。
△特写镜头：密码箱中，整整齐齐地搁着一沓沓崭新的钞票。

小丸子：（冲唐二十三）喂，姓唐的，你来验。

△唐二十三上前，拿起一沓钞票，仔细验看。

唐二十三：（合上密码箱，嗲声嗲气）哟，马探长可真大方，这些钱呀，没问题。

马文涛：这人也放了，钱也给你们了，咱们这趟买卖，还算进行得愉快。以后，说不定哪天，我们还可以再合作一把。

小丸子：（忙不迭地摆手）别，千万别。跟您马探长做生意啊，我这颗心，可是一直都在嗓子眼那儿悬着……以后啊，你马探长走你马探长的阳关道，我们走我们的独木桥，最好连面儿都不要碰上。

马文涛：（微微一笑）那也行。（顿了顿）你们慢慢分钱吧，马某就先走一步了。

小丸子：嘿嘿，马探长，走好，不送。

△马文涛转身走出。警察甲拎着金黄色的密码箱，和其他警察一起，跟在马文涛身后，向门口走去。

9-64. 废弃工厂　　夜　外

△马文涛以及警察甲等数人，走出废弃工厂。
△马文涛以及警察甲等数人，分别上了停在空地上的三辆黑色轿车。
△三辆黑色轿车启动，驶出，然后渐渐远去。

9-65. 废弃工厂　　夜　内

△装满崭新钞票的密码箱，静静地搁在桌子上。
△小丸子、唐二十三、胖子，忽然同时敛去脸上的表情，转过头，死死地盯着桌子上的密码箱。
△特写镜头：大大小小六只眼睛，均鼓突着眼珠子，眼中射出急切而贪婪的光芒。

第十集

10-1. 废弃工厂　　夜　内

　　△小丸子、唐二十三、胖子，大大小小六只眼睛，均鼓突着眼珠子，死死地盯着桌子上的密码箱。

　　△忽然，小丸子、唐二十三、胖子，同时伸出手去，去抢密码箱。小丸子一边抢密码箱，一边偷袭唐二十三，三人顿时乱作一团。

　　△小丸子凌厉几招，逼退唐二十三，却不防密码箱被胖子抢了过去。小丸子抓着密码箱的提手，胖子死死地抱着密码箱。

小丸子：（恼火地）死胖子，你也跟我抢？

胖　子：嘿嘿，老大，你也不跟俺抢吗？

小丸子：（一拽密码箱）给我。

　　△胖子不管不顾地死抱着密码箱，也拼命往后拽。

胖　子：俺不给。

小丸子：（再拽）快给我。

胖　子：（也拼命往后拽）不给。

小丸子：好哇，你个死胖子，敢跟我玩这个……知道我干爹是谁吗？

胖　子：知道，是鲍老大，你偷了他的钱，他正在到处抓你。

小丸子：（恼火地）你……

　　△这时，唐二十三冷不防冲了上来，一举从两人手中抢过密码箱。

唐二十三：（嗲声嗲气）哟，还是给我吧你们……

　　△小丸子迅疾朝唐二十三攻出数招，胖子也加入了抢夺的战团，三个人再次斗在一起，密码箱在他们三人手中辗转来去。小丸子和唐二十三的身手旗鼓相当，胖子身手虽然稍弱，但仗着一股不管不顾的蛮力，给小丸子和唐二十三带来了相当的威胁。中间夹杂小丸子用弹弓、唐二十三用绣花针的打斗场面。

10-2. 黑龙帮总舵·大堂　　夜　内

　　△在黑龙帮总舵的大堂里，黑龙帮帮主鲍大牙和青木一郎分宾主落座。

鲍大牙一边，站着四名粗豪汉子，是鲍大牙手下的得力助手"四大金刚"；青木一郎这边，肃立着数名黑衣打手。

△鲍大牙面部特写：他大概五六十岁，额上虽然布满皱纹但脸部白皙，一脸的奸猾像，两颗镶金的大板牙非常突兀地暴起，突出在嘴唇之外，显得格外醒目。

叠映字幕：上海黑龙帮帮主　　鲍大牙

　　△鲍大牙将一只手提箱搁到桌子上，打开，推到青木一郎面前。

　　△特写镜头：手提箱里边，整整齐齐地码着黄澄澄的金条。

鲍大牙：这是这个月的分红。

　　△青木一郎仔细验看黄金，满意地点了点头。

鲍大牙：大大小小一共三百七十二家烟馆，生意好得出乎意料——说实话，我鲍大牙做了大半辈子的鸦片生意，还是头一回遇上这么好的年景。

青木一郎：有我们大日本皇军罩着你们黑龙帮，鲍老帮主的生意，自然会做得风生水起。

鲍大牙：（谦卑地）那是当然！那是当然！……请代我向龟田先生问好，等我得空的时候，我鲍大牙亲自前去拜会他。

青木一郎：好，龟田先生那里，我自会把鲍老帮主的问候带到……鲍老帮主，在下告辞了。

鲍大牙：我送你。

　　△青木一郎拎着装金条的手提箱，在鲍大牙的陪送下向外边走去，一众黑衣打手以及鲍大牙手下的"四大金刚"，跟随在他们身后。

10-3. 废弃工厂　　夜　内

　　△废弃车间内，小丸子、唐二十三、胖子，依旧斗作一团，密码箱在三人中辗转来去。

　　△车间门口，周天昊和林秋雁匆匆闯了进来。

林秋雁：我们来迟了，他们在抢钱。

周天昊：不能让他们拿到钱。

林秋雁：……

周天昊：先把钱抢过来再说。

林秋雁：好。

周天昊：上。

　　△周天昊和林秋雁随即冲上去，也加入了争夺密码箱的战团。五人各施

绝招，周天昊和林秋雁行动目标一致，小丸子和唐二十三、胖子，相互联手又相互偷袭，车间内乱作一团，密码箱在几人手中辗转来去。

△小丸子和冲上来的林秋雁迅疾过了几招。

小丸子：啊，姓林的，你们醒得可真够快的。

林秋雁：（冷笑）小丸子，如果你再敢用迷香对付我们，我扭下你的脑袋。

小丸子：啊，那就试试，看你到底有没有那个本事。

△混战中，身手较显笨拙的胖子不知被谁迎头狠狠一脚，摇晃了几下，仆倒在地，一时竟然晕了过去。

△打斗间隙，小丸子刚好和唐二十三背靠背，联手抵御周天昊和林秋雁二人。

小丸子：喂，姓唐的，我想，咱们俩应该联起手来对付他们。

唐二十三：（嗲声嗲气）好，我同意，但这些钱嘛，咱们得五五分。

小丸子：（一咬牙）好，五五就五五。

△争夺激烈，密码箱在林秋雁、周天昊、小丸子、唐二十三手中辗转来去。

△眼看密码箱就要被林秋雁抢在手中，忽然，小丸子飞起一脚，将密码箱踢向高高的空中。

△密码箱以慢镜头在空中旋转翻飞。

△林秋雁、周天昊、小丸子、唐二十三同时飞身跃起，伸手去抢密码箱。密码箱在四人的抢夺中打开，有零星的钞票掉下，唐二十三飞起一脚，将已经打开的密码箱踢向桌子底下，部分钞票散落一地。

△林秋雁、周天昊、小丸子、唐二十三同时扑入桌子底下，伸手抢夺钞票。忽然，林秋雁发声——

林秋雁：我们中计了，这些钱是假的。

△四个人抢钱的动作同时僵在那里。

△特写镜头：只见四人抢到手的整叠钞票，除了最上面一张是真钞外，下边全部是白纸。

△林秋雁、周天昊、小丸子、唐二十三大眼瞪小眼，僵在桌子下边，一时四周俱寂。

△稍远处，昏倒在地上的胖子，手指头忽然动了动，又动了动。

△忽然，林秋雁、小丸子等四人头顶，响起细微的"嘀嗒、嘀嗒"声。林秋雁等四人同时抬头，只见桌子底部安装着一颗定时炸弹。

△特写镜头：定时炸弹的显示屏，尚余数秒时间：七、六、五……

林秋雁：不好，是定时炸弹！
周天昊：（喊）快跑！
　　　　△周天昊、林秋雁、小丸子、唐二十三，迅速爬起身，拼尽全力跑向门口。
　　　　△稍远处，昏迷中的胖子这时醒了过来，他迷迷瞪瞪地爬起身，揉了揉眼睛。
　　　　△忽然，胖子眼前一亮：只见桌子附近，散落着整叠整叠的崭新钞票。
胖　子：（惊喜地）嘿嘿，钱！
　　　　△小丸子回头，刚好看到胖子蹒跚着跑向桌子，俯身去捡钞票。
小丸子：（急切地大喊）胖子——
　　　　△小丸子欲返身去救，林秋雁和周天昊死死地抓住她的胳膊。
林秋雁：我们没时间了，快跑！
　　　　△周天昊和林秋雁死拽着小丸子，拖着她朝门外跑去。
　　　　△就在这时，只听轰隆一声，一团巨大的火光，顿时吞噬了胖子的躯体。
小丸子：（撕心裂肺，大喊）胖子——
　　　　△整个废弃工厂顿时陷入巨大的火海之中。巨大的爆炸气浪，将周天昊、林秋雁、小丸子、唐二十三掀翻出去。
　　　　△黑屏。

10-4. 红十字会总医院·病房　　日　内

　　　　△特写镜头：林秋雁尚处于昏迷当中的眼睛，眼睫毛轻微地颤了颤，又轻微地颤了颤。
　　　　△倏地，林秋雁猛然睁开眼睛，动了动身体，却发现双手被锃亮的手铐牢牢地铐在床栏上（每只手各铐一只铐子），胳膊上还打着吊针。
　　　　△一溜儿几张病床。同样双手被铐在床栏上的周天昊、小丸子、唐二十三也陆续醒了过来，他们的伤处均被包扎过，胳膊上同样打着吊针。
　　　　△小丸子动了动身体，疼得她直龇牙咧嘴。
小丸子：哎哟，哎哟……我们这是……在哪儿呀？
林秋雁：医院。
　　　　△周天昊冷静地观察四周的环境。
　　　　△周天昊的主观视角：
　　　　——窗外，五步一岗，七步一哨，站满了荷枪实弹的警察。很明显，整座医院都被巡捕房的警察封锁了起来。

·灰 雁·

——病房门外，也影影绰绰地站着背枪的巡捕房警察。

10-5. 红十字会总医院·病房门口　　日　内
△病房门口，一左一右，各站着两名背枪的巡捕房警察。

10-6. 红十字会总医院·病房　　日　内
△周天昊、林秋雁、小丸子、唐二十三，面面相觑。
周天昊：看来，这马文涛，是想置我们于死地了。
△忽然，周天昊的目光落在不远处的一张报纸上，顿时惊骇地睁大眼睛——
△特写镜头：当日最新一版的《申报》，头条通栏标题是"美国专家横死上海码头、巡捕房悬赏百万缉凶"，下边配着数张醒目的照片，其中一张照片上，是一位满脸络腮胡子的美国人，身上有多处刀伤，另有一柄匕首透胸而入，死相极为惨烈……而这个满脸络腮胡子的美国人，赫然是被周天昊打晕过去的那位密码箱主人。除此之外，周天昊、林秋雁、小丸子、唐二十三的面部照片也赫然在列，只不过他们四人的身份，已经变成了被巡捕房通缉的杀人凶手。

10-7. 大和洋行·院子　　日　外
△藤原纪子带着两三名黑衣打手，昂首阔步朝龟田次郎的内室走去。

10-8. 上海公共租界巡捕房·马文涛办公室　　日　内
△一只大手打开金黄色的密码箱。
△马文涛嘴里叼着硕大的烟斗，脸上带着一丝得意的笑容，拿出褚遂良版的《神州策序》摹本，展开一角欣赏。
△忽然，马文涛的笑容猛地僵住，神色陡然间大变：他手里拿着的，只是一卷空无一字的白纸。
警察甲：探长，怎么啦？
马文涛：（一扔卷轴，强压怒气）睁开你的狗眼看看，假的。
警察甲：（吃惊地张大嘴巴）啊？！
马文涛：（咬牙）这帮狗杂种，他们骗了我，把东西调包了！
警察甲：……
马文涛：他们几个，还关在医院里？

警察甲：是的，探长。给上了铐子，好几十号弟兄在那儿守着呢。

马文涛：马上备车。

警察甲：（一愣）啊？……探长，您要去哪儿？

马文涛：（神情阴鸷）哼，还能去哪儿？去医院！

警察甲：哎，是，探长。

　　　　△警察甲行了个军礼，转身，迅速跑出。

10-9. 红十字会总医院·病房　　日　内

　　　　△林秋雁、小丸子、唐二十三，都顺着周天昊的目光，看向当天的《申报》。

小丸子：（吃惊地，有些结巴）这这这……这是怎么回事儿？那个美国佬儿，我们、我们没有杀他呀……

林秋雁：（冷笑）哼，我们上当了。

小丸子：（依旧结巴）上、上、上……上什么当？

唐二十三：（嗲声嗲气）哟，小丸子，你这都不明白？我们呀，中了人家的圈套啦。

周天昊：对，这是一个阴谋，是马文涛专门给我们设的套儿。这个美国人，肯定是他杀的，他杀了美国人灭口，然后将杀人凶手的罪名，嫁祸给了我们，正好一箭双雕……这马文涛，不但想置我们于死地，还想让我们当他的替罪羊。

小丸子：替、替罪羊？那、那、那……那我们怎么办？

　　　　△周天昊、林秋雁均意识到了问题的严重性，互相看了两眼，没有说话。

小丸子：啊呀，真是的，完了，完了，这下子全完了……（冲周天昊和林秋雁）喂，姓林的姓周的，为了你们的什么狗屁任务，我的两个弟兄，胖子和瘦猴，可是连命都丢了，一具完整的尸体都没留下来，你们、你们……（忽然带了哭腔）哎呀，现在，就连我小丸子的这条小命儿，也要不长久了，呜呜……

10-10. 大和洋行·内室　　日　内

　　　　△墙壁上，分两个版块：一边贴着龟田次郎从林其轩手里夺来的半角密图，以及林其轩一家的一张全家福照片，还有龟田次郎三年来的分析研究密图画出的图案。另一边，贴着当天最新的《申报》剪图，正好是满脸络腮胡子的美国人被杀的照片，以及他手拎金黄色密码箱的背影图片，

图片下边分别标注着"奥利弗·乔治：美国文物专家""《神州策序》褚遂良摹本"等字样；另外，还贴着周天昊、林秋雁、小丸子、唐二十三的面部照片，每个人的照片下边，分别标注着"周天昊：军统少校、特训教官""林秋雁：军统秘密特工""小丸子：小偷""唐二十三：戏子"等字样。

△龟田次郎端详着墙壁上的图片，藤原纪子和青木一郎两人肃立一旁。

龟田次郎：（指着林秋雁的照片）你是说，这名女军统，是林其轩的女儿？

藤原纪子：是的，她叫林秋雁，是林其轩的二女儿，今年二十一岁。

龟田次郎：（指着周天昊、林秋雁等几个人的照片）就是他们几个，杀了这个叫奥利弗的美国文物专家，还抢走了唐代大书法家褚遂良摹写的《神州策序》？

藤原纪子：是的，将军。他们几个都受了伤，现在正在红十字会的总医院里治疗，巡捕房的警察封锁了整个医院，看守着他们。

龟田次郎：有意思！……有意思！

△龟田次郎慢慢地在屋子里踱着来回。

龟田次郎：三年前，我带人杀了林其轩夫妇，抢了他珍藏多年的冯承素版《神州策序》摹本，还有这张关系着《神州策序》真迹的密图，最后，放了一把火，烧了林宅……没想到，这个女娃儿，竟然大难不死，还成了国民党军统的特工，带人炸掉了我的地下印钞厂……看来，我跟林其轩一家的缘分，还没有了结啊。

藤原纪子：……

龟田次郎：（冷笑）哼，虽然他们炸掉了我的地下印钞厂，但他们永远不知道，"伪钞计划"只是我们"蝎美人计划"的一小部分。（转身，冲藤原纪子和青木一郎）纪子小姐，你和青木马上带人赶过去，这褚遂良的摹本，我要；这林其轩的女儿，我也要……记住，要抓活的！

藤原纪子、青木一郎：是，将军。

△藤原纪子和青木一郎躬身行礼，转身走出。

10-11. 红十字会总医院·病房　　日　内

△林秋雁和周天昊会心地对视了一眼。

周天昊：（摇晃着床栏，喊）有人吗？有人吗？……来人，来人！

△守在病房门口的四名警察，执枪冲了进来。

警察1：吵什么吵什么？都吵什么？

周天昊：她要上卫生间。
　　　　△警察1等顺着周天昊的示意，看向林秋雁，林秋雁肯定地点了点头。
警察1：（冲另两名警察）你们两个，带她去。
　　　　△警察2和警察3上前，解开床栏上的手铐，将林秋雁的双手铐在一起，押着她向外走去。

10-12. 红十字会总医院·走廊　　日　内
　　　　△走廊上，匆匆来去的医生、护士，以及病人等。
　　　　△警察2和警察3押着林秋雁，走向卫生间的方向。

10-13. 红十字会总医院·卫生间门口　　日　内
　　　　△警察2和警察3背着枪，押着林秋雁来到女卫生间门口。
警察2：喏，去吧。
　　　　△林秋雁戴着手铐，走进女卫生间。

10-14. 红十字会总医院·卫生间　　日　内
　　　　△林秋雁走进一个小隔间，返身关上小隔间的门。
　　　　△稍倾，响起哗哗的水流声。

10-15. 红十字会总医院·卫生间门口　　日　内
　　　　△警察2和警察3背着枪，斜倚在门框上。警察2扔给警察3一根香烟，各自打火点上，漫不经心地抽着，时不时吐一个烟圈。

10-16. 红十字会总医院·病房　　日　内
　　　　△周天昊、小丸子、唐二十三，都被铐在床栏上。
　　　　△小丸子的眼珠子骨碌碌转了转，忽然哎哟、哎哟地喊了起来。
　　　　△警察1和警察4再次端着枪冲进来。
小丸子：哎哟……哎哟……长官，我、我肚子疼……哎哟……哎哟……
　　　　△小丸子一脸痛苦状，疼得在病床上直打滚。
小丸子：哎哟，哎哟，我要拉肚子……不行不行，我要拉在裤裆里了……哎哟……哎哟……
警察1：（捂住鼻子）快，打开他的手铐，带他去卫生间。
　　　　△警察4立马快步上前，打开小丸子一边的手铐。电光石火之间，小丸

子借助翻滚的动作,猛地一撞警察4的腰间。

小丸子：（停止呻吟,忽作放松状）咦,奇怪,竟然不疼了……嘻嘻,不疼了……（冲警察1）嘿嘿,长官,不疼了,我不拉肚子了。

警察1：（狐疑地看了看小丸子）……嗯？真不拉了？

小丸子：（摇摇头,讪笑着）嘿嘿,长官,真不拉了。

警察1：（冲警察4）把他铐上。

△警察4重新将小丸子铐在床栏上。

△警察1和警察4走出病房。

△小丸子忽然手腕一翻,亮出一串钥匙,三两下就打开了手腕上的手铐。

10-17. 红十字会总医院·卫生间门口　日　内

△倚在门口的警察2和警察3,老不见林秋雁出来。

△警察2和警察3解下枪,执枪走进女卫生间。

10-18. 红十字会总医院·卫生间　日　内

△警察2和警察3端着枪,走到小隔间门口。

△小隔间内,传来哗哗的水流声。

△警察2用力拍拍小隔间的门。

警察2：喂,好了没有？

△小隔间内依旧响着哗哗的水流声,但不见林秋雁回答。

△警察2和警察3疑惑地相互看了一眼,警察2抬起一脚,踹开了小隔间的门。

△警察2和警察3同时一愣：小隔间内空空如也,除了哗哗的水流,哪有林秋雁的踪影？

△就在警察2和警察3一愣神的工夫,忽然,林秋雁的一双腿凌空落下,狠狠地夹住了警察2和警察3的脑袋。

△只见林秋雁戴手铐的双手紧抓在板壁上,夹住警察2和警察3脑袋的双腿往里一合,警察2和警察3的脑袋猛地撞击在一起,两人顿时晕了过去。

△林秋雁跳下来,掏出警察2腰间的钥匙,打开了手铐。

10-19. 红十字会总医院·卫生间门口　日　内

△稍倾,林秋雁走出女卫生间。

10-20. 红十字会总医院·走廊　　日　内
　　　△间或有医生或者护士走过，林秋雁夹杂在中间，朝关押周天昊等人的病房走去。
　　　△林秋雁经过一位推手推车的护工，顺手抓起手推车上的一件白大褂，边走边将白大褂穿在身上。

10-21. 红十字会总医院·病房门口　　日　内
　　　△警察1和警察4背着枪，一左一右，守在病房门口。
　　　△对切：身穿白大褂的林秋雁，正朝守在病房门口的警察1和警察4走过来。

10-22. 红十字会总医院·病房　　日　内
　　　△小丸子站在地上，手指头上套着那串钥匙，晃来荡去，一脸得意之色。
周天昊：（压低声音）小丸子，快，打开我的手铐。
唐二十三：（嗲声嗲气）哟，小丸子，你倒是动作快一点儿。
小丸子：（上前，弯下腰，拍拍周天昊的脸蛋）喂，姓周的，想让我打开你的手铐，嘿嘿，连门儿都没有。（直起腰来）为了你们军统的什么狗屁任务，胖子和瘦猴死啦，我小丸子，也是好几次死里逃生……对不起，你们自个儿跟日本人和巡捕房玩儿吧，我小丸子不奉陪了。
周天昊：（稍微提高音量，厉声）小丸子！
唐二十三：（嗲声嗲气）哟，小丸子，你不能这样……咱们两个人，可是一伙儿的……
小丸子：哼，娘娘腔，谁跟你是一伙儿的？从现在起，我小丸子，只跟我自个儿，是一伙儿的。（将钥匙挂在打吊针的挂钩上）钥匙我挂在这儿，能不能拿到，就看老天爷愿不愿意给你们一条生路了……嘿嘿，告辞！
　　　△小丸子转过身，大大咧咧地走向病房门口。
周天昊：（低声喊，严厉地）小丸子，回来！
唐二十三：（和周天昊异口同声，嗲声嗲气）哟，小丸子，你回来……
　　　△小丸子对周天昊和唐二十三两人的喊叫压根儿充耳不闻，探头探脑地迈出病房门。

·灰雁·

10-23. 街道　　日　内
△马文涛的黑色轿车，以及三四辆坐满荷枪实弹警察的摩托车，飞速向前驶去。
△镜头跳转至车内——

10-24. 马文涛车内　　日　内
△警察甲在开车，马文涛坐在副驾座上，阴沉着一张脸。

10-25. 红十字会总医院·病房　　日　内
△已经走出病房的小丸子，忽然半举双手作投降状，又慢慢地退了回来。
△林秋雁手里举着一支枪，枪口顶在小丸子的脑袋上，一步一步走了进来。

林秋雁：（冷冷地）怎么，小丸子，这次又想一个人走？
小丸子：（讪笑地）嘿嘿，这个，这个……不是，那个，那个……嘿嘿……
△林秋雁抓过一副手铐，迅速将小丸子的双手铐了起来。
小丸子：（大急）喂，姓林的，你干什么？
△林秋雁并不搭理小丸子，取下挂钩上的钥匙扔给周天昊。
△几乎同一时间：
——林秋雁从门外将已经打晕过去的警察1和警察4，拖进了病房；
——周天昊和唐二十三先后打开手铐，拔去吊针，跳下病床。
小丸子：（喊）喂，姓林的，快打开我的手铐！
周天昊：你还是省省吧，她不会给你打开的。
唐二十三：（幸灾乐祸，嗲声嗲气）哟，小丸子，刚才是谁扔下我们不管，独自走了来着？……这呀，就叫以其人之道，还治其人之身。
小丸子：（恼火地）娘娘腔，你？
林秋雁：（冲小丸子，冷冷地）你最好闭上你的嘴巴！
△小丸子有些恨恨地瞪着林秋雁，没有说话。
△周天昊剥下警察1和警察4身上的服装，扔给唐二十三一套。
周天昊：换上这个。

10-26. 红十字会总医院·走廊　　日　内
△身穿警察服装的周天昊和唐二十三，押着戴手铐的林秋雁和小丸子，朝外走去。

第十集

10-27. 红十字会总医院·院子　　日　外

△五步一岗，七步一哨，站满了荷枪实弹的巡捕房警察。

△身穿警察服装的周天昊和唐二十三，押着戴手铐的林秋雁和小丸子，走出医院大楼，然后在众目睽睽之下，诡诡然走向大门口。

10-28. 红十字会总医院·大门口　　日　外

△大门两侧，同样站满了荷枪实弹的巡捕房警察。

△身穿警察服装的周天昊和唐二十三，押着戴手铐的林秋雁和小丸子，上了停在大门口的一辆巡捕房摩托车。

△身穿警察服装的唐二十三、戴手铐的林秋雁和小丸子等三人坐在车斗里，周天昊上了驾驶座，一踩油门，摩托车驶出。

10-29. 街道　　日　外

△周天昊驾驶着摩托车，载着唐二十三、林秋雁、小丸子三人，向前方急速行驶——周天昊和唐二十三依旧穿着警察服装，林秋雁和小丸子也依旧戴着手铐。

10-30. 红十字会总医院·大门口　　日　外

△马文涛的黑色轿车，以及三四辆坐满荷枪实弹警察的摩托车，飞速驶至，咔地停住。

△马文涛、警察甲先后下了黑色轿车，其他一众警察也从摩托车上跳了下来。

△以马文涛为首，警察甲等一众随从紧随在后，阔步向医院里边走去。

10-31. 红十字会总医院·走廊　　日　内

△马文涛带着警察甲等一众随从，朝关押周天昊、林秋雁等人的病房走过来。

10-32. 红十字会总医院·病房　　日　内

△马文涛、警察甲等数人走进病房。

△马文涛、警察甲等人随即一愣：周天昊、林秋雁、小丸子、唐二十三四人已经不见踪影，双手被铐在病床床栏上的，则是警察1和警察4，嘴

里还塞着一团纱布。

△已经清醒过来的警察 1 和警察 4，看见上司马文涛，冲马文涛呜呜啦啦地示意着。

马文涛：（冲警察甲等随从，咬牙）还愣着干什么？还不快给老子追？……哪怕是把上海滩挖地三尺，也要把东西给老子追回来！

警察甲：是，探长。（转对其他警察）快，我们走。

△警察甲率领一众随从警察，迅速冲出病房。

10-33. 街道·隐蔽处　　日　外

△街道两边的隐蔽处：一边埋伏着藤原纪子以及数十名黑衣打手；另一边，埋伏着青木一郎以及数十名黑衣打手。

△藤原纪子这边：藤原纪子举着望远镜，凝神眺望着宽阔的街道。

△望远镜中：周天昊驾驶着摩托车，载着唐二十三、林秋雁、小丸子疾驰而来，距离愈来愈近。

藤原纪子：（冷笑）哼，果然不出所料！

10-34. 街道　　日　外

△周天昊驾驶着摩托车，载着唐二十三、林秋雁、小丸子，向正前方疾驰。

△摩托车上。几乎同一时间：

——周天昊一手驾驶摩托车，一手取下警察帽子扔掉；

——唐二十三取下警察帽，同时脱掉警察服装，也随手扔掉；

——林秋雁和小丸子各自打开手腕上的手铐。

10-35. 街道·隐蔽处　　日　外

△藤原纪子收起望远镜，拔出腰间的手枪，推弹上膛。

藤原纪子：（冲一旁的黑衣打手）他们过来了。准备动手。

△该名黑衣打手朝对面的青木一郎一边打了个暗号手势，青木一郎那边回复了一个同样的手势。几乎同一时间，包括藤原纪子在内的所有人，都缩回到掩体后面，只露出黑洞洞的枪口。

10-36. 街道·摩托车上　　日　外

△周天昊驾驶着摩托车，向藤原纪子等人埋伏的方向疾驰。

　　　　　△车斗中，刚刚打开手铐的林秋雁，忽然一把卡住了小丸子的喉咙。

小丸子：喂，姓林的，你干什么？

林秋雁：（冷冷地）哼，如果不是你鬼迷心窍，我们怎么会被巡捕房暗算？还便宜了马文涛，让他白白地拿走了《神州策序》的摹本？

小丸子：喂，姓林的，你先放开我……喂……

唐二十三：（幸灾乐祸，嗲声嗲气）哼，小丸子，我告诉你，你呀，这是咎由自取！

小丸子：喂，姓唐的，你说什么风凉话？你不也有份儿？

唐二十三：（掏出小镜子，开始画眉毛，嗲声嗲气）哟，小丸子，这关我唐二十三什么事儿？我呀，只不过是一时受了你的蛊惑……

小丸子：（恼火地）娘娘腔，你……（忽然收敛怒气，转对林秋雁，讪笑着）嘿嘿，姓林的，你先放开我，咱们啊，有话好好说，有话好好说，你先放开我……

　　　　　△小丸子忽然手腕一翻，亮出一个卷轴，正是褚遂良版的《神州策序》摹本。

小丸子：（得意扬扬地）嘿嘿，姓马的也没占到多少便宜——他拿走的那个什么什么序摹本，不过是一卷白纸，假的。

　　　　　△忽然，响起爆豆般的枪声，一阵密集的子弹朝摩托车射来。

10-37.　街道　　日　外

　　　　　△隐蔽处。藤原纪子一边，青木一郎一边，各自探身出来，举枪朝周天昊他们射击。

　　　　　△稍远处。惶急中，周天昊驾驶的摩托车撞在街道旁的路基上，倾翻侧倒。周天昊、林秋雁、小丸子、唐二十三迅速跳下车，各自躲在掩体后边。

林秋雁：（喊）是日本人。

周天昊：（喊）我们中了埋伏……大家都小心点儿。

小丸子：（顾自嘀咕）啊呀，真是的……奶奶个小鬼子。

　　　　　△周天昊、林秋雁、小丸子、唐二十三拔枪还击（唐二十三同时用枪和绣花针，小丸子用弹弓，可根据实拍情况调整）。

　　　　　△双方激烈枪战。藤原纪子、青木一郎以及一众黑衣打手等，一边射击一边逼向周天昊、林秋雁等人。

· 灰　雁 ·

10-38.　街道 / 稍后　　日　外
　　　　△马文涛的黑色轿车在前，一众巡捕房警察乘坐的摩托车在后，飞速向前驶来。

10-39.　街道　　日　外
　　　　△周天昊、林秋雁、小丸子、唐二十三，与逼上来的藤原纪子、青木一郎以及黑衣打手等，近身搏击，不时有黑衣打手被打倒在地。
　　　　△周天昊对青木一郎，林秋雁对藤原纪子，小丸子和唐二十三对付其他黑衣打手，双方激烈打斗。
　　　　△打斗过程中，小丸子手中的褚遂良版《神州策序》卷轴无意中飞出，藤原纪子、林秋雁、小丸子三人同时飞身去抢。
　　　　△林秋雁、小丸子两人共同对付藤原纪子，激烈打斗，卷轴在三人手中辗转来去。打斗间隙，藤原纪子抢得一步先机，将卷轴抢在手里。
小丸子：啊呀，臭婊子！
　　　　△小丸子和林秋雁先后飞身扑上，再次与藤原纪子斗在一处。
　　　　△周天昊逼退青木一郎等，将摩托车推起来，发动驶出。
周天昊：（冲林秋雁、小丸子等大喊）快，上车！
　　　　△唐二十三率先跳上摩托车，小丸子欲再扑向藤原纪子，林秋雁猛地一拽她。
林秋雁：（大喊）快走！
　　　　△小丸子有些恨恨地跟在林秋雁身后，跳上了摩托车。
　　　　△周天昊驾驶着摩托车，载着林秋雁、小丸子、唐二十三绝尘而去。
　　　　△藤原纪子、青木一郎以及一众黑衣打手，在后边举枪徒劳地射击。

　　　　同场切：
　　　　△藤原纪子展开褚遂良版《神州策序》摹本的一角，仔细查看，脸上露出得意的神色。
　　　　△对切：稍远处，马文涛的黑色轿车，以及一众巡捕房警察乘坐的摩托车，气势汹汹地飞驰而来。
青木一郎：（靠近藤原纪子）纪子小姐，巡捕房的人来了，我们撤吧。
藤原纪子：（冷笑）哼，马文涛！我藤原纪子，迟早要跟他好好算一账……（冲青木一郎以及一众黑衣打手）我们走！
　　　　△藤原纪子、青木一郎、一众黑衣打手，转身跑向藏在隐蔽处的轿车和

摩托车。

△藤原纪子、青木一郎、一众黑衣打手，先后跳上轿车和摩托车，迅速驶离。

△稍倾，马文涛的黑色轿车，以及一众巡捕房警察乘坐的摩托车驶至，咔地停住。

△马文涛、警察甲以及一众荷枪实弹的巡捕房警察，先后从轿车和摩托车上下来。但展现在马文涛等人面前的，不过是激烈打斗后的一片狼藉。

警察甲：探长，我们来迟了。

△马文涛原本就阴沉着的脸，变得更加阴沉。

马文涛：（咬牙，发狠地）这帮狗杂碎，他们跑不了！

10-40. 大和洋行·内室　　日　内

△冯承素版和褚遂良版的两幅《神州策序》摹本，均摊开在桌面上。

△龟田次郎举着放大镜，仔细验看着褚遂良版的《神州策序》摹本，藤原纪子和青木一郎肃立一旁。

△过了良久，龟田次郎才慢慢地抬起头来。

龟田次郎：嗯，很好！很好！（指着两幅摹本）这两件东西，可都是中国人国宝级的文物，其艺术价值和收藏价值，虽然比不上王羲之本人的真迹，但也不可估量。

△龟田次郎的两只眼睛中，射出一股近似癫狂的兴奋光芒。

龟田次郎：现在，这两件价值连城的宝贝，都属于我们大日本帝国了！

10-41. 临街小楼·二楼小厅　　日　内

△周天昊、林秋雁、小丸子、唐二十三四人，筋疲力尽地走进二楼小厅。

△小丸子像是没有了骨头似的，一头栽倒在沙发上。

小丸子：啊呀，要死了要死了要死了！

△唐二十三拿出一面小镜子，继续画他的眉毛。

△窗前，林秋雁背身而立，安静地站着。

△周天昊站在墙壁前，手托下巴，望着墙上关于龟田次郎等人的勾连资料，陷入了沉思……

10-42. 上海公共租界巡捕房·大门口　　日　外

△一辆豪华的林肯轿车驶至，停在大门口。

·灰 雁·

    △车门打开，一位西装革履的高大美国人钻出豪华轿车。
叠映字幕：美国驻华大使 亨利·鲍威尔
    △亨利·鲍威尔大使带着一名随从，昂首阔步地朝大门内走去。

10-43. 上海公共租界巡捕房·马文涛办公室 日 内
    △身材高大的亨利·鲍威尔站在马文涛面前，有一种居高临下的气势。
亨利·鲍威尔：（生硬的汉语）马探长，奥利弗先生是我们美国公民，是我们美国著名的文物专家，他不明不白地死在中国境内，我需要你们巡捕房尽快地破案，抓获凶手，并将凶手绳之以法。
马文涛：大使先生，请您放心，我已经派出了巡捕房所有的警察，就算是挖地三尺，我也要把杀害奥利弗先生的凶手给逮出来。
亨利·鲍威尔：（生硬的汉语）马探长，我不需要你挖地三尺，我需要你尽快地破掉案子，抓获凶手。
马文涛：那是当然，那是当然。大使先生，请您一百个放心，你只管待在你的大使馆里等消息，相信要不了多长时间，我们巡捕房就会将杀害奥利弗先生的凶手逮捕归案。
亨利·鲍威尔：（生硬的汉语）很好。马探长，我记住你的话了。我希望在很短的时间内，你们巡捕房能给我们大使馆一个满意的交代，给不明不白死在中国的奥利弗先生一个满意的交代！
马文涛：这没问题，没问题……我们巡捕房，肯定会给大使先生您一个满意的交代，肯定。

同场切：
    △亨利·鲍威尔大使已经离去，办公室里只剩下马文涛一个人，他脸上原本淡定平和的神态，已经慢慢敛去，转为了阴沉。
马文涛：（咬牙）周天昊、林秋雁！
    △警察甲进。
警察甲：探长，我们现在怎么办？
马文涛：（冷笑）哼，还能怎么办！美国人那里，先尽量糊弄着。（踱了几步）目前最要紧的，是先找到《神州策序》的摹本，那可是唐代大书法家褚遂良临摹的，价值连城。
警察甲：（试探地）探长，那个神什么序摹本，是不是很值钱啊？
马文涛：当然很值钱——就那样一个摹本，足可以买下大半个上海滩。

警察甲：（吃惊地张大嘴巴）啊？

10-44. 临街小楼·二楼小厅　　夜　内
　　△周天昊在沙发上铺床单，正准备睡觉。
　　△唐二十三抱着自己的铺盖卷，走了进来。
周天昊：（疑惑地）嗯？唐二十三，你怎么跑客厅来了？
唐二十三：（嗲声嗲气）哟，周长官，我呀，是来和你搭个伴儿。
周天昊：我一个人习惯了，不需要有人搭伴儿……你还是去和小丸子搭伴吧。
唐二十三：（嗲声嗲气）哟，周长官，你说的这是什么话？这人啊，得有个伴儿，可以说说话、解解闷儿，省得呀，憋得慌。
周天昊：唐二十三，你少他妈啰唆，回你和小丸子的房间去。
唐二十三：（嗲声嗲气）哟，周长官，我今晚呀，就在这儿睡了……我不回去。
　　△唐二十三说着，不管不顾地躺在了周天昊平时睡的沙发上，一股脑儿用被子蒙住了脑袋。
周天昊：喂，唐二十三，你给我起来……喂，唐二十三……
　　△周天昊喊了几声，不见唐二十三回应。
　　△稍倾，唐二十三的被窝里，响起长短不一的呼噜声。
　　△周天昊无可奈何地走向另一处沙发。
　　△周天昊躺下来，盖上被子，然后一伸手，关掉电灯。

10-45. 临街小楼·小丸子卧室　　夜　内
　　△桌子上摆着两个木头刻的灵牌，上边各写着"胖子之灵位""瘦猴之灵位"的字样——字迹歪歪扭扭，很明显是小丸子写的。
　　△灵牌前，摆放着鸡鸭、水果、烧酒等祭品。
　　△小丸子双手合十，站在胖子和瘦猴的灵牌前。
小丸子：胖子、瘦猴，我这个当老大的，对不起你们，害你们钱没赚到，还白白地丢了性命……你们去了阴曹地府，可千万别怪怨我小丸子呀……那个古代的谁，叫文什么什么祥的，不就写过一句诗吗，叫什么"人生自古谁无死"……对对对，就是这一句，那个文什么祥说了，人总是要死的，不过你们死得早了点儿……
小丸子：胖子、瘦猴，你们在阴曹地府里边好好过，对阎王爷还有那些大鬼小鬼的，你们都孝敬着点儿，不然，你们会吃亏的……胖子、瘦猴，是我这个老大没当好，我小丸子对不住你们，这些水果，这些肉，还有这瓶酒，

·灰　雁·

　　　　　　都是给你们准备的，你们好好享用吧，吃饱喝好，胖子胃口大，就多吃一点儿多喝一点儿……

小丸子：胖子、瘦猴，你们就都放心吧，该你们得的那份儿钱，我不会自个儿花的，我会烧给你们的……啊，全烧了可惜，就烧一半给你们吧，反正你们在阎王爷那儿，也花不着了……

小丸子：（忽然哽咽）胖子、瘦猴，你们怎么就扔下我一个人，忽然走了呢？留下我小丸子一个人，孤零零的……你们两个王八蛋，也太不仗义了吧？……呜呜……

10-46.　临街小楼·林秋雁卧室　　夜　内

　　　　△林秋雁安静地躺在床上，床头搁着手枪。就连在睡眠中，林秋雁的眉头也是紧紧地皱在一起。

10-47.　（梦境）林宅·林其轩卧室　　夜　内

　　　　△卧室门口，林秋雁倒在血泊中，一点点向卧室内爬去。

　　　　△卧室内，一名黑衣蒙面人呵呵狞笑着，高高地举起武士刀，先是一刀劈翻了林母，又一刀劈中了林其轩。

林秋雁：（目眦尽裂）爹——娘——

　　　　△林秋雁的主观视角：

　　　　——黑衣蒙面人呵呵狞笑着，一刀又一刀，劈在林其轩的身体上；

　　　　——浑身满布刀伤的林其轩，以慢镜头缓缓倒下。

林秋雁：（目眦尽裂）爹——娘——

　　　　△林秋雁挣扎着，一点一点向林其轩夫妇的尸体爬过去。

　　　　△黑衣蒙面人呵呵狞笑着，一步步走近林秋雁。

　　　　△黑衣蒙面人猛地举起武士刀，对准林秋雁的脖颈，狠狠地劈了下来……

10-48.　临街小楼·林秋雁卧室　　夜　内

　　　　△林秋雁啊地惊呼一声，猛地坐起身来，大汗淋漓，不住地喘着粗气。

　　　　△周天昊、小丸子、唐二十三听到惊呼声，迅速跑进了林秋雁的卧室。

周天昊：（摇晃着林秋雁的肩膀，急切地）秋雁……林秋雁，你怎么啦？

小丸子：啊呀，真是的……喂，姓林的，你怎么啦？

唐二十三：（嗲声嗲气）哟，林姑娘，你呀，是做噩梦了吧？

△林秋雁目光茫然而迟钝地望着周天昊、小丸子、唐二十三。
　　　△稍倾——
林秋雁：……我没事儿。
周天昊：……
小丸子：啊呀，真是的……喂，姓林的，你真的没事儿？
　　　△林秋雁有些怔忡地摇了摇头，没有说话。

10-49. 大和洋行·内室　　日　内
　　　△龟田次郎举着放大镜，仍旧端详着墙上的半角密图，以及林其轩一家早年的一张全家福照片（和林秋雁随身携带的一模一样）。
　　　△藤原纪子和青木一郎肃立在龟田次郎身后。
龟田次郎：（转过身来）王羲之一直被称为"书圣"，是中国古代最伟大的书法家之一，他的代表作，除了《兰亭集序》，就是这《神州策序》，这两部作品，可都是前无古人、后无来者的旷世之作呀。后来，《兰亭集序》佚失，不知所终，唯独这《神州策序》有所流传。到了唐朝，有个叫唐太宗的皇帝，也是非常喜爱《神州策序》，就叫他手下的两名大书法家，一个叫冯承素，一个叫褚遂良，各自临摹了一幅……（朝桌上的两个摹本卷轴示意）喏，就是这两个摹本。
藤原纪子：哦？请问将军，那《神州策序》的真迹，现在在什么地方？
龟田次郎：（摇摇头）上千年过去了，没有人知道《神州策序》的真迹在什么地方。
藤原纪子：（意外地）……哦？
龟田次郎：关于《神州策序》真迹的下落，有很多种说法。根据中国的史书记载，那个叫唐太宗的皇帝，最后把"书圣"王羲之的真迹，带进了自己的坟墓里边——这个记载应该是最接近历史真相的一个说法，但遗憾的是，至今没有人知道，这位中国皇帝的墓穴到底修在什么地方。
藤原纪子：如此看来，这《神州策序》的真迹，恐怕是再也找不到了。
龟田次郎：不，恰恰相反。
藤原纪子：难道，将军您有线索了？
龟田次郎：（指着墙上的半角密图）现在，唯一的线索，就是这半张被烧残的密图。

10-50. 临街小楼·二楼小厅　　日　内

　　　　△周天昊、林秋雁、小丸子、唐二十三，或坐或站。唐二十三始终小镜子不离手，一丝不苟地画着自己的眉毛。

周天昊：形势有点儿复杂，为了这个摹本，巡捕房和日本人都卷了进来。身为军统特工，我们目前最重要的任务，就是把摹本从日本人手中重新夺回来——我们中国人的宝贝，绝不能让龟田次郎他们带回日本去，否则，我们几个，可就都成了中华民族的千古罪人。

小丸子：喂，姓周的，你别整这么多玄的和虚的……什么千古罪人不千古罪人的，跟我小丸子啊，没有半点儿关系。

周天昊：……

林秋雁：我们有党国的任务在身，没有任何选择的余地——你们两个，是被我拖进来的，这次的行动参不参加，你们自愿。

周天昊：愿意参加，我们举双手欢迎，大家并肩作战，都是好兄弟，共同对付小鬼子；不愿意参加，就带上给你们的报酬，连夜远走高飞，走得越远越好。

　　　　△沉默。

　　　　△稍倾——

小丸子：啊呀，真是的……喂，姓周的，你少啰里啰唆的，扯这些没用的废话。我可告诉你，我小丸子的两个好兄弟——胖子和瘦猴——一个是死在日本人的手里，一个是死在马文涛的手里，我是他们的老大，这个仇嘛，我小丸子非报不可。还有，那个日本臭娘们儿，她是从我手中抢走的摹本——这口气，我小丸子还真咽不下去。所以嘛，嘿嘿，你们这次的行动，你们同意，我小丸子得参加；你们不同意，我小丸子也得参加——参加定了。

周天昊：（欣慰地点点头）嗯，好。

　　　　△周天昊、林秋雁、小丸子，几乎同时看向唐二十三。

林秋雁：唐二十三，你呢？

唐二十三：（目不斜视，继续举着小镜子画眉毛，嗲声嗲气）哟，你们不用这样看着我。既然小丸子都同意参加了，那就也算我一个。

周天昊：既然这样，那我们就这样说定了。这次行动的目标，就是龟田次郎的老巢——大和洋行。

10-51. 大和洋行·内室　　　日　内
龟田次郎：这半张密图，是我从林其轩手里抢来的。林其轩穷尽毕生，都在研究《神州策序》，并致力于寻找《神州策序》真迹的下落——如果我所料不差，林其轩应该是找到了某些有效的线索。遗憾的是，我整整揣摩了三年，也没能解开这张密图。
藤原纪子：……
龟田次郎：林其轩死啦，但他的女儿还活着……（指着墙上林秋雁的照片）这个叫林秋雁的女娃儿，应该是解开这半张密图的唯一希望。
藤原纪子：请将军放心，我一定把这个林秋雁，给您抓回来。
龟田次郎：（点点头）嗯，好。那就有劳纪子小姐了。

10-52. 街道　　　日　外
△熙熙攘攘的行人，以及各种摊贩等。
△林秋雁戴着一个斗笠，压低帽檐，混杂在行人当中，向前走去。

10-53. 大和洋行·对面茶楼　　　日　内
△茶楼上，散乱地坐着一群粗豪的茶客。
△中间一个突出的高台上边坐着一名说书人，正在绘声绘色地讲《说岳全传》。
说书人：（啪，拍一下惊堂木）咱们书说简短：这岳飞岳鹏举，校场比武，枪挑小梁王，那小梁王是当场殒命。这下子，可闯下了大祸啦！兵丁走上前来一汇报，丞相张邦昌首先就哎哟一声，大惊失色……
众茶客：（鼓掌）好，讲得好。
△林秋雁走进茶楼，找了个靠窗的座位坐下。
林秋雁：小二，上一壶茶。
店小二：好嘞，姑娘您稍等，马上就好。
△稍倾，店小二端着一壶茶、一只茶杯朝林秋雁走过来。
△说书人的声音一直回绕着——
说书人：……张邦昌大怒，喝道："来呀，把这姓岳的小子，快快与我绑起来，枭首示众！"刀斧手立马冲上去，把岳飞岳鹏举，捆了个结结实实！
众茶客：（鼓掌）好，讲得好呀。
△店小二给林秋雁的杯子倒上茶。
店小二：姑娘，这是上好的铁观音，请您慢用。

·灰 雁·

林秋雁：谢谢。

△林秋雁端起茶杯，轻轻地抿了一口，目光朝窗外望过去。

△林秋雁的主观视角：大和洋行大门口的外景，以及时不时进出的轿车和摩托车。

△稍远处，两名茶客鬼鬼祟祟地偷瞄着林秋雁，并与手中的一幅画像比对着——那幅画像，赫然是林秋雁的半身头像。

△两名茶客相互对视一眼，搁下两枚铜板，悄悄地起身离去。

10-54. 大和洋行·对面街道　　日　外

△街道边上，一名光着膀子、穿白褂子的车夫，正坐在人力车的拉杆上休息。该名车夫抬起头来，看向大和洋行的大门口——赫然是周天昊所扮。

△稍远处，经过装扮的小丸子挑着一副糖葫芦架子，正在卖力地吆喝着。

小丸子：（喊）卖糖葫芦了，卖糖葫芦了，又大又甜的糖葫芦……卖糖葫芦了，卖糖葫芦了，又大又甜的糖葫芦……

△另一处，一名妇人坐在树荫下的台阶上，不住地用手帕给自己扇着风——赫然是唐二十三所扮。

唐二十三：（嗲声嗲气）哟，这鬼天气呀，可真热……

10-55. 大和洋行·对面茶楼　　日　内

△林秋雁坐在靠窗的位子上，依旧观察着对面的大和洋行，时不时抿一口茶。

说书人：……岳飞心里那个冤啦，不但这武状元没得着，反倒招来一场杀、身、之、祸！！！

△这时，一双女人的皮靴，走到林秋雁的桌边，坐下。

藤原纪子：（画外音）林二小姐，要不要我陪你喝一杯？

△林秋雁倏地回过头来：面前赫然坐着藤原纪子。

林秋雁：（意外地）藤原纪子？！

第十一集

11-1. 大和洋行·对面茶楼　　日　内

　　△林秋雁坐在靠窗的位子上，时不时观察着对面的大和洋行，偶尔抿一口茶。

说书人：……岳飞心里那个冤啦，不但这武状元没得着，反倒招来一场杀、身、之、祸！！！

　　△一双女人的皮靴，走到林秋雁桌边，坐下。

藤原纪子：（画外音）林二小姐，要不要我陪你喝一杯？

　　△林秋雁倏地回过头来：面前赫然坐着藤原纪子。

林秋雁：（意外地）藤原纪子？！

藤原纪子：林二小姐可真有闲情逸致啊，竟然跑到我们大和洋行的对面来喝茶？

　　△林秋雁冷冷地盯着藤原纪子，没有说话。

藤原纪子：怎么，难不成林二小姐是专门来监视我们的？

林秋雁：（冷冷地）藤原纪子，我来干什么，你心知肚明。

藤原纪子：当然。林二小姐来这里的目的，我当然心知肚明。

　　△林秋雁和藤原纪子两个人，一个死盯着一个，对峙着。

11-2. 大和洋行·对面街道　　日　外

　　△街道边上，车夫打扮的周天昊站在人力车旁，用衣襟扇着风，不动声色地观察着大和洋行附近的行人和环境。

　　△稍远处，经过装扮的小丸子挑着一副糖葫芦架子，依旧在卖力地吆喝着。

小丸子：（喊）卖糖葫芦了，卖糖葫芦了，又大又甜的糖葫芦……卖糖葫芦了，卖糖葫芦了，又大又甜的糖葫芦……

　　△唐二十三所扮的妇人，屁股一扭一扭地走到小丸子身旁。

唐二十三：（嗲声嗲气）哟，小哥儿，给我一串糖葫芦。

小丸子：嘿嘿，大婶，你要哪串呀？

唐二十三：（嗲声嗲气）嗯，我要这串……哦，不，我要那串……（一只手胡乱

·灰 雁·

戳指着）这串……那串……

11-3. 大和洋行·对面茶楼　　日　内

　　△林秋雁和藤原纪子腾上跃下、你来我往，已经激烈地对打在一起。
　　△店小二战战兢兢地躲在柜台后边；说书人以及一众茶客，顺着墙角悄悄地溜出了茶楼。
　　△林秋雁和藤原纪子两个人，身手相当。桌子、椅子、茶壶、茶杯等物件，均成了她们两人的武器，顺手抓起哪件是哪件。打斗过处，桌椅散架、茶壶茶杯的碎片散落一地，整个茶楼一片狼藉。
　　△林秋雁和藤原纪子两个人，一番凌厉的对打之后，各自挨了对方一招，退后数步。

藤原纪子：林二小姐，看你长得纤纤弱弱的，没想到，身手还不错。

林秋雁：（冷冷地）藤原纪子，你的废话未免太多了……来吧。
　　△林秋雁拔出靴筒中的匕首，手持双匕，再次纵身扑上。藤原纪子也迅疾拔出两把匕首，与林秋雁激烈地打斗在一处。打斗过程中，双方的匕首均一一被对方磕飞，最后仍旧变成徒手搏斗。
　　△双方势均力敌，谁也占不到明显的便宜。抽冷子，林秋雁用数招凌厉的攻势逼退藤原纪子，然后跃向窗户，撞裂茶楼窗户，腾跃而出。

11-4. 大和洋行·对面茶楼　　日　外

　　△茶楼外的半空中，林秋雁的身体凌空飞旋而下。
　　△林秋雁堪堪落在茶楼外的路面上，双手按在地上，成半蹲姿态定式。
　　△忽然，四周哗啦、哗啦，传来拉动枪栓和推弹上膛的声音。
　　△林秋雁保持半蹲的姿势，慢慢抬起头来。
　　△林秋雁的主观视角：只见青木一郎以及数十名日本黑衣打手，另有若干名宪兵队的日本士兵，各自持长短枪械，枪口均指着林秋雁。

青木一郎：喂，小妞儿，今天你跑不掉了吧？……哼哼，还是乖乖投降吧。

林秋雁：（意外地）青木一郎？
　　△这时，藤原纪子顺着茶楼的楼梯，身形款款地走下来。

藤原纪子：（边下楼梯边说）林二小姐，恐怕你今天，就是插上一对翅膀，也难以逃出我们的包围圈。
　　△林秋雁冷冷地看着众多指向自己的枪口，没有说话。

藤原纪子：（威严地）将她押回去。

△青木一郎以及两名黑衣打手上前，两名黑衣打手反扭住林秋雁的胳膊。
青木一郎：（冲林秋雁挥挥手枪）小妞儿，走吧。
△藤原纪子、青木一郎等一行，押着林秋雁朝大和洋行的方向走去。

11-5. 街道　　日　外
△藤原纪子、青木一郎等一行，押着林秋雁朝大和洋行的大门口走去。
△街道两边，一大群过往行人围观着，对着林秋雁的背影指指点点。
△人群另一边，一位绅士打扮的中年人，戴着礼帽，冷眼观察着藤原纪子等人押解林秋雁的行动——此人正是共产党员魏大宏，上海特别行动队的队长。
△普通老百姓打扮的队员甲和另两三名行动队的队员，同样混杂在人群当中，谨慎地左右观察着。
△稍倾，队员甲不动声色地踅到魏大宏身边。
队员甲：（左右看了看，压低声音）队长，这是什么情况？
魏大宏：（不动声色、压低声音）小鬼子抓的，不是我们的人——看情形，应该是国民党那边的。
队员甲：（压低声音）那我们怎么办？
△魏大宏漫不经心地扫视了一下四周的围观群众。
魏大宏：（依旧不动声色，压低声音）告诉弟兄们，不要轻举妄动，先观察一下风向再说——（顿了顿）下来以后摸摸底，看这位姑娘到底是个什么来路。
队员甲：好。
△队员甲冲其他队员摆了个眼色，大家装作若无其事地各自分散走开。

11-6. 大和洋行·大门口　　日　外
△周天昊、小丸子、唐二十三混杂在围观的人群当中，眼巴巴地看着藤原纪子等一行，押着林秋雁朝大和洋行的大门内走去。
小丸子：（挠挠后脑勺，自言自语）啊呀，真是的，这戏还没开锣，人反倒被抓了……（冲周天昊）喂，姓周的，这下怎么办？
周天昊：（压低声音）我们先回去，回头再想办法救人……（冲尚在东张西望的唐二十三，低吼）唐二十三，我们走。
唐二十三：（嗲声嗲气）哎，哎，好……（冲某围观群众）哟，别挡着我。

11-7. 大和洋行·地牢　　日　内

　　　　△浑身伤痕、血污满面的林秋雁被两根铁链捆缚住双手悬吊着，皮鞭雨点般落在她的身上。
　　　　△两名黑衣打手，各举一条皮鞭，拼命地抽打着林秋雁。
　　　　△藤原纪子忽然一抬手，两名黑衣打手停住，退往一旁。
　　　　△藤原纪子身形款款地走上前，伸出一只手，捏住林秋雁的下巴。

藤原纪子：林二小姐，怎么样，这挨打的滋味，不好受吧？
　　　　△林秋雁的眼神冰冷，一动不动地死盯着藤原纪子。

藤原纪子：（踱着方步）说实话，只要到了我藤原纪子手里，就等于你的一只脚，已经迈进了死亡的阴影，用你们中国人的话说，是踏进了阎王殿。选活路还是选死路，就看你自己了……否则，这阴曹地府的奈何桥上，你可能连个伴儿都没有。

林秋雁：（冷冷地）藤原纪子，你的废话未免太多了……还有什么手段，都尽管使出来吧！

藤原纪子：哟嚯，嘴巴还挺硬！……林二小姐，你不要心急，这好戏还没开始呢。
　　　　△藤原纪子指着摆放、悬挂着的各种各样的刑具。

藤原纪子：看见没有？这些刑具，都是你们中国人发明的，正好用来对付你们中国人……（优雅地抚摸着某件刑具）我很想看看，到底是你林二小姐的嘴巴厉害，还是我藤原纪子的刑具厉害。（冲旁边的黑衣打手一挥手）上刑！
　　　　△两名黑衣打手上前，用木枷夹住林秋雁的十根手指头，猛地用力。林秋雁强自忍着钻心的疼痛，以至于整个面部都有些变形。

藤原纪子：怎么样，林二小姐，你这会儿有没有想清楚，是想要活路呢，还是想要死路？

林秋雁：（强打精神）藤原纪子，你也太小瞧我们中国人了……这些刑具，不过都是姑奶奶我玩剩下的把戏，未免太小儿科了。

藤原纪子：是吗？
　　　　△藤原纪子从炭火中拿起一柄烧得通红的烙铁，走近林秋雁。

藤原纪子：是不是小儿科，林二小姐你马上就会知道。
　　　　△藤原纪子将烧得通红的烙铁，猛地摁在林秋雁的胸口上。
　　　　△林秋雁低低地惨呼了一声，她紧咬牙关，额头上的冷汗潸潸而下。

11-8. 临街小楼·二楼小厅　　日　内

△一张上海的街道地形图在桌子上摊开。

△唐二十三依旧举着小镜子，一丝不苟地画着眉毛；小丸子漫不经心地斜坐在桌子旁。

△周天昊指点着地图，在大和洋行的位置画了一个红色的圆圈。

周天昊：大和洋行在这个位置。

△周天昊直起身来。

周天昊：自从我们炸掉日本人的地下印钞厂以后，龟田次郎不但给自己的老巢——大和洋行增加了守卫，另外，他还从宪兵队调来了一部分日本士兵。仅凭我们三个人，硬闯大和洋行肯定不是办法，弄不好，不但人没救出来，反倒会把我们三个也搭进去。

小丸子：啊呀，真是的。算我小丸子倒霉，这趟浑水是越蹚越深、越搅越浑，一个不小心，这条小命说不定就玩儿完了……如果真落个这样的下场，那我小丸子这趟生意，哼，可就亏大发了。

周天昊：如果不把日本人赶出中国去，别说是你小丸子，包括我们所有的人在内，都别想过安稳的日子。

小丸子：喂，姓周的，你少来这套八竿子不着调的说道。你们是官家的人，吃着官饷拿着俸禄，保家卫国是你们分内的责任；我小丸子嘛，嘿嘿，小混混一个，赶不赶走日本鬼子，关我屁事儿。

周天昊：正是因为抱着你小丸子这种想法的人太多，我堂堂大中华之国，才一再被小日本侵略和欺负，造成今天这样一个残破混乱的局面。

小丸子：得得得，打住！打住！……姓周的，你就直接拣重要的说，下一步我们怎么办吧。

周天昊：我们先抓个舌头回来，弄清楚人关在什么地方，然后再采取行动。

11-9. 大和洋行·地牢　　日　内

藤原纪子：怎么样，林二小姐，这下舒服了吧？

林秋雁：（声音嘶哑）是，我很舒服，舒服极了，哈哈……来吧，继续给……姑奶奶挠痒痒……

藤原纪子：（恼火地，狞笑）哼哼，是吗？

△藤原纪子对准林秋雁左边的腮帮子，猛地挥了一拳，然后对准林秋雁右边的腮帮子，又来了一拳；藤原纪子的第三拳，狠狠地打在了林秋雁的肚腹上。

△林秋雁哇的一声，吐出一口鲜红的血液。

11-10. 东方巴黎夜总会·门口　　夜　外

　　△五彩的霓虹灯闪烁着，"东方巴黎夜总会"几个大字，显得格外醒目。
　　△夜总会门口，出出进进的商贾政要，以及穿着各色旗袍的名媛仕女等。
　　△夜总会对面，一辆七座别克车静静地停靠在不太显眼的隐蔽处。
　　△镜头跳转至车内——

11-11. 别克车内　　夜　内

　　△驾驶座上，周天昊的目光紧紧地盯着"东方巴黎夜总会"的门口。
　　△后排座上，小丸子百无聊赖地骨碌着眼珠子；唐二十三则依旧举着一面小镜子，细心地画着自己的眉毛。

11-12. 东方巴黎夜总会·门口　　夜　外

　　△青木一郎驾驶着一辆黑色的轿车，驶至夜总会门口，停住。

11-13. 别克车内　　夜　内

　　△一直紧盯着夜总会门口的周天昊，忽然发声——
周天昊：他来了。
　　△小丸子顺着周天昊的目光看过去——
　　△对切：青木一郎从黑色轿车上下来，走向夜总会门口。
　　△小丸子斜眼一瞥，唐二十三还在一丝不苟地画着眉毛。
小丸子：（一把夺过唐二十三的小镜子）喂，姓唐的，你画够了没有？
唐二十三：（嗲声嗲气）哟，小丸子，你干吗呀？……把我的镜子还给我！
　　△小丸子作势欲把小镜子扔出窗外，唐二十三连忙伸手去抢，两人迅疾过了几招。
周天昊：你们两个，别闹了。
　　△小丸子和唐二十三停手。
　　△小丸子有些悻悻地把小镜子扔给唐二十三。
小丸子：啊呀，真是的。喏，给你……不知道的，还以为我抢了你的什么心肝宝贝呢。
　　△唐二十三接住小镜子，冷哼了一声，别过脸去，不再理睬小丸子，依旧画自己的眉毛。

△稍倾——
周天昊：唐二十三，准备行动。
唐二十三：（收起镜子，嗲声嗲气）是，周长官……（竖起兰花指）对付区区一
　　　个青木一郎，我唐二十三呀，保证手到擒来，你俩就等着瞧好吧。

11-14. 东方巴黎夜总会·门口　　夜　外
　　　△青木一郎走进夜总会的大门。

11-15. 东方巴黎夜总会　　夜　内
　　　△富丽堂皇的大厅，炫目的彩灯，形形色色的男男女女，中间夹杂着一
　　　些外国人士。
　　　△舞台上，一位衣着暴露的半裸女郎，在劲爆的音乐声中，跳着火辣的
　　　钢管舞。
　　　△青木一郎斜靠在吧台前，手里举着一杯红酒，一双眼睛漫无目标地四
　　　处扫视着。
　　　△稍倾，一位乳房高耸、性感妖冶的女郎走到青木一郎身旁。
妖冶女郎：（娇媚的女声，嗲声嗲气）哟，这位先生，能请我喝一杯吗？
　　　△青木一郎回过头，上上下下打量着性感异常的妖冶女郎。
　　　△稍倾，青木一郎的嘴角，浮起一丝促狭而猥亵的笑容。

11-16. 大和洋行·地牢　　夜　内
　　　△龟田次郎带着两名黑衣打手走进地牢，藤原纪子等人肃立一旁，躬身
　　　行礼。
　　　△龟田次郎走到被悬吊着的、已经处于半昏迷状态的林秋雁近前。
　　　△一名黑衣打手上前，哗的一声，将一大桶凉水兜头浇在林秋雁的脑袋上。
　　　△血污满面的林秋雁冷不丁打了个寒战，慢慢地苏醒过来。
　　　△林秋雁缓缓地抬起头，瞪着面前的龟田次郎等人。
龟田次郎：你就是林秋雁，林其轩的二女儿？
林秋雁：龟田次郎？！
龟田次郎：对，我就是龟田次郎。（在地上来回踱着方步）能三番五次地从我的
　　　手掌心逃走，你林姑娘是第一个，肯定也是最后一个。
　　　△林秋雁冷嗤一声，没有言语。
龟田次郎：虽然你们军统的人，处处跟我们大日本皇军作对，但你林姑娘，只要

·灰 雁·

　　　　　　答应我一个条件，我龟田次郎就可以放你一条生路，我们以前的恩恩怨
　　　　　　怨，一笔勾销。
林秋雁：（冷笑）龟田次郎，你少给我来这一套，姑奶奶我不会上你们当的。
龟田次郎：林姑娘，你不要心急。我的条件嘛，很简单。
　　　　△龟田次郎亮出烧残的半张密图，举到林秋雁眼前。
龟田次郎：你只要告诉我，这张图上，画的是什么地方，我马上就放你走，绝不
　　　　　　食言。
　　　　△林秋雁眼中掠过一丝疑惑之色，但稍纵即逝。
林秋雁：（冷笑）龟田次郎，你又想玩什么花样？——这张图，跟我林秋雁有什
　　　　　　么关系？我怎么会知道图上画的是什么地方？
龟田次郎：当然跟你林姑娘有关系——因为这张图，是你父亲一笔一画，亲手画的。
林秋雁：（吃惊地张大嘴巴）……啊？！

11-17. 东方巴黎夜总会　　夜　内
　　　　△青木一郎和妖冶女郎各举着一杯红酒。
青木一郎：来，干杯。
妖冶女郎：（娇滴滴的女声，嗲声嗲气）嗯，干杯。
　　　　△青木一郎和妖冶女郎碰了一下杯，各自抿了一口。
　　　　△青木一郎盯着妖冶女郎高耸的乳房，喉结不由自主地蠕动了一下。

11-18. 东方巴黎夜总会·走廊　　夜　内
　　　　△青木一郎和妖冶女郎两个人，一边嬉笑着相拥往前走，一边举着红酒
　　　　　　碰杯，并做出种种亲昵动作。
妖冶女郎：（娇滴滴的女声，嗲声嗲气）哟，你这人可真坏！

11-19. 大和洋行·地牢　　夜　内
藤原纪子：林二小姐，你最好老老实实地回答我们将军的问题——不然，你剩下
　　　　　　的这半条命，马上就会到阴曹地府去报到。
林秋雁：（冷笑）藤原纪子，你不用吓唬我。你以为，我堂堂大中华之国民，会
　　　　　　随随便便屈服在你们日本人的淫威之下？
龟田次郎：林姑娘，你何必这么固执呢？
林秋雁：……
龟田次郎：我和你父亲林其轩林老先生，可是老相识啦。我实在不愿意看着他的

　　　　亲生女儿，一心往死路上走。
　　　　△林秋雁一愣，既感到意外，又夹杂着些许疑惑。
林秋雁：你认识我父亲？
龟田次郎：我当然认识。
林秋雁：？
龟田次郎：我和你父亲林其轩先生，是多年的老朋友了。我虽然是一名日本人，但我对贵国源远流长的汉文化一直心存敬慕，并且在你们的汉文化领域浸淫了半生——在这一点上，我和你父亲有着相同的嗜好。正是因为有着相同的嗜好，让我和你父亲成为无话不谈的好朋友。我们之间的友谊，怎么说呢，是远远超越于日中两国战争之上的，应该属于惺惺相惜那种。你们在南京的那个家，我可是去过很多次——你父亲画这张图的时候，我就在旁边给他磨墨。
　　　　闪回：
　　　　△林秋雁眼前交织闪过父亲林其轩生前的若干音容笑貌（读书、写毛笔字等），以及父母亲临死前的惨烈情景。
　　　　现实：
　　　　△林秋雁瞪大两只眼睛，死死地盯着面前的龟田次郎，她的眼中，意外、惊讶、疑惑、迷茫，各种复杂的表情兼而有之。
　　　　△稍倾——
林秋雁：（疑惑更重）龟田次郎，既然这张图是我父亲画的，那怎么又会在你的手里？……（厉声）你是怎么拿到的这张图？
龟田次郎：我怎么拿到的这张图，并不重要。重要的是，林姑娘你必须帮我解开这张图。
林秋雁：（冷笑）哼，你做梦！不要说我不知道，即使我知道，也不会告诉你。
龟田次郎：林姑娘，你不要这么固执。一个太过固执的人，最终的结果，总是会吃大亏的。
林秋雁：（冷笑）哼，你们这些小日本鬼子，有本事就冲着本姑娘来，你们休想从我口中掏出半个字！
　　　　△龟田次郎原本平和的神情猛地一敛，瞬间变得阴森起来，冷笑着。
龟田次郎：哼哼，看来，林姑娘是不见棺材不落泪了。（转对藤原纪子，阴狠地）给我打，狠狠地打，打到她愿意说为止！
藤原纪子：是，将军。
　　　　△藤原纪子快步上前，手中的皮鞭雨点般落在林秋雁的身上。

·灰 雁·

11-20. 东方巴黎夜总会·走廊　　夜　内
　　　△青木一郎和妖冶女郎勾肩搭背，两人嬉笑着，一边做着各种亲昵动作，一边走至一间客房门口。
　　　△青木一郎腾出一只手，拧开客房门的把手，两人相拥着进了客房。

11-21. 东方巴黎夜总会·客房　　夜　内
　　　△客房中，青木一郎和妖冶女郎相拥着，黑暗中响起两人激情的喘息声。
　　　△忽然，房间内灯光大亮。一位俊朗的年轻人坐在一把椅子上，神情笃定地看着愣怔在原地的青木一郎——正是周天昊，一旁的小桌子上搁着他的手枪。
青木一郎：（吃惊地）周天昊?!
周天昊：（略带调侃）对，是我。青木一郎，看来，你的记性不错嘛。
　　　△青木一郎冷哼一声，一只手悄悄地摸向腰间的手枪。
　　　△忽然，一个硬邦邦的东西顶住了青木一郎的腰部，小丸子的声音响起。
小丸子：嘿嘿，青木一郎，你最好不要乱动——否则，我小丸子的枪，会打烂你的屁股。
　　　△青木一郎摸枪的手猛地僵住，脸上的神色阴晴不定。
　　　△小丸子下了青木一郎的枪，然后将手中的弹弓柄冲青木一郎晃了晃——原来，顶住青木一郎腰部的，不是枪，而是小丸子的弹弓柄。
小丸子：（得意扬扬地）啊呀，真是的……喂，青木一郎，你这胆儿也忒小了吧，一根小小的木棍，就把你吓得够呛，这要是一把真枪，还不把你吓得屁滚尿流啊？
青木一郎：（气急地）你？
　　　△一旁的妖冶女郎取下头上的假发，接着卸掉项链、耳环等一应女性饰物，对方赫然是一个男人——原来，妖冶女郎竟然是唐二十三所扮。
青木一郎：（更为吃惊地瞪着唐二十三）……你、你是男的?!
唐二十三：（竖起兰花指，嗲声嗲气）哟，青木一郎，你现在才知道呀？……嗯，我当然是男的，跟你一样的大老爷们儿，如假包换。
　　　△唐二十三一边说话，一边从脖颈上提起一根细绳，细绳两端各悬吊着一个大而圆的苹果——原来，其高耸的乳房是用大苹果撑出来的。
青木一郎：（又惊又气）你?!
　　　△但旋即，青木一郎就感到一阵恶心，立马弯下腰，不住地干呕起来。

周天昊：青木一郎，你最好悠着点儿，小心别把自己的苦胆也给吐出来——这最难受的，还在后头呢。

　　△青木一郎停止干呕，慢慢地直起身。

　　△青木一郎有些恨恨地瞪着周天昊、小丸子、唐二十三。

周天昊：（站起身）带他回去。

小丸子：好嘞。（推搡着青木一郎）嘿嘿，青木一郎，你还愣着干什么？走吧。

　　△周天昊、小丸子、唐二十三，推搡着青木一郎走出。

11-22. 暗室　　夜　内

　　△共产党上海特别行动队队长魏大宏及一干行动队员在座，正在商量着什么。

　　△队员甲匆匆走进来，顺手抓起桌上的茶杯，咕咚、咕咚灌了一气。

魏大宏：怎么样？情况摸清楚了吗？

队员甲：摸清楚了，队长。日本人抓走的那位姑娘，是国民党那边的，她叫林秋雁，是军统的人，据说是他们的顶级特工，身手非常了得。

魏大宏：（沉吟地）林秋雁？顶级特工？

队员甲：这个林秋雁，是南京方面派到上海来的，执行的具体任务是调查日本人的"蝎美人计划"。

魏大宏：哦？这倒跟我们的调查目标，不谋而合。

队员甲：队长，还有个情况。

魏大宏：什么情况？

队员甲：这个林秋雁的身份，有点儿特殊。

魏大宏：（一愣，不解地）特殊？

队员甲：她是林其轩先生的二女儿。

魏大宏：（再次一愣，猛地站起身）哦！……（来回踱了几步）你是说，这个林秋雁，是秋月同志的亲妹妹？

队员甲：是的，队长。

　　△魏大宏不紧不慢地来回踱着方步，皱着眉头思索。

　　△稍倾——

魏大宏：秋月同志那边呢，具体什么情况？……她什么时候回国？

队员甲：应该快了。我们刚刚接到情报人员从国外传回来的消息，秋月同志从法国出发，先是乘飞机到香港，然后再从香港乘轮船来上海——到时候，我们的人会去接她的。

△魏大宏嗯了一声，若有所思地点了点头。

11-23. 大和洋行·地牢　　夜　内
　　　　　△龟田次郎抬抬手，藤原纪子停止抽打，退向一旁。
龟田次郎：林姑娘，说句老实话，你杀我们的人，烧我们的工厂，三番五次破坏我们的"蝎美人计划"——这任何一件事情，都足可以让你死一百次、死一千次。

林秋雁：……

龟田次郎：当然了，如果你跟我们精诚合作，帮我解开这张密图，那我不但可以放了你，还可以付你一大笔钱——这笔钱，足以让林姑娘你享尽后半辈子的荣华富贵。

林秋雁：（冷嗤一声）龟田次郎，你就别做白日美梦了，我林秋雁是中国人，我绝不会跟你们日本人合作的！

龟田次郎：（神色猛地一敛，阴森森地）是吗？

藤原纪子：林二小姐，你最好还是配合一点儿，再负隅顽抗下去，对你没有任何好处！

林秋雁：……

龟田次郎：不愧是林其轩的女儿，你们父女俩，简直是一模一样——一样的倔强，一样的固执，一样的认死理儿。对，你是中国人不假，但你看看你们这个破烂的国家，除了贫穷、落后，到底能给予你什么？……只有依附于我们大日本帝国，你们这个国家才会有一个光明的前途和未来，真正能够拯救你们支那民族的，只有我们大日本帝国！

林秋雁：（冷冷地）龟田次郎，你也太自以为是了——我们堂堂中华之民族，不需要你们小日本来拯救。

龟田次郎：（阴森森地）林姑娘，你知道你父亲的倔强，最后换来的是什么吗？

林秋雁：？！

龟田次郎：（狞笑）是家破人亡！是一把熊熊的大火，烧得你们林家上下片瓦不留！……呵呵呵呵呵……
　　　　　△望着呵呵狞笑着的龟田次郎，林秋雁的一双瞳孔猛地放大——
　　　　　闪回：
　　　　　△林宅·院子。龟田次郎的背影，带着两名黑衣打手呵呵冷笑着离去。
　　　　　△林宅·林其轩卧室。黑衣蒙面的龟田次郎，呵呵狞笑着，手中的武士刀朝倒卧在地的林其轩，一下又一下地劈去。

现实：
　　△林秋雁的视角：呵呵狞笑着、疯狂地挥舞着武士刀的黑衣蒙面人，与面前呵呵狞笑的龟田次郎叠合成一个人。

林秋雁：（嘴唇不住地哆嗦着）是你！……原来是你！……是你这个狗贼！（目眦俱裂，嘶喊）是你杀了我的爹和娘……是你烧了我们林家……啊……
　　△双手被悬吊着的林秋雁拼命但徒劳地挣扎着，作势欲扑向面前的龟田次郎。

龟田次郎：（阴森森地）不错，是我杀了你的父亲和母亲，是我龟田次郎，一把火烧了你们林家……嘿嘿，女娃儿，你的命可真大呀，当年的那一刀，竟然没能劈死你，让你捡回了一条小命儿！
　　△林秋雁的眼神几近疯狂，眼前交叠闪过龟田次郎用武士刀劈杀父母和自己的镜头。

林秋雁：（目眦尽裂，挣扎着，嘶喊）啊……龟田次郎……你这个刽子手……我要杀了你……啊……我要杀了你……

龟田次郎：杀我？林姑娘，你别忘了，你现在是阶下囚，你凭什么杀我？……谁让你父亲当年那么固执，拒绝跟我们合作？如果，他当时乖乖地交出这张密图，那我龟田次郎和他，还会是多年的莫逆之交，可惜的是，他的固执和倔强害死了他……拒绝跟我们大日本皇军合作的下场，只有一个，那就是："死！"

林秋雁：（挣扎着，嘶喊）啊……龟田次郎……我要杀了你……替我的爹娘报仇……啊……我要杀了你……杀了你……啊……

龟田次郎：（走上前，捏住林秋雁的下巴，狞笑）嘿嘿，林姑娘，你到现在还没有想明白：到了我龟田次郎的手里，你以为，我还会让你活着出去？……（狞笑着）哈哈哈……你不帮我解开这张密图，那么你的下场，只会跟你固执的老爹一个样儿，那就是去阴曹地府，见阎王爷！
　　△林秋雁鼓突着一对眼珠子，眼神几近疯狂，死死地瞪着龟田次郎。
　　△忽然，林秋雁猛一张嘴，噗，将一大口血沫子吐到了龟田次郎的脸上。

龟田次郎：（恼羞成怒）你？！

龟田次郎：（转而强压住怒气，冷笑）嘿嘿，林姑娘，既然你不识好歹，那么，就不要怪我龟田次郎心狠手辣！（冲藤原纪子）纪子小姐，给我上刑——我倒要看看，她这把骨头，到底能撑多长时间！

藤原纪子：是，将军。（转对林秋雁，阴笑）哼哼，林二小姐，那就对不住了。
　　△藤原纪子一挥手，两名黑衣打手推着一根悬吊着的圆木，狠狠地撞向

林秋雁的肚腹。一次，二次……到撞击第三次的时候，林秋雁猛地喷出一大口鲜血，鲜血溅满整个屏幕。

11-24. 临街小楼·二楼小厅　　夜　内

△青木一郎的双手被反绑着，周天昊和小丸子正在审问他。唐二十三则貌似事不关己地举着小镜子，一丝不苟地修着自己的眉毛。

周天昊：青木一郎，说，我们的人关在什么地方？

△青木一郎冷哼一声，不屑地别过脸去。

周天昊：怎么，不打算说？

青木一郎：（骄横地）周天昊，我劝你还是别白费力气了——你们那个姓林的臭娘们儿，早就被我们将军一刀砍死了。

周天昊：青木一郎，你这骄横跋扈的臭脾气，看来得我们帮你改一改。

△周天昊毫不犹豫地抬手一枪，打在青木一郎右脚踝骨上。青木一郎立马惨叫一声。

周天昊：青木一郎，睁开你的狗眼看清楚，你是我们抓来的俘虏，可不是来做客的什么贵宾——哼，好好地掂量掂量吧。

青木一郎：（疼得直吸气，但依旧嘴硬）周天昊，你想让我说实话，门儿都没有。你们几个，哪怕就是打死我，我也不会向你们屈服的——作为大日本帝国最忠诚的勇士，我怎么可能会背叛我的主人、背叛我的国家呢？

周天昊：（轻蔑地）是吗？青木一郎，你真的有你说的那么坚强？

△青木一郎冷哼一声，再次不屑地别过脸去。

周天昊：这牛皮嘛，谁都会吹，但是最好别给吹破了，小心风太大，闪了自己的舌头……放心吧，我们不会打死你，对付你这样的小角色，办法多得是。（转对小丸子）小丸子，你来。

小丸子：嘿嘿，好嘞。姓周的，你和娘娘腔就等着瞧好儿吧——对付他，我一个就够。

△小丸子大大咧咧地走上前，轻佻地拍了拍青木一郎的脸蛋。

小丸子：喂，青木一郎，你要是想少受点儿折磨呢，就好好地回答我们的问题，告诉我们人关在哪儿；如果还是这样胡拉八扯、胡吹大气的话，嘿嘿，我小丸子就给你"贴加官"，让你尝尝那种欲仙欲死、生不如死的美妙滋味儿。

青木一郎：（莫名所以）"贴加官"？欲仙欲死、生不如死？哼，你这是什么狗屁话？

小丸子：嘿嘿，不知道了吧？这"贴加官"呢，是我小丸子最拿手的一道法门。（捻起一张白纸，在青木一郎面前晃晃）看见了没，我就用这张薄薄的白纸，让你求生不得、求死不能。到了那一刻，别说你是什么大日本帝国最忠诚的勇士，就算你是一具铁人，也会三魂出窍、七魄离体——嘿嘿，那时候，你会后悔你爹妈生了你。

△青木一郎疑惑地看着小丸子手中的白纸。

青木一郎：（不屑地）哼，就凭一张破白纸，你能把我怎么样？

小丸子：（一脸坏笑）嘿嘿，能把你怎么样？很简单，我只需要把这张白纸贴在你脸上，再喷一口水，你这嘴巴和鼻孔，马上就会出不来气儿；然后呢，我再贴一张，再喷一口水；再贴一张，再喷一口水……到了那时候，即使你想说真话，哼哼，对不起，我小丸子还不想听了呢。

△青木一郎忽然反应了过来，面露一丝恐惧之色，身体不住地往后缩。

△啪，小丸子将白纸捂在青木一郎脸上，然后抓过桌上的水杯，冲白纸喷了一大口水。

△水渍漫延，整个浸湿浸透了白纸，出不来气的青木一郎唔唔地挣扎着。

小丸子：怎么样，青木一郎，滋味不好受吧？……想说真话了，就蹬蹬左腿；想要再加一张呢，嘿嘿，就蹬蹬右腿。

周天昊：嗯，不错，干得漂亮。

小丸子：（双手叉腰，洋洋得意）嘿嘿，那是当然。我小丸子，在上海滩摔爬滚打这么多年，混过白道，也混过黑道，这别的本事没有，收拾人的本事嘛，嘿嘿，个顶个儿。

周天昊：你这招叫什么，"贴加官"？——我看要不了多长时间，这青木一郎，就该蹬腿去见阎王爷了。

小丸子：对，"贴加官"，一层一层往上加，最后揭下来晒干，再涂上红红绿绿的颜色，就成了戏台子上唱戏用的面具……当年我在黑龙帮的时候，跟着我师父鲍老大学的。

周天昊：黑龙帮？

小丸子：是，黑龙帮，帮主就是鲍老大，大名叫鲍大牙，他原来是我的师父，后来，我偷了他的钱，逃了出来，一边躲避黑龙帮的追杀，一边在车站码头混口饭吃。这不，一个不小心，就蹚了你们这趟浑水。结果，越蹚越深、越蹚越浑……（忽然冲正在画眉毛的唐二十三，喊）喂，娘娘腔，过来。

唐二十三：（依旧一丝不苟地画眉毛，嗲声嗲气）哟，干吗呀？你们审你们的，我画我的眉毛，咱们呀，两不相干。

小丸子：过来，给我的杯子添水。

唐二十三：（嗲声嗲气）哟，瞧你这劲儿，干吗非得我给你添水呀？

小丸子：怎么，不情愿？……就你那两根破眉毛，都描了不下一百遍了，还在那儿画呀画呀的磨叽，你信不信，等你睡着以后，我一把火给你烧个精光？

唐二十三：（收起小镜子，嗲声嗲气）哟，我呀，怕了你了——我给你添，还不行吗？……我唐二十三呀，好男不跟女斗！

小丸子：（眼一瞪）嗯？姓唐的，你刚才说什么？

唐二十三：（一愣，但旋即反应过来，嗲声嗲气）哟，小丸子，你怎么连我的这句话都听不懂呀？我的意思是说，我唐二十三呀，以后呀，就唯你马首是瞻。

小丸子：哼哼，这还差不多……添水。

唐二十三：（嗲声嗲气）好，我添，我添。

△唐二十三屁股一扭一扭地走过来，给小丸子的杯子添上水。

△青木一郎还在唔唔地挣扎着。

小丸子：啊呀，真是的……看来，还不怎么够劲儿。

周天昊：既然不够劲儿，那就再给他来一张，让他好好享受享受。

小丸子：嗯，也对，再贴一张。

△小丸子捻起一张白纸，再次往青木一郎的脸上一捂，端起杯子，噗，又喷了一口水。

小丸子：嘿嘿，青木一郎，我这招呢，就叫"官加一级"……

△透不过气来的青木一郎拼命地摇着头。

小丸子：（故作疑惑）嗯，摇头？……这"摇头"，是个什么意思？

△青木一郎停止摇头，换作拼命地蹬左腿。

小丸子：啊，原来你是想说真话呀……行，那我小丸子就成全成全你。

△小丸子一把揭去青木一郎脸上的白纸。

△青木一郎大张着嘴巴，不住地喘着粗气。

青木一郎：（气喘、断断续续）我……我说，我说……她……她关在地牢里……在后院……有……有一条……秘密通道……

周天昊：哼，还算识相。（冲唐二十三）唐二十三，把他的伤口包扎一下。

唐二十三：（嗲声嗲气）哟，周长官，怎么又是我呀？

小丸子：嘿嘿，当然是你啦，难道是我不成？娘娘腔，我说你别整天拿着个小镜子，跟一个娘们儿似的——你呀，得有点男人的阳刚之气。

△唐二十三冲小丸子翻了翻白眼，有些不大情愿地走上前，用破布条缠住青木一郎脚踝骨上的伤口。

11-25. 临街小楼·二楼小厅　　晨　内

△青木一郎蜷缩在墙角，他的双手被反绑着，双脚也被牢牢地捆缚了起来。

△小丸子伸着懒腰，一边打哈欠，一边走进小厅。

△唐二十三伏在桌子上，正在一丝不苟地制作褚遂良版《神州策序》的假摹本。

△周天昊一边扣衣服的扣子，一边走向唐二十三。

周天昊：唐二十三，好了没有？

△唐二十三专注地描完最后一笔，然后拿起假摹本搁在烛火上，轻轻地来回熏烤。经过一番熏烤，褚遂良版的假摹本渐渐呈现出古旧苍黄的破败颜色，与真迹一般无二。

小丸子：（凑上去，讪笑）啊，这手艺还真不赖……喂，娘娘腔，改天教教我小丸子，我呀，请你去逛妓院，好不好？

唐二十三：（嗲声嗲气）哟，小丸子，你最好离我远一点儿……万一不小心给烧着了，我这一宿的工夫啊，可就白费了。

小丸子：（悻悻地缩回身子，有些恼火，自顾嘀咕着）啊呀，真是的……哼，不就是造个假吗，坑蒙拐骗的下三烂手艺，神气个什么呀？

△唐二十三专注地将假摹本熏烤完毕，然后端详片刻，递给了周天昊。

唐二十三：（嗲声嗲气）嗯，好了——咱这手艺呀，不敢说独步天下，但可以保证，任谁也看不出真假来。

△小丸子嗤了一声，半是羡慕半是不以为然地撇了撇嘴。

△周天昊展开假摹本，端详片刻，然后卷成一个卷轴。

周天昊：（满意地拍拍唐二十三的肩膀）嗯，干得不错……这上海滩的古玩收藏界，只要有你唐二十三在，想不乱都不成。

唐二十三：（嗲声嗲气）哟，周长官，瞧您说的这是什么话呀，我可是一宿都没有睡觉，帮你赶出了这个假摹本，您呀，连一句谢谢的话都没有……

周天昊：放心吧，亏待不了你。回头，我买一打小镜子给你，你一天换一个使，不重样儿……走吧，我们出发。

△周天昊转身下楼。

小丸子：喂，娘娘腔，走吧，你还磨蹭个啥？

唐二十三：（兀自发怔）嗯，什么意思？一打小镜子？……哟，周长官，你等等……

△唐二十三追下楼梯。

△小丸子走出两步，眼珠子骨碌碌一转，又折回来，走到青木一郎面前。

小丸子：喂，青木一郎，张嘴。

青木一郎：（惊恐地）你……你要干什么？

小丸子：（一脸坏笑）嘿嘿，干什么？

△小丸子一把捏住青木一郎的下巴，顺手将一只臭袜子塞进了青木一郎的嘴巴里。

△青木一郎唔唔地摇头挣扎。

小丸子：嘿嘿，我呀，只是给你的嘴巴里，添点儿佐料……嘻嘻。

△小丸子拍了拍手，转身走下楼梯。

11-26. 街道　　日　外

△七座别克车在街道上飞速行驶着。

△镜头跳转至车内——

11-27. 别克车内　　日　内

△周天昊在驾车，小丸子和唐二十三坐在后排。

小丸子：喂，姓周的，我们现在去哪儿？

周天昊：去找一个能帮我们的人。

小丸子：（莫名所以）嗯？……能帮我们的人？谁呀？

周天昊：马文涛。

小丸子：（吃惊地）马文涛？！

11-28. 上海公共租界巡捕房·大门口　　日　外

△周天昊驾驶的七座别克车驶至，咔的一声，停住。

△周天昊、小丸子、唐二十三下了车。

△在大门口站岗的四五名警察，看见周天昊等人，先是猛地一愣，然后就哗啦、哗啦地拉开枪栓，执着长枪围了上来。

周天昊：（神态笃定而悠然，冲打头的一位警察，语气略带调侃地）麻烦这位兄弟，进去向你们的马探长通传一声，就说我周天昊，专门前来拜会他。

△两名警察神情紧张地交头接耳两句，稍倾，打头的那名警察转身朝大

门内跑去。

11-29. 上海公共租界巡捕房·马文涛办公室　　日　内

　　△马文涛叼着硕大的烟斗，他面前站着笔挺俊朗的周天昊。

马文涛：周天昊？……哼，你的胆子可真不小，用假摹本骗了老子，还敢再次跑到老子的巡捕房来？

周天昊：彼此彼此。虽然我用假摹本骗了你，不过，马探长你做得比我更绝，不但不想给钱，还想置我们几个于死地，最后，又把杀死美国文物专家奥利弗的罪名嫁祸给我们……你这一箭三雕、杀人灭口的计划，我周天昊，可是望尘莫及啊。

　　△马文涛死死地盯着周天昊，周天昊也毫不避让，两个人用目光对峙着。

　　△稍倾——

马文涛：周天昊，看来，马某人小瞧了你这个军统的教官。

周天昊：不敢。我周天昊对你马探长，也是不得不"刮目相看"。

　　△马文涛冷哼一声，没有言语。

周天昊：不过，我今天来，不是跟你算账的，而是想送给马探长一份礼物。

马文涛：哦？……（半信半疑）什么礼物？

周天昊：《神州策序》摹本的真迹。

马文涛：哼，你以为，我会相信你的鬼话？

周天昊：如果是鬼话，我周天昊就不会巴巴地跑到巡捕房来，见你马探长了。

　　△马文涛眼神探究地盯着周天昊。

周天昊：摹本的真迹，现在在大和洋行的龟田次郎手里。我可以和我的人，从龟田次郎手里把摹本偷出来，然后，作为礼物送给马探长。

　　△马文涛依旧探究地盯着周天昊，没有吭声。

　　△稍倾——

马文涛：你这样做，有什么条件？

周天昊：条件很简单。我的人被龟田次郎抓走了，现在关在大和洋行的地牢里。我们帮你偷出摹本，马探长你，则必须帮我把人救出来——人归我，摹本归你，很公平的交易。

　　△马文涛没有搭话，只是死死地盯着周天昊，似乎在探究周天昊的话里面有多少是真话有多少是假话；而周天昊呢，也是毫不退让地盯着马文涛……两个人用目光对峙着。

　　△黑屏。

—— 第十二集 ——

12-1. 大和洋行·地牢　　日　内

　　△头发凌乱、浑身血污的林秋雁，嘴唇干裂，一双眼睛几近癫狂。她拼命地摇晃着悬吊自己的铁链。

林秋雁：（声音嘶哑，嘶喊着）龟田次郎……你给我出来……我要杀了你……啊……我要杀了你……龟田次郎……你给我出来……啊……

　　△藤原纪子顺着台阶，身形款款地走下来；她身后跟着一名黑衣打手，用托盘端着食物。

藤原纪子：看来，林二小姐的苦头还没有吃够啊？难怪我们将军说，你和你父亲的脾气，一模一样的倔强，几乎如出一辙。

林秋雁：（虚弱地）哼，藤原纪子，少废话……有种的，你就来吧！

藤原纪子：林二小姐，你不要心急嘛。这猫捉老鼠，总是要先好好地玩个够，然后，再一点一点地撕开，吃下去——你这只老鼠，我藤原纪子还没有玩够呢，哈哈哈。

林秋雁：（虚弱地，咬牙）藤原纪子，你不要嚣张！……总有一天，我会杀了你和龟田次郎的，替我的爹和娘报仇！

藤原纪子：（冷笑）哼，是吗？那我就等着，看你怎么杀了我和龟田将军。

林秋雁：……

藤原纪子：林二小姐精力这么充沛，看来，是不需要补充什么食物了。（冲黑衣打手）把饭抬下去，饿她个三天三夜，看她还敢不敢再嘴硬——这三天之内，连一滴水都不要给她。

黑衣打手：是，纪子小姐。

　　△黑衣打手端着托盘，转身离去。

12-2. 临街小楼·二楼小厅　　日　内

　　△墙角，青木一郎异常费劲地挣扎着，一点点将身体挪移到桌子旁边。

　　△青木一郎铆足劲儿，用身体猛地一撞桌子腿。

　　△搁在桌子上的茶杯应声掉落，摔成了一堆破碎的瓷片。

△青木一郎用反绑着的双手捡起一块碎瓷片，用力切割着手腕上的绳子。
　　△稍倾，青木一郎割断了手腕上的绳子。他三两下解开绳子，然后取掉嘴里塞的臭袜子，呸、呸地唾了两声。
　　△青木一郎解开捆绑双脚的绳子，挣扎着站起身来。
　　△青木一郎神情阴鸷地四下观望一番，然后转过身，一瘸一拐地走下楼梯。

12-3. 上海公共租界巡捕房·大门口　　日　外
　　△马文涛的黑色轿车，以及三四辆坐满荷枪实弹警察的摩托车，驶出巡捕房大门。
　　△黑色轿车内，警察甲驾车，马文涛叼着硕大的烟斗，面色沉着冷静，看不出明显的喜怒之色。
　　△稍后的一辆摩托车上，坐着装扮成巡捕房警察的周天昊、小丸子、唐二十三。

12-4. 某胡同　　日　外
　　△青木一郎一瘸一拐地快步向前走着，不时地回过头探看。

12-5. 街道　　日　外
　　△马文涛的黑色轿车，以及三四辆坐满荷枪实弹警察的摩托车，在街道上前行。
　　△镜头跳转至车内——

12-6. 车内　　日　内
警察甲：探长，你说这姓周的可靠吗？他可是军统的人呐。
马文涛：哼，我压根儿就没打算相信他。
警察甲：那咱们还和他联手、大张旗鼓地去找日本人的麻烦？弄不好，会惹祸上身的，对咱们巡捕房不利。
马文涛：这次行动，只是迫不得已的一个选择，他周天昊要救人，我要《神州策序》摹本，只好暂时联起手来……至于龟田次郎那里，得罪就得罪吧，为了摹本，也顾不了那么多了。
警察甲：属下担心的是，姓周的不会轻易把摹本交给我们。
马文涛：这个不用怕。他们现在人单力薄，在离开龟田次郎的势力范围之前，必

·灰 雁·

　　　　须依靠我们的力量来保护他们——不怕他们飞上天去。
警察甲：……
马文涛：待会儿到了大和洋行，你多长个心眼儿，等摹本真迹一到手，就把他们
　　　　几个，全部给我抓起来。
警察甲：（意外地）全部抓起来？
马文涛：对，全部抓起来。周天昊这个人，别看他年轻，胆识却不小，还有那个
　　　　林秋雁，都不是简单角色，留着他们迟早是个祸害。再说了，杀死美国
　　　　文物专家的罪名，既然已经安在他们头上了，就让他们一顶到底——鲍
　　　　威尔大使那里，还等着我们巡捕房给他一个交代呢。
警察甲：嗯，属下明白了。探长，您就放心吧，这次保证让他们束手就擒。
　　　　△马文涛点点头，似有似无地唔了一声。

12-7. 胡同口　　日　外
　　　　△青木一郎一瘸一拐地走至胡同口，神情紧张地朝街道的两侧窥探。
　　　　△对切：稍远处，马文涛的黑色轿车打头，三四辆巡捕房的摩托车紧随
　　　　在后，冲青木一郎所在的方向行驶过来。
　　　　△青木一郎的主观视角：黑色轿车内，影影绰绰地坐着马文涛。
青木一郎：马探长？……是巡捕房的人。
　　　　△青木一郎脸上浮现出欣喜之色，一瘸一拐地快步走向街道中央。

12-8. 街道　　日　外
　　　　△咔，刺耳的紧急刹车声，黑色轿车立马停住。紧随在后的三四辆摩托
　　　　车，也陆续停住。
　　　　△镜头跳转至车内——

12-9. 车内　　日　内
马文涛：（一愣）嗯，怎么回事儿？
警察甲：探长，有人拦车……是龟田的人，青木一郎。
　　　　△马文涛再次一愣，朝车窗外望去。
　　　　△对切：车外，青木一郎拦在车前，冲马文涛挥着手，喊着"马探长、
　　　　马探长"之类。
马文涛：（疑惑地）青木一郎？他不是被周天昊绑了吗，怎么会在这儿？
警察甲：这个，属下也不知道怎么回事儿。

240

马文涛：走，下去看看。

12-10. 街道　　日　外

　　△马文涛和警察甲先后下了黑色轿车。

马文涛：青木先生，你这是怎么回事儿？……（一眼瞥见青木一郎尚在渗血的脚踝骨，故作惊讶）哟，怎么还受了伤？

青木一郎：（气喘吁吁地）马探长，这事儿一言难尽……我被人绑架了，他们要杀我……你得帮帮我，送我回去……

马文涛：（故作吃惊）绑架？！……哟，这谁吃了熊心豹子胆，敢在青木先生您的头上生事儿？是谁，你告诉我，我现在就派警察去抓他们。

青木一郎：这件事儿，不劳马探长费心了，我会亲自找他们算账的……你只要把我送回大和洋行就行了，龟田先生那里，还等着我呢。

　　△马文涛和警察甲的目光飞快地一碰。

马文涛：没问题，没问题……我现在就送你回大和洋行。

　　△青木一郎的目光胡乱扫视，忽然，他目光一顿，落在身穿警察制服的周天昊、小丸子、唐二十三身上。

　　△青木一郎吃惊地指着周天昊、小丸子、唐二十三。

青木一郎：马探长，他、他、他……他们……就是他们三个绑架了我……快、快把他们抓起来……

马文涛：青木先生，你大概看花了眼吧？他们三个，可都是我们巡捕房的警察，怎么会跑去绑架你呢？

青木一郎：（咬牙）我怎么会看花眼？就是他们三个，他们都是杀人凶手——我脚上这一枪，还是那个姓周的打的。

马文涛：哦，你确定自己没有看错？

青木一郎：哼，错不了，他们就是化成灰，我也能认出来……马探长，快、快把他们都抓起来……

　　△青木一郎忽然意识到了什么，正打算回头，马文涛却已经用一根绳子（或领带）飞快地勒住了他的脖子。

马文涛：青木先生，我现在就送你回去。

　　△青木一郎唔唔地挣扎着，但没过一会儿，就眼突嘴斜悄无声息了。

　　△警察甲等人上前，将青木一郎的尸体抬到轿车后边，扔进了后备厢。

　　△马文涛上了车，黑色轿车启动，一应车队继续向前驶去。

·灰　雁·

12-11. 大和洋行·走廊　　日　外

△急促的脚步声。快速移动的长筒皮靴。

△龟田次郎腰间挎着武士刀，脸色阴沉，带着藤原纪子以及数名黑衣打手，步履急促地向外边走去。

藤原纪子：将军，马文涛这次来者不善，要不要给岗村队长打电话，从宪兵队调一些人过来？

龟田次郎：（阴沉着脸）不用，还不到跟巡捕房翻脸的时候。如果现在得罪了马文涛，对我们的"蝎美人计划"有害无益。

12-12. 大和洋行·大门口　　日　外

△马文涛带来的巡捕房警察与大和洋行的一干黑衣打手等，成对峙之势。

△周天昊、小丸子、唐二十三混杂在警察中间，有意压低帽檐，谨防黑衣打手认出他们来。

△龟田次郎带藤原纪子等人走出，黑衣打手闪开一条通道，躬身行礼。

龟田次郎：马探长，你这是什么意思？带着荷枪实弹的警察，怎么，是要围剿我们大和洋行吗？

△马文涛故意挤出一脸的笑容，属皮笑肉不笑那种。

马文涛：啊，龟田先生，您千万不要误会，千万不要误会。事情呢是这样的，我们巡捕房得到线报，说是涉嫌杀害美国文物专家奥利弗先生的凶手在您这里，所以马某带人前来，是想跟龟田先生商量一下，把这名凶手移交给我们巡捕房。

△龟田次郎嘴角的肌肉几不可察地抽搐了两下。

龟田次郎：马探长真会说笑话。我龟田次郎只是一个普普通通的生意人，怎么会和杀人凶手扯上关系？

马文涛：这个、这个嘛……（干笑两声）哈，龟田先生，您是知道的，这奥利弗先生被害的案子吧，动静太大，不光上头一再催着破案，这美国大使馆的鲍威尔大使也是一天一个电话，逼得马某吧连撞墙的心都有……这不，实在没法子，马某就只好带着人前来叨扰龟田先生了。

龟田次郎：侦破案件、缉拿凶手是你马探长的本职工作，这我支持。但我的大和洋行没有什么杀人凶手，马探长，您还是带着你的人请回吧。

马文涛：龟田先生，这个，这个，马某很为难啊……上命所逼，如果马某空手而回的话，实在是没法子向上头和美国人那边交代呀。

龟田次郎：怎么，马探长的意思，是要搜查我的大和洋行？

马文涛：（干笑两声）龟田先生，您言重了，哪儿敢是搜查呀？只是看看，让弟兄们四下里随便看看，如果确证没有嫌疑犯的话，马某也好回去向上头复命啊。

藤原纪子：（厉声）马文涛，你太过分了！你们巡捕房，明明就是故意找我们的碴儿……

△龟田次郎猛一抬手，止住藤原纪子的话。

马文涛：纪子小姐，你这话就说错了，不是我们故意找碴，实在是上命所逼，我们也是迫不得已啊。

龟田次郎：既然马探长执意要搜，那就请吧。

藤原纪子：将军？

△龟田次郎再次抬手，打断藤原纪子的话。

龟田次郎：把路让开。

藤原纪子：是，将军。

△藤原纪子挥挥手，黑衣打手们闪开两边，让出一条通道。

马文涛：（拱手）多谢您了，龟田先生。

△马文涛冲警察甲一挥手，警察甲带着一众警察冲进大和洋行的大门。

△周天昊、小丸子、唐二十三混杂在警察队伍里边，压低帽檐，以慢镜头从龟田次郎、藤原纪子两人身旁走过。

12-13. （一组镜头）大和洋行　　日　内／外

△院子。一众警察乱纷纷地冲进院子，然后分头查找。

△走廊。数名警察成两小队，分别朝走廊两边冲去。

△后院。一众警察乱纷纷冲过来，分散查找。

△某杂物间。两名警察冲进来，散乱地查找一番。

12-14. 大和洋行·大门口　　日　外

△马文涛靠在车门上，嘴里叼着硕大的烟斗，漫不经心地抽着；另有三四名警察分散站立在他身后。

△稍远处，龟田次郎和藤原纪子两人铁青着脸，一动不动地站着；一众黑衣打手肃立在他们身后。

12-15. 大和洋行·内室　　日　外

△小丸子的眼珠子骨碌碌乱转着，顺着走廊，一边窥探一边倒退至密室

·灰 雁·

门口。

△小丸子谨慎地四下观察一番，然后悄悄拨开门，一闪身，进了密室。

12-16. 大和洋行·后院　　日　外

△在一处不大起眼的柴房门口，周天昊和唐二十三两个人，拿着一张简易图纸比照着。

周天昊：没错儿，就是这里。（警惕地扫视一下四周）走。

△周天昊和唐二十三一闪身，进入柴房。

12-17. 大和洋行·柴房　　日　内

△周天昊和唐二十三闪身进屋，有两名黑衣打手坐在桌后。

黑衣打手A：（厉声）你们干什么？这里不能随便进来。

周天昊：我们是巡捕房的，警察，奉命搜查大和洋行。

黑衣打手B：（眼神警惕）这只是一间普通的柴房，有什么好搜查的？请你们马上出去。

周天昊：是吗？

黑衣打手B：……

周天昊：既然是普通的柴房，那怎么还安排你们两个守着？

△黑衣打手A和黑衣打手B听出周天昊语气不善，两人目光飞快地一碰，迅速拔出腰间的手枪。

△周天昊飞起一脚，踢飞其中一名黑衣打手的枪；唐二十三则抖手射出绣花针，钉在另一名黑衣打手执枪的手腕上。

△四人分两队，徒手对打。稍倾，周天昊和唐二十三分别制住了黑衣打手A和黑衣打手B，将他们打晕过去。

△周天昊找到墙上的按钮，一摁。靠墙而立的橱柜向两旁滑去，露出一条暗道。

△周天昊和唐二十三两人对视一眼，先后进入暗道。

12-18. 大和洋行·内室　　日　内

△小丸子蹑手蹑脚地在房间内东敲敲、西摸摸，仔细查找。

△小丸子敲敲一处墙壁，声音空而不实，脸上顿时现出笑容。

△小丸子鼓捣了几下，就打开了隐藏得极为隐蔽的暗格：一个精致的木制长匣子赫然在目。

小丸子：（得意扬扬地）啊呀，老龟田也就这点儿本事，太小儿科了吧？
　　　　△小丸子拿出木匣，打开：里边露出两幅卷轴（分别为《神州策序》冯承素、褚遂良版的摹本）。
小丸子：（挠挠后脑勺）嗯，怎么有两个？
　　　　△小丸子分别展开两幅卷轴的一角，但看不出个所以然来。
小丸子：管他呢，两个都拿走……弄不好，都是价值连城的宝贝，嘻嘻。
　　　　△小丸子揣好摹本，将木匣搁回去，然后将暗格恢复成原来的样子。

12-19．大和洋行·地牢　　日　内
　　　　△周天昊和唐二十三顺着暗道中的台阶走下来。
　　　　△负责守卫林秋雁的四名黑衣打手先是一愣神，然后迅速围了上来。
黑衣打手C：（厉声）你们是什么人？怎么会进来？
唐二十三：（嗲声嗲气）哟，没看我们穿着警察服装呀？……我们是警察，巡捕房的……
黑衣打手C：警察？
周天昊：我们奉命搜查，怀疑你们窝藏涉嫌杀害美国文物专家奥利弗先生的凶手。
　　　　△周天昊的目光落在稍远处悬吊着的林秋雁身上，血迹斑斑的林秋雁此刻处于昏迷状态。
　　　　△四名黑衣打手相互对视一眼，猛地拔出武士刀，冲周天昊、唐二十三两人冲去。周天昊、唐二十三当即与四名黑衣打手混战在一处。
　　　　△一众人等飞上跃下，激烈打斗。过了片刻，有三名黑衣打手分别被周天昊、唐二十三两人打晕在地。黑衣打手C的武士刀被踢飞，他就地几个翻滚，然后迅疾去摸枪。
　　　　△黑衣打手C的枪只拔出一半，周天昊的枪口就已经顶在他的脑门上了。
黑衣打手C：你？……你想怎么样？
周天昊：哼，我不想怎么样？
　　　　△周天昊一记枪托，将黑衣打手C打晕在地。
　　　　△周天昊和唐二十三冲向林秋雁。
　　　　△嘴唇干裂、浑身血污的林秋雁依旧处于昏迷当中，周天昊用力摇晃着她。
周天昊：（摇晃着林秋雁，急切地）秋雁！……秋雁！……林秋雁！……你醒醒！
唐二十三：（嗲声嗲气，与周天昊同时喊）林姑娘……林姑娘……
周天昊：（冲唐二十三）快，打开铁链，放她下来。

·灰　雁·

　　　　　△唐二十三迅速打开悬吊林秋雁的铁链，以及她脚上的铁链。
　　　　　△周天昊将林秋雁搂在怀里，用力地摇晃着。
周天昊：（急切地）秋雁！……秋雁！……你醒醒！你醒醒……
　　　　　△林秋雁慢慢地睁开眼睛，目光迟滞地看着周天昊。
林秋雁：（虚弱地）教、教官……
周天昊：（急切地）秋雁，你怎么样？……挺着点儿，我们带你出去！
林秋雁：（虚弱地）教、教官，是、是他……是他……
周天昊：秋雁，你说什么？他是谁？他怎么了？
林秋雁：（虚弱、断断续续）是、是……是龟田次郎……是他……是他杀了我爹和我娘……是他烧了我们林家……是、是他……
周天昊：（惊愕地）什么，是龟田次郎？是龟田次郎杀了你爹和你娘？
　　　　　△悲恸欲绝的林秋雁虚弱地闭上眼睛，眼泪扑簌簌落下。
周天昊：（冲唐二十三）快，扶她起来……我们走。
　　　　　△周天昊和唐二十三扶着林秋雁，向出口处的台阶走去。

12-20. 大和洋行·内室　　　日　内
　　　　　△小丸子向门口走出几步，又像是想起什么似的回过头去。
　　　　　△小丸子的主观视角：墙上，关于林秋雁、周天昊等几人的资料、烧残的密图、发黄的全家福照片等等。
　　　　　△小丸子的目光，有些怔怔地定在全家福照片上：林其轩夫妇、儿时的林秋月、林秋雁、林秋芸（小丸子）。
　　　　　△小丸子的主观视角：儿时的林秋芸（小丸子）甜甜地笑着、笑着，然后，照片上的林秋芸（小丸子）开始变大，并慢慢跑动起来，同时响起银铃般的笑声……

12-21. （闪回）林宅　　　日　内
　　　　　△院子。少女时期的林秋月、林秋雁、林秋芸三姐妹，大概都是五六岁到八九岁的样子，脖子上各挂着一枚狼牙项链，在空地上嘻嘻哈哈地追逐嬉闹。
　　　　　△客厅。三姐妹先后跑进客厅，围着正在打扫卫生的林母，相互追逐嬉戏。
林　母：哟，我的小祖宗，慢点儿跑，慢点儿跑，小心摔着……
　　　　　△书房。三姐妹追逐着跑进书房，时而藏在书柜旁，时而躲在父亲身后。

正在读书的林其轩抬起头，看着嬉闹的三个女儿，慈祥地微笑着。

12-22. 大和洋行·内室　　日　内

　　△小丸子歪着头思谋片刻，然后踅回去，扯下墙上的全家福照片揣进兜里。

　　△小丸子走到门口，轻轻滑开门，朝外边窥视一番，然后闪身而出。

12-23. 大和洋行·后院　　日　外

　　△周天昊和唐二十三扶着林秋雁走过来，小丸子与他们汇合一处。

周天昊：怎么样，到手了吗？

小丸子：（得意扬扬）嘿嘿，咱是谁呀！上海滩大名鼎鼎的小丸子——妙手空空，手到擒来，而且，还是双份的。

周天昊：双份？

小丸子：对。老龟田藏了两幅一模一样的摹本，我呀，顺手牵羊，都给偷出来了。

周天昊：嗯，干得漂亮！……（冲唐二十三）唐二十三，按我们的原定计划行事。

唐二十三：（嗲声嗲气）嗯，好。

　　△唐二十三趁周围的警察不注意，悄悄地向僻静处退去。

　　△唐二十三飞身一跃，跳上墙头，然后消失于院墙外边。

小丸子：喂，姓林的，你怎么样？

周天昊：她昏过去了……我们走。

　　△周天昊、小丸子两个人，扶着林秋雁朝前院走去。

12-24. 大和洋行·大门口　　日　外

　　△周天昊、小丸子两人压低帽檐，扶着林秋雁，混杂在一众警察中间，朝大门口走去。

　　△龟田次郎、藤原纪子乍一看见浑身血污的林秋雁被搀扶出来，两人的身躯同时一震。

龟田次郎：（气急，强抑怒气）怎么回事儿？他们怎么会找到地牢？

藤原纪子：我们大意了。

龟田次郎：……

藤原纪子：怎么办，将军？

龟田次郎：不能让他们把人带走。

藤原纪子：属下明白。

·灰　雁·

　　△藤原纪子一挥手，一众黑衣打手们迅速上前，堵住了周天昊、小丸子，以及一众警察的去路。

藤原纪子：（冷冷地）这个人，你们巡捕房不能带走——她炸毁了我们大和洋行的纺织厂，还杀了我们的工人，她必须接受我们大日本皇军的审判。

马文涛：（漫不经心地吐出一个烟圈）纪子小姐，这就是你的不对了。既然这个女的炸毁了你们的工厂，还杀了人，那就更应该交给我们巡捕房了呀……你想啊，这么多的大案要案都背在她一个人的身上，我们就得好好审判她，公开审判，既给你们大和洋行一个交代，也给美国人和广大市民一个交代，你说是不是呀？

藤原纪子：马探长，你少来这套花言巧语的说辞——人，必须留下来。

　　△马文涛眼中掠过一丝狠戾之色，但稍纵即逝。

龟田次郎：马探长，别的任何事情，我都可以答应你——唯独这个女凶徒，牵涉重大，我不能把她交给你们巡捕房。

马文涛：龟田先生，你这是为难马某啊。

龟田次郎：是不是为难马探长，马探长心里应该很清楚。

马文涛：龟田先生，马某跟您也是交往多年的老朋友了，说没交情那肯定是假的。说老实话，我是实在不愿意看到今天这个场面啊。

龟田次郎：很遗憾，我也很不情愿看到今天这个场面！

马文涛：那龟田先生您呢，就给我马文涛一个薄面，将人交给我们，以免伤了我们双方的和气。

龟田次郎：马探长，这话应该反过来说——请马探长给我龟田次郎一个薄面，带着你的警察，离开我的大和洋行。

　　△马文涛和龟田次郎一个盯着一个。

马文涛：龟田先生，怎么说呢，这个女人牵扯到美国文物专家奥利弗先生被杀的案子，事关重大，这方方面面的人都在盯着我们巡捕房呢。今天，龟田先生您是答应也罢，不答应也罢，马某都得带走她——要不然，我这顶副总探长的帽子，就得被人给摘了。

藤原纪子：（厉声）怎么，马探长，你是打算强抢吗？

马文涛：纪子小姐，既然你和龟田先生这么固执，那马某就只好得罪了——（冲警察甲等）带人。

藤原纪子：（气急，冲马文涛）你？……（厉声，冲警察甲等人）谁敢？

　　△藤原纪子一挥手，黑衣打手们迅速拔枪，指向警察甲等；警察甲等也迅速拔枪，指向黑衣打手等人。

△双方持枪对峙，一时剑拔弩张，气氛极为紧张。
△一组特写镜头：
——林秋雁血污满面、尚处于昏迷中的脸；
——压低的帽檐下，周天昊坚毅的脸，他的神情高度戒备；小丸子骨碌碌乱转的眼睛。
——龟田次郎铁青而隐忍的脸；
——藤原纪子冷冽而愤怒的脸；
——马文涛叼着硕大的烟斗、镇定自若的脸。

同场切：
△一辆豪华的林肯轿车驶至大和洋行门口，停下。
△车门打开，身形高大的美国驻华大使亨利·鲍威尔从车上下来。
龟田次郎：（意外地）鲍威尔大使？
亨利·鲍威尔：（生硬的汉语）龟田先生，我以美国大使馆的名义，建议你将这名女嫌疑犯，移交给马探长，由他们巡捕房全权来处理。
龟田次郎：（迟疑地）鲍威尔大使，你这个要求，恐怕……
亨利·鲍威尔：（生硬的汉语）龟田先生，你不要这个那个了，我们大使馆还在等着巡捕房的调查报告呢……我想，龟田先生还不至于为难我们美国大使馆吧？
龟田次郎：鲍威尔大使言重了，我怎么会为难你们美国大使馆呢？
亨利·鲍威尔：（生硬的汉语）那就好，你现在就将人移交给马探长。
△龟田次郎脸上的神色阴晴不定。
△稍倾
龟田次郎：（冲藤原纪子等）你们退下。让他们走。
藤原纪子：将军？
龟田次郎：（低吼）执行命令！
藤原纪子：是，将军。（转身，冲黑衣打手等）退下。
△一众黑衣打手收起枪，闪退两边，让出一条通道。
△周天昊等扶着昏迷中的林秋雁，在一众警察的簇拥下，上了摩托车。
马文涛：（冲龟田次郎拱拱手）龟田先生，谢谢您，马某告辞了。
龟田次郎：（铁青着脸）马探长走好，不送。
△马文涛上了黑色轿车，轿车启动，一众车队驶离大和洋行。鲍威尔大使的豪华林肯轿车，也随后离去。

12-25. 大和洋行·内室　　日　内

　　　　△龟田次郎铁青着脸走进来，藤原纪子跟在他身后。

　　　　△咚，龟田次郎异常恼火地在桌子上擂了一拳。

龟田次郎：（咬牙切齿）巴格！

藤原纪子：……

龟田次郎：（恶狠狠，一字一顿地）马、文、涛！……总有一天，我会扒了你的皮、抽了你的筋！

藤原纪子：将军，您不要生气了。等这阵子风头过去，我们再想办法把人捞回来。

龟田次郎：（气急败坏地走来走去）哼，在我们大日本皇军占领的大上海，竟然被一个小小的支那副探长骑在脖子上拉屎，我能不生气吗，啊？

藤原纪子：……

龟田次郎：（焦躁地）这个姓林的女娃儿，牵涉到《神州策序》真迹的下落，直接关系到我们"蝎美人计划"的成败——现在，人没了，"蝎美人计划"还怎么往下进行？

藤原纪子：请将军息怒，我会派人二十四小时盯着巡捕房，一定把林秋雁给您重新抓回来。

　　　　△龟田次郎焦躁地在地面上走着来回。忽然，他停住脚步，貌似无意地抬头朝墙壁上看去。

　　　　△倏地，龟田次郎的神色一紧：墙壁上，原本贴林其轩一家全家福照片的地方，变得空空如也——全家福照片不见了。

12-26. 街道　　日　外

　　　　△马文涛的黑色轿车打头，三四辆巡捕房的摩托车在后，向前行驶着。

　　　　△特写镜头：

　　　　——车内，马文涛笃定的脸；

　　　　——稍后的摩托车上，周天昊坚毅的脸、小丸子大大咧咧的脸。

12-27. 大和洋行·内室　　日　内

　　　　△龟田次郎死死地盯着全家福照片消失的地方。

藤原纪子：将军，怎么了？

　　　　△龟田次郎快步走到暗格前，打开暗格，取出装摹本的木匣。

　　　　△木匣打开：里边空空如也，两幅摹本均不翼而飞。

龟田次郎：（咬牙切齿）这帮狗杂种，他们偷走了我的摹本！
藤原纪子：啊？！
　　　　△藤原纪子吃惊地张大嘴巴，老半天合不拢。

12-28. 立交桥　　　日　外
　　　　△马文涛的黑色轿车及一众摩托车停住，马文涛下了车。
　　　　△周天昊、小丸子搀着林秋雁下了摩托车。
马文涛：周天昊，人，我帮你救出来了——摹本呢？
　　　　△周天昊掏出唐二十三伪造的褚遂良版摹本，朝马文涛抛过去
周天昊：给你。
　　　　△马文涛伸手接住摹本，展开一角，仔细地验看。
　　　　△稍倾，马文涛的嘴角浮出一丝满意的笑容。
周天昊：马探长，摹本没问题吧？
马文涛：没问题，是褚遂良的真迹。
周天昊：那好，我们就此别过，再见。
　　　　△周天昊和小丸子搀扶着林秋雁，转身欲走。
马文涛：（阴笑）哼哼，周天昊，你以为，我马文涛会让你们离开？
　　　　△马文涛一抬手，警察甲等一众人迅速举起枪，分三面围住了周天昊等三人。周天昊和小丸子搀扶着林秋雁，被逼到了立交桥的桥栏边。
周天昊：马文涛，你想怎么样？
马文涛：哼，怎么样？我得把你们丢回大牢去。不然，你们走了，美国大使馆那里，我怎么向他们交代？
周天昊：美国专家不是我们杀的——他怎么死的，你马探长应该比我们更清楚。
马文涛：是谁杀的美国专家，并不重要；重要的是，得有人把这个罪名顶下来。
周天昊：你打算让我们当替罪羊？
马文涛：对，就是这个意思。
　　　　△双方，一个盯着一个，短暂的沉默。
　　　　△稍倾——
周天昊：马文涛，你不守信用！
马文涛：（冷笑）哼，信用？信用是个什么东西，卖多少钱一斤呀？……哈哈哈……（回头，冲警察甲等人）你们知道吗？
警察甲等：（众，故意摇头，异口同声）不知道，探长。
马文涛：看，这里没人知道什么是信用，没有人知道……哈哈哈……

·灰 雁·

周天昊：（打断马文涛的长笑）马文涛，你真的以为，我们会无条件地相信你？
马文涛：不相信又能怎么样？你们现在是我的瓮中之鳖——除非，你们长了翅膀，能从这座立交桥上飞下去。
周天昊：哼，马文涛，你难道就没有发现，我们少了一个人吗？
马文涛：（一愣）嗯？
△马文涛疑惑地看向警察甲等人。
警察甲：（靠近马文涛）探长，是那个姓唐的戏子——从大和洋行出来的时候，他就不见了。
马文涛：哼，跑了一个，也行——我先把你们三个抓回去，回头，再派人去抓他。
周天昊：（讥讽地）哼，马文涛，你最好仔细看看你手中的摹本，看到底是不是真的。
△马文涛心里一惊，连忙打开手中的摹本，仔细验看。
△渐渐地，马文涛的脸色变得铁青。
马文涛：（恼火地）周天昊，你用假摹本骗我？
周天昊：（讥讽地）马文涛，咱俩彼此彼此，你不也言而无信骗了我们吗？
马文涛：（狞笑，发狠）把他们给我抓起来。
警察甲：是，探长。（冲一众警察）上。
△警察甲率着一众手下朝周天昊、小丸子等三人冲过去。
周天昊：（讥讽地）马文涛，这次，恐怕又要让你失望了。
小丸子：（一副玩世不恭的模样，冲马文涛晃晃手）嘿嘿，马大探长，再见喽。
△周天昊和小丸子扔出两枚烟幕弹，立交桥上顿时烟雾弥漫。
△周天昊和小丸子趁机扶着半昏迷的林秋雁纵身一跃，果断地从立交桥上跳了下去。
△待烟雾散尽，马文涛等人迅速追到立交桥的桥栏边。
△马文涛等人朝立交桥下望去：只见周天昊和小丸子两个人扶着林秋雁，三人一起冉冉下落。

12-29. 立交桥下的车道　　日　外
△稍远处，一辆敞篷的大货车正在驶过来，车厢中铺着草团和棉垫之类。
△镜头跳转至车内：货车司机，正是唐二十三。
△半空中，周天昊和小丸子两个人扶着林秋雁，三人以慢镜头徐徐下落。
△周天昊和小丸子扶着林秋雁，正好落在大货车的车厢里。

12-30. 立交桥　　日　外
马文涛：（气急败坏）快，给我打，不要让他们跑了！
　　　　△警察甲等人立即开枪射击，子弹射在大货车的车身上，溅起阵阵火星。
　　　　△对切：货车急速向前驶去。车厢上，周天昊和小丸子三两把脱去身上的警察制服，冲立交桥上的马文涛等人挥了挥手。
　　　　△马文涛和警察甲等人，眼睁睁地看着大货车驶出了他们的有效射程。
　　　　△马文涛气得一跺脚，不由自主地嗨了一声。

12-31. 临街小楼·一楼客厅　　日　内
　　　　△周天昊抱着昏迷中的林秋雁，蹬蹬蹬，顺楼梯向二楼走去；小丸子、唐二十三两人跟在他身后。

12-32. 临街小楼·二楼小厅　　日　内
　　　　△周天昊抱着昏迷中的林秋雁穿过小厅，拐入走廊；小丸子、唐二十三两人依旧跟在他身后。

12-33. 临街小楼·走廊　　日　内
　　　　△周天昊抱着昏迷中的林秋雁走到卧室门口，小丸子、唐二十三两人跟在他身后，先后进了屋。

12-34. 临街小楼·林秋雁卧室　　日　内
　　　　△周天昊将林秋雁小心地平放到床上。
周天昊：小丸子，把药箱拿来。
小丸子：嗯，好。
　　　　△小丸子转身出了林秋雁卧室。
　　　　△稍倾，小丸子拎着一个医药箱进来。
　　　　△周天昊打开医药箱，取出急救用的手术刀、药品、纱布等各种器械。
　　　　△周天昊用剪刀剪去林秋雁伤口处的衣服，露出可怕的各种受刑伤口（烙痕、鞭打等）。
　　　　△周天昊手法娴熟地处理林秋雁的伤口。一旁站着的唐二十三看得直吸冷气，小丸子则望着昏迷中的林秋雁，神情复杂。

12-35. 某废弃工地　　日　外

　　　△马文涛的黑色轿车、三四辆载满巡捕房警察的摩托车驶至。
　　　△马文涛、警察甲及一众警察下了车，走到一辆敞篷的大货车近前——正是唐二十三驾驶的那辆。
警察甲：探长，就是这辆车——我们查过了，车是偷来的。
马文涛：（阴沉着脸，转身朝黑色轿车走去）继续查，每一个旮旯都不要放过，必须把他们给我抓回来。
警察甲：是，探长。

12-36. 临街小楼·林秋雁卧室　　夜　内

　　　△林秋雁还处于半昏迷状态。她已经换上了干净的衣服，伤口也很好地包扎处理过了。
　　　△周天昊端着一只小碗，专注而小心地给林秋雁喂着食物。
林秋雁：（挣扎着，虚弱地）……教、教官！
周天昊：别说话……来，喝一点儿。

12-37. 临街小楼·二楼小厅　　夜　内

　　　△小丸子支起一条腿，坐在椅子上。她手里举着那张泛黄的全家福照片，盯视着，神情发呆。

12-38.（闪回）上海·闸北火车站　　日　内

　　　△火车即将开动，熙熙攘攘的逃难人群争抢着上火车。
　　　△只有六岁的林秋芸（小丸子）被人群裹挟着，眼睁睁地看着父亲林其轩牵着大姐林秋月、母亲牵着二姐林秋雁挤进了车厢。
林秋芸：（稚嫩的童音）娘，娘……
　　　△林母转身欲下车，但被人群裹挟住了，怎么也下不来。
林　母：（嘶喊）芸儿，芸儿，我的孩子！
林秋芸：（稚嫩的童音）娘，娘……
　　　△林秋芸（小丸子）的主观视角：汹涌的人流，瞬间裹挟住了她的父母亲以及大姐二姐，消失在车厢门内。
　　　△林秋芸的主观视角：车门缓缓关闭，火车开始开动。

12-39. 临街小楼·二楼小厅　　夜　内
　　　△小丸子怔怔地盯着手中泛黄的全家福照片。
　　　△唐二十三走进小厅，看小丸子一个人发愣，遂走过去。
唐二十三：（嗲声嗲气）哟，小丸子，你在干吗呀？看什么呢？
　　　△小丸子收起照片，冲唐二十三翻翻白眼。
小丸子：（无精打采）没什么。
唐二十三：（嗲声嗲气）嗯，没什么？……哟，小丸子，你今天怎么怪怪的？
小丸子：（无精打采）不关你的事。
唐二十三：（嗲声嗲气）哟，人家这不是关心你吗？
　　　△小丸子再次冲唐二十三翻翻白眼，起身朝自己的卧室走去。
小丸子：啊呀，真是的……我小丸子用不着你关心，你还是多关心关心你自个儿吧——少咸吃萝卜淡操心。
　　　△唐二十三有些疑惑地看着小丸子离去的背影。

12-40. 大和洋行·内室　　日　内
　　　△龟田次郎举着放大镜，仔细地研究着贴在墙上的那半张密图。
　　　△藤原纪子走进来，站到龟田次郎身旁。
龟田次郎：（头也不回）青木人呢，他到底去什么地方了？回来了没有？
藤原纪子：还没有，将军。
龟田次郎：（意外地，回头）哦？
藤原纪子：我已经派人去找了，应该很快就会有消息。
龟田次郎：（满意地点点头）他一回来，让他马上来见我。
藤原纪子：是，将军。
　　　△龟田次郎回过身去，仍旧举着放大镜研究那半张密图，藤原纪子肃立一旁。

12-41. 大和洋行·走廊　　日　外
　　　△一名黑衣打手神色凝重，急匆匆地朝龟田次郎的内室走去。

12-42. 大和洋行·内室　　日　内
　　　△黑衣打手匆匆走进内室。
黑衣打手：报告将军。
　　　△龟田次郎和藤原纪子两人，几乎同时转过身来。

·灰 雁·

龟田次郎：什么事？

黑衣打手：将军，我们找到青木君了。

龟田次郎：哦，他在哪儿？

黑衣打手：在码头。

龟田次郎：码头？他在码头干什么？马上通知他回来。

黑衣打手：（迟疑地）这个……青木君他……他……

　　　　△黑衣打手目光闪烁，欲言又止。

　　　　△龟田次郎和藤原纪子狐疑地对视一眼。

藤原纪子：不要吞吞吐吐，快说，青木君他到底怎么啦？

黑衣打手：青木君他……他死了。

龟田次郎：（眼睛猛地鼓突）嗯？！……你说什么，青木死了？

黑衣打手：（有些惧怕，小心翼翼）是的，将军，青木君他、他被人杀害了。

　　　　△藤原纪子吃惊地张大嘴巴。

龟田次郎：巴格！

　　　　△龟田次郎恼怒地一拍桌子，原本握在手中的放大镜顿时裂成了一堆碎片。

12-43. 码头　　日　外

　　　　△龟田次郎的黑色轿车急速朝码头方向驶来。

　　　　△龟田次郎的黑色轿车驶至，咔的一声停住。

　　　　△车门打开，脸色铁青的龟田次郎下了车，藤原纪子也随后下了车。

　　　　△龟田次郎和藤原纪子两人，朝青木一郎的尸体走去；守在旁边的一众黑衣打手闪开两边，躬身行礼。

　　　　△龟田次郎走到用白布蒙着的青木一郎尸体旁边，颤巍巍地伸出一只手，掀开了白布。

　　　　△特写镜头：青木一郎被海水浸泡过的脸，已经没有了任何生命迹象。

藤原纪子：（冲黑衣打手）你们几个，是怎么找到的尸体？

黑衣打手：报告纪子小姐，是附近的几个渔民，他们出海打鱼，发现了青木君的尸体，就捞了上来。

藤原纪子：死亡原因是什么？

黑衣打手：我们仔细检查过了，他脚踝骨上有一处枪伤，但不致命；脖子上有很明显的勒痕——应该是被勒死的。

藤原纪子：哦？

龟田次郎：（双手握拳，眼睛鼓突，咬牙切齿地）到底是谁？……是谁？……是谁杀了我的青木，啊?!

12-44. 墓地　　黄昏　外

　　△一座新坟矗立在那里，墓碑上刻着"青木一郎之墓"几个大字。
　　△神情肃穆的龟田次郎、藤原纪子，以及数十名黑衣打手们，头上均缠着白布，肃立在墓碑前。
　　△长时间的静默，只有微微的风掠过树梢的声音。
　　△过了良久，藤原纪子开口——

藤原纪子：将军，天色不早了，我们还是回去吧。
龟田次郎：（头也不回）安排下去，哪怕是掘地三尺，也要把杀害青木的凶手给我找出来。
藤原纪子：请将军放心，回去以后，我马上就安排人查。
龟田次郎：嗯。记住，我要活的——到时候，我要亲手把他大卸八块。
藤原纪子：属下明白。
　　△沉默。
　　△稍倾——
龟田次郎：（冲墓碑）青木，你放心，我龟田次郎一定会为你报仇雪恨的！
　　△说完，龟田次郎率先转身离去，藤原纪子和一众黑衣打手紧随在后。

12-45.（空镜）大上海　　夜　外

　　△夜幕中的大上海，鳞次栉比的楼宇、人流穿梭的街道，一片灯红酒绿。
　　△稍倾，夜色渐渐淡去，天边出现一抹鱼肚白……

12-46. 临街小楼·二楼小厅　　日　内

　　△已经伤愈的林秋雁，冷肃着脸，一言不发地检查完手枪，然后别在腰部。
周天昊：（不解地）秋雁，你这是要干什么？你的伤还没有好……
　　△林秋雁认真检查着长短枪械以及手雷等，然后统统搁进一个大背包里。
林秋雁：（头也不回，冷冷地）我要去报仇！
周天昊：什么，报仇?!
林秋雁：（面无表情）我要去杀龟田次郎，给我爹和娘报仇！
周天昊：秋雁，对于你父母的死，我也很悲恸，当时我带人赶到的时候，你们林

·灰 雁·

家已经变成了一片火海。龟田次郎是该死，但目前最要紧的，不是报仇，而是妥善地处理好两幅摹本，完成我们的任务——你知道吗？其中一幅摹本，正是龟田次郎当年从你父亲手中夺走的。

林秋雁：（冷冷地）对不起，我没那个耐心。

周天昊：……

林秋雁：三年来，只要我一闭上眼睛，我父母亲惨死的情景，就会清晰地闪现在我的脑海里，那一刻，我的心就像被刀子割一样。我一直苦于找不到仇人，现在，我终于知道仇人是谁了，就不能让他再活在世上，哪怕是一分钟，我都等不了——因为，他多活一分钟，我内心的痛苦，就会增加一分钟。

△稍远处，小丸子嘴里叼着一根草棍儿，靠墙坐着，她望着正在准备长短器械的林秋雁，神情复杂。

△唐二十三过来，在小丸子眼前晃了晃手。

唐二十三：（嗲声嗲气）哟，小丸子，你怎么啦？发什么呆呀？

△小丸子白唐二十三一眼，没有说话。

周天昊：好吧，就算是这样，我们人少，势单力薄，报仇的事情应该从长计议，而不是像你这样鲁莽行事。

林秋雁：（依旧面无表情）这是我个人的私事，与你们无关。

周天昊：……

林秋雁：（面无表情）你们不需要参加。

△林秋雁将装满武器的包袱负在背上，转身下楼。

周天昊：你……这？

△周天昊追出几步，张了张嘴，却不知说什么好。

△稍远处，唐二十三依旧伸着手，在小丸子眼前晃来晃去。

唐二十三：（嗲声嗲气）哟，小丸子，你怎么啦？……你怎么不说话呀？……喂……

小丸子：（忽然就爆发了，莫名发火）说你个头啊?!……说什么说?!

△小丸子站起身，拍了拍屁股，朝自己的卧室走去。

△唐二十三被小丸子的无名火冲得一愣一愣的。

△唐二十三的主观视角：林秋雁毅然转身下楼的背影；周天昊欲追又止、

怔在原地的背影；小丸子顾自离去的背影。
　　△唐二十三的眼珠转了转，莫名其妙地挠了挠后脑勺。
唐二十三：（嗲声嗲气）哟，今儿个这是怎么啦？……怎么都怪怪的？……（摇摇头）哼，莫名其妙！

—— 第十三集 ——

13-1. 大和洋行·大门口　　日　外
　　　△一辆黑色轿车打头、三四辆摩托车紧随在后，驶出大和洋行的大门。黑色轿车上坐着龟田次郎，藤原纪子及一众黑衣打手等坐在稍后的三四辆摩托车上。

13-2. 某高楼·楼顶　　日　外
　　　△神色冷峻的林秋雁站在楼顶上，举着望远镜，朝前下方的街道远远地望过去。
　　　△望远镜中：街道上，龟田次郎乘坐的黑色轿车，藤原纪子及一众黑衣打手乘坐的三四辆摩托车，徐徐驶来。
　　　△林秋雁放下望远镜，打开装武器的包袱，手法熟练地组装一支狙击枪，组装完成后，又将一枚枪榴弹安在枪口的发射器上。
　　　△林秋雁将狙击枪架在楼栏上，透过瞄准镜，朝高楼前下方街道上的龟田次郎的车队瞄准。
　　　△瞄准镜中：向前行驶的黑色轿车中，龟田次郎沉着冷静的面部特写。
　　　闪回：
　　　△林宅·林其轩卧室。黑衣蒙面的龟田次郎，呵呵狞笑着，手中的武士刀朝倒卧在地的林其轩，一下又一下地劈去。
　　　现实：
　　　△林秋雁透过瞄准镜，死死地盯着龟田次郎，眼神中透出一股冰冷、狠戾之色。

13-3. 街道　　日　外
　　　△龟田次郎乘坐的黑色轿车，藤原纪子及一众黑衣打手乘坐的三四辆摩托车，徐徐向前行驶。
　　　△特写镜头：
　　　——黑色轿车中，龟田次郎沉着冷静的脸部；

——稍后的一辆摩托车上，藤原纪子美丽而又冷厉的脸部。

13-4. 某高楼·楼顶　　日　外
　　△林秋雁的手指搭在扳机上，瞄准龟田次郎的黑色轿车。
　　△对切：龟田次郎乘坐的黑色轿车，以及藤原纪子和黑衣打手一行乘坐的三四辆摩托车，渐行渐近：七百米，六百米，五百米……
　　△林秋雁猛地扣动扳机，枪榴弹射出，飞向龟田次郎的黑色轿车。

13-5. 街道　　日　外
　　△枪榴弹直直飞来，射在黑色轿车车头的侧右处，一声爆炸，黑色轿车瞬间被掀翻，同时起火。
　　△紧随在后的三四辆摩托车立马停住，藤原纪子及一众黑衣打手纷纷跳下车，迅速上前将龟田次郎救出，并执枪成半圆形将龟田次郎保护了起来。
龟田次郎：怎么回事儿？
藤原纪子：（喊）将军，有人偷袭我们。（冲一名黑衣打手）把望远镜给我。
　　△一名黑衣打手将望远镜递给藤原纪子。
　　△藤原纪子举起望远镜，朝枪榴弹飞来的高楼楼顶望过去。
　　△望远镜中：映出正在安装枪榴弹的林秋雁的身影。

13-6. 某高楼·楼顶　　日　外
　　△林秋雁将一枚枪榴弹安装到枪口上，再次朝龟田次郎所在的方向瞄准。

13-7. 街道　　日　外
藤原纪子：（惊讶地）是她?!——林秋雁？
　　△龟田次郎既震惊又意外，面部的肌肉急遽地抽动了几下。
龟田次郎：（恼怒地）林秋雁?!——她不是被巡捕房带走了吗，怎么会出现在这里？这到底是怎么回事儿？
　　△藤原纪子收起望远镜，迅速拔出手枪，利落地推弹上膛。
藤原纪子：不知道，将军。（顿了顿）我们可能上马文涛的当了。
龟田次郎：（咬牙）马文涛！……又是该死的马文涛！
藤原纪子：（喊）将军，林秋雁肯定是冲着你来的——我们得马上离开这里。（冲黑衣打手们）保护将军，上摩托车。

·灰 雁·

△藤原纪子及黑衣打手等人保护着龟田次郎，向就近的摩托车退去。

13-8. 某高楼·楼顶　　日　外

△林秋雁再次扣动扳机，枪榴弹直直地飞向龟田次郎等人。

13-9. 街道　　日　外

△枪榴弹直直飞来，在龟田次郎等人附近爆炸，炸飞了就近的那辆摩托车和两三名黑衣打手，现场一片狼藉和混乱。

藤原纪子：（大喊）将军，她用的是枪榴弹，威力很大。

龟田次郎：枪榴弹?!——这是德国人的武器，军统的人怎么会有？

藤原纪子：（喊）不知道，可能是买的——我们不能跟她硬拼，得尽快离开。

龟田次郎：走。

△龟田次郎在藤原纪子及剩余黑衣打手的保护下，冲向另外的摩托车。

13-10. 某高楼·楼顶　　日　外

△林秋雁将一根绳子扔下去，然后背着包袱，一手紧抓绳子，一手举着枪，凌空飞速滑下——

13-11. 街道　　日　外

△高空中，林秋雁一边飞速滑下，一边冲龟田次郎等人开枪射击。

△藤原纪子一边举起手枪朝林秋雁射击，一边回头冲黑衣打手们大喊——

藤原纪子：（喊）她下来了……快，保护将军离开。

△藤原纪子断后，黑衣打手们保护着龟田次郎向第二辆摩托车冲去。

△此时，林秋雁已经落地，眼看龟田次郎等即将靠近摩托车，她安上一枚枪榴弹，扣动扳机，该辆摩托车也被炸飞。

△林秋雁扔掉狙击长枪，顺势拔出腰间的两把手枪，一边大踏步向龟田次郎等人逼近，一边左右开弓射击，不时有黑衣打手中弹栽倒。

△藤原纪子以及剩下的黑衣打手们，一边保护龟田次郎，一边躲在掩体后边开枪还击。

△枪声啾啾，双方恶战，龟田次郎则趁隙退向第三辆摩托车。

13-12. 临街小楼·小丸子卧室　　日　内
　　△唐二十三推门进来。
唐二十三：（嗲声嗲气）哟，小丸子……小丸子……（见屋内空空如也，疑惑地）咦，奇怪，人呢？

13-13. 临街小楼·林秋雁卧室　　日　内
　　△唐二十三推开门，探头进来看了看。
唐二十三：（嗲声嗲气，疑惑地）嗯？去哪儿了？

13-14. 街道　　日　外
　　△林秋雁手执双枪，激烈地与藤原纪子、黑衣打手们对射。
　　△龟田次郎跨上第三辆摩托车，驾驶着摩托车飞驰而出。
　　△林秋雁冲藤原纪子等人连开数枪，然后飞跃而起，朝龟田次郎逃走的方向追去。
　　△林秋雁一边飞跃追赶，一边冲龟田次郎疾驰而去的摩托车开枪射击。

13-15. 临街小楼·二楼小厅　　日　内
　　△桌上，摆着手枪和弹匣等，周天昊正在拆卸检查。
　　△唐二十三走进小厅。
唐二十三：（嗲声嗲气）哟，周长官，你看见小丸子了吗？
周天昊：（头也不回）没有。他怎么啦？
唐二十三：（嗲声嗲气）哟，周长官，你不知道，这个小丸子呀，她今天怪怪的……这阵子，我到处找她，都不见她的人影儿……
周天昊：……
唐二十三：（嗲声嗲气，自言自语地）嗯，奇怪，她能去哪儿了？

13-16. 街道　　日　外
　　△龟田次郎驾驶着摩托车在前飞奔，林秋雁在后边借助障碍物弹跳，飞跃追击。但双方的距离愈拉愈远。
　　△龟田次郎驾驶着摩托车飚出老远，已然追击无望。林秋雁停住脚步，神情懊恼。
　　△一辆轻骑摩托车（不带车斗那种，跟巡捕房、日本人的带斗摩托车区别开来）飞速驰至，驾驶摩托车的却是小丸子。

·灰　雁·

小丸子：喂，姓林的，快上来。

林秋雁：（意外地）小丸子？

　　　　△林秋雁面色一喜，一个飞跃，跃上轻骑摩托车后座。

　　　　△小丸子一踩油门，轻骑摩托车飞驰而出，朝龟田次郎逃走的方向追去。

13-17. 临街小楼·二楼小厅　　日　内

　　　　△周天昊自顾将装好弹匣的手枪别在腰间。

唐二十三：（嗲声嗲气）哟，周长官，你这是打算去哪呀？

周天昊：（头也不回）救人。

唐二十三：（嗲声嗲气）嗯，救人？……哟，周长官，你要去救谁呀？

周天昊：去了就知道了。

　　　　△周天昊冷不丁将一支手枪扔给唐二十三。

周天昊：拿着。

唐二十三：（接住枪，一愣，嗲声嗲气）啊？……我也去呀？

周天昊：当然。走吧。

　　　　△周天昊转身下楼，唐二十三有些不情愿地挠挠后脑勺，跟在周天昊身后。

13-18. 另一街道　　日　外

　　　　△正前方，龟田次郎驾驶着摩托车在前边飞驰。

　　　　△稍后处，小丸子驾驶着轻骑摩托车，林秋雁坐在后座上，紧随在龟田次郎后边追击。

林秋雁：（大声地）谁让你来的？

小丸子：没谁，我自个儿想来。

林秋雁：（大声地）这是我自己的私事，不需要你们插手。

小丸子：喂，姓林的，你别那么多废话好不好？……你别忘了，你还欠我钱呢。胖子和瘦猴死了，他们两人的那份儿，你也得给我。

林秋雁：（大声地）哼，放心吧，少不了你的。

　　　　△林秋雁话音刚落，一阵急骤的子弹忽然射在摩托车车身上，溅起火星。林秋雁回头，却是藤原纪子驾驶着一辆摩托车，从后边追了上来。

　　　　△小丸子驾驶着轻骑摩托车成 S 形前行，借以躲避藤原纪子的射击；林秋雁则侧身向后，朝藤原纪子回射。

　　　　△藤原纪子以特技动作，隐身摩托车一侧，一边躲避林秋雁的子弹，一边举枪还击。

△林秋雁干脆叭、叭两枪，打在藤原纪子摩托车的轮胎上。
△藤原纪子的摩托车爆胎，猛地撞向街道边的房屋。藤原纪子一个飞跃，半蹲落地。
△藤原纪子的主观视角：小丸子和林秋雁两个人，驾驶着轻骑摩托车，绝尘而去。

13-19. 上海公共租界巡捕房·马文涛办公室　　日　内
　　　△马文涛叼着硕大的烟斗，若有所思地坐在办公桌后边。
　　　△警察甲急匆匆地跑进来。
警察甲：探长，探长。
马文涛：什么事儿？
警察甲：探长，刚得到的消息，那个姓林的娘们儿，正在跟龟田次郎的人交火。
马文涛：（猛地站起身）哦？消息确实吗？
警察甲：（肯定地点了点头）消息确实。
　　　△马文涛在地上踱了几个来回，思谋片刻。
警察甲：探长，我们怎么办，要不要……也去凑凑热闹？
马文涛：去，肯定要去。哼，上次让周天昊他们跑掉了，这次，我们得把姓林的娘们儿抓回来——到时候，不怕他周天昊不交出真摹本。
警察甲：探长，我看那个周天昊，铁定喜欢这个姓林的娘们儿——不然，他也不会冒死前来巡捕房，求我们去救她。
马文涛：男人嘛，总会有软肋，这个姓林的女娃儿，就是他周天昊的软肋——（回头，用烟斗示意警察甲）集合队伍，让弟兄们都抄上家伙，我们去看看。
警察甲：是，探长，属下这就去安排。
　　　△警察甲行了个礼，转身走出。
　　　△马文涛抽了一口烟，漫不经心地吐出一个大大的烟圈。稍倾，他脸上浮现出一丝诡诈而狰狞的笑容。

13-20. 又一街道　　日　外
　　　△龟田次郎驾驶着摩托车在前飞驰，时不时撞翻路边的水果摊、铺子等。行人纷纷闪躲。
　　　△小丸子驾驶着轻骑摩托在后紧追不放，后座上的林秋雁侧悬着身子，时不时举枪冲龟田次郎射击。

·灰 雁·

13-21. **上海公共租界巡捕房·大门口　　日　外**
　　　△马文涛的黑色轿车在前,四五辆坐满荷枪实弹警察的摩托车在后,陆续驶出巡捕房的大门。

13-22. **某小巷　　日　外**
　　　△在啾啾的子弹声中,龟田次郎驾驶着摩托车拐入一条小巷。
　　　△稍后处,小丸子驾驶的轻骑摩托车也随后追入小巷中,后座上的林秋雁依旧侧悬身子,举枪射击(中间夹杂林秋雁换弹匣的动作)。
　　　△俯视镜头:龟田次郎驾驶的摩托车在前,小丸子驾驶的摩托车在后,在十字交错的巷道中飞奔。

13-23. **某巷口　　日　外**
　　　△龟田次郎驾驶的摩托车猛地从巷道内凌空飞出,然后落在街道上,继续向前冲去。
　　　△正要经过巷道口的行人吓了一跳,但紧接着,小丸子驾驶的轻骑摩托车也是凌空飞出。
　　　△小丸子的轻骑摩托车在空中划出一个大大的圆弧,然后落在街道上,继续朝龟田次郎逃窜的方向追去。

13-24. **另一街道　　日　外**
　　　△一辆日本军车、数辆日本摩托车飞速驶来,车上满载着荷枪实弹的日本士兵以及数十名黑衣打手。
　　　△车队驶至藤原纪子身边,停住,藤原纪子跳上日本军车。
藤原纪子:(喊)快,朝那边追。
　　　△日本军车率先驶出,日本摩托车在后,一应车队朝前方追去。

13-25. **立交桥(最上层)　　日　外**
　　　△立交桥下:龟田次郎驾驶着摩托车飞驰过来,加速冲上了立交桥。
　　　△立交桥上:嘎,摩托车猛地刹住,龟田次郎跳下来。他从车斗中拿出一盘钢丝绳,紧紧地崩在立交桥中间。
　　　△立交桥下:稍倾,小丸子和林秋雁的摩托车飞驰而来,也加速冲上了立交桥。
　　　△立交桥上:小丸子和林秋雁的主观视角——龟田次郎镇静地站在路面

中央，面前紧绷着一根钢丝绳。

△对切：龟田次郎的主观视角——小丸子和林秋雁驾驶的摩托车，距离愈来愈近。

△龟田次郎的瞳孔猛地收缩，然后，他唰地拔出腰间的武士刀，用力挥向路面中央的钢丝绳。

△钢丝绳被龟田次郎的武士刀斩断，带着巨大的冲击力飞向小丸子和林秋雁的摩托车。

△小丸子驾驶着摩托车，车头抬起，打算腾空躲避飞来的钢丝绳，但怎奈钢丝绳的速度太快，瞬间就缠裹在摩托车的后轮上。

△小丸子驾驶的摩托车被钢丝绳巨大的冲击力一带，撞裂桥栏，腾空冲出了路面。

△龟田次郎将武士刀还匣，嘿嘿狞笑两声，然后转身上了摩托车，驾驶离去。

△小丸子驾驶的摩托车，以慢镜头在高空中翻转，立交桥下边就是浩瀚的江水。

13-26. 立交桥（中间一层）·桥栏侧下方　　　日　外

　　△林秋雁和小丸子两人与摩托车分离，在掉落的过程中，瞬间伸手，各抓住一截桥栏下方的管线，两人的整个身体悬吊在高空中。

　　△林秋雁抓住的管线忽然断裂，整个人掉了下去，小丸子迅疾伸手，抓住了林秋雁的一只手。

　　△摩托车以慢镜头翻转着，最后落入浩瀚的江水中。

　　△小丸子一只手抓着半截管线，一只手抓着林秋雁的手，两个人晃晃悠悠地悬吊在半空中。

林秋雁：（喊）小丸子，松开我的手——不然，我们两人都会没命的！

小丸子：（喘着粗气，吃力地，下同）喂，姓林的，你少废话——你要是死了，谁给我钱呀？

林秋雁：（冷笑）哼，我还是第一次见到你这样的人，要钱不要命。

小丸子：（死命地拽着林秋雁）对，我就是要钱不要命。有钱多好呀，能买好吃的，能玩好玩的，还能买新衣服穿……命嘛，哼，反正我小丸子烂命一条，死就死喽，有什么可怕的？

林秋雁：（和缓了语气）小丸子，你听我说，这样下去我们坚持不了多久的，你快松开我的手，这样你还有活命的机会——你回去以后告诉周教官，让

·灰　雁·

他替我的爹和娘报仇，至于钱，他会一分不少给你的。

小丸子：哼，我不要他的钱——是你欠我钱，又不是他姓周的欠我钱，我要你亲手交给我。

林秋雁：（恼火）你？

小丸子：……

林秋雁：哼，小丸子，你什么时候变得这么固执了？你要是命都没了，给你再多的钱你也没法子花——（喊）马上就要断了，快松开我的手！

小丸子：这你管不着——阳世花不了，我带到阴间去花。

林秋雁：（恼火地）你？

△管线忽然又裂开一截，小丸子和林秋雁的身躯猛地往下一落，两人同时啊地惊呼出声。

小丸子：（OS）啊呀，完了完了，这下子完了……我小丸子，真的要死在这里了……啊呀……（带哭腔）怎么办？……怎么办？……我小丸子还不想死啊……不想死啊……啊呀……

△小丸子的一对眼珠子，骨碌碌乱转着。

小丸子：（OS）啊呀，真是的……要不，我干脆松开手算了，反正两个人只能活一个人，只能委屈委屈姓林的了……啊呀，不行不行，不行不行，她是我亲二姐，我这样一松手，不是谋杀自己的亲人吗？不行不行……啊呀，真是的，要疯了要疯了……怎么办？……我该怎么办？……啊……

13-27. 立交桥（中间一层）·桥面上　　日　外

△一辆七座别克轿车急速飞驰而来，咔的一声，停住。

△车门打开，周天昊和唐二十三先后跳下车，各自拿起一盘绳子，快步走向桥栏边。

13-28. 立交桥（中间一层）·桥栏侧下方　　日　外

△眼看着管线即将断裂，小丸子和林秋雁随时都有掉下去殒命的可能，小丸子绝望地闭上了眼睛。

△忽然，两条绳子从立交桥（中间一层）上边垂了下来。

△立交桥（中间一层）上，周天昊和唐二十三站在桥栏边，手中各抓着一根绳子。

周天昊：（大声地）快，抓住绳子。

唐二十三：（嗲声嗲气）哟，小丸子，马上就要断了，快抓住绳子。

　　　　　　△悬吊在半空中的小丸子和林秋雁两个人，脸上同时现出惊喜之色。
林秋雁：（异口同声）教官?！
小丸子：（异口同声）娘娘腔！
　　　　　　△林秋雁抓住周天昊垂下来的绳子，小丸子抓住唐二十三垂下来的绳子，一拉一拽间，小丸子和林秋雁两人几乎同时飞跃而起。

13-29. 立交桥（中间一层）·桥面上　　　日　外
　　　　　　△林秋雁和小丸子两人，堪堪落在桥面上。
　　　　　　△劫后余生的小丸子，欣喜若狂地一下子抱住唐二十三，不住地蹦跳着。
小丸子：（喜极而忘形）啊哈，太好了太好了，我就说嘛，我小丸子不会这么轻易死的……我还没活够呢……啊哈……
　　　　　　△林秋雁也是微微动容，但脸部表情依旧紧绷着。
林秋雁：谢谢你，教官。
周天昊：不用谢——你知道，我肯定会来的。
林秋雁：……
周天昊：以前，我是你的教官；现在，我是你的队长……于公于私，我都不会让你一个人前来冒险。
林秋雁：……
　　　　　　△小丸子和唐二十三相拥蹦跳着，但小丸子旋即反应了过来，猛地一把推开唐二十三。
小丸子：啊呀，真是的……（恼火地）喂，娘娘腔，谁让你抱我的？
唐二十三：（嗲声嗲气）哟，小丸子，你不能平白无故冤枉好人呀，是你先抱的我……我看你高兴，就……
小丸子：（在唐二十三头上狠狠敲了一记）喂，你还说？
唐二十三：（嗲声嗲气）哟，对不起，我不说，我不说还不行吗？……真是的，辛辛苦苦救了你，连一声谢谢都没有，还打人家——哎哟，这世道呀，到底还有没有公平和天理呀……
小丸子：你？
　　　　　　△小丸子再次作势欲打，唐二十三连忙抱头躲避。
　　　　　　△周天昊和林秋雁两个人，看着小丸子、唐二十三打闹的场面，不由得默默对视了一眼。
　　　　　　△忽然，一阵急骤的子弹射过来，打在周天昊等人附近的路面上，溅起火星。

△对切：稍远处，一辆日本军车、数辆日本摩托车正在朝林秋雁、周天昊等人这边冲过来。日本军车的副驾座上，藤原纪子的身体探出车窗外，举着手枪，冲林秋雁、周天昊等人射击；军车顶上还架着一挺机关枪，冲林秋雁、周天昊等人密集扫射。

周天昊：是日本人的宪兵队……（大声地）快，都上车。

林秋雁：走。

△周天昊、林秋雁、唐二十三等人一边迅速拔枪还击（小丸子拿着弹弓），一边退向七座别克轿车。

△周天昊、林秋雁、小丸子、唐二十三先后跳上别克轿车，周天昊一踩油门，别克轿车在密集的子弹声中，飞驰而出。

13-30. 立交桥　　日　外

△俯视镜头：周天昊驾驶的七座别克轿车在前边飞驰，日本军车和数辆日本摩托车在后追击。

△日本军车这边，藤原纪子的身体不时探出车窗外边，举枪射击；车顶上，日本士兵的机关枪吐着火舌。

△七座别克轿车这边，林秋雁则时不时从车门探身出去，举枪朝藤原纪子的方向射击。

13-31. 街道　　日　外

△周天昊驾驶的七座别克轿车依旧在前边飞驰，日本军车和数辆日本摩托车在后追击，双方不时举枪互相射击（重点突出林秋雁和藤原纪子两人）。

13-32. 街道·正前方　　日　外

△马文涛的黑色轿车在前，四五辆坐满荷枪实弹警察的摩托车在后，一应车队浩浩荡荡地向前驶来。

△镜头跳转至车内——

13-33. 车内　　日　内

△警察甲驾车，马文涛叼着硕大的烟斗，坐在副驾座上。

△正前方，隐隐约约地传来密集的枪声。

警察甲：探长，前面有枪声。

马文涛：哦？
　　　　△马文涛一把抓起望远镜，朝正前方望过去。
　　　　△望远镜中：周天昊驾驶的七座别克轿车，以及紧追在后的日本军车和日本摩托车，一一闪现在马文涛的视线中。
马文涛：没错儿，是他们……（冲警察甲）停车。
警察甲：是，探长。

13-34. 街道　　日　外
　　　　△马文涛的黑色轿车以及一应巡捕房的摩托车陆续停住，警察们乱纷纷跳下车来。
　　　　△对切：周天昊驾驶的七座别克轿车，距离马文涛这边越来越近。
马文涛：他们过来了。（回头，冲警察甲）设置路障，拦住他们。
警察甲：是，探长。（冲其他警察）快，设置路障。
　　　　△一应警察很快就在街道中央设置起了路障，同时架起步枪，瞄准七座别克车驶来的方向。

一组镜头：
　　　　△正前方，一应警察执枪埋伏在路障后边，严阵以待。
　　　　△中间：周天昊驾驶着七座别克车，正在向前急驶。
　　　　△稍后处：日本军车、数辆日本摩托车紧追在后。

　　　　△正前方，马文涛的主观视角：周天昊驾驶的七座别克轿车，已经进入了有效射程之内。
马文涛：给我打。
警察甲：（一挥手，喊）打。
　　　　△一应警察开枪，子弹密集地射向周天昊驾驶的七座别克轿车。前后对周天昊他们构成夹击，火力都很猛烈。
　　　　△镜头跳转至别克车内——

13-35. 别克车内　　日　内
　　　　△周天昊稳稳地把着方向盘，神情坚毅。
周天昊：不好，前边有埋伏！
　　　　△林秋雁迅速回头：正前方，一应巡捕房警察躲在路障后边开枪射击，

·灰　雁·

　　　　　马文涛嘴里叼着硕大的烟斗，神情笃定地站在稍后处。
林秋雁：是巡捕房的警察，马文涛来了……有路障，怎么办？
周天昊：没办法。只好走一步算一步了。
林秋雁：走那边——那边有个小胡同。
小丸子：啊呀，坏了坏了坏了……前有埋伏，后有追兵，我小丸子的这条小命儿，又要玩完了……啊……
唐二十三：（嗲声嗲气）哟，小丸子，别怕，有我呢，我来保护你——
小丸子：（眼一瞪）呸，有你顶个屁用！……啊呀，要死了要死了……老天保佑啊……南无阿弥陀佛……南无阿弥陀佛……
　　　　　△驾驶座上，周天昊猛地一打方向盘——

13-36. 街道　　日　外
　　　　　△七座别克轿车忽然改变方向，猛地冲向街道旁边的一条小胡同。
　　　　　△胡同口太窄，七座别克车无法驶入，周天昊、林秋雁、小丸子、唐二十三放弃别克车，一边射击一边退入小胡同。
　　　　　△日本军车及日本摩托车飞快地驶至，停在胡同口。一群日本士兵迅速跳下车，端着枪追入小胡同内。
　　　　　△藤原纪子和一众黑衣打手也先后跳下车。
　　　　　△马文涛带着一众巡捕房的警察，大踏步走向藤原纪子。
藤原纪子：（恼火地）马文涛，你又来凑什么热闹？
马文涛：啊，纪子小姐，是这样的，我听说龟田先生受到歹徒的袭击——这不，我专门带人前来支援。
藤原纪子：（冷冷地）哼，支援？
　　　　　△藤原纪子猛地拔出枪，指着马文涛的脑袋。
　　　　　△哗啦、哗啦，警察甲等人同时举枪，指向藤原纪子，警察甲等人嚷嚷着"放开我们探长"之类的话；而藤原纪子身后的一众黑衣打手，也同时举起枪，指向巡捕房的警察——
马文涛：（镇定自若）纪子小姐，你这是干什么？
藤原纪子：（冷笑）干什么？……哼哼，真是好笑，这个叫林秋雁的，明明是你上次从大和洋行强行带走的人，现在应该关在你们巡捕房的大牢里，但怎么又会出现在这里，还行刺龟田先生？
马文涛：（镇定自若）纪子小姐，这件事嘛，说来话长。你知道，这个林秋雁有同党，那天，我们离开大和洋行以后，被她的几个同党半路袭击，混乱之下，他们救走了林秋雁……
藤原纪子：（冷冷地）马文涛，你以为，我会相信你的鬼话？
马文涛：（轻轻拨开藤原纪子的枪）纪子小姐，你必须得相信我，因为，我们面对的是共同的敌人——关于这件事情，回头我会亲自向龟田先生解释的。
　　　　△藤原纪子冷哼一声，有些悻悻地收起手枪。一应警察以及一应黑衣打手，也都各自收起了枪。
马文涛：纪子小姐，我看，咱们还是兵分两路，你们从这边追，我带人呢从那头包抄——今天，务必要将这帮凶徒抓捕归案。（转身走出，冲警察甲等人）走，上车。
警察甲：（冲其他警察）快，大家跟上。
　　　　△马文涛、警察甲及一应警察返回路障处，先后上了黑色轿车和摩托车，掉头向另一个方向驶去。

同场切：
　　　　△一辆摩托车急速驶至，咔的一声停住，一名黑衣打手跳下车来。
藤原纪子：怎么样，将军有消息吗？
黑衣打手：报告纪子小姐，将军平安。
藤原纪子：哦，他现在在什么地方？
黑衣打手：将军已经安全回到了大和洋行。
藤原纪子：好。（冲身后的黑衣打手，喊）我们追，一定要抓住他们。
黑衣打手：（众）是，纪子小姐。
　　　　△藤原纪子带着一众黑衣打手，迅速追入小胡同内。

13-37. 某小胡同　　日　外
　　　　△周天昊、林秋雁、小丸子、唐二十三，一边凭借路旁的障碍物举枪射击一边向后退去，一众日本士兵在后追击。时不时有日本士兵受伤（夹杂小丸子用弹弓、唐二十三用绣花针的镜头）。
　　　　△小丸子举着弹弓，专挑日本士兵的眼睛打，每打中一个，自个儿先乐半天。
小丸子：又打中一个……嘻嘻，好玩！
　　　　△小丸子再次摸向怀中，却摸了个空，不由一愣。数枚子弹射过来，小丸子连忙缩头躲避。
林秋雁：（回头，喊）小丸子，你没事吧？

·灰 雁·

小丸子：（眼珠子骨碌碌乱转）我没事儿。（顿了顿）不过，我的"神弹"没了。
林秋雁：（一愣）"神弹"？
　　　　△小丸子冲林秋雁晃晃空弹弓，林秋雁旋即反应过来：原来是铜弹丸没了。
林秋雁：（扔过去一把手枪，喊）用这个。
小丸子：（有些笨拙地接过手枪）啊呀，真是的……这破玩意儿，我认识它，它不认识我呀。
林秋雁：（喊）看着我的动作，先推弹上膛（做了个推弹上膛的动作）……然后打开保险（拨开手枪保险）……再扣动扳机。
　　　　△林秋雁扣动扳机，子弹飞出，一名日本士兵应声栽倒。
小丸子：啊哈，原来是这样玩儿呀……嘿嘿，我试试。
　　　　△小丸子有些笨手笨脚地推弹上膛、打开保险，然后扣动扳机。子弹飞出，但准头不准，射中了一名日本士兵的脚面，该名日本士兵嗷嗷叫着，抱着伤脚单脚直跳。
小丸子：啊哈，好玩儿！……好玩儿！
　　　　△对切：藤原纪子带着一众黑衣打手赶至，和一众日本士兵汇合一处，火力大为加强。
林秋雁：（一边射击，一边冲周天昊喊）他们的火力太强了。
周天昊：（一边射击一边喊）我们撤。
　　　　△小丸子刚刚学会打枪，虽然准头不咋地，但也打得兴高采烈，林秋雁顺势拽了她一把。
林秋雁：（喊）小丸子，快走！
　　　　△周天昊、林秋雁、小丸子、唐二十三，一边射击一边快速向后退去。
　　　　△藤原纪子率领一众黑衣打手及日本士兵，在后边紧追不舍。

13-38. 胡同口　　日　外
　　　　△周天昊、林秋雁、小丸子、唐二十三，一边借助道路旁的障碍物隐身射击，一边退出胡同口。
　　　　△枪声啾啾，藤原纪子率领着一众黑衣打手及日本士兵，紧紧咬住周天昊、林秋雁等人不放。

13-39. 街道　　日　外
　　　　△周天昊、林秋雁、小丸子、唐二十三依托街道边的障碍物，与藤原纪

子率领的黑衣打手、日本士兵等激烈对射，中间夹杂周天昊、林秋雁等人换弹匣的动作。

△对切：马文涛的黑色轿车及三四辆摩托车赶至。警察甲等人乱纷纷地跳下黑色轿车和摩托车，举着长短枪械冲周天昊、林秋雁他们开火。

△马文涛一方的巡捕房警察与藤原纪子一方的黑衣打手、日本士兵等，对周天昊、林秋雁等人形成了半包围夹击之势，双方激烈对射。

林秋雁：（一边射击一边冲周天昊喊）我们被包围了！

唐二十三：（嗲声嗲气）哟，周长官，现在怎么办呀？

小丸子：（眼珠子骨碌碌乱转）啊呀，他个直娘贼奶奶的，看来，这下子真要玩完儿啦……

周天昊：（喊）我们得冲出去！

△周天昊抬手一枪，放翻一名冲至近前的日本士兵。

周天昊：（喊）我们分头走——我和唐二十三走这边，你和小丸子冲那边。

林秋雁：（喊）好。（回头，冲小丸子）小丸子，跟我来。

△小丸子有些笨拙地开枪射中一名黑衣打手的腿，然后屁颠屁颠地跟在林秋雁身后，朝另一方向冲去；藤原纪子带着黑衣打手、日本士兵上前堵截。双方近身搏击，藤原纪子对林秋雁激烈对打，小丸子则是一副玩世不恭的嬉戏态度，与黑衣打手、日本士兵等人对打。

△另一边，周天昊一边冲巡捕房警察射击，一边回头冲唐二十三大喊——

周天昊：（喊）唐二十三，走这边。

唐二十三：（嗲声嗲气）是，周长官。

△周天昊和唐二十三一边射击，一边直闯巡捕房警察的阵营，打翻数名警察，冲出了包围圈。

13-40. 另一街道　　日　外

△周天昊和唐二十三两人一边射击，一边朝前跑。

△稍后处，警察甲率领数十名巡捕房的警察，执着长枪在后边追击。

△一位中年人开着轿车刚好停到街道边，周天昊冲上去，拿枪指着中年人。

周天昊：（严厉地）你，下来。

△中年人在车内战战兢兢地举起双手。

中年人：（浑身发抖）英雄，别开枪……别别别……别开枪……

△周天昊一把将中年人拽下车，然后跳上去。

·灰 雁·

　　　△车内，周天昊猛一打方向盘，轿车立马掉了个头。
周天昊：（喊）唐二十三，快上车。
　　　△正在与警察甲等人对射的唐二十三，一个飞跃，从车窗跃入轿车内。
　　　△车内，周天昊猛地一踩油门，轿车凌空而出。
　　　△警察甲等人执着枪徒劳地追出一截，眼睁睁地看着周天昊和唐二十三两人，驾驶着轿车飞驰而去。

13-41. 某街巷口　　日　外
　　　△左前方传来爆豆般的枪声。共产党上海特别行动队的队长魏大宏，带着队员甲等七八名队员，潜伏在街巷后边，向左前方窥探着。
　　　△对切：魏大宏等人的主观视角，林秋雁、小丸子两人一边射击，一边向后撤退；稍后处，藤原纪子带着一众黑衣打手及日本士兵紧追不放。
队员甲：（探头观察）队长，是那个女军统。
魏大宏：林姑娘？
队员甲：对，是她……我们怎么办？
魏大宏：横竖都是打鬼子，我们帮她一把……（冲队员甲）你带几个人去那边，开枪引开日本人。
队员甲：好。（冲几名队员）你们几个，跟我来。
　　　△队员甲带着三四名队员，转身离去。

13-42. 街道　　日　外
　　　△藤原纪子率领的黑衣打手及日本士兵在后紧追，林秋雁和小丸子两个人一边射击一边后撤，明显寡不敌众，形势危急。
林秋雁：（一边射击一边移向街巷口，喊）小丸子，快，这边！
　　　△小丸子向林秋雁靠拢，两人隐身在某掩体后边，两人均喘着粗气，时不时举枪射击。
小丸子：喂，姓林的，你说咱俩今天，是不是都要玩完了？
林秋雁：（抬手打出一枪，口气依旧冷峻）放心吧，我不会让你死的！
小丸子：嘿嘿，姓林的，枪子儿可不长眼睛……你还是管好你自己吧。
　　　△稍远处，藤原纪子一边射击，一边得意地冲林秋雁喊话——
藤原纪子：林二小姐，你跑不掉了，还是放下枪，乖乖投降吧。
林秋雁：（冷冷地）藤原纪子，想让我投降，你做梦！
　　　△藤原纪子冷笑一声，冲身后的黑衣打手和日本士兵一挥手。

藤原纪子：给我上——记住，要抓活的。
　　　　△一众黑衣打手及日本士兵举着枪，蜂拥冲向林秋雁、小丸子两人的藏身处。
　　　　△街巷口内，埋伏着的魏大宏以及剩下的数名队员，已经各自用黑巾蒙上了面。
　　　　△魏大宏的主观视角：一众黑衣打手及日本士兵等，距离愈来愈近，进入了有效射程范围。
魏大宏：（率先开枪，同时喊）打！
　　　　△魏大宏及剩下的数名队员同时开枪，子弹密集地射向一众黑衣打手及日本士兵。
　　　　△几乎同一时间，藤原纪子等人的侧后方，也射来了密集的子弹——是黑巾蒙着面的队员甲等人。
　　　　△魏大宏和队员甲两队人马，分别从两头夹击，打了藤原纪子及一众黑衣打手、日本士兵一个措手不及。
魏大宏：（冲林秋雁、小丸子两人招手，喊）林姑娘，快，这边。
　　　　△林秋雁和小丸子来不及多想，一边射击一边迅速退入街巷口内。
林秋雁：（一边射击，一边回头冲魏大宏，疑惑，大声地）你认识我？
魏大宏：（大声地）不，不认识——但我知道你。
林秋雁：（疑惑地）哦？
魏大宏：（大声地）我认识你大姐。
林秋雁：（失声）秋月？……你们是什么人？
魏大宏：（大声地）我们是什么人，你迟早会知道的。
　　　　△魏大宏抬手一枪，打翻一名冲到近旁的日本士兵。
魏大宏：（大声地）日本人马上就冲过来了……林姑娘，你们两位快走，我们来拖住他们。
林秋雁：（略微迟疑了一下）多谢几位壮士的相助之恩，林秋雁定当后报。（冲小丸子）小丸子，我们走。
小丸子：嘿嘿，几位蒙面大哥，再见喽。
　　　　△小丸子有些调皮地冲魏大宏等人扬扬手，跟在林秋雁身后离去。

同场切：
　　　　△见林秋雁和小丸子两人走没影了，魏大宏一边射击一边冲身后的一名队员喊——

· 灰 雁 ·

魏大宏：发信号，我们撤。
　　　　△该名队员用手撮起嘴唇，打了个响亮的呼哨。
　　　　△另一头，蒙面的队员甲等人，听到魏大宏那边传过来的嘬哨声。
队员甲：（顺势打出一梭子）我们撤。
　　　　△队员甲等人一边射击一边迅速撤离，转瞬间消失了踪影。
　　　　△街巷口内，魏大宏及剩下的队员，也是一边射击一边迅速撤离，转瞬间没了踪影。
　　　　△稍倾，藤原纪子带着一众黑衣打手及日本士兵冲了上来。
黑衣打手：纪子小姐，他们跑了。
　　　　△藤原纪子看着空空如也的街巷，气得猛一跺脚。
藤原纪子：（咬牙切齿，一字一顿地）林、秋、雁！
　　　　△黑屏。

13-43. 大和洋行·大门口　　日　外
　　　　△三四辆摩托车驶进大和洋行的大门，摩托车上坐着藤原纪子及一众黑衣打手。

13-44. 大和洋行·院子　　日　外
　　　　△摩托车停住，藤原纪子及一众黑衣打手先后跳下摩托车。
　　　　△藤原纪子大踏步朝后院走去。

13-45. 大和洋行·内室　　日　外
　　　　△藤原纪子冷肃着脸，走到龟田次郎的内室门口。
　　　　△藤原纪子举起手，敲了敲门。
龟田次郎：（画外音）进来。
　　　　△藤原纪子轻轻地推开门，抬腿走进内室。

13-46. 大和洋行·内室　　日　内
　　　　△龟田次郎在茶几前席地而坐，一丝不苟地擦拭着锃亮的武士刀。
　　　　△藤原纪子走进来，肃立在龟田次郎面前。
龟田次郎：纪子小姐，你回来啦？
藤原纪子：是，将军。
龟田次郎：情况怎么样？

藤原纪子：对不起，将军，属下无能，让林秋雁他们几个跑了。
龟田次郎：（头也不抬，继续擦拭武士刀）这不怪你。这个姓林的女娃儿，是军统的顶尖特工，她的身手，自然是百里挑一的；还有姓周的教官和那两个小混混，个个身手不凡——要想抓住他们，并不是一件太容易的事情。
藤原纪子：……
龟田次郎：听说，马文涛也带人赶过去了？
藤原纪子：是的，将军。
　　　　△龟田次郎淡淡地哦了一声，依旧一丝不苟地擦拭着锃亮的武士刀。
　　　　△稍倾——
龟田次郎：有没有弄清楚，林秋雁到底是怎么从他手里逃走的？
藤原纪子：马文涛说，是林秋雁的同伙半道袭击了他们，救走了林秋雁。
龟田次郎：（半信半疑）哦?!
藤原纪子：据属下观察，马文涛应该没有说谎。
龟田次郎：何以见得？
藤原纪子：今天跟林秋雁他们交手的时候，巡捕房的警察还算卖力，不像是装出来的——不过，这个马文涛，向来老奸巨猾，他到底是出于什么目的，属下就不得而知了。
龟田次郎：马、文、涛？……哼哼，以后，我们是得多提防着他一点儿。
藤原纪子：属下明白。
龟田次郎：纪子小姐，你也累了一天了，下去休息吧。
藤原纪子：是，将军。
　　　　△藤原纪子躬身行礼，然后转身走出。
　　　　△龟田次郎用手指轻轻地抚摸着泛着白光的刀锋，眼神渐渐变得冷冽起来。
　　　　△稍倾，龟田次郎猛地一挥武士刀，茶几的一角，应声而落。

13-47.（空镜）大上海　　夜　外
　　　　△夜幕中的大上海，一片灯红酒绿。

13-48. 临街小楼·二楼小厅　　夜　内
　　　　△桌边，林秋雁冷肃着脸，自己处理着胳膊上的伤口。
　　　　△沙发上，唐二十三举着小镜子，一丝不苟地画着自己的眉毛。
　　　　△墙角，小丸子靠墙坐着，嘴里叼着一根草棍儿，时不时瞥一眼林秋雁

·灰 雁·

的背影。

△窗前，周天昊靠在窗户边，一只手托着下巴，沉思着。

小丸子：喂，姓周的，你在想什么？

周天昊：我在想，救你们的那些人，到底是什么来路——秋雁，你有没有看清楚他们的脸？

林秋雁：（头也不回）没有。他们都蒙着面。

周天昊：（沉吟地）奇怪，到底是什么人呢？

小丸子：啊呀，真是的……我看你这人啊，真够麻烦的。能出手帮咱们的，肯定是自己人，弄不好啊，又是你们那个军什么统派来的。

周天昊：不可能。自从"四朵金花"被龟田次郎的人杀死以后，军统上海站就已经土崩瓦解了——肯定不会是我们的人。再说了，如果真是我们的人，那也用不着蒙面啊。

小丸子：（不由自主地挠挠后脑勺）嗯，说得也是啊……是不对劲儿，他们的行动，好像有点儿神神秘秘的——

林秋雁：他认识我大姐。

周天昊：（意外地）你大姐，秋月？

△小丸子听到"大姐、秋月"几个字眼，身躯猛地一震，眼珠子随即骨碌碌转动了一下。

林秋雁：（依旧头也不回）是的。那个领头的，是这样说的。

周天昊：你大姐，她不是在法国留学吗？

林秋雁：是。自从她出国后，就一直没有回来——我已经有好几年没有见过她了，爹娘的死，她还不知道。

周天昊：（沉吟地）奇怪，那怎么会有认识她的人，出现在上海呢？

林秋雁：我也不知道是怎么回事儿——我会去调查清楚的，请教官放心。

△林秋雁已经包扎好了自己的伤口。她顺手合上药箱，不待周天昊回话，转身朝自己的卧室走去。

△周天昊和小丸子两个人，各怀心事地望着林秋雁离去的背影，小丸子神情复杂。

第十四集

14-1. 大和洋行·对面茶楼　　日　内

　　△几张桌子，散乱地坐着一些茶客。中间一个突出的高台上边坐着说书人，正在绘声绘色地讲着《水浒传》，众茶客时不时轰声叫好。
　　△身穿长袍、头戴礼帽的魏大宏走上楼来。
　　△魏大宏挑选了一个靠窗的位置坐下，然后取下礼帽，搁在桌角上。
魏大宏：小二，来一壶茶，要上好的大红袍。
店小二：好嘞，先生，您稍等。
　　△店小二转身离开。
　　△稍倾，店小二端着一壶茶、一只茶杯上来。
店小二：（边走边喊）上好的大红袍来喽。
　　△店小二将茶壶、茶杯等一一摆好，又将茶杯斟满。
店小二：先生，您请慢用。
　　△魏大宏冲店小二点点头，端起茶杯，吹了吹热气，然后轻轻地抿了一口。
　　△魏大宏搁下茶杯，貌似不经意地朝窗外瞄了瞄。
　　△对切：大和洋行的大门口，是荷枪实弹的日本士兵在把守——相较之前，明显增加了岗哨；时不时有黑衣打手乘坐着摩托车出出进进。
　　△中间突出的高台上，说书人讲到精彩处，猛地一拍惊堂木，一众茶客一片叫好声。
　　△魏大宏端起茶杯，轻轻地抿了一口，顺势观察了一下周围的茶客。
　　△稍远处，一位女客人背对魏大宏坐着，魏大宏的目光略一停顿，就扫过去了。
　　△镜头摇到正面：女客人面部的特写镜头——该名女客人，赫然就是林秋雁。林秋雁神色冷峻，她目不斜视地端起面前的茶杯，不紧不慢地抿了一口。

14-2. 临街小楼·二楼小厅　　日　内

　　△小丸子抱膝坐在沙发上，手里举着那张发黄的全家福照片，一副百无聊赖的样子，神情多少有些落寞。
　　△照片上的人物逐渐动了起来，小丸子眼前依次快速地闪过如下画面：
　　——幼时的三姐妹在林宅院子、书房戏耍时的情景，以及林其轩夫妇的某些镜头；
　　——小丸子带着胖子、瘦猴，在闸北火车站与林秋雁初次相遇的情景；
　　——地下赌场，小丸子与林秋雁一把定输赢赌枪的情景；
　　——巡捕房的大牢里，林秋雁将小丸子逼到墙上，逼问小丸子狼牙项链来历的情景；
　　——立交桥下，小丸子与林秋雁手抓手悬吊在半空中命悬一线的情景；
　　——在藤原纪子及一众黑衣打手、日本士兵的追捕下，林秋雁处处保护小丸子的情景。
　　△唐二十三走进小厅，屁股一扭一扭地朝小丸子走过去。

唐二十三：（嗲声嗲气）哟，小丸子，你又在发什么呆呀？
小丸子：（收起照片，没精打采地）我爱怎么发呆就怎么发呆，关你什么屁事儿？
唐二十三：（嗲声嗲气）哟，小丸子，你说的这是什么话呀？……我唐二十三呀，是看你不快活，特地来关心关心你——（竖起兰花指）你别把我的一片好心呀，当作驴肝肺。
小丸子：（两眼一瞪，恼火地）喂，娘娘腔，你有话就说，有屁就放——再啰里啰唆的，小心我揍你。
唐二十三：（嗲声嗲气）哟，小丸子，你别这样瞪着我——我呀，怕。
小丸子：哼，我就喜欢这样瞪人，不乐意啊，滚一边去。
唐二十三：（嗲声嗲气）哟，小丸子，你……
　　△不等唐二十三的话说完，小丸子站起身，拍拍屁股，朝卧室方向走去。
　　△唐二十三愣了愣，屁股一扭一扭地跟了上去。
唐二十三：（嗲声嗲气）哟，小丸子，你等等我……我的话还没说完呢……

14-3. 大和洋行·对面茶楼　　日　内

　　△魏大宏又朝外边大和洋行的方向瞟了瞟，搁下两枚铜板，抓起礼帽起身下楼。
　　△稍远处，背对魏大宏而坐的林秋雁，依旧神色不动地倒了一杯茶，端起来，不紧不慢地抿了一口。

14-4. 街道　　日　外

△熙熙攘攘的闹市，来来往往的行人，各种吆喝喊卖的摊贩等。
△魏大宏混杂在人群当中，不紧不慢地朝前边走去。
△稍后处，林秋雁紧盯着魏大宏前行的背影，一边不紧不慢地跟着，一边趁旁边的服装摊主不注意，顺势抓过一条丝巾蒙在头上，将大半个脸遮住。
△到了一处街巷口，魏大宏摘下礼帽，貌似无意地四下观察一下。
△稍倾，魏大宏将礼帽重新戴在头上，拐入了旁边的小巷子。
△稍后处，林秋雁走过来，左右看了看，一闪身，也拐进了小巷子。

14-5. 临街小楼·小丸子卧室　　日　内

△小丸子无精打采地推门进来，唐二十三屁股一扭一扭地跟在后边，兀自絮絮叨叨地说着话。

唐二十三：（嗲声嗲气）哟，小丸子！
小丸子：（转身，瞪着唐二十三）喂，娘娘腔，你跟着我干什么？
唐二十三：（嗲声嗲气）哟，小丸子，我呀，就是想跟你说说话……
小丸子：（四仰八叉地躺在床上）说吧，想说什么？
唐二十三：（竖起兰花指，嗲声嗲气）哟，小丸子，是这样子的——这本来吧，我是挺讨厌你的，你呀，举止大大咧咧，没礼貌，还、还贪得无厌……
小丸子：（强忍着怒火）哼哼，唐二十三，你继续说，还有呢。
唐二十三：（嗲声嗲气）嗯，不过嘛，自从我知道你是……那个……那个以后，我呀，对你的看法有所改变，我觉得吧，你这个人，还不错……
小丸子：喂，娘娘腔，你到底想说什么？
唐二十三：（嗲声嗲气）哟，小丸子，我呀，是想说……（神态忽然变得忸怩起来）是想说，想让你嫁给我——
△小丸子一下子从床上蹦下来。
小丸子：（暗暗咬牙，但面上不动声色）唐二十三，你刚才说什么？
唐二十三：（嗲声嗲气）我呀，是说，你小丸子呀，干脆嫁给我唐二十三得了——你看，咱们俩呀，一个有才，一个有貌，一个有神偷妙技，一个有造假绝活，咱们俩组合在一起啊，可以说是天作之合、举世无双。
△唐二十三竖起兰花指，神情陶醉地描述着。

·灰 雁·

小丸子：（口气逐渐变冷）唐二十三，你刚才说什么？再说一遍。
唐二十三：（嗲声嗲气）哟，小丸子，你怎么这么笨呀，还没有听懂？人家都表白半天了……
　　　　△唐二十三忽然发现小丸子语气不善，蓦地停住口。
小丸子：（恶狠狠地）说呀，唐二十三，你不是说得挺起劲吗，怎么不说了呀？我小丸子笨，刚才没听懂，你再说一遍。
唐二十三：（神情尴尬，嗲声嗲气）哟，小丸子，这个，这个……那个，那个……
小丸子：（恼火地）这个那个什么呀？唐二十三，你要是再敢胡说八道，你信不信，我把你的舌头根子拔下来？
唐二十三：（嗲声嗲气）哟，小丸子，你别这样……
小丸子：唐二十三，你最好闭上你的臭嘴！

14-6. 临街小楼·走廊　　　日　内
　　　　△周天昊顺着走廊走过来，正好经过小丸子卧室的门口。
　　　　△唐二十三和小丸子两人的对话隐隐约约地飘出来。
唐二十三：（画外音，嗲声嗲气）哟，小丸子，我也没说什么呀……不就是想让你嫁给人家嘛……

14-7. 临街小楼·小丸子卧室　　　日　内
　　　　△小丸子冲唐二十三扬扬拳头，作势欲打。
小丸子：（恼火地）你还说？！
唐二十三：（作投降状，嗲声嗲气）好好好，算我什么都没有说，什么都没有说，行了吧？……哼，真是的……
小丸子：（两眼一瞪，恶狠狠地）滚！

14-8. 临街小楼·走廊　　　日　内
　　　　△周天昊有些好奇地停住脚步。
唐二十三：（画外音，嗲声嗲气）好好好，我滚，我滚……我滚还不行吗？
　　　　△唐二十三从小丸子的卧室内抱头鼠窜而出，神情慌张。
周天昊：（疑惑地）唐二十三，你怎么啦？
唐二十三：（神情略显尴尬，嗲声嗲气）哟，周长官，您站在这儿干什么呀，吓我一跳……没事儿……我呀，内急，要去茅厕……

284

△唐二三转过身，慌里慌张地离去。

△周天昊看着唐二三离去的背影，又看了看小丸子的卧室门，脸上一片疑惑。

14-9. 某小胡同　　日　外

△魏大宏谨慎地回头观察了一下，见前后均无人，继续向前走去。

△稍后处，用丝巾遮着大半张脸的林秋雁，从横着的一条巷子里闪身而出，用枪顶住了魏大宏的腰部。

林秋雁：（冷冷地）站住，不许动！

△魏大宏身形一顿，猛地停住。

林秋雁：（冷冷地）举起手来。

△魏大宏慢慢地举起双手。

△林秋雁伸出手，迅速下了魏大宏腰间的枪。

魏大宏：（虽惊讶，但仍然镇定自若）林姑娘，是你吗？

林秋雁：（冷冷地）哼，记性倒不错，光凭声音，就能够听出是我来。

△林秋雁绕到魏大宏正面，一只手执枪，一只手解开遮面的丝巾，露出她一贯虽俊俏但异常冷峻的面庞。

魏大宏：你是秋月的妹妹，我当然能听出来。

林秋雁：哦？！……那么你告诉我，你是怎么认识的我大姐，你们之间是什么关系？另外，她现在人在哪里？

魏大宏：林姑娘，我先回答你的第一个问题，我和你大姐林秋月，是同志关系。

林秋雁：（明显一惊）同志关系？！

魏大宏：……

林秋雁：（冷冷地）原来，你们是共产党？

魏大宏：林姑娘，我们是不是共产党，这并不重要——重要的是，我们和你们一样，都是中国人，都有着一个共同的奋斗目标——那就是把日本侵略者赶出中国去。

△林秋雁冷冷地盯着魏大宏，魏大宏的神态镇定自若。

△林秋雁和魏大宏两个人，目光对峙着，沉默。

△稍倾——

林秋雁：（冷冷地）好吧，那你现在回答我的第二个问题：我大姐她现在在什么地方？

魏大宏：对不起，林姑娘，关于你的这个问题，恕我不能回答。

·灰　雁·

林秋雁：（冷冷地）为什么？
　　　　△林秋雁猛地推弹上膛，同时打开保险，枪口顶在魏大宏的脑门上。
魏大宏：林姑娘，你就是开枪打死我，也没有用，我是不会说的——我们有我们的组织纪律，不能随随便便暴露自己同志的行踪。
林秋雁：（沉吟地）……自己同志？……（冷冷地）你的意思是说，我大姐她，也加入了共产党？
魏大宏：对不起，林姑娘，这个问题，我同样无法回答你。
林秋雁：你？
　　　　△林秋雁用枪指着魏大宏，眼神冰冷；魏大宏的神态，则依旧镇定自若——两个人用目光对峙着。
　　　　△黑屏。
　　　　△同时切入周天昊的画外音——
周天昊：（画外音）你是说，日本人的"蝎美人计划"，另有目标？

14-10. 临街小楼·二楼小厅　　　　日　内
　　　　△褚遂良版和冯承素版的《神州策序》摹本在桌上摊开，周天昊、林秋雁、小丸子、唐二十三在座。
林秋雁：是的，"伪钞计划"只是日本人"蝎美人计划"的一小部分——"蝎美人计划"最为核心的内容，其实是搜刮我们国家珍贵的古籍文物。
小丸子：（顾自嘀咕）魏先生？……啊呀，这个人，好像很神秘很神秘的样子。
周天昊：这就对了。我一直奇怪，龟田次郎明明是日本的少将，高级特工，却为什么要以商人和汉学家的身份出现？……哼，原来，他们核心的目标，是在这上头。
林秋雁：……
周天昊：三年前，龟田次郎带人潜往南京，杀了你的爹和娘，然后一把火烧了你们林家，（指着冯承素版的《神州策序》摹本）为的就是抢这副摹本和隐藏有《神州策序》真迹线索的密图——不过，阴差阳错，小丸子又将这幅摹本给偷了回来。
林秋雁：我爹这一辈子，一直致力于寻找《神州策序》真迹的下落，龟田次郎抢走的那半张密图，应该是他留下来的唯一线索。
周天昊：（点点头）嗯，应该错不了。看来，我们得改变行动目标，想办法把密图从龟田次郎手中夺回来——绝不能让小鬼子，把我们中国人的宝贝都搜刮到日本去。

小丸子：（挠挠后脑勺）啊呀，真是的……就这两卷破破烂烂的纸卷，这巡捕房的马文涛拼了命地抢，这日本人吧，也拼了命地抢，还有你们，这军什么什么统的，也是拼了命地抢——喂，姓周的，它们真有那么值钱吗？

周天昊：小丸子，我告诉你，它们不是破纸——它们是国宝，价值连城的国宝。

小丸子：（顾自嘀咕）……国宝？……价值连城？（回头，冲正在画眉毛的唐二十三）喂，娘娘腔，你说说，这价值连城，到底是值多少钱呀？

唐二十三：（举着小镜子，一丝不苟地画着眉毛，头也不回）哟，小丸子，你呀，不懂就别乱说话……我告诉你，这"价值连城"嘛，就是说，它们跟整个上海滩一样值钱。

小丸子：（夸张地）整个上海滩？……哇，值那么多钱？

△稍倾，小丸子讪笑着凑到周天昊近前。

小丸子：嘿嘿，姓周的，既然这两幅什么什么序那么值钱，要不，咱们把它给卖了，然后大家二一添作五，分钱走人、各走各道，然后，潇潇洒洒地过下半辈子，岂不是更好？

林秋雁：小丸子，不许胡说。

周天昊：小丸子，我早就告诉过你，这些东西，是国宝，是不能卖的——你呀，要是敢打这些摹本的主意，我周天昊，迟早一枪崩了你。

△小丸子嗤了一声，冲周天昊翻了翻白眼，有些悻悻地缩回到沙发里。

△小丸子的眼珠子骨碌碌地乱转着，一副暗自寻思的模样。

周天昊：（冲林秋雁）那个魏先生，他还说什么了？

△林秋雁机械地摇了摇头。

周天昊：我很好奇。他们共产党，既然也在调查日本人的"蝎美人计划"，那为什么，又要把这些绝密情报，透露给我们军统？

林秋雁：魏先生说，他们和我们虽然分属不同的党派，政治信仰和革命追求不同，但大家都是中国人，在对待丧心病狂的日本侵略者上，我们的目标应该是一致的。

周天昊：（点了点头）嗯，说得也是——看来，这个姓魏的共产党不俗啊，多少还有一些见地。

14-11. 某高楼·楼顶　　日　外

△周天昊、林秋雁、小丸子、唐二十三，或坐或站在楼栏前。

△周天昊举着望远镜，观察着对面的大和洋行。

△望远镜中，大和洋行的大门口，明显加强了岗哨，由原来的黑衣打手

　　　　　　　换成了全副武装的日本士兵值班。
林秋雁：他们加强了戒备——龟田次郎专门从宪兵队调来了一批士兵，负责保护他的人身安全。
周天昊：看来，这次的刺杀事件，让老龟田提高了警惕。
林秋雁：这都怪我，是我太鲁莽了……对不起，教官。
周天昊：（放下放大镜）这不怪你。父母之仇，不共戴天，换了谁，都咽不下那口气去。
林秋雁：……
周天昊：仇要报，这上头交代的任务，也要完成——我们必须得从长计议。因为我们面对的，不光是日本人，还有巡捕房的马文涛，还有那个姓魏的共产党，这些人，都不得不防着一点儿。
林秋雁：我知道，教官。
周天昊：我们走吧。先找家银行，把这两幅摹本保管起来，免得节外生枝。
　　　　△周天昊拎起装有两幅《神州策序》摹本的密码箱，转身朝楼梯口走去；林秋雁、小丸子、唐二十三，跟在他身后。

14-12. 街道　　日　外
　　　　△周天昊拎着密码箱，与林秋雁、小丸子、唐二十三，混杂在行人当中，向前走着。
小丸子：（用衣襟扇着风）啊呀，真是的，又热又饿，热死了热死了热死了，啊呀，饿死了饿死了饿死了……喂，姓周的，这大热的天，你要热死饿死我们啊？
周天昊：等办完正事儿，我请你们去上海滩最豪华的酒楼，吃大餐。
小丸子：啊呀，姓周的，你别尽拣好听的说，什么大餐不大餐的……我小丸子呀，实在饿得走不动了，（讪笑着，凑到周天昊近前）嘿嘿，姓周的，要不，咱们先去酒楼上大吃大喝一顿，然后再去银行办你的正事儿，你说好不好？
小丸子：（回头，冲唐二十三）喂，娘娘腔，你说你饿不饿？
　　　　△唐二十三的目光在周天昊和林秋雁脸上扫了扫，又在小丸子脸上扫了扫，见小丸子正龇牙瞪着他——
唐二十三：（嗲声嗲气）哟，周长官，我正想说呢，我呀，也跟小丸子一样，饿得实在走不动了……
小丸子：（再次讪笑着凑近周天昊）嘿嘿，姓周的，听到了没有？不是我小丸子一个人娇气，是大家呀，真的饿了……你说这大热天的，又热又渴又饥，这要是碰上日本人和巡捕房的警察，咱也没力气对付不是？
△周天昊和林秋雁不由得对视了一眼。

周天昊：好吧，我们先去吃饭。
小丸子：（得意地）嘿嘿，好嘞，咱呀，先去大吃大喝一顿。（回头，冲唐二十三）喂，娘娘腔，快走呀。
△周天昊、林秋雁、小丸子、唐二十三，抬腿朝街道旁边的一座酒楼走去。

14-13. 八仙楼·大堂　　日　内

△周天昊、林秋雁、小丸子、唐二十三走进酒楼，店小二殷勤地迎上来。
店小二：（作了个请的姿势）哟，几位爷，您这边请，这边请。
△周天昊、林秋雁、小丸子、唐二十三，走到桌边坐定，密码箱搁在周天昊脚边。唐二十三拿出小镜子，开始一丝不苟地画自己的眉毛；小丸子则大大咧咧地坐下，猛一拍桌子。
小丸子：喂，小二，你们这店里，都有什么好吃的呀？
店小二：哟，这位爷，你是不知道呀，咱这八仙楼，可是大上海独一家儿，要说这好吃的嘛，多了去了——小的这么说吧，这只要是天上飞的、地上跑的、水里游的，您啦，想嘛有嘛。
小丸子：（眼珠子骨碌碌一转）哦，是吗？那行。小爷我想要来个……（故作沉吟，紧接着拍拍脑袋）啊，有啦有啦，这天上飞的嘛，你就给我来一份"爆炒蚊子心"。
店小二：（一愣）爆炒蚊、蚊子的心？
小丸子：对，"爆炒蚊子心"。这地上跑的呢，就来一份"油炸蚯蚓腿"。
店小二：（再次一愣）油炸蚯、蚯蚓的腿？
小丸子：这水里游的吧，就来一份"凉拌虾米蛋"。
店小二：（继续一愣）凉拌虾、虾米的蛋？
小丸子：好了，就这几样菜吧，赶紧上赶紧上，小爷我饿坏了。
店小二：（迟疑地）这个，这个……（苦瓜着一张脸）这位爷，您、您是为难小的了，您点的这几样菜啊，咱这店里，还真没有……
小丸子：（夸张地）啊，没有？
店小二：（苦瓜着脸，摇头）没、没有。
小丸子：（两眼一瞪）啊呀，真是的……既然没有，那你干吗吹那么大的牛皮呀？

店小二：（苦瓜着脸）啊，这个……这个……

林秋雁：（冷峻着脸）小丸子，别胡闹。

小丸子：嗯？……喂，姓林的，谁胡闹了呀？……我这是胡闹吗？我这不是在点菜吗？

周天昊：小二，你别听他瞎咧咧，就挑你们店里最拿手的招牌菜，给我们来几样。

店小二：（点头哈腰地）好嘞，几位爷，你们稍等。

△店小二殷勤地转身离去。

14-14. 街道　　日　外

△熙熙攘攘的行人、来来往往的车辆、各种吆喝喊卖的摊贩等，时不时有日本士兵驾驶的摩托车飞驰而过。

14-15. 八仙楼·大堂　　日　内

△店小二托着一个大托盘走向周天昊他们一桌。

店小二：（喊）酱爆牛肉、东坡肘子、黄焖乌鸡，外加红烧牛肚一份……来喽。

△店小二把各样菜肴摆好。

店小二：几位爷，你们的菜齐了，请慢用，请慢用。

小丸子：（馋得直咽口水）啊哈，我小丸子今天，可要饱饱口福了……嘿嘿。

唐二十三：（指着东坡肘子，嗲声嗲气）嗯，我呀，喜欢吃那个。

△小丸子和唐二十三开始大吃特吃，唯独林秋雁情绪不高。

△周天昊撕下一条鸡腿，搁到林秋雁的碗里。

周天昊：（关切地）秋雁，来，多吃点儿。

林秋雁：谢谢教官。

△小丸子嘴巴咀嚼不停，眼珠子骨碌碌转了一圈。

小丸子：（用嘴巴冲林秋雁努努）喂，姓周的，你怎么光给她夹菜，不给我和唐二十三夹呀？

周天昊：秋雁是姑娘家，你们两个大老爷们儿，还需要我夹菜？

小丸子：嗯？怎么不需要啊？

周天昊：那好，我给你们夹。（伸出筷子给小丸子夹菜）来，这个给你……（又给唐二十三夹了一块）这个给你……满意了吧？

唐二十三：（嗲声嗲气）哟，谢谢周长官。

小丸子：哼哼，这还差不多……（眼睛在周天昊和林秋雁身上扫来扫去）哎，姓周的，我说你们俩吧，怎么今天看上去有些怪怪的？

△周天昊和林秋雁莫名其妙地对视一眼。

周天昊：（疑惑地）怎么怪怪的？

小丸子：嗯，不对，不对。

周天昊：（更加莫名其妙）怎么不对了？

小丸子：嗯，这么说吧。姓周的，你呢，今天就当着咱们大家伙的面儿，说一句老实话。

周天昊：（不解地）小丸子，你别神神秘秘地故弄玄虚——说吧，什么老实话？

小丸子：（讪笑着，凑近周天昊）嘿嘿，姓周的，你老实话告诉我们，你是不是……有点喜欢她呀？

△小丸子一边说着，一边冲林秋雁的方向扬扬下巴。

△噗，唐二十三一下子没忍住，口中的食物悉数喷了出来。

唐二十三：（嗲声嗲气）哟，小丸子，你可真逗……你呀，要笑死我了……

小丸子：（一本正经地）嗯？这有什么可笑的？……我说的是真话呀？

△周天昊有些尴尬地看看林秋雁。

林秋雁：（冷峻着脸）小丸子，不许瞎说——他是我的教官。

小丸子：咦，教官怎么啦？教官就不能喜欢女人啦？教官就不能谈情说爱啦？真是的，没这个道理嘛——喂，姓林的，你说老实话，你是不是也喜欢他？

△小丸子说着，又冲周天昊扬了扬下巴。

林秋雁：（恼火地）你！……

周天昊：小丸子，闭上你的嘴，好好吃你的东西。

小丸子：（冲林秋雁）嘿嘿，姓林的，要不，你干脆喜欢我吧？这论人才嘛，我咋着也比姓周的强一点儿；论拳脚功夫嘛，也比他差不到哪儿去；这论空空妙手嘛，他姓周的可就差太远了……嘿嘿，怎么样，你干脆跟了我算了，咱们俩吧，一个是郎有才，一个是女有貌，用那个古人的话是咋说的，叫什么什么"珠联、璧合"，对，就叫"珠联璧合"——

△唐二十三忽然呃的一声，这次不是喷出来，而是直接噎着了，食物卡在嗓子眼里，咕咕嘎嘎半天也没咽下去。

林秋雁：（冷冷地）小丸子，你再敢胡说八道，小心我把你的舌头割下来。

小丸子：啊？……你这女人，怎么这么恶毒呀？怎么动不动就要挖心割舌头的？——好啦好啦，你们慢慢吃吧慢慢吃吧，我小丸子酒也足了饭也饱了，要去上茅厕喽。

△小丸子站起身，拍着自己圆鼓鼓的肚皮，大摇大摆地朝卫生间的方向走去。

·灰雁·

同场切：
△柜台后边，老学究式的酒楼账房先生戴着一副老花镜，正埋头拨打着算盘。
△小丸子一边吹着口哨，一边大摇大摆地经过柜台旁边。
△特写镜头：经过柜台时，小丸子趁周围的人不注意，顺势将一张报纸反扣在柜台上，然后继续朝卫生间的方向走去。

14-16. 八仙楼·卫生间　　日　外
△小丸子吹着口哨，一副很二的样子，大摇大摆地走进卫生间的门。

14-17. 八仙楼·卫生间　　日　内
△小丸子的眼珠子骨碌碌一转，见卫生间内没人，回转身，迅速反锁住卫生间的门。
△小丸子的脸上，渐渐地浮出一丝诡秘的笑容，他忽然一伸手，从衣襟里边摸出两幅卷轴——正是原本装在密码箱里边的《神州策序》摹本。
小丸子：（得意地）哼哼，价值连城？……嘿嘿，从现在起，这两件宝贝，可就都属于我小丸子了……嘻嘻……

14-18. 八仙楼·大堂　　日　内
△唐二十三酒足饭饱，拿出小镜子，开始细心地给自己的嘴唇涂唇膏。
△林秋雁没吃多少，她抚摸着挂在胸前的两枚狼牙项链，神情怔忡——
闪回：
△上海闸北火车站：幼时的林秋芸与家人失散的场景；
△林宅·书房：林其轩夫妇被龟田次郎杀死的场面；
△大和洋行·地牢：林秋雁认出龟田次郎是杀父仇人，嘶喊着要报仇的情景。
现实：
△林秋雁抚摸着两枚狼牙项链，两颗硕大的泪滴，顺着她的脸颊滚落下来。
周天昊：（关切地）秋雁，你怎么啦？
林秋雁：教官，你说，我是不是很没用？
周天昊：……

林秋雁：我眼睁睁地看自己的爹和娘被人杀死，却没有能力去救他们；三年来，支撑我活下来的，就是为爹娘报仇的信念，可是，我知道了仇人是谁，却没能杀了他；机缘巧合之下，我找到了小妹当年失散时佩戴的这枚狼牙项链，但最后的结果却是，小妹她……她早在十二年前，就已经不在人世了……（呜咽）我在爹娘墓前发过誓，一定要把小妹找回来的。可是……可是……

周天昊：（关切地）秋雁，你别太伤心了。你爹娘的仇，迟早会报的，龟田次郎他蹦跶不了几天……（顿了顿）还有，关于你小妹的事情，可能你得到的线索有误，她或许还好好地活在世上也未可知，你别太伤心了。

林秋雁：（含着泪，摇头）不可能的……不可能的……

14-19.（闪回）上海公共租界巡捕房·牢房　　日　内
△林秋雁用一只手将小丸子抵在大牢的墙壁上，另一只手举着小丸子贴身佩戴的那枚狼牙项链。

林秋雁：（厉声地）告诉我，你在哪儿捡到的这枚项链？

小丸子：（挠挠后脑勺）哎呀，我想想啊，我想想……这都十来年过去了，我得好好地想一想……我想想……我是在哪儿捡的呢……我到底是在哪儿捡的呢……

小丸子：（猛一拍脑袋）啊呀，我想起来了，想起来了。

林秋雁：（眼睛一亮，急切地）在哪儿？

小丸子：（沉思地）好像是在……是在……对，是在一个垃圾堆上。

林秋雁：垃圾堆？

小丸子：对，垃圾堆。好像是……嗯，是一个小姑娘来着……没错儿，是一个小姑娘。我当时在垃圾堆里扒拉吃的，刚好看到了那位小姑娘……嗯，年龄应该差不多，就是七八岁的样子……

林秋雁：（情急地一把抓住小丸子的胳膊）快告诉我，是什么样的小姑娘？她现在在哪里？

小丸子：喂，吼什么吼啊，你抓痛我啦！

林秋雁：（松开小丸子的胳膊）对不起。

林秋雁：哼，说声"对不起"顶个屁用啊……告诉你，这都是十来年前的陈年旧事啦，那个小姑娘，早死啦。

林秋雁：（情急地）你说什么？她死啦？

小丸子：对，死啦，死在垃圾堆里——这枚项链，就是从她的尸体上扒拉下来的，

·灰　雁·

我看着好玩，就一直戴在身上。

14-20. 八仙楼·大堂　　日　内
　　　　△听完林秋雁的叙述，周天昊的脸上反而充满了疑惑不解之色。
周天昊：你是说，你小妹的这枚项链，一直戴在小丸子的身上？
林秋雁：（双目悲恸无神）是的，他是从我小妹的尸体上扒拉下来的——那时候的小丸子，差不多也就七八岁的样子。
　　　　△周天昊的脸上，忽然浮现出一股奇怪的表情。

14-21. 八仙楼·卫生间　　日　内
　　　　△小丸子将两幅摹本负在背上，打开卫生间的窗户，掏出弩弓，瞄准对面的高楼发射。
　　　　△飞索凌空射出，咔，飞索的抓钩钩在对面高楼顶的楼栏上。
　　　　△小丸子用力拽拽飞索，试了试结实程度，然后将这一头缠绕在窗框上，绑紧。

14-22. 八仙楼·大堂　　日　内
　　　　△柜台后边，戴老花镜的账房先生划拉完算盘，终于抬起头来。
　　　　△账房先生的主观视角：一张报纸，反扣在他面前的柜台上。
　　　　△账房先生有些疑惑地拿过报纸，展开，扫了一眼，他的瞳孔猛地放大——
　　　　△特写镜头：《申报》头版，通栏标题是"美国专家横死上海码头、巡捕房悬赏百万缉凶"，下边配着美国文物专家奥利弗被匕首透胸而入的照片，以及周天昊、林秋雁、小丸子、唐二十三的通缉照片。

同场切：
　　　　△唐二十三依旧举着小镜子，涂完了唇膏，又开始一丝不苟地画自己的眉毛；林秋雁兀自陷在伤感之中；只有周天昊眉头紧锁，似乎在急遽地思考着什么。
周天昊：不对。
　　　　△林秋雁有些不解地看向周天昊。
周天昊：肯定有什么地方不对劲儿。
　　　　△周天昊眼前，闪过若干与小丸子相关的画面——

14-23. （闪回一）对面大楼·楼顶　　晨　外
　　　△周天昊一把抓过小丸子，搂在胸前，同时单手举枪射击，打翻了数名顺着楼梯爬上来的日本士兵和黑衣打手。
　　　△小丸子尚在周天昊怀里兀自发怔，周天昊已经放开了他。
小丸子：（冲周天昊，恼火地）喂，你这人怎么回事儿，怎么随随便便就搂人家？

14-24. （闪回二）临街小楼·二楼小厅　　夜　内
　　　△周天昊在沙发上铺床单，正准备睡觉。
　　　△唐二十三抱着自己的铺盖卷，走了进来。
周天昊：（疑惑地）嗯？唐二十三，你怎么跑客厅来了？
唐二十三：（嗲声嗲气）哟，周长官，我呀，是来和你搭个伴儿。
周天昊：我一个人习惯了，不需要有人搭伴儿……你还是去和小丸子搭伴吧。
唐二十三：（嗲声嗲气）哟，周长官，你说的这是什么话？这人啊，得有个伴儿，可以说说话、解解闷儿，省得呀，憋得慌。
周天昊：唐二十三，你少他妈啰唆，回你和小丸子的房间去。
唐二十三：（嗲声嗲气）哟，周长官，我今晚呀，就在这儿睡了……我不回去。
　　　△唐二十三说着，不管不顾地躺在了周天昊平时睡的沙发上，一股脑儿用被子蒙住了脑袋。

14-25. （闪回三）临街小楼·走廊　　日　内
　　　△周天昊顺着走廊走过来，正好经过小丸子卧室的门口。
　　　△唐二十三和小丸子两人的对话隐隐约约地飘出来。
唐二十三：（画外音，嗲声嗲气）哟，小丸子，我也没说什么呀……不就是想让你嫁给人家嘛……

14-26. （闪回结束）八仙楼·大堂　　日　内
　　　△周天昊刷地看向正在一丝不苟画眉毛的唐二十三。
周天昊：（喊）唐二十三。
唐二十三：（头也不回，嗲声嗲气）哟，周长官，你这么大声干什么呀？……什么事儿？
周天昊：你老实告诉我，小丸子到底是男的还是女的？
　　　△当啷一声，唐二十三手中的小镜子，当即掉在地上。

·灰 雁·

　　△而一旁的林秋雁，乍一听周天昊的问话，也是浑身一震。
　　△唐二十三回过头，眼珠子下意识地转动了几下，勉强地挤出一脸笑容。
唐二十三：（皮笑肉不笑地，嗲声嗲气）哟，周长官，你可真会开玩笑，小丸子当然是男的，他呀，怎么会是女人呢……（强自干笑）嘻嘻嘻……
周天昊：（目光炯炯地盯着唐二十三）是吗？唐二十三，你确定？
唐二十三：（眼珠子乱转，嗲声嗲气，迟疑地）哟，周长官，这个……这个嘛……我……（竖起兰花指）哟，周长官，小丸子明明是男的，我呀，确定。

同场切：
　　△柜台后边，账房先生双手举着报纸，透过老花镜，仔细端详着周天昊、林秋雁、小丸子、唐二十三的通缉照片。
　　△稍倾，账房先生老花镜后边的一双眼睛，慢慢地朝周天昊他们这一桌瞟过来——
　　△一组特写镜头：
　　——周天昊俊朗的面部特写，与报纸上的通缉照片比照，契合，然后定格；
　　——林秋雁冷峻的面部特写，与报纸上的通缉照片比照，契合，然后定格；
　　——唐二十三画眉毛的面部特写，与报纸上的通缉照片比照，契合，然后定格。
　　△账房先生瞟着不远处的周天昊、林秋雁、唐二十三，伸手拿起电话，开始一个一个地拨号——

14-27. 上海公共租界巡捕房·大门口　　日　外
　　△马文涛的黑色轿车在前，七八辆坐满荷枪实弹警察的摩托车在后，风驰电掣般驶出巡捕房的大门，扬起一股沙尘。

14-28. 八仙楼·大堂　　日　内
　　△林秋雁用胳膊肘顶着唐二十三的脖子，将他抵在大堂内的一根柱子上。
林秋雁：（眼神凌厉地盯着唐二十三，厉声地）说，小丸子到底是男的还是女的？
唐二十三：（嗲声嗲气）哟，林姑娘，你别这样……别这样……
林秋雁：（厉声地）快说！

唐二十三：（嗲声嗲气）哟，林姑娘，我早就说过了，小丸子是男的呀……
林秋雁：（胳膊上猛一用劲儿）嗯？
唐二十三：（双手举起作投降状，嗲声嗲气）好好好，我说，我说……
　　　　△林秋雁的胳膊肘松了松，满脸期待地望着唐二十三。
唐二十三：（嗲声嗲气，迟疑地）小丸子他、他、他……他……他是男的。
林秋雁：（胳膊肘一紧）……
唐二十三：（立马改口）女女女……女的。
　　　　△林秋雁的胳膊肘一松。
唐二十三：（再次改口，嗲声嗲气）男的。
　　　　△林秋雁恼火地瞪着唐二十三，胳膊肘再次一紧。
周天昊：唐二十三，你说清楚，小丸子到底是男的还是女的？
唐二十三：（喘不过气来，结巴）我、我、我不敢说……如果我、我说了……她、她、她会挖出我的眼珠子……
林秋雁：（冷冷地）你不说，我现在就挖出你的眼珠子！
　　　　△林秋雁叉开右手的食指和中指，猛地刺向唐二十三的一双眼睛。
唐二十三：（连忙护住眼睛，嗲声嗲气）好好好，我说，我说……我说还不行吗？小丸子她……她……她……她是女的……
　　　　△林秋雁的身体，像是忽然受到重物锤击似的，猛地一顿，怔在原地。
　　　　△刹那间，时间仿佛是静止了，林秋雁陷入无边的迷茫和静寂！
　　　　△稍倾，周天昊硬朗的声音响起——
周天昊：唐二十三，你是怎么发现的？
唐二十三：（神色忸怩、尴尬，嗲声嗲气）小丸子她……她有一次洗澡，我呀，无意中……闯、闯了进去……就、就这样……
周天昊：……
唐二十三：（嗲声嗲气）她……她警告过我，说是如果我敢泄露出去，她、她就一刀杀了我……
　　　　△林秋雁像是得了魔怔一般，神情恍惚、怔忡、茫然。
林秋雁：（神情怔忡，自顾自话地）她是女的……她是女的……
　　　　△恍惚中，林秋雁眼前闪过与小丸子交往的某些细节。
　　　　一组闪回镜头：
　　　　△赌场内（日），小丸子与林秋雁赌枪并激烈打斗的场景；
　　　　△深巷中（夜），小丸子背着受伤昏迷的林秋雁，吭哧吭哧地朝前走着，时不时擦一把汗；胖子和瘦猴一左一右在后边跟着；

·灰雁·

△车内（日），林秋雁和小丸子被巡捕房双双抓获，想办法解开绳索并与巡捕房警察交战的情景；

△废旧仓库内（日），林秋雁携带一箱钞票，提出雇佣小丸子等三人的情景；

△废旧仓库内（日），小丸子大大咧咧地将胳膊搭在林秋雁肩上，被林秋雁一个大背摔，摔在地上的情景；

△大和洋行·纺织厂内（日），瘦猴被大火吞没，小丸子返身欲救，狼牙项链从她身上掉落的情景；

△巡捕房大牢内（日），林秋雁将小丸子抵在墙上，逼问狼牙项链来历的情景；

△街道（日），林秋雁眼睁睁地看着龟田次郎驾驶摩托车逃走，正在懊恼间，小丸子驾驶轻骑摩托车驶来，停在她身旁；林秋雁一跃上车，小丸子载着林秋雁朝龟田次郎追去的情景；

△立交桥下（日），小丸子一只手抓着半截管线，另一只手抓着林秋雁的手，两个人晃晃悠悠悬吊在半空中的情景……

现实：

△林秋雁神情发怔，兀自絮叨着。

林秋雁：没错儿，是她……她是女儿身……她骗我……她一直在骗我……她就是秋芸……是我的小妹秋芸……她骗我……她不愿意认我这个姐姐……（哽咽）她不愿意……

14-29. 八仙楼·卫生间　　日　内

△窗户外边，小丸子背着两幅摹本，手抓滑轮悬吊在飞索上，飞快地朝对面的高楼顶端滑过去。

14-30. 八仙楼·大堂　　日　内

△唐二十三朝卫生间的方向张望一番。

唐二十三：（嗲声嗲气）咦，小丸子人呢？……她去趟茅厕，怎么这么久？

△林秋雁忽然从迷茫混沌中清醒过来，与周天昊狐疑的目光飞快地一碰。

△周天昊迅速回到桌旁，拿起密码箱搁在桌子上，打开——密码箱里边空空如也，两幅珍贵的《神州策序》摹本，已经不翼而飞。

△周天昊、林秋雁、唐二十三三人，面面相觑。

周天昊：她偷走了摹本。

林秋雁：快，卫生间。
　　△周天昊、林秋雁、唐二十三三人，迅速朝卫生间的方向跑去。

同场切：
　　△柜台后边，账房先生的主观视角：周天昊、林秋雁、唐二十三三人，快速地从柜台前跑过，冲向卫生间的方向。
　　△账房先生老花镜后边的一双小眼睛，忽然飞快地眨巴了几下。

14-31. 八仙楼·卫生间　　日　外
　　△周天昊、林秋雁、唐二十三冲到卫生间门口，用力拍门。
周天昊：（一边拍门一边喊）小丸子！小丸子！

14-32. 八仙楼·卫生间　　日　内
　　△窗户外边，小丸子手抓滑轮悬吊在飞索上，已经滑近对面的高楼顶端。

14-31. 八仙楼·卫生间　　日　外
　　△周天昊猛地用肩膀撞开门，与林秋雁、唐二十三立即冲进卫生间。

14-33. 八仙楼·卫生间　　日　内
　　△周天昊、林秋雁、唐二十三三人冲进来，立即挨个隔间查看。
　　△林秋雁率先发现了窗户外的飞索，立即喊道——
林秋雁：（喊）她在这里。
　　△周天昊和唐二十三立即扑向窗户旁。
　　△周天昊、林秋雁、唐二十三的主观视角：对面高楼的顶端，小丸子的身影一闪，当即消失不见。
林秋雁：她带着摹本跑了。
周天昊：我们得把她追回来……快走。
　　△周天昊、林秋雁、唐二十三三人，迅速回转身，冲出了卫生间。

14-34. 八仙楼　　日　外
　　△八仙楼下的街道上，马文涛的黑色轿车、七八辆巡捕房的摩托车，飞速驶至。
　　△马文涛、警察甲下了黑色轿车，二三十名荷枪实弹的警察迅速跳下摩

·灰 雁·

　　托车。
　　△马文涛手里拎着一把盒子炮，冲身后的一众警察吩咐道——
马文涛：包围八仙楼，把所有的出入口都封锁起来，给老子抓活的。
警察甲等：（众）是，探长。
　　△警察甲和一众警察，各自手执长短枪械，乱纷纷地朝八仙楼冲过去——
　　△定格。

第十五集

15-1. 八仙楼·大堂　　日　内

　　△周天昊、林秋雁、唐二十三三人，迅速从卫生间方向跑过来。

　　△柜台后边，账房先生半伸着头、眨巴着老花镜后边的一双小眼睛，看着周天昊、林秋雁、唐二十三从柜台前跑过。

　　△楼梯口，警察甲带着数十名警察，各自手执长短枪械，乱纷纷地冲上楼来。

警察甲：（一指周天昊等三人，大喊）快，他们在那儿……上。

　　△一众警察在警察甲的带领下，冲向周天昊、林秋雁、唐二十三三人。

　　△周天昊、林秋雁、唐二十三一惊回头。

唐二十三：（吃惊地，嗲声嗲气）啊，巡捕房的警察？！

林秋雁：不好，是马文涛的人！

唐二十三：……

林秋雁：他怎么知道我们在这里？

　　△一众警察先后冲到近前，周天昊、林秋雁、唐二十三飞纵腾跃，各自施展绝技，与警察甲等人近身搏斗在一处。一时间，拳脚翻飞，桌椅碎裂，不时有巡捕房的警察被打翻在地；其他吃饭的客人，则顺着墙脚根悄无声息地溜了出去。

　　△打斗告一段落，周天昊、林秋雁、唐二十三背靠背，组成防御阵式，与警察甲等人对峙着。

唐二十三：（嗲声嗲气）哟，这到底是怎么一回事儿，巡捕房的警察怎么找上门来啦？

周天昊：（打翻冲到近前的一名警察）是小丸子——她出卖了我们！

唐二十三：（吃惊地，嗲声嗲气）啊？！（由于感到意外而变得结巴）不、不、不……不会吧？……小丸子她……她、她、她……她出卖我们？

林秋雁：（冷冷地）哼，应该错不了——她早就谋划好了要偷摹本，让警察来抓我们，是她计划的一部分。

唐二十三：（嗲声嗲气）啊？！……这个、这个……她、她，她明明知道你是她二

·灰　雁·

　　　　　姐，她还……她还……
　　　　△林秋雁冷冷地哼了一声，没有再言语。
　　　　△警察甲冲身后的一众警察一挥手。
警察甲：（喊）给我上——探长说了，这几名犯人都是通缉重犯，只要抓住他们，每人赏大洋十块。
　　　　△一众警察乱纷纷地喊着上呀、上呀之类，端着刺刀冲上来。林秋雁、周天昊、唐二十三，旋即与一众警察斗在一处。

15-2. 八仙楼　　日　外
　　　　△街道两头，各有数十名警察，分别用麻袋堆起了简易的碉堡，一众警察各自架起枪，枪口对着八仙楼的门口，一副严阵以待的架势。
　　　　△马文涛站在稍远处的黑色轿车旁，右手拎着盒子炮，左手举着硕大的烟斗，面色沉着。
　　　　△一名警察小步跑到马文涛身边，啪地双脚一并，行了个军礼。
该警察：报告探长，路障设置完毕，弟兄们已经各就各位。
马文涛：（点点头）嗯，好。传我的命令：给老子守严实了，谁要是胆敢轻敌懈怠，让这几名通缉犯跑了，老子就扭下他的脑袋！
该警察：是，探长。
　　　　△该名警察再次啪地行了个军礼，转身跑回队伍。

15-3. 某隐蔽处　　日　外
　　　　△小丸子偷偷地探出头来，朝马文涛及一众巡捕房警察所在的方向望过去。
　　　　△小丸子的主观视角：手里拎着手枪的马文涛、奔跑来去的巡捕房警察、街道两头的路障，以及酒楼上隐隐约约传来的枪声和打斗声。
小丸子：（得意扬扬地）嘿嘿，姓周的姓林的，还有娘娘腔，你们三个，就乖乖地去巡捕房的大牢里边，慢慢地消磨日子吧……嘻嘻，我小丸子，先走喽。
　　　　△小丸子直起身，拍拍屁股上的尘土，转身离去。

15-4. 八仙楼·大堂　　日　内
　　　　△林秋雁、周天昊、唐二十三三人，各自施展绝技，与一众警察激烈对打。其中有一名警察，被林秋雁狠狠一脚，踹得撞裂窗户跌了出去。

15-5. 八仙楼　　日　外

△半空中，被林秋雁踹出来的警察嗷嗷地叫着，以慢镜头缓缓跌落下来。
△黑色轿车旁，马文涛嘴里叼着硕大的烟斗，虽然依旧面无表情，但面部的肌肉却几不可察地抽动了一下。

15-6. 八仙楼·大堂　　日　内

△林秋雁、周天昊、唐二十三，与警察甲等人近身搏斗，拳来脚往、刺刀翻飞，酒楼上一片狼藉。
△一名警察的刺刀被周天昊踢飞，直直地飞向柜台后边。账房先生吓得哧溜一下，滑到了柜台下边。
△警察甲等人的搏击身手明显不敌周天昊等人，遂推弹上膛，开枪射击；周天昊、林秋雁、唐二十三各自飞纵腾跃，躲开射过来的子弹，然后掩身餐桌后边。
△周天昊和林秋雁各自拔出手枪，探身冲警察甲等人打出一梭子；但巡捕房的警察越来越多，源源不断地从楼梯口涌上来，双方枪战。

林秋雁：（大声地）我们被包围了，怎么办？
周天昊：（大声地）想办法冲出去。
周天昊：（回头，冲唐二十三）唐二十三，带上箱子。
唐二十三：（嗲声嗲气）是，周长官。

△唐二十三一个飞跃，扑向搁在餐桌上的密码箱。
△稍远处，警察甲也发现了密码箱，遂冲身后的警察一挥手枪——

警察甲：（喊）快，抢那只箱子！

△数名警察扑向唐二十三，双方围绕着密码箱展开激烈争夺，密码箱在空中辗转来去。

周天昊：（冲唐二十三，喊）把箱子抛过来。
唐二十三：（嗲声嗲气）嗯，好。

△唐二十三凌空一脚，将密码箱踢向周天昊的方向；周天昊一边射击，一边飞身接住密码箱，然后就地一个翻滚。
△唐二十三飞跃腾挪，以巧妙的身手，有些戏谑耍弄地打翻两三名警察。

唐二十三：（竖起兰花指，嗲声嗲气）哟，你们这些个警察呀，可真是够麻烦的！

△周天昊、林秋雁、唐二十三，与一众警察或打斗或射击，先后朝楼下冲去。

15-7. 八仙楼·楼梯　　日　内

　　△一组特技动作（林秋雁、周天昊、唐二十三三人，与一众警察从楼上一层、楼梯，一直打到楼下一层）：

　　——林秋雁在前边开路，一个飞跃，从楼上一层直接跃到楼下一层，连环数腿，踢飞挡路的数名警察；

　　——周天昊背贴楼栏飞速滑下，一手拎着密码箱，一手举枪射击，打翻四周瞄准自己的数名警察；

　　——唐二十三顺着台阶连翻数个筋斗，一边踢翻拦路的警察，一边从数名警察头顶飞跃而过。

警察甲：（大喊）拦住他们，不要让他们跑了！

　　△枪声啾啾。周天昊、林秋雁、唐二十三边打边退，警察甲等一众警察在后紧追不放。

15-8. 八仙楼·大堂　　日　内

　　△账房先生全身缩成一团，有些笨拙地藏在柜台下边，他的眼镜掉落在稍远处。

　　△账房先生的一双耳朵直直地竖立着，仔细聆听着外边大堂的动静。

　　△大堂内一片静寂。

　　△账房先生的眼珠子转了转，慢慢地爬到柜台一角，探出半个脑袋朝外边窥探。

　　△账房先生的主观视角：

　　——大堂内，桌椅散架、碗碟碎裂，一片狼藉景象。

　　△账房先生捡起掉落在一旁的眼镜——镜片碎裂，只剩下了空空的眼镜框。

　　△账房先生将空眼镜框架在鼻梁上，然后，探头探脑地钻出柜台。

15-9. 八仙楼·二楼大堂　　日　内

　　△周天昊、林秋雁、唐二十三三人，动作酷炫，与警察甲等一众警察或近身搏击，或激烈枪战。

　　△稍倾，周天昊、林秋雁、唐二十三三人，先后择机撞碎窗户，纵身而出——

15-10. 八仙楼　　　日　外
　　　　　△二楼的窗户被撞碎，周天昊、林秋雁、唐二十三纵身跃出，然后落在地上，就地一个翻滚。
　　　　　△路障后边，马文涛一挥手中的盒子炮，冲埋伏在身旁的一众警察吩咐——
马文涛：给老子狠狠地打，不要让他们跑了！
　　　　　△马文涛率先开枪，其他警察各自拉动枪栓，冲周天昊、林秋雁、唐二十三开枪射击。
　　　　　△几乎同一时间，街道另一头的路障后边，早就埋伏好的一众警察，也冲周天昊、林秋雁、唐二十三三人开火射击。
　　　　　△酒楼门口，警察甲也带着剩余的其他警察冲下楼来，手执长短枪械，冲周天昊、林秋雁、唐二十三三人激烈开火。
　　　　　△周天昊、林秋雁、唐二十三三人，在巡捕房警察的三面夹击下，腾跃翻滚，躲过射来的子弹，然后迅速寻找掩体躲在后边，开枪还击。
马文涛：（一边举枪射击，一边喊）抢那只箱子！
马文涛：（继续喊）谁要是抢到箱子，老子就赏他大洋一百块。
　　　　　△马文涛的话音一落，枪声立马大盛，一众警察的子弹，密集地朝周天昊等人隐身的方向射过来。
　　　　　△掩体后边，三面受到夹击的周天昊、林秋雁、唐二十三三人，虽然时不时地举枪还击，但警察的火力实在太猛烈，压得他们根本无法抬起头来。
林秋雁：（冲周天昊，大声地）怎么办？他们的火力太猛了。
周天昊：（大声地）马文涛的目标是摹本。
　　　　　△周天昊和林秋雁各自换上一个新弹匣，然后探身打出数枪。
周天昊：（大声地）我们分头走……我用密码箱引开他们，你和唐二十三两个，趁机冲出去——
林秋雁：（大声地）不行，这样做太危险了。
周天昊：（大声地）放心吧，不会有事的——
林秋雁：（大声地）不行，我不能让你一个人冒险！
周天昊：（大声地）放心吧，必要的时候，我会向他们假投降。
林秋雁：（大声地）密码箱是空的——没有摹本，马文涛会杀了你的。
周天昊：（大声地）这是目前唯一的办法——不然，我们三个都会死在这里。

林秋雁：（大声地）这样不行。
周天昊：（大声地）没什么不行的。（口气不容置疑，威严地）执行命令！
林秋雁：（明显迟疑了一下）是，教官。
　　　　△周天昊一边举枪射击，一边拎着密码箱朝另一头冲了出去。
　　　　△稍倾，林秋雁一咬牙，探身打出数枪，然后冲一旁尚在射击的唐二十三喊道——
林秋雁：（大声地）我们走，朝那边冲。
唐二十三：（嗲声嗲气）好。
　　　　△林秋雁和唐二十三两个人，一边举枪射击，一边朝和周天昊截然相反的方向冲出。
　　　　△路障后边，马文涛一边举枪射击，一边吩咐身边的警察——
马文涛：（喊）给老子分头追，不要让他们跑了。
　　　　△巡捕房的警察迅速分作两拨，马文涛、警察甲率领一拨，朝周天昊这边包抄追去；其余的警察，则朝另一方向的林秋雁、唐二十三两人追去。

15-11. 街道　　日　外
　　　　△周天昊一手拎着密码箱，一手举着手枪，一边射击一边往后撤退。
　　　　△马文涛率领着警察甲等巡捕房的人马，在后边紧追不舍，双方激烈枪战。

15-12. 另一街道　　日　外
　　　　△林秋雁、唐二十三两个人，一边射击一边往后撤退，唐二十三时不时发射绣花针（夹杂林秋雁与警察近身搏击的冷酷动作，以及唐二十三戏谑式的打斗动作）。
　　　　△稍后处，数十名警察端着长枪，紧追在林秋雁、唐二十三两人身后。
　　　　△枪声啾啾。林秋雁、唐二十三两人退至一处岔道口，但巡捕房的警察依旧紧追不放，且射过来的子弹越来越密集。
　　　　△林秋雁一边举枪射击，一边回头，冲旁边的唐二十三喊道——
林秋雁：（大声地）唐二十三，我们分头走——你走那边。
唐二十三：（嗲声嗲气）好。
　　　　△林秋雁和唐二十三两个人，迅速分开，分别朝两个不同的方向逃窜而去。
　　　　△一名打头模样的警察，冲身后的警察一挥手——

打头警察：快，分头追。

△一众警察再次分成两拨，一拨朝林秋雁追去，一拨朝唐二十三追去。

15-13. 小巷子　　日　外

△林秋雁与追击而来的数名警察一边激烈枪战，一边择机后撤，中间夹杂林秋雁换弹匣的动作。

△到了一处废旧院落处，林秋雁猛地一纵身，由院墙上翻越而入。

△打头警察带着四五名警察，端着枪，追至废旧院落的大门口。

△打头警察及四五名手下的警察，看了看废旧院落的大门，相互对视了一眼。

△打头警察冲一名警察摆了个眼色，该名警察上前，抬腿一脚，猛地踹开了废旧院落的大门。

15-14. 废旧院落　　日　外

△打头警察带着数名警察，端着枪，蹑手蹑脚地走进废旧院落的大门。

△打头警察扫视了一下不大不小的院落，见无异常，遂一挥手，带着手下蹑手蹑脚地朝废旧房屋走过去——

15-15. 另一小巷　　日　外

△唐二十三一边举枪射击，一边向后逃窜。

△稍后处，七八名警察紧紧地追着唐二十三不放，子弹不时打在唐二十三的脚丫子附近，土星飞溅。

15-16. 废旧房屋　　日　内

△吱呀一声，一名警察用刺刀挑开了残破的门扇。

△打头警察带着四五名手下的警察，端着枪，蹑手蹑脚地走进房屋。

△打头警察的主观视角：屋内破败不堪，墙角满布着蜘蛛网，家具上积满了厚厚的灰尘。

△打头警察一挥手，其余四五名分别举着刺刀，东挑一下西刺一下，正屋偏屋挨个查探了一下，但没有林秋雁的身影。

△打头警察与其他警察疑惑地对视了一眼，慢慢地抬起头，朝屋梁上瞅去——

△身体倒悬紧贴在横梁上的林秋雁，如黑鹰般飞身扑下，连环数脚，将

四五名警察——打晕在地。
　　△打头警察见势不妙，转身就朝外边跑。

15-17. 废旧院落　　日　外
　　△打头警察刚刚跑到院子里，林秋雁凌空一个飞跃，已经从他头顶上跃了过去。
　　△林秋雁神情冷酷地拦在打头警察的面前。
打头警察：（哆嗦着，由于紧张而变得结巴）臭、臭、臭娘们儿，你、你、你……你给我让、让开……
　　△林秋雁冷冷地盯着打头警察。
打头警察：（有些惧怕地往后退）你、你、你……你要干什么？你、你、你……不、不、不……不能……不能……杀、杀、杀……杀我……
林秋雁：（冷冷地）哼，我从来就不喜欢杀人，但我很擅长！
　　△打头警察试图举枪，林秋雁迅疾出手，一手按住对方的头顶，一手按住对方的下巴，猛地用力一扭。
　　△打头警察当即闷哼一声，栽倒在地。
　　△林秋雁将打头警察腰间的手枪和弹匣取下来，别在自己腰间。
　　△林秋雁走到大门口，身形一闪，消失。

15-18. 又一小巷　　日　外
　　△一个丁字形的岔道口，分为三条小巷子。有一棵大树，从某院墙处横着长了出来，枝叶繁茂。
　　△唐二十三飞快地钻进小巷，稍一打眼，立即飞身一跃，跳上大树，隐身树荫深处。
　　△稍过片刻，七八名巡捕房的警察端着枪，匆匆忙忙地追赶了过来。
　　△七八名警察追到岔道口，停住脚步，四下张望。
带头警察：（指着一名警察）你，在这里守着。（又指着另三名警察）你们三个，朝那边追……其他的，跟我来。（冲自己身边的警察一挥手）走。
　　△带头警察带着三名手下，朝左边的岔道追去；另外三名警察，朝右边的岔道追了过去；只剩下一名警察，端着长枪，守在岔道口。

15-19. 另一街道　　日　外
　　△周天昊一手拎着密码箱，一手举着手枪，躲在一处僻角位置，冲马文

涛等人的方向开枪射击。

△稍远处，马文涛率领着警察甲等一众手下，对周天昊形成了半包围之势——枪声啾啾，双方激烈枪战。

15-20. 又一小巷　　日　外

△岔道口，留守的那名警察，端着枪，在大树底下站着，时不时瞟一眼周围。

△忽然，一根绳子从高处垂下来，套在该名警察的脖子上，将他悬吊了起来；该名警察挣扎着，双腿乱蹬。

△大树横杈上，唐二十三手里抓着绳子，将该名警察飞速拽上树来。

15-21. 又一小巷·左边岔道　　日　外

△打头警察带着三名手下，追出一段路程后，始终没有发现唐二十三的踪迹。

打头警察：走，我们回去。

△打头警察率先转身走出，三名手下紧跟在后，向回折返。

15-22. 又一小巷　　日　外

△已经换上警察服装的唐二十三，从大树上跳了下来。

△唐二十三压低帽檐，扫视了一下四周的环境，转身朝来时的方向走去。

△唐二十三没有走出多远，左边岔道上，打头警察带着三名手下就匆匆折返了回来。

打头警察：（冲着唐二十三的背影）喂，你要去哪儿？

△唐二十三倏地停住脚步，背对警察而立。

唐二十三：（假装抱着肚子，变声，模仿警察的语气）啊，这个……这个……我、我……我拉肚子，要上茅厕……

打头警察：哎呀，晦气，晦气，就你的事儿多……（不耐烦地挥挥手）去吧去吧，拉远一点儿，别熏着咱哥几个。

唐二十三：（变声，模仿警察的语气）哎，是，是。

△唐二十三弯着腰，抱着肚子，装着内急的样子匆匆朝前走去。

△到了小巷的一个拐弯处，唐二十三身形一闪，消失。

同场切：

　　△稍倾，顺着右边岔道追下去的另三名警察，这时也折返了回来。

打头警察：有发现吗？

　　△另三名警察摇了摇头。

打头警察：咦，奇了怪了，这就一眨眼的工夫，人跑哪去啦？

　　△就在这时，打头警察等人头顶上方，忽然传来唔、唔、唔挣扎的声音。
　　△打头警察等人疑惑地抬起头。
　　△一名警察用刺刀挑开繁茂的枝叶，顺着唔唔声传来的方向望去——
　　△打头警察等人的主观视角：只见原本留守的那名警察浑身赤裸只穿着大裤头，被缠绑在大树的横杈上，嘴巴里边还塞着一只臭袜子。
　　△打头警察等人面面相觑，但随即，他们就反应了过来。

打头警察：刚才那名警察，是他假扮的……快，放他下来。

　　△一名警察用刺刀挑断绳索，将该名警察放下来，取掉塞在他嘴里的臭袜子。

打头警察：怎么回事儿？

该名警察：（结巴地）他、他、他……他穿走了我的衣服……

打头警察：快追。

　　△打头警察等一众人，迅速朝唐二十三离开的方向追去。那名留守警察也赤裸着身子，屁颠屁颠地跟在后边。

15-23. 另一街道　　日　外

　　△街角处的掩体后边，周天昊一手拎密码箱，一手举枪，探出身子射击。一阵密集的子弹射过来，周天昊迅速缩回身体。
　　△对切：稍远处，马文涛、警察甲等一二十名警察，对周天昊形成半包围之势，开枪射击。
　　△掩体后边，周天昊再次探出身子，扣动扳机，但撞针空响，却没有子弹射出——没子弹了。
　　△稍远处，马文涛一抬手，一众警察停止射击，枪声骤歇。

马文涛：周天昊，你已经被包围了，你今天就是插上一对翅膀，也从这里飞不出去——还是乖乖地投降吧，只要你交出东西，我马文涛，保证留你一条小命儿，不杀你。

　　△稍倾，周天昊左手拎着密码箱，右手用手指头挑着手枪，从隐身处走了出来。

　　　　△警察甲等人迅速冲上去，将周天昊团团围住，用枪逼住他。
马文涛：周天昊，看来，你现在变得比以前聪明了。
　　　　△周天昊瞧着马文涛，眼神中带着一丝不易察觉的讥诮之意。
　　　　△警察甲上前，一把夺过周天昊手中的密码箱，回身走到马文涛身边，递给他。
　　　　△马文涛接过密码箱，有些得意地打开箱子。
　　　　△密码箱打开，马文涛旋即一愣，脸上的神情顿时大变。
　　　　△特写镜头：密码箱中空空如也，根本没有《神州策序》的摹本。

15-24. 某小巷　　日　外
　　　　△纵横交错的小巷中，林秋雁一边谨慎地往后退，一边小心地四周观察。

15-25. 某小巷·另一头　　日　外
　　　　△身穿警察服装的唐二十三，一边回过头向后边观察，一边顺着墙根往后退。

15-26. 某小巷·拐角处　　日　外
　　　　△左边，林秋雁小心翼翼地顺着墙根往后退。
　　　　△右边，身穿警察服装的唐二十三也顺着墙根，小心翼翼地往后退。
　　　　△同时向后退的林秋雁和唐二十三两人，猛地背对背撞在一起。
　　　　△林秋雁和唐二十三两个人的身体，如同碰到弹簧般一触即开，各自飞跃而起并迅疾出手，眨眼间就激烈地过了数招。
唐二十三：（嗲声嗲气）哟，林姑娘，别打、别打……是我……是我呀，林姑娘……
林秋雁：（停手，意外地）是你，唐二十三？
唐二十三：（嗲声嗲气）哟，林姑娘，是我。
林秋雁：（疑惑地）你怎么穿着警察的衣服？
　　　　△唐二十三掏出小镜子，开始一丝不苟地给自己补妆。
唐二十三：（嗲声嗲气）哟，别提了，这帮小兔崽子呀，一直追着人家跑……实在没法子，只好扒了一套他们的衣服，这样呀才甩掉了他们。

15-27. 另一街道　　日　外
　　　　△马文涛恼火地扔掉密码箱，一张脸涨得紫红。

·灰　雁·

马文涛：（指着周天昊，又气又恼）周天昊，你？
周天昊：（略带讥诮地）怎么，马文涛，你带着这么多警察，大张旗鼓地，就为了抢一只空箱子？
　　　△马文涛死死地盯着周天昊，脸上的神色阴晴不定。
　　　△周天昊以略带讥诮的眼神迎向马文涛的目光，丝毫没有退让的意思。
　　　△过了片刻，马文涛才强压住自己的怒气，慢慢地平静了下来。
马文涛：（阴笑着）周天昊，你先不要太得意。那个姓唐的戏子我不敢说，但那个姓林的女娃儿是你的学生，她是什么脾性，你应该比我清楚——只要有你周天昊攥在我手上，她自然会乖乖地把我想要的东西送过来。
周天昊：（讥诮地）马文涛，恐怕你的如意算盘又要落空了——他们是不会来救我的，更不会拿你想要的东西前来交换我。
马文涛：是吗？
周天昊：当然。他们还有更重要的行动任务要去执行，我给他们下了死命令——我拎着这只空箱子，唯一的目的，就是为了引开你们的注意力，好让他们突围。
马文涛：（冷笑）哼，那我们就走着瞧。
马文涛：（冲身后的警察甲等人一挥手）押走。
　　　△警察甲等人一涌向前，反扭住周天昊的一双胳膊，推搡着他向前走去。

15-28. 八仙楼　　日　外
　　　△八仙楼外边的街道上，马文涛带着警察甲等一众手下，押着周天昊，走向一辆专门押送犯人的厢式囚车。

15-29. 八仙楼·对面隐蔽处　　日　外
　　　△林秋雁、唐二十三两人，隐身在一处树丛后边，唐二十三已经恢复了原来的装束。
　　　△林秋雁用一只手轻轻地拨开树梢，朝对面的街道望过去。
　　　△对切：
　　　——囚车后门打开，警察甲等人将周天昊推搡上了囚车，然后关上了车门。
　　　——马文涛嘴里叼着硕大的烟斗，有意无意地朝林秋雁、唐二十三两人隐身的地方看了一眼。
唐二十三：（嗲声嗲气）哟，林姑娘，这周长官被巡捕房抓了，我们怎么办？

林秋雁：（头也不回地）还能怎么办？想办法救人。

15-30. 八仙楼　　日　外
　　△马文涛冲身后的警察甲等一众手下，挥了挥手。
马文涛：上车，回巡捕房。
　　△一众警察纷纷上车的上车，上摩托的上摩托。
　　△稍倾，马文涛的黑色轿车打头，囚车在中间，数辆摩托车殿后，向前驶出。
　　△镜头跳转至车内——

15-31. 囚车车厢　　日　内
　　△车身不住地颠簸着，周天昊戴着手铐，坐在一片黑暗中，面容沉着而冷静。

15-32. 八仙楼·对面隐蔽处　　日　外
　　△林秋雁和唐二十三的主观视角：马文涛的车队浩浩荡荡地向前驶去，扬起一片灰尘。
林秋雁：（头也不回地，冲唐二十三）我们走。
　　△不待唐二十三应答，林秋雁已经转过身，大踏步走出。
　　△唐二十三稍稍犹豫了一下，跟在林秋雁后边，走出。

15-33. 某胡同　　日　外
　　△林秋雁大踏步走在前边。
　　△唐二十三扭着腰肢，跟在林秋雁后边，貌似有些跟不上林秋雁的步子。
唐二十三：（嗲声嗲气）哟，林姑娘，你走慢一点儿……你倒是告诉我，咱们这是要去哪儿呀？
林秋雁：（头也不回地）去劫囚车，救人。
唐二十三：（嗲声嗲气）啊？！……劫囚车？！
林秋雁：对。
唐二十三：（嗲声嗲气）哟，林姑娘，你有没有搞错呀？……这马文涛呀，带着好几十号子警察呢，光凭咱们俩，怎么去劫囚车呀？再说了，咱们俩好不容易才从警察手里逃出来，现在，又要送羊去虎口呀？
林秋雁：那你说怎么办？

唐二十三：（嗲声嗲气）依我呀，咱们赶紧去找小丸子是正经——要不然呀，小丸子肯定会把摹本给卖了。

林秋雁：（不容置疑地）不行，我们必须先把教官救出来。

唐二十三：（嗲声嗲气）哟，林姑娘，你怎么这么固执呀？要我说，这周长官呀，吉人自有天相，他不会有事的……咱们呀，还是先去找小丸子。

△唐二十三一边说着，一边转身欲走。

△林秋雁蓦地拔出手枪，枪口直直地指着唐二十三的脑袋。

林秋雁：（冷冷地）唐二十三，你如果再敢往前走一步，我就一枪打爆你的脑袋！

唐二十三：（嗲声嗲气）哟，林姑娘，你这是干什么呀？

林秋雁：（冷冷地）唐二十三，你现在只有两个选择：要么，跟我去救人；要么，就去阴曹地府，找阎王爷报到吧。

唐二十三：（嗲声嗲气）哟，林姑娘，有话好好说，有话好好说……我跟你去，我跟你去还不行吗？……哟，你先把枪放下，放下枪，小心走火……

△林秋雁收起枪，转身大踏步走出。

△唐二十三龇了龇牙，有些不大情愿地跟在林秋雁身后。

15-34. 街道　日　外

△街道上，马文涛的黑色轿车在前，厢式囚车在中间，数辆巡捕房的摩托车殿后，一众车队浩浩荡荡地向前驶来。

15-35. 街道·树丛后边　日　外

△街道边上，林秋雁和唐二十三两个人，隐身在树丛后边，紧紧地盯着浩浩荡荡驶来的马文涛车队。

△对切：巡捕房的一行车队，愈驶愈近，已经进入有效的射程范围。

△林秋雁举起一杆长枪，拉动枪栓，推弹上膛，瞄准行驶而来的厢式囚车。

△林秋雁猛地扣动扳机，子弹直直地飞出。

△对切：厢式囚车的一只轮胎中弹，车身一颠。

△林秋雁迅速拉动枪栓，再次射出一枪，打中了厢式囚车的另一只轮胎。

15-36. 街道　日　外

△厢式囚车颠簸了几下，侧倾着冲向街道旁，然后停住。

△黑色轿车、摩托车停住，一众巡捕房的警察乱纷纷地跳下车来，执枪

戒备。

15-37. 街道·树丛后边　　日　外
　　　△林秋雁扔掉长枪，拔出腰间的手枪，迅速推弹上膛。
　　　△林秋雁回头，冲一旁的唐二十三喊——
林秋雁：唐二十三，把灰包射出去。
唐二十三：（嗲声嗲气）是，林姑娘。
　　　△唐二十三用一个简易的发射装置，将数十个装满草木灰的大灰包，一一发射了出去。

15-38. 街道　　日　外
　　　△数十个大灰包先后飞射而来，落下，草木灰顿时四下弥漫。
　　　△一众警察各自执着枪，在弥漫的草木灰中慌作一团，乱纷纷的。

15-39. 街道·树丛后边　　日　外
　　　△林秋雁冲唐二十三一挥手枪。
林秋雁：我们上。
唐二十三：（嗲声嗲气）好。
　　　△林秋雁和唐二十三，各自举着一把手枪，一边冲巡捕房的警察射击，一边向厢式囚车靠近。

15-40. 街道　　日　外
　　　△弥漫的草木灰中，一众警察的视线受阻，各自举着长短枪械，冲林秋雁、唐二十三两人冲来的方向胡乱射击。
　　　△趁着混乱，林秋雁和唐二十三迅速冲到了厢式囚车旁。
　　　△林秋雁抬手一枪，打掉厢式囚车的门锁，打开后车门。但林秋雁和唐二十三两个人，随即就一愣：囚车内，关着的不是他们要救的周天昊，而是气定神闲的马文涛。
　　　△马文涛坐在囚车内，脸上带着一副老奸巨猾的笑容，双手各举着一支手枪，直直地指着林秋雁和唐二十三两个人。
马文涛：（神定气闲、略带调侃地）林姑娘，别来无恙！
林秋雁：（惊讶而意外）马文涛?!
马文涛：（阴笑）哼哼，二位，马某已经恭候你们多时了！

△数十名警察端着枪，迅速冲上来，将林秋雁和唐二十三两人团团围住。
　　　△警察甲上前，下了林秋雁和唐二十三两人的枪。

15-41. 另一街道　　日　外
　　　△一辆黑色的轿车，顺着街道向前行驶，偶尔颠簸一下。
　　　△镜头跳转至车内——

15-42. 车内　　日　内
　　　△前排，一名警察在开车，另有一名警察坐在副驾座上。
　　　△后排，周天昊戴着一副锃亮的手铐，两名警察一左一右，将他夹在中间。

15-43. 街道　　日　外
　　　△一众警察举着枪，将林秋雁和唐二十三两人，团团围在中间。
　　　△马文涛拎着两支手枪，走下厢式囚车。
林秋雁：（冷冷地）马文涛，你使诈？
马文涛：对，我使诈。姓周的说，你们根本不会来救他——我决定跟他赌一赌，所以，我就专门设了这个局，看看你们，是不是真的不在乎他的生死。
林秋雁：……
马文涛：好在，你们没有让我失望——这不，一个小小的圈套，你们就一头撞了进来，省得老子再大费周章地去抓你们。
林秋雁：（冷冷地）我们教官人在哪儿？
马文涛：放心吧，他还没有死——在没有拿到我想要的东西之前，我暂时还没有兴趣杀他。

15-44. 另一街道　　日　外
　　　△黑色轿车稳稳地向前行驶着。
　　　△镜头跳转至车内——

15-45. 车内　　日　内
　　　△后排，周天昊神色平静，看不出有什么明显的表情变化。
　　　△忽然，黑色轿车的车身猛烈地颠簸了一下。
　　　△随着车身的颠簸，周天昊用胳膊肘猛地撞向左右两边警察的脖颈，两

名警察闷哼一声，当即晕死过去。
　　△副驾座上的警察见势不妙，迅速拔出枪，枪口对准周天昊。周天昊用戴手铐的双手夹住对方的手枪，顺势一扭一带，枪声响了，子弹射在车顶上。
　　△周天昊用戴手铐的双手握成拳，用力锤击副驾座上警察的脖颈……一下、两下、三下，直到对方完全晕死过去。
　　△驾车的警察见同伴一一被周天昊打晕，于是一手抓方向盘，一手去拔枪。
　　△不待驾车警察拔出枪来，周天昊已经用胳膊圈住了他的脖子，用力地勒着——

15-46. 另一街道　　日　外
　　△黑色轿车成 S 形，在街道上扭来扭去。
　　△镜头跳转至车内——

15-47. 车内　　日　内
　　△周天昊用力勒着驾车警察的脖子。
　　△稍倾，驾车警察已经完全没了声息，握方向盘的手也随即一松——

15-48. 另一街道　　日　外
　　△失去控制的黑色轿车，冲向街道边的护栏，侧翻，倒在地上。
　　△车内，周天昊用脚使劲儿踹着车门。
　　△稍倾，车门被踹开一条缝儿，周天昊挣扎着爬了出来。
　　△周天昊从驾车警察身上找到钥匙，打开自己手腕上的手铐，又把对方的枪抓过来，推弹上膛。
　　△这时，一辆轿车正好驶过来。
　　△周天昊举起枪，对准轿车的车窗玻璃，扣动扳机。
　　△叭、叭两枪，轿车的车窗玻璃哗啦、哗啦碎裂落下。
　　△司机吓得不轻，一脚刹车，将轿车停住。
　　△周天昊大踏步走上前，拉开车门，毫不犹豫地将已经吓傻、抖抖索索的司机一把拽下来。
　　△周天昊迅速跳上轿车，猛地一踩油门——
　　△轿车就地来了个 180° 的大转弯，风驰电掣般朝马文涛车队的方向驶

·灰雁·

去。

15-49. 街道　　日　外
　　　　△马文涛举着硕大的烟斗，冲身旁的警察甲吩咐道——
马文涛：把他们押上囚车，带回巡捕房——然后，给老子好好地修理修理。
警察甲：是，探长。
　　　　△警察甲一挥手，数名警察上前，分别给林秋雁和唐二十三两个人戴上手铐。
　　　　△数名警察将林秋雁和唐二十三两个人推搡进厢式囚车；各有两名警察，分别坐在林秋雁和唐二十三两人身旁，持枪警戒。
　　　　△咣当一声，一名警察关上厢式囚车的后车门，挂上一把大锁。

　　　　同场切：
　　　　△马文涛转身走向自己的黑色轿车。
　　　　△忽然，马文涛等人的身后方，传来车轮与地面急速摩擦的刺耳声音；几乎同时，枪声响起，数枚子弹密集射过来。
　　　　△马文涛和警察甲等人一惊，遽然回头——
　　　　△对切：稍后处，周天昊驾驶着一辆轿车，一手掌握方向盘，一手举枪射击——正向马文涛这边急速冲过来。
马文涛：（讶异地）周天昊？！
　　　　△警察甲等人慌里慌张地举起枪，冲周天昊冲来的方向开枪射击。

15-50. 厢式囚车　　日　内
　　　　△林秋雁和唐二十三听见外边传来的枪声，不动声色地对视了一眼。
　　　　△林秋雁和唐二十三几乎同时发动，用胳膊肘撞向身边的警察。
　　　　△经过一番激烈打斗，林秋雁和唐二十三两个人，分别将守在身边的四名警察打晕在车厢内。
　　　　△林秋雁以极为熟练的手法打开自己手腕上的手铐，然后捡起一名警察的枪。
　　　　△林秋雁反手一枪，唐二十三手腕上的手铐应声而开。

15-51. 街道　　日　外
　　　　△周天昊驾驶着轿车，一边举枪射击，一边朝马文涛等人所在的方向冲

过来。

　　△马文涛、警察甲及一众手下，各自举着枪，与驾驶轿车疾冲而来的周天昊激烈对射。

15-52. 厢式囚车　　日　内

　　△林秋雁举起枪，瞄准厢式囚车的门锁位置，连开数枪。
　　△林秋雁抬腿一脚，踹开了厢式囚车的车门。
　　△林秋雁和唐二十三两个人，举着枪，跳出了厢式囚车——

15-53. 街道　　日　外

　　△马文涛率领警察甲等人，正在与疾冲而来的周天昊激烈对射，冷不防林秋雁和唐二十三从厢式囚车中跳了出来。
　　△林秋雁和唐二十三两个人，一边开枪射击，一边近身搏击，打倒就近的数名警察。
　　△周天昊举枪打出数枚子弹，然后一脚油门，迅速冲到林秋雁、唐二十三两人近旁。

周天昊：快，上车。

　　△唐二十三打翻与自己缠斗的两名警察，然后一个飞跃，从轿车窗口跃进车内。
　　△另一边，林秋雁连环数腿，踢翻三四名警察，然后纵身一跃，从轿车顶端翻滚而过，悬立在轿车门上，回身射击。
　　△周天昊驾驶着轿车，载着林秋雁和唐二十三两个人，风驰电掣般离去。

马文涛：（大喊）快，都上车，给老子追。

　　△马文涛及一众手下，迅速跳上轿车和摩托车，调转车头，朝周天昊轿车驶去的方向追去。

15-54. 另一街道　　日　外

　　△周天昊驾驶的轿车，在前边飞速行驶。
　　△稍后处，马文涛的黑色轿车以及数十辆坐满荷枪实弹警察的摩托车，紧追不舍。
　　△枪声啾啾。林秋雁侧立在车门处，举着手枪冲追来的巡捕房警察射击；唐二十三也从车门另一侧探出身子，举枪射击。
　　△林秋雁接连打出数枪，再次扣动扳机，撞针空响，却没有子弹射出。

·灰　雁·

林秋雁：（大声地）我没子弹了。
　　△周天昊将一支手枪扔向林秋雁。
周天昊：（大声地）接着。
　　△林秋雁伸手接住周天昊扔出来的手枪。
周天昊：（大声地）打他们的轮胎。
林秋雁：（大声地）好。
　　△林秋雁举起枪，瞄准最靠前的一辆摩托车的轮胎，然后扣动扳机。
　　△最靠前的那辆摩托车轮胎中弹，歪歪扭扭地撞向街道边的路基，侧翻倾倒。
　　△林秋雁和唐二十三一左一右，各自举枪，专打对方的车轮胎，先后有数辆摩托车的轮胎中弹，侧翻倾倒在街道边，后边的车辆受到阻碍，追击的速度明显慢了下来。

15-55. 又一街道　　日　外
　　△周天昊驾驶的轿车飞速驶来，咔地停在一小胡同口。
　　△周天昊、林秋雁、唐二十三三人，先后跳下轿车。
周天昊：这边走。
　　△周天昊、林秋雁、唐二十三，迅速钻进了纵横交错的小胡同，瞬间消失。

同场切：
　　△稍倾，马文涛的黑色轿车，以及剩余的巡捕房摩托车，飞驰而至，咔的一声停住。
　　△马文涛、警察甲以及一众手下，先后跳下车，手执武器，迅速逼近停在胡同口的轿车。
　　△马文涛等人的主观视角：轿车内空空如也，周天昊、林秋雁、唐二十三三人早已经不见了踪影。
　　△马文涛有些气急败坏地举起手中的枪，数枚子弹射出，轿车的车窗玻璃，哗啦啦掉下。

15-56. （空镜）上海　　夜　外
　　△大上海夜景：鳞次栉比的楼宇、车水马龙的街道、灯红酒绿的娱乐场所。

15-57. 小丸子秘密巢窟　　夜　内

　　　△昏暗中，窗棂忽然轻微地响了一声，有一个黑影，从窗户外边迅速地翻越而入。

　　　△黑影伸手打开灯，在明亮的灯光照射下，映亮了黑影的真实面孔——原来，黑影竟然是背着包袱的小丸子。

　　　△这是一所简陋的小屋子，不太大，布置得还行——应该是小丸子的另一处秘密藏身所在——由于久不住人，屋中的家具上积满了厚厚的灰尘。

　　　△小丸子走到椅子边，用袖子拂去灰尘，然后大大咧咧地坐下，一副洋洋得意的表情。

小丸子：（自言自语）嘻嘻，姓周的姓林的，你们大概永远不会知道，我小丸子，还有这样一个秘密藏身的地方吧？……啊哈，这叫什么来着？狡兔三窟？……对，就叫狡兔三窟……嘻嘻……

　　　闪回：

　　　△八仙楼大堂，小丸子经过柜台时，顺势将一张报纸反扣在柜台上，然后继续朝卫生间的方向走去。

　　　现实：

小丸子：（自言自语）嘿嘿，姓林的姓周的，还有那个臭戏子，你们就乖乖地待在巡捕房的大牢里，等着马文涛修理你们吧……不要怪我不道义，形势所逼，我小丸子，就只好走一步险棋了，不然，你们会像扫把星一样，一天到晚地黏着我，那该有多晦气呀？……嘻嘻……

　　　△小丸子歪着脑袋想了一下，忽然伸手打开包袱，拿出冯承素版和褚遂良版的《神州策序》摹本，逐一展开，端详着。

小丸子：（自言自语）啊呀，真是的……这两幅什么什么序的摹本，到底能值多少钱呀？……（眼珠子骨碌碌直转）一百大洋？……（摇摇头）嗯，不对。（沉吟地）难道是，一千大洋？……（再次摇头）嗯，也不对……一万大洋？……十万大洋？……还是，一百万大洋？

　　　△小丸子拿起其中的一副摹本，歪着脑袋，左看看，右看看，又颠倒拿过来再仔细看。

小丸子：（沉吟地）难道，真的像姓周的他们说的，这两幅破纸卷儿是什么什么国宝，能买下大半个上海滩？……啊，不管了，管它娘的值多少钱，反正从现在起，它们的所有权，就都属于我小丸子了……嘻嘻……

　　　△小丸子将整张脸埋进摹本里，然后又猛地扬起脸，脸上是一副极为陶

·灰　雁·

　　　　　　醉的神情。
小丸子：（自言自语）嘿嘿，对不起了姓林的，虽然你是我的亲二姐，但我小丸
　　　　　子嘛，打小就是个做贼的，谁让你们当年抛弃我呢，这么多年都没人来
　　　　　找我？……这俗话说得好，"无利不起早""人为财死，鸟为食亡"，这
　　　　　做贼吧，自然是什么东西最值钱，就偷什么东西喽……嘻嘻……
　　　　　△小丸子洋洋得意地把《神州策序》摹本的卷轴抛向空中，落下来伸手
　　　　　接住；再抛向空中，再等落下来接住……如是反复几次。
小丸子：（得意地，大声地喊）啊，我要发财喽……我小丸子要发财喽……我小
　　　　　丸子要发大财喽……发大财喽……哈哈哈……
　　　　　△特写镜头：小丸子洋洋得意的脸部表情，似乎连眼睫毛都蕴含着盈盈
　　　　　的笑意。
　　　　　△定格。

铁翎 著

民国偶像·喋血青春
大型动作谍战电视剧
《灰雁》原创剧本

灰雁

Grey geese

下

敦煌文艺出版社

—— 第十六集 ——

16-1. 小丸子秘密巢窟　　晨　内

　　△一缕璀璨的晨光透窗而入，均匀地洒在熟睡的小丸子身上。
　　△稍倾，小丸子睁开眼睛，用手揉了揉，从床上跳下来。
小丸子：（伸伸懒腰，心情舒畅地）啊，又是崭新的一天……这一觉睡的，真是太舒服啦，但愿天天有这样的好日子……嘻嘻！

16-2. 临街小楼·二楼小厅　　日　内

　　△林秋雁站在窗户前，背身而立，神情凝重。
　　△唐二十三坐在沙发上，举着小镜子，心无旁骛地给自己画着眉毛、涂着口红。
　　△周天昊站着稍远处，手托下巴，陷入沉思。
周天昊：我们必须找到小丸子，把摹本拿回来。
唐二十三：（目不斜视地，嗲声嗲气）哟，周长官，你说得轻巧，上海滩这么大，咱们上哪儿找去呀？
　　△这时，林秋雁忽然转过身来——
林秋雁：我知道她在什么地方。
　　△周天昊和唐二十三两人，同时盯向林秋雁，眼神中带着疑问。
林秋雁：在雇佣她之前，我做过调查。她有两处较为隐蔽的藏身地方，其中一个，就连她的两个贴身跟班——胖子和瘦猴——都不知道。
周天昊：哦？
林秋雁：如果我没有猜错的话，她应该躲在那里。
唐二十三：（眼珠子转了转，立即站起身，嗲声嗲气）哟，林姑娘，那咱们还等什么？赶紧去找吧，以免呀，夜长梦多——
周天昊：唐二十三说得没错儿，我们是得抓紧时间……万一她把摹本卖掉了，那就更麻烦了。
　　△周天昊抓起桌上的手枪，检查了一下弹匣，然后别在腰间。
周天昊：我们走。

·灰 雁·

△周天昊率先转过身，走向楼梯口。
△林秋雁貌似没有听见周天昊的话，兀自怔在那里，神情有些恍惚。
一组闪回镜头：
△废旧仓库中（夜），小丸子给受伤昏迷的林秋雁擦伤口、上药，胖子和瘦猴两人，傻呆呆地在旁边看着；
△车内（日），林秋雁和小丸子被巡捕房双双抓获，想办法解开绳索并与巡捕房警察交战的情景；
△大和洋行·纺织厂内（日），瘦猴被大火吞没，小丸子返身欲救，狼牙项链从她身上掉落的情景；
△立交桥下（日），小丸子一只手抓着半截管线，一只手抓着林秋雁的手，两个人晃晃悠悠悬吊在半空中的情景……
闪回结束：
△唐二十三收起小镜子，腰肢一扭一扭地走向楼梯口。
△见林秋雁没有跟上来，唐二十三站定，冲尚在发怔的林秋雁喊道——

唐二十三：（嗲声嗲气）哟，林姑娘，还愣着干什么呀？……快走吧。
△林秋雁一惊，猛地从恍惚状态中清醒过来。
△林秋雁转过身去，背对镜头，抓起自己的两支手枪，分别别在腰后部。
△林秋雁扭转身，快步朝楼梯口走去——她脸上的表情，已经瞬间恢复了往日的冷峻。

16-3. 小丸子秘密巢窟　　日　内
△小丸子抻抻胳膊，有些慵懒地走到桌子旁边，跷起一条腿坐下。
△小丸子伸手拿过桌上的一只苹果，扔着玩了一下，然后张嘴咬了一口。
△小丸子一边啃着苹果，一边眼光扫过搁在着桌上的两幅《神州策序》摹本的卷轴。
△稍倾，小丸子的目光扫过一张发黄的照片——正是她从龟田次郎内室顺手拿来的那张。
△小丸子伸手拿过照片，漫不经心地端详片刻，她的目光慢慢定住。
△特写镜头：林家的全家福照片，林其轩夫妇、儿时的林秋月、林秋雁、林秋芸（小丸子）。
△小丸子盯着全家福，脸上忽然浮现出一种比较奇怪的表情。
△小丸子的主观视角：儿时的林秋芸（小丸子）甜甜地笑着、笑着，然后，照片上的林秋芸（小丸子）开始变大，并慢慢跑动起来，同时响起

银铃般的笑声……

16-4. （闪回）林宅　　日　内

　　△院子。少女时期的林秋月、林秋雁、林秋芸三姐妹，大概都是五六岁到八九岁的样子，脖子上各挂着一枚狼牙项链，在空地上嘻嘻哈哈地追逐嬉闹。
　　△客厅。三姐妹先后跑进客厅，围着正在打扫卫生的林母，相互追逐嬉戏。

林　母：哟，我的小祖宗，慢点儿跑，慢点儿跑，小心摔着……

　　△书房。三姐妹追逐着跑进书房，时而藏在书柜旁，时而躲在父亲身后。正在读书的林其轩抬起头，看着嬉闹的三个女儿，慈祥地微笑着。

16-5. （闪回）上海·闸北火车站　　日　内

　　△火车即将开动，熙熙攘攘的逃难人群争抢着上火车。
　　△只有六岁的林秋芸（小丸子）被人群裹挟着，眼睁睁地看着父亲林其轩牵着大姐林秋月、母亲牵着二姐林秋雁挤进了车厢。

林秋芸：（稚嫩的童音）娘，娘……

　　△林母转身欲下车，但被人群裹挟住了，怎么也下不来。

林　母：（嘶喊）芸儿，芸儿，我的孩子！

林秋芸：（稚嫩的童音）娘，娘……

　　△林秋芸（小丸子）的主观视角：汹涌的人流，瞬间裹挟住了她的父母亲以及大姐二姐，消失在车厢门内。
　　△林秋芸的主观视角：车门缓缓关闭，火车开动。

16-6. （闪回结束）小丸子秘密巢窟　　日　内

　　△小丸子举着发黄的全家福照片，神情有一丝怔忡，又有一丝迷惘。
　　△稍倾，小丸子用力甩了甩头，貌似要甩掉什么不好的东西。
　　△小丸子将照片扔在桌上，仍旧啃自己的苹果，她脸上的神情，已经恢复了往日的玩世不恭和那种漫不经心的嬉戏状态。

16-7. 街道　　日　外

　　△周天昊、林秋雁、唐二十三三人，在街道上走着。

周天昊：（四下看看）这样下去不行，得想办法搞一辆车。

·灰 雁·

　　△这时，一辆小型货车开过来，停靠在街道边。车门打开，胖乎乎的司机下了车，朝旁边的一家小卖部走去。

　　△周天昊、林秋雁、唐二十三三人，同时会心地相互对视一眼。

　　△林秋雁上前，三两下就倒腾开了小型货车的车门。

　　△林秋雁上了驾驶座，周天昊和唐二十三也随后跳上车。

　　△林秋雁的主观视角：

　　——后视镜中：胖乎乎的司机抱着一大摞日用品，刚刚走出小卖部，正朝小型货车这边走过来。

　　△林秋雁拔出线头，打着火，然后一脚油门，小型货车驶出。

　　△稍后处，胖乎乎的司机看见自己的车被人开跑了，急忙扔掉怀里的日用品，屁颠屁颠地追上来。

胖司机：（大喊）喂，那是我的车……那是我的车……我的车……

　　△胖乎乎的司机气喘吁吁地追出一截，实在跑不动了，停下来，弯下腰喘气。

　　△胖司机的主观视角：小型货车愈驶愈快、愈驶愈远，一转弯，消失。

16-8. 另一街道　　日　外

　　△林秋雁驾驶的小型货车，在街道上行驶着。

　　△镜头跳转至车内——

16-9. 小型货车内　　日　内

　　△林秋雁坐在驾驶座上，稳稳地掌着方向盘。

　　△周天昊和唐二十三坐在后排，唐二十三掏出小镜子，开始描画自己的眉毛。

唐二十三：（嗲声嗲气）哟，周长官，要我说呀，你们二位虽然是官家的人，吃的是官家的饭，但这做起贼来呀，丝毫不比我和小丸子差，麻溜儿多了。

周天昊：谁说是做贼了？我们只是借用一下这辆车，暂时的权宜之计——不是偷。

唐二十三：（略带讽刺地，嗲声嗲气）嗯，周长官说得对，不是偷……（拖长声调）是抢。

周天昊：唐二十三，你不说话，没人当你是哑巴。

唐二十三：（嗲声嗲气）好，我不说，我不说……这下总行了吧？

16-10. **另一街道　　日　外**
　　　△林秋雁驾驶的小型货车，飞快地在街道上行驶着。

16-11. **小丸子秘密巢窟　　日　内**
　　　△恢复女儿身打扮的小丸子，正在换试几件女装。
　　　△小丸子换上一件女装，照照镜子，不满意地摇摇头，脱掉；再换上一件，照照镜子，依旧不满意地摇摇头，脱掉……如是反复。
　　　△小丸子又换上一件女装，对着镜子，歪着头，有些拿不定主意地端详着。
　　　△忽然，窗户外边传来隐隐约约的汽车引擎声和刹车声。
　　　△小丸子的眼珠子骨碌碌转了一转，偏头想了想，转身走向窗户。
　　　△小丸子站在窗户旁，朝窗户外边望去，顿时惊讶地张大了嘴巴。
　　　△小丸子的主观视角：只见窗户外边，一辆小型货车停靠在楼下，从货车上下来的，赫然就是林秋雁、周天昊、唐二十三。
小丸子：啊呀，真是的，竟然让他们逃了出来……这帮草包警察，一群窝囊废，一点儿用都没有。
　　　△小丸子的眼珠子骨碌碌一转。
小丸子：奇怪，他们怎么会知道我藏在这里？

16-12. **小丸子秘密巢窟　　日　外**
　　　△林秋雁、周天昊、唐二十三三人，走向单元楼的门口。
林秋雁：她在四楼。
周天昊：小丸子的嗅觉很灵敏，咱们都小心一点儿，别惊了她。
　　　△林秋雁、周天昊、唐二十三三人，进了楼门。

16-13. **小丸子秘密巢窟　　日　内**
　　　△小丸子挠挠自个儿的后脑勺，眼珠子乱转，急遽地思索着对策。
小丸子：嘿嘿，三十六计，走为上策……咱小丸子，还是先撒丫子扯呼了再说。
　　　△小丸子先是快步走到门背后，用挂钩将门反扣住，然后折返到桌前，将两幅《神州策序》摹本的卷轴以及其他重要物件，一股脑儿塞进包袱里，负在背上。
　　　△小丸子背着包袱，手里拿着发射飞索的弩弓，快步走向另外一扇窗户。

·灰 雁·

16-14. 小丸子秘密巢窟·门口　　日　外
　　　△林秋雁、周天昊、唐二十三，依次顺着楼梯走上来，停在小丸子门口。
　　　△周天昊冲林秋雁示意了一下，林秋雁走上前，用一根细铁丝鼓捣着开门。

16-15. 小丸子秘密巢窟　　日　内
　　　△小丸子推开窗户，用弩弓瞄准对面楼顶，发射出一根飞索。
　　　△飞索旋转着射出，落在对面楼顶上，抓钩牢牢地挂在楼栏上。
　　　△小丸子将飞索这一头缠绑在窗框上，用力拽拽，试了试牢固程度。
小丸子：（眼珠子骨碌碌乱转）嘿嘿，想抓我，门儿都没有。
　　　△小丸子跳出窗户，手抓吊环，悬吊在飞索上向前方滑出——

16-16. 小丸子秘密巢窟·门口　　日　外
　　　△林秋雁用铁丝鼓捣了半天，不见把门打开。
周天昊：（压低声音）怎么回事儿？
林秋雁：（直起腰）她把门反扣住了，打不开。
周天昊：（疑惑地）嗯？
林秋雁：她知道我们来了。
唐二十三：（惊讶地，嗲声嗲气）啊？
　　　△林秋雁退后两步，拔出腰间的手枪，推弹上膛。
　　　△林秋雁举起枪，对准门锁位置开了两枪，然后抬腿一脚，将整扇门踹开。
　　　△林秋雁、周天昊、唐二十三三人，迅速冲进了屋内。

16-17. 小丸子秘密巢窟　　日　内
　　　△林秋雁、周天昊、唐二十三三人，冲进屋子里来。
　　　△不见小丸子的身影，林秋雁、周天昊、唐二十三迅速分散，各自在室内查找。
　　　△忽然，林秋雁的身躯明显一震，目光落在桌子上：一张发黄的照片，静静地搁在那里。
　　　△林秋雁慢慢地走过去，有些不敢相信地伸出手，拿起照片——
　　　△特写镜头：照片上，林其轩夫妇，儿时的林秋月、林秋雁、林秋芸（小丸子）——正是林家的全家福照片，与林秋雁贴身携带的那张，一模

328

一样。

　　△林秋雁拿着照片的手由于激动而明显颤抖起来。她的目光迅速扫过室内的一应事物，最后落在床头上的几件女装上。

林秋雁：　（惊喜交加，喃喃地）是她……没错儿……就是她……真的是她……

　　△周天昊和唐二十三两人，这时围了上来。

周天昊：　（见林秋雁神情怔忡，疑惑地）秋雁，你怎么啦？

林秋雁：　（哽咽地）教官，我找到我妹妹了……就是小丸子……小丸子她……她就是我的妹妹秋芸，是我失散十三年的……亲妹妹……

　　△虽然早在意料之中，但周天昊和唐二十三两个人，还是有些惊讶地张大了嘴巴。

　　△大颗大颗的眼泪，顺着林秋雁的脸颊滑下来。

　　△林秋雁将照片紧紧地贴在自己的胸口上，仰起头，对着高处——

林秋雁：　（涕泪交加地）爹，娘，女儿找到秋芸了……找到秋芸了……（涕不成声地）女儿终于……完成你们的心愿了……

　　△唐二十三见另一扇窗户有些异样，疑惑地走过去观察。

　　△唐二十三回头，冲周天昊和林秋雁两个人招手——

唐二十三：　（嗲声嗲气）哟，周长官、林姑娘，你们快过来，小丸子在这里。

　　△林秋雁和周天昊两人快步走到另一扇窗户旁。

　　△林秋雁等人的主观视角：窗户外的飞索上，身着女装的小丸子背着包袱，正飞快地朝对面楼顶滑过去。

周天昊：　（喊）小丸子，快回来！

林秋雁：　（焦急地，喊）小丸子，快回来，你不能走！

唐二十三：　（竖起兰花指，嗲声嗲气）哟，小丸子，你怎么能这样做呢？……也太不仗义了吧？好歹，咱俩也算是一伙儿的呀。

　　△对切：小丸子顺着飞索快速地滑至对面，伸手在楼栏上一搭，跃上楼顶平台。

林秋雁：　（焦急地，喊）小丸子，快回来，你不能走……小丸子……

16-18.　小丸子秘密巢窟·对面楼顶　　日　外

　　△小丸子双手叉腰，得意扬扬地望着对面的林秋雁、周天昊、唐二十三三人。

小丸子：　嘿嘿，姓周的姓林的，还有娘娘腔，虽然我的计划出了点纰漏，没能让巡捕房的警察把你们都抓进大牢里头去……不过，咱是谁呀，上海滩大名鼎鼎的小丸子，行不更名，坐不改姓——想要抓到我，哼哼，等下辈子吧。

16-19. 小丸子秘密巢窟　　日　内
　　△周天昊、林秋雁、唐二十三三人，站在另一扇窗户前。
　　△林秋雁有些焦急地冲对面楼顶的小丸子喊道——
林秋雁：（大声地喊）小丸子，快回来，你不能走……我有话要跟你说……你快回来……小丸子，快回来……

16-20. 小丸子秘密巢窟·对面楼顶　　日　外
　　△林秋雁的喊话声，隐隐约约地传过来，小丸子不以为然地撇撇嘴。
小丸子：哼哼，回去？说得好听……真回去了，你们三个还不得把我的皮给扒了呀？
　　△小丸子拔出匕首，将飞索斩断，然后得意扬扬地冲对面的林秋雁、周大昊、唐二十三挥了挥手。
小丸子：哼哼，对不起，我小丸子呀，没工夫跟你们在这里瞎耗……我要走喽，走喽，走喽！
　　△小丸子拍拍屁股上的尘土，大大咧咧地转过身，离开。

16-21. 小丸子秘密巢窟　　日　内
　　△林秋雁、周天昊、唐二十三三人，望着对面楼顶，或焦急，或懊恼，神情各异。
林秋雁：（焦急地，大喊）小丸子，你不能走……你给我回来……我是你姐姐……你不能走……你不能走……
　　△林秋雁、周天昊、唐二十三眼睁睁地看着小丸子的身影在对面楼顶一晃，消失。
　　△林秋雁懊恼地跺了跺脚。

16-22. 大和洋行·内室　　日　内
　　△龟田次郎背身而立，依旧端视着贴在墙上的那半张密图。
　　△藤原纪子进来，走到龟田次郎身后，躬身行礼。
藤原纪子：将军，我来了。
　　△龟田次郎回转身来，嗯了一声，点了点头。

龟田次郎：纪子小姐，查到那几名军统的下落了吗？

藤原纪子：（摇了摇头）还没有，将军。

龟田次郎：……

藤原纪子：不过，我们刚刚得到消息，就在昨天，马文涛的人跟那几名军统，在一座酒楼上交过火。

龟田次郎：（精神蓦地一振）哦？结果怎么样？

藤原纪子：还是让他们跑掉了，马文涛的人，没有占到任何便宜。

龟田次郎：哦！

△龟田次郎走了几个来回，稍一沉吟。

龟田次郎：跟宪兵队联系，多调一些人手过来，继续追查，就算是把上海滩的角角落落都翻遍了，也得把这几个人给我找出来，尤其是林其轩的那个女儿，务必要抓到她——她可是直接关系到我们"蝎美人计划"的核心任务。

藤原纪子：属下明白，请将军放心。

△龟田次郎嗯了一声，满意地点了点头。

龟田次郎：另外，黑龙帮那边，一直是青木负责联系的。现在，青木没了，你就接手那一摊吧。（顿了顿）黑龙帮帮主鲍老大是个狠角色，向来吃软不吃硬，你跟他打交道的时候，一定要注意分寸。

藤原纪子：属下知道。

龟田次郎：好，那就有劳纪子小姐了。

藤原纪子：将军客气了。能为将军效劳，是属下的荣幸，何劳之有？

龟田次郎：嗯，好，有纪子小姐这句话，我就放心了。（顿了顿）等我们完成了"蝎美人计划"，将来，觐见天皇陛下的时候，我一定会为纪子小姐请一大功的。

藤原纪子：多谢将军。

龟田次郎：（冲藤原纪子挥挥手）好，你去忙吧。

藤原纪子：属下告退。

△藤原纪子冲龟田次郎躬身行礼，然后退出内室。

△龟田次郎转过身，依旧背对镜头，审视着贴在墙上的那半张密图。

16-23. 临街小楼·二楼小厅　　　日　内

△林秋雁站在窗前，背身而立。

△特写镜头：林秋雁的脸部特写，神情凝重而忧虑。

·灰 雁·

　　△周天昊走过来，站在林秋雁身旁。
周天昊：秋雁，你不要太担心了，只要确认小丸子是你妹妹，那就是天大的好事儿……你应该高兴才对。
林秋雁：她不愿意认我这个姐姐。
周天昊：……
林秋雁：她一定吃了很多的苦，最后才沦落为跟乞丐一样的小混混……她心里面在恨我，所以不愿意跟我相认。
周天昊：秋雁，你想多了，事情或许不是你想象的那样子——等找到小丸子，你们姐妹俩把话说开，就什么隔阂都没有了。
　　△林秋雁有些忧虑地摇了摇头，没有说话。
　　△稍远处，唐二十三坐在沙发上，举着小镜子，正在一丝不苟地画着自己的眉毛，这时插话进来——
唐二十三：（竖起兰花指，嗲声嗲气）哟，这个小丸子呀，早知道她这么没有良心，我呀，当初就不应该答应帮她保守秘密……哼，好心没好报，活生生被她当了驴肝肺！
周天昊：（讥讽地）唐二十三，你是该好好地反思一下。
　　△唐二十三目不斜视，依旧一丝不苟地画着自己的眉毛。
周天昊：（口气转严厉）我警告你，以后再敢有什么事情瞒着我们，我就把你的脑袋揪下来，当皮球踢。
唐二十三：（冲周天昊翻翻白眼，嗲声嗲气）哟，周长官，你这么凶干什么呀？……人家记下了，以后再也不瞒你们就是……哟，真是的！

16-24. 街道　　日　外
　　△身着女装的小丸子，背着装有两幅《神州策序》摹本的包袱，顺着街道漫无目的地向前走着。
小丸子：（挠挠后脑勺）啊呀，真是的……现在，该去什么地方呢？这几个扫把星，硬是折腾得我小丸子连个落脚的地方都没了……哎呀呀，真是晦气！晦气！
　　△忽然，小丸子的肚子，咕咕叫了几声。
小丸子：（恼火地拍拍肚子）啊呀，真是的……这不争气的破肚子，叫什么叫呀，叫什么叫呀？
　　△但是，小丸子越拍打，肚子越是叫得厉害。
小丸子：啊呀，不行不行，得找个地方填填肚子。

△小丸子抬起头，随意地四下扫视，刚好看到一家小饭馆的招牌。

16-25. 小饭馆　　日　内
△简陋的小饭馆，稀稀落落地坐着一些吃饭的客人。

△小丸子正坐在一张桌子旁，面前摆着一碗面，埋头大吃特吃。

△忽然，一阵骚乱，两名黑衣打手带着数名荷枪实弹的日本士兵，气势汹汹地闯了进来。

△小丸子的一口面还含在嘴里，乍一看见黑衣打手和日本士兵，吓得身体立马一缩，眼珠子骨碌碌乱转。

△两名黑衣打手举着四张画像，挨个查问吃饭的客人。

黑衣打手：（厉声）你们，见过这几个人吗？

△被黑衣打手问到的客人，均很胆怯地摇摇头，表示没见到。

△小丸子偷眼望过去，只见黑衣打手举着的画像上，赫然是林秋雁、周天昊、唐二十三以及她自己的脸部画像。

△小丸子顿时惊讶地张大了嘴巴，面条还挂在她的嘴角，腮帮子鼓突着，一副非常滑稽搞笑的样子。

△两名黑衣打手走过小丸子桌前，冲身着女装的小丸子举起画像。

黑衣打手：（厉声）你，见过这几个人吗？

△小丸子嘴里边依旧含着面条，一边含糊地唔唔两声，一边用力地摇了摇头。

△两名黑衣打手扫视了一下四周，冲身后的数名日本士兵吩咐道——

黑衣打手：我们走。

△两名黑衣打手带着数名日本士兵，转身走出了小饭馆。

同场切：
△噗，小丸子嘴巴里含的一大口面条，统统喷回到了碗中。

小丸子：（不住地抚着胸口，一迭声地）哎哟，吓死我了，吓死我了……哎哟，吓死我了，吓死我了……

16-26. 街道　　日　外
△小丸子背着装有两幅《神州策序》摹本的包袱，左顾右盼，有些鬼鬼祟祟地向前走着。

△忽然，前边起了一阵骚乱，街道上的行人、摊贩等等，纷纷向两旁闪

·灰 雁·

躲。

△对切：五六辆日本摩托车气势汹汹地驶了过来：第一辆摩托车上，坐着藤原纪子；稍后的摩托车上，分别坐着黑衣打手和十余名荷枪实弹的日本士兵。

△小丸子再次一惊，立马紧张地转过身去，背对着街道。

△藤原纪子等人的摩托车队，从小丸子的不远处，风驰电掣般疾驰而过，扬起一阵烟尘。

小丸子：（转过身来）啊呀，好险啊……这今儿个，到底是怎么回事儿呀，怎么到处都能碰到小鬼子？……难道，是我小丸子流年不利？……（立马在自己嘴巴上抽了一下）呸呸呸，臭嘴，臭嘴！看你再敢瞎说，看你再敢瞎说！

△小丸子有些鬼鬼祟祟地四下观察一番。

小丸子：啊呀，不行不行，这姓周的姓林的他们在找我，这老龟田的人和巡捕房的人也在找我……不行，好汉不吃眼前亏，我呀，得找个安全点儿的地方先待下来，等风头过去，再作打算。

△小丸子打定了主意，抬腿继续向前边走去。

16-27. 怡红院·大门口　　黄昏　外

△这是一家比较高档的妓院，门楼上方挂着一个牌子，上书"怡红院"三个大字，五彩的霓虹灯闪烁着。

△门口，站着十余名身着各色旗袍、花枝招展的风尘女子，冲街道上过往的行人抛着媚眼。

妓女甲：哟，大哥，进来玩吧……嘻嘻，来玩吧……

妓女乙：（拽住一个中年人）哟，大哥，来玩吧……嘻嘻，来玩吧……

妓女丙：哟，这位先生，快，里边请，里边请……小妹啊，包管伺候得你呀，舒舒服服……嘻嘻……

△妓女丙挽着一位青年男子，扭着款款的腰肢，一路狎笑着，走进了怡红院。

△稍远处，小丸子背着包袱，漫不经心地四下张望着，朝怡红院门口这边走过来。

小丸子：（抬头，一愣）嗯？妓院？

△小丸子的眼珠子骨碌碌乱转几圈，一副急遽思索的样子。

334

16-28. 大上海　　夜　外
　　　△夜色中的大上海：车水马龙的街道、鳞次栉比的楼宇、酒楼、歌厅等，一派灯红酒绿。

16-29. 怡红院·大门口　　夜　外
　　　△门口，依旧站着十余名身着各色旗袍、花枝招展的风尘女子，冲街道上过往的行人抛着媚眼。
　　　△一位打着领结、西装革履的年轻公子哥儿，嘴上长着两撇八字胡儿，昂着头、背搭着手走过来。
　　　△一众妖冶的风尘女子，迅速向年轻公子哥儿围过来，有的拉手，有的抚肩，有的甚至摸了摸年轻公子哥的脸蛋儿。
妓女甲：哟，公子哥儿，你长得可真帅气呀！
妓女乙：哟，公子哥儿，你的皮肤呀，可真嫩……嫩得呀，就跟女孩子家一样……嘻嘻……
妓女丙：哟，公子哥儿，你这领结可真漂亮……
　　　△年轻公子哥貌似有些不习惯，胡乱哼哼哈哈两声，在一众风尘女子的簇拥下，朝怡红院里边走去。

16-30. 怡红院·大厅　　夜　内
　　　△年轻公子哥在一众风尘女子的簇拥下，走了进来。
　　　△妓院的老鸨儿是一位五十来岁的老女人，她对年轻公子哥稍一打眼，当即笑容灿烂地迎上前去。
老　鸨：（谄媚地）哟，这位公子爷，来，这边请，这边请。
　　　△年轻公子哥站定，斜睨着老鸨儿，上上下下打量对方一番。
年轻公子哥：（嘎着嗓子）你，就是这儿的老板娘？
老　鸨：（谄媚地）对，对，这家怡红院啊，就是老身我开的……（指着一众风尘女子）她们呀，都叫我三娘。
年轻公子哥：（嘎着嗓子，沉吟地）哦？……三娘？
老　鸨：（谄媚地）哎，哎，是，是……不知这位公子爷，您怎么称呼？
年轻公子哥：（嘎着嗓子）啊，在下姓林。
老　鸨：啊，原来是林先生……快，林先生，您请坐，您请坐。
　　　△年轻公子哥走到椅子旁，坐下；稍倾，又有些倨傲地跷起二郎腿。
　　　△啪，年轻公子哥将一叠崭新的钞票，扔到老鸨面前的桌子上。

·灰 雁·

年轻公子哥：（嘎着嗓子）小爷我来上海公干，公务之余，刚好有点儿空闲时间，就想着在你们怡红院待一段时间……麻烦三娘你，给我准备一间上房，要僻静一点儿的。

老　鸨：（眉开眼笑地）哟，没问题，没问题，林先生您呀，想住多长时间都可以，咱怡红院的房子呀，都很僻静，都很僻静。

△老鸨转过身，冲围观的一众风尘女子们招招手。

老　鸨：来来来，姑娘们，都站好，都站好，让这位林先生啊，挑一挑……挑一挑……

△一众花枝招展的风尘女子们，嘻嘻哈哈地站成一排儿，各自冲年轻公子哥飞着媚眼儿。

△老鸨脸上挂着谄媚的笑容，凑近年轻公子哥儿。

老　鸨：林先生，您看一看，咱怡红院的这些个姑娘啊，可都是个顶个儿的大美女，比那画张子上画的呀，还要美出一大截去……林先生，您看，您相中了哪个？

△年轻公子哥的一双眼睛，漫不经心地扫过站成一排的一众风尘女子。

△稍倾，年轻公子哥有些不大满意地摇了摇头。

年轻公子哥：（嘎着嗓子）嗯，不好，不好……那个，那个，一群庸脂俗粉……太庸俗，太庸俗。

△老鸨儿先是一愣，但旋即，她就又堆起了满脸的笑容。

老　鸨：（谄媚地笑着）啊，林先生，您的意思啊，老身明白了，明白了……你啊，是要找那种看起来纯纯的、优雅的、非常非常有气质的姑娘？

年轻公子哥：（嘎着嗓子，指着老鸨儿）对对对，对，三娘啊，你说得太对了。小爷我就是要找那种，看起来纯纯的、优雅的、非常非常有气质的。

老　鸨：（眉开眼笑地）嘿嘿，那还不简单？林先生，您稍等啊。（转身，冲楼上，喊）丁香，丁香，快下来，快下来，有客人。

△一个极为温柔而又优雅的女声，从楼上传下来。

丁　香：（画外音）哎，三娘，来啦。

老　鸨：林先生，您稍等，这丁香姑娘啊，她一会儿就下来，一会儿就下来。

△稍倾，一位穿着旗袍、气质显得优雅高贵的姑娘，惊艳地出现在楼梯口。

老　鸨：（冲楼上那位姑娘招手）丁香，快下来，快下来，伺候这位林先生。（冲年轻公子哥）林先生，您今儿个呀艳福不浅，这可是咱怡红院的头牌姑娘，头牌。

△那位叫丁香的姑娘，顺着楼梯，身形款款地走下来，气质显得优雅而高贵，年轻公子哥一时竟看得有些发呆。

老　鸨：（冲丁香一直招手）快过来，快过来，拜见林先生。

　　△丁香姑娘身形款款地走到年轻公子哥面前，轻轻地弯下腰，福了一福。

丁　香：丁香拜见林先生。

　　△年轻公子哥用探究似的目光，上上下下打量了丁香姑娘一番。

年轻公子哥：（嘎着嗓子）你，叫丁香？

丁　香：是，小女子叫丁香。

年轻公子哥：（嘎着嗓子）你，会唱小曲儿吗？

丁　香：丁香会唱。

年轻公子哥：（嘎着嗓子）你，会跳舞吗？

丁　香：也会一些。

老　鸨：哟，林先生，你是不知道哇，我们这位丁香姑娘呀，不光能歌善舞，而且她呀，琴棋书画，是样样精通、样样在行啊。

年轻公子哥：哦！

　　△年轻公子哥沉吟片刻。

年轻公子哥：（嘎着嗓子）那好，就她吧。

老　鸨：（眉开眼笑地）哎，好嘞。（转身，冲丁香）丁香姑娘，你快去打扮打扮，打扮得漂漂亮亮的，好伺候这位林先生。

丁　香：是，三娘。

　　△丁香姑娘再次冲年轻公子哥福了一福，转过身，身形款款地离去。

老　鸨：林先生，老身带你去看房间吧。

年轻公子哥：（嘎着嗓子）嗯，好。

　　△年轻公子哥起身，跟随在老鸨儿身后，朝楼上走去。

16-31. 怡红院·二楼走廊　　夜　外

　　△老鸨在前边引路，年轻公子哥在后边不紧不慢地走着。

　　△走到一处房间门口，老鸨停下，推开房间门。

老　鸨：就是这间……来，林先生，您里边请，里边请。

　　△年轻公子哥点了点头，抬腿走进房间。

16-32. 怡红院·房间　　夜　内

　　△年轻公子哥在老鸨的引领下，走进房间。

·灰 雁·

老　鸨：哟，林先生，您先请坐，您先请坐……老身啊，这就给你沏一壶茶去。
　　　　△老鸨拿起茶壶，眉开眼笑地转身离去。

16-33. 怡红院·大厅　　夜　内
　　　　△妓女甲、妓女乙、妓女丙等人，各自挽着一位男子走进来。
妓女甲：哟，大爷，楼上请。
　　　　△妓女乙挽着的男人，促狭地在妓女乙的屁股上捏了一把。
妓女乙：哟，大哥，你可真坏……小心呀，捏疼人家。
　　　　△妓女丙挽着的男子，已经当众亲起妓女丙的脸蛋来。
妓女丙：哟，好我的亲哥哥呀，别亲，别亲人家……这大庭广众的，让别人看了笑话……哟，别亲，别亲……
　　　　△一众人等嘻嘻哈哈地朝楼上走去，一片风光旖旎。

16-34. 怡红院·房间　　夜　内
　　　　△年轻公子哥背着双手，在房间里不紧不慢地踱着方步，看起来，他对房间的环境和布置还算满意。
　　　　△老鸨儿端着茶壶，屁股一扭一扭地走进来。
老　鸨：（谄媚地）哟，林先生，您坐，您请坐呀。
　　　　△年轻公子哥走到桌前坐下。
　　　　△老鸨儿端起茶壶，给茶杯斟满茶。
老　鸨：（谄媚地）林先生，您喝茶，您喝茶……这可是上好的西湖龙井，老身啊，专门为您准备的。
　　　　△年轻公子哥端起茶杯，轻轻抿了一口。
年轻公子哥：（嘎着嗓子）嗯，好茶，好茶！
老　鸨：林先生，您先自个儿喝着。这丁香姑娘啊，她稍稍一打扮，就过来陪林先生您……您放心，只要有钱，老身这家怡红院啊，就是林先生您的家，您林先生的家。
年轻公子哥：（嘎着嗓子）啊，好，好……家，家。
　　　　△老鸨儿眉开眼笑地转身离去，出去时，还特意闭上了门。

同场切：
　　　　△等老鸨一离开，年轻公子哥原本一直紧绷着的脸忽然松弛开来，露出一贯顽劣和得意扬扬的表情——这位年轻公子哥儿，赫然是小丸子所扮。

△小丸子从座位上一下子蹦起来，手舞足蹈地——
小丸子：啊哈，我小丸子，真是太聪明了，太聪明了……谁能想到，一个女孩子家，会躲在妓院里呢？……嘻嘻……姓林的姓周的，就算是你们想破脑袋，恐怕也想不到，我小丸子会藏在这样一个地方吧？……嘻嘻，从现在起，我小丸子呀，就是那深海里游的鱼、高空中飞的鸟儿，想要多自由，就有多自由……嘻嘻……

16-35. 怡红院·二楼走廊　　夜　外
　　△梳洗打扮过的丁香姑娘，怀里抱着琵琶，身形款款地走到房间门口。
　　△丁香姑娘举起一只纤纤玉手，轻轻地敲了敲门。

16-36. 怡红院·房间　　夜　内
　　△正在手舞足蹈、得意忘形的小丸子，听到敲门声，猛地收敛住脸上的顽劣之色，再次板起脸孔，变得一本正经起来。
小丸子：（吭吭两声）嗯，进来，进来。
　　△吱呀一声，门被推开，丁香姑娘怀抱琵琶，身形款款地走进来。
丁　香：（福了一福）丁香拜见林先生。
小丸子：（嘎着嗓子，摆摆手）啊，丁香姑娘，你不必客气，不必客气。
丁　香：……
小丸子：（指着琵琶，嘎着嗓子）丁香姑娘，你怀里抱着的那个……那个？……
丁　香：琵琶。
小丸子：（嘎着嗓子）啊，对，是琵琶，琵琶。（习惯性地挠挠自己的后脑勺）丁香姑娘，干脆，你就给小爷我弹这个……弹这个……琵琶吧。
丁　香：好，丁香这就给林先生弹。
　　△丁香姑娘身形款款地走到小案几前，席地而坐，将琵琶搁在案几上。
　　△稍倾，伴随着丁香纤纤十指的弹奏，曼妙而优雅的琵琶声响起——

16-37. 怡红院·二楼走廊　　夜　外
　　△老鸨儿屁股一扭一扭地顺着走廊走过来。
　　△老鸨儿走到小丸子房间门口，停住。
　　△屋内传出曼妙的琵琶声，老鸨儿侧耳倾听片刻，然后眉开眼笑地继续向前走去。

16-38. （一组镜头）怡红院·房间　　夜　内
　　　△丁香姑娘在案几前优雅地弹着琵琶；小丸子在房间里，故作正经地踱着方步。
　　　△丁香姑娘做着简单的戏曲动作，咿咿呀呀地唱着小曲儿；小丸子坐在桌前，自斟自饮。
　　　△丁香姑娘身姿优美地跳舞；小丸子依旧坐在桌前，但看上去有些无聊外加犯困，时不时地打着哈欠……

16-39. 怡红院·房间　　深夜　内
　　　△小丸子坐在凳子上，用一只手支着脑袋，竟然迷迷瞪瞪地睡了过去。
　　　△丁香姑娘身形款款地走到小丸子眼前，轻轻地推了推他（她）。
丁　香：……林先生！……林先生！
　　　△小丸子猛地惊醒过来，一下子从座位上蹦起来。
小丸子：（揉揉眼睛）啊，丁香姑娘？
丁　香：林先生，您睡着了。
小丸子：（略显尴尬地）啊，这个，这个……丁香姑娘的小曲儿，唱得太好听了，听得我都睡着了……这个，这个，叫什么来着？催眠，对，催眠作用……
丁　香：让林先生见笑了。
小丸子：（嘎着嗓子）啊，丁香姑娘，这个……这个……夜太深了，小爷我这困劲儿也上来了，你还是回房歇息吧，这小曲儿，咱明天再听，啊，明天再听。
丁　香：（有些意外）林先生，您的意思是说，今天晚上，不需要小女子侍寝？
小丸子：（疑惑地）侍寝？……（旋即反应过来，连忙摆手）啊，不需要，不需要，小爷我今天太累了，太累，得好好地休息休息，休息休息。
　　　△丁香有些疑惑地看了小丸子一眼。
丁　香：那好，就请林先生歇息，丁香先告辞了。
小丸子：（胡乱点头）啊，好，好。
　　　△丁香姑娘怀里抱着琵琶，冲小丸子福了一福，转身离去。

16-40. 怡红院·二楼走廊　　夜　外
　　　△丁香姑娘怀抱着琵琶，从小丸子屋内出来，小心地闭上门，然后转过身，款款离去。

16-41. 怡红院·房间　　深夜　内

　　△小丸子不住地打着呵欠，四仰八叉地栽倒在床上。

小丸子：啊呀，真是的……（呵欠连天地）这年头，就连逛妓院也这么累人？……啊呀，受不了，受不了啦……睡觉喽，睡觉喽。

　　△稍倾，小丸子响起了轻微的呼噜声。

　　△特写镜头：小丸子嘴唇边粘的两撇假胡子，有一边欲掉未掉，伴随着她的一呼一吸，那撇假胡子一晃一晃的。

16-42. 大上海　　晨　外

　　△曦光中的大上海：车水马龙的街道、熙熙攘攘的摊贩行人、鳞次栉比的楼宇等。

16-43. 怡红院·房间　　晨　内

　　△小丸子对着镜子整理西装、领结等，把两撇假胡子也往牢固里粘了粘。

16-44. 怡红院·二楼走廊　　日　外

　　△小丸子西装革履，打着领结，背着双手，向前走去。不时有经过的妓女冲他打招呼，说着"林先生早啊、林先生好啊"之类的话。

16-45. 怡红院·大厅　　日　内

　　△十余名身着旗袍、花枝招展的风尘女子，在小丸子面前站成了一排，丁香也在其中，只是神态较其他风尘女子较为收敛一些。

老　鸨：（谄媚地）林先生，您看，今天让哪位姑娘陪你啊？

　　△小丸子没有说话，目光掠过一众风尘女子。她的目光只要扫到谁，对方就有意识地挺挺饱满的胸脯。

　　△最后，小丸子的目光落在丁香的身上，丁香却含蓄地低下头去，有点往后缩的意思。

老　鸨：（谄媚地）要不，就还是丁香姑娘？

小丸子：（嘎着嗓子）啊，行，就还是……丁香姑娘吧。

老　鸨：（眉开眼笑地）哎，好嘞。（转身，冲丁香姑娘）丁香，你还愣着干什么，还不快去梳洗打扮，陪林先生！

丁　香：是，三娘，丁香这就去。

·灰　雁·

　　　　△丁香轻轻地福了一福，转过身，袅袅婷婷地离去。

16-46. （一组快速切换的镜头）怡红院·房间　　日　内
　　　　△丁香姑娘在案几前优雅地弹着琵琶；小丸子在房间里，有些没精打采地踱着来回，时不时挠挠后脑勺。
　　　　△丁香姑娘做着简单的戏曲动作，咿咿呀呀地唱着小曲儿；小丸子坐在桌前，有点百无聊赖地自斟自饮着。
　　　　△丁香姑娘身姿优美地在跳舞；小丸子坐在桌前，用一只手支着下巴，迷迷糊糊地打着盹儿……

16-47. 怡红院·房间　　日　内
　　　　△丁香姑娘身形款款地走到小丸子眼前，伸出一只手，在小丸子面前晃了晃。
丁　香：……林先生！……林先生！
小丸子：（惊醒过来）啊，丁香姑娘，你继续，你继续。
　　　　△丁香姑娘并没有动，只是望着小丸子，微微地笑着。
小丸子：（疑惑地）嗯？丁香姑娘，你怎么这样看着我？
丁　香：林先生，您一定觉得很闷吧？
小丸子：（略显尴尬地，支吾）啊，这个，这个……那个……
丁　香：林先生，还是丁香替你说吧。林先生心里，肯定是这样想的：这琵琶也弹了，这舞也跳了，这小曲儿也唱了，实在是无聊加无趣……是这样吧，林先生？
小丸子：（连忙摆手）啊，没有，没有，不无趣，不无趣。
丁　香：林先生，你不用瞒我了。（顿了顿）丁香带您去一个地方，保证林先生您，觉得很好玩儿。
小丸子：（精神明显一振）啊，什么好玩的？……在什么地方？
丁　香：（微微一笑）林先生，您不用着急，您去了就知道了……走吧。
小丸子：啊，好，好。
　　　　△小丸子跟在丁香身后，转身走出。

16-48. 怡红院·赌场门口　　日　外
　　　　△丁香姑娘身形款款地带着小丸子，来到一间屋子的门口。
　　　　△丁香伸出手，轻轻地推开门。

丁　香：林先生，您请进。
　　　　△西装革履的小丸子，有些疑惑地走进那间屋子。

16-49. 怡红院·赌场　　日　内
　　　　△小丸子在丁香姑娘的陪同下，走进屋子。
　　　　△有一条通道，直通地下一层，一阵隐隐约约的喧哗声，从下边传出来。
丁　香：林先生，请跟我来。
　　　　△小丸子跟在丁香姑娘身后，顺着台阶走下去。
　　　　△到了地下一层，小丸子忽然啊地惊呼一声，一双眼睛瞪得大大的，像是看见了什么不可思议的事物——
　　　　△定格。

── 第十七集 ──

17-1. 怡红院·赌场　　日　内
　　　△西装革履、贴着两撇假胡子的小丸子，在丁香姑娘的陪同下，走进屋内。
　　　△有一条比较幽暗的通道，直通向地下一层，一阵隐隐约约的喧哗声，从地下一层传出来。
丁　香：林先生，请跟我来。
　　　△小丸子跟在丁香姑娘的身后，顺着台阶走下去。
　　　△到了地下一层，小丸子忽然啊的一声，一双眼睛顿时瞪得老大：只见一个地下赌场展现在她的面前。
　　　△三四张赌桌上，各围着七八名赌客，正在押钱摇骰子；个别客人的身旁，还陪着衣着暴露、风情万种的妓女。
　　　△其中一张赌桌上，一位粗豪汉子正在使劲儿摇着骰子，一众赌客都圆睁着双眼，紧盯着粗豪汉子的动作。
粗豪汉子：（大嗓门）来啊，都押钱都押钱，快点儿押，快点儿押，押大开大，押小开小……
　　　△一众赌客乱纷纷地叫嚷着，各自下注，有押钞票的，也有押光洋的。
　　　△小丸子四下扫视一番，两只眼睛中不由得放出亮光来。
丁　香：林先生，喜欢这个地方吗？
小丸子：（两眼熠熠发光）啊哈，那是当然。
　　　△小丸子转过头，面向丁香姑娘。
小丸子：丁香姑娘，你可真是神了——你怎么就知道，小爷我好这一口呀？
　　　△丁香姑娘对着小丸子微微一笑，并不回答。

17-2. 怡红院·对面街道　　日　外
　　　△林秋雁、周天昊、唐二十三三人，隐身在隐蔽处，眺望着对面的怡红院。
林秋雁：（指着对面的怡红院）就是那里。

△对切：怡红院门口，零星地站着数位花枝招展的妓女，招呼着过往的行人；时不时有客人进出。

周天昊：妓院？

林秋雁：是的。

周天昊：一个女孩子家，化装成公子哥儿，成天躲在妓院里——这个小丸子啊，真亏她想得出来。

林秋雁：她的性格向来顽劣，行事古灵精怪，想出这样的法子来躲避我们，也不算太奇怪。

唐二十三：（嗲声嗲气）哟，周长官，林姑娘，不瞒您二位说，这个小丸子呀，原来吧，我唐二十三只对她刮目相看三分，现在吧，我唐二十三呀，开始对她刮目相看七分了。

周天昊：哦？那还有剩下的三分呢？

唐二十三：（嗲声嗲气）哟，这剩下的三分啊，（竖起兰花指）我呀，不告诉你们。

周天昊：哼，故弄玄虚。

△周天昊别过眼去，不再理唐二十三，举起望远镜观察对面的怡红院。

17-3. 怡红院·赌场　　日　内

△小丸子已经上了赌桌，手里正拿着骰盅，使劲儿摇着，一副得意扬扬、意气风发的样子。

△丁香姑娘的脸上，挂着浅浅的微笑，安静地陪在小丸子身旁。

△一众赌客都鼓突着一对眼珠子，一眨不眨地紧盯着小丸子摇骰子的动作。

△稍倾，小丸子猛地将骰盅倒扣在赌桌上。

小丸子：来来来，各位，各位，快下注快下注啊……押大开大，押小开小，人人都有份儿，人人都有份儿……快下注快下注……买定离手，买定离手喽……

△一众赌客，乱纷纷地各自下注，嘴里各自嚷嚷着"我押大""我押小"之类的话语。

△小丸子一副胜券在握的神态，扫视了一圈众赌客；而一众赌客呢，则紧张地盯着骰盅，嘴里各自嚷嚷着"开大、开大""开小、开小"之类的话语。

小丸子：（猛地掀开骰盅）开盅喽……哈哈，豹子，通吃！

△一众赌客像是忽然泄了气的皮球，顿时蔫下一大截去。

小丸子：对不起了，各位。

△小丸子得意扬扬地将一众赌客押下的钞票、光洋之类，揽到自己面前。

17-4. 怡红院·对面街道　　日　外

△周天昊举着望远镜，观察着对面的怡红院。

△望远镜中：怡红院门口，零星地站着的妓女、过往的行人、时不时进出怡红院的客人等。

△周天昊将望远镜递给林秋雁，林秋雁接过去，继续观察对面的怡红院。

周天昊：我们得想个办法混进去，但不能惊动妓院里的人。

林秋雁：这个地方，出出进进的人太多太杂，想不惊动旁的人，恐怕很难。

周天昊：没法子。目前的情形对我们很不利，马文涛的巡捕房和龟田次郎的大和洋行，都想抓住我们——他们追我们追得很紧，我们这边，只要稍微有点儿风吹草动，就会招来一大堆警察和日本人。

唐二十三：（嗲声嗲气）哟，周长官，林姑娘，这个任务嘛，你们就交给我唐二十三好了……我呀，化装成妓女，混进怡红院里边去。

林秋雁：小丸子很机灵，她会认出你来的。

唐二十三：（竖起兰花指，嗲声嗲气）哟，这个问题嘛，请你们二位放心——我唐二十三呀，有的是妙计。

△林秋雁、周天昊两个人哦了一声，同时看向唐二十三。

△唐二十三回过头去，忽然伸手在脸上一抹，待他再转回头时，赫然变成了林秋雁的面相。

△林秋雁、周天昊两个人，同时惊讶地张大了嘴巴。

△唐二十三再回过头去，依旧伸手在脸上一抹，再转回来时，竟然变成了周天昊的面相。

周天昊：唐二十三，你这变的是什么把戏？

唐二十三：（嗲声嗲气）哟，周长官，我这呀，不是把戏。

周天昊：哦？

唐二十三：（嗲声嗲气）哟，这说起来呀，其实也很简单。

△唐二十三伸手在脸上一抹，抹下一层薄薄的乳胶面具来。

唐二十三：（嗲声嗲气）我呀，就是把这个面具，跟戏台子上学来的"变脸术"结合在一起，就变成了你们看不懂的戏法儿。

周天昊：（指着唐二十三手中的乳胶面具）这玩意儿，是用什么东西做的？这么神奇？

唐二十三：（嗲声嗲气）这个呀，是用乳胶做的。

周天昊、林秋雁：（疑惑地）乳胶？

唐二十三：（嗲声嗲气）对，是乳胶……我从两个外国佬手里买来的，他们管这玩意儿，叫乳胶，我可是花了十来块大洋呢。

周天昊：不错。唐二十三，看来，你不光会造假骗人，还会做这个……什么乳胶面具，虽然邪门了一点儿，不过，倒也算得上是一绝。

唐二十三：（嗲声嗲气）哼，那是当然。放眼整个上海滩，能做出这种面具的人，除了我唐二十三，压根儿就没有第二个。

周天昊：（转对林秋雁）我看行，就按照唐二十三的办法，行动吧。

△林秋雁嗯了一声，点了点头。

林秋雁：（转对唐二十三）唐二十三，在行动的时候，只许智取，不许莽撞伤人——尤其不能伤着小丸子。

唐二十三：（嗲声嗲气）哟，林姑娘，您就大放宽心吧。你舍不得，我呀，也舍不得呢——（竖起兰花指）我唐二十三呀，还指着小丸子给我当媳妇呢。

△林秋雁与周天昊两个人，不由得相互对视一眼。

周天昊：唐二十三，先完成任务，一不许伤人，二要保证摹本的安全。至于其他的事情，等任务完成以后再说。

唐二十三：（嗲声嗲气）好嘞。您二位啊，就等着瞧好儿吧。

△唐二十三转过身，走出。

17-5. 怡红院·赌场　　日　内

△人声鼎沸，几张赌桌上，一众赌客喧哗着。

△小丸子使劲儿摇着骰盅，脸上挂着得意扬扬的笑容，他面前的赌桌上，已经堆满了赢来的光洋和钞票。

△一众赌客圆睁着一双双眼睛，死死地盯着小丸子摇骰盅的动作。

△丁香姑娘的脸上，始终挂着浅浅的微笑，安静地陪在小丸子身旁。

小丸子：（意气风发地）来啊，都下注喽，都下注喽……押大开大，押小开小……都下注喽……

△一众赌客乱纷纷地下注。

△小丸子猛地掀开骰盅。

△特写镜头：又是一对豹子。

小丸子：啊哈，豹子，大小通吃。

·灰 雁·

赌客甲：啊，怎么又是豹子？
赌客乙：哎哟，我今儿个，怎么这么倒霉呀？这一下注吧，左一个豹子，右一个豹子……晦气，晦气。
　　　　△小丸子得意扬扬地将赌客的钞票和光洋，揽到自己面前。
　　　　△一旁的丁香姑娘，这时开口——
丁　香：林先生，您先玩着，丁香出去方便一下。
小丸子：（回头，冲丁香）啊，丁香姑娘，没事儿，你去吧……（将一沓钞票扔到丁香怀里）喏，这个是赏你的。
丁　香：谢谢林先生。
　　　　△丁香姑娘冲小丸子福了一福，转过身，袅袅婷婷地离去。

17-6. 怡红院·赌场门口　　日　外
　　　　△丁香姑娘袅袅婷婷地从赌场里边走出来。

17-7. 怡红院·二楼走廊　　日　外
　　　　△丁香姑娘身形款款地朝自己的房间走去。

17-8. 怡红院·丁香房间　　日　外
　　　　△丁香姑娘走到自己房间的门口，推开门进去，转身关上了门。
　　　　△房间内，隐约地传来丁香姑娘"嘤咛"的一声，但旋即就悄没声息了。

17-9. 怡红院·对面街道　　日　外
　　　　△林秋雁面色凝重，和周天昊两个人藏身在隐蔽处，朝对面的怡红院观望着。
林秋雁：唐二十三会不会失手？
周天昊：（举起望远镜，观望对面怡红院的动静）应该不会。
林秋雁：……
周天昊：（放下望远镜）唐二十三和小丸子两个人，一个是用歪的，一个是用邪的——用歪的对付邪的，正好。

17-10. 怡红院·丁香房间　　日　外
　　　　△镜头从怡红院门口，一直推到大厅，再到二楼走廊，最后停在丁香姑娘房间的门口。

△稍倾，吱呀一声，丁香姑娘房间的门打开，丁香姑娘袅袅婷婷地走了出来。

17-11. 怡红院·二楼走廊　　日　外
　　　△丁香姑娘扭着腰肢，身形款款地朝前走去。

17-12. 怡红院·赌场门口　　日　外
　　　△丁香姑娘走到赌场门口，停住脚步。
　　　△特写镜头：丁香姑娘的眼珠子骨碌碌一转，朝左右两边看了看。
　　　△丁香姑娘抬步，身形款款地朝赌场内走去。

17-13. 怡红院·赌场　　日　内
　　　△人声鼎沸，几张赌桌上，一众赌客喧哗着。
　　　△赌桌上，小丸子依旧使劲儿摇着骰盅，意气风发。
　　　△丁香姑娘袅袅婷婷地走进赌场，不动声色地四下稍一张望。
　　　△小丸子猛地将骰盅倒扣在赌桌上。这时，她看见了丁香姑娘，老远地冲她招手。
小丸子：（喊）丁香姑娘，快过来，快过来。
　　　△丁香姑娘稍一迟疑，袅袅婷婷地朝西装革履的小丸子走去。
小丸子：（得意扬扬地指着面前赢来的钞票和光洋）丁香姑娘，你看看你看看，就你出去这一小会儿，屁大点儿工夫，小爷我又赢了一大堆。
丁　香：林先生，你真厉害。
小丸子：（得意地）哈哈，那是当然，小爷我赌技超一流——这么告诉你吧，在上海滩，如果小爷我承认是第二的话，那就没人敢承认是第一。
　　　△丁香姑娘微微一笑，没有言语。
赌客甲：（气哼哼地）哼，就知道在女人面前吹牛。
小丸子：（冲赌客甲，眼一瞪）怎么，不服气啊？……不服气，你下注啊，看小爷我到底是不是在吹牛？
　　　△赌客甲被小丸子一激，一股脑儿掏出了身上所有的钱。
赌客甲：哼，下注就下注，以为大爷我怕你啊？……我押大，全押上。
赌客乙：我也押大。
赌客丙：我也押大。
　　　△一众赌客乱纷纷地将钞票和光洋押到赌桌上；也有个别赌客，犹犹豫

豫地押了小。

△小丸子冷眼盯着下注的赌客甲等人，神情笃定，一副胜券在握的架势。

小丸子：好，买定离手。

△一众赌客鼓突着眼珠子，死死地盯着小丸子的动作，口中乱纷纷地嚷着"开大、开大""开小、开小"之类的话语。

小丸子：开盅喽。

△小丸子嘴角挑起一丝轻蔑的笑意，猛地掀开骰盅。

△特写镜头：两枚骰子，刚好摆成了一对"豹子"。

赌客甲等：（众）啊，又是豹子？

△赌客甲等一众赌客，再次像泄了气的皮球一样，蔫下一截去。

小丸子：对不起了，各位，又是"豹子"，大小通吃。

△小丸子得意扬扬地再次将赌桌上的一应钞票和光洋，揽到自己面前。

17-14. 怡红院·大门口　　日　外

△四名黑衣汉子抬着一挺滑竿走过来。

△滑竿上，斜躺着黑龙帮的帮主鲍大牙，他嘴里叼着一杆长长的旱烟锅子，吧嗒、吧嗒地抽着。

△鲍大牙手底下的"四大金刚"，带领着数十名黑衣帮众，分两列走在滑竿两侧，保护着鲍大牙——每名帮众的腰间，均别着一柄亮晃晃的斧子，是黑龙帮的明显标志。

17-15. 怡红院·对面街道　　日　外

△隐蔽处，林秋雁和周天昊两个人。林秋雁举着望远镜，观察着怡红院大门口。

△望远镜中：

——滑竿抬至怡红院门口，停下。

——鲍大牙在两名帮众的搀扶下，下了滑竿。

△林秋雁脸上的神色，忽然一变。

周天昊：怎么啦？

林秋雁：来的这些人，是黑龙帮的。

周天昊：哦，上海滩赫赫有名的黑龙帮？

林秋雁：对，就是他们。他们的帮主叫鲍大牙，就是坐在滑竿上的那个老头儿，是个非常狠的角色，黑白两道的人，都怕他。

周天昊：哦！
　　　　△林秋雁将望远镜递过去。
　　　　△周天昊接过望远镜，朝怡红院大门口的鲍大牙等人望过去。
　　　　△望远镜中：
　　　　——鲍大牙在"四大金刚"以及数名黑龙帮帮众的拥护下，雄赳赳、气昂昂地朝怡红院的大门内走去。
周天昊：（沉吟地）黑龙帮？鲍大牙？……他们来干什么？
林秋雁：怎么办？
　　　　△周天昊放下望远镜，思忖片刻。
周天昊：他们应该是来逛妓院的，应该与我们的行动没有关系。
林秋雁：……
周天昊：先不管他们了，我们静观其变，等唐二十三摸清小丸子的情况以后再说。
林秋雁：好。

17-16. 怡红院·大厅　　日　内

　　　　△鲍大牙在"四大金刚"以及一应帮众的拥护下，走进大厅。
　　　　△老鸨堆起满脸的笑容，踮起小脚，小跑着迎向鲍大牙。
老　鸨：哟，老身当是谁呢，原来是鲍老帮主您啊！……今儿个是什么风，把您老人家给吹来了呀？
鲍大牙：（哈哈一笑）当然是三娘你这里的香风喽。
老　鸨：哟，鲍老帮主，您可真会说笑话……来来来，快请坐，快请坐。（回头，冲旁边的一名妓女）哟，翠花，你还愣着干什么，赶快给客人上茶啊，快去。
翠　花：哎，三娘，我这就去。
　　　　△叫翠花的那名妓女，转过身，袅袅婷婷地走出。
　　　　△鲍大牙和老鸨两个人，分宾主坐下。
　　　　△"四大金刚"以及其他数名黑龙帮的帮众，守在鲍大牙身后。
　　　　△稍倾，那名叫翠花的妓女，用托盘端着茶壶、茶杯等物件走上来。
　　　　△那名叫翠花的妓女，分别给鲍大牙、老鸨两人斟满茶，然后退下。
鲍大牙：（端起茶杯，抿了一口）三娘啊，听说，你们怡红院最近新来了一位姑娘，不光人长得清秀可人，而且能歌善舞，琴棋书画样样精通……是不是呀？
老　鸨：（忙不迭地）哎，是，是。这位姑娘呀，她的名字叫丁香，叫丁香，刚来老身这怡红院啊，没几天，没几天。
鲍大牙：哦，那就好。（顿了顿）三娘啊，你就叫这位丁香姑娘出来，让她陪我吧。
老　鸨：（有些为难，迟疑地）啊？这个……这个……
鲍大牙：（搁下手中的茶杯）嗯？怎么，三娘不愿意？
老　鸨：（满脸堆笑）哟，不是，不是，鲍老帮主您说的这是什么话呀，老身哪敢不愿意啊？只是……这个……这个……
鲍大牙：三娘，你别吞吞吐吐的，到底有什么话，你就直说。
老　鸨：鲍老帮主啊，您不知道啊，情况是这样子的，这两天吧，来了一位姓林的客人，他就住在老身这怡红院里头，把丁香姑娘啊给彻底包下来了……这不，丁香姑娘到这阵子，还在陪那位林先生赌骰子呢。
鲍大牙：林先生？
老　鸨：（尴尬地）哎，哎，是。
鲍大牙：这好办。（回头，冲两名手下）你们两个，去把那位什么林先生给打发了，把丁香姑娘给我请过来……记住，是"请"，都文雅一点儿。
帮众甲、帮众乙：是，帮主。
△帮众甲和帮众乙转身离去。
△老鸨啊了一声，张了张嘴，想说什么，又没敢吱出声来。

17-17. 怡红院·赌场门口　　日　外
△帮众甲和帮众乙走到赌场门口，推开门进去。

17-18. 怡红院·赌场　　日　内
△西装革履、粘着两撇假胡子的小丸子，使劲儿摇着骰子，正赌得兴起。
△丁香姑娘的脸上，始终挂着浅浅的微笑，安静地陪在小丸子身旁。
△一众赌客，各自拥着身旁的风尘女子，眼睛一眨也不眨地盯着小丸子的动作，表情各异。
小丸子：（得意扬扬地）来啊，都下注了，都下注了……押大开大，押小开小……买定离手了……
赌客甲：我就不信这个邪了，我继续押大。
赌客乙：我押小。
△一众赌客乱纷纷地下着注，嘴里嚷嚷着"我押大""我押小"之类的话语。

△帮众甲和帮众乙顺着台阶走下来，扫视一眼赌场。

帮众甲：（语气较冲）请问，哪位是丁香姑娘？

　　△赌场里一时安静下来。

　　△丁香姑娘袅袅婷婷地站起身。

丁　香：我是。请问二位先生，找丁香有什么事？

帮众乙：（语气较冲）我们帮主说了，要丁香姑娘去陪他老人家，请你跟我们走一趟。

　　△丁香姑娘有些惊讶地张大嘴巴，想说什么，又没说出来。

小丸子：（非常恼火地）喂，你们两个，是哪里冒出来的王八蛋啊？丁香姑娘是小爷我的女人——小爷我的女人，你们他妈的也敢抢？

帮众甲：（语气较冲）哼，臭小子，你说什么？

小丸子：（故意侧起一只耳朵）啊？臭小子骂谁啊？臭小子骂谁？……小爷我没听清楚，你们再说一遍。

　　△小丸子的话，惹得一众赌客哄然大笑起来。

　　△帮众甲和帮众乙气得脸皮紫胀，一步步逼近小丸子，"嘎嘣、嘎嘣"地捏着指关节。

帮众甲：（语气较冲）臭小子，看来，不教训教训你，你是不知道爷爷我们的厉害！

小丸子：（轻蔑地）哟嗬，小爷我是被你们吓大的呀？……会捏手指关节，很了不起啊？（故作害怕状）啊，我很害怕呀，我害怕得要死啊，要死啊……（脸色忽然猛地一寒）嘿嘿，我告诉你们两个王八蛋，小爷我在江湖上混饭吃的时候，还没有你们这号子货色呢……（指着帮众甲和帮众乙）你们最好趁着小爷我还没有发脾气，马上从这里给我滚出去，否则，你们两个，就得乖乖地爬出去。

帮众甲：（指着小丸子，气急地）你？

帮众乙：（狰狞地）嘿嘿，你自个儿找死，那就怪不得我们了！

小丸子：（气定神闲地）是吗？哼哼，小爷我倒要看看，到底是哪个王八蛋，想他妈的找死。

丁　香：（扯扯小丸子的胳膊）林先生……

小丸子：（回头，冲丁香姑娘）丁香姑娘，你让开一点儿，小爷我今天给你表演表演，保证打得这两个王八蛋，满地找牙。

　　△帮众甲和帮众乙相互对视一眼。

帮众甲：（眼中露出凶光，狞笑地）嘿嘿，臭小子，光嘴巴子硬顶个屁用？爷爷我，马上就会打得你屁滚尿流，让你叫天天不应，叫地地不灵……（冲帮众乙）上。
△帮众甲和帮众乙两个人，同时恶狠狠地扑向小丸子。
△小丸子单手在赌桌上一撑，从赌桌上方飞跃而过。
△小丸子与帮众甲、帮众乙两人，瞬间打斗在一处。

17-19. **怡红院·大厅　　日　内**
△鲍大牙气定神闲地抽着长长的旱烟锅子。
△"四大金刚"等一应帮众，站在鲍大牙身后。
△老鸨有些坐立不安地在地面上走来走去，她几次想跟鲍大牙说什么，临了又没敢吱出声来。

鲍大牙：三娘，你放心，他们不会把那个什么林先生怎么样的，他们手底下有分寸。

老　鸨：（苦着脸）哎哟，好我的鲍老帮主啊，老身是开门做生意的，那个赌场，也是老身这怡红院开设的，为的就是让客人们玩个乐呵，您老人家这一派人去吧……这、这、这……（一拍大腿）嗨！

鲍大牙：呵呵，三娘啊，有我们黑龙帮罩着你们怡红院，这你们的生意嘛，自然会越来越好。你看看这附近的窑子，凡是没有拜我鲍大牙码头的，哪家能开出半个月去？没有吧……（顿了顿）难不成，三娘你还想找别的靠山？

老　鸨：（强挤出一丝笑容，但笑得比哭还难看）哟，鲍老帮主，您说的这是哪里话呀？老身哪儿敢呀？……就是有人借老身忒胆儿，老身也不敢啊。

鲍大牙：那就好，你坐下来——（顿了顿）你别走来走去的，晃得我眼睛疼。

老　鸨：（苦着脸）哎，是，是。
△老鸨虚着半张屁股，小心翼翼地坐在椅子上，但依旧心神不安。
△鲍大牙收回目光，不再理老鸨，继续气定神闲地抽自己的老旱烟锅子。

17-20. **怡红院·赌场　　日　内**
△小丸子与帮众甲、帮众乙两人，飞纵腾跃，激烈地打斗在一处。
△丁香姑娘以及其他一众赌客、风尘女子等，慌乱地往旁边闪躲。
△小丸子飞身而起，连踢数脚，将帮众甲、帮众乙两人踢飞出去。
△帮众甲、帮众乙两人爬起来，恼羞成怒，一个举起一条板凳，一个举起一张桌子，嗷嗷叫着，朝小丸子冲过来。

△小丸子嘴角一弯，挑起一丝轻蔑的笑意，然后凌空飞起，先是狠狠一脚，将帮众甲举的凳子拦腰踢断成两截，再一脚，将帮众乙举的桌子，踢裂成了四五块碎木板。

△小丸子拳脚并用，再次将帮众甲、帮众乙两个人，狠狠地打翻在地。

小丸子：（拍拍手上的尘土）你们两个王八蛋，马上给小爷我滚。滚回去告诉你们那个什么狗屁的帮主，就说丁香姑娘被小爷我包下来了，让他另找别人——

△帮众甲和帮众乙被小丸子打得鼻青脸肿，两人挣扎着坐起半截身子。

帮众甲：（指着小丸子）好……好你个臭小子……你……你……你等着……我、我们饶不了你……

小丸子：哟嗬，这嘴巴子挺硬的——还想找打是不？

△小丸子作势朝帮众甲、帮众乙两人走过去，帮众甲、帮众乙吓得连滚连爬，逃了出去。

17-21. 怡红院·大厅　　日　内

△鲍大牙噢地站起身来，一双虎目睁得老圆。

△鼻青脸肿的帮众甲、帮众乙两人，各自捂着一面腮帮子，哭丧着脸站在鲍大牙面前。

△老鸨见此情况，惊讶地啊了一声，又赶紧捂住了嘴巴。

鲍大牙：嗯？怎么回事儿？

帮众甲：（疼得滋滋吸气）帮、帮主，我们、我们……被那个姓林的小子，打啦。

帮众乙：（同样疼得滋滋吸气，附和着）是啊，帮主。

鲍大牙：你是说，你们两个，被一个半大不小的毛头小伙子给打了？

帮众甲：（嗫嚅地）帮、帮主，您是不知道哇，那小子厉害着呢，他那拳脚功夫，我们两个，根本就不是他的对手啊……

鲍大牙：（恼火地）两个没用的东西，真是给我黑龙帮丢脸！（回头，冲"四大金刚"之一）发信号，叫人。

"四大金刚"甲：是，帮主。

△"四大金刚"甲拿出一筒专门用来发射信号的烟花，转身走出。

17-22. 怡红院·院子　　日　外

△"四大金刚"甲走到院子里，一拉烟花筒，烟花射向半空。

17-23. 怡红院·对面街道　　日　外
　　　　△隐蔽处，林秋雁和周天昊的视角：
　　　　——半空中，烟花嘭的一声炸裂开来，形成了一个椭圆状。
　　　　△林秋雁和周天昊两个人，不由得对视一眼。
　　　　△周天昊举起望远镜，观察半空中的烟花和对面的怡红院。
林秋雁：怎么回事儿？
周天昊：这是黑龙帮叫人的信号。
林秋雁：难道，唐二十三和小丸子两个人，跟黑龙帮交上手了？
周天昊：这个不好说，有这个可能。
林秋雁：我们要不要进去看看？
周天昊：先别急。形势不明朗，我们还是再等一等，看看情况再说。
林秋雁：好。

17-24. 怡红院·赌场门口　　日　外
　　　　△鲍大牙叼着长长的老旱烟锅子，率领着"四大金刚"以及其他黑龙帮的帮众，来到赌场门口。
　　　　△鲍大牙冲身后的黑龙帮帮众一挥手——
鲍大牙：上。
　　　　△除"四大金刚"外，其他十余名黑龙帮的帮众，在帮众甲、帮众乙的引领下，冲进了赌场。

17-25. 怡红院·赌场　　日　内
　　　　△打烂了的家什已经被清理撤了出去，新赌桌恢复原状。
　　　　△小丸子背对台阶，正在招呼赌客甲等一众赌客重新上桌。
小丸子：（意气风发地）来来来，诸位，咱们继续，咱们继续……别让那两个混账王八蛋，扫了咱们的兴头，来来来，都上桌，都上桌。
　　　　△赌客甲、赌客乙等一众赌客们，都没有搭理小丸子，只是眼神异样地盯着小丸子的身后。
　　　　△一旁的丁香姑娘，也是轻啊了一声，紧接着捂住了自己的嘴巴。
　　　　△小丸子似乎意识到了什么，遽然回过头去。
　　　　△小丸子身后不远处，齐刷刷地站着十来名黑衣汉子，鼻青脸肿的帮众甲、帮众乙两人也在其中。

小丸子：（毫无惧色）啊呀，真是的……感情这刚才的打没挨够，又叫了一群不知死活的帮手来啦？

17-26. 怡红院·赌场门口　　日　外

△鲍大牙叼着长长的旱烟锅子，神色波澜不惊。

△"四大金刚"神情肃穆，木桩一般站在鲍大牙身后。

△老鸨儿站在一旁，两条腿不住地打着哆嗦。

老　鸨：（因为害怕而结巴地）鲍、鲍、鲍……鲍老帮主，这、这、这……会不会……闹出人命来啊？

鲍大牙：三娘，你怕什么？

老　鸨：（哆嗦地）我、我、我……我……

鲍大牙：三娘，你放心，不会出人命的……顶多就是断一半条胳膊腿儿。

老　鸨：啊？！

△老鸨儿大张着嘴巴，老半天合不拢。

17-27. 怡红院·赌场　　日　内

△十余名黑衣汉子，齐刷刷地站在小丸子面前不远处。

△鼻青脸肿的帮众甲，一只手捂着腮帮子，另一只手指着小丸子。

帮众甲：（滋滋吸气）就、就是他……就是这个臭小子，就是他打的我们！

帮众乙：（滋滋吸气）对，就是他。

△十余名黑龙帮的黑衣汉子，齐刷刷地朝小丸子看过去。

△西装革履的小丸子，冷眼瞧着这些黑衣汉子，并不惧怕，只是下意识地将丁香姑娘护在身后。

△忽然，带头模样的帮众丙一挥手，所有的黑衣汉子都各自从腰间摸出一把明晃晃的斧头来。

△小丸子原本很笃定的神色，忽然大变。

小丸子：（吃惊地）你们是黑龙帮的？

帮众丙：（狰狞地）嘿嘿，臭小子，算你还有点见识。

△小丸子的脸上掠过一丝非常奇怪的神色，但稍纵即逝。

△小丸子的眼珠子骨碌碌乱转着，似乎在急遽地思考着对策。

△稍倾——

小丸子：（堆起笑脸）感情这几位大哥，都是黑龙帮的啊！啊呀，真是大水冲了龙王庙，一家人不认识一家人。误会，误会，真是天大的误会……在下跟你们的鲍老帮主，可是很多年的老交情啦，老交情啦……哈哈哈，误会，误会……

帮众丙：（口气很冲地）哼，打伤了我们的弟兄，就说是误会，天底下哪有那么便宜的事情？（回头，冲身后的帮众）给我上。

△十余名黑龙帮的帮众，手中举着明晃晃的斧头，朝小丸子冲过来。

小丸子：（大为焦急）啊，几位大哥，真的是误会……真的是误会……你们听我说……

△但没有人听小丸子在说什么，明晃晃的斧头就恶狠狠地劈了过来。

△小丸子被迫迎战，牙关一咬，身体飞跃而起，与一众黑龙帮的黑衣汉子，瞬间恶斗在一处。

17-28. 怡红院·赌场门口　　日　　外

△鲍大牙依旧叼着长长的旱烟锅子，神色笃定。

△"四大金刚"神情肃穆，也依旧如同木桩一般，站在鲍大牙身后。

△老鸨儿站在一旁，两条腿打着哆嗦，似乎比刚才打得更厉害了。

17-29. 怡红院·赌场　　　日　　内

△明晃晃的斧头翻飞。小丸子飞上跃下，与黑龙帮的帮众恶斗在一处，时不时有黑衣汉子被打翻在地。

△特写镜头：打斗过程中，小丸子嘴角粘的两撇假胡子，悠悠然地掉了下来。

△一众赌客以及他们携带的风尘女子等，一个个吓得顺着墙根溜走了。

△黑龙帮人多势众，小丸子一边与他们打斗，一边还要保护丁香姑娘，明显力有不逮。

△抽冷子，小丸子拽出腰间的弹弓，连射数弹，击中三四名黑衣汉子的眼睛，然后一拽丁香姑娘。

小丸子：（喊）快跟我走。

△小丸子拽着丁香姑娘，朝外边冲去。

△帮众丙等十余名黑衣汉子，举着明晃晃的斧头，在后边紧追不舍。

17-30. 怡红院·赌场门口　　日　　外

△小丸子拽着丁香姑娘，从屋内冲出来。

△稍后处，帮众丙等一众黑衣汉子，也举着明晃晃的斧头追了出来。

　　　　　△小丸子拽着丁香姑娘，与守在外边的鲍大牙等人打了个照面，猛地神色一变，顿时怔住。

鲍大牙：（惊讶地）小丸子?!

　　　　　△小丸子看见鲍大牙，神色有些慌张，她伸手一摸嘴角，两撇假胡子早不见了，知道自己的身份露馅了。

小丸子：（眼神闪烁，眼珠子骨碌碌乱转）……师傅?!

　　　　　△鲍大牙昂起头，忽然哈哈哈大笑起来。

鲍大牙：小丸子，原来是你啊! 这多少年过去了，你还记得我是你师父啊?

小丸子：（强挤出一丝笑容，胡乱支吾）啊，师傅，您老人家，这个……这个……

鲍大牙：嘿嘿，小丸子，当年你都快饿死了，是我把你从垃圾堆里捡回来，救了你的一条小命儿，然后辛辛苦苦地把你养大……你倒好，偷了我的钱，一跑了之。

　　　　　△"四大金刚"、一众黑衣汉子等，包括老鸨儿在内，都是吃惊地张大了嘴巴。

小丸子：（胡乱支吾）嘿嘿，师傅，这个……那个……这个……

　　　　　△小丸子松开丁香姑娘，忽然凌空一个倒翻，踢倒就近的两名黑衣汉子，转身飞奔而去。

鲍大牙：快，抓住他，不要让他跑了。

　　　　　△十余名黑龙帮的黑衣汉子，举着明晃晃的斧头，朝小丸子追去。

17-31. 怡红院·大厅　　　　日　　内

　　　　　△小丸子腾上跃下，在前边飞奔。

　　　　　△帮众丙等一众黑衣汉子，举着明晃晃的斧头，在后边紧追不舍。

　　　　　△双方时不时近身搏斗几个回合，小丸子偶尔使用弹弓。

17-32. 怡红院·楼梯　　　　日　　内

　　　　　△小丸子顺着楼梯，一边与帮众丙等人打斗，一边向楼上冲去。

　　　　　△时不时有黑衣汉子被小丸子踢中，嗷、嗷叫着，从楼梯上翻滚下来。

17-33. 怡红院·二楼走廊　　日　　外

　　　　　△小丸子飞纵腾跃，一边与一众黑龙帮帮众们激烈打斗，一边朝自己的房间门口退去。

△小丸子退至自己房间门口，抽冷子打翻数名帮众，然后撞碎窗户，跳进了房间。

17-34. 怡红院·小丸子房间　　日　内

△小丸子就地两个翻滚，到床头一把抓出压在枕头底下的包袱，负在背上。

△小丸子转身欲走，忽然，一个娇脆的女声从旁边传过来——

丁　香：（画外音）林先生。

△小丸子遽然回头，只见丁香姑娘俏生生地站在她身后不远处。

小丸子：（来不及细想）啊，丁香姑娘，你怎么在这儿？

△就在这时，门窗俱裂，一众黑龙帮的黑衣汉子，举着明晃晃的斧头冲了进来，其中一名帮众举着斧头劈向丁香姑娘。

小丸子：（喊）丁香姑娘，小心。

△眼看着丁香姑娘就要受伤，小丸子疾冲过去，踢飞黑衣汉子手中的斧头，然后一把抓住丁香姑娘的手腕，将她保护在身后。

小丸子：(喊)丁香姑娘，跟我走。

△小丸子一手拽着丁香姑娘，一边与黑龙帮的黑衣汉子们激烈打斗，一边蹿出门去。

17-35. 怡红院·对面街道　　日　外

△周天昊和林秋雁两个人，藏身在隐蔽处，继续观察着对面的怡红院大门口。

△对切：一溜儿，十余辆黑色轿车疾驰而来，咔的一声，停在怡红院大门口。

17-36. 怡红院·大门口　　日　外

△轿车门打开，从车上下来二三十名清一色的黑衣汉子——是黑龙帮的帮手到了。

△打头的黑衣汉子一挥手，一众黑衣汉子蜂拥着朝怡红院的大门内冲去。

17-37. 怡红院·对面街道　　日　外

△林秋雁和周天昊不由得对视一眼。

周天昊：情况有些不妙，我们得进去。

林秋雁：好。

　　△周天昊和林秋雁两个人，各自拔出手枪，检查了一下弹匣。

　　△周天昊观察了一下周围的环境。

周天昊：我们走。

　　△周天昊和林秋雁两个人，一前一后，走出隐蔽处。

17-38. 怡红院·二楼走廊　　日　外

　　△小丸子一手拽着丁香姑娘，与一众黑龙帮的黑衣打手激烈打斗。

　　△楼梯口，黑龙帮的后续援兵，各自举着明晃晃的斧头，潮水般涌了上来。

　　△楼栏下边，鲍大牙嘴里边叼着长长的旱烟锅子，神情笃定，带着"四大金刚"远远地观战。

　　△小丸子见势不妙，顺势踹飞几名黑衣汉子，拽着丁香姑娘，转身朝另一个方向跑去。

17-39. 怡红院·二楼走廊另一头　　日　外

　　△小丸子拽着丁香姑娘，蹿到一处房间门口，见无路可走，返身一脚踹开了房门。

　　△小丸子拽着丁香姑娘，进了屋子——却恰好正是丁香姑娘的房间。

17-40. 怡红院·丁香房间　　日　内

　　△小丸子拽着丁香姑娘，从碎裂的门口处进来。

　　△但旋即，小丸子就像看见了活鬼似的，一时大为惊骇。

　　△只见房间中央的一把椅子上，绑着一位姑娘，姑娘嘴里塞着毛巾——赫然又一位丁香姑娘。

　　△那位被绑着的丁香姑娘，看见小丸子，拼命地摇着脑袋，嘴里唔、唔地示意着。

　　△小丸子神情疑惑，有些惊骇地看向自己身旁的另一位丁香姑娘。

　　△这时，一个小丸子再熟悉不过、嗲声嗲气的声音响起——

唐二十三：（嗲声嗲气）哟，小丸子，你呀，怎么连我都认不出来啦？

　　△假丁香姑娘伸手在脸上一抹，揭下乳胶面具，露出了唐二十三原本的面貌。

小丸子：（既吃惊，又恨得牙痒痒）唐二十三，原来是你？！

唐二十三：（竖起兰花指，嗲声嗲气）哟，当然是我。哼，这为了找你呀，我们可是费了九牛二虎之力……小丸子，你得跟我回去。

小丸子：（气急反笑）嘿嘿，唐二十三，好本事！我小丸子挖空心思躲在妓院里，你们竟然也能找到我？哼哼，好本事，好本事……（眼珠子骨碌碌一转）我小丸子认输，这就跟你唐二十三回去。

唐二十三：（嗲声嗲气）哟，这就对了嘛……（随即惊呼一声）啊，小丸子，你？
△原来，小丸子已经迅疾出手，冲唐二十三攻出十来招。

唐二十三：（一边招架一边说，嗲声嗲气）哟，小丸子，你使诈？

小丸子：（攻势不停，冷笑）哼哼，对不起，唐二十三，这老先人早就总结过了，兵不厌诈。

唐二十三：（嗲声嗲气）哼哼，好，好，小丸子，好你个兵不厌诈。
△小丸子和唐二十三两人各出绝招，飞纵腾跃，激烈地打斗在一处。

17-41. 怡红院·二楼走廊另一头　　日　外
△黑压压的黑龙帮帮众，举着明晃晃的斧头冲了过来。

帮众丙：（一指丁香姑娘屋内，喊）快，在那里。

帮众丁：（喊）上。
△一众黑龙帮的帮众，分别撞碎门扇和窗户，冲进屋子。

17-42. 怡红院·丁香房间　　日　内
△小丸子和唐二十三两人正在激烈对打。
△数十名黑龙帮的帮众，举着明晃晃的斧头，分别从窗户和门口涌了进来。
△三方混战，小丸子、唐二十三分别对付黑龙帮的帮众，两人也时不时地过个几招。
△有那么片刻，小丸子和唐二十三两个人，背对背靠在一起，共同抵对面前的黑龙帮帮众，但也时不时地两人过招。

唐二十三：（嗲声嗲气）哟，这黑龙帮的人越来越多……小丸子，咱俩还是别打了，撒丫子扯呼吧。

小丸子：哼哼，想让我跟你回去，门儿都没有。
△小丸子与唐二十三联手，打退数名黑龙帮的帮众，两人又迅疾相互间过了几招
△三方混战，一直从屋内打到屋外的走廊上。

17-43. 怡红院·二楼走廊 / 院子　　　日　　外

　　　△走廊上，小丸子、唐二十三、一众黑龙帮帮众，三方你来我往，激烈混战。
　　　△楼梯口，后续赶来的黑龙帮帮众，举着明晃晃的斧头，源源不断地冲上楼去。
　　　△楼栏下边的院子里，鲍大牙嘴里叼着长长的旱烟锅子，神情笃定，带着"四大金刚"远远地观战。
　　　△稍后处，周天昊和林秋雁赶了进来，两人不由得对视一眼。
周天昊：上。
　　　△林秋雁和周天昊两人，同时飞身跃起，一个踩在楼梯的栏杆上，一个直接踩着黑龙帮帮众的头顶，蹭蹭蹭，跃上了二楼。
　　　△战局当即发生变化：小丸子、唐二十三两人一组，与数十名黑龙帮的帮众形成一个大的战团，但两人时而联合时而互博；林秋雁、周天昊两个人一组，与数十名黑龙帮的帮众形成了一个大的战团。
林秋雁：（一边打斗一边冲小丸子喊）小丸子！
　　　△小丸子一边与黑龙帮帮众对打，一边顺着林秋雁的喊声，打眼四顾：
　　　——走廊上，林秋雁飞身跃起，连环数腿，踢飞三四名黑衣汉子，定格；
　　　——走廊另一处，正在与黑龙帮帮众对打的周天昊，定格；
　　　——楼栏下边，叼着老旱烟锅子、神情笃定地观战的鲍大牙，定格。
小丸子：啊呀，真是的……这帮扫把星，真的是阴魂不散啊。我小丸子流年不利，晦气，晦气。
　　　△林秋雁、周天昊两人，一边与黑龙帮帮众对打，一边向小丸子、唐二十三这边靠近。
林秋雁：（冲小丸子喊）小丸子！
　　　△楼栏下边，"四大金刚"甲靠近叼着旱烟锅子的鲍大牙。
"四大金刚"甲：帮主，这个叫小丸子的，来了帮手，我们要不要再叫些弟兄过来？
鲍大牙：（摆摆手）不用。
"四大金刚"甲：……
鲍大牙：他们不是来帮小丸子的。
"四大金刚"甲：（半信半疑地）哦？
　　　△鲍大牙用旱烟锅子指着走廊上方的周天昊、林秋雁等人。

·灰 雁·

鲍大牙：你看。

　　△"四大金刚"甲顺着鲍大牙的手指方向看过去。

　　△对切：周天昊、林秋雁、唐二十三，时而与黑龙帮帮众各自对战，时而与小丸子对打，依旧是三方混战的局面。

鲍大牙：他们跟我们一样，是来抓小丸子的。

17-44. 怡红院·大门口　　　日　　外

　　△赌客甲、赌客乙等一些来逛怡红院的客人，以及个别风尘女子，慌里慌张地从怡红院里边逃出来。

17-45. 怡红院·二楼走廊／院子　　　日　　外

　　△形势大为不利，小丸子有些焦急。她用凌厉的招式，瞬间逼退靠近来的林秋雁、唐二十三以及黑龙帮的帮众等人，然后摸出弩弓，射出一枚飞索。

　　△飞索旋转着飞出，嘭，抓钩裂开，固定在一处高楼楼顶上。

　　△小丸子抓着飞索，凌空荡出，朝怡红院外边荡去。

林秋雁：（一边与黑龙帮帮众动手，一边喊）小丸子，快回来，你不能走。

周天昊：（喊）小丸子，回来。

唐二十三：（嗲声嗲气，喊）哟，小丸子，你不能走，不能走……快回来，回来——

　　△小丸子悬吊在飞索上，根本不理会林秋雁、周天昊等人的呼喊，得意扬扬地朝怡红院外边荡去。

　　△楼栏下边的院子里，嘴里叼着大旱烟锅子的鲍大牙冷嗤一声。

鲍大牙：哼哼，想跑？

　　△鲍大牙一抬手，一名帮众小跑着过来，递给他一支手枪。

　　△鲍大牙举起手枪，瞄准飞索，扣动扳机，啾的一声，飞索应声而断。

　　△悬吊在半空中的小丸子，抓着被射断的半截飞索，凌空掉落下来。

　　△小丸子就地两个翻滚，成半蹲姿势稳住自己的身形。

　　△小丸子正待站起身来，但两支硬邦邦的枪口，已经顶在了她的脑门上。

　　△定格。

——第十八集——

18-1. 怡红院·院子　　日　　外

△小丸子悬吊在飞索上，神情得意，以慢镜头朝怡红院外边荡去。
△楼栏下边的院子里，鲍大牙举起手枪，瞄准飞索，扣动扳机，啾的一声，飞索应声而断。
△悬吊在半空中的小丸子，抓着被射断的半截飞索，凌空掉落下来。
△小丸子就地两个翻滚，成半蹲姿势稳住自己的身形。
△小丸子正待站起身来，但两支硬邦邦的枪口，已经顶在了她的脑袋上——是鲍大牙贴身"四大金刚"中的两个。
△小丸子毫不含糊地抓住两人的手腕一碰一磕，同时顺势一招扫堂腿，两名"四大金刚"手中的枪掉落，仰翻跌出。
△"四大金刚"中的另两名冲上来，四人合作一处，与小丸子激烈地对打——小丸子虽然稍处劣势，但凭借着灵巧和机灵，尚能勉强支撑。

18-2. 怡红院·二楼走廊　　日　　外

△周天昊、林秋雁、唐二十三三人，分别受到数十名黑龙帮的帮众围攻。
△打斗过程中，周天昊、林秋雁被逼到一处房间门口；唐二十三则被逼到了走廊另一头。

18-3. 怡红院·某房间　　日　　内

△周天昊、林秋雁分别撞碎门窗退进了屋子，一众黑龙帮的帮众也冲了进来，激烈打斗，一时桌椅翻飞。
△原本抖抖索索躲在屋角的一名妓女和客人，两个人都用床单裹着半裸的身子，这时吓得尖叫乱跑。

周天昊：（冲林秋雁，大声地）这样不行。（打翻两名黑龙帮的帮众）他们人太多了，我们得先撤出去。

林秋雁：（打斗动作不停，大声地）那小丸子怎么办？

周天昊：（大声地）她很机灵，会没事儿的。

林秋雁：（稍一犹豫，大声地）好，我们走。
周天昊：（大声地）走。
　　　　△周天昊、林秋雁发力，分别使出狠招，逼退就近的黑龙帮帮众。

18-4. 怡红院·二楼走廊　　日　　外
　　　　△周天昊、林秋雁两人，分别与蜂拥而来的黑龙帮帮众激战。
　　　　△周天昊一边对打一边冲林秋雁大喊——
周天昊：（大声地）分头走……（顿了顿）你走那边。
林秋雁：（大声地）好。
　　　　△周天昊、林秋雁两人，一边激战，一边分从两头撤退。

18-5. 怡红院·二楼走廊另一头　　日　　外
　　　　△唐二十三与一众黑龙帮的帮众激战，偶尔夹杂绣花针，打斗动作偏女性化，戏谑搞笑。
　　　　△黑龙帮的人越聚越多，唐二十三接连逼退数人，顺着一根柱子如狸猫般快速爬了上去。
　　　　△唐二十三悬吊在檐角上，一荡，跃向另一个檐角，然后翻上屋脊，身形在屋顶上一晃，消失。

18-6. 怡红院·大厅　　日　　内
　　　　△林秋雁与数十名黑龙帮的帮众激烈对打，桌椅碎裂。
　　　　△抽冷子，林秋雁连环腿踢退数名黑龙帮的帮众，一个飞跃，撞碎窗户飞跃而出。

18-7. 怡红院·另一院子　　日　　外
　　　　△林秋雁就地几个翻滚，然后一个飞跃，蹿上墙头，身形一闪，消失。
　　　　△一众黑龙帮的帮众举着明晃晃的斧头，随后"嗷、嗷"叫着从大厅内追出，有些笨拙地朝院墙上蹿——有的蹿上去了，有的爬到中途又掉了下来。

18-8. 怡红院·二楼走廊尽头　　日　　外
　　　　△周天昊将两三名逼近的黑龙帮帮众，从楼栏上打落下去。
　　　　△周天昊拔出手枪，朝天开了一枪。

△蜂拥逼来的黑龙帮帮众被枪声一震，顿时止步，愣在那里。

周天昊：（用枪指着黑龙帮帮众）我没打算跟你们黑龙帮结仇……识相的，马上给我退回去。

　　　△一众黑龙帮帮众相互对视一眼，旋即举着明晃晃的斧头，嗷、嗷叫着扑过来。

　　　△周天昊叭、叭两枪，打在两名帮众的膝盖下，然后纵身一跃，从走廊尽头跳下。

　　　△一众黑龙帮帮众扑到楼栏边，眼睁睁地看着楼栏下方的周天昊几个飞跃，消失了踪影。

18-9. 怡红院·院子　　日　外

　　　△小丸子与鲍大牙的贴身随从"四大金刚"激烈打斗。

　　　△小丸子弹弓与拳脚并施，逼退"四大金刚"，然后接连两个倒空翻，身体倒跃而出。

　　　△小丸子转身奔出，冷不防一根粗大的麻绳飞旋而至，缠在她身上——却是鲍大牙出手了。

鲍大牙：（抓着麻绳一头）哈哈哈，小丸子，你还是给师傅我回来吧。

　　　△鲍大牙用力一拽，将已经奔出老远的小丸子拽了回来。

　　　△小丸子勉强稳住身形，迅速拔出匕首，劈断了麻绳。

　　　△小丸子手执匕首，时而蹲地，时而跃起，与手执老旱烟锅子的鲍大牙斗作一处。

　　　△数十招过后，小丸子渐趋劣势，一个不小心，被鲍大牙用旱烟锅子打飞匕首，逼住了脖颈。

鲍大牙：嘿嘿，小丸子，你别忘了，你会的这一身功夫，还是师傅我教的。

　　　△小丸子牙齿一咬，再次拼命反击，脱出鲍大牙的控制，但在反击过程中，被鲍大牙无意中一把抓走了头上的帽子。

　　　△特写镜头：小丸子长长的发丝披散开来，迎风飞扬着，飞扬着……

　　　△鲍大牙等人一时目瞪口呆：展现在他们面前的，却是一个面目姣好的秀丽女子。

鲍大牙：（稍稍愣怔片刻）嘿嘿嘿，小丸子，没想到，你竟然是一个女娃子，长得还蛮秀气的嘛……你这掩藏自己性别的功夫，可比你的拳脚功夫强多了。

　　　△小丸子转身欲跑，但鲍大牙再不给她机会，三两招之内，当即将她制

　　　　　　服在地。
鲍大牙：把她绑起来，带回黑龙帮。
　　　　　△"四大金刚"上前，用绳子将小丸子五花大绑起来。

18-10. 怡红院·大门口　　日　　外
　　　　　△鲍大牙带着"四大金刚"以及几十名黑压压的帮众，押着五花大绑的小丸子走出大门。
　　　　　△街道边挤满了看热闹的人，周天昊、林秋雁、唐二十三三人，也夹杂在人群当中。
　　　　　△看见小丸子被五花大绑地押出来，林秋雁有些急，伸手就去拔枪，周天昊一把摁住她的手腕。
周天昊：（压低声音）不要轻举妄动。
林秋雁：（压低声音，略显焦躁）他们抓走了小丸子！
周天昊：（冲林秋雁摇了摇头）他们的人太多了。我们一旦动手，反而会引起他们的注意，弄不好会伤到小丸子。
　　　　　△林秋雁死死地盯着押解小丸子的黑龙帮帮众，神情略有不甘，但慢慢地松开了抓枪的手。
　　　　　△林秋雁、周天昊、唐二十三三人，眼睁睁地看着小丸子被黑龙帮帮众推搡上轿车，然后，轿车一溜儿扬长而去。

18-11. 黑龙帮总舵·大门口　　日　　外
　　　　　△一溜儿，数十辆黑色轿车驶至大门口，停住。
　　　　　△鲍大牙、"四大金刚"以及被五花大绑的小丸子、几十名黑龙帮帮众，先后下了轿车。
　　　　　△一名在大门口守卫的黑龙帮帮众小跑过来，附在鲍大牙耳边低声嘀咕了几句什么。
鲍大牙：（神色一动）哦？
　　　　　△鲍大牙抬头，只见一位风姿绰约的女人站在不远处，身后肃立着数名黑衣打手——却是大和洋行的藤原纪子。
　　　　　△鲍大牙快走几步，迎向藤原纪子。
鲍大牙：（冲藤原纪子一抱拳）想必这位就是纪子小姐了吧？实在抱歉得很，老夫出去了一趟，让纪子小姐您，久等了！
藤原纪子：（回了一礼）鲍老帮主客气了，我们也是刚刚到。

△这时,几名黑龙帮的帮众,推搡着五花大绑的小丸子走过来。小丸子一头长发,虽然脸上沾了些许汗渍和尘土,但看起来仍然是一个俏生生的大姑娘。

△小丸子猛地看见藤原纪子,神情一怔,但旋即眼神一转,有意识地甩了一下头,让长头发遮住了大半边脸。

藤原纪子:(朝小丸子示意了一下)鲍老帮主,她是谁?

鲍大牙:她呀,一个不知天高地厚的小丫头片子,在妓院打伤了我几个弟兄……我把她抓回来,准备好好地收拾收拾。

藤原纪子:哦!

鲍大牙:(回头,冲几名帮众)把她给我押下去,好好看管。

该帮众:是,帮主。

△几名帮众押解着五花大绑的小丸子,从藤原纪子身旁,以慢镜头经过,然后朝大门内走去。

△鲍大牙冲藤原纪子,伸手做了个请的姿势。

鲍大牙:纪子小姐,请。

藤原纪子:(还礼)鲍老帮主请。

△鲍大牙、藤原纪子两人,各自带着贴身护卫,朝黑龙帮的大堂走去。

18-12. 黑龙帮总舵·柴房　　日　　外

△几名帮众押解着五花大绑的小丸子,来至柴房门口。

△一名帮众上前打开门,数名帮众将小丸子推搡了进去。

18-13. 黑龙帮总舵·柴房　　日　　内

△几名黑龙帮的帮众,推搡着五花大绑的小丸子进来。

△小丸子一个劲儿地挣扎着。

小丸子:(挣扎着,喊)喂,你们放开我……放开我……我可是你们帮主的徒弟,是你们的大师姐……喂,你们放开我……放开我……

△几名黑龙帮的帮众根本没人理她,一名帮众揪下她背上的包袱,随手一丢,另一名帮众顺势抓起一团破布,塞进了她的嘴里。

△小丸子呜呜啦啦地挣扎着,眼珠子骨碌碌乱转,不时地瞟向被丢弃在墙角的包袱。

△几名黑龙帮的帮众,将小丸子结结实实地缠绑在柱子上,然后转身离去。

18-14. 黑龙帮总舵·柴房　　日　外

△几名黑龙帮的帮众，关上柴房的门，咣当一声，挂上一把大锁，转身离去。

18-15. 黑龙帮总舵·大堂　　日　内

△鲍大牙和藤原纪子两个人，已经分宾主落座，他们面前搁着冒热气的茶杯。鲍大牙身后，站着贴身护卫"四大金刚"；藤原纪子的身后，站着数名黑衣打手。

△鲍大牙将一只手提箱搁到桌子上，打开，推到藤原纪子的面前。

△特写镜头：手提箱里边，整整齐齐地码着黄澄澄的金条。

鲍大牙：这是这个月的分红，请纪子小姐查验。

△藤原纪子简单地查验了一下手提箱中的黄金，满意地点了点头。

藤原纪子：鲍老帮主不愧是上海滩的风云人物，这烟土生意，到了您的手里啊，就跟在地上拣黄金一样，随便这么一划拉，就是大把大把地进账。

鲍大牙：（哈哈一笑）纪子小姐，您可真会说话。（顿了顿）这生意是咱们两家的，你们大和洋行负责货源，我们黑龙帮负责拓展地盘……这强强联手，想要不赚钱都难啊。

△鲍大牙和藤原纪子相互对视一眼，同时仰起头，哈哈大笑起来。

18-16. 黑龙帮总舵·大门口　　日　外

△鲍大牙带着贴身护卫"四大金刚"，送藤原纪子一行出来。

藤原纪子：鲍老帮主，请留步。

鲍大牙：纪子小姐慢走，请代我向龟田先生问好。

藤原纪子：鲍老帮主请放心，我一定把您的问候，带给我们将军。

△藤原纪子等一行，拎着装满黄金的手提箱，走向一辆黑色轿车。

△鲍大牙的主观视角：藤原纪子等人先后上了黑色轿车，然后驶出，离去。

18-17. 大和洋行·内室　　日　内

△特写镜头：打开的手提箱，里边装满了黄澄澄的金条。

△席地而坐的龟田次郎满意地点了点头，合上手提箱。

△藤原纪子肃立在龟田次郎的身侧。

龟田次郎：这些黄金，虽然只是区区小数，但是，它一可以保证我们"蝎美人计划"的顺利实施，二呢，可以弥补我们大日本皇军军费的不足。

藤原纪子：……

龟田次郎：（站起身来）这个鲍大牙，在所有的中国人里边，他是属于比较聪明的那种。

藤原纪子：看得出来，他很狡猾。

龟田次郎：（踱来踱去）是啊，他懂得审时度势。对鲍大牙而言，金钱和势力，就是他黑龙帮的一切，至于这个国家谁当政，他并不在乎……所以，他才会跟我们大和洋行合作。

藤原纪子：将军，属下有一点不明白。

龟田次郎：哦？纪子小姐，你有什么不明白的，请说。

藤原纪子：我们为什么不打掉黑龙帮，把鲍大牙的势力和地盘全部接收过来，那样的话，货源是我们的，地盘也是我们的，我们将会赚得更多。

龟田次郎：（连连摆手）不不不，纪子小姐，你错了。

△藤原纪子有些不解地望着龟田次郎。

龟田次郎：对任何一个朝代、任何一个国家而言，烟土生意都是违背民心民意的，说得难听一点儿，那就是违背天良的生意……纪子小姐，你想啊，既然是违背天良的生意，我们怎么能够明目张胆地去做呢？

藤原纪子：哦？

龟田次郎：把鲍大牙推在前边，我们只需要躲在他背后，稳稳地赚我们该得的那一笔钱——至于挨骂名的那些事情，就留给黑龙帮背吧。

藤原纪子：属下明白了。

龟田次郎：我浸淫中国文化这么多年，中国人的那一点点心理，我差不多都揣摩透了。

藤原纪子：将军深谋远虑，属下实在是望尘莫及。

△龟田次郎来回踱了几步，眼睛望向贴在墙壁上的那半张密图。

龟田次郎：那个叫林秋雁的女军统，还没有找到吗？

藤原纪子：还没有，将军。

龟田次郎：……

藤原纪子：请将军放心，我们派出去的人手，正在做全城排查，相信要不了多久，就会将她抓回来。

△龟田次郎盯着墙上的那半角密图，似有似无地点了点头，唔了一声。

·灰　雁·

18-18. 黑龙帮总舵·大堂　　日　　内

△鲍大牙坐在大堂内，吧嗒、吧嗒地吸着自己的老旱烟锅子，"四大金刚"站在他身后。

△几名黑龙帮的帮众，押解着五花大绑的小丸子进来，推搡到鲍大牙面前。

△一名帮众取掉塞在小丸子嘴里的破布团。

鲍大牙：（冷笑）嘿嘿，小丸子，你说说看，咱们之间的这个账啊，到底该怎么算？

△小丸子有些恼火地瞪着鲍大牙，眼珠子骨碌碌地乱转着。

18-19. （闪回）黑龙帮总舵·鲍大牙卧室　　夜　　内

△四十来岁的鲍大牙，躺在床上打着呼噜酣睡，两枚大金牙暴突着，嘴角还挂着涎水。

△稍倾，两扇门悄无声息地被推开，一个单薄的身影悄悄地摸了进来。

△单薄的身影借着微明的月光，轻手轻脚地，四下里胡乱翻找着。

△稍倾，单薄的身影靠近鲍大牙的床头，在鲍大牙的枕头下边摸索着。

△特写镜头：单薄身影的脸部，正是十四五岁的小丸子，身着男装，一脸的稚气，貌似又带着一丝顽劣和调皮。

△十四五岁的小丸子脸上明显浮出喜色，他轻轻地从枕头底下往出抽一个褡裢。

△忽然，鲍大牙翻了个身，刚好把褡裢压住了。

△十四五岁的小丸子挠挠后脑勺，眼珠子骨碌碌一转，揪下一根头发，朝鲍大牙的鼻孔伸去。

△鲍大牙鼻孔痒痒，忽然打了个喷嚏，再次翻身，面朝墙壁里边睡去，依旧打着很响的呼噜。

△十四五岁的小丸子抽出装钱的褡裢，打开一看，里边装着几十枚光洋。他把褡裢往怀里一揣，悄悄向门外退去。

18-20. （闪回）黑龙帮总舵·院墙　　夜　　外

△十四五的小丸子，悄无声息地来到院墙边，四下观望了一会儿，爬出了院墙。

第十八集

18-21. 黑龙帮总舵·大堂　　日　　内

　　△鲍大牙站起身来，走近小丸子。

鲍大牙：说老实话，当年你偷我钱的时候，还只是一个半大小孩子，我并不生气。我生气的是，你竟然逃出了黑龙帮，一去不复返——你别忘了，是谁把你从垃圾堆里捡回来，又辛辛苦苦地养大了你。

　　△小丸子用两只眼睛瞪着鲍大牙，但眼神中并无感激之情，相反，倒是透露出一丝恨意。

小丸子：（咬牙）嘿嘿，鲍大牙，是你把我从垃圾堆里捡回来的不假，但你的所谓养育之恩，我小丸子实在消受不起……我记得最清楚的，是你那浸了水的皮鞭！

一组闪回镜头：

　　△鲍大牙用皮鞭抽打着八九岁大的小丸子，八九岁大的小丸子疼得在地板上滚来滚去；

　　△鲍大牙用皮鞭抽打着十一二岁的小丸子，每一鞭下去，都是一道鲜红的血痕；十一二岁的小丸子咬着牙关，一动也不敢动地忍着疼痛。

闪回结束：

　　△小丸子的一双眼睛，带着明显的敌意，恨恨地瞪着鲍大牙。

鲍大牙：哈哈哈，小丸子，这么多年不见，你的脾气，倒是有些见长啊？

　　△鲍大牙走上前，伸出一只手，抬起小丸子的下巴，端详着。

鲍大牙：我从来不知道，你小丸子，竟然是一个娇滴滴的女孩子……哈哈哈……哈哈哈！

小丸子：鲍大牙，我劝你趁早把我给放了，要不然，我那几个同伴来了，他们可不会放过你。

鲍大牙：哈哈哈，小丸子，你就别白日做梦了，你那三个同伴，也是来抓你的吧？他们早就逃之夭夭了。

　　△鲍大牙凑近小丸子，仔细端详着她的脸庞，眼神中渐渐浮出些内容来。

小丸子：（往后缩）鲍大牙，你要干什么？你快放开我……

鲍大牙：嘿嘿嘿，放了你？放了你，不难，但有一个条件。

小丸子：（眼珠子骨碌碌一转，心存侥幸地）什么条件？

鲍大牙：既然咱们之间的师徒缘分已尽，那就不妨换一种关系。

小丸子：鲍大牙，你少拐弯抹角的，换一种什么关系？快说。

鲍大牙：看你这模样，长得还挺秀气的，我鲍大牙正好缺一房姨太太，干脆把你小丸子娶进门来算了，咱们之间的恩恩怨怨，从此就都一笔勾销。

△小丸子先是错愕片刻，旋即就像吃了苍蝇似的，呸、呸、呸地连唾数声。

小丸子：（又气又恼）我呸，鲍大牙，你也不自个儿打镜子照照看，就你那副模样儿，又老又丑，还想娶我小丸子？我小丸子就是嫁给一头猪，也不会嫁给你这个又老又丑的丑八怪。

鲍大牙：（并不着恼）呵呵呵，嫁不嫁，你小丸子说了不算，是我鲍大牙说了算。（回头，冲几名帮众）把她给我押下去，看紧一点儿。

该帮众：是，帮主。

△几名黑龙帮的帮众上前，推搡着小丸子朝外边走去。

小丸子：（一边跳脚一边喊）喂，鲍大牙，你这人缺不缺德啊，你都那么大岁数了，还想娶姨太太！……你缺不缺德啊你？……喂，你们放开我……喂，鲍大牙，你个老王八蛋，我可告诉你，等我的朋友来了，他们不会饶过你的……我呸……我就是嫁给一头猪，也不会嫁给你的……

△小丸子的喊骂声，渐渐远去。

18-22. **黑龙帮总舵　　夜　内**

△一组张灯结彩、布置新房的镜头：

——新房内，几个老妈子各自在贴"喜"字窗花、铺大红婚床等。

——新房门口，有两名黑龙帮的帮众，正在贴喜联；

——大门口，几盏带有"喜"字的大红灯笼，高高地挂了起来。

18-23. **黑龙帮总舵·柴房　　日　外**

△小丸子嘴里塞着一团破布，被结结实实地缠绑在柱子上。

△小丸子徒劳地挣扎着，试图解开捆绑自己的绳索，喘着粗气。

18-24. **黑龙帮总舵·对面隐蔽处　　夜　外**

△林秋雁、周天昊、唐二十三三人，藏身在隐蔽处，观察着对面的黑龙帮。

△周天昊举着望远镜，朝对面望过去。

△望远镜中：

——大门口，站岗的黑龙帮帮众，腰间除了斧头，还鼓鼓囊囊地别着手枪；

——门楼上，负责监视和巡逻的黑龙帮帮众，或明或暗，腰里都别着武器。
　　　　　△周天昊放下望远镜。
周天昊：他们的防守很严密。
唐二十三：（嗲声嗲气）哟，这可怎么办呀？他们会不会……让小丸子受苦呀？
周天昊：鲍大牙曾经是小丸子的师傅，当年，她就是偷了鲍大牙的钱，逃出了黑龙帮……现在被抓回去，苦头肯定是要吃一些的。
　　　　　△林秋雁冷冷地盯着对面的黑龙帮，她没有说话，神情略显忧郁。
周天昊：现在，问题的关键是，黑龙帮的势力如此庞大，防守又这么严密，我们用什么办法，才能救出小丸子呢？
林秋雁：我去抓个舌头回来，先摸清楚黑龙帮的情况再说。
周天昊：好，小心点儿。
　　　　　△林秋雁转过身，走出。

18-25. 黑龙帮总舵·附近　　夜　　外
　　　　　△一名黑龙帮的帮众，打着呼哨，松松垮垮地走到一株大树底下撒尿。
　　　　　△忽然，一个黑影从大树上跃下，轻飘飘地落在该名帮众的身后。
　　　　　△该名帮众似乎有所感应，回头，正要张嘴喊叫，黑影挥手一拳，将他打晕过去。
　　　　　△特写镜头：黑影清晰的面部，正是林秋雁。

18-26. 黑龙帮总舵·对面隐蔽处　　夜　　外
　　　　　△噗，唐二十三猛地将一大口水喷向尚处于昏迷状态中的黑龙帮帮众——正是林秋雁抓回来的那名"舌头"。
　　　　　△那名黑龙帮的帮众猛地打了冷战，醒了过来。
　　　　　△该名黑龙帮的帮众惊恐地看着周天昊、林秋雁、唐二十三三人，一个劲儿地往后缩。
该名帮众：（吓得有些哆嗦地）各位好汉爷，你们千万别、别……别杀我，千万别杀我……我、我、我……我上有八十岁的老娘，下、下、下有……
周天昊：（打断该名帮众的话）想活命的话，就最好先闭上你的嘴。
该名帮众：（忙不迭地）哎，哎，哎，我闭嘴……我闭嘴……
　　　　　△林秋雁上前，一把抓住该名黑龙帮帮众的衣襟。
林秋雁：（冷冷地）说，你们白天抓回来的那位姑娘，她关在什么地方？
该名帮众：（哆哆嗦嗦，有些语无伦次地）哎，我、我、我说……我说……她、

·灰　雁·

她、她……她就关在……关在后院的柴房里……柴房里……

林秋雁：哦，柴房？

该名帮众：（忙不迭地）哎，是，是……是柴房。

林秋雁：（冷冷地）有多少人看守？

该名帮众：（哆哆嗦嗦地）我、我、我们……帮、帮主……派、派、派……派了二三十名弟兄，轮、轮、轮……轮流守着那位姑娘。

林秋雁：哦？

△林秋雁和周天昊两个人，瞬间交换了一下眼神。

周天昊：你们黑龙帮，今儿个晚上张灯结彩的，要做什么？

该名帮众：（哆哆嗦嗦，结巴地）我、我、我们……帮、帮、帮主……要、要、要……要娶那位小、小……小丸子姑娘……当、当、当……当姨太太……大、大家伙儿……都、都、都在给……老、老帮主……筹、筹备婚礼呢……

△林秋雁先是一愣，旋即脸色一寒，抓着该名帮众衣襟的手猛一用力。

林秋雁：（厉声地）你说什么？

该名帮众：（忙不迭地）哎哎哎，请姑娘饶命，请姑娘饶命……小的没有骗你们，小的说的都是真话呀……都是真话呀……

唐二十三：（竖起兰花指，嗲声嗲气）哟，就你们那个老不死的丑八怪帮主，竟然想娶我的小丸子？……小丸子，可是要给我唐二十三当媳妇的……（一跺脚）哼！

林秋雁：（冷冷地）婚礼定在什么时候？

该名帮众：（带着哭腔）就、就、就……就在明天……

唐二十三：（嗲声嗲气）啊？！

△周天昊、林秋雁、唐二十三三人，各自张大嘴巴，表情各异，一时面面相觑。

△黑屏。

18-27. 临街小楼·二楼小厅　　日　　内

△墙上贴着挂图：以鲍大牙举着老旱烟锅子的半身头像为中心，分别连线"十三分舵""码头""赌场""烟馆""妓院"等字样。

△周天昊用一根短棍指着墙上的挂图，正在给林秋雁和唐二十三介绍黑龙帮的详细情况。

周天昊：黑龙帮在上海滩横行了二三十年，除了总舵以外，还分别设有十三处分舵，拥有帮众达数百人……他们以收保护费出名，势力范围涉及码头、赌场、烟馆、妓院等，凡是在黑龙帮势力范围之内的商家，每个月都要向他们交一定数量的保护费，否则，他们的生意就没法子做……打、砸、抢，外加恐吓，是他们对付不交保护费商家的常用手段。

△林秋雁冷肃着脸，认真地听着周天昊的介绍和分析。

△唐二十三举着小镜子，一丝不苟地画着自己的眉毛，但一双耳朵的注意力却在周天昊这边，伴随着周天昊的介绍，他的耳朵会下意识地轻微抖动两下。

周天昊：鲍大牙十三岁加入黑龙帮，从小喽啰做起，先后做过小头目、分舵的堂主，后来一直做到总舵的副帮主、帮主职务……他给小丸子当师傅那些年，还只是一个分舵的小堂主。

△周天昊顿了顿，继续介绍——

周天昊：鲍大牙这个人，不光心狠手辣，而且向来老奸巨猾。从我们目前掌握的情况来看，日本人打进上海的那一年，他就已经投靠了日本人，并利用日本人的势力大肆扩张地盘。也就是从那个时候起，黑龙帮最大的生意，变成了鸦片生意，而给黑龙帮提供鸦片货源的，就是大和洋行的龟田次郎。

林秋雁：（神色一动）哦？龟田次郎？

△正在一丝不苟地画着眉毛的唐二十三，两只耳朵也明显地抖动了一下。

周天昊：是。

林秋雁：……

周天昊：大和洋行以货物贸易为名，明着是运货，私下里，却偷运了大批鸦片到上海来，然后交给鲍大牙的黑龙帮来经营，所得利润，由鲍大牙的黑龙帮和龟田次郎的大和洋行两家分成……

△周天昊搁下短棍子，在地上走着来回。

周天昊：什么叫冤家路窄？这就叫冤家路窄。本来是小丸子误打误撞，刚好与黑龙帮交上了手，失手被擒……谁知道闹腾了半天，我们正面面对的，是鲍大牙的黑龙帮，但背地里给他撑腰的，还是大和洋行的龟田次郎。

林秋雁：所以，小丸子要救，这鲍大牙的嚣张气焰，也得打击打击。

周天昊：对。投靠外族侵略者，利用日本人的势力扩张地盘，大发国难财，而且，做的还是丧尽天良的鸦片生意——这样的民族败类，人人得而诛之。

△林秋雁赞同地点了点头。

△周天昊在房间里踱着来回，沉吟片刻——

·灰　雁·

周天昊：我们得想个万无一失的办法，最好能一石二鸟，既顺顺当当地救出小丸子，又能重创鲍大牙的黑龙帮。
　　△周天昊和林秋雁两人默契地对视一眼，然后，同时看向唐二十三。
唐二十三：（用手指着自己的鼻尖，疑惑地，嗲声嗲气）我？
周天昊：对，就是你。
　　△周天昊的一双眼睛，露出一丝坚毅的神色，一副成竹在胸的模样。

18-28. 黑龙帮总舵·新房　　　日　　内
　　△布置一新的房间，窗户上贴着"喜"字，床上铺的、盖的，都是鲜艳的大红色，洋溢着新婚的喜气。
　　△小丸子坐在屋子中央的一张凳子上，她已经被强行换上了一套大红的新娘妆，显得明艳动人，但嘴里塞着毛巾，双手和双脚都被绳子捆绑着。
　　△几个老妈子正在给小丸子戴头饰耳环什么的，小丸子嘴里唔、唔地挣扎着。
老妈子：哟，我的小祖宗，你安静点儿……都快当新娘子的人了，还这么闹腾？
　　△打扮停当，一位老妈子拿过一面镜子，举到小丸子面前。
老妈子：（眉开眼笑地）来，看一看，漂不漂亮？……哎哟，俊俏极了，姑娘你啊，可真是天底下少有的美人儿，怪不得我们鲍老帮主看上你了呢。
　　△其他几位老妈子，也是一迭声地夸赞小丸子长得俊俏长得漂亮。
　　△特写镜头：镜子中的小丸子，明眸皓齿，俊俏、美艳，楚楚动人。
　　△小丸子瞪着镜子中的自己，像是有些不认识似的，一时竟然傻傻地呆住了。

18-29. 黑龙帮总舵·大门口　　　日　　外
　　△一副新郎装扮、精神矍铄的鲍大牙，正站在大门口，迎接前来恭贺的客人。
　　△"四大金刚"依旧肃立在鲍大牙身后，另有若干黑龙帮的帮众和老妈子出出进进，忙着招呼客人等。
宾客甲：（冲鲍大牙抱拳）哟，恭喜鲍老帮主，贺喜鲍老帮主！
鲍大牙：（脸上洋溢着喜气，抱拳）哎哟，多谢多谢……您呐，里边请，快里边请。
宾客乙：（冲鲍大牙抱拳）恭喜鲍老帮主，贺喜鲍老帮主！
鲍大牙：（脸上洋溢着喜气，抱拳）多谢多谢，您里边请，里边请。

△络绎不绝的客人到来，一一冲鲍大牙抱拳，问好，然后朝大门内走去。
△鲍大牙的脸上，始终洋溢着喜气，招呼着前来恭贺的客人。

18-30. 临街小楼·二楼小厅　　日　　内

△周天昊侧身坐着，唐二十三拿着一张薄薄的、用乳胶做成的精致面具，正往周天昊脸上贴。
△唐二十三仔细地处理着周天昊脸上的乳胶面具，乳胶面具与周天昊脸上的肌肉无缝黏合。
△稍倾，唐二十三将周天昊脸上上的乳胶面具处理完毕。

唐二十三：（直起腰来，嗲声嗲气）哟，可累死我唐二十三了……（递给周天昊一面镜子）给，周长官，您自个儿瞧瞧吧。

△周天昊接过镜子，举到自己面前，仔细观察。
△特写镜头：镜子中显现出来的，赫然是巡捕房副总探长马文涛的脸。
△正面镜头：周天昊的脸部，经过唐二十三用乳胶面具巧妙处理，竟然装扮成了马文涛的模样。

周天昊：（赞许地）嗯，唐二十三，手艺不错。如果我跟马文涛站在一起，还真分不出哪个是真，哪个是假来。

唐二十三：（嗲声嗲气）哟，那是当然，我唐二十三这手艺啊，上海滩独一份儿……（转身，冲林秋雁）哟，林姑娘，该你了。

林秋雁：（正在往身上套警察的服装）好。

△唐二十三又拿起一张乳胶制成的精致面具，在林秋雁的脸上左右比画着。

18-31. 黑龙帮总舵·新房　　日　　内

△身穿新娘妆的小丸子，嘴里塞着毛巾，手脚均被捆绑着，圆瞪着两眼坐在凳子上。她的神情略显痴呆，眼珠子老半天也不见动一下。

小丸子：（OS）啊呀，完了完了，这下子真的全完了……姓林的姓周的，还有该死的唐二十三，你们这几个扫把星，怎么还不来救我啊？……你们再不来，我小丸子，可就真的跳进鲍大牙的火坑里了……

小丸子：（OS，带哭腔）姓林的，我求你了，你快来救我吧……虽然我不想认你，可是，可是，我是你的亲妹妹秋芸啊……呜呜呜……我不想嫁给又老又丑的鲍大牙……我不想……呜呜呜……

18-32. 临街小楼·院子　　日　　外
△已经完全化妆成马文涛模样的周天昊、化装成警察甲的林秋雁、化装成一名警察的唐二十三，先后走出小楼。
△周天昊、林秋雁、唐二十三三人，上了一辆黑色的轿车。
△装扮成警察甲的林秋雁坐在驾驶座上，发动轿车，然后驶出。

18-33. 街道　　日　　外
△林秋雁驾驶的黑色轿车，在街道上快速地行驶着。
△镜头跳转至车内——

18-34. 街道　　日　　外
△化妆成马文涛的周天昊坐在副驾座上，眼神坚毅。
△装扮成警察甲的林秋雁正在驾车，神情冷峻。
△同样穿着警察服装的唐二十三坐在后排，虽然不再画眉毛，但依旧举着一面小镜子，左瞧瞧，右瞧瞧。

18-35. 黑龙帮总舵　　日　　内／外
△黑龙帮总舵上上下下，张灯结彩，人来人往，一片喜庆气象。
△大门口的岗哨、塔楼上的暗哨，以及定时巡逻的黑龙帮帮众，各司其职，显得乱而有序。

18-36. 黑龙帮总舵·大堂　　日　　内
△前来道贺的一众宾客，分别站在大堂两边，一片嬉闹喧哗声。
△主持婚礼的司仪站在正堂位置的一侧，这时高喊道——
司　仪：（拖长声调喊）有请一对新人——
△稍倾，新郎装扮的鲍大牙、顶着大红盖头的小丸子缓缓走进大堂——唯一显得异常的是，小丸子的两只手依旧被反绑着，是被两名老妈子强推着进来的。
△特写镜头：大红盖头下，小丸子嘴里依旧塞着毛巾，神情略显呆滞。
小丸子：（OS，喃喃地）完了，完了，我小丸子完了，这下子真完了……姓林的，姓周的，死唐二十三，你们到底在哪儿呀？你们为什么不来救我？……完了，真完了……

18-37. **另一街道　　日　外**
　　　△林秋雁驾驶的黑色轿车，风驰电掣般，在街道上急速行驶着。

18-38. **黑龙帮总舵·大堂　　日　内**
　　　△新郎装扮的鲍大牙走到正堂中央站定，顶着大红盖头的小丸子，也被两名老妈子推搡到了鲍大牙身边。
　　　△分站两边的一众宾客，对着新郎新娘，指指点点地议论着。
司　仪：（高喊）吉时到，请一对新人拜堂——

18-39. **黑龙帮总舵·大门口　　日　内**
　　　△林秋雁驾驶的黑色轿车，风驰电掣般驶来。
　　　△黑色轿车咔的一声，停在大门口。
　　　△车门打开，化装成巡捕房副总探长马文涛的周天昊、化装成警察甲的林秋雁，以及警察装扮的唐二十三，先后下了车。
　　　△周天昊掏出警官证，冲大门口站岗的数名黑龙帮的帮众一晃。
周天昊：我们是巡捕房的。我是副总探长马文涛。
帮众丁：（惊疑地）马、马……马探长？
周天昊：我有要紧的案子，要见你们鲍老帮主，麻烦这位兄弟，请马上替我通传一声。
帮众丁：（迟疑地）这个……这个……今儿个是咱们老帮主大喜的日子……这个……这个……
周天昊：（声音突转严厉）如果耽误了我们办案子，你就是掉两次脑袋，也承担不起——马上给我通传。
　　　△帮众丁和其他几名黑龙帮的帮众，面面相觑，又凑在一起嘀咕了几句什么。
　　　△稍倾，帮众丁转过身，朝大门内屁颠屁颠地跑去。

18-40. **黑龙帮总舵·大堂　　日　内**
　　　△司仪正在主持让鲍大牙和小丸子两人拜堂。
司　仪：（高喊）一拜天地，感谢天赐良缘——
　　　△新郎装扮的鲍大牙冲着正堂位置，弯腰拜了下去；顶着大红盖头的小丸子虽然挣扎着，但被两名老妈子强摁着，也拜了下去。
司　仪：（高喊）二拜高堂，感谢父母养育恩——

·灰　雁·

　　△新郎装扮的鲍大牙侧过身子，两位老妈子摁着小丸子，正要冲摆放在桌子上的两副灵牌往下拜（鲍大牙父母的灵牌）——
　　△忽然，帮众丁一边喊，一边小跑着进来。
帮众丁：（喊）帮主……帮主……
　　△鲍大牙有些不高兴地皱了皱眉头，回过头去。
　　△帮众丁气喘吁吁地跑到鲍大牙身边，附在他耳朵边嘀咕了几句什么。
　　△鲍大牙听完，脸上的神色倏地就是一寒。
　　△鲍大牙朝帮众丁手指的方向望过去——
　　△对切：装扮成马文涛的周天昊、装扮成警察甲的林秋雁和警察装扮的唐二十三，大踏步朝鲍大牙走过来。
鲍大牙：马探长？
　　△大红盖头下，原本目光略显迟钝的小丸子，忽然神色一紧。
小丸子：（OS）啊，不会吧，马文涛？他怎么来啦？
　　△装扮成马文涛的周天昊，冲新郎装扮的鲍大牙抱了抱拳。
周天昊：非常抱歉，鲍老帮主——今儿个，您这个婚礼，恐怕是办不成了。
　　△鲍大牙哦了一声，面上的神色忽然一寒，语气逐渐变冷——
鲍大牙：怎么，难道马探长今天来，是要搅了我鲍某人的婚礼？
周天昊：鲍老帮主言重了。按理说，今天是鲍老帮主的大喜之日，马某应该专程前来恭贺才对——但很不巧的是，鲍老帮主您，娶错了人。
鲍大牙：（疑惑地，语气依旧冰冷）娶错了人？马探长此话怎讲？
　　△装扮成马文涛的周天昊，唰地亮出一张报纸。
　　△特写镜头：报纸上，周天昊、林秋雁、小丸子、唐二十三四人的通缉画像——重点突出小丸子的通缉画像。
周天昊：鲍老帮主要娶的这位新娘，没有真实姓名，只有一个外号，叫小丸子——她涉嫌杀害来自美国的文物专家奥利弗先生，是我们巡捕房重点通缉的嫌疑犯之一。
　　△周天昊此话一出，分站两边的一众宾客们，顿时一片哗然。
　　△鲍大牙死死地盯着周天昊手上的报纸，脸部的肌肉不由自主地抽动了两下。
周天昊：这个案子，由于牵扯到了美国人，这美国大使馆的鲍威尔大使啊，是一天一个电话，逼着我们巡捕房赶快破案——这不，我们巡捕房刚刚查出一点眉目来，这凶手啊，摇身一变，就变成鲍老帮主您的新娘子了。
　　△装扮成马文涛的周天昊一招手，打扮成警察甲的林秋雁上前，一把揭

下小丸子头上的大红盖头。
　　△分站两边的一众宾客，又是一片哗然：只见新娘子明眸皓齿，俊俏动人，但她嘴里塞着一团毛巾，两只胳膊都被反绑着。
　　△新娘子打扮的小丸子，乍一看见化装成马文涛的周天昊，神色顿时瞬息万变，一对眼珠子骨碌碌乱转着。

小丸子：（OS）啊，不会吧，真的是马文涛？……啊呀，真是的……完了完了，这下子完了，要死了要死了……我小丸子这火坑还没有跳出来呢，转眼又要下地狱了……啊呀，我小丸子，怎么就那么倒霉啊……

周天昊：鲍老帮主，真的是不好意思，你这个新娘子，马某人得把她带回巡捕房去，严加拷问——弄不好，最后还得交给美国大使馆的鲍威尔大使，由他们去处理。

小丸子：（OS）啊，不会吧，严加拷问？美国大使馆？……啊呀呀，要死了要死了……要死了要死了……这个该死的马文涛，我小丸子，掘你八辈子的祖坟……啊呀呀……

　　△鲍大牙死盯着化装成马文涛的周天昊，干笑了两声，说道——

鲍大牙：马探长，我不管你们什么巡捕房不巡捕房的，更不管你们什么通缉犯不通缉犯的，也别跟我提什么美国大使馆的鲍威尔大使——我只知道，站在我面前的这个女人，是我鲍大牙马上就要拜堂成亲的新娘子……我鲍大牙的女人，我不允许任何人带走她。

小丸子：（OS）嘻嘻，好，好，这两个主儿掐上了，掐得好，嘻嘻……嘿嘿，这两个人，到底谁能掐过谁呢？……嗯……可是，可是，这鲍大牙和马文涛，不管谁掐赢了，好像都没有我小丸子的好处啊……鲍大牙赢了，我得嫁给他当姨太太；马文涛赢了，我得到巡捕房的大牢里去忍受严刑拷打……啊呀，真是头疼，真是头疼……

马文涛：（口气变冷）怎么，鲍老帮主的意思，是不打算配合我们巡捕房办案了？

鲍大牙：（语气强硬）马探长你办你的案子，我鲍大牙办我鲍大牙的婚礼，桥归桥，路归路，两不相干。

小丸子：（OS）嘻嘻，快掐，快掐，掐得越厉害越好，最好掐个你死我活……嘻嘻……

周天昊：（冷笑）鲍老帮主，你说这话，就有些强词夺理了。你的新娘子，是我们巡捕房通缉的重大嫌疑犯，说什么桥归桥，路归路，还两不相干？——请鲍老帮主告诉马某人，这件事儿，到底怎么个两不相干法儿？

鲍大牙：（嘿嘿冷笑，口气愈加强硬）这我不管。黑龙帮是我鲍大牙的地盘，我

·灰　雁·

不允许任何人在我的地盘上撒野……马探长，你请回吧。
△鲍大牙和装扮成马文涛的周天昊两个人，一个死盯着一个，用目光对峙着。
△定格。

―― 第十九集 ――

19-1. 黑龙帮总舵·大堂　　日　　内

　　△鲍大牙和装扮成马文涛的周天昊两个人，一个死盯着一个，对峙着。

鲍大牙：（嘿嘿冷笑，口气强硬）黑龙帮是我鲍大牙的地盘，我不允许任何人在我的地盘上撒野……马探长，你还是带着你的人，请回吧。

周天昊：怎么，鲍老帮主这是在下逐客令吗？

小丸子：（OS，狐疑地）咦，这声音，怎么听着不对劲儿啊？……不像是马文涛的声音啊？……啊呀，不对不对……难道，是我小丸子的耳朵出问题了？

　　△小丸子有些狐疑地望向装扮成马文涛的周天昊，确定那张面孔是属于马文涛的，她又望向化装成警察甲的林秋雁，因为交过几次手，警察甲的面孔也没错儿。

小丸子：（OS）啊呀，真是的……到底是怎么回事儿？……难道，难道我小丸子出现幻觉了，嗯哼？

　　△小丸子再次狐疑地朝另一名警察（唐二十三）望过去。

　　△那名警察（唐二十三）虽然目不斜视，但有一只眼角，忽然冲小丸子调皮地眨巴了一下。

小丸子：（OS，惊喜地）啊？唐二十三？……啊，对啦，明明就是姓周的声音嘛，我说怎么这么熟悉呢？……那么，这位就是姓林的了？嘻嘻，他们打扮得可真像，几乎都分不出真假来……哎呀，太好了太好了，有救了有救了……我小丸子，有救了……我就知道，他们不会狠心扔下我不管的……

　　△小丸子的眼角一弯，挑起一抹似有似无的笑意。

　　△装扮成马文涛的周天昊走近小丸子，貌似无意地取下了塞在她嘴里的毛巾。

周天昊：（语气放缓）鲍老帮主，我马文涛不是一个蛮不讲理的人，也不是故意要跟鲍老帮主您为难，实在是形势所逼啊。这个案子不办吧，马某没法子向上头和美国大使馆那边交代……所以，鲍老帮主您是愿意也罢，不愿意也罢，您这位尚未拜堂的小新娘子，我都得抓她回去。

·灰 雁·

小丸子：（OS）嘻嘻，说得好，说得好……姓周的，你真是好样儿的，使劲儿掐吧，顺顺当当地把我救出去，嘻嘻……（口气一转）哼，该死的鲍大牙，我小丸子，回头再找你算账！

鲍大牙：（冷笑）嘿嘿，马探长，如果我鲍某人不同意呢？

周天昊：不同意？……那就对不起了，鲍老帮主，我得强行带走她。

鲍大牙：（脸色一点点冷下去）怎么，马"副"探长，你这是在要挟我吗？

△鲍大牙把"副"字咬得很重，明显对对方的身份带着一丝轻蔑的意味儿。

周天昊：（朗声地）不敢，马某怎敢要挟鲍老帮主您呢？……（顿了顿）不过，我马文涛吃的是公家的饭，拿的是公家的俸禄，只要有公务在身一天，就得尽职尽责一天。

△装扮成马文涛的周天昊冲身后警察装扮的林秋雁、唐二十三两个人，一招手。

周天昊：带她走。

△化装成警察的林秋雁、唐二十三，走向小丸子。

小丸子（OS）嘻嘻，好哇好哇……我小丸子，终于得救了，终于得救了……嘻嘻……嘻嘻……

鲍大牙：（威严地）谁敢？

△哗啦一声，"四大金刚"拔枪，十几名黑龙帮的黑衣帮众举着明晃晃的斧头，团团围住了周天昊、林秋雁、唐二十三。

△正走向小丸子的林秋雁、唐二十三两个人，倏地停住脚步，迅速拔出手枪，两人背部相抵，枪口一前一后，指向一众黑龙帮的黑衣帮众。

19-2. 上海公共租界巡捕房·马文涛办公室　　日　内

△马文涛背身而立，他的打扮与周天昊装扮得一模一样——嘴里叼着硕大的烟斗，盯着墙上贴的照片和剪报：依次是手拎金黄色密码箱的背影照片，通缉周天昊、林秋雁、小丸子、唐二十三四人的通缉照片，以及报纸剪报等。

△特写镜头：马文涛盯着周天昊、林秋雁、小丸子、唐二十三四人的通缉照片，原本沉着、冷静的神色，渐渐变得阴鸷起来。

19-3. 黑龙帮总舵·大堂　　日　内

△打扮成巡捕房警察的林秋雁、唐二十三两人背部相抵，各自执枪一前

一后，与"四大金刚"及一众黑龙帮的帮众对峙着。

　　△前来恭贺的宾客们，一见大堂内的形势不对，大部分人顺着墙根，悄悄地溜走了。

鲍大牙：（冷冷地）想从我黑龙帮带人，得先问问我手底下的这帮弟兄们，看他们答不答应。

　　△打扮成马文涛模样的周天昊，冷冷地盯着鲍大牙；鲍大牙也回盯着周天昊，毫不退让。

　　△打扮成马文涛的周天昊，轻轻按下林秋雁和唐二十三两人举着的手枪。

周天昊：为了表示诚意，马某人就只带了两个弟兄过来，多余的一个人没带……怎么着，看鲍老帮主这架势，是要公开跟我们巡捕房作对呀？

鲍大牙：（冷笑）不是我要跟你们巡捕房作对，而是马探长你，非要骑到我鲍某人的脖子上拉屎。

　　△打扮成马文涛的周天昊，貌似不经意地踱到鲍大牙的近前。

周天昊：是吗？

　　△忽然，鲍大牙的身体一僵，脸上的笑容慢慢凝固——原来，打扮成马文涛的周天昊，用衣襟遮挡住的手枪，顶住了鲍大牙的腰部。

周天昊：（凑近鲍大牙的耳朵，轻声地）鲍老帮主，你最好配合一点儿——要不然，我会让你当场血溅五步，你就是有再多的弟兄，也没用。

鲍大牙：（表情僵硬）嘿嘿，马探长，你玩阴的？

周天昊：非常抱歉，鲍老帮主。形势所逼，马某就不得不先委屈您老人家了。（用枪口顶了顶鲍大牙的腰部，提高音量）让他们都退下。

鲍大牙：（表情僵硬，冲"四大金刚"及一众黑龙帮的帮众）你们都退下。没有我的命令，谁也不许轻举妄动。

　　△"四大金刚"举着手枪、一众黑龙帮的黑衣帮众举着明晃晃的斧头，后退若干步，自动闪开一条通道。

小丸子：（OS）嘻嘻，姓周的，干得漂亮，干得漂亮……不愧是那个军什么什么统的教官，真有一手哇……嘻嘻，我小丸子得救喽……得救喽……

　　△打扮成马文涛的周天昊用手枪顶着鲍大牙的腰部，扮成警察的林秋雁、唐二十三等两人上前，推搡着小丸子，一行人等一步一步地朝大堂门口挪去。

19-4. 黑龙帮总舵·院子　　日　　外

　　△打扮成马文涛的周天昊用手枪顶着鲍大牙的腰部，扮成警察的林秋雁、

·灰 雁·

唐二十三两人推搡着小丸子,一步一步地朝大门口挪去。
△"四大金刚"举着手枪、一众黑龙帮的黑衣帮众举着明晃晃的斧头,跟在周天昊等人身后不远处。
△忽然,鲍大牙貌似脚底下一滑,身子倾斜而倒,顺势打飞了周天昊手中的枪,紧接着,老早烟锅子击向周天昊的要害部位。周天昊一个铁板桥,躲过鲍大牙的旱烟锅子,瞬间与对方过了几招。
△林秋雁和唐二十三等两人拥着小丸子,与"四大金刚"及其他黑龙帮的帮众同时动手,或者开枪射击,或者近身搏斗。
△周天昊就地一个翻滚,顺势捡起自己掉落的手枪,举枪冲鲍大牙等人射击。
△周天昊、林秋雁、唐二十三三人,拥着被反绑着的小丸子,一边与鲍大牙等人对射,一边向后边撤退。

19-5. 黑龙帮总舵·另一院子　　日　外
△化妆成马文涛的周天昊、打扮成警察的林秋雁、唐二十三,以及被反绑双手的小丸子,躲在一处掩体后边,与鲍大牙等人激烈对射。
△小丸子挣扎着,试图挣开捆绑自己双手的绳索,但怎么也挣扎不开。
林秋雁：(拔出匕首,冲小丸子)转过来。
△小丸子茫然不解地啊了一声,但旋即反应过来,将捆缚着的双手朝林秋雁这边转过来。
△林秋雁手中的匕首一挥,斩断了小丸子手腕上的绳子。
小丸子：(一边解掉绳子一边冲林秋雁,讪笑地)嘿嘿,姓林的,幸亏你们来了,不然啊,我小丸子,这次就吃亏大了……嘻嘻……
△林秋雁一边射击,一边冷哼一声,没有搭理小丸子。
小丸子：喂,姓林的,你怎么不说话?
林秋雁：(头也不回,冷冷地)别没大没小的,叫我姐。
小丸子：(明显一愣)啊? 叫、叫、叫……叫你什么?
林秋雁：(冷冷地)叫姐。
△小丸子啊了一声,有些惊讶地张大嘴巴,一双眼珠子很不自然地定住。
闪回：
△大牢内,林秋雁将小丸子抵在墙壁上,一手举着小丸子随身佩戴的那枚狼牙项链。
林秋雁：(厉声)说,你这枚狼牙项链哪儿来的?

小丸子：（莫名其妙）喂，姓林的，你干什么？……你发什么神经啊？
林秋雁：（厉声）你说不说？
小丸子：喂，我凭什么告诉你啊？……那是我的东西，还给我！
林秋雁：（厉声，近乎癫狂）你必须告诉我——因为，它是属于我妹妹的。
　　　闪回结束：
　　　△小丸子的眼珠子骨碌碌转了转。
小丸子：（OS）啊呀，坏了坏了坏了，她竟然知道了？……啊呀，真是的，她怎么会猜出我的真实身份来呢？……这该死的鲍大牙，该死的女装……啊呀，晦气晦气，真是晦气！
　　　△黑龙帮的帮众源源不断地涌过来，很显然，大门口是冲不出去了。
　　　△打扮成马文涛的周天昊四下观察一番，冲林秋雁、小丸子、唐二十三喊道——
周天昊：（大声地）我们朝那边冲。
　　　△打扮成马文涛的周天昊、扮成警察的林秋雁、唐二十三，一边与鲍大牙的帮众对射，一边朝另一头冲去。
　　　△小丸子兀自在发怔，已经跑出几步的林秋雁返身回来，拽了她一把。
林秋雁：（大声地）小丸子，愣着干什么？快走。
　　　△小丸子啊了一声，愣愣怔怔地跟在林秋雁身后冲出。
　　　△稍后处，鲍大牙指挥着"四大金刚"和一众黑龙帮的黑衣帮众，步步紧逼。
鲍大牙：（冷笑）哼哼，闹了半天，原来他们是一伙儿的……（冲一众帮众喊）给我追，千万别让他们跑了。
"四大金刚"甲：（担忧地）帮主，咱们跟巡捕房的警察结下梁子，会不会对我们以后的生意不利？——这个姓马的，可是巡捕房的副总探长呀。
鲍大牙：（冷笑）哼哼，怕什么，我鲍大牙背后靠的是日本人，有日本人做靠山，他一个小小的巡捕房副总探长，能把我们黑龙帮怎么样？……（阴森森地）再说了，等他们几个变成死人，就把他们的尸体丢到黄浦江里去喂鱼，最后连骨头渣子都不会剩下，谁知道他们是警察？
"四大金刚"甲：属下明白了。
鲍大牙：追。
"四大金刚"甲：是，帮主。
　　　△鲍大牙率领着"四大金刚"及一众黑龙帮的帮众，朝周天昊、林秋雁、小丸子、唐二十三追去。

19-6. 上海公共租界巡捕房·马文涛办公室　　日　内
　　　　△马文涛呼地从办公桌后边站起身来，手里还举着硕大的烟斗。
马文涛：什么？……你是说，黑龙帮发生了枪战？
　　　　△警察甲毕恭毕敬地站在马文涛的面前。
警察甲：是的，探长。听报案的人说，黑龙帮总舵里边传出枪声……应该是他们内部的人在火并。
马文涛：（沉吟地）火并？
　　　　△马文涛举着硕大的烟斗，在地上来回踱着，陷入了沉思。
马文涛：哼，这个鲍大牙，仗着有日本人给他撑腰，从来就不把我们巡捕房放在眼里，偌大个上海滩，有一多半的鸦片生意，都是他鲍大牙霸着……老子正好趁这个机会，去杀杀他们黑龙帮的威风。
　　　　△马文涛站定，回头，冲警察甲吩咐道——
马文涛：吩咐弟兄们，抄上家伙，去黑龙帮。
警察甲：是，探长。
　　　　△警察甲冲马文涛行了个礼，转身走出。
　　　　△特写镜头：马文涛微微颔首，脸上沉着、冷静，一副老谋深算的样子。

19-7. 上海公共租界巡捕房·大门口　　日　外
　　　　△马文涛的黑色轿车在前，七八辆坐满荷枪实弹警察的摩托车在后，风驰电掣般驶出巡捕房的大门，扬起一股沙尘。

19-8. 黑龙帮总舵·后院　　日　外
　　　　△打扮成马文涛的周天昊、扮成警察的林秋雁、唐二十三，以及身穿新娘服装的小丸子，或者举枪射击，或者近身搏击，逐步退向后院。
　　　　△鲍大牙率领着"四大金刚"以及一众黑龙帮的黑衣帮众，在后边步步紧逼。
　　　　△小丸子对着打扮成马文涛的周天昊、打扮成警察甲的林秋雁，以及扮成警察的唐二十三的面孔，左瞧瞧，右瞧瞧，觉得很神奇。
小丸子：（凑近唐二十三）喂，唐二十三，我说，你们到底怎么整的，怎么打扮得这么像啊？啊呀，刚开始，我还真的以为是马文涛带着警察来了呢，可把我小丸子给吓坏了……嘿嘿，要不是你眨巴了一下眼睛，我呀，还真认不出你们来呢……嘻嘻……

唐二十三：（一边开枪射击一边说，嗲声嗲气）哟，小丸子，我呀告诉你，别说是化装成警察，有我唐二十三在呀，你想化装成什么人，就可以化装成什么人……不过是区区小把戏，没什么难的……哼。

小丸子：（用肩膀撞了撞唐二十三）喂，真的不难啊？……（讪笑地）嘿嘿，回头，教教我小丸子！

唐二十三：（嗲声嗲气）哟，小丸子，教你还不容易啊，不过嘛，我唐二十三有一个条件。

小丸子：（讪笑，谄媚地）嘿嘿，你说，什么条件？……什么条件？

唐二十三：（忽然神色忸怩，嗲声嗲气）哟，这个嘛……只要你答应嫁给我唐二十三，我呀，就什么都可以教给你。

小丸子：（面色瞬间绷紧，龇着牙）喂，姓唐的，你说什么？谁要嫁给你呀？……你找死是不是？

唐二十三：（嗲声嗲气）哟，好好好，算我没说，算我没说……行了吧？

△小丸子有些悻悻地缩回身子，一双眼睛四下里胡乱观望。

△忽然，小丸子发现了关押自己的那间柴房，一双眼睛顿时一亮。

小丸子：（OS）咦，原来是这个地方呀，真是"踏破铁鞋无觅处，得来全不费工夫"……嘿嘿，我得拿回我的包袱，那个什么什么序的摹本，还装在里头呢。

△小丸子转过身，悄悄地向柴房的方向潜行过去。

△扮成警察模样的林秋雁打翻两名冲到近前的黑龙帮帮众，回头——

林秋雁：（喊）小丸子，你要去哪里？

小丸子：（喊）嘿嘿，姓林的，你们先顶着点儿——我要去拿我的包袱。

△小丸子打翻围上来的数名帮众，一脚踹开柴房门，蹿了进去。

19-9. **黑龙帮总舵·柴房　　日　　内**

△小丸子蹿进柴房内，打眼一扫，看见被扔在角落里的包袱。

△小丸子得意扬扬地走上前，捡起包袱，检查了一下摹本，然后将包袱绑在自己的背上。

19-10. **黑龙帮总舵·后院　　日　　外**

△装扮成马文涛的周天昊、扮成警察的林秋雁、唐二十三，一边与黑龙帮的帮众搏击打斗，一边退向柴房附近。

△鲍大牙率领"四大金刚"及一众黑龙帮的黑衣帮众，紧追不放。

·灰 雁·

19-11. 黑龙帮总舵·柴房　　　日　　内
　　　　△小丸子从包袱中摸出自己的弹弓，拉开试了试。
　　　　△小丸子转身，从柴房门口出来。

19-12. 黑龙帮总舵·后院　　　日　　外
　　　　△小丸子蹿出柴房，与周天昊、林秋雁、唐二十三汇合一处，与黑龙帮的一应帮众激战。
　　　　△小丸子举起弹弓，瞄准稍远处的鲍大牙，拉开弹弓。
小丸子：嘿嘿，好你个鲍大牙，尝尝我小丸子弹弓的厉害！
　　　　△小丸子松手，铜质的弹丸直直地飞向鲍大牙的脑门。
　　　　△对切：鲍大牙冷笑一声，挥动老旱烟锅子，磕飞了小丸子射来的弹丸。
　　　　△小丸子接连射出数枚弹丸，但均被鲍大牙用老旱烟锅子轻松地磕飞。

19-13. 黑龙帮总舵·大门口　　日　　外
　　　　△马文涛的黑色轿车在前，七八辆坐满荷枪实弹警察的摩托车在后，风驰电掣般驶来，咔的一声停住。
　　　　△一众荷枪实弹的警察，乱纷纷地跳下摩托车。
　　　　△对切：大门口，负责守卫的黑龙帮帮众，看见大批的警察到来，以为是巡捕房的援兵到了。
某帮众：啊，警察？给我打。
　　　　△负责守卫的黑龙帮帮众立马拔枪，冲一众警察开枪射击；两三名警察在猝不及防的情况下，中弹到地。
马文涛：（恼火地）鲍大牙，是你自个儿找死，怨不得我马文涛。（拔出手枪）给老子打。
　　　　△警察甲等一众警察迅速举枪，躲在摩托车等掩体背后，冲负责守卫的黑龙帮帮众开枪还击。
　　　　△过了片刻，负责守卫的数名黑龙帮帮众，接连中弹，倒在地上。
马文涛：（一挥手枪）给老子上。
　　　　△警察甲带着几十名巡捕房的警察，乱纷纷地冲进黑龙帮的大门。

19-14. 黑龙帮总舵·院子　　　日　　外
　　　　△警察甲带领着几十名巡捕房的警察，乱纷纷地冲进来，与零散的黑龙

帮帮众短兵相接，同时开枪打掉了塔楼上的明哨和暗哨，一时枪声大作。

19-15. 黑龙帮总舵·后院　　日　　外
　　△装扮成马文涛的周天昊、扮成警察的林秋雁、唐二十三以及小丸子，与黑龙帮的帮众或枪战，或近身搏斗。
林秋雁：（大声地）他们的人太多了，我们得想办法冲出去。
周天昊：（大声地）我们被逼到了死角位置，无路可走了。
林秋雁：（大声地）怎么办？
周天昊：（大声地）没办法。
　　△打扮成马文涛的周天昊抬起头，四下略一扫视，然后朝火力稍弱的方位示意。
周天昊：（大声地）先往那边撤。
　　△周天昊话音刚落，忽然，鲍大牙、"四大金刚"以及一众黑龙帮帮众的身后，传来了爆豆般的枪声。
　　△对切：鲍大牙等人的身后，数十名巡捕房的警察一边举枪射击，一边朝这边冲过来；鲍大牙、"四大金刚"以及黑龙帮的一众帮众，猝不及防之下，仓皇地回转身抵挡。场面顿时一片混乱。
　　△打扮成马文涛的周天昊，不由得与化装成警察甲的林秋雁对视了一眼。
林秋雁：是巡捕房的人。马文涛来了。
周天昊：（冲林秋雁）我们走。（回头，冲一旁的唐二十三）唐二十三，快。
唐二十三：（嗲声嗲气）嗯，好。
林秋雁：（回头，冲尚在用弹弓发射弹丸的小丸子）小丸子，快走。
　　△周天昊、林秋雁、小丸子、唐二十三四人，迅速打翻就近的黑龙帮帮众，趁着场面混乱冲了出去。

19-16. 黑龙帮总舵·大门口　　日　　外
　　△打扮成马文涛的周天昊走在前边，化装成警察甲的林秋雁和化装成警察的唐二十三两人，押解着小丸子走在后边，走出了黑龙帮总舵的大门。
　　△留守在大门外边的三四名警察，看见马文涛（周天昊）等人走过来，当即立正行礼。
　　△打扮成马文涛的周天昊若有若无地唔了一声，目不斜视地经过留守警察的身旁；化装成警察甲的林秋雁与化装成警察的唐二十三，押解着小丸子紧随在周天昊身后。

·灰 雁·

19-17. **黑龙帮总舵·后院**　　日　　外

△二三十名巡捕房的警察,与鲍大牙的黑龙帮帮众激烈枪战,但黑龙帮帮众的枪支较少,火力上明显吃亏,不时有黑龙帮的帮众中弹栽倒,或受重伤,或死去。

△鲍大牙、"四大金刚"及其他一众黑龙帮的帮众,一边拼死抵抗,一边朝后边退去。

19-18. **黑龙帮总舵·大门口**　　日　　外

△打扮成马文涛的周天昊、化装成警察甲的林秋雁、化装成警察的唐二十三以及被押解的小丸子,走到他们开来的那辆黑色轿车前,拉开车门,先后上了车。

△留守警察的主观视角:黑色轿车启动,然后驶出,渐行渐远。

△镜头跳转至车内——

19-19. **黑色轿车内**　　日　　内

△周天昊、林秋雁、小丸子、唐二十三四个人,林秋雁驾车,周天昊坐在副驾座,小丸子和唐二十三坐在后排。

△周天昊、林秋雁、唐二十三三人,各自撕去脸上的乳胶面具,脱掉了身上的警察服装,露出了他们本来的面目。

19-20. **黑龙帮总舵·院子**　　日　　外

△鲍大牙率领着"四大金刚"及一众黑龙帮的帮众,一边抵抗警察的射击,一边朝大厅方向撤退。

△马文涛、警察甲等人,指挥着手底下的警察,用激烈的火力冲鲍大牙等人射击,不时有黑龙帮的帮众中弹倒地,就连鲍大牙的贴身护卫"四大金刚"中的两个,也一死一伤。

△"四大金刚"甲一边举枪射击,一边靠近鲍大牙。

"四大金刚"甲:帮主,警察的火力太猛了,我们根本不是他们的对手。

"四大金刚"乙:怎么办,帮主?

△鲍大牙一边举枪射击,一边阴沉着脸思考。

△稍倾——

鲍大牙:(一咬牙)俗话说得好,"留得青山在,不怕没柴烧"——我们走。

△鲍大牙带着"四大金刚"甲和"四大金刚"乙，打出数枪，然后悄悄朝大堂内退去，留下一众黑龙帮的普通帮众抵抗着一众警察的射击。

19-21. 黑龙帮总舵·大堂　　　日　　内

　　　△鲍大牙带着"四大金刚"甲和"四大金刚"乙，匆匆走进大堂。
　　　△鲍大牙上前，将自己座椅扶手上的一个圆球拧了一圈。
　　　△咯吱、咯吱数声，墙壁上的一扇暗门打开，露出了一条幽暗的地道。
鲍大牙：走。
　　　△鲍大牙带着"四大金刚"甲、"四大金刚"乙两人，钻进了地道，旋即，暗门再次咯吱、咯吱地关闭。

19-22. 大和洋行·藤原纪子房间　　　日　　内

　　　△一名黑衣打手，毕恭毕敬地站在藤原纪子的面前。
藤原纪子：查到那几名军统的线索了吗？
黑衣打手：（摇了摇头）还没有，纪子小姐。
　　　△藤原纪子双手抱臂，在地上慢慢地踱着，陷入了沉思。
藤原纪子：（沉吟地）奇怪，他们能躲到哪里去呢？
　　　△藤原纪子的目光，貌似无意识地扫过桌子上的一张报纸，刚好是刊登有周天昊等人通缉画像的那张。
　　　△藤原纪子的目光，落在小丸子的通缉画像上，忽然定住，她的脑海中闪过与小丸子交手的若干幅画面：
闪回1：
——码头，藤原纪子与小丸子交手的片段画面；
——大和洋行·纺织厂，藤原纪子与小丸子激烈打斗的画面；
——街道上，藤原纪子与小丸子抢夺《神州策序》摹本的打斗画面；
闪回2：
　　　△黑龙帮总舵的大门口，几名黑龙帮的帮众，推搡着五花大绑、身着女装的小丸子走过来。
　　　△小丸子看见藤原纪子，神情猛地一怔，但旋即眼神一转，有意识地甩了一下头，让长头发遮住了大半边脸。
藤原纪子：（朝小丸子示意了一下）鲍老帮主，她是谁？
鲍大牙：她呀，一个不知天高地厚的小丫头片子，在妓院打伤了我几个弟兄……我把她抓回来，准备好好地收拾收拾。

·灰 雁·

藤原纪子：哦？
闪回结束：
△藤原纪子眼前快速闪过身穿男装小丸子的面孔与身穿女装小丸子的面孔，与报纸上的通缉画像一一印证，最后叠合在一处……定格。
藤原纪子：原来是她？……这个叫小丸子的，原来是个女的，她一直女扮男装？
△藤原纪子迅速回转身，冲那名黑衣打手吩咐道——
藤原纪子：马上备车，去黑龙帮。

19-23. 大和洋行·大门口　　日　　外
△藤原纪子亲自驾驶着一辆摩托车，另有两辆摩托车紧随在后，摩托车上坐着若干名黑衣打手，风驰电掣般驶出大和洋行的大门。

19-24. 黑龙帮总舵·附近某小巷　　日　　外
△一个下水道的井盖被人从里边轻轻地拨开，紧接着，鲍大牙以及"四大金刚"甲、"四大金刚"乙三人从里边钻了出来。
△鲍大牙、"四大金刚"甲、"四大金刚"乙三个人，抬起头，正待抬步走，目光猛地定住——
△只见马文涛带着十来名执枪的警察，就站在离鲍大牙等三人的正前方。
△一众警察黑洞洞的枪口，直直地指着鲍大牙等三人。
△马文涛一手举着硕大的烟斗，一手拎着一支手枪，有些轻蔑地望着略显狼狈的鲍大牙。
马文涛：（讥讽地）怎么，鲍大牙，想跑？
鲍大牙：（双目圆睁，瞪着马文涛）哼，姓马的，你到底想怎么样？
马文涛：（冷笑）我想怎么样？……老子折了那么多弟兄，我马文涛，总得为他们报仇吧？
鲍大牙：你？
马文涛：（轻蔑地）鲍大牙，依我看，你的后半辈子，就乖乖地在巡捕房的大牢里边过吧。
△马文涛冲身后的一众警察挥挥手中的枪。
马文涛：押走。
△三四名警察上前，下了鲍大牙、"四大金刚"甲、"四大金刚"乙三人的枪，并一一给他们戴上了手铐。
△马文涛一行，押着鲍大牙、"四大金刚"甲、"四大金刚"乙等三人，

离开。

19-25. **黑龙帮总舵·大门口　　　日　　外**
△马文涛指挥着几十名执枪的警察，将戴着手铐的鲍大牙、"四大金刚"甲、"四大金刚"乙，以及其他黑龙帮的帮众，从黑龙帮的大门内押出来。

19-26. **黑龙帮总舵·大门口／稍远处　　　日　　外**
△离黑龙帮总舵大门口稍远处的街道上，藤原纪子等人驾驶的三辆摩托车，风驰电掣般驶来。
△但旋即，藤原纪子猛地踩住刹车，摩托车咔的一声，骤然停住；紧随在其后的另两辆摩托车，也相继停住。
黑衣打手：（惊讶地）纪子小姐，是巡捕房的警察，他们抓了鲍老帮主！
△藤原纪子等人的主观视角：
——只见黑龙帮总舵的大门口，几十名巡捕房的警察执枪押解着戴手铐的鲍大牙、"四大金刚"甲、"四大金刚"乙，以及其他黑龙帮的一众帮众，从大门内缓缓走出来。
——在一旁指挥的马文涛，嘴里叼着硕大的烟斗，神色沉着而冷静。
△藤原纪子没有吭声，她有些恨恨地盯着站在黑龙帮总舵大门口的马文涛，神色严肃而阴冷。
黑衣打手：怎么办，纪子小姐？
藤原纪子：我们来迟了一步。（一字一顿地）马、文、涛！
黑衣打手：……
藤原纪子：我们回去。
黑衣打手：（一愣）回去？
△该名黑衣打手见藤原纪子表情严肃，猛地打住话头。
△该名黑衣打手回头，冲另两辆摩托车挥了挥手——
黑衣打手：（喊）掉头，回大和洋行。
△另两辆摩托车掉转车头，向来时的方向驶出。
△藤原纪子最后盯了远处的马文涛以及戴着手铐的鲍大牙一眼，然后掉转车头。
△藤原纪子猛地踩了一脚油门，摩托车急速驶出。

·灰 雁·

19-27. 大和洋行·内室　　　日　　内
　　　△嘭的一声，铁青着脸的龟田次郎，在桌子上狠狠地擂了一拳。
　　　△龟田次郎就像一头暴怒的狮子，气急败坏地在地面上走着来回。
　　　△藤原纪子肃立在屋子中央，神情冷肃。
龟田次郎：（恼火地，咬牙）马文涛！……又是这个马文涛！
藤原纪子：……
龟田次郎：（歇斯底里，喊）他马文涛，不就是一个小小的副总探长吗？我龟田
　　　次郎给他送了那么多钱，难道那些钱都是喂了狗了吗？……他为什么总
　　　是要跟我们作对？……为什么？
　　　△龟田次郎依旧气急败坏地在地上走着来回，一只手在空中胡乱戳指着。
龟田次郎：实施"蝎美人计划"，需要大量的金钱做后盾——他马文涛抓了鲍大
　　　牙，端了黑龙帮的老巢，就等于是断了我龟田次郎的后路！……刚刚全
　　　面铺开的烟土生意，全毁啦！
　　　△龟田次郎在暴怒中，忽然站定，顺手抓起一只茶杯，狠狠地摔在地上。
　　　△刺耳的碎裂声中，破碎的瓷片四溅。
　　　△藤原纪子依旧站在屋子中央，表情冷肃，一语不发。

19-28. 临街小楼·二楼小厅　　　夜　　内
　　　△唐二十三举着小镜子，依旧一丝不苟地画着自己的眉毛。
　　　△周天昊靠在桌子边，用一只手托着下巴，一副沉思的样子。
　　　△林秋雁背抵窗户，抱臂而立，一只手摩挲着小丸子的那枚狼牙项链，
　　　脸上的神情依旧冷峻。
　　　△林秋雁眼前，依次幻化过与小丸子的诸多过往细节——
　　　一组闪回镜头：
　　　△废旧仓库中（夜），小丸子给受伤昏迷的林秋雁擦伤口、上药，胖子和
　　　瘦猴两人，傻呆呆地在旁边看着；
　　　△车内（日），林秋雁和小丸子被巡捕房双双抓获，想办法解开绳索并与
　　　巡捕房警察交战的情景；
　　　△大和洋行·纺织厂内（日），瘦猴被大火吞没，小丸子返身欲冲回去救，
　　　狼牙项链从她身上掉落的情景；
　　　△立交桥下（日），小丸子一只手抓着半截管线，一只手抓着林秋雁的
　　　手，两个人晃晃悠悠悬吊在半空中的情景……

闪回结束：

△林秋雁略微抬了抬头，有些下意识地望向走廊的通道口。

△稍倾，小丸子穿着一身崭新的女装，出现在走廊口——很显然，小丸子刚洗过澡，表情有些古怪，貌似有一点儿忸怩，又有一丝儿害羞，又还带着些许的尴尬。

△平常看惯了小丸子大大咧咧、粗布烂衫的形象，乍一看见小丸子身着女装、美丽脱俗的模样，周天昊和唐二十三两人都惊讶地张大了嘴巴。

△林秋雁表情冷峻，但乍一看见小丸子出来，脸上还是不由自主地抽动了一下。

△唐二十三收起小镜子，殷勤地凑到小丸子身旁。

唐二十三：（嗲声嗲气）哟，小丸子，你长得可真漂亮！……嗯，要我说呀，你长得……（朝林秋雁那边瞟了瞟）可比那个……那个……你二姐呀，漂亮多了。

小丸子：（脸一板）去去去，唐二十三，滚一边去。

△唐二十三讨了个没趣儿，有些悻悻地翻了翻白眼，退回到沙发上。

△小丸子神情有些不大自然地走向林秋雁，走走停停的，眼珠子时不时骨碌碌地转动一下，一副很难为情样子。

△周天昊看了看正在抓耳挠腮的小丸子，又看了看紧绷着一张脸的林秋雁，脸上是一副意味深长的表情。

△林秋雁冷冷地瞧着忸怩作态的小丸子，忽然将手中的狼牙项链扔了过去。

△小丸子接住狼牙项链，先是一愣，旋即就是一喜。

小丸子：（眉开眼笑地）嘿嘿，谢谢，谢谢啊……我就说了嘛，这枚狼牙项链啊，原本就是我小丸子的东西，你早就应该还给我……

△小丸子嬉皮笑脸地，凑到林秋雁近前。

小丸子：（抓耳挠腮，难为情地）嘿嘿，姓林的，那个……那个……

林秋雁：（冷冷地）那个什么？叫我姐！

小丸子：（支吾地）叫……叫……叫什么？

林秋雁：（脸色继续一冷，稍微提高音量，不容置疑地）叫我姐！

小丸子：（龇了龇牙）呀，你喊什么？……不就是叫你姐吗？……我叫还不行吗？……姐、姐、姐，行了吧？……啊呀，真是的，这么凶干什么吗？……凶巴巴的，小心将来没人娶你。

林秋雁：（依旧绷着脸）还有，从现在起，你不再叫小丸子，你的名字叫林秋芸，是我们林家的三小姐……记住了吗?
　　　　　△小丸子冲林秋雁翻了翻白眼,没有吭声。
林秋雁:(依旧绷着脸,提高音量)记住了吗?
小丸子:(有些恼火地)呀,记住了,记住了……啊呀,真是的,不就是爹妈生你的时候生得比我早吗!……凶什么凶呀!
　　　　　△林秋雁绷着一张脸,用鼻子眼冷嗤了一声,不再理小丸子,抬腿朝自己的卧室方向走去。
　　　　　△小丸子龇了龇牙,冲林秋雁的背影扬了扬拳头,作了个欲打的架势。
　　　　　△周天昊和唐二十三两人对视一眼,会心一笑。

19-29. 临街小楼·走廊　　夜　　内
　　　　　△林秋雁依旧紧绷着脸,朝自己的卧室走去。
　　　　　△特写镜头:倏地,林秋雁脸上的表情忽然一绽,展现出一抹微微的笑意,漾了开来。

19-30. 临街小楼·二楼小厅　　夜　　内
　　　　　△周天昊和唐二十三两人,意味深长地看着抓耳挠腮、各种不自然的小丸子。
　　　　　△唐二十三嘴角挑起一丝笑意,小丸子恼火地冲唐二十三瞪了一眼。
小丸子:喂,唐二十三,你笑什么笑……有什么好笑的……信不信我把你的一双眼珠子给挖出来?
唐二十三:(嗲声嗲气)哟,小丸子,你真的是逮着谁是谁呀……我唐二十三呀,又没有得罪你,你干吗冲着我发火呀?
周天昊:好了好了,时候不早了,大家都休息吧……唐二十三,你和我睡沙发。
唐二十三:(嗲声嗲气)嗯,好,周长官。
　　　　　△小丸子的无名火似乎无处发似的,恼火地瞪了唐二十三一眼,转身朝卧室的方向走去。

19-31. 临街小楼·林秋雁卧室　　夜　　内
　　　　　△林秋雁穿着睡衣,靠在床头上,表情平静。
　　　　　△床头柜上,搁着那张发黄的全家福照片,以及手枪和怀表等物。
　　　　　△林秋雁伸手拿过全家福照片,凝视着,用手轻轻地摩挲着照片上父母的面庞。

19-32. （闪回）林宅　　日　内
　　　△院子。少女时期的林秋月、林秋雁、林秋芸三姐妹，大概是五六岁到八九岁的样子，脖子上各挂着一枚狼牙项链，在空地上嘻嘻哈哈地追逐嬉闹。
　　　△客厅。三姐妹先后跑进客厅，围着正在打扫卫生的林母，相互追逐嬉戏。
林　母：哟，我的小祖宗，慢点儿跑，慢点儿跑，小心摔着……
　　　△书房。三姐妹追逐着跑进书房，时而藏在书柜旁，时而躲在父亲身后。正在读书的林其轩抬起头，看着嬉闹的三个女儿，慈祥地微笑着。

19-33. 临街小楼·林秋雁卧室　　夜　内
　　　△林秋雁盯视着那张发黄的全家福照片，大颗大颗的泪滴，顺着她的脸颊，滚落下来。
林秋雁：（OS，哽咽，喜极而泣地）爹、娘，女儿……女儿找到小妹了……找到小妹秋芸了……女儿终于……完成了爹和娘的遗愿……秋芸她，她长得比女儿可水灵多了，比女儿还要漂亮……爹、娘，你们听见女儿说话了吗？
林秋雁：（OS，哽咽地）爹、娘，你们不知道……大姐秋月她……她也有消息了……她还在法国……听熟悉她的人说，大姐近期就会回国，从香港那边回来，时间应该不会太久……爹、娘，等大姐一回来，我们三姐妹，就可以团聚了……团聚了……爹、娘，你们的在天之灵，就好好地安息吧……
林秋雁：（OS，哽咽地）爹、娘，女儿想你们了……（低泣）女儿想你们了……爹、娘……
　　　△大颗大颗的泪滴，顺着林秋雁的脸颊，滚落下来。

19-34. 码头·海面上　　日　外
　　　△宽阔的海面上，一艘巨大的轮船，迎风破浪，正在朝码头的方向驶来。
　　　△甲板上，站着一位雍容而端庄的年轻女孩子，明显带有知识分子气质，眺望着遥遥在望的上海滩码头；在她的脚边，搁着她的行李箱。
叠映字幕：共产党员　林秋月

·灰 雁·

19-35. 码头　　日　外
　　　　△中共上海特别行动队的队长魏大宏，带着队员甲等数名队员站在码头上。队员甲等人各自分散站立，时不时地观察着周围的人，眼神警惕。
　　　　△对切：巨轮已经停靠在码头，林秋月提着自己的行李箱，混杂在人群当中，从甲板上走下来。
　　　　△魏大宏带着队员甲等人，快步朝林秋雁迎上去。
魏大宏：（握住林秋月的手，激动地摇着）秋月同志！
林秋月：（激动地）魏队长！
　　　　△魏大宏观察了一下周围，手指压唇，作了个嘘的嘘声动作。
　　　　△林秋月立即反应过来，立马改口。
林秋月：魏先生！
魏大宏：（满意地点点头）秋月同志，你一路辛苦了！
林秋月：我不辛苦。魏先生，谢谢你们来接我。
　　　　△魏大宏貌似无意地观察了一下周围的行人。
魏大宏：这里不是说话的地方——走，我们上车，回去。
林秋月：好。
　　　　△魏大宏远远地冲队员甲点了点头，然后和林秋月两个人走向停在旁边的一辆轿车；一名队员拎着林秋月的行李箱跟在后边。
　　　　△队员甲等人，有意识地分散开来，保护着魏大宏和林秋月两人。
　　　　△魏大宏和林秋月两人上了车。
　　　　△跟在后边的队员将行李箱搁在后备厢里，然后上了驾驶座，发动轿车，轿车驶出。
　　　　△混杂在人群当中的队员甲，目视着轿车缓缓驶离码头，然后冲其他队员摆了个眼色，各自分散离开。

19-36. 临街小楼·地下训练靶室　　日　内
　　　　△正前方，一左一右，竖着两块枪靶。
　　　　△林秋雁举着一支手枪，双脚并立，正在给小丸子示范打枪的方法。
　　　　△小丸子也举着一支手枪，按照林秋雁的示范动作，模仿着做。
林秋雁：两脚分开……像我这样，身体的重心要稳。
　　　　△林秋雁一边说话，一边示范动作。
小丸子：哦，两脚分开……重心要稳……
　　　　△小丸子按照林秋雁的示范动作，两脚稍微分开，但做得有些走样儿。

林秋雁：右手执枪，左手按住这里……枪托位置。
△林秋雁右手执枪，用左手稳稳地按住枪托位置。
小丸子：（依林秋雁的动作照着做）哦，右手执枪，左手按住枪托……（偏过头，讪笑）嘿嘿，姐，我做得还不错吧？
△林秋雁收起枪，走近小丸子，纠正了一下她不太规范的动作。
△林秋雁走回自己的位置，重新站好，双手执枪，举起来，瞄准正前方的靶心。
林秋雁：瞄准靶心，眼睛和枪口平行……靶心、枪口，还有你的眼睛，三点成一线……像我这样。
△小丸子按照林秋雁的示范动作，用枪口瞄准靶心，眼睛和枪口平行。
小丸子：哦，瞄准靶心……三点成一线……（偏过头，讪笑着）嘿嘿，姐，是这样吧？
林秋雁：对。
小丸子：（得意地）嘻嘻……
林秋雁：然后，扣动扳机。
△林秋雁猛地扣动扳机，子弹直直地飞出，正中靶心位置。
小丸子：哦，扣动扳机……
△小丸子也照林秋雁的样子扣动扳机，但后坐力让她的手势不稳，子弹打偏了，脱靶射在了墙上。
小丸子：（挠挠后脑勺，疑惑地）咦，怎么回事儿？……怎么打偏了呀？……啊呀，真是的。
林秋雁：能把子弹打出去，已经算是个进步了。
△林秋雁走到小丸子身旁，手把手地教她举枪。
林秋雁：扣动扳机的时候，手腕一定要稳，不能抖……像这样。
△林秋雁牢牢地抓住小丸子执枪的手腕，然后和小丸子一起，扣动了扳机。
△子弹直直地飞出，正中正前方的靶心。
△小丸子高兴得跳了起来。
小丸子：嘻嘻，我会打枪喽……我小丸子会打枪喽……会打枪喽……
△林秋雁看着欢呼雀跃的小丸子，脸上的神色慢慢地舒展开来。
△稍远处，周天昊和唐二十三两个人站着。周天昊望着林秋雁，神情略显复杂；唐二十三则盯着欢呼雀跃的小丸子，眼神中流露出一丝痴迷的神色。

19-37. （一组镜头）临街小楼·地下训练靶室　　　日　内
　　　△小丸子以酷炫的动作，射击悬吊在空中的玻璃瓶：
　　　——小丸子手执双枪，身体凌空侧斜飞，扣动扳机，两只玻璃瓶应声碎裂，定格；
　　　——小丸子手执双枪，就地两个翻滚，扣动扳机，又有两只玻璃瓶应声碎裂，定格；
　　　——小丸子手执双枪，凌空翻了个跟斗，然后一个白鹤亮翅的动作，扣动扳机，又有两只玻璃瓶应声碎裂，定格！

── 第二十集 ──

20-1. 暗室　　夜　　内
　　　△魏大宏和林秋月两个人，正在屋子里秘密交谈。
魏大宏：秋月同志，你这次回国，是我向组织上强烈要求的，因为，有一项非常重要的任务，必须由你来完成——这项任务，与你个人有着千丝万缕的关系。
林秋月：（不解地）哦，什么任务？
　　　△魏大宏站起来，踱了几步，又回到座位上坐下。
魏大宏：大概在三年前，日本人启动了一项绝密级别的行动计划，叫"蝎美人计划"，负责这项计划的人，叫龟田次郎，他表面上看，是大和洋行的总经理，一个简简单单的商人；但实际上，他的真实身份，是日本军方的少将间谍。
林秋月：哦，间谍？
魏大宏："蝎美人计划"的核心目标，就是大肆搜刮我们中国珍贵的文物古籍，而且是不择手段地搜刮和抢夺。这里边，被龟田次郎他们列为头号行动目标的，就是一代书圣、我国古代著名的大书法家王羲之的旷世之作《神州策序》——
林秋月：（吃惊地）啊，《神州策序》？！
魏大宏：是的，《神州策序》。你的父亲林其轩教授，生前一直致力于研究和查找《神州策序》真迹的下落，这项工作，几乎耗尽了你父亲大半辈子的精力——可喜可贺的是，你父亲的研究工作，最后取得了非常重大的突破性进展。
林秋月：哦？
　　　△林秋月听魏大宏提到自己父亲的名字，神色先是一黯，但随即就被意外和惊奇代替。
魏大宏：你父亲在遇害的前夕，把相关的研究资料统统寄到了北平，接收人是北平博物馆的一名老教授——这名老教授，你应该不陌生，他姓钱，叫钱亦秋，是你父亲生前最要好的朋友。

· 灰　雁 ·

林秋月：（惊讶地）钱伯伯？
魏大宏：嗯，是他。钱教授已经从北平启程，正在坐火车往上海这边赶——你的任务，就是带人保护好钱教授，并陪同他前往浙江的嵊州，找到《神州策序》的真迹，然后，彻底摧毁日本人的"蝎美人计划"。
林秋月：《神州策序》的真迹在浙江嵊州？
魏大宏：根据你父亲的研究结果，十有八九是在那里，应该错不了——详细的情况，等钱教授到了，他会具体给你介绍的。
林秋月：钱伯伯什么时候到？
魏大宏：明天。钱教授一到，我马上就带你去见他。
林秋月：嗯，好。
魏大宏：秋月同志啊，我们现在面临的形势，非常的复杂。就我们目前掌握的情报来看，除了日本人对《神州策序》等文物古籍虎视眈眈以外，还有巡捕房的副总探长马文涛，他也在处心积虑地图谋这件旷世国宝，并且不惜动用警力、公为己用，其虎狼之心，昭然若揭——我们不得不防啊。
林秋月：请魏先生放心，秋月心里明白。
魏大宏：嗯，明白就好。另外，还有一个情况，我必须告诉你，插手调查日本人"蝎美人计划"的，不光是我们这边，还有军统那边的人。
林秋月：军统的人？
魏大宏：是的，军统那边负责的人，跟你也有着莫大的关系。
林秋月：（疑惑地）跟我？有关系？
△林秋月有些不解地望着魏大宏。
魏大宏：是的，不但跟你有关系，而且是非常亲密的关系——军统那边负责的人，就是你的亲妹妹，林秋雁。
林秋月：（吃惊地）啊，秋雁？她加入了军统？
△魏大宏嗯了一声，非常肯定地点了点头。
林秋月：（有些迟疑地）秋雁她……她怎么会加入军统？
魏大宏：三年前，你父母亲遇害的那天晚上，你妹妹也受了重伤，是军统的人赶去救了她。
林秋月：……
魏大宏：虽然是联合抗日，但我们跟国民党那边的关系，一直是若即若离，目前正处于一个非常敏感的时间段——所以，我建议你以大局为重，暂时不要跟你妹妹接触。
林秋月：请魏先生您放心，秋月会以大局为重的，不会感情用事。

△林秋月的一双眼睛，在幽暗的灯光下，透射出一股坚毅之色。
魏大宏：（点了点头）嗯，这就好。（站起身）时候不早了，你早点休息吧。

20-2. 林秋月卧室　　夜　　内
　　　△林秋月靠在床头，正在认真地阅读一本《新青年》杂志。
　　　△床头柜上，静静地搁着一枚狼牙项链——该狼牙项链，与林秋雁、小丸子两人佩戴的一模一样。
　　　△阅读间隙，林秋月无意中抬起头，目光落在狼牙项链上。
　　　△林秋月伸手拿过狼牙项链，用手摩挲着，目光渐渐地迷离起来……

20-3.（闪回）南京·机场　　日　　外
　　　△林其轩夫妇带着十六岁的林秋雁，为即将出国留学的林秋月（十九岁）送行。
林　母：（拉着林秋月的手，忍不住掉泪）秋月啊，你一个人出门在外，离得那么远，你一定要照顾好自己啊！
林秋月：娘，我知道啦，我一定会照顾好自己的，娘你就放心吧。
林其轩：秋月啊，到了法国，记得给我们写信回来，报个平安。
林秋月：嗯，我知道了，爹。
林秋雁：（带童音）姐，你还要给我寄明信片呢。
林秋月：好，姐不会忘的，姐一定给你寄明信片。
　　　△稍远处，飞机即将起飞，。
林其轩：秋月，快去吧，飞机马上就要起飞了。
林秋月：嗯。爹、娘、二妹，你们一定要保重身体啊……我走了。
　　　△十九岁的林秋月拉着自己的行李，一步一回头地走向飞机。
林其轩：（喊）秋月，记得给家里写信。
林秋雁：（带童音，喊）姐，还有我的明信片。
林秋月：好，我知道了。
　　　△林母泪眼婆婆地望着走向飞机的林秋月，已经哽咽得说不出话来。
林秋月：（挥手，喊）爹、娘、二妹，你们回去吧。

20-4. 林秋月卧室　　夜　　内
　　　△林秋月摩挲着手中的狼牙项链，眼神多少有些黯然和迷离，但旋即就被一种坚毅之色代替。

·灰 雁·

△稍倾，林秋月搁下狼牙项链，吧嗒一声，关灯睡觉。

20-5. 大和洋行·走廊　　夜　外

△藤原纪子行色匆匆，快步向龟田次郎的居室走去。

20-6. 大和洋行·内室　　夜　内

△龟田次郎背身而立，举着放大镜，正在研究墙上被烧残的那半张密图。
△藤原纪子行色匆匆地进来，走到龟田次郎身后。

藤原纪子：将军。

龟田次郎：（回转身）纪子小姐，有什么事吗？

藤原纪子：将军，我们刚刚截获了一份绝密情报。

龟田次郎：（眼前一亮）情报？……是军统那边的？

藤原纪子：（摇摇头）不，不是。是共产党那边的。

龟田次郎：共产党？

藤原纪子：是。共产党那边，有一个非常重要的人物，刚刚从法国经由香港，坐轮船来到了上海。

龟田次郎：哦？什么样的重要人物？

藤原纪子：将军，你肯定猜不出这个人是谁——但你对她，一定会非常感兴趣。

龟田次郎：是谁？

藤原纪子：林秋月，林其轩的大女儿。

龟田次郎：林秋月？

△龟田次郎的一双眼睛，顿时圆睁，倏地射出两道精光来。
△龟田次郎在地上走着来回，急遽地思索着。
△稍倾，龟田次郎站定，望向藤原纪子。

龟田次郎：林秋月？她不是一直在国外留学吗？怎么会突然来上海？

藤原纪子：不知道。不过，林秋月是共产党那边的骨干分子，在这个节骨眼上，忽然把她从国外叫回来，肯定有特别重要的任务。

△龟田次郎嗯了一声，赞同地点了点头。

藤原纪子：将军，怎么办？要不要先把这个林秋月给抓回来？……或许，她能帮我们解开这张密图。

龟田次郎：（一抬手）不。先不要打草惊蛇。

△龟田次郎沉思地踱了两步，然后站定，回头。

龟田次郎：派人密切侦查这个林秋月的动向——等我们摸清楚共产党那边的底细，

再动手不迟。
藤原纪子：好，属下明白了。属下这就去安排。
△藤原纪子行了个军礼，转身走出。
△龟田次郎回过头，盯着墙上那半张被烧残的密图，嘴角渐渐浮出一丝狞笑来。

20-7. 某公园　日　外

△一个非常幽静的公园，几乎都没有什么游客和行人。
△一条偏僻的甬道上，魏大宏和林秋月两个人缓步而行，低声地交谈着。
魏大宏：组织上安排我去延安，以后，上海这边的工作，就全部交给你了。
林秋月：什么时候走？
魏大宏：等你和钱教授接上头，再把上海这边的工作交接一下，我就走。（顿了顿，语重心长地）秋月同志，你这次回国，正值各方势力风波诡谲的时候——你肩上的担子，着实不轻啊。
林秋月：秋月明白。从投身革命的那天起，秋月就知道，自己走的将是一条布满荆棘和坎坷的道路，会有流血，会有牺牲……但我从来没有怕过，一次都没有。
魏大宏：是啊。有时候，你明明知道前边就是龙潭虎穴，但也得咬着牙跳进去——这就是我们共产党人。唯有如此，我们才能把日本侵略者驱逐出中国去，才能最后实现我们崇高的革命理想——我相信，这一天已经为时不远了。
林秋月：黎明总会到来——暂时的黑暗，虽然可能给我们带来一定的困扰和迷惘，但却无法阻挡我们奔向光明的脚步！
△魏大宏和林秋月两人对视一眼，会心地笑了笑。
△魏大宏伸出手，作了个引路的姿势
魏大宏：来，走这边。
△魏大宏和林秋月两个人，缓步向前走去。

20-8. 临街小楼·二楼小厅　日　内

△桌子上，搁着冯承素版和褚遂良版的两幅《神州策序》摹本。
△周天昊、林秋雁两个人，或坐或站，盯着有些局促不安的小丸子。
△唐二十三则依旧举着自己的小镜子，一丝不苟地画自己的眉毛。
小丸子：（眼珠子骨碌碌乱转）啊呀，真是的……（讪笑地）嘿嘿，我说，你们

　　　　　两个，老盯着我干什么呀？
周天昊：小丸子，鉴于最近发生的事情太多，我们今天得把有些事情，好好地捋一捋。
小丸子：（有些不自然，讪笑地）嘿嘿，姓周的，咱们那个，那个……捋什么呀？
小丸子：（OS）呀，坏了坏了，这姓周的，该不会是要跟我小丸子秋后算账吧？……哎呀，怎么办怎么办？……怎么办？
周天昊：首先，你趁我们不备，偷走了《神州策序》的摹本——这是你犯的第一条罪状。我早就说过，这些摹本是国宝，不是私人财物，你不但不能偷，还必须保护它。
小丸子：（讪笑地）嘿嘿，那个，那个……嘿嘿，没问题，没问题，保护……保护……
周大昊：你犯的第二条罪状，就是故意让酒楼老板举报了我们，招来了马文涛和他的那帮爪牙警察，害得我们三个费了老大的劲儿，才逃出他们的包围圈儿。
小丸子：（挠挠后脑勺，讪笑地）嘿嘿，那个，这个，那个……嘿嘿，姓周的，那是误会，是误会……
周天昊：你所犯的第三条罪状，就是躲在妓院里，失手被黑龙帮的鲍大牙抓了去——这次为了救你，我们和黑龙帮火并，如果不是最后马文涛带着警察赶来引发了混战，我们几个，弄不好就都成了黑龙帮的阶下囚。
小丸子：（神色尴尬，讪笑地）嘿嘿，这个，这个嘛……这个嘛……
周天昊：你偷摹本在先，出卖我们三个在后，还引发了我们和黑龙帮的火并……这一件一件的事情，可都是你小丸子招惹出来的。
小丸子：啊呀，姓周的，这个……那个……这个……不都是误会吗？……嘿嘿，误会，误会……
唐二十三：（嗲声嗲气）哟，小丸子，不是我唐二十三说你，这做错了呀，就是做错了，别犟了吧唧的死不承认，让人家笑话不说，还损了咱们混江湖的名声……
小丸子：（恼火地一瞪唐二十三）呀，唐二十三，你不说话，没人当你是哑巴！
唐二十三：（嗲声嗲气）哟，我不说，我不说……这下总行了吧？
小丸子：（冲唐二十三挥挥拳头）哼，死娘娘腔，你再敢说试试？
　　△唐二十三有些不服气地翻翻白眼，缩回去，不再说话。
周天昊：看在你是秋雁妹妹的份儿上，我们不会把你怎么样，以往的事情呢，咱们既往不咎。

小丸子：（讪笑地）嘿嘿，那是，那是。
周天昊：不过，我们军统有我们军统的规矩。你虽然是编外的，但既然受雇于我们，好歹就是我们这个团队中的一员，该守的规矩嘛，必须得遵守。
小丸子：（拍胸脯）嘿嘿，姓周的，你就放心吧，我小丸子从今往后，肯定遵守你们的规矩，一点儿都不马虎……嘿嘿，你就放一万个心吧。
△小丸子眼珠子骨碌碌乱转，一脸坏笑地凑到周天昊身旁，用肩膀碰碰他。
小丸子：喂，姓周的，你老实话告诉我，你是不是一直喜欢我姐啊？……要不要我小丸子，帮你们两个，撮合撮合？
△周天昊的脸色不由得一红，有些尴尬地望了林秋雁一眼。
△林秋雁一直冷眼瞧着小丸子，没有吭声，这时插话——
林秋雁：（厉声）秋芸，不许胡说八道。
小丸子：（不服气地翻翻白眼）啊呀，真是的……喂，姓林的，我又没说错，他就是喜欢你嘛……明明心里喜欢，干吗不承认啊？
林秋雁：（恼火地，厉声）你……以后不许叫我"姓林的"，叫我姐。
小丸子：（吼）呀，烦死了烦死了，烦死了！……不就是生得比我早吗？……不就是叫你姐吗？……姐、姐、姐，行了吧？……吼什么吼呀？……哼！
△小丸子龇龇牙，赌气地一跺脚，转身朝卧室的方向走去。

20-9. 临街小楼·对面街道　　日　外

△两名身穿便衣的巡捕房警察，躲在树丛后边，其中一名警察举着望远镜，监视着对面的临街小楼。
△望远镜中：透过二楼窗户，隐隐约约地可以看到周天昊、林秋雁等人的身影。
便衣甲：没错儿，就是他们——原来，他们躲在这儿呀。
△便衣甲和便衣乙两个人，会心地交换了一下眼神。
便衣甲：走，回去报告探长。
△树梢后边，便衣甲和便衣乙两个人，转过身，匆匆离去。

20-10. 上海公共租界巡捕房·马文涛办公室　　日　内

△坐在办公桌后边的马文涛，呼地一下站起身来，双目圆睁。
马文涛：你们两个，确定没有看错？
△便衣甲、便衣乙两个人，恭敬地站在屋子中央。

·灰 雁·

便衣甲：我们确定，探长。我们两个守了老半天呢，百分之百确定是他们，没有看错。
便衣乙：是啊，探长，绝对没有看错。
马文涛：哦？
　　　　△马文涛举着硕大的烟斗，在地上慢慢地踱着来回。他的眉头紧锁，一副正在急遽思考的样子。
便衣甲：探长，咱们要不要去抓他们？
马文涛：（一抬手）不。
　　　　△便衣甲和便衣乙两个人，有些不解地望着马文涛。
马文涛：（咬牙）这几个狗杂碎，三番五次地从老子手掌心逃走……这次，我们要想个万无一失的法子，给他们来个瓮中捉鳖！

20-11. 大和洋行·走廊　　日　外
　　　　△龟田次郎神色冷峻，带着藤原纪子和两名黑衣打手，快步走过来。

20-12. 大和洋行·院子　　日　外
　　　　△马文涛手里举着硕大的烟斗，背对镜头而立，向远处眺望着。
　　　　△龟田次郎带着藤原纪子和两名黑衣打手，快步走进来，停住。
藤原纪子：（诧异地）马文涛？
　　　　△藤原纪子伸手拔枪，龟田次郎一抬手，制止了藤原纪子。
　　　　△马文涛听见响动，回转身，见是龟田次郎和藤原纪子，瞬间堆起满脸笑容。
马文涛：哟，龟田先生，纪子小姐！哎呀呀……
　　　　△藤原纪子用鼻子眼冷嗤一声，没有搭理马文涛。
马文涛：（堆起笑容）哎呀呀，龟田先生，这好几天没见啊，您这气色，是越来越红光满面了嘛……嗯，龟田先生，你啊，最近肯定要走红运，红运当头，哈哈，哈哈。
龟田次郎：（语气冷淡）哼，马探长，我龟田次郎是不是要走红运，恐怕，不劳马探长您来费心吧？
　　　　△马文涛被龟田次郎的话噎了一下，有些尴尬地打了两声哈哈。
藤原纪子：（冷笑，语带讥讽地）马探长，今儿个又是什么风，把你吹到我们大和洋行来了呀？……说吧，今天来，是又要抓什么人呀？
马文涛：哟，纪子小姐，瞧您说的这是哪里话呀，见外了不是！……好歹，我马文涛和龟田先生也是多年的老朋友了，以前发生的那些个不愉快吧，说起来都是误会，误会……哈哈……

龟田次郎：（冷笑）哼，误会？马探长，你可真会打马虎眼儿。你花着我龟田次郎送给你的钱，却三番五次地带着警察来我的大和洋行捣乱，还从我龟田次郎的手上强行抢人……难道，这些也是误会？

马文涛：（干笑两声）哈哈，这个，这个……龟田先生，上次那件事吧，马某也是被形势所逼。您不知道啊，这美国大使馆的那个鲍威尔大使，是一天一个电话，一天一个电话，都差点儿把我给逼疯了。最后，实在没辙了，我才带人闯了您的大和洋行……哎呀呀，实在是对不住，实在是对不住，还望龟田先生多多包涵，多多包涵！

藤原纪子：（冷笑）哼，结果呢？……你马文涛舔美国人的屁股，前脚带走了人，后脚，就让人给救走了。

马文涛：（堆起满脸的笑容）哈哈，纪子小姐，您不要生气，不要生气……这一生气呀，容易变老变丑，所以嘛，这女人家是不能生气的，千万千万不能生气。

藤原纪子：（恼火地）马文涛，你?

△龟田次郎一抬手，制止藤原纪子。

龟田次郎：（语气冷淡）说吧，马探长，今天你来找我，有什么事儿?

马文涛：啊，龟田先生，是这样，马某今天来，是想跟龟田先生您谈一笔生意。

龟田次郎：（淡淡地）哦，生意?

马文涛：对，一笔天大的好生意。

藤原纪子：（冷笑）哼，黄鼠狼给鸡拜年！

龟田次郎：（冷淡地）对不起，马探长，我龟田次郎，没兴趣跟你谈什么生意——您请回吧。（回头，冲藤原纪子）纪子小姐，帮我送客。

△龟田次郎吩咐完，转身往回走，两名黑衣打手跟在身后。

马文涛：（不紧不慢地）龟田先生，如果是跟周天昊和林秋雁他们有关的生意呢?

△已经走出一截的龟田次郎，身形猛地一顿，倏地停住脚步。

△特写镜头：龟田次郎的嘴角，不由自主地抽动了一下。

△马文涛望着背对自己的龟田次郎，嘴角浮出一丝早就成竹在胸的笑容。

20-13. 大和洋行·外厅　　日　内

△龟田次郎和马文涛两个人，相向而立，藤原纪子侍立一旁。

马文涛：龟田先生，我知道，你很想抓到周天昊和林秋雁两个人，尤其是那个姓林的女娃儿，你是志在必得。

△龟田次郎的脸上没有任何表情，只是面部的肌肉不经意地抽动一下。

马文涛：我还知道，龟田先生您，最根本的目的，压根儿就不在人上头，而是在《神州策序》的摹本上。

△马文涛《神州策序》几个字一出口，龟田次郎脸上的肌肉再次抽动了一下，一旁肃立的藤原纪子，脸色也是微微一变。

马文涛：怎么样，龟田先生，马某没有说错吧？

△龟田次郎冷笑两声，没有接马文涛的话茬。

藤原纪子：（冷冷地）马文涛，绕了半天，你到底想说什么？龟田先生没有时间陪你在这里瞎侃。

马文涛：好，既然这样，那马某就长话短说。很不幸，龟田先生您想要的《神州策序》摹本，在周天昊和林秋雁他们的手里，而且是两幅——

龟田次郎、藤原纪子：（异口同声，意外地）两幅？

马文涛：没错儿，是两幅——一幅是褚遂良临的摹本，还有一幅，是冯承素临的摹本。

△龟田次郎和藤原纪子两个人，不由得对视一眼，目光飞快地一碰。

马文涛：这两幅摹本，虽然不是大书法家王羲之的真迹，但也是价值连城的宝贝……本来吧，我马文涛对这两幅摹本，也有些动心，但现在，既然是龟田先生您志在必得的东西，那马某就不妨做个顺水人情。

龟田次郎：顺水人情？

马文涛：对，顺水人情。就在半个时辰前，我的手下，刚刚查到了周天昊和林秋雁他们落脚的地方。

龟田次郎、藤原纪子：（异口同声）啊？！

△龟田次郎和藤原纪子两个人，再次对视一眼，目光飞快地一碰。

马文涛：龟田先生，我可以协助您，去抓周天昊和林秋雁他们，人和摹本，都可以归你……不过嘛，我有一个条件。

龟田次郎：什么条件？

马文涛：我的条件嘛，很简单。这老话说得好，"人为财死，鸟为食亡"，我马文涛是个俗人，自然也不例外——只要龟田先生给我点儿这个，（捻捻手指头，做了个数钱的动作）咱们这单生意，就算是成交了。

△龟田次郎死死地盯着马文涛，似乎在揣摩马文涛话里边的真假。

△稍倾——

龟田次郎：好，马探长，我答应你的条件。

藤原纪子：（打算阻拦）将军？
　　△龟田次郎一抬手，打断藤原纪子的话。
龟田次郎：纪子小姐，你马上去准备一下。
藤原纪子：（有些不情愿地）是，将军。
　　△藤原纪子狠狠地盯了马文涛一眼，转身朝外边走去。

同场切：
　　△一只大手，打开密码箱。
　　△特写镜头：密码箱中，整整齐齐地码着黄澄澄的金条。
　　△龟田次郎将密码箱推到马文涛的面前。
　　△马文涛随手抓起几根金条，掂了掂，满意地点了点头。
龟田次郎：怎么样，马探长，这些金条，你还满意吧？
马文涛：啊，满意，满意，相当的满意。
龟田次郎：嗯，那就好。我龟田次郎，向来只跟聪明的中国人打交道，希望马探长你，不要让我失望。
马文涛：龟田先生，请您放心，请您一万个放心——我马文涛呀，就是您最乐意打交道的那个中国人，之一，之一……哈哈，哈哈。
　　△马文涛和龟田次郎两人，交换了一个默契的眼神，然后各自仰起头，大笑起来。
　　△肃立一旁的藤原纪子，神色冷峻，脸上的表情没有明显的变化。

20-14. 临街小楼·对面街道　　日　　外
　　△马文涛率领着巡捕房警察，龟田次郎和藤原纪子率领着黑衣打手和部分宪兵队的日本士兵，驾驶着各种轿车和摩托车，乱纷纷地驶至，先后停住。

20-15. 临街小楼·二楼小厅　　日　　内
　　△周天昊和林秋雁背对镜头，研究着贴在墙上的关于大和洋行和龟田次郎等人的一应资料。
　　△沙发上，唐二十三举着一面小镜子，一如既往地画眉毛、涂嘴唇。
　　△小丸子百无聊赖地打着哈欠，时不时地挠挠后脑勺，看看这个，瞅瞅那个。
　　△忽然，外边传来刺耳的车轮与地面摩擦的声音。

△周天昊、林秋雁、小丸子、唐二十三四人，警觉地相互对视一眼。
△周天昊、林秋雁两个人，快步走到窗户旁，隐身朝外边望出去——

20-16. 临街小楼·对面街道　　日　　外
△一众巡捕房的警察、龟田次郎手下的黑衣打手和宪兵队的日本士兵等，乱纷纷地跳下各自乘坐的摩托车。
△马文涛下了自己的黑色轿车，手里拎着枪，冲身后的一众警察吩咐道——

马文涛：快，把这栋楼给老子围上。

△另一头，藤原纪子冲身后的黑衣打手和日本士兵一挥手——

藤原纪子：上。

△巡捕房这边的一众警察、龟田次郎那边的一众黑衣打手和日本士兵，各分两拨：一拨迅速设置路障，然后架起长短枪械，枪口直指周天昊他们所在的小楼；另一拨则执枪分别在警察甲和藤原纪子的带领下，乱纷纷地朝临街小楼冲过去。

20-17. 临街小楼·二楼小厅　　日　　内
△林秋雁和周天昊两个人，隐身在窗户边，观察着外边的动静。

林秋雁：是马文涛的人和龟田次郎的人。我们被包围了。
周天昊：真他妈邪门了……这马文涛，什么时候和老龟田联上手了？

△这时，小丸子和唐二十三两人也凑到了窗户边，探头朝外边看去。

小丸子：（惊呼）呀，这么多人？……哎呀呀，坏了坏了……
唐二十三：（嗲声嗲气）哟，这巡捕房的警察和小鬼子，怎么都来了呀？
小丸子：啊呀，真是的……喂，姓周的，怎么办？
周天昊：还能怎么办，抄家伙，准备战斗。

△林秋雁、周天昊、小丸子、唐二十三四人，迅速返身拿起武器，周天昊顺势撕掉了墙上的一应资料图片等。
△林秋雁、周天昊、小丸子、唐二十三四人，迅速返回到窗户边，各自占据有利位置，举枪向外边射击。
△枪声骤然响起，双方激烈交战。

20-18. 临街小楼　　日　　外
△一众巡捕房的警察、黑衣打手、日本士兵等，分别一边射击，一边朝

临街小楼包抄而来。

△藤原纪子指挥着数十名黑衣打手，顺着墙根迅速攀爬而上，伴随着林秋雁、周天昊等人的射击，不时有黑衣打手中弹，嗷嗷叫着掉落下来。

△枪声啾啾，双方激烈交战，外边的警察、黑衣打手、日本士兵等一时攻不进去，暂时处于胶着状态。

△稍远处，一直静静观战的龟田次郎见己方的人马久攻不下，招了招手，几名日本士兵抬着一门迫击炮过来，咚的一声，冲临街小楼发射了一枚炮弹。

20-19. 临街小楼·二楼小厅　　日　　内

△在巨大的爆炸声中，林秋雁、周天昊、小丸子、唐二十三四人被掀翻出去。

△紧接着，在火烟弥漫中，藤原纪子带着数名黑衣打手攀爬上来，与林秋雁、周天昊等人近身搏斗。

周天昊：（喊）我们朝外边冲。（冲小丸子）小丸子，拿上摹本。

△周天昊打出一梭子子弹，率先朝外边跃出。

小丸子：好嘞。

△小丸子迅速抓起原本搁在桌子上的两幅卷轴，藤原纪子飞身来抢，两人迅速近身对决数招。

20-20. 临街小楼·街道　　日　　外

△林秋雁、周天昊、小丸子、唐二十三四人，与藤原纪子等，由楼上打到楼下，由楼内一直打到外边的街道上，两幅《神州策序》的摹本卷轴在几人的手上争来抢去。

△最后，在激烈的一次争夺中，小丸子和藤原纪子短兵相接，两幅卷轴直接飞了出去。

△两幅《神州策序》摹本的卷轴以慢镜头在半空中旋转、展开，最后落在熊熊燃烧的大火中，瞬间被火舌吞没……

△一组镜头：龟田次郎、马文涛、藤原纪子、林秋雁、周天昊、小丸子等或惊讶，或目瞪口呆。

龟田次郎：（恼火地一跺脚）巴嘎！

△小丸子眼见《神州策序》摹本被大火吞没，大为恼恨，恶狠狠地扑向藤原纪子。

·灰 雁·

小丸子：（咬牙）臭女人！
　　　　△小丸子、林秋雁等与藤原纪子或分或合，缠斗一处，场面一片混乱。
　　　　△打斗间隙，小丸子忽然遇险，一旁的唐二十三飞身扑救，抱着小丸子就地一滚，不小心触到了小丸子的乳房部位，小丸子甩手就给了唐二十三一个大耳刮子，第二个耳刮子被唐二十三挡住。
唐二十三：（捂着半边脸，嗲声嗲气）哟，小丸子，你干吗打我呀？……人家辛辛苦苦救了你，你还打人家？
小丸子：（恼火地一瞪唐二十三）姓唐的，这一巴掌，是给你长长记性。
　　　　△话未落音，小丸子已经再次扑向正在与林秋雁缠斗的藤原纪子。
　　　　△林秋雁与藤原纪子打斗的过程中，怀中揣的怀表（林其轩的遗物），以慢镜头掉落在地上。
　　　　△巡捕房的警察、黑衣打手、日本士兵越聚越多，林秋雁、小丸子、唐二十三三人明显寡不敌众。
　　　　△关键时刻，周天昊驾驶着一辆轿车，撞垮院墙，直冲出来。
周天昊：（冲林秋雁等人大喊）快，上车。
　　　　△林秋雁、小丸子、唐二十三三人，分别逼退与自己缠斗的敌人，飞身跃入轿车内。
　　　　△车内，周天昊一脚油门，轿车飞速地朝前边冲去。
　　　　△镜头跳转至车内——

20-21. 轿车内　　日　　内
　　　　△周天昊驾车，林秋雁、小丸子和唐二十三三人，分别举枪向外边射击。

20-22. 临街小楼·街道　　日　　外
　　　　△马文涛、龟田次郎、藤原纪子分别率领巡捕房的警察和黑衣打手等，一边追赶一边射击。
　　　　△忽然，马文涛被一枚子弹射中肩膀，鲜红的血液顿时流了出来。
警察甲：（惊呼）啊，探长，您受伤了？
马文涛：少他妈咋呼，快给老子追。
警察甲：是。（冲手下的警察）快追。
　　　　△周天昊驾驶的轿车，向前疾冲而去。
　　　　△前方，路障处埋伏的日本士兵和黑衣打手等冲轿车激烈开火。
　　　　△后方，马文涛、龟田次郎、藤原纪子等带着手下一边追赶一边射击。

第二十集

20-23. 轿车内　　日　内

△林秋雁取下悬挂在车顶上的狙击枪，先用枪托砸破前车窗玻璃，然后装上一枚枪榴弹，朝正前方日本士兵设置的路障处扣动了扳机——

20-24. 临街小楼·街道　　日　外

△枪榴弹直直地飞出，落在路障处，轰的一声爆炸，就近的日本士兵、黑衣打手等，均被巨大的气浪掀翻出去。

△周天昊驾驶的轿车，载着林秋雁、小丸子、唐二十三，飞速地蹿了出去。

△黑屏。

20-25. 街道　　日　外

△弹痕累累、玻璃碎裂的轿车，在街道上行驶着。

△镜头跳转至车内——

20-26. 轿车内　　日　内

△周天昊驾驶着轿车，一旁的林秋雁伸手一摸怀中，脸色忽然一变。

林秋雁：坏了。

周天昊：怎么啦？

△**闪回**：林秋雁眼前闪过与藤原纪子动手时，怀中的怀表以慢镜头掉落的情景。

林秋雁：刚才与藤原纪子动手的时候，怀表掉了。

△周天昊沉默片刻，问道——

周天昊：要不要掉头回去？

小丸子：啊，回去？！

唐二十三：（嗲声嗲气）哟，还回去呀？这好不容易才逃出来……

△周天昊瞪了一眼唐二十三，唐二十三顿时噤声。

林秋雁：（迟疑片刻）算了。敌人太多，我们几个势单力薄，太危险。

小丸子：啊呀，真是的……我说姐，不就是一块破怀表吗，掉就掉了呗，回头再买一块新的。啊呀，这次能捡回一条小命来，已经是上辈子烧了高香喽……

林秋雁：那块怀表，是爹的遗物。

·灰　雁·

小丸子：啊?!

林秋雁：……

小丸子：（表情不自然，喏喏地）你、你是说，是、是爹……是爹的遗物？

林秋雁：是的。是爹留下来的唯一一件东西。

　　　　△小丸子大张着嘴巴，老半天合不拢来。

20-27. 临街小楼·街道　　　日　　外

　　　　△大战后的临街小楼以及附近的街道上，一片狼藉。

　　　　△龟田次郎、藤原纪子、马文涛等人以及他们的一众手下，表情各异，神情略显狼狈。

　　　　△龟田次郎的目光落在灰烬中的一块怀表上——正是林秋雁与藤原纪子打斗时，从怀中掉落的那一块。

　　　　△龟田次郎走上前，伸手捡起灰烬中的怀表，细心地拂去怀表上的灰烬，打开。

　　　　△特写镜头：打开的怀表内壳上露出极细微的、肉眼几乎看不清楚的线条。

　　　　△龟田次郎举着怀表，半眯着眼睛，盯视着怀表内壳上的细微线条——

20-28. 大和洋行·内室　　　日　　内

　　　　△龟田次郎一只手举着怀表，一只手拿着放大镜，半眯着眼睛，盯视着怀表内壳上的细微线条。

　　　　△藤原纪子神情冷峻，肃立在龟田次郎的身旁。

　　　　△龟田次郎眼前交叠闪过怀表内壳上的线条、被烧残的那半张密图的线条。

　　　　△稍倾，龟田次郎的脸上，浮现出一股欣喜若狂的神色，并得意地仰起头，狂笑起来。

龟田次郎：哈哈哈……哈哈哈……

　　　　△藤原纪子有些疑惑不解地望着狂笑中的龟田次郎。

藤原纪子：将军，您怎么啦？

龟田次郎：（停住狂笑）纪子小姐，你知不知道，中国人有句老话，叫作"踏破铁鞋无觅处，得来全不费工夫"？

藤原纪子：属下知道这句话，但不知道将军您……指的是什么？

龟田次郎：哈哈哈，我们现在，就可以叫作"得来全不费工夫"——纪子小姐，你来看。
　　△龟田次郎将手中的放大镜递过去。
　　△藤原纪子接过放大镜，仔细查看着怀表内壳上的细微线条。
　　△稍倾，藤原纪子惊呼一声——
藤原纪子：（惊喜地）密图？（回头，冲龟田次郎）将军，是完整的密图？
龟田次郎：对，是完整的密图。如果我没有猜错，这块怀表，应该是那个姓林的女娃儿落下的，百分之百是林其轩的遗物——这只老狐狸，他竟然把密图镂刻在怀表的内壳上，如果不是我龟田次郎无意中捡到，险些误了我的大事儿。
藤原纪子：将军，这下子好了，我们马上就能解开《神州策序》真迹的秘密了。
龟田次郎：（点点头）嗯，对。等破解了这份密图，找到《神州策序》真迹的下落，我们的"蝎美人计划"就可以说是大功告成了……大功告成了……哈哈哈哈……哈哈哈哈……连老天爷都帮着我们，我们的"蝎美人计划"，岂有不成功的道理？……哈哈哈哈……哈哈哈哈……
　　△龟田次郎再次得意地仰起头，狂笑起来。
　　△藤原纪子的一双眼睛，也闪射出一股异常明亮的光。

20-29. 红十字会总医院·换药室　　日　内

　　△一名女护士从马文涛的伤口处夹出一枚子弹头，啪，扔在盘子里。
　　△马文涛咬着牙，紧蹙眉头，疼得直冒冷汗。
警察甲：（关切地）探长，很疼吧？
马文涛：废话，能不疼吗？你他妈挨一枪子儿试试！
　　△女护士给马文涛的伤口处上了药，然后开始用纱布包扎。

20-30. 某广场　　日　外

　　△一位头发花白、虽年老但精神矍铄的老头儿，有些焦虑地来回走动着——正是从北平赶过来的文物专家、教授钱亦秋。
叠映字幕： 北平博物馆文物专家　　钱亦秋
　　△队员甲带着几名队员，不动声色地分散在周围，保护着钱亦秋教授。
　　△稍远处，魏大宏和林秋月带着两三名队员，快步朝钱亦秋教授这边走过来。
　　△钱亦秋教授抬起头，看见魏大宏等人走过来，脸上焦虑的神色明显一松，露出一丝喜悦之色。

·灰　雁·

魏大宏：（快走几步，与钱亦秋教授握手）钱教授！
钱亦秋：（握住魏大宏的手）魏队长……哦，不，不，魏同志！
林秋月：钱伯伯！
钱教授：（动容地）……秋月？！
林秋月：（哽咽地）钱伯伯，是我。
钱亦秋：（激动地）秋月！
△林秋月扑进钱亦秋教授的怀抱，像是见了久别的亲人一般，忍不住泪如雨下。
林秋月：（哽咽地）钱伯伯！
△钱亦秋教授轻轻地拍打着林秋月的肩膀，像一名父亲拍着自己的女儿一般。
钱亦秋：（动容地）好孩子，不要哭，不要哭……回来了就好，回来了就好！……好孩子，不要哭，不要哭，有钱伯伯呢……
△魏大宏谨慎地观察了一下四周的环境。
魏大宏：钱教授，秋月同志，这里不是说话的地方，我们换个地儿吧。
钱亦秋：好，好，我们听魏同志的安排。
△林秋月站直身子，擦去眼泪，整理了一下自己的情绪。
魏大宏：我们走。
△魏大宏和林秋月两个人陪着钱亦秋教授，在队员甲等一众队员的保护下，匆匆离去。

20-31. 暗室　　日　外
△队员甲带着手下的数名队员，或坐或站，在外边值班放哨。

20-32. 暗室　　日　内
△钱亦秋教授和林秋月两个人坐着，正在进行秘密的谈话。
钱亦秋：秋月啊，我记得，大概在三年前的某一天——那一天还下着瓢泼大雨——我收到了你父亲从南京寄来的一个包裹，包裹里边，是他花了大半辈子心血，研究和探寻《神州策序》真迹下落的相关资料……令人痛心的是，我收到包裹后没多长时间，就听到了你爹娘被人暗杀的消息！
林秋月：……
钱亦秋：（伤感地）秋月啊，对于你父母亲的遭遇，我感到很痛心，也感到非常抱歉——作为你父亲多年的老朋友，我甚至都没能到他的墓前去，给他献一束花。

△林秋月面色一黯，悄悄地别过脸去，拭去眼角的一滴眼泪。

20-33. 某破败工地　　日　外

△这是一处破败的工地，几幢烂尾楼，散乱地堆放着各种废弃的建筑材料。

20-34. 某破败工地·房屋　　日　内

△工地上的某一间屋子，成了周天昊、林秋雁等人的临时驻地。

△周天昊手托下巴，在地板上慢慢地来回踱步，沉思着。

△林秋雁神色冷峻，用抹布一丝不苟地擦拭着一支手枪。

△小丸子嘴里叼着一根草棍儿，百无聊赖地靠墙坐在地上，眼珠子骨碌碌乱转。

△唐二十三进来，打眼一瞅，朝小丸子这边走过来。

△唐二十三一屁股坐在小丸子旁边，紧挨着小丸子的身体，然后拿出一面小镜子，开始认真地画自己的眉毛。

△小丸子有些恼火地冲唐二十三翻了翻白眼，挪了挪身子，离唐二十三远了一点儿。

△唐二十三举着小镜子，认真地画着自己的眉毛，目不斜视，但身体却跟随小丸子的动作，也挪了挪，再次紧挨着小丸子的身体……如是反复两三次。

小丸子：（恼火地）喂，娘娘腔，你干什么？

△唐二十三冲小丸子龇龇牙，死皮赖脸地嘿嘿一笑。

△小丸子恼火地站起身来，拍拍屁股，走开。

唐二十三：（也站起来，嗲声嗲气）哟，小丸子，你去哪儿呀？

小丸子：（头也不回地）关你屁事儿，滚一边去。

△唐二十三被小丸子的话噎了一下，站住，神色尴尬。

△唐二十三眼瞅着小丸子就要走出去，又快走几步，追了上去。

唐二十三：（嗲声嗲气）哟，小丸子，你去哪儿？……你等等我……等等我呀……

△小丸子和唐二十三两人，一前一后，走出画面。

·灰 雁·

20-35. 暗室　　日　内

　　　　△钱亦秋教授和林秋月两个人坐着，林秋月的神情已经恢复了平静。
钱亦秋：秋月啊，根据你父亲寄来的相关资料，我又花了两三年时间，基本上捋清了你父亲的研究思路。
　　　　△钱亦秋教授铺开一张地图，指着其中的一个地方。
钱亦秋：秋月啊，你看，这是浙江的嵊州。
　　　　△林秋月凑过去，仔细地看钱亦秋手指的地图。
钱亦秋：你看，这是瀑布山，这是瀑布山对面的五老峰。（顿了顿）嵊州是书圣王羲之晚年隐居的地方，而这个瀑布山和五老峰呢，就在王羲之居住地的旁边。根据你父亲的研究资料，王羲之的墓穴，就藏在这五老峰里边的某一个地方。
林秋月：哦？
钱亦秋：史书上记载，书圣王羲之的墓穴是在瀑布山里边——也就是我们大家所熟知的那个墓穴。但根据我和你父亲的研究与推断，瀑布山里边的那个墓穴，十有八九是衣冠冢，是用来混淆外人耳目的。而王羲之真正的墓穴，应该是藏在瀑布山对面的五老峰里边，只是不为外人所知而已。
林秋月：钱伯伯，您的意思是说，《神州策序》的真迹，极有可能藏在五老峰的这个墓穴里？
钱亦秋：（点点头）对。你父亲所有的研究结果，都是指向这个五老峰。这两三年，我也查阅了大量的史籍资料，基本认同你父亲的这个观点。史书上记载的那些线索，都不足信——你想啊，唐太宗李世民，那么开明的一个皇帝，他怎么会自私到把《神州策序》的真迹，带进自己的坟墓里边去呢？
林秋月：钱伯伯，您的意思是说，一千多年前的唐太宗李世民，让大臣冯承素、褚遂良等人临摹《神州策序》，又故意安排史官在史书的记载上打了马虎眼，让后人误以为《神州策序》的真迹，伴随他进了自己的坟墓？
钱亦秋：对。秋月啊，你很聪明。唐太宗李世民故意误导后人，留下了一个无头悬案，实际上是为了保护这件旷世之作——一个真正喜欢《神州策序》的人，又是气度非凡的大国之君，他肯定会让这件旷世之作，回到它的主人身边。所以……
林秋月：（和钱亦秋异口同声）五老峰！
　　　　△林秋月和钱亦秋教授会心地对视一眼，同时笑了。
林秋月：钱伯伯，等我们准备一下，马上就出发。

钱亦秋：（欣慰地）好，越快越好。（顿了顿）找到《神州策序》的真迹，让这件旷世之作重见天日——这也是你父亲这辈子最大的心愿啊。
林秋月：钱伯伯，您放心，我爹的这个心愿，一定会达成的，一定！
　　　　△林秋月的一双眼睛，明亮而有神，流露出一股前所未有的坚毅之色。
　　　　△定格。

·灰 雁·

—— 第二十一集 ——

21-1. 某破败工地　　日　外
　　　△一座半拉子的烂尾楼。某一层的楼栏边，神情冷峻的林秋雁神情中略带着忧郁，静静地眺望着远处。
　　　闪回1：南京军统站　　傍晚　　外
　　　△周天昊将一只怀表递向林秋雁。
周天昊：这只怀表，是你父亲的贴身之物。救你出来那晚，我在他的衣兜里发现的，顺手带了出来。
　　　闪回2：临街小楼·街道　　日　　外
　　　△林秋雁与藤原纪子近身搏斗，揣在怀中的怀表，以慢镜头缓缓掉落在地上。
　　　闪回3：临街小楼·林秋雁卧室　　夜　　内
　　　△林秋雁抱膝坐在床上，摩挲着手中的怀表，神情忧郁。
　　　现实：
　　　△林秋雁依旧神情冷肃地站在楼栏边，眺望着远处。

21-2. 火车道　　日　外
　　　△一辆火车，汽笛鸣响着，沿着灰色的铁轨疾驰而来。

21-3. 火车车厢　　日　内
　　　△车厢中，坐着林秋月、钱亦秋教授、队员甲以及其他几名行动队的队员，一干人等表情各异。
钱亦秋：秋月啊，这次去嵊州，一路上又是山又是水的，路途艰险，要辛苦你和这几位同志了。
林秋月：（笑了笑）钱伯伯，您说的这是哪里话，保护钱伯伯您去嵊州，这一呢，是组织上交给我们的任务，是分内的工作；这二呢，也是为了完成我父亲当年的遗愿……秋月应该感谢您才是。
钱亦秋：秋月啊，说起来，我是愧对你父亲啊——整整过去了三年时间，我才解开他寄给我的这些资料……真是惭愧啊。
林秋月：钱伯伯，这不怪您。您想啊，这埋藏了上千年的秘密，哪能一下子就解开呢？我爹他，还不是花了大半辈子的时间，才研究出点眉目来？
钱亦秋：（爽朗一笑）哈哈，说的也是，说的也是。不过很快，这个埋藏了一千三百年之久的大秘密，就会大白于天下喽。
林秋月：是啊，想想都令人激动。我爹的遗愿，也终于可以实现了。
钱亦秋：会的，会实现的。

21-4. 某破败工地　　日　　外

△楼栏边，林秋雁依旧神情冷肃、略带忧郁地眺望着远处。
△周天昊从屋内走出来，看了看，朝林秋雁这边走过来。
周天昊：怎么，还在想你父亲的怀表？
△林秋雁没有回头，也没有回答周天昊的问话，只是模棱两可地摇了摇头。
周天昊：放心吧，等这阵子风头过去，我们再去帮你找回来——一定可以找回来的。

21-5. 某破败工地·房屋　　日　　内

△唐二十三举着小镜子，一丝不苟地描画着自己的眉毛。
△小丸子有些百无聊赖地伸了伸懒腰，在地上走着来回。
小丸子：啊呀，真是的……闷死了闷死了……啊呀，真是的，这什么破地方呀？我小丸子，非得给闷死了不可……啊呀。（忽然站定，回过头，冲唐二十三）喂，姓唐的，就你那两根破眉毛，都画了好几个时辰了，还没画够啊？你烦不烦啦你？
唐二十三：（依旧画自己的眉毛，头也不回地，嗲声嗲气）哟，小丸子，我告诉你呀，我呀不烦。
小丸子：啊呀，真是的……喂，姓唐的，你说，你这一天到晚不是画眉毛，就是涂嘴唇的，比女人还女人呐，你说，你还是个站着撒尿的爷们不？
唐二十三：（嗲声嗲气）哟，小丸子，我画我自己的眉毛、涂我自己的嘴唇，我唐二十三呀，又没招你惹你，是你自己无聊，干吗冲着我来呀？
小丸子：（恼火地冲唐二十三一瞪眼）呀，唐二十三，你……

21-6. 某破败工地　　日　　外

△林秋雁和周天昊两个人，静静地站在楼栏边。

△林秋雁神情凝重，似乎陷入了某种深深的沉思之中。
闪回1：临街小楼·林秋雁卧室　　夜　内
△林秋雁抱膝坐在床上，摩挲着手中的怀表，神情忧郁。
△林秋雁打开怀表，内盖上，显露出极为细微的线条——
闪回2：大和洋行·地牢　　夜　内
△龟田次郎将烧残的半张密图，举到林秋雁眼前。

龟田次郎：（狰狞地）告诉我，这张图画的是什么地方？
龟田次郎：（狰狞地）这张图，是你的父亲林其轩，一笔一画，亲手画的——

现实：
△龟田次郎说"亲手画的"几个字眼，以回音的方式在林秋雁耳边萦绕。紧接着，在电光石火之间，怀表内盖上的细微线条与龟田次郎手中的那半张密图，迅速叠加，最后重合在一起。
△林秋雁的眼前忽然一亮，倏地转过身来，面对周天昊。

林秋雁：我想起来了，是密图。
周天昊：（一愣）什么密图？
林秋雁：怀表的内盖上，刻着一些很细的线条，如果不仔细看，几乎看不出来。
周天昊：……
林秋雁：在大和洋行的地牢里，龟田次郎给我看的那半张密图，跟怀表内壳上的那些线条，是完全吻合的——
周天昊：（反应过来，惊讶地）啊？！
林秋雁：那应该是一副地形图。我爹不光把它画在了纸上，还刻在了贴身的怀表内壳上。
△林秋雁和周天昊有些激动地对视一眼，两人的眼睛中均射出明亮的光。
林秋雁：走。
△林秋雁和周天昊两个人转身，快步朝屋内跑去。

21-7. 某破败工地·房屋　　日　内

△林秋雁和周天昊两人，快步跑进来。
△林秋雁迅速在桌上铺开一张纸，又顺手抓过一支笔。
周天昊：能回忆起来吗？
林秋雁：我试试。应该问题不大。
△林秋雁根据自己的记忆，开始回忆着在纸上描画线条。
△小丸子和唐二十三两人有些莫名其妙地对视一眼，疑惑地凑上去。

21-8. 大和洋行·走廊　　日　　外
　　△藤原纪子快步走向龟田次郎的内室。

21-9. 大和洋行·内室　　日　　内
　　△龟田次郎突然转过身来,盯着肃立在屋子中央的藤原纪子。
龟田次郎:你是说,林秋月带着几个人,秘密地离开了上海?
藤原纪子:是的,将军。他们是坐火车离开的,奇怪的是,跟林秋月他们一起同行的,还有一名从北平赶过来的老头儿,姓钱,叫钱亦秋。
龟田次郎:(沉吟地)钱亦秋?他是什么人,也是共产党?
藤原纪子:不,他不是。我安排人查过了,这个钱亦秋,是北平博物馆的教授,主攻的专业方向是文物考古——有意思的是,这个钱亦秋,与林秋月的父亲林其轩,都是很多年的老朋友。
龟田次郎:(两眼放光)哦?!
藤原纪子:将军,依属下看,这一切应该不是巧合。这个钱亦秋,虽然不是共产党,但近年来与共产党方面接触密切,他们的行动,极有可能与《神州策序》真迹的下落有关。
　　△龟田次郎嗯了一声,认可地点了点头。
　　△龟田次郎来回踱着方步,陷入沉思。
　　△稍倾,龟田次郎站定,回头——
龟田次郎:他们要去什么地方,查清楚了吗?
藤原纪子:根据我们截获的情报显示,林秋月他们一行的目的地,极有可能是浙江那边,一个叫嵊州的地方。
龟田次郎:(沉吟地)浙江?嵊州?
藤原纪子:……
龟田次郎:(迅速转身)拿地图来。
　　△藤原纪子迅速拿过一张地图,在桌子上铺展开来。
　　△龟田次郎举着放大镜,在地图上快速地搜寻着。

21-10. 某破败工地·房屋　　日　　内
　　△一幅刚刚画完的完整密图,摊开在桌子上。
　　△林秋雁、周天昊、小丸子、唐二十三四个人,四只脑袋凑在一起,盯着那幅密图。

·灰　雁·

林秋雁：这应该是一幅地形图。
小丸子：地形图？
　　　　△小丸子对着密图横看竖看，但看不出什么眉目。
小丸子：喂，娘娘腔，你看出来了没有，到底画的是什么地方呀？
　　　　△唐二十三摇了摇头。
周天昊：跟地图比照一下，应该能找到线索。小丸子，把地图拿过来。
　　　　△小丸子喏了一声，拿过一张地图，摊开在桌子上。
　　　　△周天昊、林秋雁、小丸子、唐二十三四个人，将地图和密图搁在一起，比对着来看。
林秋雁：（指着地图一角）看，是这里。
周天昊：嵊州？
小丸子：（不明所以地挠挠后脑勺）嵊州？……嵊州是哪儿呀？
周天昊：在浙江。那个地方，正好是一代书圣王羲之晚年隐居的地方，王羲之过世以后，也埋在那里。
　　　　△小丸子似懂非懂地哦了一声，眼珠子骨碌碌一转，作沉思状。
唐二十三：（嗲声嗲气）哟，有点儿意思了。既然这张图，是林姑娘你的父亲留下来的，那就肯定与《神州策序》的真迹有关。
周天昊：我想也是。（冲着林秋雁）为了这张图，龟田次郎不惜杀害了你的父母，还把你抓到大和洋行的地牢去，严刑拷打，逼着你帮他解图，而日本人的"蝎美人计划"呢，行动的头号目标就是书圣王羲之的《神州策序》，不管是摹本还是真迹，日本人都想要——这所有的线索串起来，结果不言而喻。
　　　　△周天昊顿了顿，继续说道——
周天昊：我想，我们正在触及一个埋藏了上千年的大秘密。
小丸子：（有些出神，一字一顿地）大——秘——密？
　　　　△这时，林秋雁指着密图的一处，忽然发声——
林秋雁：你们看，这里。
　　　　△周天昊、小丸子、唐二十三三人，顺着林秋雁的手指，看向密图。
林秋雁：这个地方画的，应该是那座著名的五老峰。
小丸子：（不明所以地）五老峰？什么地方啊？
周天昊：王羲之晚年隐居在浙江的嵊州，五老峰是他居所对面的一座山峰。据说，五老峰上有只千年狐狸精，经常化作妙龄少女，来给王羲之铺纸、磨墨，而王羲之呢，每次挥毫泼墨之后，都会把笔挂在这个五老峰上，所以，五老峰还有个名字，叫"笔挂山"。
小丸子：（半信半疑地）啊，那么神奇啊？
周天昊：这些都是后人演绎出来的传说，意在神化书圣王羲之，不足为信。
小丸子：原来是假的啊？嘿嘿，我想也是，哪有那么玄乎啊，还千年狐狸，还妙龄少女？……喂，姓周的，你知道得可真多呀，不愧是那个军什么什么统的教官，嘿嘿……
林秋雁：爹曾经告诉过我，《神州策序》的真迹，根本不是藏在唐太宗李世民的墓穴里。史书上之所以出现那样的记载，是因为唐太宗李世民，故意给后人布了一个疑阵。
周天昊：疑阵？
林秋雁：我爹是这样说的。
小丸子：（半信半疑地）啊呀，姐，你说咱爹的话吧，到底能不能当真啊？这万一，他要是信口瞎说的呢？
林秋雁：咱爹钻研了大半辈子的王羲之，一直在找《神州策序》真迹的下落——他应该不是随口说的。
小丸子：（依旧半信半疑地）是不是啊？
周天昊：你再想想，你爹当时还说什么了？
△林秋雁陷入回忆当中，眼前闪过与父亲林其轩在书房谈话时的情景。
林秋雁：我爹还说，真正喜欢这件旷世瑰宝的人，绝对不可能让它流落到别的地方去，而是会让它回到真正的主人身边。
周天昊：（沉吟地）真正的主人？
△周天昊忽然反应过来似的，眼前倏地一亮——
周天昊：难道，你爹的意思是说，《神州策序》的真迹就藏在浙江的嵊州？
△周天昊、林秋雁、小丸子、唐二十三四人四目相对，每个人的眼中，都闪射着意外而惊喜的光芒。

21-11. 大和洋行·内室　　日　　内
△龟田次郎举着放大镜，将地图和密图两相比照着；藤原纪子肃立一旁。
龟田次郎：（顾自嘀咕着）嵊州……嵊州……
△稍倾，龟田次郎的脸上闪现出欣喜若狂的神色，眼神狂热。
龟田次郎：（仰头）哈哈哈哈……哈哈哈哈……
藤原纪子：将军，您笑什么？
龟田次郎：纪子小姐，你马上去挑十来名精干的手下，我们现在就出发。

·灰 雁·

藤原纪子：（疑惑地）现在就出发？……将军，我们去哪里？
龟田次郎：浙江，嵊州。
藤原纪子：（有些迟疑地）我们……我们也要去嵊州？
龟田次郎：对。林秋月他们去那儿，我们就去那儿——我们给他来个，螳螂捕蝉，黄雀在后。
　　　　△龟田次郎眼望虚空，一副踌躇满志的架势。

21-12.　（空镜头）浙江·嵊州　　日　外
　　　　△层峦叠嶂、烟雨空蒙的江南水乡外景。

叠映字幕：浙江·嵊州

21-13.　浙江·嵊州·山道　　日　外
　　　　△崎岖的山道上，钱亦秋教授、林秋月以及队员甲等四五名行动队的队员，正吃力地向上爬着，队员甲等人时不时地擦汗。

21-14.　浙江·嵊州·另一山道　　日　外
　　　　△钱亦秋教授铺开一张地形图，仔细地比照查看着。
钱亦秋：（指着前方）快到了，翻过前边那个山头，就是五老峰。
林秋月：（冲队员甲等人一挥手）走。
　　　　△钱亦秋教授、林秋月、队员甲等人，顺着崎岖的山道，继续向前走去。

21-15.　浙江·嵊州·五老峰　　日　外
　　　　△钱亦秋教授、林秋月、队员甲等人，走到一处山坳位置，停下。
　　　　△钱亦秋教授、林秋月、队员甲等人围在一处，查看着一幅地形图。
钱亦秋：（对林秋月）根据你父亲的推断，王羲之真正的墓穴入口，应该就在这附近。
林秋月：这么大的五老峰，如果没有明显的标记，想要找到墓穴的入口，恐怕难度很大。
钱亦秋：不要急。我们仔细找，肯定会找到蛛丝马迹的。
林秋月：好。
　　　　△林秋月回头，冲队员甲等人吩咐道——
林秋月：大家都散开，分头找。
　　　　△队员甲等人应答一声，各自散开，顺着石壁仔细查找起来。

△钱亦秋教授用自己的工具,从崖壁上取下一些土样,仔细地查看。

△林秋月拿着一个小石块,顺着崖壁轻轻地敲打过去,一边敲打一边仔细地侧耳聆听。

21-16. 浙江·嵊州·五老峰/隐蔽处　　日　　外

△一只大手拨开树梢,露出龟田次郎、藤原纪子,以及数十名黑衣打手的脑袋。

△龟田次郎的嘴角挂着狞笑,举着望远镜,眺望着山腰处——

△望远镜中:钱亦秋教授、林秋月、队员甲以及其他队员等,正在四下里仔细搜寻。

21-17. 浙江·嵊州·五老峰　　日　　外

△林秋月顺着崖壁一路敲下去。忽然,一处崖壁传来砼、砼的回响。

△林秋月的脸上不禁一喜,迅速回过头,冲钱亦秋教授喊道——

林秋月:钱伯伯,你快来。

△钱亦秋教授、队员甲等人,迅速围到林秋月身边。

钱亦秋:秋月,怎么啦?

林秋雁:这儿有回声。

钱亦秋:哦?

△林秋月又用手中的石块敲击了两下,崖壁发出砼、砼的回响。

林秋月:——里边是空的。

△钱亦秋教授用手中的工具叩打崖壁,时轻时重,同时侧耳聆听。

钱亦秋:(面色一喜)秋月啊,应该没错儿,就是这里……快,把这些藤蔓和杂草扯下来。

△钱亦秋教授、林秋月、队员甲等人一齐动手,将崖壁周围的藤蔓、树梢、杂草等,一一清除。

△特写镜头:一座满布苔藓、水渍侵蚀斑驳的石门,显露在大家面前。

林秋月:(惊喜地)钱伯伯,我们找到了!

钱亦秋:是啊。(回头,四下扫视)大家再找找,附近一定有石门的开启机关。

林秋月:好。(冲队员甲等人)你们几个,去那边。

队员甲等:是。

△林秋月、队员甲等人迅速散开,在石门周围仔细地查找。

△稍倾,林秋月拨开一丛杂草,显露出一个极为隐蔽的小洞,小洞中露

·灰 雁·

出一个圆球状的石柄。
林秋月：（回头，喊）钱伯伯，你快看，这里。
　　　　△钱亦秋教授快步走到林秋月身旁，仔细端详着小洞中的圆球状石柄。
林秋月：钱伯伯，是这个吗？
钱亦秋：试一试就知道了。
　　　　△钱亦秋用双手握住圆球状石柄，用力向一侧拧动。
　　　　△特写镜头：伴随轰隆隆的巨响声，石门缓缓开启。
　　　　△一个巨大的石窟显露在众人面前，但紧接着，就有十数枚暗箭从洞窟内嗖、嗖地射出来。
林秋月：（喊）小心，有暗器。
　　　　△林秋月一边喊，一边迅速将钱亦秋教授扑倒。
　　　　△队员甲等人纷纷闪躲，其中一名队员的肩膀，不幸被一支暗箭射中。

21-18. 浙江·嵊州·五老峰 / 隐蔽处　　日　外
　　　　△龟田次郎、藤原纪子、十数名黑衣打手，躲在隐蔽处，紧盯着林秋月他们打开石门的行动。
藤原纪子：将军，我们要不要现在就下去，将林秋月他们拿下？
龟田次郎：（一抬手）不。再等等。

21-19. 浙江·嵊州·五老峰　　日　外
　　　　△受伤队员肩膀上的箭头已经被拔了出来，钱亦秋教授正在验看箭头。
钱亦秋：应该没有毒。
林秋月：快，给他包扎一下。
　　　　△两名队员上前，迅速将受伤队员的肩膀包扎起来。
林秋月：留两个人在门口看守，其他人跟我们进去。
队员甲：（冲两名队员）你们两个留下来，注意，都留点神儿。
该两名队员：是。
　　　　△钱亦秋教授、林秋月、队员甲等人，先后走进石门。

21-20. 石窟·通道　　日　内
　　　　△幽暗而崎岖的通道，钱亦秋教授、林秋月、队员甲等人，举着火把，向内走去。

第二十一集

21-21. 浙江·嵊州·五老峰/隐蔽处　　日　　外

△龟田次郎放下望远镜，朝身后一摆手。

藤原纪子：（回头，冲黑衣打手）走。

△藤原纪子带着一众黑衣打手，朝石门处潜行而去。

21-22. 浙江·嵊州·五老峰　　日　　外

△留下的两名行动队队员，一左一右，守在石门外边。

△隐蔽处，藤原纪子手举两柄匕首，一甩手，飞射而出。

△石门处，两名留守队员的咽喉部位，被飞来的匕首射中，闷哼一声栽倒。

△龟田次郎、藤原纪子带着十数名黑衣打手走出隐蔽处，来到石门前。

龟田次郎：（盯着黑黢黢的石窟，冷笑）哼哼，林其轩啊林其轩，你大概想不到吧，是你的大女儿林秋月，亲自将我龟田次郎带到了这里……《神州策序》的真迹，马上就要现世了，我们大日本帝国的"蝎美人计划"，也要大功告成了……哈哈哈……哈哈哈……

△过了片刻，龟田次郎才收住笑，冲藤原纪子等人吩咐道——

龟田次郎：走，我们进去。

藤原纪子：（回头，冲四名黑衣打手）你们几个守在这里，其他人，跟我来。

△龟田次郎、藤原纪子两人带着剩余的黑衣打手，走进石窟。

△另有四名黑衣打手留了下来，分站两边，守在石门外边。

21-23. 石窟·通道　　日　　内

△龟田次郎、藤原纪子以及一众黑衣打手等，举着火把，摸索着向前走去。

21-24. 石窟·暗河　　日　　内

△钱亦秋教授、林秋月、队员甲等人举着火把走进来。

△在林秋月他们的脚下，是一条汹涌的暗河，一根石柱横空担架在暗河上头。

△头顶的缝隙中，有零星的光线洒下来，以至石窟内不是太暗。

△钱亦秋教授铺开手中的图纸，借助火光，仔细地查看片刻。

钱亦秋：秋月啊，应该不远了，可能就在前边。（顿了顿）我们得从这个石柱上走过去。

林秋月：好。（回头，冲队员甲等人）大家一个紧跟一个，都小心一点儿。（对钱亦秋）钱伯伯，你跟在我后边。
　　△林秋月、钱亦秋教授、队员甲等人，依次从悬空的石柱上，小心翼翼地走了过去。

21-25. 石窟·主墓室　　日　内
　　△林秋月、钱亦秋教授、队员甲等人，举着火把，走进主墓室。
　　△一个巨大的半天然石窟，显露在林秋月、钱亦秋等人的面前。
　　△石窟内有明显的人工斧凿痕迹，纵横交错着若干或明或暗的通道；石窟顶端的缝隙中，透进灿烂的光线，让石窟内亮若白昼。
　　△特写镜头：正前方的崖壁上，镌刻着一行遒劲的大字："晋右将军王公墓。"

林秋月：（惊喜地）钱伯伯，是书圣王羲之的墓穴——我们找到了！我们终于找到了！

钱亦秋：（欣慰地，眼眶湿润）是啊，秋月，你爹他在九泉之下，也就可以瞑目了！
　　△就在这时，石窟内忽然传来呵呵的狞笑声，在空旷的四壁上回响着，令人毛骨悚然。

林秋月：（迅速回头，厉声地）谁？
　　△林秋月、队员甲等人迅速拔出手枪，将钱亦秋教授保护在身后，警惕四顾。

林秋月：（厉声地，喊）什么人？给我出来！
　　△伴随着一阵推弹上膛的声音，龟田次郎、藤原纪子及一众黑衣打手等举着手枪，从隐蔽处冒出身来，成半圆形包围了林秋月、钱亦秋、队员甲等人。

21-26. 浙江·嵊州·五老峰　　日　外
　　△四名黑衣打手，手执武器，警惕地守在石门外边。
　　△稍远处的隐蔽地带，一只大手悄悄地拨开树梢，露出林秋雁、周天昊、小丸子、唐二十三四人的脑袋。

林秋雁：（压低声音）是龟田次郎的人——我们来迟了一步。
周天昊：（压低声音）先干掉他们再说。
林秋雁：（压低声音）好。
周天昊：（回头，冲小丸子和唐二十三）小丸子，你和唐二十三，从那边绕过去。

小丸子：啊，没问题，姓周的，你就等着瞧好儿吧。（冲唐二十三）喂，娘娘腔，咱们走。
唐二十三：（嗲声嗲气）嗯，好。
　　　　△林秋雁、周天昊、小丸子、唐二十三四人，每两人一拨，分两头迂回潜向石门外边的四名黑衣打手。

21-27. 石窟·主墓室　　日　　内

　　　　△龟田次郎、藤原纪子一方的黑衣打手与林秋月一方的人马，执枪对峙着——林秋月一方的人手明显处于劣势。
队员甲：（凑近林秋月，低声）林姑娘，中间那个，就是大和洋行的总经理龟田次郎，站在他旁边的那个娘们儿，叫藤原纪子，是个很扎手的角色——这两个人，都是负责"蝎美人计划"的核心人物。
林秋月：哦！
　　　　△龟田次郎皮笑肉不笑地盯着林秋月、钱亦秋、队员甲等人。
龟田次郎：林大小姐，真的是幸会啊！虽然你我从未见过面，不过，我龟田次郎跟你们林家，一直以来是缘分不浅啊。
林秋月：龟田次郎，你知道我？
龟田次郎：对，打你一回国，我就知道了林姑娘你的消息。
　　　　△林秋月冷哼了一声，没有说话。她脸色凝重，急遽地思考着对策。
龟田次郎：想当年，我跟林姑娘你的父亲——林其轩老先生，一度是莫逆之交啊。只是后来，中日两国打仗，我们的关系才变得生疏了一些。
林秋月：龟田次郎，你少在那里胡说八道。我爹他，是铁骨铮铮的中国人，怎么会跟你这样怀有狼子野心的侵略者交朋友？
龟田次郎：（呵呵大笑）林姑娘，你说得没错儿，你爹的骨头是挺硬的——不过，硬骨头的下场是什么，你懂吗？那就是一个字——死。
林秋月：（神色一紧，厉声地）龟田次郎，难道，是你杀害了我爹和我娘？
龟田次郎：对，没错儿，是我，是我龟田次郎，烧了你们林家，杀了你爹和你娘——谁让你爹那么不识时务呢？……凡是跟我大和民族作对的人，我都得把他们像搬绊脚石一样，一一搬开。
林秋月：（咬牙，愤怒地）龟田次郎，你？
龟田次郎：（拿出烧残的半张密图）看见没有，这半张密图，就是从你爹的手里抢来的——虽然，我一直没有参透这幅密图画的是什么地方，不过，皇天不负有心人，林姑娘你，竟然把我带到了这里，书圣王羲之的墓穴

·灰 雁·

……哈哈哈……哈哈哈……
△林秋月脸上的神色，急遽地变化着。
△稍倾，林秋月强压住怒火，让自己稍稍平静了下来。
△龟田次郎还在得意地仰头大笑，林秋月冲队员甲等人暗暗地摆了个眼色。
林秋月：（喊）打。
△林秋月、队员甲等人同时开枪，枪声骤起；龟田次郎、藤原纪子一方也同时开火，双方激战。
林秋月：（喊）往那边撤。
队员甲：（冲两名手下的队员，大喊）保护钱教授。
△林秋月、队员甲等人，一边冲龟田次郎、藤原纪子等人射击，一边保护着钱亦秋向一条通道退去。

21-28. 浙江·嵊州·五老峰　　日　外
△四名黑衣打手，眼神警惕地守在石门外边。
△忽然，林秋雁、周天昊、小丸子、唐二十三四人，以各自擅长的方式跃出，三招两式间，即将四名黑衣打手一一击杀在地。
周天昊：走，我们进去。
△周天昊、林秋雁、小丸子、唐二十三四人，先后走进石门。

21-29. 石窟·通道　　日　内
△周天昊、林秋雁、小丸子、唐二十三四个人，举着一支火把，手执武器向前潜去。

21-30. 石窟·岔道　　日　内
△林秋月、队员甲等人一边与龟田次郎、藤原纪子一方对射，一边保护着钱亦秋教授向后边退去。
△双方激烈交战，时不时有黑衣打手或者行动队的队员中弹，倒伏在地。

21-31. 石窟·暗河　　日　内
△周天昊、林秋雁、小丸子、唐二十三四人，从悬空的石柱上往对面走去。
△忽然，石窟深处传来散乱的枪声。

△林秋雁、周天昊两人疑惑地对视一眼。

林秋雁：怎么会有枪声？

小丸子：啊呀，姐，这你还不明白啊？肯定是那个老龟田，率先找到了那个叫什么什么序的宝贝，手底下的人眼红，起了内讧呗。

林秋雁：不可能。

小丸子：为什么不可能啊？你想啊，那是价值连城的宝贝，足足能买下大半个上海滩，谁不想要啊？哪个手下不眼红啊？

林秋雁：（冷冷地）你以为，龟田次郎的手下都跟你一样，动不动抢自己人的东西、偷自己人的东西？

小丸子：（恼火地龇龇牙）啊呀，真是的……还是人家姐呢，怎么哪壶不开提哪壶呀？……哼！

周天昊：你们姐妹两个，就别斗嘴了。依我看，这石窟里边，不止龟田次郎一拨人马，十有八九还有别的人在。

唐二十三：（嗲声嗲气）哟，还有别的人在啊？……嗯，这下子有热闹看了。

小丸子：喂，姓周的，你明明喜欢我姐，却又不敢说出来，甚至，连一丁点儿暗示都不敢……我说，你不嫌憋屈得慌呀？

周天昊：小丸子，你别瞎说。

小丸子：啊呀，真是的……谁瞎说了呀？明明就是这样嘛，难道，你不喜欢我姐？

周天昊：你？

△周天昊被小丸子一顶，一时不知道该怎么回答。

林秋雁：（厉声地）小丸子，闭嘴，不许胡说八道！

小丸子：（不满地低声嘀咕）哼，谁胡说八道了呀？

唐二十三：（嗲声嗲气）哟，小丸子，我劝你呀，还是少说两句，省得呀挨你姐的骂！

小丸子：（冲唐二十三一瞪眼）关你屁事啊？

△小丸子话音未落，忽然一个不小心，失足从悬空的石柱上滑落。

△危机时刻，林秋雁一把抓住了小丸子的胳膊，将她拽了上来。

△就在这时，石窟深处再次传来激烈的枪声。

周天昊：我们快走。

△周天昊、林秋雁、小丸子、唐二十三四人，快速朝石窟深处跑去。

21-32. **石窟·另一岔道　　日　　内**

△林秋月和队员甲等人，一边冲在后追击的藤原纪子等人射击，一边保

护着钱亦秋教授往后撤退。

△忽然,一枚流弹打中了钱亦秋教授的胸口,鲜血当即流了出来。

林秋月：（急切地,喊）钱伯伯!

钱亦秋：（捂着胸口,强挤出一丝微笑）秋月……

林秋月：钱伯伯!

△藤原纪子一方的火力越来越猛烈,行动队的其他队员先后中弹牺牲。

△最后,只剩下了林秋月和队员甲两个人,一边射击,一边保护着受伤的钱亦秋教授往后撤。

队员甲：（大声地）林姑娘,你保护钱教授先走,我来掩护。

林秋月：（大声地）不行。要走一起走。

队员甲：（大声地）没时间了,要不然,我们谁也走不了……快走,林姑娘。

△林秋月放眼四顾,稍微权衡了一下眼前的形势。

林秋月：（大声地）好——那你自己小心点儿。

队员甲：（大声地）放心吧,林姑娘。大不了,我拿这条命跟小鬼子他们拼了——到了阴曹地府,老子照样打鬼子。

△林秋月一咬牙,搀扶着受伤的钱亦秋教授向通道深处撤去。

21-33. 石窟·岔道　　日　　内

△通道上倒伏着三四具尸体,有黑衣打手,也有行动队的队员。

△周天昊、林秋雁、小丸子、唐二十三赶至近前,逐一查看尸体。

△林秋雁将两名行动队队员的尸体逐一翻过来,忽然认出了对方。

林秋雁：他们是魏先生的人。

周天昊：（一愣）共产党?

林秋雁：是。

周天昊：共产党的人怎么会在这里?难道,他们也在图谋《神州策序》的真迹?

林秋雁：……

小丸子：（挠挠后脑勺）啊呀,真是的……这一会儿是小日本,一会儿又是军什么什么统,现在,又冒出个什么共产党来,这就一件宝贝,到底谁能抢到啊?……啊呀,乱套了乱套了,乱套了……

唐二十三：（竖起兰花指,嗲声嗲气）哟,小丸子,这还不简单啊,该怎么抢就怎么抢呗——别忘了,你小丸子呀,可是上海滩大名鼎鼎的小偷出身。

小丸子：（冲唐二十三一瞪眼,粗声粗气）喂,娘娘腔,谁跟你说话了?……哼,多嘴多舌,小心烂舌头!

△唐二十三冲小丸子翻了翻白眼，不再说话。

周天昊：我们走。这里边跟迷宫一样，大家都跟紧一点儿。
　　　△周天昊、林秋雁、小丸子、唐二十三四人，各自举着枪，快速朝通道深处潜行而去。

21-34. 石窟·另一岔道　　日　　内
　　　△队员甲躲在岩石后边，与藤原纪子等人激烈地对射着。
　　　△稍倾，一个不小心，队员甲的肩膀中了一枪。
　　　△队员甲从岩石后边现身出来，一边射击一边发狠似的喊——

队员甲：狗日的小鬼子，来吧，老子跟你们拼了！
　　　△藤原纪子和一众黑衣打手，接连数枪，射中了队员甲的胸口。
　　　△队员甲手中的枪缓缓掉落，然后，轰然倒在地上。

藤原纪子：（一挥手中的枪）走。
　　　△藤原纪子带着一众黑衣打手，乱纷纷地踩过队员甲的尸体，向前追去。

21-35. 石窟·又一岔道　　日　　内
　　　△林秋月一手拎着手枪，一手搀扶着受了重伤的钱亦秋教授，深一脚浅一脚地走过来，两人都气喘吁吁的。
　　　△林秋月找了个稍微平整点的地方，扶钱亦秋教授坐下来，暂时歇息片刻。

钱亦秋：（虚弱地）秋月啊，你不要管我了，还是你自己快些走吧——小鬼子人多，你带着我这个死老头子，是逃不出去的。

林秋月：钱伯伯，我不会丢下你不管的——您放心，我们一定能冲出去的。

钱亦秋：（虚弱地）秋月啊，快别孩子气了……钱伯伯我一把老骨头了，早死一天、晚死一天，没有什么太大的区别。你不一样，你还年轻，另外，还有你们的组织交给你的任务，等待你去完成……

林秋月：钱伯伯，您快别说了……打起精神来，我们走。
　　　△林秋月用力搀起受伤的钱亦秋教授，扶着他向前走去。

21-36. 石窟·又一岔道/稍后处　　日　　内
　　　△龟田次郎、藤原纪子带着数名黑衣打手，迅速追过来。
　　　△龟田次郎忽然停住脚步，猛一抬手，藤原纪子等人当即止步。
　　　△特写镜头：通道的地面上，洒落着星星点点的鲜红血迹。

·灰雁·

　　　△龟田次郎蹲下身来，用手指头沾起一丝血迹，伸出舌头舔了舔。
龟田次郎：快，给我追。
藤原纪子：（冲身后的黑衣打手等一挥手）走。
　　　△藤原纪子带着数名黑衣打手，迅速向前追去。

21-37. 石窟·另一岔道　　日　　内
　　　△周天昊、林秋雁、小丸子、唐二十三四人举着枪跑过来。
　　　△一具尸体横亘在通道中央，林秋雁和周天昊四人上前，端详尸体。
林秋雁：这个人我认识。
周天昊：哦？
林秋雁：他救过我和小丸子，是魏先生手下的一个小头目。
周天昊：看来，共党那边的形势有些不妙啊。
林秋雁：……
周天昊：我们分头行动，一旦发现龟田次郎的人，立即鸣枪示警。
林秋雁：好。
　　　△林秋雁、周天昊、小丸子、唐二十三四个人，分头钻进不同的岔道口。

21-38. 石窟·又一岔道　　日　　内
　　　△林秋月搀扶着受重伤的钱亦秋教授，深一脚浅一脚地朝前走着。
　　　△稍后，藤原纪子带着数名黑衣打手迅速追了上来。
藤原纪子：他们在那里，给我打。
　　　△藤原纪子与一众黑衣打手，迅速举枪，朝林秋月和钱亦秋教授射击。
　　　△林秋月一边搀扶着钱亦秋教授隐身在僻背处，一边回转身举枪射击，有两名黑衣打手先后中弹倒地。
　　　△稍倾，林秋月冲藤原纪子等人射出数枚子弹，然后转身搀扶起钱亦秋教授，迅速没入另一条岔道中。

21-39. 石窟·十字形岔道　　日　　内
　　　△左边岔道中，林秋月搀扶着钱亦秋教授，深一脚浅一脚地走过来。
　　　△右边岔道中，林秋雁双手握枪，蹑手蹑脚地走过来。
　　　△左边岔道中，林秋月听到细微的响动，于是扶钱亦秋教授靠着崖壁坐下，然后，双手举枪，蹑手蹑脚地朝前摸去。
　　　△林秋月和林秋雁两个人，几乎同时现身出来，拿枪指着对方的脑袋；

　　　　但在转瞬间，两人又都各自打飞了对方的手枪。
　　　△林秋月和林秋雁两个人，迅疾缠斗了数招，然后一触即分，趁机捡起各自被打掉在地上的手枪，枪口再次指向对方的脑门。
　　　△但旋即，林秋月和林秋雁两个人，就愣怔在了原地——

林秋雁：（意外地）大姐?!
林秋月：（同样意外地）秋、秋雁?!
　　　△就在这时，周天昊、小丸子、唐二十三分别从别的岔道跑过来。
　　　△周天昊、小丸子、唐二十三迅速举起手枪，指着林秋月的脑袋。
小丸子：呀哈，臭娘们儿，敢用枪指着我姐，我小丸子一枪崩了你！
林秋雁：（收起枪）小丸子，站住，不许胡来。
小丸子：（不解地）嗯，为什么？
林秋雁：她是大姐，秋月。
　　　△小丸子啊了一声，有些吃惊地张大嘴巴。
　　　△周天昊和唐二十三两个人，也是大感意外，先后收起指向林秋月的枪。
小丸子：（难为情，有些结巴地）大、大、大……大姐？……她、她、她……她不是在法国吗？
林秋雁：我也不知道，你自己问她吧。
　　　△林秋月似乎意识到了什么，倏地看向小丸子。
林秋月：（有些迟疑地）你……你是……你是……秋、秋芸？
　　　△林秋月猛地冲上去，一把搂住小丸子。
林秋月：（有些不敢相信，激动地）你……你真的是秋芸？……你真的是秋芸？……是我失散了整整十三年的小妹？
小丸子：（有些不大自然地咧了咧嘴，试探地）嘿嘿，大、大姐——
林秋月：（带哭腔）秋芸，真的是你？真的是你？
　　　△林秋月紧紧地搂住小丸子，眼泪就流了下来。
　　　△站在一旁的林秋雁，因为知道林秋月的共产党身份，神情极为复杂；而周天昊、唐二十三两个人，看到林秋月搂着小丸子泪如雨下，也是不禁恻然。

21-40. 石窟·又一岔道　　日　　内
　　　△龟田次郎带着两名黑衣打手，大踏步走向藤原纪子等人。
龟田次郎：人呢？
藤原纪子：对不起，将军，我们追丢了。

·灰 雁·

龟田次郎：分头找，一定要抓住他们。
藤原纪子：是，将军。（回转身，冲一众黑衣打手）你们几个，去那边；其他的，跟我来。
　　　　△藤原纪子和一众黑衣打手，分成了两拨，迅速转身跑出。

21-41. 石窟·十字形岔道　　日　　内
　　　　△林秋月、林秋雁、小丸子三人，拥在受重伤的钱亦秋身边；周天昊和唐二十三两个人，站在一旁。
林秋月：钱伯伯，你看，是谁来了？
钱亦秋：（虚弱地）是、是谁？
林秋雁：钱伯伯，我是秋雁啊，我是秋雁。
钱亦秋：（虚弱，但动容地）啊，你是……你是秋雁……你是其轩兄的二女儿，秋雁？
　　　　△钱亦秋挣扎着伸出一只手，林秋雁轻轻地握住。
林秋雁：是我，是我，钱伯伯。
林秋月：钱伯伯，你看，还有这位……
小丸子：（有些不大自然地咧咧嘴）嘿嘿，钱、钱伯伯，那个，那个，我、我是小丸子……啊，不不不，我是秋芸，林秋芸……嘿嘿，最小的那个。
钱亦秋：（虚弱，惊喜地）啊，你……你是秋芸？……当年走丢了的那个秋芸？
小丸子：嘿嘿，是，是我。
钱亦秋：（虚弱，但欣慰地）太好了！真是太好了！……秋月、秋雁、秋芸，其轩兄的三个好女儿，都长大成人了，亲人得以团聚，幸莫大焉……好，好，好！
林秋月：钱伯伯，你不要再说话了——不然，伤口又要流血了。
钱亦秋：（急切地）不不不，秋月，你不要拦我，我们没时间了。
　　　　△钱亦秋喘息了一会儿，继续说道——
钱亦秋：（虚弱地，但强打精神）秋月、秋雁、秋芸，你们三个，听、听我说……你爹在寄给我的材、材料里边，曾经提到过一件事儿，说你们三姐妹身上……佩、佩戴的狼牙项链，是从唐、唐朝时候……传下来的古物，三、三枚项链合在一起，刚好是一把……钥、钥……钥匙……
林秋月：（不解地）钥匙？
　　　　△林秋月、林秋雁、小丸子三姐妹，同时摸出贴身佩戴的狼牙项链，然后疑惑地相互对视一眼。

钱亦秋：（虚弱地，但强打精神）我研、研究过了，狼牙项链……应该就是打、打开王羲之墓穴……的唯一一把钥匙……

△林秋月、林秋雁、小丸子三姐妹，同时吃惊地啊了一声，不由自主地张大了嘴巴。

△而站在一旁的周天昊和唐二十三两个人，也是颇感意外地对视了一眼。

钱亦秋：（虚弱地，但强打精神）秋月啊，你们三姐妹……快、快去，打、打开墓穴，将《神州策序》的真、真迹带走，不、不要让日本人的阴谋……得、得逞……

林秋月：钱伯伯！

钱亦秋：（虚弱地，但强打精神）秋月啊，你不要说、说了，我、我没事的……你们快、快去，等你们拿到《神州策序》的真迹，再、再回来，找、找我……

△林秋月迟疑片刻，然后一咬牙——

林秋月：钱伯伯，那你在这里等着，我们一拿到《神州策序》的真迹，马上就回来。

钱亦秋：（虚弱地）好、好孩子，去、去吧……去吧……

林秋月：（冲林秋雁、小丸子等）我们走。

△林秋月、林秋雁、小丸子三姐妹，外加周天昊、唐二十三两个人，迅速转身，朝主墓室的方向快步走去。

21-42. 石窟·主墓室　　日　　内

△林秋月、林秋雁、小丸子、周天昊、唐二十三五个人，来到了主墓室的墓碑前。

△特写镜头："晋右将军王公墓"几个大字遒劲有力，显得极为醒目，而"墓"字中间的"曰"字，刚好构成了一个非常别致的锁孔。

△林秋月将三枚狼牙项链合在一处，迅疾变成了一把精巧而又别致的钥匙。

△林秋月手举"钥匙"，猛地插进"墓"字中间的锁孔。

△只听见一阵轰隆隆的巨响声，崖壁缓缓地向两侧退去，就连刻在崖壁上的"晋右将军王公墓"几个大字，也从中间一分为二。

△几乎在同一时间，数十枚黑色的箭头飞射而出，直奔林秋月、林秋雁、小丸子、周天昊、唐二十三五人的面门……

△定格。

—— 第二十二集 ——

22-1. 石窟·主墓室　　日　内

△林秋月将三枚狼牙项链合成的"钥匙",插进"墓"字中间的"曰"字锁孔。

△伴随着轰隆隆的巨响,崖壁缓缓向两侧退去,露出一个垒砌而成的墓室。

△而同时,数十枚黑色的箭头从墓室中激射而出,林秋月、林秋雁、小丸子、周天昊、唐二十三五人迅速闪躲。

△特写镜头:墓室中,搁着一具斧凿而成的石棺;石棺前方,是王羲之手举书卷的站立雕像;雕像前的香炉上,搁着一只鎏金的精致木匣。

小丸子:嘿嘿,大姐二姐,你们看,那个木匣子,肯定是咱们要找的东西。

△小丸子说着就要冲上去,林秋月一把抓住了她的胳膊。

林秋月:小妹,不用轻举妄动。

小丸子:(不解地)啊,为什么?

林秋月:这里边布满了机关,有暗器。

小丸子:唔。

周天昊:(弯腰捡起一枚箭头,端详着)上千年过去了,这古人设置的暗器,还是这么锐利,不简单。

唐二十三:(嗲声嗲气)哟,这俗话说得好,人为财死、鸟为食亡,这宝贝归宝贝,但近在眼前,就是拿不到手……依我看呀,咱们这一通,算是白忙活了。

小丸子:(恼火地)喂,唐二十三,你不说话会死啊,能不能说点吉利的啊?

唐二十三:(嗲声嗲气)好,好,我不说,我不说……这样,总行了吧?

林秋月:我们没时间了,龟田次郎的人就在后边,马上就会追上来。

△林秋月、林秋雁、小丸子、周天昊、唐二十三五人面面相觑,一时不知怎么办好。

△稍倾——

林秋雁:我去试试。

△林秋月欲拦阻林秋雁，但林秋雁已经抬腿走出。
林秋月：秋雁，你小心点儿。
小丸子：二姐，小心点儿。
林秋雁：我知道。
　　△林秋雁小心翼翼地，一步一步，试探着朝石棺走去。
　　△周天昊看着林秋雁的背影，眼神担忧，夹杂着些许复杂的神情。

22-2. 石窟·十字形岔道　　日　内
　　△受了重伤的钱亦秋教授喘着粗气，一手捂着胸口，一手撑着地面，挣扎着挪了挪身子。

22-3. 石窟·某岔道　　日　内
　　△藤原纪子带着三四名黑衣打手，一路摸索着向前搜索。
　　△忽然，藤原纪子猛一抬手，紧随在她身后的三四名黑衣打手当即止步。
　　△前方岔道的拐弯处，传来细碎的声音，非常轻微。
　　△藤原纪子一挥手，身后的黑衣打手等蹑手蹑脚地向前摸索而去。

22-4. 石窟·主墓室　　日　内
　　△林秋雁小心翼翼地试探着向石棺近前移动。
　　△忽然，林秋雁脚底一虚，地面倏地向两边闪开，身体随即下落。
　　△林秋雁迅速伸手在边沿一搭，旋即跃起，但紧接着，前、左、右三方均有不同的暗器向她袭来。
周天昊：（喊）小心！
林秋月：（喊）秋雁，小心！
　　△林秋雁飞跃腾挪，闪躲暗器，然后连翻数个跟斗，退了出来。
周天昊：（关切地）没事吧？有没有受伤？
林秋雁：我没事儿。
小丸子：啊呀，真是的……这里边，到底有多少暗器啊？（眼珠子骨碌碌一转，带着坏笑）喂，娘娘腔，你上。
唐二十三：（一愣，指着自己的鼻尖，嗲声嗲气）啊，我？！
小丸子：对，就你。
唐二十三：（连忙摇头，嗲声嗲气）哟，不行，不行……我唐二十三呀，年纪轻轻的，还没打算送死呢。

·灰 雁·

小丸子：啊呀，真是的……喂，姓唐的，你到底还是不是站着撒尿的主儿呀？瞧你那点儿出息。

林秋雁：小丸子，别胡说——这里边的机关很厉害，我们不能轻易冒险。

小丸子：啊，那怎么办？就这么眼睁睁地看着？

林秋月：要不，还是我上吧。

林秋雁：不行，大姐，你不能去——太危险了。

小丸子：别，千万别。大姐，我告诉你呀，咱二姐呢，可是那军什么什么统的出身，身手啊厉害着呢……咱二姐都搞不定，大姐你呀，还是省省吧，万一有个闪失，这个、这个……嘿嘿……

林秋月：（语带不屑地）是吗？

△小丸子嗯了一声，很肯定地点了点头。

林秋月：（语带不屑地）小妹啊，你当军统的二姐虽然厉害，不过，我这个当共产党的大姐，也不见得会输于她。

△小丸子听出点不同的味道来，一时大张着嘴巴，不知该怎么回答。

林秋月：小妹，你就看看大姐我，是不是比你当军统的二姐差？

小丸子：（异口同声）哎，大姐……

林秋雁：（异口同声）大姐！

△林秋雁和小丸子未及阻拦，林秋月已经飞步跃出。

△林秋月采取与林秋雁截然相反的方式，以快治快，在飞射而来的暗器当中，一边快速闪躲一边向前飞跃。

△林秋月快速靠近石棺，眼看就要够着鎏金木匣，但她的脚尖在地面上刚刚一点，石棺盖忽然嘎吱、嘎吱升起，随即有更多的暗器射出。

△林秋月功亏一篑，不得不也倒翻着退了出来，石棺盖随即嘎吱、嘎吱落下。

小丸子：大姐，你没事儿吧？

林秋月：我没事儿。你看看，我这个共产党大姐，是不是不比你那个军统二姐差？

小丸子：（挠挠后脑勺，支支吾吾）啊呀，这个、这个嘛……（偷瞄林秋雁的脸色）嘿嘿，大姐，我能不能不……不说啊？

△周天昊一直在细致地观察墓室的构造，这时紧盯着墓室的顶部，忽然发话——

周天昊：小丸子，还是你上吧。

小丸子：（一愣）啊，我?!……（随即连连摆手）不不不，不行，不行，这不行。（讪笑着）嘿嘿，姓周的，虽然你吧喜欢我二姐，将来有可能成为

　　　　　我的二姐夫，（林秋雁厉声插话：小丸子，不许胡说！）但这件事吧，坚决不能听你的……（一个劲儿摇头）嘿嘿，我怕死，我不去，不去。
周天昊：看见凸起的那块岩石了吗？
　　　　　△特写镜头：墓室顶端，一块明显凸出的岩石。
小丸子：（莫名所以地）嗯，看见了。
周天昊：你用飞索，从空中过去，一定能拿到木匣子。
小丸子：啊呀，真是的……我小丸子，怎么把这茬儿，给忘了呀？……（掏出飞索）嘿嘿，你们就等着瞧好儿吧，看我小丸子，给你们表演表演。
　　　　　△小丸子将飞索凌空扔出去，抓钩刚好紧紧地卡在墓室顶端凸起的那块岩石上。
　　　　　△小丸子悬吊在飞索上，晃荡而出，飞快地将鎏金木匣抓在手里。
　　　　　△鎏金木匣乍一离开香炉，前方、左右均有飞蝗般的暗器射出，同时地面开始塌陷，石棺堪堪落了下去。
　　　　　△林秋月、林秋雁、唐二十三、周天昊惊呼出声，先后喊着"小丸子、小心"之类的话语。
　　　　　△小丸子悬吊在飞索上，一边闪躲暗器，一边飞速地荡出墓室，虽然有数枚暗器擦着鬓角飞过，但有惊无险。
　　　　　△林秋月、林秋雁、周天昊、唐二十三围向小丸子，鎏金木匣在众人面前打开。
　　　　　△林秋月拿起保存完好的《神州策序》真迹，在众人面前徐徐展开，众人无不惊叹出声。
林秋月：（惊喜地）是《神州策序》的真迹，是真迹！……我们终于找到了，找到了！爹爹的遗愿，终于可以实现了！
小丸子：啊呀，这都过去了一千多年，竟然还能保存得这么完好，这古代的人，真够厉害的呀。
周天昊：《神州策序》是写在"蚕茧纸"上的——这种"蚕茧纸"，据说是用蚕茧丝做成的，能够防风化和腐蚀，所以，能保存得比较完整。
小丸子：（似懂非懂地）唔，原来是这样啊。
　　　　　△林秋月多少有些意外地看了周天昊一眼。
林秋月：（略带讥讽）周长官，真没想到啊，你这个军统的教官，知识竟然还挺渊博的——之前，我还以为，你不过就是一介武夫而已。
周天昊：惭愧，由于工作任务的需要，恰好对这段历史花了点工功夫，了解了一下，仅此而已。

·灰 雁·

小丸子：嘿嘿，大姐，这破玩意儿，到底能值多少钱啊？这你也抢、我也抢、他也抢的。
林秋雁：（冷冷地）小丸子，你别张口钱闭口钱的……这是珍贵文物，是属于国家的。
小丸子：（翻翻白眼）啊呀，真是的……人家不就是随口问问嘛，嚷嚷什么呀嚷嚷，哼，真是的。
林秋月：走，我们去找钱伯伯。
　　　　△林秋月率先转身走出，小丸子和唐二十三跟在后边。
　　　　△林秋雁和周天昊两个人稍微迟疑了一下，复杂地对视一眼，但旋即跟了上去。

同场切：
　　　　△林秋月手捧鎏金木匣，与林秋雁、小丸子、周天昊、唐二十三刚刚走出数步，就听到石窟中传来一阵刺耳的狞笑声。
　　　　△伴随着狞笑声，龟田次郎、藤原纪子以及一众黑衣打手等迅速现身，手执武器，成半包围式将林秋月等人拦截住。
林秋月：龟田次郎？
　　　　△林秋月、林秋雁、小丸子、周天昊、唐二十三，迅速拔出枪，组成防御队形。
林秋雁：（压低声音）他们人多——怎么办，大姐？
林秋月：（压低声音）见机行事，绝不能让他们把《神州策序》的真迹给抢走。
林秋雁：（压低声音）我明白。
龟田次郎：（狞笑着）呵呵呵，真有意思，真有意思……看来，我龟田次郎跟你们林家的缘分，实在是非同一般啊，当年是林其轩，现在，却是林其轩的一大一小两个女儿；当年，当爹的帮我画了这张密图，现在，当女儿的却帮我找到了《神州策序》的真迹……哈哈哈，有意思，有意思，太有意思啦，哈哈哈……
林秋雁：（冷冷地）龟田次郎，你别得意得太早！你杀了我的爹和娘，烧了我们林家，迟早有一天，我会活活地生刮了你，给我的爹和娘报仇！
龟田次郎：林二小姐，你的火气蛮大的嘛。是，是我杀的你爹和你娘，也是我烧的你们林家……怎么样？我龟田次郎，就等着你们姐妹俩来报仇呢，来啊，来啊，哈哈哈。
林秋月：龟田次郎，你放心，这个血海深仇，我们姐妹迟早会找你报的。

藤原纪子：（冷笑）林大小姐，你先别嘴硬，先乖乖地把木匣子交给我们，然后再想想，怎么样从这里活着出去吧。
小丸子：啊呀，真是的……喂，臭娘们儿，你说交，我们就交给你们啊？你也不撒泡尿照照，就你长得那丑模样儿，我们姐仨，任一个拉出来，都比你漂亮十倍、一百倍、一千倍……哼哼。
藤原纪子：（不屑地）你们姐仨？哼，人家两个，好歹出身名门，是大家闺秀……你一个上海滩的小混混、小瘪三，算得上老几？也敢跟我藤原纪子这样说话？
小丸子：啊哈，藤原纪子，你不知道了吧？我小丸子呢，正好也是你说的那个出身名门，也是你说的那个什么什么的大家闺秀。
△藤原纪子冷嗤了一声，并不相信小丸子的话。
小丸子：你知道是为什么吗？因为呢，我的大名叫林秋芸，刚好是林家的三小姐，这位呢是我的大姐，这位呢是我的二姐，我们姐仨，是亲亲的亲姊妹。
△龟田次郎和藤原纪子大感意外地对视了一眼。
龟田次郎：你，就是林其轩失散了的那个小女儿？
小丸子：对，如假包换。
龟田次郎：哈哈哈哈……哈哈哈哈……好，好，好。
小丸子：龟田次郎，你笑什么？
龟田次郎：我笑这好运气来了，挡都挡不住。原以为困住的，是林其轩的两个女儿，没想到，他的三个女儿，竟然都聚齐了……你说，这难道不是老天爷送给我龟田次郎的一份厚礼吗？哈哈哈。
林秋雁：（冷冷地）龟田次郎，你以为，就凭你们那几个虾兵蟹将，也困得住我们？
龟田次郎：困不困得住，马上就会见分晓。
林秋雁：哼。
龟田次郎：林大小姐，你快把木匣子交给我们，说不定我龟田次郎一高兴，还能放你们一条生路。
林秋月：龟田次郎，你想得未免太简单了——我们中国人的宝贝，怎么会交给你这个狼子野心的侵略者？
龟田次郎：是吗？
周天昊：龟田次郎，你还是别枉费心机了，我们是不会把《神州策序》的真迹交给你们的。
龟田次郎：好，很好。（冲藤原纪子）把人带上来。

·灰　雁·

藤原纪子：（回头，冲黑衣打手）带上来。
　　　　△稍倾，两名黑衣打手押着受了重伤的钱亦秋教授，走了出来。
林秋月：（失声惊呼）钱伯伯?!
龟田次郎：怎么样，林大小姐，你现在再决定，是交还是不交呀？
林秋月：（厉声地）龟田次郎，你马上放了他！
龟田次郎：放了他，可以，但得用你手中的木匣子交换。
林秋月：（气急地）你?!
　　　　△周天昊、林秋雁、小丸子、唐二十三四人，面面相觑。
　　　　△稍倾——
林秋月：（一咬牙）好，龟田次郎，我答应你。
龟田次郎：痛快。看来，林大小姐还是很识时务的嘛。
林秋月：（冷哼一声）我们一手交人，一手交东西。
龟田次郎：把人送过去。
　　　　△两名黑衣打手押着受伤的钱亦秋教授，林秋月拎着鎏金木匣，各自走到双方的中间地带，一方交人一方交木匣。
　　　　△双方交割完毕，黑衣打手拎着鎏金木匣走向龟田次郎，林秋月则搀扶着受伤的钱亦秋教授往回折返。
　　　　△站在龟田次郎身旁的藤原纪子，嘴角忽然弯出一丝冷笑，瞄准钱亦秋教授的后背，叭，叭，连开两枪。
　　　　△钱亦秋教授的身形猛地一顿，喷出一大口鲜血来。
林秋月：（撕心裂肺）钱伯伯！
　　　　△几乎同一时间，藤原纪子和一众黑衣打手等，林秋雁、周天昊、小丸子、唐二十三四人，双方同时开火。
　　　　△搀扶着钱亦秋教授的林秋月，也在悲愤中举枪射击。
　　　　△稍后处，龟田次郎将鎏金木匣打开，检查了一下《神州策序》的真迹，面浮喜色。
龟田次郎：纪子小姐，我们撤。
藤原纪子：是，将军。
　　　　△藤原纪子及一众黑衣打手，一边与林秋月、林秋雁等人射击，一边迅速保护着龟田次郎进入岔道，撤退离开。

22-5. **石窟·岔道**　　日　内
　　　　△龟田次郎、藤原纪子两人带着一众黑衣打手，迅速撤退。

藤原纪子：快，都跟上。

22-6. 石窟·主墓室　　日　内

　　△林秋月抱着奄奄一息的钱亦秋教授，神情悲痛欲绝。

林秋月：（哭喊）钱伯伯！钱伯伯！

　　△林秋雁和小丸子也围在钱亦秋教授身旁，面色凄然。
　　△钱亦秋教授挣扎着，努力地睁开眼睛。

钱亦秋：（气若游丝、断断续续地）秋月啊……好、好孩子……不要哭……不、不要哭……钱伯伯……老、老了……也是……该、该去见……见你爹的……时、时候了……不、不要哭……

小丸子：（带哭腔）钱伯伯……

林秋雁：（虽悲戚但语气依旧冷硬）钱伯伯，您不要说话——您不会有事的。

　　△周天昊和唐二十三两人站在一旁，神色恻然。

林秋月：（带哭腔）钱伯伯，听我说，您不会有事的，不会有事的，秋月一定要带您出去，还要送您回北平呢……（哽咽）您不会有事的。

　　△钱亦秋教授吃力地摇了摇头，然后努力挤出一丝笑容。

钱亦秋：（气若游丝、断断续续地）傻、傻孩子……你、你们……不用……不用安慰我……我受的伤……我、我……我知道……钱伯伯不、不行了……这、这我……知、知道……

林秋月、林秋雁、小丸子：（异口同声，悲戚地）钱伯伯！

22-7. 石窟·暗河　　日　内

　　△龟田次郎、藤原纪子两人带着一众黑衣打手，从悬空的石柱上迅速撤离。

22-8. 石窟·主墓室　　日　内

钱亦秋：（气若游丝、断断续续地）秋、秋月……

林秋月：（悲恸，哽咽地）钱伯伯，我在！

钱亦秋：（气若游丝、断断续续地）秋、秋雁……秋、秋芸……

林秋雁：钱伯伯！

小丸子：（带哭腔）钱伯伯！

钱亦秋：（挣扎着伸出一只手）好、好孩子……你们……你们……把、把手给我……让钱伯伯……握……握握你们……的手……

△林秋月、林秋雁、小丸子，异口同声叫了一声"钱伯伯"，然后乖巧地伸出手，与钱亦秋教授的手紧紧地握在一起，林秋月不住地擦着眼泪。

22-9. 浙江嵊州·五老峰　　日　外

△龟田次郎、藤原纪子两人带着一众黑衣打手，从石门中迅速撤退出来。

龟田次郎：埋上炸药，把洞口给我炸掉，把他们统统封死在里边。

藤原纪子：是，将军。（回头，冲黑衣打手等）快，埋炸药。

△三四名黑衣打手迅速上前，开始埋藏炸药、布置引线等。

22-10. 石窟·主墓室　　日　内

钱亦秋：（气若游丝、断断续续地）傻、傻孩子……你、你们……不要哭……不要哭……你们……听……听我说……钱伯伯的时、时间……不、不多了……

林秋月、林秋雁、小丸子：（异口同声）钱伯伯！

钱亦秋：（气若游丝、断断续续地）你、你们……记、记住……一定……一定要……夺、夺回……《神州策序》的……真、真迹……那、那是……我们中、中国人的……宝、宝贝，千万……千万不、不能……不能让……日本人抢、抢了去……一定……一定……要夺、夺回来……夺回来……这、这样……我、我和你爹……才、才能……在九泉之下……瞑、瞑目……

林秋月：（带哭腔）钱伯伯，您就放心吧，我们姐妹，一定把《神州策序》的真迹夺回来，一定！

钱亦秋：（挤出一丝欣慰的笑容）那、那就好……（声音渐渐微弱下去）那、那就好……

△钱亦秋教授话音未落，脑袋忽然一歪，咽下了最后一口气。

林秋月：（撕心裂肺）钱伯伯！

△林秋雁和小丸子也跟着哭喊起来。

△站在一旁的周天昊、唐二十三两人，神色戚然，也是唏嘘不已。

22-11. 浙江嵊州·五老峰　　日　外

△离石门稍远处，龟田次郎一挥手，一名黑衣打手摁下了引爆开关。

△轰隆，一声巨响，石门处的洞口顿时坍塌下来，整个儿封死了石窟的出入口。

22-12. 石窟·主墓室　　日　内

　　△林秋月、林秋雁、小丸子三人，围在钱亦秋教授的尸体旁，悲声呼喊着"钱伯伯"之类。

　　△就在这时，轰隆的巨响声传了进来，林秋月、林秋雁、小丸子、周天昊、唐二十三，身躯均一震。

唐二十三：（嗲声嗲气）哟，什么声音呀？

周天昊：是爆炸声。

唐二十三：（嗲声嗲气）啊，爆炸声？

周天昊：是从入口那个地方传来的。（旋即反应过来）不好，龟田次郎可能炸掉了入口，他要把我们封死在这里边。

唐二十三：（嗲声嗲气）啊？！

　　△林秋月兀自抱着钱亦秋教授的尸体在哭泣，而林秋雁、小丸子两个人，却是吃了一惊，相互对视一眼。

　　△就在这时，石窟的洞壁、顶端开始松动，并有石块、泥沙陆续掉落下来。

22-13. 浙江嵊州·五老峰　　日　外

　　△龟田次郎神情阴鸷地盯着已经坍塌的石窟入口。

龟田次郎：（狞笑着）林其轩啊林其轩，你大概想不到吧，你的三个如花似玉的女儿，马上就要到阴曹地府去陪你啦……哈哈哈……哈哈哈……

　　△稍倾，龟田次郎停住狞笑。

龟田次郎：我们走，回上海。

　　△龟田次郎率先转身走出，藤原纪子及一众黑衣打手，跟随在他的身后。

22-14. 石窟·主墓室　　日　内

　　△整个石窟开始剧烈晃动起来，石块、泥沙等掉落的速度明显在加快。

周天昊：（大声地）不好，这里就要塌了，我们得马上离开。（冲林秋雁和小丸子）秋雁、小丸子，我们快走。

林秋雁：（急切地）大姐，这里快塌了，我们走吧。

小丸子：（急切地）大姐，我们走吧。

林秋月：（貌似没有听见，兀自在哭喊）钱伯伯——

　　△石窟晃动的幅度越来越剧烈，更大的石块、更多的泥沙开始乱纷纷地掉落下来，形势危急。

·灰 雁·

唐二十三：（嗲声嗲气）哟，快走吧。
周天昊：（大声地）时间来不及了，扶上你大姐，快走。
　　　　△周天昊和林秋雁一左一右，拽起林秋月，向岔道内奔去。
　　　　△同一时间，唐二十三拽着小丸子的手，也是拼命地朝岔道内奔去。

22-15. 石窟·岔道　　日　内
　　　　△周天昊和林秋雁半搀半拽着林秋月，唐二十三拽着小丸子，一边躲避乱纷纷掉落的石块、泥沙，一边向前飞奔。

22-16. 石窟·暗河　　日　内
　　　　△石窟开始塌陷，悬架在暗河上空的石柱摇摇欲坠。
周天昊：（大声地）快，我们过去。
　　　　△周天昊、林秋雁、林秋月、小丸子、唐二十三五人，迅速从石柱上飞奔了过去。

22-17. 石窟·通道　　日　内
　　　　△周天昊、林秋雁、林秋月、小丸子、唐二十三五人，站在被炸毁封死的通道前，面面相觑。
周天昊：（大声地）这里被堵死了，没有办法出去。
林秋雁：怎么办？
小丸子：啊，怎么办？怎么办？……我们不会死在这里吧？啊，我小丸子，还不想死啊……大姐二姐，我不想死啊……
　　　　△林秋月已经从悲恸中恢复了过来，这时搂了搂小丸子的肩膀。
林秋月：（安慰地）小妹，你别怕，我们不会死的，有人姐呢——人姐会保护你的，啊，别怕，别怕！
小丸子：（带哭腔）大姐！
唐二十三：（嗲声嗲气）哟，小丸子，你别哭，别哭呀……还有我呢，就是要死，也有我唐二十三陪着你呢……
小丸子：（带哭腔）娘娘腔，我以后再也不骂你了。
　　　　△周天昊迅速观察了一下四周的环境。
周天昊：（大声地）我们得折回去。
林秋雁：（大声地）快走。
林秋月：小妹，你跟在大姐后边……我们走。

△周天昊、林秋雁、林秋月、小丸子、唐二十三五人迅速转过身,一边躲避乱纷纷掉落的石块、泥沙,一边向来路折了回去。

22-18. 石窟·暗河　　日　内
　　　△周天昊、林秋雁、林秋月、小丸子、唐二十三,快速奔跑回来。
　　　△暗河上头的石柱摇摇欲坠,眼看石窟就要坍塌。
周天昊:（喊）快,都过去,就要塌了。
　　　△周天昊、林秋雁、林秋月、小丸子、唐二十三,迅速跳上石柱,向对面奔去。
　　　△就在这时,洞窟的坍塌幅度加大,石柱也开始倾侧,即将掉落下去。
周天昊:（喊）大家小心——
　　　△周天昊话音未落,石柱一侧掉落,小丸子摔了下去。
小丸子:（喊）大姐、二姐!
林秋雁:（喊）小丸子——
林秋月:（喊）小妹!
唐二十三:（嗲声嗲气）哟,小丸子——
　　　△唐二十三飞身扑了下去,试图抓住小丸子。
　　　△但紧接着,整个石窟,哗啦啦坍塌下来,石柱掉落。
　　　△周天昊、林秋雁、林秋月三人,也凌空掉落下来。
周天昊:（喊）秋雁,快,抓住我——
　　　△周天昊与林秋雁的一只手互握着,小丸子与唐二十三的一只手相握着,以慢镜头缓缓掉落。
　　　△周天昊、林秋雁、小丸子、唐二十三、林秋月五个人,先后掉入暗河,瞬间被湍急的水流冲走,消失了踪影。
　　　△黑屏。

22-19. 浙江嵊州·河滩　　日　外
　　　△怪石嶙峋的河滩上,林秋雁和周天昊相拥倒卧在一起,处于昏迷当中。
　　　△稍远处,小丸子和唐二十三也相拥倒卧在一起,同样处于昏迷当中。
　　　△稍倾,相拥昏迷在一起的周天昊和林秋雁率先醒了过来,林秋雁脸一红,略显尴尬地推开周天昊。
　　　△稍远处,小丸子和唐二十三也慢悠悠地苏醒过来。小丸子揉了揉发懵的脑袋,待完全清醒过来,旋即就给了唐二十三一个大耳刮子。

唐二十三：（嗲声嗲气）哟，小丸子，你怎么又打我？

小丸子：（恼火地）喂，死娘娘腔，谁让你……谁让你搂我来着？

唐二十三：（嗲声嗲气）哟，那个，那个……这个，这个……

小丸子：（一瞪眼）那个这个什么，啊？你说啊，那个这个什么？

唐二十三：（嗲声嗲气）哟，我，我……

林秋雁：你们两个别闹了……大姐呢？

小丸子：啊，大姐？大姐？……大姐在哪儿？……（喊）大姐！大姐！

林秋雁：快，四下里找找。

　　△周天昊、林秋雁、小丸子、唐二十三四人，一边喊着"林姑娘""大姐"之类的话语，一边四下里寻找。

　　△稍倾，一块岩石后边，林秋月摇摇晃晃挣扎着站了起来。

林秋月：二妹、三妹，我在这里。

　　△小丸子猛地扑上去，连哭带笑地搂住林秋月。

小丸子：大姐，你没事儿吧？刚才，刚才，都吓死我们了……

　　△林秋雁虽然表面上如往日般冷峻，但看林秋月和小丸子搂在一起，不禁微微动容。

22-20. 浙江嵊州·钱亦秋教授衣冠冢　　日　外

　　△一座新堆的坟墓，树着一座墓碑，上书"钱亦秋教授之墓"几个大字。

　　△林秋月、林秋雁、小丸子、周天昊、唐二十三五人，伫立在墓碑前，神情肃穆。

　　△林秋月蹲下身子，将一大束鲜花搁在墓碑前，然后伸出手，抚摸着墓碑上的字迹。

林秋月：钱伯伯，对不起，秋月没能保护好您……都是秋月不好……是秋月太大意了，没想到日本人会尾随我们，跟了来……

林秋月：钱伯伯，请您放心，秋月一定带人夺回《神州策序》的真迹，秋月不会让你老人家失望的，您老人家就安息吧……钱伯伯！

林秋月：钱伯伯，您在九泉之下，给我爹娘也带个话，就说，他们的三个女儿，都已经长大成人了，小妹也找回来了……你告诉他们，让他们放心……

小丸子：大姐，你别说了……我、我想哭……我想哭……我根本都不记得，爹娘到底长啥样儿……呜呜呜……

　　△林秋雁悄悄地别转脸去，擦去眼角的泪珠。

第二十二集

22-21. 火车道　　日　外

　　△一辆火车，汽笛鸣响着，沿着灰色的铁轨疾驰而去。

22-22. 火车车厢　　日　内

　　△林秋月、林秋雁、小丸子、周天昊、唐二十三五人坐在火车车厢里，各自冷肃着脸，气氛沉闷。

22-23. 大上海　　日　外

　　△大上海外景：楼宇、街道、车辆、行人、摊贩等。

22-24. 大和洋行·内室　　日　内

　　△《神州策序》的真迹展开，龟田次郎举着放大镜，仔细地察看着；藤原纪子肃立在他身后。

　　△稍倾，龟田次郎直起身，仰起头，哈哈大笑起来。

龟田次郎：纪子小姐，你大概想不到吧，这件中国人的宝贝，在埋藏了上千年之后，终于得见天日，而且，是落在我们大日本皇军的手里……现在想起来，还真的像是做梦一般——纪子小姐，你告诉我，我们是在做梦吗？

藤原纪子：将军，这不是做梦，是真的——我们的"蝎美人计划"，终于大功告成了。

龟田次郎：（得意地）哈哈哈，好！好！好！……《神州策序》的真迹，应该是我们送给天皇陛下最珍贵的一件礼物！

藤原纪子：……

龟田次郎：纪子小姐，盼咐下去，我要召开一次盛大的鉴宝酒会，邀请上海滩的各界名流，统统来参加……地点就放在"东方巴黎夜总会"吧。

藤原纪子：（有些迟疑地）这个……将军，我们这样大张旗鼓地召开鉴宝酒会，会不会招来中国人的忌恨？

龟田次郎：（冷笑一声）哼，怕什么？林其轩的三个女儿，还有军统的那名教官周天昊，和那个叫唐二十三的戏子，他们几个人，都已经埋在王羲之的墓穴里啦，我估计，到最后他们连一点骨头渣，都不会剩下来……（顿了顿）再说了，我们大日本皇军在中国的战场上长驱直入，要不了多久，就连整个中国，都会是我们大日本皇军的囊中之物——纪子小姐，在这种形势下，你还担心什么？我们有必要怕中国人吗？根本不用怕！

藤原纪子：将军，您说得对，我这就去安排。

△藤原纪子说完，转身就要离开。

龟田次郎：等等。

△藤原纪子站定，回过身来。

藤原纪子：将军，您还有什么吩咐？

龟田次郎：对外宣传的时候，就说《神州策序》的真迹，是我们大和洋行花了大价钱，从几个盗墓贼手里买来的，不要说是我们抢的。

藤原纪子：属下明白。

龟田次郎：嗯，好，去吧。

△藤原纪子躬身行礼，然后转身走出。

22-25. 街道　　日　外

△林秋月、林秋雁、周天昊、小丸子、唐二十三几个人，在街道上走着。

△稍远处，一名小报童挎着一大兜报纸，一边小跑一边大声地吆喝着。

小报童：卖报喽，卖报楼，爆炸性新闻，消失千年的旷世国宝、一代书圣、晋代大书法家王羲之的《神州策序》重见天日……卖报喽，卖报喽，爆炸性新闻，消失千年的旷世国宝、一代书圣、晋代大书法家王羲之的《神州策序》重见天日……

△林秋月、林秋雁、周天昊、小丸子、唐二十三五人，倏地止步，相互看了一眼。

周天昊：（冲小报童招了招手）小哥儿，过来过来。

△小报童答应一声，殷勤地朝周天昊这边跑过来。

周天昊：给我拿两份报纸。

小报童：哎，好嘞，先生……给您的报纸。

周天昊：嗯，好，给你钱。

△小报童接过周天昊递过来的钱，忙不迭地鞠躬。

小报童：哎，谢谢先生！谢谢先生！

△小报童转身跑开去，一边小跑着，一边继续卖力地吆喝——

小报童：卖报喽，卖报楼，爆炸性新闻，消失千年的旷世国宝、一代书圣、晋代大书法家王羲之的《神州策序》重见天日……卖报喽，卖报喽，爆炸性新闻，消失千年的旷世国宝、一代书圣、晋代大书法家王羲之的《神州策序》重见天日……

△周天昊折转回来，展开手中的报纸，林秋月、林秋雁、小丸子、唐二十三围上来。

△特写镜头：报纸上，一行醒目的黑字大标题："旷世国宝《神州策序》重见天日"。
　　△同时切入林秋月的声音——

22-26. 某破败工地·房屋　　日　内
　　△林秋月的手里，举着从小报童手中买来的那份报纸，轻声地读着。
　　△一旁，唐二十三举着小镜子，依旧一丝不苟地画着自己的眉毛，但一双耳朵却在用心地听着。

林秋月：消失了一千两百多年的旷世国宝，一代书圣、晋代大书法家王羲之的代表作品《神州策序》真迹，近日在上海现世……据悉，该《神州策序》的真迹，系数名盗墓贼从某古墓葬中盗挖而出，后被上海大和洋行花重金购得……大和洋行总经理龟田次郎先生表示，近日将举办规模盛大的鉴宝酒会，以期庆祝这一旷世作品的重见天日……

小丸子：啊呀，真是的……这个老龟田，他那张老脸，是不是比那城门口的城墙都要厚呀？明明是他从我们手中抢走的，还说什么是花重金从盗墓贼手中买去的？……这样的瞎话，他老龟田也编得出口呀，还要召开什么鉴宝酒会？

周天昊：这有什么，很正常。

小丸子：（不解地）嗯，很正常？……喂，姓周的，你是不是糊涂了呀？这老龟田，张嘴出来就是瞎话，还正常？我怎么就看不出，这件事儿哪儿正常了？

周天昊：龟田次郎之所以敢这么说，是因为，他以为我们几个被困在王羲之的墓穴里，早就变成了死人——你想啊，知道事实真相的人都死光了，他当然是愿意怎么说，就怎么说喽。

林秋雁：龟田次郎和藤原纪子他们，肯定不敢说是从我们手中抢去的，那样的话，会激起一些爱国人士的愤怒——如果是他们花钱买的，愿买愿卖，那就不存在这个问题。

小丸子：唔，原来是这样啊，好像也对。

周天昊：我们必须把《神州策序》的真迹夺回来，还是那句老话：咱们中国人的宝贝，绝不能让日本侵略者给抢了去。

林秋月：是啊，找到《神州策序》的真本，并且让这个真本完完整整地保存在我们的国家，不光是我爹生前的心愿，也是钱伯伯唯一的心愿——我们姐妹仨，不管是上刀山，还是下火海，都必须帮他们完成这个心愿。

·灰　雁·

小丸子：好啊好啊，大姐，你怎么安排，小妹我呀就怎么干……嘿嘿，大姐你呀，可是比我二姐亲多了，二姐她呀，动不动就吼我，哼！
林秋雁：小丸子，不许瞎说！
小丸子：看，又来了吧？……大姐你看，二姐她又吼我！
林秋月：小妹啊，你别这么说。爱之深，责之切，你二姐她对你要求严格一点儿，是为了你好，她那是打心底里爱你，知道吗？
小丸子：（嘀咕）爱人家就爱人家呗，那也用不着一天到晚板着个脸，动不动就吼人家嘛……真是的。
林秋雁：（有些恼火地）小丸子，你……
林秋月：好啦好啦，你们两个就别闹啦。秋雁，你也是的，小妹年龄小，不懂事儿，但你是个当姐姐的，你要学会包容她、爱护她，不要老是训斥她。
林秋雁：是，大姐，我记下了。
林秋月：嗯，那就好。
　　　△小丸子有些顽劣地冲林秋雁龇了龇白白的牙齿。
小丸子：嘿嘿，二姐，你要再敢对我大吼大叫的，我就找大姐告状去——哼，看你以后还敢不敢？嘻嘻……
　　　△林秋月看着小丸子的顽劣模样，有些怜惜地摇了摇头。

22-27. 上海公共租界巡捕房·马天涛办公室　　　日　内

　　　△马天涛叼着硕大的烟斗，一只手把玩着一张大红的请帖，请帖上写着"兹邀请马天涛先生于X月X日参加《神州策序》鉴宝酒会"等字样。
马文涛：自从上次，褚遂良版和冯承素版的两幅摹本被大火烧掉以后，我马天涛早就对这件宝贝死心了——没想到，这个龟田次郎，他倒腾来倒腾去的，竟然找到了《神州策序》的真迹。
警察甲：探长，您是不知道哇，这外边传得沸沸扬扬的，就连报纸上都登了，说是大和洋行的总经理龟田次郎先生，从几个小盗墓贼手里，花重金买到了《神州策序》的真迹。
马文涛：（冷笑）哼，简直是笑话。龟田次郎会花重金去买？他肯定是抢来的。报纸上的那些说道，不过都是龟田次郎故意放出来的烟幕弹而已。
警察甲：（不解地）烟幕弹？
马文涛：对，烟幕弹。龟田次郎肯定不敢说是自己抢来的，只能对外宣称说是花大价钱买来的——这样的话，就不会激起中国老百姓的反感和愤怒。
　　　△警察甲似懂非懂地哦了一声。

马文涛：虽然大半个中国都被日本人占领着，但中国的老百姓真要一心一意地反抗起来，恐怕日本人的日子，也是不大好过。龟田次郎这个人，向来老奸巨猾，他深知这中间的厉害，所以，他很会韬光养晦、避重就轻，进而掩藏自己的锋芒。

警察甲：探长，那龟田先生搞的这个鉴宝酒会，您会去参加吗？

马文涛：去，当然要去。我得去看看，老龟田弄来的这个《神州策序》真迹，到底是个什么样儿。

△马天涛端详着手中的邀请函，脸上的神色渐渐变得冰冷和阴鸷起来。

22-28. 某破败工地·房屋　　日　内

△林秋月将报纸搁在桌子上，看着周天昊。

林秋月：周教官，你曾经救过我二妹秋雁的性命，还教了她一身的本领，这一点，我这个当大姐的，先谢谢你。（顿了顿）不过，我林秋月是共产党，而你和秋雁呢，却都是军统——鉴于目前贵我两党的关系过于微妙，有些事情呢，我们必须敞开来谈一谈。

周天昊：你是秋雁的大姐，秋雁虽然是我的学生，但我从来没有把她当作我的学生看待。

林秋月：哦？

周天昊：我把秋雁，一直当作是自己的妹妹，最亲最亲的妹妹。

△一直沉默的林秋雁，听到周天昊这句话，心里莫名一动，情不自禁地看向周天昊俊朗的面孔。

△小丸子的目光，一会儿在林秋月的脸上扫扫，一会儿在周天昊和林秋雁的脸上扫一扫，神情顽劣。

周天昊：所以，有什么话，你就直接说吧。

林秋月：你和秋雁是军统，跟我这个共产党的政治信仰、革命追求肯定不同，但目前，我们两家的行动目标，却都是一致的——那就是全力以赴夺回被龟田次郎抢走的《神州策序》真迹，粉碎敌人的"蝎美人计划"。所以，我建议我们两家组成一个联合行动队，兵合一处、将打一家，协同作战，一起完成这一重要的任务……罗教官，你看呢？

小丸子：（高兴地拍手）咦，好呀好呀，大姐的这个提议好，算我小丸子的一份儿……嘿嘿。

周天昊：（稍微迟疑了一下）我没意见。

林秋月：秋雁，你呢？

·灰 雁·

林秋雁：（看了看周天昊）我也没意见。
小丸子：嘻嘻，好哇好哇，大家伙儿都同意了哈……（转头，冲唐二十三）喂，娘娘腔，你什么态度？
　　　　△唐二十三依旧举着小镜子，一丝不苟地画着自己的眉毛。
唐二十三：（嗲声嗲气）哟，小丸子，这个呀，你别问我。
小丸子：（不解地）不问你问谁呀？
唐二十三：（嗲声嗲气）哟，这还不简单，问你自个儿呀。
小丸子：（依旧不解地）问我自个儿？喂，唐二十三，你说的这是什么屁话？
唐二十三：（嗲声嗲气）哟，小丸子，你怎么这么笨呀，我的意思是说，你站在哪一边，我唐二十三呀，肯定就站在哪一边。
小丸子：（恍然大悟地）啊，你绕了半天圈子，原来是这个意思啊……嘻嘻，这还差不多。（转对林秋月）嘿嘿，大姐，咱大家伙儿，可都是同意你的意见了。（挠挠后脑勺）不过，你们一会儿这个党一会儿那个统的，咱这个联合行动队，总得有个指挥的人吧，到底谁当头头呀？
　　　　△周天昊和林秋雁两人，不由自主地相互对视了一眼。
林秋月：我们这个联合行动队，没有具体的头头，每次行动，大家伙儿都商量着来，群策群力，只要能够顺利地完成任务就行。
周天昊：我同意。
林秋雁：我也同意。
小丸子：嘻嘻，好哇好哇，我小丸子啊，也同意……（转头，冲唐二十三）喂，唐二十三，你的意见呢？
唐二十三：（嗲声嗲气）哟，小丸子，只要你同意了，我唐二十三呀，就没有意见。
小丸子：嘻嘻，那就好。大姐，你的提议啊，通过大家伙儿的表决，全票通过。
林秋月：不过，我还有个提议。
小丸子：嘿嘿，大姐，你还有什么提议啊？
林秋月：我刚刚回国，对日本人的"蝎美人计划"和龟田次郎这个人，并不是特别了解。鉴于这个情况，这次的具体行动计划，还是由周教官和秋雁两个人来制定吧。
周天昊：这个没问题，我和秋雁来制定行动计划。
林秋月：嗯，好。

22-29. 东方巴黎夜总会　　日　内
　　　△藤原纪子带着数名黑衣打手，指挥着一众服务生，正在布置吧台、桌椅、酒器等物，为即将召开的鉴宝酒会做准备。

22-30. 某破败工地·房屋　　日　内
　　　△周天昊拿着一根教鞭，指点着墙壁上的地形图，正在给林秋月、林秋雁、小丸子、唐二十三分析形势。
周天昊：我们的劣势，很明显，就是敌众我寡，我们只有五个人，战斗一旦打响，我们在人手方面，肯定是要吃大亏的；不过，话说回来，我们也有我们的优势，那就是，龟田次郎和藤原纪子他们，并不知道我们几个人，还活着——
　　　△周天昊顿了顿，继续说道——
周天昊：我们正好利用这一点优势，兵分两路，奇袭龟田次郎的鉴宝酒会，给他们来一个釜底抽薪！
　　　△周天昊把"釜底抽薪"几个字说得很重，他一边说着，一边叉开五根手指头，做了个五指下压的动作，眼神坚毅。

── 第二十三集 ──

23-1. 中央银行闸北区支行　　日　外

　　△金明辉的腋下挟着公文包，从银行的大门内走出来。
　　△金明辉走近自己的轿车，一抬头，很明显地一愣。
　　△一位身穿艳丽旗袍的美貌女子，俏生生地站在金明辉的轿车旁——却是精心化妆打扮过的林秋月。

林秋月：哟，这不是金行长吗？
金明辉：（有些迟疑地）这位小姐，金某看您很面生，咱们……这个……认识吗？
林秋月：以前不认识——不过，从现在起，不就认识了吗？
金明辉：（色迷迷地）嘿嘿，那倒是，那倒是。
林秋月：金行长，小女子能搭你的便车吗？
金明辉：（忙不迭地）哟，没问题，没问题。（殷勤地拉开车门）小姐，请上车！
林秋月：好，谢谢金行长。
　　△林秋月身形优雅地上了金明辉的轿车，坐在副驾座上。
　　△金明辉关上车门，然后屁颠屁颠地跑向驾驶座。
　　△镜头跳转至车内——

23-2. 金明辉轿车内　　日　内

　　△金明辉刚刚坐进驾驶座，正要发动轿车。
　　△忽然，一个冷冰冰的女声自金明辉的身后响起——

林秋雁：（画外音）金行长，别来无恙！
　　△金明辉乍一听见这个声音，宛如惊弓之鸟一般，惊惧地回过头——
　　△后排座上，林秋雁举着一支手枪，黑洞洞的枪口直指着金明辉；旁边还坐着身穿女装的小丸子，一脸坏笑。

林秋雁：（冷冷地）怎么，不认识了？
金明辉：（哭丧着脸）你、你是……林……林姑娘？
林秋雁：（冷冷地）不错，是我。
金明辉：（怯生生地望了一眼林秋月）你、你们……都、都是一伙的？

林秋月：当然。我们姐妹三个，今天可是专程来找金行长你的。
金明辉：（疑惑地）姐、姐妹仨？
林秋雁：（冷冷地）对，我们三个，是亲姐妹。
小丸子：喂，姓金的，你还记得我吗？这山不转水转，咱们呀，可是又见面了……可惜，胖子和瘦猴死啦，不然，今儿个可够热闹的。
金明辉：（由于害怕而结巴地）胖子？瘦猴？……你，你……你是哪个，哪个？
小丸子：啊呀，真是的……喂，姓金的，你结巴个什么呀？我到底是哪个呀？
金明辉：（由于害怕而结巴地）你、你……你就是那个……小、小丸子？
小丸子：啊，姓金的，记性不错嘛，还记得我是小丸子？
金明辉：（疑疑惑惑地）你、你、你……你不是男的吗？怎、怎、怎……怎么变成女的了呀？
小丸子：嘿嘿，这件事嘛，说起来有些太复杂。我就简单点儿告诉你吧：这以前吧，我大名叫小丸子，是男的；这现在吧，我不叫小丸子了，大名叫林秋芸，是女的。（指着林秋月）这个呢，是我大姐，（指着林秋雁）这个呢，是我二姐——明白了吗？
金明辉：（结巴地）大姐？二姐？这、这、这……这个……不、不、不……不明白……
小丸子：嗯，还不明白？啊呀，真是的……看你一副肥头肥脑的样子，这天底下最笨的人啊，十有八九就是你喽。要不要我给你再解释一遍？
金明辉：（连忙改口）啊，不、不、不……不用，不用，金某明白了，金某明白了。
小丸子：明白了？
金明辉：（赔着小心，紧张地）哎，是，是，明白了。
林秋雁：（冷冷地）开车。
金明辉：（一愣，由于紧张而结巴地）啊，开、开车？林、林姑娘，这是要、要、要……要去哪里呀？
林秋月：金行长，你不用紧张。虽然你一直替日本人做事儿，不过，看在咱们都是中国人的份儿上，我们不会太为难你——你只需要帮我们一个小忙，保你没事儿。
金明辉：（不住地擦着额头上的冷汗）什、什、什么忙？
林秋月：把我们姐妹三个，安全地带进龟田次郎的鉴宝酒会，我们就放了你。
金明辉：（面现恐惧之色）啊，龟、龟田先生？鉴、鉴宝酒会？！
林秋月：对，龟田次郎召开的鉴宝酒会——怎么，有问题吗？

·灰　雁·

金明辉：（有些迟疑地）这个……这个……
小丸子：啊呀，真是的……喂，姓金的，什么这个那个的，你怎么那么多废话呀？是不是要我们姐妹三个，把你的舌头连根拔下来，你才会乖乖地听话呀？
金明辉：（忙不迭地）哦不不不，不是，不是，金某不是那个意思……我答应你们，我答应你们。
小丸子：（拖长声调）那就开车——
金明辉：（忙不迭地点头）好好好，我这就开车，我这就开车。
　　　　△金明辉手忙脚乱地发动起轿车，向前驶出。

23-3. 东方巴黎夜总会　　日　内
　　　　△藤原纪子正在给数十名黑衣打手分别安排任务。
藤原纪子：今天晚上的鉴宝酒会，事关重大，牵扯到中国消失了一千多年的重要古籍文物，所以，我们的安全保卫工作，必须做到万无一失，不能出一丝一毫的纰漏。（顿了顿，冲三四名黑衣打手）你们几个，负责在门口守卫，凡是来参加鉴宝酒会的嘉宾，必须查验他们的邀请函，确认无误后，才可以放他们进来——明白了吗？
该黑衣打手：明白了，纪子小姐。
　　　　△藤原纪子转过头，又面向剩余的其他黑衣打手吩咐道——
藤原纪子：你们几个，负责在酒会现场巡逻。记住，必须盯住每一位来宾，凡是形迹可疑的人，一律先拿下再说——记住了吗？
　　　　△其余的黑衣打手，异口同声地回答"记住了，纪子小姐"。
藤原纪子：那就好。都散了吧，回各自的岗位。
黑衣打手：（众）是，纪子小姐。
　　　　△众黑衣打手应答了一声，各自分散走开。

23-4. 公共租界巡捕房·马文涛办公室　　日　内
　　　　△马文涛嘴里叼着硕大的烟斗，一手拿着龟田次郎的邀请函，陷入沉思。
　　　　△稍倾，换了一身西装行头的警察甲走进办公室。
警察甲：探长，时候差不多了，我们是不是现在就出发？
马文涛：嗯，好。（抓起礼帽戴在头上）走吧。
　　　　△马文涛和警察甲两人，一前一后走出办公室。

23-5. 公共租界巡捕房·大门口　　日　外
△马文涛的黑色轿车驶出巡捕房的大门。
△镜头跳转至车内——

23-6. 街道·黑色轿车内　　日　内
△警察甲驾车，马文涛坐在副驾座上，嘴巴叼着硕大的烟斗。
警察甲：探长，您该换药了——是不是先去医院，然后再去龟田先生的鉴宝酒会？
马文涛：行，先去医院。

23-7. 街道　　日　内
△马文涛的黑色轿车，在街道平稳地行驶着。

23-8. 红十字会总医院·大门口　　日　外
△马文涛的黑色轿车驶至，咔的一声停住。
△警察甲下了车，殷勤地小跑过去，拉开副驾座的车门。
△马文涛下了车，和警察甲一前一后，向医院内部走去。

23-9. 红十字会总医院·换药室　　日　内
△一名戴口罩的男医生给马文涛检查受伤的肩膀，一名女护士在旁边协助。
男医生：伤口有些感染，给他打一针消炎药。
女护士：是，医生。
△女护士答应一声，拿起一支注射器和一瓶盘尼西林，先是给药瓶中注入蒸馏水，摇匀后，然后开始抽取药液。
△一旁的警察甲，听了男医生的话，有些疑惑地凑上来。
警察甲：感染？……不会吧？看起来，恢复得挺好的呀？
男医生：（不客气地）你是医生，还是我是医生？……别看你是警察，在医院里，是我说了算。
警察甲：（尴尬地）啊，这个，这个……
马文涛：（冲警察甲）去，滚一边去，没事儿别瞎搅和，听人家医生的安排。
警察甲：是，探长。
△警察甲有些讪讪地退向一旁。
马文涛：（回头，冲男医生）啊，医生，对不起，我这个手下呢，有些不懂事儿，

　　　　　　你不用管他。
男医生：现在是战争时期，到处都在打仗，这消炎药品啊，非常紧缺——如果不是马探长您的话，我还舍不得用呢。
　　　　△女护士拿着已经抽取好药液的注射器，走向马文涛。

23-10. 红十字会总医院·走廊　　日　内
　　　　△匆匆行走的医生、护士、病人等。

23-11. 红十字会总医院·换药室　　日　内
　　　　△女护士拿着注射器，正在给马文涛注射着药水。
　　　　△随着药水的一点点推进，马文涛的眼皮逐渐变得沉重起来。
　　　　△马文涛本能地意识到不对，挣扎着抬起头，却见女护士正望着他，脸上浮现出一丝诡秘的笑容——这名女护士，却是唐二十三装扮的。
马文涛：（手指着唐二十三，惊愕地）你、你你你……你是……唐二十三？
　　　　△马文涛的话未说完，手往下一垂，眼睛慢慢地合上，陷入昏迷之中。
唐二十三：（嗲声嗲气）哟，马探长，你就好好地在这儿睡一觉吧。
　　　　△警察甲一见情形不对，迅速伸手去拔腰间的手枪。
警察甲：（厉声呵斥）喂，你们是什么人？把我们探长怎么啦？
　　　　△警察甲刚刚拔出手枪，戴口罩的男医生就迅速出手，三两下夺走了警察甲的手枪，并将他打晕过去。
　　　　△男医生揭下口罩，露出本来的面目——赫然是周天昊所装扮。
　　　　△周天昊翻出马文涛衣兜里边的邀请函，看了看，搁进自己的口袋。
周天昊：快，把他们移到帘子后边去。
唐二十三：（嗲声嗲气）是，周长官。
　　　　△周天昊一把拉开一道白色的帘子。
　　　　△帘子后边，一名男医生和一名女护士被捆绑在椅子上，两人的嘴巴中均塞着纱布。
　　　　△周天昊和唐二十三两人，将马文涛、警察甲移到白色帘子后边，并将两人捆绑起来，嘴里塞上纱布。
周天昊：换上衣服，我们走。
唐二十三：（嗲声嗲气）嗯，好。

23-12. 红十字会总医院·走廊　　日　内
　　△匆匆行走的医生、护士、病人等。
　　△稍倾，已经戴上乳胶面具、化妆成马文涛和警察甲模样的周天昊、唐二十三两人，从换药室走出来，然后将换药室的房门锁死，转身离开。

23-13. 红十字会总医院·大门口　　日　外
　　△装扮成马文涛和警察甲的周天昊、唐二十三两人，走出医院的大门。
　　△装扮成马文涛和警察甲的周天昊、唐二十三两人，走到马文涛的专用黑色轿车旁，分别上了驾驶座和副驾座。
　　△稍倾，唐二十三发动黑色轿车，缓缓驶出。

23-14. 街道　　日　外
　　△装扮成马文涛和警察甲的周天昊、唐二十三两人，驾驶着黑色轿车，在街道上急速行驶着。

23-15. 东方巴黎夜总会　　傍晚　外
　　△霓虹灯闪烁的东方巴黎夜总会门口，三四名黑衣打手在值岗，挨个检查光临嘉宾出示的邀请函。
　　△上海各界名流络绎不绝地到来，他们或是携夫人，或是携舞伴，先后进了夜总会。
　　△稍远处，一辆黑色的轿车静静地停靠在街道边——正是马文涛的那辆专用轿车。
　　△镜头跳转至车内——

23-16. 黑色轿车内　　傍晚　内
　　△化装成马文涛、警察甲的周天昊和唐二十三两人，紧紧地盯着东方巴黎夜总会的门口。
　　△周天昊的主观视角：稍倾，一辆轿车驶至东方巴黎夜总会的门口，然后停住。

23-17. 东方巴黎夜总会　　傍晚　外
　　△轿车门打开，金明辉以及身穿明艳旗袍的林秋月、林秋雁、小丸子三姐妹，陆续走下车来——化妆掩饰了林秋月等人的本来面目，如果不是

·灰 雁·

　　非常仔细地看，根本认不出她们来。
　　△金明辉带着林秋月、林秋雁、小丸子三人，走至东方巴黎夜总会门口，出示邀请函。
　　△就在这时，藤原纪子忽然从门内走了出来。
藤原纪子：金行长。
金明辉：（赔着小心）哟，纪子小姐。
藤原纪子：金行长，这三位是？
金明辉：哟，纪子小姐，这三位女士是金某带来的舞伴，专门来助兴的，来助兴……
　　△藤原纪子淡淡地哦了一声，有些狐疑地打量着林秋月、林秋雁、小丸子三人。
　　△林秋月、林秋雁、小丸子三个人，各自作狐媚状，貌似是从风月场所出来的，带有明显的风尘气。
　　△稍倾——
藤原纪子：金行长，里边请吧。
金明辉：哎，是，谢谢纪子小姐。
　　△金明辉带着林秋月、林秋雁、小丸子三姐妹，进了东方巴黎夜总会的门。

23-18. 黑色轿车内　　傍晚　内

　　△化装成马文涛、警察甲的周天昊和唐二十三两人，看着林秋月、林秋雁、小丸子三人顺利地进了东方巴黎夜总会。
周天昊：她们成功了。
唐二十三：（嗲声嗲气）哟，看来这个金胖子，关键时刻还能起一点作用。
周天昊：这个金行长，虽然经常跟龟田次郎勾结在一起，但他的胆子小，怕死怕得要命，稍一吓唬他，就会乖乖地配合我们。
唐二十三：……
周天昊：时间差不多了，我们走。
唐二十三：（嗲声嗲气）是，周长官。
　　△周天昊和唐二十三两个人，各自推开车门，走下黑色轿车。

23-19. 东方巴黎夜总会　　傍晚　外

　　△化装成马文涛和警察甲的周天昊、唐二十三两人，走向东方巴黎夜总

472

会门口。
周天昊：从现在起，不要叫我周长官，得改口，叫我探长。
唐二十三：（模仿警察甲的声音）是，探长。
周天昊：还行，学得挺像。
唐二十三：（嗲声嗲气）哟，那还不简单呀？我唐二十三呀，就是靠这个手艺吃饭的。
周天昊：说你胖，你还真就喘上了？别磨蹭了，快走吧。
唐二十三：（嗲声嗲气）是。
△稍倾，周天昊和唐二十三两人走至夜总会门口，出示了邀请函。
△在门口值岗的三四名黑衣打手冲周天昊躬身行礼。
黑衣打手：马探长好，您里边请。
周天昊：嗯，好。
△化装成马文涛和警察甲的周天昊、唐二十三两人，走进了东方巴黎夜总会。

23-20. 东方巴黎夜总会·大厅　　夜　内
△金碧辉煌的大厅。熙熙攘攘的各界名流，还有花枝招展的旗袍美人，穿梭来去的服务生等。
△意气风发的龟田次郎举着一杯红酒，不住地跟一众嘉宾碰杯问好，还跟金明辉低声聊了几句什么。
△林秋月跟在金明辉身旁，林秋雁、小丸子两人分别和别的宾客喝酒聊天。
△七八名黑衣打手，各自占据有利位置，警惕地观察着大厅中的所有人等。
△化装成马文涛和警察甲的周天昊、唐二十三两人走进大厅，各自拿过一杯服务生端在托盘里的红酒。
△藤原纪子举着一杯红酒，迎面走向化妆成马文涛的周天昊。
藤原纪子：马探长。
周天昊：哟，纪子小姐，您好啊。
△马文涛说着，和藤原纪子碰了一下酒杯。
△藤原纪子稍带一丁点儿敌意，有些探究似的盯着马文涛。
藤原纪子：怎么，马探长没有带个舞伴过来？
周天昊：哟，有劳纪子小姐关心了——不过，请纪子小姐放心，这满大厅的美女，

·灰 雁·

马某还愁找不到舞伴吗？

藤原纪子：那倒是。马探长风流倜傥，只要稍微勾一下手指头，自会有大把的美女投怀送抱，自然是不愁没有舞伴的。

周天昊：纪子小姐真会开玩笑。

藤原纪子：马探长请便。

周天昊：纪子小姐，请。

△藤原纪子举着红酒，袅袅婷婷地离开。

△稍远处，化装成警察甲的唐二十三，已经溜到了小丸子身旁，两人低声地嬉笑嘀咕着。

△龟田次郎端着酒杯，走向化装成马文涛的周天昊，并与周天昊碰杯。

龟田次郎：马探长。

周天昊：哟，龟田先生，恭喜恭喜，能找到那样一件消失了上千年的旷世宝贝，实在是不容易啊……可喜可贺，可喜可贺。

龟田次郎：谢谢马探长——哟，马探长，你上次的枪伤，好点了吗？

周天昊：（稍稍一愣，但旋即就明白了过来）啊，好多了，好多了……一点点皮肉伤，没什么大不了的，不碍事儿。

△龟田次郎再次与周天昊碰了一下酒杯。

龟田次郎：马探长请随意，我去招呼其他客人。

周天昊：啊，好，龟田先生请便。

△龟田次郎一路走过去，和其他宾客各自碰杯问好。

23-21. 东方巴黎夜总会　　夜　外

△霓虹灯闪烁的东方巴黎夜总会门口，三四名黑衣打手在值岗。

△有零星的嘉宾带着女伴前来，黑衣打手检查邀请函，然后放对方进夜总会。

23-22. 东方巴黎夜总会·大厅　　夜　内

△大厅中，五彩的霓虹灯闪烁着。舒曼的音乐声中，一众嘉宾与女伴们翩翩起舞。

△金明辉和身着艳丽旗袍的林秋月两个人，也夹杂在一众宾客当中，在舞池里翩翩起舞——金明辉略显紧张，如果仔细看，能看到他额头上细密的汗珠子。

△同样身穿艳丽旗袍的林秋雁坐在一旁，举着一杯红酒，一边慢慢地品

尝着，一边冷眼观察着四周的各色人等，不时有客人邀请林秋雁跳舞，但都被她一一拒绝了。

△装扮成马文涛的周天昊端着一杯红酒，端庄绅士地走向林秋雁。

周天昊：这位小姐，能请你跳个舞吗？

林秋雁：（盯着周天昊）我们，认识吗？

周天昊：啊，不，不认识。

林秋雁：既然不认识，本小姐为什么要和你跳舞？

周天昊：啊，这其实吧，我对西洋的这些娱乐方式呢，并不是特别喜欢。不过呢，纵观这满大厅的男男女女，不是长得歪瓜裂枣，要不就带着很浓的脂粉气，唯独只有姑娘你，美艳动人、清丽而脱俗，打这儿一坐，就跟那仙女下凡似的……马某心生仰慕，所以，才冒昧前来邀请姑娘您。

林秋雁：是吗？本小姐真有你说的那么好？

周天昊：当然，当然有那么好——（凑近林秋雁，低声）马某说的，可都是掏心窝子的真心话。

林秋雁：是吗？

△林秋雁盯着周天昊，周天昊也盯着林秋雁，目光中明显有内容。

△稍倾，林秋雁的嘴角浮起一丝微笑，同时伸出自己的纤纤玉手。

△周天昊伸手接住林秋雁的纤纤玉手，牵着她，步入舞池。

△另一头，装扮成警察甲的唐二十三，凑在小丸子身旁，两人低声地嘀嘀咕咕着。

小丸子：（悄声地）喂，姓唐的，你看，我大姐跳舞挺好看的……（忽然看到周天昊和林秋雁在优雅地跳舞）咦，我二姐也去跳舞了！

唐二十三：（悄声地，嗲声嗲气）哟，小丸子，要不，咱俩也去跳舞吧？

小丸子：（连忙摇头）不去。

唐二十三：（有些失望地，嗲声嗲气）哟，为什么呀？

小丸子：（有些眼馋地看着翩翩起舞的林秋月、林秋雁等人）我长这么大，压根儿就没有跳过叫西洋舞的这种破玩意儿……临出发前，大姐虽然教了教我，但就那么一小会儿，能学个啥？我呀，早都忘得一干二净了。

唐二十三：（嗲声嗲气）哟，小丸子，有我带着你，你怕什么呀？走吧。

小丸子：（依旧连连摇头）不去不去，我不去。

唐二十三：（嗲声嗲气）哟，小丸子，走吧。

△唐二十三强行拽起小丸子，两人步入舞池。

△唐二十三带着小丸子跳舞，小丸子动作稍显笨拙，手忙脚乱之中，动

·灰 雁·

不动就踩唐二十三的脚一下。唐二十三却不急不恼,神情专注地看着小丸子俏丽的脸庞。

小丸子:(悄声地)喂,唐二十三,你看什么看?你再敢看人家,小心我挖了你的眼珠子!

唐二十三:(悄声地,嗲声嗲气)哟,小丸子,你真够逗的……咱俩呀,是舞伴,我不瞧着你,难道还瞧着别的女人不成啊?

小丸子:(有些懊恼,但也有些喜悦地)啊呀,真是的……随便啦随便啦,你爱瞧就瞧吧,哼,便宜你这个大色狼了。

△金明辉和林秋月、周天昊和林秋雁、唐二十三和小丸子、龟田次郎和藤原纪子,以及其他宾客,均在曼妙的音乐声中翩翩起舞。

△跳舞过程中,周天昊和林秋雁两个人,舞姿优雅、艳美、动人,渐渐成了一众宾客们的核心。周天昊专注地望着林秋雁,林秋雁也专注地望着周天昊,两人的眼神中,明显带有某种暧昧的内容。

23-23. (想象)某湖边草地　　日　外

△蓝天。白云。波光潋滟的湖水。碧草如茵的草地。

△一身白西装、英俊潇洒的周天昊和一身红裙、美艳动人的林秋雁两人,相拥着翩翩起舞;他们两人的眼睛,各自脉脉含情地注视着对方,舞姿蹁跹,仿佛天地间就只剩下了他们两个人……

23-24. 东方巴黎夜总会·大厅　　夜　内

△周天昊和林秋雁两个人舞姿蹁跹、神情陶醉,各自脉脉含情地互盯着对方,仿佛周围的一众宾客均不存在。

周天昊:(有些动情地)秋雁,今天的你真漂亮!

△这时,龟田次郎和藤原纪子舞到了周天昊和林秋雁两人身边。

藤原纪子:(语带讥讽地)哟,马探长,您看起来虽然显老了一点儿,但魅力还是不输于年轻人嘛……之前还担心你没有舞伴呢,这不,一转眼间,就把我们今晚最漂亮的女孩子,骗上了手。

龟田次郎:纪子小姐,你恰恰说错了。马探长这不是显老,是显成熟——现在的女孩子嘛,都喜欢既成熟又有魅力的男人,而马探长呢,就是最有魅力、最显成熟的那个。

周天昊:哟,龟田先生、纪子小姐,您二位呐,可真会开玩笑,千万打住,打住——打趣我马文涛呢,没关系,咱一个糙老爷们儿,脸皮厚;这人姑娘家啊，很少在场面上抛头露面，脸皮儿薄，您二位呢，千万别伤了人家的面子。

藤原纪子：哟，马探长，什么时候还学会怜香惜玉了？

周天昊：哈哈，这怜香惜玉嘛，谁都会，不用学，不用学。

　　△话语一来一往间，龟田次郎、藤原纪子一对与周天昊、林秋雁一对交错而过。

同场切：
　　△稍远处，唐二十三和小丸子两人的交谊舞，也是渐入佳境，小丸子已经不那么手忙脚乱了。

小丸子：（低声，有些喜滋滋地）嘻嘻，真好玩儿，真好玩儿……喂，唐二十三，我跳得怎么样？

唐二十三：（压低声音，嗲声嗲气）哟，虽然还差着点儿火候，但已经相当不错了。再假以时日，就可以出师了。

小丸子：（低声地）喂，你说，我能跳得跟我大姐二姐一样好吗？

唐二十三：（压低声音，嗲声嗲气）哟，那是当然——这要不了多久啊，你肯定会超过你大姐和二姐，跳得比她们都要好。

小丸子：（低声地）真的？

唐二十三：（压低声音）哟，小丸子，我唐二十三，什么时候骗过你呀？

小丸子：（喜滋滋地）嘻嘻，好玩儿……好玩儿……

23-25. 红十字会总医院·换药室　　夜　内
　　△被捆绑着的马文涛，慢悠悠地醒转了过来。
　　△马文涛打眼四顾：只见被绑缚着的警察甲仍旧昏迷着，被绑缚在椅子上的男医生和女护士两个人，则眼巴巴地望着马文涛，神情显得无辜而可怜。
　　△马文涛咬着牙，一点点将身体挪近一张桌子，用力地磨蹭着手腕上的绳索。

23-26. 东方巴黎夜总会·大厅　　夜　内
　　△舞曲结束，一众宾客和各自的舞伴或坐或站，三五一处。
　　△稍偏僻处，金明辉和林秋月相邻坐着。林秋月的神色沉着而冷静，金明辉却明显有些慌乱。

·灰　雁·

金明辉：（由于紧张而结巴地）林、林小姐，你们今、今晚……准、准备……干、干什么？

林秋月：怎么，金行长，你害怕了？

金明辉：（由于紧张而结巴地）不不不，不是……不是，这个……这个……

林秋月：这个什么呀？

金明辉：（由于紧张而结巴地）林、林姑娘，你、你、你们……今、今晚……要是整、整、整出什么乱子，龟、龟、龟田先生他……他会杀了我的……他真的会杀了我的……

林秋月：金行长，你不用紧张。你放心，我们姐妹三个，是不会连累你的——但前提是，你必须先好好地配合我们，否则，不等龟田次郎杀了你，我会先一枪崩了你的脑袋。

金明辉：（由于紧张而结巴地）我、我、我……我明白……明、明、明白。

林秋月：明白就好。

　　△对切：有个黑衣打手，漫不经心地朝金明辉这边看过来。

　　△林秋月有意识地向金明辉靠近了一点儿，装作两人非常亲密的样子。

23-27. 红十字会总医院·换药室　　夜　内

　　△马文涛一点点磨断了手腕上的绳索，三两下解开，然后取掉塞在嘴里的纱布。

　　△马文涛顺手抓过一把手术刀，快步上前，割断警察甲身上的绳索。

　　△马文涛取下警察甲口中的纱布，用力拍打着他的脸庞。

马文涛：喂，醒来，快醒来。

　　△见警察甲没有反应，马文涛拿过一杯水，哗的一声，全部泼在警察甲的脸颊上。

　　△警察甲冷不丁地惊醒了过来。

警察甲：啊，探长，怎么回事儿？

马文涛：哼，还能怎么回事儿？我们被人暗算啦。

警察甲：啊，是谁？是谁？……谁敢暗算我们？

马文涛：还能有谁？是周天昊他们。

警察甲：周天昊？……啊，探长，我的衣服呢？我的衣服呢？那可是我刚刚花了半个月的薪水，专门找南市口的裁缝师傅给做的……

马文涛：（恼火地）少在那里鬼哭狼嚎的，还不快走？

警察甲：啊，去哪里，探长？

马文涛：（有些气急败坏地）还能去哪里？东方巴黎夜总会，龟田次郎的鉴宝酒会，希望还来得及。
警察甲：啊，走。
　　△马文涛和警察甲两个人，迅速转身走出。

23-28. 东方巴黎夜总会·大厅　　夜　内
　　△龟田次郎拍了拍巴掌，整个舞会大厅顿时安静下来。
龟田次郎：各位，各位，下面进入我们今天晚上最重要的一个环节——那就是，鉴宝，欣赏一幅最为珍贵的旷世作品。（回头，冲工作人员）拿上来。
　　△两名身穿和服的日本美女，捧着《神州策序》的真迹，袅袅婷婷地走上来。
龟田次郎：相信各位，对书圣王羲之的名号不会感到陌生，那是中国古代最为著名的大书法家……龟田不才，一个非常偶然的机会，从几个盗墓贼手里，花重金购得了这幅书法作品，正是书圣王羲之遗失了上千年之久的代表作——《神州策序》。
　　△《神州策序》几个字一出口，一众宾客顿时发出嘤嘤嗡嗡的声音，惊叹者有之，啧啧称奇者亦有之。
　　△混杂在宾客中间的周天昊、林秋月、林秋雁、小丸子、唐二十三五个人，各自不动声色地交换了一下眼神。

23-29. 东方巴黎夜总会　　夜　外
　　△一辆轿车驶至，咔的一声停住。
　　△车门打开，马文涛和警察甲两人下了车，急匆匆地走到东方巴黎夜总会的门口。
　　△负责值岗的黑衣打手看见又冒出一个马文涛来，明显一愣。
　　△马文涛冷着脸，带着警察甲就要往门里边闯，值岗的黑衣打手连忙伸手拦住。
黑衣打手：对不起，没有邀请函，你们不能进去。
马文涛：我是巡捕房的副总探长马文涛。我有非常重要的事情，需要面见龟田先生——如果耽误了，你们负得起责任吗？闪开，快让我进去。
黑衣打手：啊，不行，不行，已经进去一个马探长了——您不能进去。
马文涛：（恼火地）放屁，老子明明站在这里，怎么会进去？
警察甲：喂，你们吃错药了吧？脑子犯迷糊了？我和我们探长，明明刚赶到这里

......
　　　　　△警察甲的话未说完，当即意识到哪儿不对劲儿。
　　　　　△马文涛、警察甲、黑衣打手们，各自面面相觑了一眼。

23-30. 东方巴黎夜总会·大厅　　夜　内
　　　　　△《神州策序》的真迹铺开在展台上，一众宾客陆续上前仔细观摩。
宾客甲：哎呀，了不得，了不得，这消失了一千多年的东西，竟然还能够重见天日！了不得，了不得……恭喜龟田先生，贺喜龟田先生。
龟田次郎：谢谢，谢谢。
宾客乙：龟田先生，恭喜你啊，恭喜你啊，能够得到这样一件旷世宝贝，实乃是莫大的福分啊，可喜可贺，可喜可贺！
龟田次郎：谢谢，谢谢。
　　　　　△就在这时，马文涛带着警察甲闯了进来，跟在后边的，还有在外边值岗的黑衣打手等。
　　　　　△化装成马文涛的周天昊带着化装成警察甲的唐二十三，真正的马文涛带着警察甲，双方刚好撞在一起，周天昊一方和马文涛一方均一愣，暂时僵在那里。
　　　　　△其他的一众宾客们，看见了两个一模一样的马文涛，也是大为惊骇；而林秋月、林秋雁、小丸子三人，则暗中提神戒备。
周天昊：（OS）糟糕！这个马文涛，他怎么逃了出来？
马文涛：（OS）真是见了鬼了！他怎么长得和我一模一样？是周天昊假扮的我吗？
　　　　　△这时，龟田次郎和藤原纪子两个人，带着数名黑衣打手快步走了过来。
龟田次郎：怎么回事儿？
藤原纪子：（厉声地）说，你们两个，到底谁是真正的马探长？
马文涛：（指着周天昊，异口同声地）我，他是假的。
周天昊：（指着马文涛，异口同声地）我，他是假的。
　　　　　△龟田次郎和藤原纪子两人，看看周天昊，又看看马文涛，一时无法分辨出真假。
　　　　　△马文涛见状，伸手去拔腰间的手枪。但藤原纪子的动作比马文涛更快，他的枪才拔出一半来，藤原纪子的手枪已经顶在了他的脑门上。
马文涛：（沉着地）纪子小姐，你弄错了——他是假冒的，我才是真正的马文涛。
藤原纪子：口说无凭，你拿什么来证明？
警察甲：（指着马文涛）纪子小姐，我可以证明，我们探长才是货真价实的；

第二十三集

　　（指着周天昊和唐二十三两人）这个人，还有这个人，他们都是冒牌货。
　　△听了警察甲的话，藤原纪子有些犹豫地把枪口移向周天昊。
周天昊：真好笑。纪子小姐，你最好想清楚了，我是龟田先生专门邀请来的客人，我来的时候，拿的可是你们发的邀请函——如果我是假的，怎么进得了你们这道门？
马文涛：纪子小姐，你别听他瞎说——他是假冒的，他就是你们一直要抓的周天昊；他那个跟班，就是那个叫唐二十三的戏子。
　　△藤原纪子乍听此言，倏地掉转枪口，指向马文涛。
马文涛：啊，纪子小姐，你这是干什么？
藤原纪子：因为，你是假冒的，是冒牌货。
马文涛：（惊讶地）啊，为什么？纪子小姐，你弄错了，我才是真正的马文涛……你听我说……
龟田次郎：够了。我来替纪子小姐回答你——因为，周天昊和他的那几个手下，早就已经死了。
马文涛：（惊愕地）啊？！
龟田次郎：（冲藤原纪子）下了他的枪，把他们两个先给我关起来，回头再审。
　　△龟田次郎吩咐完，转身往回走。
　　△马文涛见形势对自己很不利，迅速动手，打飞藤原纪子的手枪；但马文涛拔出的枪，也随即被藤原纪子踢飞。藤原纪子、马文涛、警察甲、黑衣打手们，几乎同时动起手来。
　　△大厅中一时大乱，一众嘉宾及他们的女伴，一边尖利地喊叫着，一边乱纷纷地朝门口涌去。

　　△稍远处，林秋月、林秋雁、小丸子三姐妹，相互对视了一眼。
林秋月：（低声）动手！
林秋雁：好。
小丸子：嘿嘿，大姐二姐，你们就看我的吧。
　　△林秋月、林秋雁、小丸子三姐妹，各自拔出手枪，一边朝龟田次郎等人射击，一边冲向展台上的《神州策序》真迹。
　　△龟田次郎以及数名黑衣打手等，虽然被林秋月三姐妹打了个措手不及，但却及时拔枪还击。
龟田次郎：（喊）快，保护《神州策序》。

·灰　雁·

　　　　△枪声骤起。正在近身搏斗的藤原纪子、马文涛、警察甲、黑衣打手等，明显一愣。
周天昊：唐二十三，抄家伙，动手。
唐二十三：（嗲声嗲气）好，周长官。
　　　　△周天昊和唐二十三两人，一边拔出手枪，一边撕去脸上的乳胶面具，露出本来的真面目。
　　　　△藤原纪子的一双瞳孔急遽地收缩。
藤原纪子：（吃惊而又意外地）周天昊？！
周天昊：藤原纪子，你大概没有想到吧，我周天昊竟然还活着！我告诉你，不光我周天昊活着，林教授的三个女儿，也都安然无恙……你们的如意算盘啊，落空了。
马文涛：纪子小姐，我没有骗你吧？
藤原纪子：（冲黑衣打手，喊）给我打。
　　　　△藤原纪子和马文涛各自一个翻滚，就地捡起掉落的手枪，与黑衣打手等一起，冲周天昊、唐二十三两人射击。
　　　　△双方激战。周天昊和唐二十三一边与藤原纪子等人对射，一边向林秋月、林秋雁、小丸子那边撤去。

　　　　△稍远处，林秋月、林秋雁、小丸子三姐妹，与龟田次郎等人激烈对射，偶尔近身搏击，不时有黑衣打手死去。
林秋雁：（撕去头上戴的假发，冷冷地）龟田次郎，还我爹娘的命来！
龟田次郎：（忽然认出了林秋雁，惊愕地）林秋雁，是你？……你们三姐妹，没有死？
林秋月：龟田次郎，想让我们姐妹死，没那么容易。
　　　　△两名黑衣打手将《神州策序》真迹卷起来，装进鎏金木匣，转身欲走。
　　　　△小丸子飞身赶至，将两名黑衣打手打翻，一举将鎏金木匣夺了过来。
　　　　△几乎在同一时间，周天昊、唐二十三一边与藤原纪子等人射击，一边退回来，与林秋月、林秋雁、小丸子三姐妹汇合一处。
周天昊：（大声地）东西到手了吗？
小丸子：（大声地）到手了，你看——
　　　　△小丸子朝周天昊亮出鎏金木匣。
周天昊：干得漂亮。
小丸子：嘿嘿，姓周的，不是我吹牛——有我大名鼎鼎的小丸子在，抢这么个破玩意儿，还不是小菜一碟啊？
唐二十三：（嗲声嗲气）哟，小丸子，小心！
　　△原来，一名黑衣打手从背后试图偷袭正得意扬扬的小丸子，唐二十三飞身扑救。

　　△另一边，掩体后边，龟田次郎、藤原纪子、马文涛等人汇合一处，与周天昊、林秋月、林秋雁、小丸子等激烈对射。
　　△吓得浑身发抖的金明辉，畏畏缩缩地藏在龟田次郎的身后。
金明辉：（由于害怕而结巴地）龟、龟、龟……龟田先生……
龟田次郎：（恼火地）金行长，人是你带进来的？
金明辉：（由于害怕而结巴地）龟、龟、龟……龟田先生……这、这、这……这不怪我啊……她们、她们拿枪……逼、逼、逼着我……我不带、带、带她们来……她们会、会、会……杀了我的呀……
龟田次郎：（气急败坏地）没出息的东西！成事不足，败事有余……滚！
金明辉：（由于害怕而结巴地）好好好，我滚，我滚……龟田先生，您可千万别生气啊，千万别生气……金某也是没有办法呀……
　　△金明辉战战兢兢地朝后边退去。
藤原纪子：（忽然插话）将军，她们抢走了《神州策序》的真迹。
龟田次郎：一定要给我夺回来。
藤原纪子：是，将军。（冲黑衣打手们）上。
　　△龟田次郎、藤原纪子、马文涛以及一众黑衣打手，一边举枪射击，一边向林秋月、林秋雁他们逼近。
龟田次郎：（冲藤原纪子）他们怎么会逃出那个墓穴？
藤原纪子：不知道。（冲黑衣打手们）上。
龟田次郎：（冲马文涛）马探长，对不起，刚才误会你了。
马文涛：龟田先生，您这话就见外了。遇上那样一种情况，谁都有做出错误判断的时候，马某不会怪你的……要怪啊，就怪这几个狗杂碎太狡猾，他们竟然打扮成我的模样，来参加你的酒会，就连马某说话的声音，都模仿得一丝不差……他奶奶的，等老子抓住他们，非活剥了他们的皮不可。
龟田次郎：马探长，咱们兵合一处、将打一家，等抓住这几个人，包管有你马探长大大的好处。
马文涛：没问题。（回头，冲警察甲）给巡捕房打电话，马上调派人手过来。
警察甲：是，探长。

△警察甲转身跑出。

林秋月：（大声地）秋雁、秋芸，我们撤。
林秋雁：（大声地）好。（冲周天昊）教官，我们走。
周天昊：你们先撤，我和唐二十三来掩护。
　　　　△周天昊和唐二十三两人掩护，林秋月、林秋雁、小丸子三姐妹，一边举枪射击，一边有序地向后撤退。
藤原纪子：想跑，门儿都没有。（冲黑衣打手们）给我追。
　　　　△一众黑衣打手们，一边射击一边迅速向前追去。

23-31. 东方巴黎夜总会　　夜　外
　　　　△林秋月、林秋雁、小丸子、周天昊、唐二十三五人，或撞碎窗户而出，或破门而出，陆续都到了夜总会外边。
　　　　△稍后处，藤原纪子、龟田次郎、马文涛以及一众黑衣打手，相继追了出来。
　　　　△周天昊跳上一辆黑色轿车，迅速打着火。
周天昊：快，上车。
　　　　△小丸子和唐二十三先后跳上轿车，林秋月和林秋雁则一左一右，站在轿车踏板上，向紧追而来的藤原纪子等人开枪射击。
　　　　△龟田次郎、藤原纪子、马文涛及一众黑衣打手，徒劳地追出一截，眼睁睁地看着周天昊他们绝尘而去。
　　　　△黑屏。

23-32. 街道　　夜　外
　　　　△周天昊驾驶着黑色轿车，载着林秋月、林秋雁、小丸子、唐二十三，急速向前驶去。
　　　　△镜头跳转至车内——

23-33. 街道·黑色轿车内　　夜　内
　　　　△周天昊驾车，林秋月坐在副驾座上，林秋雁、小丸子、唐二十三挤在后排。
小丸子：（得意扬扬地）嘿嘿，大姐二姐，今天咱们这一仗啊，打得太解气了……我想啊，老龟田的那张苦瓜脸，这会儿肯定都气歪了。

林秋月：这还不算完——总有一天，咱爹娘的血海深仇，会让他用血来偿还！

小丸子：大姐二姐，你们就放心吧，迟早有一天，我会活刮了老龟田，替咱爹娘报仇。

唐二十三：（嗲声嗲气）哟，小丸子，到时候呀，我帮你。

小丸子：嗯，行。嘿嘿，姓唐的，哥们够义气。

23-34. 东方巴黎夜总会　　夜　外

　　△龟田次郎、藤原纪子、马文涛等人铁青着脸，望着交战之后的一片狼藉景象。

　　△稍倾，数辆巡捕房的摩托车飞驰而至，一众警察乱纷纷地跳下来。

某警察：探长，人呢？

马文涛：来晚啦——这帮狗杂碎，又让他们给逃掉了。

　　△龟田次郎铁青着脸，强自压抑着怒气。

龟田次郎：金胖子在哪儿？

藤原纪子：（一指稍远处，两名黑衣打手反扣着金明辉）在那里。（冲两名黑衣打手）把人带过来。

　　△两名黑衣打手将战战兢兢的金明辉押到龟田次郎面前。

龟田次郎：（盯着金明辉）金行长，你干的好事！

金明辉：（两腿直打战）龟、龟、龟……龟田先生……这不、不、不怪我……我、我、我……我真的是没办法呀……她、她、她……她们拿枪指着我……我不带她们来……她们会杀了我的呀……龟、龟、龟……龟田先生……

龟田次郎：是吗？

金明辉：（战战兢兢地）哎，是，是，是。

龟田次郎：你怕她们杀了你，难道，你就不怕我龟田次郎杀了你吗？

金明辉：龟田先生，您饶命啊……您千万不能杀我啊……小的可是一直鞍前马后，唯龟田先生您马首是瞻啊……龟田先生……您饶命啊，小的以后再也不敢了……

龟田次郎：现在才求饶，晚啦。一个人犯错误并不可怕，可怕的是他接二连三地犯错误，而且，犯的都是同样的错误……金行长，你还是到阴曹地府去做个鬼吧。

金明辉：龟田先生，饶命啊……龟田先生，饶命啊……

　　△龟田次郎狞笑一声，顺势拔出一名黑衣打手的武士刀，猛地一挥。

　　△只见雪白的刀光一闪，金明辉的脖颈间，就出现了一条细细的红线。

·灰　雁·

金明辉：（尚未断气，挣扎着）龟、龟田先生，饶、饶命啊……我真的不是故意的，是她们逼我呀……
　　△金明辉肥胖的身躯，轰然向后倒了下去……
　　△定格。

—— 第二十四集 ——

24-1. 公共租界巡捕房·大门口　　日　外
　　△马文涛的黑色轿车急速驶至，然后咔的一声，停住。
　　△车门打开，马文涛和警察甲两个人，先后下了轿车，朝大门里边走去。

24-2. 公共租界巡捕房·马文涛办公室　　日　内
　　△马文涛虎着一张脸，大踏步走进自己的办公室，一边走一边顺势脱下外套。
　　△跟在后边的警察甲殷勤地接过马文涛的外套，然后挂在衣架上。

马文涛：（恼火地）敢冒充我马文涛？这帮狗杂碎，真的是活腻歪了！

警察甲：（小心翼翼地）探长，他们已经冒充过一次了……上次在黑龙帮，他们就是假扮的探长您，结果，害得我们巡捕房跟鲍大牙的人火并，还折了好几个弟兄……

马文涛：（一瞪眼，恼火地）难道我还要你提醒？
　　△警察甲被马文涛一呵斥，吓得缩了缩脖子，再没敢吭声。
　　△马文涛有些焦躁地在地板上走着来回。

马文涛：（忽然站定，回头）把所有的弟兄都派出去，挨家挨户地搜，一条街道一条街道地给我查——老子就不信了，这几个狗杂碎，他们还能藏到天上去不成？……（顿了顿）还有，去给码头赌场烟馆的那些大小混混们，挨个儿打招呼，让他们平时都留意着一点儿，一旦发现有关的线索，立马向我们巡捕房汇报。

警察甲：探长，那些个混混，他们一个个都是见钱眼开的主儿……（捻捻手指头，做了个数钱的动作）不给他们这个，他们是不会给咱巡捕房提供消息的……

马文涛：不就是钱吗，给他们就是……不光要给，还要多给。你就告诉他们，凡是向巡捕房提供了有效线索的，额外再加他们赏钱。你现在就去办，不要耽搁。

警察甲：是，探长，属下这就去安排。

·灰 雁·

　　　　△警察甲冲马文涛行了个礼，转身走出。
　　　　△马文涛叼着硕大的烟斗，吐出两个烟圈儿，一双眼睛逐渐变得阴鸷起来。

24-3. 一组搜捕镜头　　　日　外
　　　　△巡捕房大门口，坐满荷枪实弹警察的摩托车、卡车等风驰电掣般驶出。
　　　　△街道上，整列整列的巡捕房警察执枪冲过，过往行人乱纷纷地闪躲。
　　　　△民居，三两警察一组，执着枪，挨家挨户地搜查。
　　　　△城门口，巡捕房的警察设置了路卡，不管出城进城的行人，都要挨个接受搜身检查。

24-4. 某废旧工地·房屋　　　日　内
　　　　△周天昊手托下巴，作沉思状，在地上走着来回。
　　　　△唐二十三举着小镜子，一如既往地描画着自己的眉毛和嘴唇。

24-5. 某废旧工地·偏室　　　日　内
　　　　△一张简易的桌子上，竖着三副灵牌，分别上书："先严林公老大人之灵位""先慈林氏老孺人之灵位""先考钱公老大人之灵位"，每副灵牌的左下侧，均写着"奉祀人：林秋月、林秋雁、林秋芸"。
　　　　△灵牌前，搁着一个香炉，香炉中插着三支香，飘荡着若有若无的青烟；另外还摆着若干水果类的供品；装有《神州策序》真迹的鎏金木匣，也赫然摆在灵位前。
　　　　△林秋月、林秋雁、小丸子三姐妹，站立在灵牌前，神情肃穆。
林秋月：爹、娘，还有钱伯伯，秋月带着二妹和三妹，在这里祭拜你们三位老人家了……就在昨天晚上，秋月带着二妹和三妹，大闹了日本人的鉴宝酒会，将他们抢去的《神州策序》真迹，又给夺了回来……爹、娘、钱伯伯，你们高兴吧！爹和钱伯伯多年的心愿，终于变成了现实……
林秋月：（顿了顿，哽咽地）爹、娘，女儿秋月想你们了……女儿一直在国外读书，都没能……来得及回国见你们最后一面，女儿真是不孝……
　　　　△站在林秋月身旁的林秋雁和小丸子两个人，此刻已然是泪流满面。
林秋月：（擦了擦眼泪）爹、娘、钱伯伯，你们三位老人家，就在九泉之下安息吧——《神州策序》的真迹，秋月一定好好地保管，等时局稳定以后，我会把它送到钱伯伯工作的北平博物馆，做永久性的收藏……（哽咽地）

你们三位老人家，就都放心吧……

24-6. 大和洋行·走廊　　日　外
　　△龟田次郎带着几名黑衣打手，大踏步向内室方向走去。
龟田次郎：纪子小姐人呢？她去哪儿了？
黑衣打手：将军，纪子小姐带着人，去追查周天昊他们的下落去了。
龟田次郎：等纪子小姐一回来，马上让她来见我。
黑衣打手：是，将军。

24-7. 某废旧工地·对面隐蔽处　　日　外
　　△藤原纪子带着数十名黑衣打手，隐身在隐蔽处。
藤原纪子：确定是这个地方吗？
黑衣打手甲：错不了，纪子小姐。这里呀，原本是个废弃的工地，楼盖了半拉，老板没钱了，丢下一屁股的债一跑了之，都闲置好几年了。就最近，有人发现工地上来了几名陌生人，两男三女，出来进去一直鬼鬼祟祟的——如果属下没有估计错的话，这两男三女，十有八九就是我们要找的周天昊和林家姐妹他们。
藤原纪子：不管是不是，进去查看一下就清楚了——如果真的是周天昊和林家姐妹他们，正好把他们一网打尽，夺回《神州策序》的真迹，给龟田将军一个交代……（一挥手）走。
　　△藤原纪子带着一众黑衣打手，向废旧工地内潜行而去。

24-8. 某废旧工地　　日　外
　　△藤原纪子带着一众黑衣打手，举着手枪，蹑手蹑脚地朝废旧工地里边走去。
　　△忽然，一名黑衣打手不小心碰到废料堆上边的一块废铁，废铁当啷一声，掉在了地上。

24-9. 某废旧工地·房屋　　日　内
　　△外边传来的当啷声，让周天昊和正在描画眉毛的唐二十三一惊。
　　△周天昊和唐二十三两人，疑惑地相互看了一眼。

·灰 雁·

24-10. 某废旧工地·偏室　　日　内
　　　　△几乎在同一时间,外边传来的当啷声,让站在灵牌前的林秋月、林秋雁、小丸子三姐妹,先是吃了一惊,然后面面相觑。
林秋月:走,看看去。
　　　　△林秋月、林秋雁、小丸子三姐妹,转身朝外边跑去。

24-11. 某废旧工地　　日　外
　　　　△藤原纪子以及一众黑衣打手,凝立在原地,一动不动。
　　　　△稍倾,藤原纪子见当啷声没有引起周围的异常反应,遂一挥手,一行人等继续向前摸索而去。

24-12. 某废旧工地·房屋　　日　内
　　　　△周天昊和唐二十三两人,隐身在窗户旁边,朝外边望去。
　　　　△林秋月、林秋雁、小丸子三姐妹,小跑着进来。
林秋雁:刚才什么声音?
周天昊:我们的老朋友,来看望我们了。
小丸子:(莫名其妙地)嗯?老朋友?看望我们?喂,姓周的,我们哪儿来的老朋友啊?
　　　　△周天昊没有说话,只是朝窗户外边努了努嘴。
　　　　△林秋月、林秋雁、小丸子三人,有些疑惑地走到窗户边,朝外边望去。
　　　　△对切:楼下,废旧工地的废料场里边,藤原纪子带着一众黑衣打手,鬼鬼祟祟地摸索着向前行进。
小丸子:(小声惊呼)啊?……藤原纪子?!
林秋雁:该死!这个臭女人,她竟然能找到这里来!
周天昊:这个藤原纪子,是日军顶级特工,嗅觉灵敏——她能找到这里来,并不奇怪。
林秋月:(一字一顿地)藤、原、纪、子……(顿了顿,咬牙切齿地)哼,就是这个女人,杀了钱伯伯,我要让她今天来得,去不得。
　　　　△林秋月回头,冲林秋雁和小丸子吩咐道——
林秋月:二妹三妹,你们去准备一下——我们三姐妹,今天就给这帮小鬼子来一个瓮中捉鳖。
林秋雁:好,大姐。
小丸子:嘿嘿,大姐,你就放心吧,我跟这个藤原纪子啊,仇大着呢,小妹我今

　　　　　天，一定帮着大姐你活活地剐了她，扒了她的皮，抽了她的筋……哼哼，你就等着瞧好儿吧。
唐二十三：（嗲声嗲气）哟，小丸子，你不要说得这么吓人好不好，又是抽筋，又是剥皮的——我这小心脏啊，都被你吓得呀，快要跳出来啦。
小丸子：（一瞪眼）啊呀，真是的……喂，姓唐的，你别一天到晚妖里妖气的好不好，你怕个什么呀？怕个鬼啊？
唐二十三：（嗲声嗲气）哟，小丸子，我的意思是说，咱们呀，不用剥她的皮。
小丸子：（不解地）嗯？那用什么？
唐二十三：（嗲声嗲气）咱们呀，得文雅一点儿，就用我的绣花针，一针一针，在这个藤原纪子的身上啊，扎出百八十个小针眼，然后，就让她的血啊，一点一点地往出渗，直到全部流干为止——
小丸子：（拍手）嘻嘻，这个主意好……喂，姓唐的，你还是挺聪明的嘛，咱们说定了，就用你的绣花针，嘻嘻。
周天昊：大家分头准备吧。但有一点，必须记住——能不开枪的话，尽量不要开枪。
小丸子：（不解地）嗯？……喂，姓周的，为什么不能开枪？
周天昊：开枪的话，容易招来巡捕房的警察——别忘了，我们的马大探长，现在可是跟老龟田穿同一条裤子。
小丸子：哦，知道了。
林秋月：周教官说得对，不到万不得已，大家不要用枪——他们总共就十来个人，对这里的地形又不熟悉，我们正好利用这一点，打她个出其不意，包他们的"饺子"。
周天昊：看情形，这个地方还没有完全暴露——我们得全歼他们，不能让他们活着走出去一个人。
小丸子：嘿嘿，好嘞，咱们今天，就让这些小鬼子，有来无回。
周天昊：大家检查武器，准备行动。
林秋雁：走。
　　　　　△林秋月、林秋雁、小丸子、周天昊、唐二十三五个人，各自检查武器，然后分头走出屋子。

24-13. 某废旧工地　　日　外
　　　　　△正在前行的藤原纪子，忽然一抬手，跟在她身后的一众黑衣打手顿时停住。

△藤原纪子的主观视角：一辆黑色轿车，静静地停在修建了半拉子的楼房下边，正是周天昊他们使用的那辆。

藤原纪子：没错儿，是他们的车——他们就躲在这里。

△藤原纪子推弹上膛，然后，示意几名黑衣打手。

藤原纪子：你们几个，去那边，从后边包抄。记住，一定要找到《神州策序》的真迹，还不能让他们给跑了——必要的时候，格杀勿论。

黑衣打手甲：是，纪子小姐。（冲身后的黑衣打手）走。

△黑衣打手甲带着几名黑衣打手，朝另一头跑去。

黑衣打手乙：（有些迟疑地）纪子小姐，周天昊和林家姐妹几个，他们的身手很是了得，就凭我们这十来个人，会不会……

藤原纪子：（厉声地）有我在，怕什么？（顿了顿）虽然他们的身手不错，但我藤原纪子，未见得就会输给他们……走。

△藤原纪子带着剩下的数名黑衣打手，朝废弃大楼走去。

24-14. 废弃大楼·大厅　　日　内

△废弃大楼内，黑衣打手甲带着数名手下，蹑手蹑脚地向里边搜索。

△一名黑衣打手走在最后，忽然，一只绳套从空中落下来，套在他的脖颈上，该名黑衣打手哼都来不及哼一声，就被飞速地拽了上去。

△黑衣打手甲等人察觉不对劲儿，迅速回头，发现少了一名同伴，无不惊骇。

△这时，就在黑衣打手甲等人的身后，小丸子悬吊在飞索上，悄无声息地滑下来，手中的匕首在一名黑衣打手的脖颈上顺势一抹，对方当即闷哼一声倒下。

△小丸子悬吊在飞索上的身体迅速升空，然后消失。

△黑衣打手甲等人听见响动，再次遽然回头，除了同伴汩汩流血的尸体外，一无所获。

24-15. 废弃大楼·楼梯　　日　内

△藤原纪子带着五六名黑衣打手，各自执枪，小心翼翼地朝楼梯上边走去。

24-16. 废弃大楼·大厅　　日　内

△剩下的黑衣打手甲等四人，背靠背抵在一处，有些惊恐地四下观望着。

△忽然，之前消失的那名黑衣打手从空中落了下来，但却长长地伸着舌头，已经变成了一个死人。

△黑衣打手甲等惊惧地抬起头，只见他们头顶上，小丸子和唐二十三两个人，冲他们调皮地眨了眨眼睛。

△黑衣打手甲等四人迅速举枪，但小丸子的弹弓、唐二十三的绣花针同时出手，分别打在他们握枪的手腕上，黑衣打手甲等人手中的枪，纷纷掉落。

△小丸子和唐二十三两人，先后从高处跃下来。

△黑衣打手甲等人拔出腰间的武士刀，将小丸子和唐二十三两个人，团团围住。

24-17. 废弃大楼·屋内　　日　内

△藤原纪子带着五六名黑衣打手，各执手枪，蹑手蹑脚地进来。

藤原纪子：（四下稍一观察）这是他们的大本营，分头搜索，不要漏过一个死角。

黑衣打手乙：是，纪子小姐。

△一众黑衣打手各自散开，挨房间一一搜索。

24-18. 废弃大楼·大厅　　日　内

△黑衣打手甲等四个人，各自手执武士刀，围着小丸子和唐二十三两人转圈。

小丸子：啊呀，真是的……喂，我说，就你们手里那几把破铜烂铁，能伤得了姑奶奶我？依我看啊，你们还是乖乖地放下武器，投降吧——姑奶奶我一高兴，说不定还能赏你们一个全尸。

黑衣打手甲：少废话，来吧。

小丸子：哟嗬，还真不识抬举？（回头，冲唐二十三）喂，姓唐的，那两个，交给你了；这两个，我来对付。

唐二十三：（照了照镜子，嗲声嗲气）好，没问题。

△黑衣打手甲等四人相视一眼，然后，嗷嗷叫着冲小丸子和唐二十三两人冲过来。

△小丸子和唐二十三两个人，飞上跃下，迅疾与黑衣打手甲等人打斗在一处。

24-19. 废弃大楼·某侧室　　日　内
　　△一名黑衣打手，小心翼翼地四处查看。
　　△忽然，他身后出现一枚银圆，骨碌碌滚了过来。
　　△该黑衣打手愣了愣，捡起银圆，吹了吹，搭在耳朵边听了片刻。
　　△该黑衣打手疑惑地走到银圆滚出来的那扇门口，用枪口慢慢地顶开门。
　　△忽然，该黑衣打手手中的枪被迅疾夺走，然后，整个身体又被猛地拽了进去，紧接着，门后边传来一声闷哼。
　　△稍倾，那扇门又悄无声息地关上了，整个屋子归于寂静。

24-20. 废弃大楼·另一屋子　　日　内
　　△两名黑衣打手，举着手枪，小心翼翼地走进屋子。
　　△两名黑衣打手旋即一愣——只见周天昊被五花大绑在椅子上，嘴里还塞着一团破布。
　　△两名黑衣打手先是疑惑地对视了一眼，接着就露出了笑容。
　　△两名黑衣打手走到周天昊身旁，忽然，他们的头顶掠来凌厉的风声，未待他们反应过来，林秋雁的一双腿已经凌空落下，夹住了其中一名黑衣打手的脑袋，一拽一扭，对方当即闷哼一声死去。
　　△几乎同一时间，周天昊也迅疾出手，箍住了另一名黑衣打手的脖子，用力一扭，该名黑衣打手死去。
周天昊：走。
　　△周天昊和林秋雁两个人，闪身而出。

24-21. 废弃大楼·大厅　　日　内
　　△小丸子和唐二十三两个人，经过一番打斗，将黑衣打手甲等四人，或者扭断脖子，或者匕首刺心……一一致死在地。
小丸子：走，上去。
唐二十三：（嗲声嗲气）嗯，好。

24-22. 废弃大楼·屋内　　日　内
　　△四周一片寂静。藤原纪子察觉出了某些异样——因为她派出去的黑衣打手，忽然间都没有了声息，也不见有人返回来。
　　△藤原纪子警惕地四顾，举着手枪，慢慢地朝某侧室的方向退去。

第二十四集

24-23. 废弃大楼·楼道　　日　内

△藤原纪子举着枪，慢慢倒退，忽然被一具黑衣打手的尸体绊了一下。

△藤原纪子伸手在该黑衣打手的鼻孔上试了试——很显然，该名黑衣打手死去没多长时间。

△藤原纪子眼神中露出凌厉的杀机，继续举着手枪，小心翼翼地向前行走。

24-24. 废弃大楼·屋内　　日　内

△藤原纪子举着手枪进来，依旧只找到了两具黑衣打手的尸体。

24-25. 废弃大楼·某侧室　　日　内

△一名黑衣打手倒伏在一扇门前。

△藤原纪子小心翼翼地上前，将该名黑衣打手的身体翻转过来。

△该名黑衣打手嘴角流血，已然死去。

△藤原纪子站起身来，一脚踢开那扇门，但里边空空如也，只有一具黑衣打手的尸体挂在窗栏上。

24-26. 废弃大楼·楼上某一层大厅　　日　内

△藤原纪子举着手枪，眼神警惕而又凌厉，慢慢地走进来。

藤原纪子：（举枪四顾，喊）周天昊、林秋雁，我知道你们在这里——有种的，就给我出来。

△四周悄无声息，一片静寂。

藤原纪子：（举枪四顾，喊）怎么，你们怕了？……杀了我的人，又不敢出来见我，难道，你们要做缩头乌龟吗？

△四周依旧悄无声息，一片静寂。

藤原纪子：（举枪四顾，喊）这样吧，我们来谈一个条件。如果，你们把《神州策序》的真迹交出来，咱们就各走各路、互不干扰——用你们中国人的话说，就是"你走你的阳关道，我走我的独木桥"……否则，等我们大日本皇军的大队人马一到，会把你们藏身的这个地方立马夷为平地。

△稍倾，林秋月、林秋雁、周天昊、小丸子、唐二十三五个人，以各自擅长的亮相方式现身。

△藤原纪子听见响动，迅速回转身，拿枪指着周天昊、林秋雁、林秋月、小丸子、唐二十三——双方各自执枪，冷冷地对峙着。

·灰 雁·

同场切：

林秋雁：（冷冷地）藤原纪子，你大概搞错了，你现在就是我们笼中的鸟、瓮中的鳖，你还有什么资格，来跟我们谈条件？

藤原纪子：对，林二小姐你说得没错儿，我藤原纪子一时疏忽，让你们钻了个空子……不过，说起条件嘛，大半个中国都控制在我们大日本皇军的手里，你说，我有没有跟你们谈判的资格？因为，要不了多长时间，我大日本皇军就会把这里围得水泄不通。

周天昊：藤原纪子，你就别装腔作势了。如果我周天昊猜得没错儿，你之前并不确定我们藏在这里，所以，你只是带着一小撮人马，前来探路——不管是大和洋行，还是宪兵队，恐怕都没人知道你来了这里吧？

藤原纪子：（冷笑）哼，姓周的，就算你猜中了，又能如何？总有一天，整个中国都会成为我们大日本帝国的一部分，到了那时候，不管你们是国民党，还是共产党，统统都会成为我们大日本皇军的阶下囚。

林秋月：藤原纪子，你这是痴心妄想——你放心，永远不会有那一天的。

小丸子：啊呀，真是的……明明自己当了俘虏，还敢在这里牛逼哄哄地胡吹大气！（回头，冲林秋月、林秋雁）大姐二姐，咱们干脆一顿乱枪，把这个嚣张的臭女人，打成筛子算啦。

藤原纪子：（轻蔑地）哼，怎么，林家三姐妹，是打算倚多为胜吗？

小丸子：（恼火地）你？

△小丸子执枪欲冲向藤原纪子，被林秋月伸手拦下。

小丸子：大姐，我？

林秋月：小妹，不要急——她现在不过是烂泥坑里的臭虫，瞎蹦跶而已。

△小丸子瞪着藤原纪子，有些恨恨地退回来。

林秋月：藤原纪子，你心里面应该清楚，你杀了钱教授，我们三姐妹，今天当然不会再让你活着出去——既然，你认为我们是倚多为胜，不公平，那我们就给你一个公平的机会。

藤原纪子：哦？怎么个公平法儿？

林秋月：我林秋月，跟你单挑。

林秋雁、小丸子：（异口同声）大姐——

林秋月：二妹、三妹，你们不要阻拦。你们两个，闪开一边去，给大姐我压阵，看我今天怎么收拾这个女人。

△林秋雁、小丸子、周天昊、唐二十三四人，陆续退开一旁。

藤原纪子：（退掉弹匣，将空枪扔到地上）哼哼，很好，我藤原纪子，正巴不得跟林大小姐切磋切磋呢。

△林秋月以同样的动作退掉弹匣，然后将空枪扔到地上。

林秋月：那就来吧，藤原纪子——我林秋月，今天，国仇、家仇一起报。

藤原纪子：（狞笑着）好，很好。

△林秋月和藤原纪子两个人，同时扑向对方，徒手缠斗在一处。

同场切：

△林秋月和藤原纪子两个人，依然激烈地徒手打斗在一处。

△打斗间隙，藤原纪子和林秋月各自拔出了匕首，再次激烈打斗，匕首与匕首碰在一处，火花飞溅。

△稍远处，周天昊、林秋雁、小丸子、唐二十三四人，警惕地盯着藤原纪子和林秋月两人的打斗。

小丸子：（靠近林秋雁）二姐，你说，大姐是藤原纪子的对手吗？她不会吃亏吧？

林秋雁：放心吧，大姐的身手，不在你我之下，她不会有事的。

小丸子：（嘟起嘴）哼，真搞不明白大姐，跟藤原纪子这种人讲什么江湖规矩呀，还单挑？……大家伙儿一起上，干掉她不就得了，还这么麻烦。

林秋雁：大姐是伤心钱伯伯的死，她要亲自为钱伯伯报仇。

△小丸子似懂非懂地哦了一声。

△林秋月和藤原纪子的拼斗渐渐进入白热化，林秋月为了给钱亦秋教授报仇，招招必杀。

△藤原纪子稍稍处于下风，一个不小心，手中的匕首被林秋月的匕首磕飞。

△藤原纪子就地一个翻滚，动作极快地抓枪、上弹匣、推弹上膛，同时瞄准林秋月射击———连串的动作一气呵成。

△林秋月凌空飞跃，接连躲过藤原纪子的射击，也迅疾捡起手枪，上弹匣、推弹上膛、射击。

△周天昊、林秋雁、小丸子、唐二十三人也先后开枪，藤原纪子一边与周天昊、林秋雁等人对射，一边撞碎窗户飞跃而出。

24-27. 废弃大楼·楼道　　日　内

△藤原纪子一边后撤，一边隐身在掩体后边射击。

△稍后处，周天昊、林秋月、林秋雁、小丸子、唐二十三五人，一边射

　　　　击一边追击。
　　　　△藤原纪子打出几枪，然后几个飞跃，消失了踪影。
周天昊：（大声地）大家分头追，千万不能让她跑了。
林秋月：好。（冲小丸子）小妹，你跟着我。
小丸子：好嘞，大姐。
唐二十三：（嗲声嗲气）哟，我跟着谁呀？
小丸子：嘿嘿，你爱跟谁跟谁，反正呀，别跟着我和大姐……嘻嘻。
周天昊：唐二十三，你跟我走。
唐二十三：（嗲声嗲气）是，周长官。
林秋雁：我去那边。
周天昊：好，你小心点儿。
　　　　△周天昊与唐二十三一组，林秋月与小丸子一组，林秋雁单人一组，各自朝不同的方向追去。

24-28. 废弃大楼·楼顶　　日　外

　　　　△藤原纪子蹿上楼顶，四下稍一打眼，当即快步朝楼栏边走去。
　　　　△忽然，一个冷冰冰的女声从藤原纪子的身后传过来——
林秋雁：（画外音）站住，举起手来！
　　　　△藤原纪子当即站定身子，慢慢地举起双手。
藤原纪子：林二小姐？
　　　　△稍后处，林秋雁举着手枪，枪口直指着藤原纪子的后脑勺。
林秋雁：（冷冷地，一边说话一边走到藤原纪子身后）藤原纪子，你跑不掉了——如果不想脑袋开花的话，就放下你手中的枪。
　　　　△藤原纪子弯下腰，将手中的枪搁在地面上。
　　　　△忽然，藤原纪子猛地回旋身，打飞了林秋雁手中的枪。
　　　　△林秋雁和藤原纪子两个人，当即近身搏斗在一处，两人时不时地将对方摔倒在地上。
　　　　△打斗间隙，林秋雁迅速捡起手枪，扣动扳机时，胳膊被藤原纪子举起，两枚子弹均射向空中。

24-29. 废弃大楼·某房间　　日　内

　　　　△正在搜索的林秋月和小丸子两个人，听到清脆的枪声，当即对视一眼。
林秋月：在楼顶上，走。

△林秋月和小丸子两个人，快速跑出房间。

24-30. **废弃大楼·楼梯　　日　内**
△周天昊和唐二十三正在搜索，枪声传来，周天昊的神色不由得一紧。
△周天昊和唐二十三两个人，飞快地对视一眼，顺着楼梯快速朝楼顶上跑去。

24-31. **废弃大楼·楼顶　　日　外**
△林秋雁和藤原纪子两人，殊死搏斗在一处，两人各自挨了对方狠狠一击，仰倒在地上。
△倒在地上的林秋雁和藤原纪子两个人，各自看见了离自己不远的手枪。
△几乎在同一时间，林秋雁和藤原纪子两个人，迅疾捡起手枪，翻身坐起，然后各自用枪口顶着对方的脑门，扣动了扳机。
△只听咔嗒一声，撞针空响，林秋雁和藤原纪子两个人的枪中，都没有子弹射出——原来没子弹了。
△林秋雁和藤原纪子两人，稍稍一愣，旋即各自扔掉手枪，再次恶斗在一处。

同场切：
△林秋雁和藤原纪子两人殊死搏斗，逐渐打到了楼栏边，并先后受到重击倒翻了出去。
△林秋雁和藤原纪子两个人，悬挂在楼栏边上，继续殊死搏击。
△这时，周天昊、唐二十三、林秋月、小丸子四人，先后冲上了楼顶，迅速跑到楼栏边。
△林秋雁和藤原纪子两人，抓着半截电线，悬吊在半空中，近身搏击。
△电线欲断未断，眼看林秋雁和藤原纪子两人都要坠落下去，林秋月果断地抬手一枪，击中藤原纪子的胸口。
△林秋雁趁机一脚，藤原纪子从高空坠了下去。
△半空中，藤原纪子惊呼一声，坠向楼底。

24-32. **某废旧空地　　日　外**
△藤原纪子从高高的楼顶坠落下来，被一根钢筋穿体而过，死相极为惨烈。

24-33. 废弃大楼·楼顶　　　日　外

　　△楼栏外边，林秋雁手抓半截将断未断的电线，悬吊在半空中。

　　△周天昊、林秋月、小丸子、唐二十三四个人，伏在楼栏边，眼看着林秋雁随时都有掉下去的危险。

周天昊：（急切地，喊）秋雁！

林秋月：（急切地，喊）秋雁！

小丸子：（急切地，喊）二姐——

唐二十三：（嗲声嗲气）哟，林姑娘——

　　△忽然，林秋雁手中电线断裂，身体顿时坠了下去，林秋月等人一阵惊呼。

　　△危急时刻，周天昊跃身而出，抓住另半截电线，半空中一荡，将急遽下坠的林秋雁拦腰抱住。

　　△特写镜头：周天昊悬吊在半空中，拦腰抱着林秋雁，两人的眼睛相对，脉脉含情。

一组闪回镜头：

　　△军统秘密训练基地：周天昊冷不防被林秋雁偷袭，倒卧在林秋雁的身上，两人险吻在一起的情景；

　　△街道：林秋雁刺杀完王占魁，逃避日军追击时，周天昊驾车前来接应时的情景；

　　△与敌人打斗的过程中，周天昊与林秋雁相互扑救对方的情景；

　　△石窟坍塌时，周天昊拼命抓住林秋雁一只手的情景；

　　△沙滩上，周天昊和林秋雁相拥在一起，悠悠醒过来的情景……

闪回结束：

　　△林秋月、小丸子、唐二十三三人，焦急地望着悬吊半空中的周天昊和林秋雁两个人。

林秋月：（急切地，喊）秋雁！

小丸子：（急切地，喊）二姐！

唐二十三：（嗲声嗲气）哟，周长官、林姑娘，你们小心！

　　△周天昊四下一打眼，与林秋雁对了一个默契的眼神。

周天昊：能行吗？

林秋雁：（有些乖巧地点了点头）嗯。

周天昊：好，准备——

　　　　　△周天昊借助电线的晃悠，伸脚在墙壁上一蹬，两人的身体顿时晃悠而起。
　　　　　△待两人晃悠到了差不多的高度，周天昊顺势将林秋雁扔了出去。
　　　　　△林秋雁堪堪抓住楼栏，被林秋月和小丸子手忙脚乱地拽了上去。
林秋雁：（关切地，喊）教官！
周天昊：（悬吊在半空中，喊）我没事儿。
　　　　　△周天昊故技重施，再次伸脚在墙壁上一点，身躯晃悠而起。
　　　　　△待晃悠到一定高度，周天昊纵身一跃，堪堪抓住楼栏，再用力一翻，跃上了楼顶。

24-34. 废弃大楼·屋内　　日　内

　　　　　△周天昊、林秋雁、林秋月、小丸子、唐二十三五人，先后走进来。
小丸子：（得意扬扬地）嘿嘿，二姐，刚才你太厉害了，咔嚓一下，就把藤原纪子给活生生地踹了下去……二姐，你是这个（冲林秋雁竖起大拇指）。
小丸子：当然啦，咱大姐呢，也是非常非常厉害，硬是打得藤原纪子没有还手之力……还有，还有咱们的周教官，就那么奋不顾身地飞身一扑，成就了一段英雄救美的佳话……嘻嘻。
林秋月：（嗔爱地）小妹，就你的话多。
小丸子：嘻嘻。
　　　　　△小丸子围着周天昊转了几圈，有些审视似的看着周天昊。
周天昊：（疑惑地）怎么啦，小丸子？
小丸子：哎呀，姓周的，这平时吧，我还没怎么注意——不过，通过今天你救我二姐这一出，我发现啊，你还真算得上是一个纯爷们，真正的男子汉！
周天昊：（哑然失笑）开玩笑，我不是爷们儿，难不成还是一个娘们儿呀？
唐二十三：（嗲声嗲气）哟，小丸子，你这老半天，夸了这个，又夸那个，那我呢？
小丸子：你？
　　　　　△唐二十三下意识地挺了挺胸膛，似乎在等着小丸子夸奖。
小丸子：（有些不屑地）喂，娘娘腔，你说你一天到晚阴阳怪气的，说是男人吧，不像个男人；说是女人吧，又不像个女人……你说，让我夸你什么呀？是夸你的娘娘腔呢，还是夸你一天到晚描来画去的眉毛？
唐二十三：（嗲声嗲气）哟，小丸子，这个……这个……你……你……那个……
小丸子：你什么呀你，哼！

·灰 雁·

　　　　　　△小丸子有些神秘兮兮地凑到周天昊身旁。
小丸子：喂，姓周的，你是不是一直喜欢我二姐呀？
　　　　　　△周天昊一愣，有些尴尬地望了林秋雁一眼。
小丸子：就冲你今天奋不顾身地救了我二姐，我小丸子呀，终于想通了。
周天昊：（莫名其妙地）你？想通什么了？
小丸子：我呀，同意你当我未来的二姐夫。
　　　　　　△周天昊再次一愣，仍旧很尴尬地望了林秋雁一眼。
林秋雁：（呵斥）秋芸，不许胡说。
小丸子：嘻嘻，人家哪里是胡说了吗？……这姓周的，明明就是喜欢二姐你嘛，他胆小，不敢承认……
林秋雁：（板着脸）秋芸，你再敢胡说八道，看我把你的舌头揪出来。
　　　　　　△林秋雁作势欲扑向小丸子，小丸子连忙躲到林秋月身后。
小丸子：嘻嘻，大姐，二姐她欺负我。
林秋月：好啦好啦，你们两个，就别闹啦……都大姑娘家的了，还跟小孩子似的。

24-35. （空镜）大上海　　夜　外
　　　　　　△夜色中的大上海：街道、鳞次栉比的楼宇、酒楼、歌厅等。
　　　　　　△夜色渐渐褪去，东方露出一抹鱼肚白——

24-36. 大和洋行·大门口　　日　外
　　　　　　△空地上，一溜儿摆着十来具尸体，一律用白布覆盖着。
　　　　　　△龟田次郎铁青着脸站在尸体前，一众黑衣打手肃立在他的身后。
　　　　　　△龟田次郎的脸色非常难看，他异常缓慢地走上前，掀开了其中一具尸体上覆盖的白布。
　　　　　　△特写镜头：藤原纪子苍白的脸，嘴角还沾着血迹，一双眼睛兀自圆睁着。
　　　　　　△龟田次郎的瞳孔急遽收缩，似乎要喷出火焰来，一双手紧紧地握成了拳头状。
　　　　　　△稍倾，龟田次郎颤抖着伸出一只手，将藤原纪子圆睁着的一双眼睛，轻轻地合上……

24-37. 公共租界巡捕房·马文涛办公室　　日　内
　　　　　　△马文涛从办公桌后边，呼地一下站起身来。

马文涛：（吃惊地）你说什么？藤原纪子死啦？

警察甲：是的，探长。

马文涛：消息确实？

警察甲：千真万确，探长。不光藤原纪子被人杀死了，还有十几个龟田先生的手下，都被人杀死了……听说，龟田先生给气坏了，宪兵队和大和洋行的人，正在街上胡乱抓人呢。

马文涛：哼，能杀死藤原纪子的人，除了周天昊和林家姐妹几个，还能有谁呢？

△马文涛举着硕大的烟斗，在地上踱了几步，作沉思状。

△稍倾，马文涛站定，回头——

马文涛：马上加派人手，加大我们巡捕房的搜查力度，一定要赶在龟田次郎前边，找到周天昊和林家姐妹几个——记住，抓人是次要的，拿到《神州策序》的真迹，才是最主要的任务。

警察甲：啊？……这个，《神州策序》的真迹不是属于龟田先生的东西吗？咱们跟龟田先生一直合作……

马文涛：（一摆手，打断警察甲）一码归一码。咱们巡捕房跟龟田次郎的合作，那只是明面上的权宜之计，只要日本人在上海驻扎一天，咱们呐，就不能得罪这个龟田次郎；但话说回来，这《神州策序》的真迹，那可是价值连城的宝贝——这样的宝贝，怎么能白白地便宜了龟田次郎呢？不管三七二十一，咱们先抢过来再说。

警察甲：……

马文涛：记住，安排任务的时候，告诉弟兄们，嘴上都带个把门的，别出去他妈的给老子乱嚷嚷。

警察甲：属下明白，探长。

马文涛：嗯，好……去吧。

△警察甲应答一声，行了个礼，转身向外边走去。

24-38. 废弃大楼·屋内　　日　内

△屋子里，只有唐二十三一人坐在那里，举着小镜子，一丝不苟地描画着自己的眉毛。

△稍倾，小丸子穿着白色的小西装、打着领结，还粘着两撇假胡子，一副阔家少爷的打扮，探头探脑地走了进来。

小丸子：（冲唐二十三招手，压低声音）喂，唐二十三，过来，过来。

△唐二十三疑疑惑惑地走到小丸子身旁。

·灰　雁·

唐二十三：（不解地，嗲声嗲气）哟，小丸子，你怎么打扮成这样啊？
　　　　△小丸子连忙手指压唇，嘘了一声，意思让唐二十三噤声。
小丸子：（压低声音）喂，唐二十三，整天待在这里，你有没有觉得，憋屈得慌呀？
　　　　△唐二十三的眼珠子骨碌碌转了转，但没有说话。
　　　　△小丸子像变戏法似的，忽然亮出两三叠崭新的钞票来。
唐二十三：（惊讶地，嗲声嗲气）哟，小丸子，你哪儿来那么多的钱呀？
小丸子：（压低声音）嘻嘻，我告诉你，这些钱啊，是从金胖子的车上，顺手牵羊给"牵"来的。
唐二十三：（嗲声嗲气）就是那个金行长？
小丸子：（压低声音）对，就是他，嘻嘻。
唐二十三：……
小丸子：（压低声音）喂，唐二十三，咱们俩出去玩吧。
唐二十三：（嗲声嗲气）哟，小丸子，你就不怕你大姐、二姐知道了……
小丸子：（恼火地一瞪眼）喂，你是猪脑壳啊，咱们偷偷地溜出去，不让她们知道，不就行了！
唐二十三：（有些动心，嗲声嗲气）哟，小丸子，你想清楚了吗？咱们去哪儿玩呀？
小丸子：嘿嘿，还能有什么地方？赌场……走吧。
　　　　△小丸子背搭着双手，洋洋得意地转身走出。
　　　　△唐二十三稍稍犹豫了一下，旋即快步跟了上去。
唐二十三：（嗲声嗲气）哟，小丸子，你等等我……等等我……

24-39. 地下赌场　　日　内
　　　　△一副阔少打扮的小丸子，意气风发地坐在赌桌上，起劲地摇着骰子；她的面前，摆着一堆钞票和光洋，很明显，都是赢来的；唐二十三站在小丸子身旁，扮演着一个小跟班的角色。
　　　　△小丸子摇了片刻，猛地将骰盅倒扣在赌桌上。
小丸子：来呀来呀，都下注喽，都下注喽……押大赔大，押小赔小……
赌客甲：我押大。
赌客乙：我也押大。
赌客丙：我押小。
　　　　△一众赌客乱纷纷地下注，片刻间，钞票和光洋就堆满了赌桌。
小丸子：好，各位，买定离手。

　　　　△一众赌客大瞪着眼睛，死死地盯着骰盅，各自喊着"开大、开大""开小、开小"之类的话语。

小丸子：开盅喽——

　　　　△小丸子猛地掀开骰盅，却是一对豹子，一众赌客顿时像泄了气的皮球一般，蔫了下去。

小丸子：啊哈，对不起，各位，豹子，庄家通杀，哈哈。

　　　　△小丸子得意扬扬地将赌桌上的一应赌注，一揽子搂到自己面前。

24-40. 废弃大楼·屋内　　日　内

　　　　△林秋雁、周天昊两人站在窗户旁，林秋月进来。

林秋月：秋雁，你看见小妹了吗？

林秋雁：没有啊。怎么啦，大姐？

林秋月：奇怪，秋芸不知道跑去了哪里，我都找了好几圈了，不见她的踪影……就连那个唐二十三，也不在屋里。

林秋雁：啊？！

　　　　△周天昊和林秋雁两个人，似乎意识到了什么，飞快地对视了一眼。

24-41. 地下赌场　　日　内

　　　　△小丸子依旧意气风发地摇着骰盅，唐二十三站在她身旁。

　　　　△一众赌客依旧鼓突着眼珠子，紧紧地盯着小丸子的动作。

　　　　△稍远处，一名混混模样的人，跟两名手下的脑袋抵在一处，对着小丸子指指点点，低声地嘀咕着什么。稍倾，那两名手下匆匆地离去。

　　　　△小丸子猛地将盅倒扣在赌桌上。

小丸子：来啊，来啊，都下注喽，都下注喽，押大赔大，押小赔小……买定离手……

　　　　△一众赌客依旧乱纷纷地下注，但开盅以后，小丸子仍然是赢多赔少。

　　　　△小丸子得意扬扬地将赢来的钞票和光洋，揽到自己面前。

小丸子：（冲唐二十三）喂，娘娘腔，本少爷饿了，去给小爷我买点儿吃的来。

唐二十三：（嗲声嗲气）哟，少爷，你想吃点儿什么呀？

小丸子：啊，就去对面，把那庆丰楼的点心，给小爷我买点儿来。

唐二十三：（嗲声嗲气）是，少爷，小的这就去买。

　　　　△唐二十三转身，走出了赌场。

　　　　△小丸子则依旧意气风发地与一众赌客赌在一处。

24—42. 地下赌场门口·街道　　日　外

　　△唐二十三站在街道上，朝对面的店铺望过去。
　　△特写镜头：对面一家店铺醒目的招牌，上书"庆丰楼糕点铺"等字样。
　　△唐二十三朝庆丰楼糕点铺走过去。

24—43. 地下赌场　　日　内

小丸子：来啊，都下注喽，下注喽……押大赔大，押小赔小……买定离手喽……
　　△小丸子正摇得起劲儿，忽然，一众赌客慌里慌张地闪开两旁，让出了一条通道。
　　△小丸子有些疑惑地抬起头，顿时一愣：只见马文涛就站在不远处，嘴里叼着硕大的烟斗，冷冷地望着自己。

马文涛：（略带讥讽地）哟，这不是大名鼎鼎的小丸子吗？怎么，赌得挺起劲儿呀！……啊，我差点儿忘了，你的大名应该叫林秋芸，你还有两个姐姐，一个叫林秋月，一个叫林秋雁……

小丸子：（吃了一惊，但旋即眼珠子骨碌碌乱转，支吾地）我、我……那个……那个……不是……那谁……我不是……

马文涛：（冷笑）哼，不是？
　　△马文涛一挥手，一名警察快步上前，撕下小丸子的两撇假胡子。

小丸子：（讪笑地）嘿嘿，那个……那个……马、马探长……

马文涛：哼，眼力见儿不错，还认得我。

小丸子：（讪笑地）嘿嘿，马探长，您可真、真会……开玩笑，您是大名鼎鼎的巡捕房探长，小的……小的怎么能不认识您呢？……嘿嘿……
　　△小丸子一边说着话，一边不动声色地向后退去，试图抽空子逃跑。
　　△忽然，小丸子身后传来一声"别动"，同时几支硬邦邦的枪口，顶在了小丸子的腰部。

马文涛：（一挥手）把她铐上，押回巡捕房。

某警察：是，探长。
　　△两名警察走上前，给小丸子戴上手铐，然后推搡着她朝赌场外边走去。

—— 第二十五集 ——

25-1. 地下赌场门口·街道　　日　外

　　△街道两边，挤满了熙熙攘攘看热闹的群众。
　　△马文涛带着警察甲及一众手下的警察，押着身穿白色小西装的小丸子，从地下赌场走出来。
　　△稍远处，唐二十三拎着点心走出庆丰楼糕点铺，朝人群这边走过来。
　　△唐二十三乍一看见巡捕房的警察押着小丸子，猛吃一惊，迅速回转身，用一只手遮住自己的半边脸。

唐二十三：（OS，嗲声嗲气）哟，这巡捕房的警察怎么找来了呀？……小丸子被抓了，这下可怎么办？……怎么办？

　　△人群另一头，匆匆忙忙赶至的林秋月、林秋雁、周天昊三个人，混杂在人群当中，眼睁睁地看着小丸子被巡捕房的警察推搡进囚车，押解着扬长而去。

25-2. 公共租界巡捕房·刑讯室　　日　内

　　△两名巡捕房的警察，将小丸子推搡进刑讯室。

小丸子：（眼珠子骨碌碌乱转）嘿嘿，两位警察大哥，咱们商量个事儿，那个……

警察A：（打断小丸子的话）谁是你大哥，少他妈跟咱哥俩套近乎——到了这里边，你就是犯人，注意自己的身份。

警察B：我们探长说啦，他要亲自审问你，到了那时候，哼，别说你喊我们大哥，就是喊我们大爷，都不管用——你呀，就等着脱三层皮吧。
　　△警察A和警察B将小丸子捆缚在柱子上，然后转身离去。

小丸子：（挣扎着，喊）喂，你们不能绑我……喂，你们放开我……你们放开我……喂，你们别走哇……别走……

25-3. 某废旧工地·房屋　　日　内

　　△林秋月、林秋雁、周天昊三个人，盯着局促不安的唐二十三。

△唐二十三的目光，有些忐忑地在林秋月、林秋雁、周天昊三人的脸上扫来扫去。

唐二十三：（嗲声嗲气）哟，周、周长官，还有林、林姑娘，这个……这个……今天的事儿，不、不怪我……真的……不怪我……（声音渐渐小了下去）
　　△林秋月和林秋雁两个人，依旧死盯着唐二十三，没有说话。

唐二十三：（嗲声嗲气）我出去给小丸子买点心，就去了那么一小会儿，结果，巡捕房的警察就来了……然后……然后……
　　△周天昊走上前，拍了拍唐二十三的肩膀。

周天昊：放心吧，唐二十三。生性贪玩、嗜赌成瘾，小丸子的那个脾性呀，大家伙儿都清楚——没有人会责怪你。

唐二十三：（嗲声嗲气）哟，谢谢……谢谢周长官。

林秋雁：现在最要紧的，就是想办法把人给救出来——不然，她在里边会吃苦头的，马文涛不会轻易饶过她。

周天昊：目前的形势，对我们非常不利。日本人四处在抓我们，这巡捕房的警察，也在四处抓我们——想要把人顺顺当当地救出来，恐怕难度很大。

林秋月：人一定要救，但得讲究方法——我们人手少，只能智取，不能硬拼。

25-4. 公共租界巡捕房·刑讯室　　日　内
　　△马文涛嘴里叼着硕大的烟斗，漫不经心地打量着绑缚在柱子上的小丸子。
　　△有三四名警察，分左右肃立在马文涛身后。

小丸子：嘿嘿，姓马的，你不用这样瞅着我。好歹我小丸子也是混江湖的人，既然落在了你的手里，那就没什么好说的……要杀要剐，你就冲着我来吧。

马文涛：我不会杀你，也不会剐你——说吧，那个周天昊，还有你那两个嫡亲的姐姐，他们躲在什么地方？

小丸子：嘿嘿，姓马的，你是想听我小丸子说真话呢，还是想听我小丸子说假话呀？

马文涛：哼，笑话，老子费尽心思抓你进来，当然是想听真话了。

小丸子：嘿嘿，姓马的，既然想听真话，那就竖起你的耳朵听好了，真话就是：不——知——道。

马文涛：不知道？进了老子的巡捕房，还敢这么嘴硬！你是不是活得有点不耐烦了呀，想自己找死？

小丸子：嘿嘿，姓马的，你吓唬我啊，你这巡捕房啊，我小丸子也不是头一回进了，就你们那点小伎俩，我早都见识过了……有什么新鲜的招儿没有，有的话，就尽管放马过来吧。

马文涛：老子没工夫听你在这里瞎磨叽。（回头，冲身后的警察）来呀，给她上刑。每说一句不知道，就割掉她的一根手指头；手指头割完了，就割鼻子和耳朵；鼻子和耳朵割完了呢，就把她的眼珠子给老子挖出来……直到她说真话为止。

警察A：是，探长。

△警察A和警察B各自抓过一柄尖刀，走向小丸子。

小丸子：呀，你们还真割呀你？……（大急）喂喂喂，姓马的，你怎么能这样，你是巡捕房的探长啊，你可真缺德呀你！

马文涛：（冷笑）哼，缺德？你如果再不交代周天昊他们藏在什么地方，还有比这更缺德的呢……好好地想一想吧，你一个漂漂亮亮的小姑娘家，如果最后变成了一个没有眼睛、没有鼻子和耳朵的丑八怪，会是一个什么后果？

小丸子：（咬牙）姓马的，你？！

马文涛：怎么，还没有想好？……（冲警察A、警察B）上刑，先给老子割一根手指头下来。

△警察A、警察B再次走向小丸子。

小丸子：（大急）喂喂喂，等等，等等……（讪笑地）嘿嘿，姓马的，咱们……哦不不不，马探长，马探长，咱们，这个……这个……嘿嘿，咱们呀，这个有话好商量，好商量……

△马文涛一抬手，警察A和警察B停手。

马文涛：怎么，好商量？

小丸子：（谄媚地）嘿嘿，好商量，好商量。

△马文涛的嘴角浮起一丝阴鸷而得意的笑容。

25-5. 公共租界巡捕房·大门口　　日　外

△马文涛的黑色轿车、载满荷枪实弹警察的摩托车和卡车，押着小丸子，风驰电掣般驶出来。

△对面树荫处，露出周天昊、林秋月、林秋雁、唐二十三四人的脑袋。

唐二十三：（嗲声嗲气）哟，他们这是押小丸子去哪儿呀？

周天昊：他们啊，那是让小丸子带路，去抓我们。

唐二十三：（嗲声嗲气）啊？小丸子她……她该不会又出卖了我们吧？

林秋雁：那倒未必——小丸子不会那么傻。

　　　△对切：马文涛率领的一应巡捕房车队，风驰电掣般渐渐驶远。

林秋雁：大姐，怎么办？

林秋月：先摸清楚情况再说……走吧，我们回去。

　　　△林秋月、周天昊、林秋雁、唐二十三四人，转身走出。

25-6. 某废弃仓库　　日　外

　　　△马文涛举着硕大的烟斗，站在黑色轿车旁，警察甲以及警察A和警察B，押着小丸子站在一旁。

　　　△稍倾，一队荷枪实弹的警察小跑着过来。

该警察：报告探长，这边我们搜过了，什么也没有。

　　　△马文涛面无表情，只是淡淡地哦了一声。

　　　△稍倾，又一队荷枪实弹的警察小跑着过来。

另一警察：报告探长，那边也搜过了，没有。

　　　△马文涛的一张脸，倏地沉了下来。

马文涛：割掉她的一根手指头。

警察甲：是，探长。（回头，冲警察A和警察B）割掉一根手指头。

小丸子：喂喂喂，等等，等等，那个……这个……那个……

警察甲：那个、这个什么？这个地方，我们前前后后搜了个遍，连周天昊他们的一根毛都没有找到……动手，割。

　　　△警察A和警察B拽出匕首，作势就要动手。

小丸子：喂，喂，等等，我还有话说……我还有话……马探长……

　　　△马文涛摆了摆手，警察A和警察B停住。

马文涛：说吧，还有什么话？

小丸子：嘿嘿，那个，那个，我想想啊，他们肯定是知道我被你们抓了，换地方了……不过，他们换再多的地方，我也一定能帮你们找得着……

马文涛：真的？

小丸子：（讪笑地）嘿嘿，当然是真的啦，小的怎么敢骗您啊，马大探长？……您如果实在不信的话，那咱俩拉钩，骗您是小狗！

　　　△马文涛盯着小丸子，似乎在辨别小丸子话的真假。

　　　△稍倾——

马文涛：押她上车，我们走。

　　　△马文涛上了自己的黑色轿车，率领着一众巡捕房的车队，掉头驶离。

25-7. 一组镜头　　日　外

　　　△分别设置某民居、某旧厂房等数处地方，由马文涛带着一众手下的警察，押着小丸子前往搜捕，但依旧每次扑空，什么都没有搜到。

25-8. 某废弃码头·破船　　日　外

　　　△一艘破船停靠在废弃码头边，一众荷枪实弹的警察，正在里里外外搜索。
　　　△马文涛举着硕大的烟斗，站在废弃码头上，面色沉着，警察甲肃立在他身旁。
　　　△警察A和警察B押着小丸子，站在稍后处。
　　　△一众警察在破船上搜索完毕，先后回到岸上。
　　　△打头的警察小跑到马文涛面前，行礼。
该警察：报告探长，这艘船我们里里外外都搜遍了，什么也没有发现。
　　　△马文涛淡淡地哦了一声，挥挥手，该名警察退下。
　　　△马文涛回转身，一双阴鸷的眼睛死死地盯着小丸子。
　　　△小丸子被马文涛盯得有些发毛，眼珠子骨碌碌乱转。
小丸子：（支吾着）马、马探长，这个……这个……那个……
马文涛：别这个那个了。
小丸子：（支吾着）我……我……
马文涛：哼，说老实话，像你这样的小混混，我马文涛见得多了去了。不过，像你这样，不把自己的小命儿当一回事儿的，却不多见。不是老子不给你机会，是你一次又一次地糊弄我们。既然这样，那就别怪我马某人心狠手辣了。（回头，冲警察甲等人）来人，先挖掉她的两只眼珠子，然后押回巡捕房，听候发落。
小丸子：（大急）喂，等等，等等，那个，不是说好的割手指头吗，怎么……怎么变成挖眼珠子啦？
马文涛：（冷笑）哼，老子改主意了。（冲警察甲）挖。
警察甲：是，探长。
　　　△警察甲一挥手，负责看押小丸子的警察A和警察B拔出匕首，作势就要动手。
小丸子：（大急）喂，等等，等等……我有话说……马探长，我知道他们藏在那儿了，这次是真话……千真万确的真话……

511

·灰 雁·

　　　△已经走向黑色轿车的马文涛停住脚步,折转回来,盯着小丸子。
马文涛：这次是真话？
小丸子：（忙不迭地点头）哎哎哎,是真话,是真话,千真万确的真话——要不,我发誓？
马文涛：……
小丸子：我小丸子发誓,如果,如果我这次骗了马探长您的话,我、我天打五雷轰……我、我生了小孩没屁眼儿……我……
马文涛：好,老子就再相信你一次。（回头,冲警察甲）押上囚车,让她在前边带路。
警察甲：是,探长。
　　　△警察甲一挥手,警察A和警察B推搡着小丸子,向囚车走去。

25-9. 废弃大楼·屋内　　日　内

　　　△周天昊、林秋月、林秋雁三个人,正在分头收拾东西；周天昊脚边搁着一只小盆,用来焚烧一些不打算带走的文件类东西。
　　　△这时,唐二十三走进来。
唐二十三：（嗲声嗲气）哟,周长官、林姑娘,你们这是在干什么呀？
林秋雁：收拾东西——这个工地不能待了,我们得换个地方。
唐二十三：（嗲声嗲气）啊,换地方？！
周天昊：小丸子撑不了多长时间,她迟早会把我们藏身的地方供出来。
唐二十三：（嗲声嗲气）啊,这个小丸子,她又打算出卖我们啊？
林秋月：这不怪她——她如果不说实话,马文涛不会饶了她的。
周天昊：（扔给唐二十三一个包袱）接着……我们走。
　　　△周天昊、林秋月、林秋雁、唐二十三四个人,各自携带着一应物品,转身走出。

25-10. 某废旧工地　　日　外

　　　△马文涛的黑色轿车,坐满荷枪实弹警察的摩托车、囚车等,风驰电掣般驶至。
　　　△马文涛及一众警察先后下了车,警察A和警察B将小丸子推至马文涛身旁。
马文涛：是这里吗？
小丸子：（苦着一张脸,表情很不自然地）哎,是……（OS）啊呀,真是的,我

512

这算不算是当了叛徒呀？大姐二姐，还有姓周的，娘娘腔，你们可千万别怪我呀……我如果不出卖你们，姓马的就要割我的手指头、鼻子和耳朵，还要挖我的眼珠子，我也是实在没有办法呀……

马文涛：把这里包围起来，一寸一寸地搜——记住，连一只蚂蚁都不要给老子放过。

众警察：是，探长。

△一众警察在警察甲的带领下，各自手执武器，乱纷纷地朝废旧工地内冲去。

25-11. （一组镜头）废旧工地　　日　内/外

△一众荷枪实弹的警察分成若干个小组，在废旧工地和废旧大楼内分头搜索。

25-12. **废弃大楼·屋内**　　日　内

△警察甲带着一小队警察迅速地冲进来：屋子里一片狼藉，哪里有周天昊、林秋月、林秋雁、唐二十三的踪影。

25-13. **某废旧工地·对面民居**　　日　内

△周天昊、林秋月、林秋雁、唐二十三站在窗户边。

△周天昊举着望远镜，观察着对面的废旧工地。

△望远镜中：

——废旧工地外，马文涛的黑色轿车、摩托车、囚车等。

——废旧工地内，乱纷纷四处搜索的一众警察。

周天昊：果然不出我所料——这马文涛的动作真够快的呀。

△周天昊将望远镜递给林秋雁。

△林秋雁举起望远镜，继续朝对面的废旧工地观察。

25-14. **废弃大楼·屋内**　　日　内

△警察甲带着一众手下正在仔细检查。

△马文涛叼着硕大的烟斗进来，警察 A 和警察 B 推搡着小丸子跟在后边。

△小丸子苦着一张脸，紧紧地闭着眼睛，都不敢睁开来看。

马文涛：（回头，死死地盯着小丸子）这就是你说的周天昊和你那两个姐姐藏身的地方吗？那他们的人呢，在哪儿？

小丸子：啊？
　　　　△小丸子猛地睁开眼睛，见屋子里根本没有林秋月、林秋雁、周天昊、唐二十三的踪迹，倏地松了一口气。
小丸子：（OS）啊呀，原来他们早都逃走了呀，害得我小丸子瞎担心半天！……哼，这帮没良心的，还是我亲姐姐呢，也不说赶紧想办法来救我，万一姓马的真要割了我的手指头、鼻子、耳朵，挖了我的眼珠子怎么办？死唐二十三……
马文涛：（提高音量）他们人呢？在什么地方？
小丸子：（眼珠子骨碌碌乱转）啊，马探长，那个，那个……
马文涛：（厉声地）那个什么呀，啊？你一次又一次的骗我们，老子压根儿就不应该再相信你！
小丸子：（忙不迭地）不不不，马、马探长，我、我小丸子没有骗你啊，这次真的没有骗你啊，他们本来是藏在这里的呀……（讪笑地）嘿嘿，马探长，那个，那个，会不会是你们巡捕房这边走漏了消息，让他们提前给跑了呀？
　　　　△忽然，警察甲发现了周天昊用来焚烧文件的小脸盆。
警察甲：探长，您看——
　　　　△马文涛快步走到小脸盆前，蹲下来，摸了摸尚带余温的纸灰。
马文涛：（咬牙）这帮狗杂碎，他们知道我们要来，提前跑了！
　　　　△马文涛猛地回过头，眼神凌厉而阴鸷地盯着小丸子。
　　　　△小丸子不由得打了个哆嗦。

25-15. 某废旧工地·对面民居　　日　内
　　　　△林秋月举着望远镜，观察着对面的废旧工地。
　　　　△望远镜中：马文涛带着一众警察，押着小丸子从废旧工地内走出来。
　　　　△林秋月放下望远镜，眼神多少有些担忧。
林秋月：我们得抓紧点儿，要不然，秋芸会吃大苦头的，我怕她熬不住。
林秋雁：大姐，你不用太担心，小妹她打小就在混混堆里长大，一忽儿一个鬼点子，我想，她应该有办法应付马文涛的。
唐二十三：（嗲声嗲气）哟，林大姐，要不，咱们几个这就冲下去，把小丸子给抢出来？
林秋月：不行。现在的形势跟往常不一样，我们抢了《神州策序》的真迹，还杀死了龟田次郎的得力助手藤原纪子，这日本人，正在挖空心思地找我们呢——我们前脚这边一交火，后脚，龟田次郎的打手和宪兵队的日本士兵，就会蜂拥而来。再说了，马文涛这次带着这么多警察，肯定是防着我们突袭救人，我们四个真要明火执仗地去抢人的话，恐怕，成功的概率很小。

唐二十三：（嗲声嗲气）哟，林大姐，那可怎么办呀？……我唐二十三呀，还指着小丸子给我当媳妇呢。

△林秋月和林秋雁两人不由得对视一眼，不知该说什么好。

周天昊：唐二十三，这当媳妇儿的事情呢，先放一放，以后再说——目前最要紧的，就是琢磨出一个好办法，先把你未来的媳妇儿给救出来。

林秋雁：可是，就目前的形势，想什么办法好呢？

△周天昊、林秋月、林秋雁、唐二十三四人，一时陷入沉默。

25-16. 某废旧工地　　日　外

△马文涛上了自己的黑色轿车，警察A和警察B将小丸子推搡上囚车，一众车辆先后风驰电掣般离去。

25-17. 公共租界巡捕房·走廊　　日　内

△马文涛走在前边，一众警察押解着小丸子紧跟在后。

马文涛：把她扔到大牢里去，三天之内，不许给她吃喝。

小丸子：啊？不许吃喝？……喂，姓马的，你要活活饿死我呀？

马文涛：放心吧，一时半会儿，饿不死。

小丸子：喂，姓马的，你、你……你这样做，也太缺德了吧你？

△马文涛倏地站定身子，转回到小丸子身旁，死死地盯着她。

小丸子：喂，你、你……你干吗这样看着我？你、你要干什么？

马文涛：（冷笑）哼，缺德？还有比这更缺德的呢。（冲手下警察一挥手）把她扔到男监里去，和那些男犯人关在一起（说完，转身离去）。

小丸子：啊，男监？男犯人？……（跳着脚喊）喂，姓马的，人家明明是一个女孩子，为什么要把人家跟男犯人关在一起啊？你缺德不缺德啦你？你就不怕天打五雷轰吗？……喂，姓马的，你给我站住……喂……

△警察A和警察B推搡着挣扎的小丸子，朝大牢方向走去。

25-18. 公共租界巡捕房·大牢通道　　日　内

△一排排囚室，里边关押着为数众多的犯人，隔着铁栅栏望着外边的大

通道。

△警察A和警察B两人推搡着小丸子，朝大牢里边走去。

25-19. 公共租界巡捕房·大囚室　　日　内

△一众披头散发，或坐或站的囚犯，面相凶恶地盯着牢房门。
△咣当一声，牢房门打开，小丸子被警察A和警察B囫囵着扔了进来。
△小丸子被摔了个狗啃屎，狼狈地仆倒在地板上。
△稍倾，一众犯人闪开两边，留出一条通道。
△一双大脚走到小丸子的眼前，停住。
△小丸子疑惑地抬起头，不由得惊骇地张大了嘴巴——

小丸子：（意外而惊慌地）啊，师、师傅？！

△站在小丸子面前的，正是鼓突着一对大龅牙的黑龙帮帮主鲍大牙，簇拥在他身后的，分别是贴身跟班"四大金刚"中的甲和乙及其他一应帮众。

25-20. 公共租界巡捕房·走廊　　日　内

△马文涛大踏步走向自己的办公室门口，警察甲跟在后边。

警察甲：探长，那个小丸子，关进男监里边，会不会出什么事儿呀？

马文涛：（冷笑）哼，出事儿？我就盼着出事儿呢。黑龙帮的鲍大牙不是关在里边吗？当初，鲍大牙差点儿娶小丸子做了姨太太，后来跟我们巡捕房火并，黄了。现在正好，圆圆鲍大牙的风流梦。

警察甲：可是，探长，这件事儿，万一要是让外头的记者知道了，在报纸上添油加醋地瞎说一通，那我们巡捕房，就是长一千张嘴，也说不清楚了……

马文涛：哼，怕什么，不让他们知道不就行了！……去，吩咐弟兄们，让他们都给自己的嘴巴安个把门的，管紧一点儿。

警察甲：哎，是，探长。

△马文涛推开门进了自己的办公室，警察甲转身离去。

25-21. 公共租界巡捕房·大囚室　　日　内

△鲍大牙阴森森地盯着地上的小丸子，一众黑龙帮的帮众簇拥在鲍大牙身后。

小丸子：（忐忑地，眼珠子骨碌碌乱转）师、师傅……

鲍大牙：（冷笑）师傅？你现在，还晓得叫我师傅呀？

小丸子： （OS）啊呀呀，这下子完蛋了，彻底完蛋了，怎么又落在姓鲍的手里了呀？……啊呀呀，这该死的马文涛！千刀万剐的马文涛！你把我关到这里来，明明就是让我来送死嘛……

鲍大牙： 小丸子，这天堂有路你不走，地狱无门你自来……什么叫冤家路窄？这就叫冤家路窄！

小丸子： （忐忑地）啊，师、师傅，那个……那个……

鲍大牙： 小丸子，当初就是因为你，我鲍大牙辛辛苦苦创立的黑龙帮，被巡捕房给一窝端掉了，偌大的地盘和产业毁于一旦，就连我鲍大牙自己，还有我这帮出生入死的弟兄们，最后都成了巡捕房的阶下囚……小丸子，你说一说，咱们之间的这个账，该怎么算呀？

小丸子： （忐忑地）啊，师傅，这个，这个……嘿嘿，当初那件事啊，都是误会……嘿嘿，都是误会……

鲍大牙： 你是说，当初是误会？

小丸子： （忙不迭地点头）哎，哎，对，是误会，是误会……

鲍大牙： 小丸子，你信不信，我现在就可以，把你撕成一条一条的碎片？

小丸子： 啊？！

25-22. **公共租界巡捕房·大门口　　　日　外**

　　△周天昊、林秋月、林秋雁、唐二十三隐身在树荫处，观察着对面的巡捕房。

林秋月： （担忧地）秋芸被抓进去，已经整整三天了。

林秋雁： 大姐，你不要心急，总会想出办法来的。

唐二十三： （嗲声嗲气）哟，林大姐，你的心情呀，我唐二十三理解……这自从小丸子被抓进去，我这心里边呀，就好像忽然丢掉了半边，一天到晚空落落的。

　　△林秋月和林秋雁两人对视一眼，不知道该怎么接话。

　　△稍倾——

周天昊： 不入虎穴，焉得虎子——看来，我们只好孤注一掷了。

林秋雁： （一喜）教官，你有办法了？

周天昊： 有个笨办法。

唐二十三： （嗲声嗲气）哟，周长官，什么笨办法呀？

周天昊： 一个不是办法的办法——虽然有些冒险，但可以一试。

25-23. 公共租界巡捕房·大囚室　　日　内

鲍大牙：我鲍大牙，不喜欢强人所迫，既然你小丸子不愿意做我的姨太太，那就权当没有这回事儿。不过，你害得我和我的弟兄们，成了巡捕房的阶下囚，这个仇不能不报……（冲一众帮众）来呀，把她给我架起来，五马分尸！

小丸子：啊，五马分、分尸？！

△有数名帮众不由分说上前，分别抓住小丸子的手和脚，将她举了起来。

小丸子：（大急）喂，你们不能这样……你们放我下来……放我下来……喂……来人啊……救命啊……

鲍大牙：（冷笑）哼哼，小丸子，你还是别喊了，你就算喊破了喉咙，也不会有人来救你的……（这时，大牢外边，有巡逻的警察走过，但装作没听见小丸子的呼救）看见没有？我鲍大牙哪怕是关在大牢里边，这些个警察，他们也怕着我三分。（冲手下帮众）拉，把她活活给我撕了！

△抓着小丸子手和脚的帮众，作势就要往外用力拉。

小丸子：（大急）喂，等等，等等，我有话说……我有话说……

△鲍大牙一摆手，数名帮众暂时停住。

鲍大牙：说吧，小丸子，有什么遗言？好歹师徒一场，我帮你记着。

小丸子：哎，师、师傅，我没、没什么遗言……不过，我有一样本事，师傅你一定会感兴趣。

鲍大牙：哦？有意思。一个被关在大牢里的死囚犯人，还能有什么本事，是我鲍大牙感兴趣的？

小丸子：嘿嘿，师傅，我小丸子保证，这件本事呢，师傅你一定非常非常的感兴趣。

鲍大牙：哦？

△鲍大牙狐疑地盯着小丸子，似乎在判断她话的真假。

△稍倾，鲍大牙冲抓着小丸子的数名帮众摆了摆手。

鲍大牙：放她下来。

△数名帮众一松手，将小丸子扔在地板上。

25-24. 公共租界巡捕房·大牢通道　　日　内

△铁栅栏隔成的若干个囚室中，形态各异的各种犯人，或坐或站。

△三四名背着枪的看守警察，正在大牢通道上来回巡逻，偶尔呵斥一下某个囚室内的犯人。

25-25. 公共租界巡捕房·大囚室　　　日　内

　　　　△鲍大牙蹲下来，逼近小丸子，一双眼睛阴森森地盯着她。

鲍大牙：说，你到底有什么本事，是我鲍大牙感兴趣的？

小丸子：（神情笃定）嘿嘿，师傅，我实话告诉你，我小丸子在上海滩摔打摸爬了这么多年，这别的本事没有，但有一样本事呢，是师傅你目前最需要的，保证您听了之后，百分之二百的感兴趣。

鲍大牙：说，什么本事？

小丸子：嘿嘿，师傅，你靠近一点儿。

　　　　△鲍大牙向小丸子靠近了一点儿。

小丸子：再靠近一点儿。

　　　　△鲍大牙再次靠近小丸子。

小丸子：（神情笃定，悄声地）师傅，我告诉你啊，我小丸子，能带着你和你的这帮弟兄们，从巡捕房的这座大牢里逃出去。

　　　　△鲍大牙的一双眼睛，倏地圆睁。

鲍大牙：（沉着地）你的意思是说，你能带我们逃狱？

小丸子：（神情笃定）对，逃狱。

　　　　△鲍大牙死死地盯着小丸子，似乎在探究她话里边的真假成分。

　　　　△稍倾，鲍大牙的一双眼睛渐渐地明亮了起来。

25-26. 公共租界巡捕房·大门口　　　傍晚　外

　　　　△街道边，两名身材臃肿的醉汉正在摇摇晃晃地打架，周围站着一圈看热闹的人。

　　　　△两名醉汉呼哧呼哧的，你扭着我，我扭着你，嘴里兀自吆喝着"我打死你""你敢打我"之类的醉话，渐渐移到巡捕房大门口来。

　　　　△两名醉汉在扭打过程中，一个不小心，把一辆巡捕房的摩托车给撞翻了。

　　　　△门口站岗的数名警察，执枪冲过来。

　　　　△一名打头的警察拨开人群。

打头警察：喂，都闪开，都闪开……怎么一回事儿？啊，怎么一回事儿？

　　　　△数名警察上前，将仍在拼命扭打着的两名醉汉强行分开。

打头警察：（上下打量着两名醉汉）啊呀，我说，你们两个还真行啊，这喝醉了酒，竟然敢跑到我们巡捕房的大门口来打架？还撞坏了老子的摩托车？

·灰雁·

　　……（冲警察）来呀，把他们两个给我扔到大牢里边去，让他们好好醒醒酒！
　　△数名警察拖拽着那两名迷迷瞪瞪的醉汉，朝巡捕房的大门内走去。
打头警察：都散了都散了，有什么好看的，啊？
　　△围观看热闹的群众，分头散去。

25-27. 公共租界巡捕房·大门口　　傍晚　外
　　△林秋月和林秋雁两个人，隐身在树荫处，紧盯着对面的巡捕房大门口。
林秋月：秋雁，你说，他们两个能成功吗？
林秋雁：大姐，你就放心吧，我们教官足智多谋，还有那个唐二十三，也是江湖中一等一的奇人异士——他们两个联手，应该能把小妹救出来。
林秋月：但愿吧。小妹自小跟我们失散，受了那么多的折磨——我是真心不希望她再吃什么苦头。
林秋雁：我明白，大姐。
　　△林秋月和林秋雁的眼中，均流露出深深的担忧之色。

25-28. 公共租界巡捕房·大牢通道　　傍晚　内
　　△数名警察各自拖拽着两名醉汉，朝大囚室方向走去。
　　△懵懵醉酒中的两名醉汉，忽然偷地半睁开眼睛，不动声色地观察大牢内的方位与环境——原来，这两名醉汉，竟然是周天昊和唐二十三两个人假扮的。

25-29. 公共租界巡捕房·大囚室　　傍晚　内
　　△咣当一声，囚室门打开，两名醉汉（周天昊和唐二十三）被扔了进来。
　　△装扮成醉汉的周天昊和唐二十三两个人，故作迷迷瞪瞪地坐起来。
　　△一众黑龙帮的帮众，鼓突着眼珠子，挡成了一圈儿，瞪着周天昊和唐二十三两个人，有人因为受不了浓烈的酒气而捂住了嘴巴和鼻子。
　　△周天昊和唐二十三两个人，故作迷迷瞪瞪地扫视着囚室内的一众囚犯。
"四大金刚"甲：（凑近鲍大牙，压低声音）帮主，是两个醉汉。
鲍大牙：（压低声音）找人看住他们，不能让他们两个知道我们的计划，免得坏了我们的大事儿。
"四大金刚"甲：属下明白。
　　△"四大金刚"甲转身走至墙角，和几名帮众凑在一起，低声嘀咕着。

25-30. 公共租界巡捕房·大牢通道　　傍晚　内

△依旧是三四名背枪的看守警察,在大牢的通道上来回走动,巡逻着。

25-31. 公共租界巡捕房·大囚室　　傍晚　内

△一众黑龙帮的帮众围成一个半圆形,刚好堵住了周天昊和唐二十三的目光。

△一名膀大腰圆的帮众走向靠在墙角的周天昊和唐二十三两人,用脚在他们身旁画了一个圈儿。

该帮众：（恶声恶气）喂,你们两个,以后你们的地盘就是这一块儿,吃喝拉撒睡都在这里,不许走出这个圈子,更不许乱动乱看……否则,老子用拳头砸死你们。

△膀大腰圆的该名帮众说着,冲周天昊和唐二十三两人挥了挥拳头。

唐二十三：（嘎着嗓子）嗯？凭什么呀？这是牢房,又不是你家开的旅店,我们凭什么不能乱动啊？

该帮众：咦,你这话听着不像醉话呀,挺清醒的嘛！

唐二十三：（嘎着嗓子）刚才还醉来着,不过,酒劲儿过去了,醒啦。

该帮众：（恶声恶气）嘿嘿,小子哎,我不管你们的酒劲儿过去了没有,到了这里边,就得按老子的规矩来……要不然,打死你们没商量,听见了吗？

唐二十三：（嘎着嗓子）哟,我……

△周天昊忽然碰了碰唐二十三的肩膀,冲他使了个眼色。

唐二十三：（当即改口,嘎着嗓子）啊,好,大爷,我们记下了。

该帮众：（恶声恶气）记下了就好,别不识抬举,到最后连自己怎么死的都不知道。

△膀大腰圆的该名帮众说完,转身走回自己的位置。

25-32. 公共租界巡捕房·大囚室　　夜　内

△周天昊再次碰碰唐二十三的肩膀,冲他使了个眼色。

周天昊：（低声地）你看那边。

△唐二十三顺着周天昊的目光看过去,忽然啊的一声捂住了嘴巴。

△对切：稍远处,一圈帮众背后,影影绰绰地坐着鲍大牙、"四大金刚"甲、"四大金刚"乙等人。

周天昊：（低声地）是鲍大牙,这些囚犯,都是黑龙帮的人。

·灰 雁·

唐二十三：（低声地，嗲声嗲气）哟，周长官，他们怎么也关在这里呀？我们怎么办？
周天昊：（低声地）不用怕，他们应该认不出我们来，我们见机行事。
唐二十三：（低声地，嗲声嗲气）嗯，好。
唐二十三：（低声地，嗲声嗲气）唉，这个小丸子呀，也不知道她关在什么地方？
周天昊：（低声地）不要急，我们先摸清楚情况，然后再作打算。

同场切：
△鲍大牙微闭着眼睛，打坐在一个蒲团样的东西上。
△忽然，鲍大牙的屁股下边传来轻轻的敲击声。
△鲍大牙倏地睁开眼睛，站起身来。
△"四大金刚"甲、"四大金刚"乙两人上前，移开蒲团，露出一个黑黝黝的洞口。
△"四大金刚"甲和"四大金刚"乙先是从洞中接连提出三四布兜土石，倒在墙角处。
△特写镜头：墙角处，已经堆了一大堆挖出来的土石，只不过被一众黑龙帮的帮众堵住了，从外围角度根本看不到而已。
△稍倾，小丸子从洞内翻身出来，得意扬扬地拍了拍身上的尘土。
鲍大牙：怎么样，小丸子？
小丸子：嘿嘿，师傅，你也不看看是谁？（指着自己的鼻尖）是我，上海滩大名鼎鼎的小丸子！只要有我小丸子在，哪怕他巡捕房的大牢就是铜打的铁铸的，我也能把它给钻透了。
鲍大牙：别光顾着吹牛，说说看，进行到什么程度了？
小丸子：嘿嘿，师傅，我告诉你，进展非常顺利，再有个一天，咱们就大功告成了！
鲍大牙：（眼前一亮）哦？
小丸子：嘿嘿，明天晚上，我们大家伙儿，就可以从这个破牢房里边逃出去。
鲍大牙：（满意地点点头）嗯，干得好，小丸子……真没看出来，你还有这样一套本事，师傅我可从来没有教过你这个。
小丸子：嘿嘿，师傅，这你就不知道了。想当年，我离开黑龙帮以后，东躲西藏，在码头车站混日子，脑袋瓜是拴在裤腰带上的，所以，这救命的绝招嘛，总得预备一两个不是？
鲍大牙：好，好好干，回头少不了你的好处。

小丸子：嘿嘿，没问题——等到了明天晚上，我们大家伙儿就一起重返大牢外边的花花世界吧，嘻嘻。

△小丸子一脸陶醉的神情，而鲍大牙的神色则显得阴险而又老谋深算。

同场切：

△一圈帮众的身后，小丸子站起来伸了伸懒腰，刚好被靠在墙角的唐二十三看到了。

唐二十三：（惊讶地，嗲声嗲气）呀，小丸子？！……（碰碰周天昊）周、周长官，小丸子她她她……她在这里。

周天昊：（低声地）唐二十三，你没糊涂吧？这是男监，小丸子她一个女孩子家，怎么会关在这里？

唐二十三：（低声地，嗲声嗲气）哟，周长官，我没看错儿，真、真的是小丸子，没错儿。

周天昊：（低声地）哦？

△周天昊疑惑地朝鲍大牙等人隐身的地方望过去。

△对切：小丸子夹杂在一群帮众背后，影影绰绰的。

周天昊：（低声、非常意外地）真的是小丸子？

唐二十三：（低声地，嗲声嗲气）是啊，我没有看错。

周天昊：（低声地）这倒省事多了。走，上去看看。

△周天昊和唐二十三站起身子，朝小丸子所在的方向走去。

△膀大腰圆的帮众及其他一应黑龙帮的帮众，迅速将周天昊和唐二十三两人拦住。

该帮众：（恶声恶气）喂，怎么，刚刚给你们立下的规矩，这么快就忘记了？

周天昊：请你们闪开，我们要找人。

该帮众：（恶声恶气）找人？找什么人啊？……依老子看，你们是想找死吧？

△膀大腰圆的该名帮众硕大的拳头挥向周天昊，却冷不防被周天昊牢牢抓住。

△周天昊稍一用力，当即将膀大腰圆的该名帮众掀翻在地上。

△另有三四名帮众冲过来，但周天昊和唐二十三两人同时出手，将那三四名帮众一一打翻在地。

△其他帮众一看不对劲儿，打算一拥而上。忽然，鲍大牙威严的声音从他们身后传过来——

鲍大牙：住手！

△一应黑龙帮的帮众闪开两边，鲍大牙走过来，上下打量着周天昊和唐二十三两个人。

鲍大牙：身手不错啊。我鲍大牙竟然看走眼了，你们两个，敢情是练家子啊！

同场切：
△稍远处，小丸子漫不经心地扫了一眼精心打扮过的周天昊和唐二十三两个人。

小丸子：（OS）啊呀，真是的……又是两个不知天高地厚、白白前来送死的家伙。事不关己、高高挂起，你们打你们的，我小丸子啊，要睡觉喽，嘻嘻。
△忽然，唐二十三不动声色地冲小丸子眨了眨眼睛。

小丸子：（OS）咦，唐二十三？（又看向周天昊）姓周的？……呀，他们来救我了？嘻嘻，我就知道，他们不会扔下我不管的……嘻嘻。

同场切：
△鲍大牙死死地盯着周天昊，周天昊的目光毫不退让。

周天昊：对不起，鲍老帮主，我们两个没打算跟你们为敌。

鲍大牙：（惊讶地）你认识我？

周天昊：你是黑龙帮赫赫有名的老帮主，这偌大的上海滩，有谁不知道你鲍老帮主的威名啊？

鲍大牙：哈哈哈，好，好。既然你知道我，那就简单了——说说看，你们两个，想干什么呀？

周天昊：鲍老帮主，我们两个不想干什么，只是要找一个人。

鲍大牙：哦，找什么人？

周天昊：一个我们的朋友。

鲍大牙：对不起，这里边都是我鲍大牙的手下，没有你们要找的人。（冲手下）来呀，把他们两个给我活活地撕了。
△一众黑龙帮的帮众冲上去，当即与周天昊、唐二十三两人打斗在一处。
△小丸子连忙冲上去，分开打斗中的两拨人。

小丸子：（喊）喂，住手，住手，都住手……别打了，别打了，都别打了……
△一应黑龙帮的帮众停下来，都疑惑地看着小丸子。

小丸子：嘿嘿，师傅，这是个误会，天大的误会……他们两个呢，是我当年的好朋友，他们要找的人啊，就是我。

鲍大牙：（半信半疑）朋友？他们要找的人，就是你？

小丸子：对对对，就是我，就是我。
鲍大牙：（看向周天昊和唐二十三）你们要找的人，是她吗？
周天昊：没错儿，就是她。
　　　　△鲍大牙的目光，半信半疑地在在周天昊、唐二十三、小丸子三人身上扫来扫去。
鲍大牙：（半信半疑地）真的？你们两个没有骗我？
唐二十三：（嘎着嗓子）哟，鲍老帮主，我们怎么敢骗你呀？……她呀，叫小丸子，我们是一起长大的，我们呀，从穿开裆裤的时候起，就已经是朋友了。
小丸子：（凑近鲍大牙，低声地）嘿嘿，师傅，我告诉你，他们两个呀，不光是我小丸子的朋友，还是我小丸子的得力助手，能帮着尽快挖通地道。
鲍大牙：哦？真的？
小丸子：当然是真的，大家都是同一根绳上的蚂蚱，我小丸子骗师傅您干吗呀？
鲍大牙：难道，他们两个，也是你从这里逃出去的方案之一？
小丸子：嘿嘿，那是当然。只要我被巡捕房抓进来，他们两个呀，一准儿会想办法混进来，跟我强强联手，然后再逃出去……嘻嘻。
鲍大牙：既然是这样，那我就同意让他们两个加入我们。
小丸子：嘿嘿，谢谢师傅。
鲍大牙：（冲一应帮众摆摆手）都退下。
　　　　△一应帮众应答了一声，向各自的位置退了回去。
　　　　△小丸子趁其他人没有注意，得意扬扬地冲周天昊和唐二十三两个人竖了竖大拇指。

25-33. **公共租界巡捕房·大牢通道　　深夜　内**
　　　　△各囚室内，传来此起彼伏的打鼾声。
　　　　△大牢通道上，依旧有背枪的看守警察来回巡逻。

25-34. **公共租界巡捕房·大囚室　　深夜　内**
　　　　△鲍大牙及一应黑龙帮的帮众，包括周天昊在内，都沉沉地睡了过去。
　　　　△唐二十三和小丸子两人挤在一个墙角，小声地嘀咕着。
唐二十三：（嗲声嗲气）哟，小丸子，你怎么会关在男监里边？
小丸子：哼，别提了，还不是那个姓马的缺德，他整我，故意把我关进了这里。
唐二十三：（嗲声嗲气）啊？那、那、那……那鲍大牙他，他有没有对你做那个

·灰 雁·

　　　　　……那个……
小丸子：（一瞪眼）喂，娘娘腔，你想什么呢？……哼，姓鲍的他们这帮人啊，
　　　　还指望着我小丸子带他们逃出去呢，谁敢动我？娘娘腔我告诉你，现在
　　　　的我呀，就是他们的大救星，就是他们的太上皇，他们好吃好喝地供着
　　　　还来不及呢……
唐二十三：（明显松了一口气，嗲声嗲气）哟，那就好，那就好。
小丸子：（在唐二十三头上猛地敲了一记）喂，好个屁呀！当初我被抓的时候，
　　　　你干吗去了？为什么不赶紧回来救我？害得我差点被马文涛割了手指头
　　　　挖了眼珠子？……哼，等从这大牢里逃出去，我再跟你娘娘腔好好算账。
唐二十三：（嗲声嗲气）啊，算、算账?!
　　　　△稍远处，背对小丸子他们睡着的鲍大牙，此时忽然倏地睁开一双眼睛，
　　　　他的呼噜声不停，但一对耳朵却不动声色地翕动了数下。
　　　　△特写镜头：鲍大牙的眼神中，透露出一股阴森森的、不可捉摸的寒意。

第二十六集

26-1. 公共租界巡捕房·走廊　　日　外
　　△马文涛向自己的办公室门口走去，警察甲跟在他身后。
马文涛：牢房那边有动静吗？
警察甲：没有，探长。
　　△马文涛停住脚步，回头，有点儿不大相信地看向警察甲。
马文涛：（疑惑地）你确定？
　　△警察甲肯定地点了点头。
　　△马文涛推开门进了办公室，警察甲随后跟进。

26-2. 公共租界巡捕房·马文涛办公室　　日　内
　　△马文涛一边走进办公室，一边脱下外套。
　　△警察甲殷勤地走上前，接过外套挂在衣架上。
马文涛：这倒奇了怪了。我还以为，这鲍大牙和小丸子两个人，关在同一间囚室里，另外还有鲍大牙的那么多爪牙在里边，肯定会闹出一点大动静来——怎么着，竟然悄无声息？
警察甲：是啊，属下也感到非常奇怪。按说，这鲍大牙和他的黑龙帮吧，在上海滩纵横了二三十年，这次被我们巡捕房一窝给端了，祸根的起源就是那个小丸子和她的那几名同伙——这鲍大牙向来骄横惯了，绝对是眼睛里不揉沙子的主儿，依他的脾性吧，还不把那个小丸子给活活地撕成八瓣呀？
马文涛：是啊，是很奇怪。
　　△马文涛嘴里叼着硕大的烟斗，踱着方步，沉吟片刻。
马文涛：盯紧点儿，一有风吹草动，马上就向我汇报。
警察甲：是，探长。
　　△警察甲行了个礼，转身走出。

26-3. 公共租界巡捕房·大牢通道　　日　内

△各个铁栅栏囚室内，形态各异的犯人。

△通道上，来回走动着的三四名看守警察。

26-4. 公共租界巡捕房·大囚室　　日　内

△一众黑龙帮的帮众盘腿坐在地上，堪堪挡住了墙角的土石以及最后边的鲍大牙。

△最后边，鲍大牙微闭着两只眼睛，靠墙坐在蒲团上。

26-5. 公共租界巡捕房·大囚室底下·地道　　日　内

△一条长长的地下甬道——明显看得出，是小丸子新近才挖的。

△周天昊、小丸子、唐二十三三人，弯着腰，在甬道中前行。

周天昊：小丸子，这到底是怎么一回事儿？

小丸子：还能是怎么一回事呀？马文涛抓不到你们几个，就把火一股脑儿撒到了我小丸子的头上，为了整我，他故意把我关进了男囚室里，跟一帮大老爷们关在一起……哼，要不是我小丸子见机行事，这鲍大牙肯定早就把我撕成了一条一条的。

唐二十三：（嗲声嗲气）哟，小丸子，你就放心吧，等我们从这里逃出去，我一定帮你去找马文涛算算账，给你呀，出出气。

小丸子：嘻嘻，娘娘腔，看不出啊，你这人吧，有时候还挺仗义的啊……（指着唐二十三的鼻尖）这可是你自己说的啊，我小丸子可没有逼你。

唐二十三：（嗲声嗲气）哟，小丸子，不用你逼我，这口气啊，我唐二十三帮你出定了。

小丸子：嘻嘻，那就好。

周天昊：小丸子，那你怎么又会挖地道呢？

小丸子：唉，说起来话长啊。当时，鲍大牙的几名手下，要把我五马分尸……没办法，情急之下，我只好告诉鲍大牙，我能带着他们逃出巡捕房的大牢。他们这才放了我一马。

周天昊：哦！

小丸子：幸亏啊，我很早很早以前，就对巡捕房的大牢动过心思，知道他们的漏洞在什么地方——看见没有，再往前边挖十来米，就有一条地下水的通道，顺着地下水的通道，一直往出蹚，指定能逃出去。

唐二十三：（嗲声嗲气）哟，小丸子，你可真了不起——你是怎么知道这些的？

小丸子：还是三四年以前吧，我带着胖子和瘦猴，去偷一个外国的洋毛子。结果，钱没偷着几个，就偷回来一堆破图纸。瘦猴告诉我说，那是巡捕房和公共租界的什么建筑构造图……我当时也没怎么在意，后来，三天两头被巡捕房的警察追着跑，就动了点心思，把那堆图纸研究了研究，心里想着万一哪天被巡捕房逮进来，还能想办法逃出去，是不？……嘻嘻。

周天昊：哦？你能看懂建筑构造图？

小丸子：嘿嘿，不是我。我小丸子啊，认得那些图纸，可那些图纸啊，却认不得我——我是找人看的，一个退休的老建筑师，花了我好几块大洋呢——不过，付给他钱以后，我呀，又给想办法偷了回来……嘻嘻。

唐二十三：（嗲声嗲气）啊？你又给偷了回来？

小丸子：（得意扬扬地）嘿嘿，那是当然——啊呀，没有办法啊，谁让我小丸子，原本就是一个小偷呢。

周天昊：小丸子，你难道真打算带着鲍大牙和他的那帮爪牙逃出去？

小丸子：（有些沮丧地）不带他们逃出去，那还能怎么着啊？这地道都快挖好了。

周天昊：鲍大牙的黑龙帮，一直和日本人有勾结，不光在自己的地盘上横行霸道、强收保护费，私下里，他们还干着贩卖鸦片的勾当，在上海滩，有一多半的大烟馆，都是鲍大牙的黑龙帮开的……像他们这种大发特发国难财的民族败类，就应该让他们在大牢里边待一辈子，把牢底坐穿。

小丸子：姓周的，你光是嘴上说得轻巧，我告诉你，我小丸子跟姓鲍的仇大着呢，我也希望把他们关一辈子啊——但能有什么办法，还不是得乖乖地带他们逃出去？要不然，我们三个人都会死在大牢里边，最后连个收尸的人都没有。

周天昊：办法是人想出来的，我们肯定能找到具体的解决方法……总之，绝对不能让鲍大牙他们活着逃出巡捕房的大牢。

△特写镜头：周天昊似有所思的那张脸上，一双眼睛透露出一股坚毅之色。

小丸子：啊呀，真是的……好吧，姓周的，你就自个儿先慢慢地琢磨你的办法吧，我小丸子呢，还是先挖我的地道好了。（回头，冲唐二十三）喂，娘娘腔，你动作快一点儿。

唐二十三：（嗲声嗲气）嗯，好。

△小丸子和唐二十三两人，用特制的工具卖力地向前挖掘着。

26-6. **公共租界巡捕房·马文涛办公室　　日　内**
　　　△马文涛嘴里叼着硕大的烟斗，盯视着贴在墙上的周天昊、林秋月、林秋雁等人的照片以及剪报资料，陷入沉思之中。

26-7. **公共租界巡捕房·大门口　　日　外**
　　　△巡捕房对面，林秋月和林秋雁两姐妹，隐身在树荫处，仔细观察着巡捕房大门口的动静。
　　　△一辆黑色轿车，停靠在林秋月和林秋雁两人身后的不远处——正是周天昊、林秋雁他们常用的那辆。
林秋月：秋雁，（有些斟酌地）周教官是个什么样的人？
林秋雁：（明显一愣）啊？……大姐，你怎么想起问这个？
林秋月：没什么，就是有点儿好奇而已。
林秋雁：他是军统的少壮派军官，上面一直很器重他。
林秋月：哦。
　　　△两人默然片刻。
林秋月：我看他对你挺好的。
林秋雁：他救过我的命。后来，我加入军统的时候，他又是我的教官；差不多每次的行动，我们两人都是一个组的（眼前闪过与周天昊交接的若干细节）。
　　　△林秋月淡淡地哦了一声，没有再说话，但神色显得复杂而忧虑。

26-8. **公共租界巡捕房·大囚室地底下·地道　　日　内**
　　　△地道内，周天昊、小丸子、唐二十三三人，正卖力地向前挖掘着。
　　　△忽然，当啷一声，特制的工具挖到了坚硬的东西上。周天昊、小丸子、唐二十三三人，有些激动地相互对视一眼。
　　　△小丸子小心翼翼地刨开周围的泥土，出现了一堵青砖砌成的墙壁。
小丸子：嘻嘻，我说得没错儿吧？虽然我记得不是太清楚，但大致的方向，保证错不了……（冲唐二十三）来，唐二十三，帮我把这块砖卸下来。
　　　△唐二十三协助小丸子，先后卸下数块青砖。
　　　△一条差不多一人多高的下水通道，赫然显露在周天昊、小丸子、唐二十三的面前。
周天昊：小丸子，你确定顺着这条下水通道，就能逃出去？
小丸子：虽然没有十足的把握，但应该差不离儿。不过，这巡捕房下边的下水通道啊，修建得跟迷宫一样，稍不注意，就会绕回到巡捕房这边来。
周天昊：（眼前一亮）你是说，一旦走错，就有可能出不去，仍然绕回来？
小丸子：没错儿，肯定会绕回来。
△周天昊琢磨着小丸子的话，脸上浮起一层若有所思的神情。

26-9. 公共租界巡捕房·大囚室　　日　内

△最后边，鲍大牙依旧微闭着两只眼睛，靠墙坐在蒲团上。
△忽然，鲍大牙的屁股底下，传来细微的嘭、嘭的敲击声。
△鲍大牙倏地睁开眼睛，站起身来，移开蒲团，露出一个洞口。
△"四大金刚"甲、"四大金刚"乙两人上前，先后将小丸子、周天昊、唐二十三拉了上来。

鲍大牙：怎么样，小丸子，今天进展如何？
小丸子：（得意扬扬）嘿嘿，师傅，我告诉你啊，咱们啊，已经大功告成了。
鲍大牙：（眼前一亮）哦？你是说，已经挖通了？
小丸子：嘿嘿，挖通了——今儿个晚上，咱们大家伙儿，就可以神不知鬼不觉地从这座破牢房里，轻轻松松地逃出去。
△鲍大牙、"四大金刚"甲、"四大金刚"乙等人，有些惊喜地对望了一眼。
鲍大牙：（满意地）小丸子，干得好，干得不错。
小丸子：嘿嘿，那是……有我小丸子在，这巡捕房的大牢啊，就跟纸糊的一样，只要用手指头稍稍一戳，就会戳出一个大窟窿来。
鲍大牙：好，那咱们就说定了，今天晚上子时行动——到时候，我们给他来一个胜利大逃亡。
小丸子：好，说定了，子时行动。胜、利、大、逃、亡，这个说法挺新鲜的……嘻嘻。
△小丸子、周天昊、唐二十三三人，转身走向栖身的墙角。
△特写镜头：鲍大牙望着小丸子、周天昊、唐二十三的背影，笑容慢慢地敛去，一双眼神变得阴鸷起来。

26-10. 公共租界巡捕房·大囚室　　傍晚　内

△囚室门外，两名看守警察抬着两只大木桶过来，开始给犯人们分发伙食。
△囚室内，一众黑龙帮的帮众及小丸子、唐二十三、周天昊等人，排着

·灰 雁·

队挨个儿领取饭食。
△特写镜头：靠墙处，鲍大牙坐在蒲团上，微闭双目，一动不动。
△特写镜头：移动的队伍中，周天昊不动声色地四下观察的神色。
△小丸子走上前，接过食物，是黑乎乎的窝窝头和清水样的稀粥。

小丸子：啊？又是窝窝头？……喂，你们能不能换点别的呀？这是人吃的东西吗？
看守甲：（冷笑）哼，爱吃不吃——到了大牢里边，还敢挑三拣四的？我告诉你，好多人是吃得了上顿，就吃不着下顿了，你呀，能得吃就不错了。

△小丸子被后边的人搡了一把，有些不情愿地端着食物走到墙角坐下；稍倾，唐二十三也端着食物过来了。
△另一头，"四大金刚"甲和"四大金刚"乙两人殷勤地将伙食送到鲍大牙面前；其他领到食物的帮众，开始狼吞虎咽地吃起来。
△排在队伍最后边的周天昊，冷眼观察着囚室内外的一应人等。

26-11. 公共租界巡捕房·马文涛办公室　　傍晚　内
△马文涛嘴里叼着硕大的烟斗，背身而立，端详着墙上周天昊等人的照片及剪报资料。
△稍倾，警察甲急匆匆地走进来，递给马文涛一张小纸条。

警察甲：探长，您看，这是刚刚传出来的。
△马文涛接过小纸条一看，脸上的神色，倏地就一变。
马文涛：（神色凝重）知道是什么人递出来的吗？
警察甲：（摇摇头）不知道，有人趁乱塞在一名弟兄手里的。
马文涛：（疑惑地）哦？
△马文涛一手举着硕大的烟斗，一手举着小纸条，沉吟地踱了个来回。
马文涛：（冷笑）哼，既然是他们自己要找死，那就怪不得我马某人了。（冲警察甲）去，告诉弟兄们，让他们做好准备。
警察甲：是，探长。
△警察甲行了个礼，转身走出。

26-12. （空镜）大上海　　夜　外
△夜色中的大上海外景，最后，镜头落在巡捕房的楼群建筑上空。

26-13. 公共租界巡捕房·大囚室　　夜　内
△一组脸部特写镜头：微闭双目的鲍大牙、谨慎地四下观察的周天昊、

漫不经心的小丸子和唐二十三等。

26-14. 公共租界巡捕房·马文涛办公室　　夜　内
△一只腕表的特写镜头，指针在嘀嗒、嘀嗒地向前走着，寂静的夜色里，指针走动的声音显得格外响亮。

26-15. 公共租界巡捕房·大门口　　夜　外
△巡捕房对面，林秋月和林秋雁两个人隐身在树荫处，时不时用望远镜观察一下巡捕房那边的动静。

26-16. 公共租界巡捕房·大囚室　　夜　内
△深夜时分，大牢里边一片死寂，各个囚室中，响着此起彼伏的呼噜声。
△大囚室中，鲍大牙依旧微闭着双目，背靠墙壁坐在蒲团上；小丸子、周天昊、唐二十三以及其他一应黑龙帮的帮众，虽然貌似都在酣睡，但一股躁动不安的气息，在他们中间酝酿着。
△忽然，当、当，远远地传来了子夜时分的钟声。
△鲍大牙倏地睁开一双眼睛；紧接着，小丸子、周天昊、唐二十三以及其他一应黑龙帮的帮众，均迅速跳起身来。

鲍大牙：小丸子，你画的地图呢？
小丸子：啊？……地、地图？
鲍大牙：把它给我。
小丸子：啊，师傅，给、给你？
鲍大牙：对，给我。怎么，你不相信师傅我？
小丸子：（支吾地）啊，不、不是……师傅……
△小丸子有些不大情愿地摸出一张纸片，犹犹豫豫地递给了鲍大牙。
△鲍大牙接过纸片，展开，端详着。
△特写镜头：一幅用简单线条勾勒的图画，看起来不怎么规范——应该是从下水通道中逃走的行进路线图。
鲍大牙：（狞笑着）哼哼，好，很好。
△"四大金刚"甲、"四大金刚"乙等人，忽然趁小丸子、周天昊、唐二十三三人不备，猛地出手，将他们打晕在地。
△鲍大牙蹲下身子，看着昏迷中的小丸子、周天昊、唐二十三三人。
鲍大牙：小丸子，谢谢你帮师傅我挖通了地道！不过，都是因为你，我辛辛苦苦

建立起来的黑龙帮，最后毁于一旦……所以，你就别想着再逃出去啦，你还是跟你的两位朋友，乖乖地待在巡捕房的大牢里边吧。（站起身，冲一应帮众）我们走。

△鲍大牙带着自己手下的一应帮众，先后钻进了地洞。

△偌大的囚室中，就只剩下小丸子、周天昊、唐二十三昏迷在地板上。

26-17. 公共租界巡捕房·大囚室底下·地道　　夜　内

△鲍大牙拿着小丸子画的行进图纸，带着一应黑龙帮的手下，摸索着向前行进。

△稍倾，鲍大牙一行走到了青砖砌成的墙壁前，两名帮众上前，卸下几块青砖，露出了下水通道的入口。

△鲍大牙及一应黑龙帮的帮众，一个接一个，从入口处钻了进去。

26-18. 公共租界巡捕房·大门口　　夜　外

△巡捕房对面，一辆黑色轿车静静地停在树荫背后。

△镜头跳转至车内——

26-19. 轿车内　　夜　内

△林秋月和林秋雁两个分别坐在驾驶座和副驾座上，隔着车窗，紧盯着对面的巡捕房大门口。

林秋月：时间差不多了，行动吧。

林秋雁：好的，大姐。

△副驾座上的林秋雁检查了一下手枪，然后拉开车门，下车。

林秋月：秋雁！

林秋雁：（转回身来）怎么啦，大姐？

林秋月：（关切地）你自己小心点儿。

林秋雁：知道了，大姐。

△车外的林秋雁转身走出，迅速没入夜色之中。

26-20. 公共租界巡捕房·大囚室地底下·下水通道　　夜　内

△下水通道中，鲍大牙带着一应黑龙帮的手下，蹚着污水，向前行进。

·第二十六集·

26-21. 公共租界巡捕房·大囚室地底下·下水通道　　夜　内

　　△一处交叉口，鲍大牙等人停住脚步，仔细查看着手中的行进图。

"四大金刚"甲：（指着一条岔道）帮主，好像是那儿。

鲍大牙：嗯，没错儿……我们走。

　　△鲍大牙带着一应黑龙帮的手下，蹚着污水向前走去。

26-22. 公共租界巡捕房·大囚室　　夜　内

　　△昏迷中的周天昊、小丸子、唐二十三三人。

　　△稍倾，小丸子和周天昊两个人，先后醒转过来。

小丸子：（揉着发麻的脖颈）啊呀，该死的鲍大牙，下手可真狠！（踹踹尚在昏迷之中的唐二十三）喂，娘娘腔，醒醒，醒醒……

　　△昏迷中的唐二十三，悠悠地醒转过来。

唐二十三：（嗲声嗲气）哟，小丸子，你怎么又踹人家啊？

小丸子：喂，娘娘腔，怎么那么多废话？……快起来快起来。

周天昊：我们的时间不多了，按我们原定的计划，抓紧行动。

唐二十三：（嗲声嗲气）嗯，好。

小丸子：嘿嘿，姓周的，你就等着看我小丸子的吧。

26-23. 公共租界巡捕房·大牢外·某墙角　　夜　外

　　△一身黑色劲装的林秋雁，顺着墙角，蹭蹭蹭攀爬了上去。

26-24. 公共租界巡捕房·大囚室　　夜　内／外

　　△小丸子扑到囚室门口，使劲儿摇晃着铁栅栏门。

小丸子：（大喊）喂，来人啊，快来人啊，有人逃走啦……快来人啊，有人逃走啦……有人逃走啦……

　　△三四名背枪的看守警察，睡眼惺忪地跑过来。

看守甲：（呵斥）喂，瞎嚷嚷什么？瞎嚷嚷什么？……号丧啊？是死了爹还是死了娘啊？……怎么一回事儿？

小丸子：（故作小心翼翼地）嘿嘿，军爷，那个，那个……他们，他们都跑啦……

看守甲：（恶声恶气）谁跑啦？

　　△三四名看守警察一望囚室内，只见里边空荡荡的，一愣，随即脸色大变。

·灰　雁·

看守甲：（恶声恶气）嗯？这是怎么一回事儿？他们人呢？
小丸子：（故作小心翼翼地）嘿嘿，那个，军爷，他们在那儿挖了个地洞，都、都跑啦。
　　　　△三四名看守警察迅速打开囚室门，冲到洞口前查看。
看守甲：（恶声恶气）他们都是从这儿跑的？
小丸子：（故作小心翼翼地）哎，是，是。
　　　　△小丸子、周天昊、唐二十三三人，一齐点了点头。
看守甲：快，快去报告探长，有犯人逃走了。
　　　　△看守甲的话音未落，周天昊、小丸子、唐二十三迅疾出手，将几名看守警察打晕在地。
小丸子：嘿嘿，几位军爷，对不住了，得委屈委屈你们……嘻嘻。
　　　　△周天昊和唐二十三两人撕去乳胶面具，以及衣服下塞的用来装扮臃肿的东西。
周天昊：拿上他们的枪，我们走。
唐二十三：（嗲声嗲气）嗯，好。
　　　　△周天昊、小丸子、唐二十三各自拿起一支看守警察的长枪，然后迅速跑向大囚室的门。

26-25. 公共租界巡捕房·大牢·某僻角处　　夜　外
　　　　△一名看守警察斜背着枪，大叉腿站立，正在撒尿。
　　　　△一双手忽然从黑暗中伸出，抓住该看守警察的两只脚腕，迅速将他拖入树荫背后。
　　　　△一个黑影箍住该名看守的脖子，用力一扭，该看守当即闷哼一声，晕死过去。
　　　　△稍倾，一名黑影从黑暗中走出来——正是潜进巡捕房大牢里的林秋雁。

26-26. 公共租界巡捕房·大牢·拐角处　　夜　外
　　　　△林秋雁隐身在墙角处，慢慢地探出头去，朝里边窥探。
　　　　△对切：两扇黑漆漆的大门，挂着大锁。四五名看守的警察，正围在一张小桌上，吆五喝六地喝酒吃肉，在他们身后，靠墙竖立着四五支步枪，另有一把盒子炮挂在墙上。

26-27. 公共租界巡捕房·大牢·封闭式大门　　夜　外

　　△一名看守警察喝得满脸通红，说话时，舌头都直打卷儿。
看守乙：来，来，喝，大家伙儿……都……都……再……再干一杯。
众看守：（众）来，干，干。
　　△咣、咣，醉醺醺的一应看守警察，举起酒碗杂乱地碰在一起，然后一仰脖子，各自干了。

26-28. 公共租界巡捕房·大囚室地底下·下水通道　　夜　内

　　△鲍大牙带着一应黑龙帮的帮众，蹚着污水，向前行进。
　　△走至一处地段，鲍大牙等人停下来，查看手中的行进图纸，跟实际地形比照着。
　　△鲍大牙等人抬起头，向上看去：在他们头顶上方，有一个圆形的井盖。
"四大金刚"甲：（惊喜地）帮主，就是这里。
鲍大牙：（欣慰地点点头）嗯。（一挥手）走，我们上去。
　　△有数名帮众上前，架起人梯，小心地移开他们头顶上方的井盖。

26-29. 公共租界巡捕房·大牢·封闭式大门　　夜　外

　　△林秋雁紧贴地面，从看守乙等人身旁悄无声息地滑了过去。
　　△醉醺醺的看守乙，眼前貌似一花。
看守乙：（卷着舌头）咦，好、好像有……有人……
　　△看守乙回头四处张望一番，却没见一个人影。
看守丙：（晃晃眼睛）哪、哪儿有人？……你、你看花眼了吧？
看守丁：（醉醺醺地）深更半夜的，啥人会来这里啊？莫管球他……来，继续喝。（忽然惊呼一声）啊？你是谁？
　　△看守乙等人遽然回头，只见一身黑色劲装的林秋雁冷冷地站在他们身后。
林秋雁：（冷冷地）我是来送你们去见阎王的人！
看守乙：（卷着舌头）啊？你……你个臭娘们儿，你你你……你找死！
　　△·众看守警察伸手去抓枪。
　　△林秋雁迅疾出手，三下五除二，就将他们几个打晕在地。
　　△林秋雁伸手取下看守乙腰间的一大串钥匙，转身朝里边走去。

26-30. **公共租界巡捕房·大牢通道　　夜　内**
　　　　△周天昊抬手一枪，打掉一间囚室门上的大锁。
　　　　△周天昊一脚踹开囚室的门，冲囚室内的犯人说道——
周天昊：我想，你们现在自由了。
　　　　△囚室内，惊醒过来的一众犯人们，满脸疑惑地望着周天昊、小丸子、唐二十三三人。
小丸子：啊哈，这个好玩！这个好玩！
唐二十三：（嗲声嗲气）哟，小丸子，我也要玩。
小丸子：嘻嘻，好……娘娘腔，你负责那边，我打这边。
唐二十三：（嗲声嗲气）嗯，好。
　　　　△小丸子和唐二十三两个人，一边嘻嘻哈哈地向前走，一边挨个打掉各个囚室门上的大锁。
小丸子：（冲犯人们）喂，都出来吧，都出来吧……快点儿逃，要不然，警察可就来了啊，都快点儿逃……
　　　　△各个囚室内的犯人们，先是愣怔片刻，紧接着，各自发一声喊，如潮水般涌出囚室。

26-31. **街道　　夜　外**
　　　　△鲍大牙带着"四大金刚"甲、"四大金刚"乙及其他帮众，先后从下水道中钻出来。
　　　　△看到置身巡捕房大牢外边，一应黑龙帮的帮众，禁不住欢呼雀跃。
"四大金刚"甲：（惊喜地）帮主，太好啦，我们终于逃出来啦。
鲍大牙：（得意地狞笑着）哼哼，天无绝人之路，我鲍大牙，终于又自由啦！
"四大金刚"甲：帮主，我们现在去哪里？
鲍大牙：先找个地方躲起来，等这阵子风头过去了，我鲍大牙要重整黑龙帮……我们走。
　　　　△鲍大牙率先抬步走出，"四大金刚"甲、"四大金刚"乙及其他一应帮众，跟随在后。

26-32. **公共租界巡捕房·大牢通道　　夜　内**
　　　　△各囚室中，不断涌出来的犯人，开始打、砸、放火，大牢内一片混乱和狼藉；几乎同一时间，警笛声大作。
　　　　△周天昊、小丸子、唐二十三混杂在犯人们中间，朝外边涌去。

26-33. **公共租界巡捕房·警察宿舍　　夜　内**

　　△警笛声中，一众披挂整齐的巡捕房警察，迅速拿起靠在墙上的枪支，然后跑出。

26-34. **公共租界巡捕房·走廊　　夜　外**

　　△快速移动的皮靴。
　　△一众巡捕房的警察，执枪快速跑向大牢方向。

26-35. **公共租界巡捕房·大牢·封闭式大门　　夜　内**

　　△乱纷纷胡乱冲撞的犯人当中，周天昊、小丸子、唐二十三冲至大门边，但却无法从里边打开大门出去。

26-36. **公共租界巡捕房·大牢·封闭式大门　　夜　外**

　　△黑漆漆的大门外，林秋雁迅速用手中的钥匙试着开门：第一把钥匙插进去，不是；第二把钥匙插进去，也不是……又一把钥匙插进锁孔，咔嗒一声，锁开了。
　　△林秋雁用力推开黑漆漆的门扇，周天昊、小丸子、唐二十三三人，夹杂在乱纷纷的犯人当中，从大门内涌了出来。
　　△看见林秋雁，小丸子、周天昊、唐二十三三人一喜，几乎同时喊道——

小丸子：（惊喜地）二姐！

周天昊：秋雁！

唐二十三：（哆声哆气）哟，林小姐！

林秋雁：小妹，你没事儿吧？

小丸子：（摇摇头）我没事儿……嘿嘿，二姐，谢谢你来救我。

林秋雁：谁让你是我的妹妹呢，哪怕就是上刀山、下火海，我也得来，是不？

小丸子：嘿嘿，好我的亲二姐，你对我最好了……嘻嘻！

唐二十三：（哆声哆气）哟，小丸子，对你好的人，还有我呢。

小丸子：（冲唐二十三一瞪眼）去，一边待着去，关你什么事儿呀？

唐二十三：（哆声哆气）啊，这，这……

小丸子：（讪笑着）嘿嘿，二姐……

林秋雁：少跟我嬉皮笑脸的——自己闯的祸，回去再跟你算账！

·灰　雁·

小丸子：（立马苦起脸）啊？还算账？
林秋雁：当然得算。为了救你，我们冒了多大的风险，你知道吗？……我告诉你，大姐还在外边等着呢，从昨天白天到现在，整整一天一宿，她一刻都没有合眼。
　　　△小丸子苦着脸，有些很不情愿地咧了咧嘴。
周天昊：秋雁，我们该走了。
林秋雁：好，我们走。
　　　△林秋雁、周天昊、小丸子、唐二十三四人，刚刚走出数步，外边就传来枪声，已经跑出去的犯人又乱纷纷地退了回来。
　　　△对切：稍远处，一众巡捕房的警察，一边执枪冲犯人射击，一边向大牢方向逼过来。
　　　△林秋雁、周天昊、小丸子、唐二十三四人退到墙角处。
小丸子：二姐，怎么办？
　　　△林秋雁和周天昊的目光四下扫视，稍倾，两个人的目光，几乎同时看向那四五名被林秋雁先前打晕在地的看守警察。
　　　△林秋雁和周天昊两个人的目光同时一亮，然后会心地对视了一眼。

26-37. 街道　　夜　外
　　　△鲍大牙带着"四大金刚"甲、"四大金刚"乙以及其他一应帮众，刚刚走出没多远，忽然，四周亮起无数的火把，紧接着就是拉动枪栓的声音。
　　　△鲍大牙等人倏地停住脚步，惊惧地四下观望，才发现他们已经被巡捕房的警察给严严实实地包围了。

26-38. 公共租界巡捕房·大牢·封闭式大门　　夜　外
　　　△一众荷枪实弹的警察，一边冲犯人们射击，一边朝大牢门口逼过来，不时有犯人中弹倒地。
　　　△趁着场面混乱，已经换上警察服装的周天昊、林秋雁、小丸子、唐二十三四人，快步朝外边走去。

26-39. 街道　　夜　外
　　　△四周均是举着枪的警察，将鲍大牙等人严严实实地包围在街道中央。
"四大金刚"甲：（低声地）帮主，我们被包围了。

△鲍大牙没有说话，冷静、沉着地四下观察。
　　△正前方，一众警察闪开一条通道，马文涛拎着一支手枪走出来。
马文涛：（讥诮地）鲍老帮主，怎么，你想带着你的这帮爪牙，逃跑吗？
鲍大牙：（咬牙，一字一顿地）马——文——涛！
马文涛：（讥诮地）哈哈哈，鲍老帮主，你大概还不知道吧，就从你打算越狱的那一刻起，我马文涛，就已经得到了消息。
鲍大牙：（沉着地）哦？到底是谁，吃了熊心豹子胆，敢出卖我鲍大牙？
马文涛：哈哈，这个嘛，很抱歉，我也不知道是谁——有人从大牢里边递了一张纸条出来，说是今天晚上你要从下水通道越狱，所以嘛，马某人就早早地带着弟兄们，专门在这里候着鲍老帮主你了。

26-40. 公共租界巡捕房·走廊　　夜　外
　　△身穿警察服装的周天昊、林秋雁、小丸子、唐二十三四人，一边谨慎地四下观察，一边快步朝前边走去。
小丸子：嘿嘿，姓周的，你这个办法好，用那个古人的话是怎么说来着，叫什么什么一石二鸟……对，就是一石二鸟，这鲍大牙啊，是一只鸟儿，这马文涛啊，又是一只鸟儿……嘻嘻。

26-41. （闪回一）公共租界巡捕房·大囚室　　夜　内/外
　　△囚室门外，两名看守警察正在给犯人们分发伙食。
　　△囚室门内，一众囚犯挨个领取饭食。挨到周天昊的时候，他趁周围的人不注意，飞快地将一张纸条塞进了一名看守警察的手里。
　　△囚室门外，该名看守警察的手心里忽然多了一张纸条，他明显一愣，但当他抬起头来的时候，一众囚犯混乱无序地向前移动着，他已经分辨不出是谁塞给他的纸条。

26-42. （闪回二）公共租界巡捕房·大牢通道　　夜　内
　　△两名看守警察展开纸条，上边写着"鲍大牙，子时越狱，下水通道"等字样。
　　△两名看守警察对视一眼，神色匆匆地向外边走去……

26-43. 公共租界巡捕房·走廊　　夜　外
周天昊：哼，我估计啊，此刻，鲍大牙和他的那一帮爪牙，十有八九，已经掉进了马文涛的包围圈里。

小丸子：啊，真的啊？

周天昊：保证错不了。

小丸子：嘻嘻，太好了，太好了……我小丸子啊，终于能够出一口恶气了！

26-44. 街道　夜　外

马文涛：说起来也挺有意思，这个递纸条出卖你们的人，肯定是打心底里恨死鲍老帮主你啦，要不然，这么好的逃跑机会，他为什么要白白地放弃呢？

鲍大牙：（阴笑）哼哼，是吗？

马文涛：是与不是，鲍老帮主你，心里边应该有个谱儿。

"四大金刚"甲：（靠近鲍大牙，低声，疑惑地）帮主，这到底是怎么一回事儿？

鲍大牙：（低声地）我们中圈套啦——是小丸子，这个该死的贱人，她早就猜到我鲍大牙不会放过她，所以，她出卖了我们。

"四大金刚"甲：（惊讶地）啊，是她？她出卖了我们？

鲍大牙：（低声地）没错儿，是她——那张纸条，肯定是她趁我们不防备，偷偷递出去的。

26-45. 公共租界巡捕房·大门口　夜　外

△身穿警察服装的周天昊、林秋雁、小丸子、唐二十三四个人，快步朝大门外边走去。

守　卫：喂，站住！

△周天昊、林秋雁等四人，倏地停住脚步。

守　卫：这大半夜的，你们几个，去干什么？

周天昊：啊，是这样，刚才我们接到报告，发生了一件重大的案子，我们几个呢，是奉了马探长之命，前去查案。

守　卫：（半信半疑）重大案子？

小丸子：（故作一本正经地）对，是重大的案子，天大天大的案子，一点都耽搁不得……如果耽搁了，这马探长怪罪下来，你担待得起吗？

守　卫：哼，天大天大的案子？你唬我呢……哎，我说，这位小哥儿，你看着怎么这么面生啊，好像从来都没见过你？……（倏地反应过来，惊呼）啊，你、你们是假冒的，你们不是警察？

小丸子：（顽劣地）嘿嘿，我们当然不是警察，蠢货！

守　卫：（回头，冲其他守卫，喊）快来人啊，抓住他们，他们不是警察……

△林秋雁迅疾出手，箍住该守卫的脖子，用力一扭，对方当即晕了过去。
△其他数名守卫举着枪冲过来，一边冲一边朝周天昊等人开枪射击。
△周天昊、林秋雁、小丸子、唐二十三四人，一边举枪还击，一边迅速后撤。

26-46. 街道　　夜　外
　　△巡捕房的警察严严实实地包围了鲍大牙及其手下的一应帮众，双方对峙着。
鲍大牙：（沉着地）马文涛，你想怎么样？
马文涛：（冷笑）哼，我想怎么样？姓鲍的，我就是不说，你大概心里边也清楚——上次的火并，我可是折了十来个弟兄呢，这笔账，咱们之间还没有好好算呐。
鲍大牙：（沉着地）马文涛，你打算怎么跟我鲍大牙算这笔账？
马文涛：（冷笑）怎么算？——很简单，拿命抵命、血债血偿！
　　△鲍大牙脸上的肌肉，几不可察地抽搐了一下。
鲍大牙：（依旧沉着地）怎么，你想杀我们？
马文涛：（冷笑）对，你说得太对了。你以为，老子会让你们从大牢里活着出去？说老实话，刚得到你鲍老帮主打算越狱的消息，我马某人的心里边呀，多少还有一点小激动……你说，这是多好的机会呀！就算是有日本人暗地里给你撑腰，但这"越狱"的罪名一安上去，格杀勿论。
鲍大牙：（有些沉不住气了）姓马的，你跟老子玩阴的？
马文涛：（略带讥讽地）哼，我马某人不管什么是阴的、什么是阳的，只要能达到目的，就统统是好办法——鲍老帮主，你说呢？
鲍大牙：（有些气急败坏地）马文涛，你这么卑劣，算什么英雄好汉？
马文涛：（得意地）哈哈哈，鲍老帮主，你说得太对了。我马文涛原本就不是英雄好汉，也不想当什么英雄好汉。身为巡捕房的副总探长，我呀，只想干好自己分内的事儿——就像现在，抓捕逃犯，就是我最本职的工作。
鲍老大：（回头，喊）弟兄们，左右是死路一条，咱们跟姓马的拼了……给老子上，杀一个够本，杀两个赚一个。
　　△一应黑龙帮的帮众，嘴里高喊着"冲啊、打呀"，乱纷纷地向马文涛他们冲过去。
马文涛：（发狠地一挥手）给我打。
　　△顿时，四周的警察一齐开火，密集的子弹射向鲍大牙等人。

·灰 雁·

　　△黑龙帮的一应帮众，接连中弹，乱纷纷地倒在地上。
　　△马文涛的嘴角浮起一丝阴鸷的笑容，他举起手枪，瞄准冲在最前头的鲍大牙，扣动扳机。
　　△特写镜头：正在向前猛冲的鲍大牙，胸口连中数枪，他鼓突着一对眼珠子，像是有些不甘心似的，以慢镜头缓缓向后栽去，最后，轰然倒在地上……

26-47. 公共租界巡捕房·大门口　　夜　外
　　△一小队巡捕房的警察，正在与周天昊、林秋雁、小丸子等人，激烈对射。
　　△稍远处，传来刺耳的车轮与地面摩擦的声音，林秋月驾驶着黑色轿车冲了过来。
林秋月：（喊）快，上车。
小丸子：（惊喜地）大姐！
　　△周天昊、林秋雁、小丸子、唐二十三一边射击，一边先后跳上轿车。
　　△林秋月驾驶的轿车飞速离去，一小队巡捕房的警察追出几步，徒劳地冲着轿车开枪射击。

26-48. 街道　　夜　外
　　△林秋月驾驶的黑色轿车，在街道上急速行驶。
　　△镜头跳转至车内——

26-49. 黑色轿车内　　夜　内
林秋月：（回头，大声地）小妹，你没事吧？
小丸子：大姐，我没事儿。
林秋月：没事就好。
小丸子：大姐，都是我不好，我老闯祸，不但连累大家伙儿，还害你在外边守了一天一晚上。
林秋月：小妹，你不要这样说。我和秋雁是你的大姐二姐，爹娘去世了，你就是我们俩最亲的人，我们不来救你，谁来救你？
小丸子：大姐……
林秋月：小妹啊，周教官和唐先生两个，虽然跟我们姐妹仨没有什么关系，但他们一直都像大哥哥似的呵护着你，这次，又冒险混进大牢里边去救你，

544

你应该谢谢他们。

小丸子：（乖巧地）唔，我知道了，大姐。（回头，冲周天昊和唐二十三两个人，立马换一副嘴脸，笑嘻嘻地）嘿嘿，姓周的，谢谢你啊……娘娘腔，也谢谢你啊……

唐二十三：（嗲声嗲气）哟，小丸子，我唐二十三的心思，你还不清楚吗？你不用谢我，我呀，是心甘情愿去救你的。

小丸子：（一瞪眼，恶声恶气）嗯？唐二十三，你说清楚，你有什么心思？

唐二十三：（支吾地，嗲声嗲气）啊，那个，那个……我呀，没什么心思……算我没说，算我没说……

周天昊：行啦，你这道歉，一点儿诚意都没有，还是打住吧。

△小丸子嘿嘿一声，冲周天昊顽劣地吐了吐舌头。

林秋月：不过，小妹啊，我可警告你，有再一再二，没有再三再四……不是每次你都能这么好运气地被我们救出来，以后，不许一个人偷溜出去，知道了吗？

小丸子：（有些不大情愿地嘟起嘴）唔，知道啦。

26-50. 公共租界巡捕房·大牢通道　　日　内

△牢房内虽然依旧是一片狼藉，但看得出，秩序已经得到了相应的恢复。十余名巡捕房的警察，推搡着一部分逃跑未遂的犯人，走向各自的囚室。
△马文涛嘴里叼着硕大的烟斗，阴沉着一张脸，站在大牢的通道上。
△稍倾，警察甲小跑着过来。

马文涛：找到了吗？

警察甲：没有，探长，我们到处都搜遍了，所有的犯人都有下落，就是不见那个小丸子的踪迹……也是奇了怪了，硬是活不见人，死不见尸，就像凭空消失了似的。

马文涛：……

警察甲：要不，我再带人去找找？

马文涛：（淡淡地）不用找了。

△警察甲啊了一声，有些疑惑不解地望着马文涛。

马文涛：我们中了人家的调虎离山计啦。

警察甲：（惊讶地）啊？调虎离山计？

马文涛：是啊，地道是小丸子挖的，那张纸条，也肯定是小丸子递出来的……这个小丸子，她故意把我们的注意力，转移到鲍大牙那里。就在我们对付

·灰　雁·

鲍大牙的时候，她在大牢里边制造了混乱，然后趁着混乱，一逃了之。
警察甲：（半信半疑地）啊，不会吧？就凭她一个人？
马文涛：（冷笑）哼，一个人？她肯定有同伙在外边接应她——如果我没有猜错的话，应该就是周天昊和林秋雁、林秋月他们。
警察甲：（惊讶地张大嘴巴）啊？
马文涛：（咬牙切齿地）哼，周天昊、林秋雁，你们这帮狗杂碎，老子迟早有一天，会抓住你们，活活地扒了你们的皮、抽了你们的筋！

第二十七集

27-1. 某废旧工地·对面民居　　日　内

　　△装有《神州策序》真迹的鎏金木匣摆在桌子上，林秋月、周天昊、林秋雁三人表情严肃，气氛显得有点怪异；只有小丸子和唐二十三两个人像是置身于事外，一个百无聊赖地伸了伸懒腰，另一个则举着一面小镜子，一丝不苟地画着自己的眉毛。

林秋月：周教官，我想我不说你也清楚，虽然现在是国共联合抗战，但贵我两党之间的关系，一直处得非常微妙——这不光是政治理念上的不同，还有革命理想和革命追求上的根本性分歧。鉴于目前的这种局势，这《神州策序》的真迹呢，是绝对不能交给你们军统方面的。

周天昊：（不动声色地）哦？林姑娘，那你打算怎么做？

林秋月：我已经通过秘密途径联系了我的上级组织，他们会派人来跟我们交接，把这件价值连城的文物送到大后方去……等局势稳定以后，再送到钱伯伯供职的北平博物馆永久性收藏。

周天昊：林姑娘，你这样做，大概有些不合适吧？

林秋月：（眉毛一挑）哦？周教官，那你说说看，我哪儿做得不合适了？

周天昊：林姑娘，我受上峰所命，前来上海调查日本人的"蝎美人计划"，而保护和夺回原本属于我国的珍贵文物古籍，也是我此行的核心任务之一——所以，《神州策序》的真迹，林姑娘你没有权力单方面决定它的命运。

林秋月：那依周教官的意思，你又打算怎么做呢？

周天昊：我周天昊是个军人，我必须对我的上级负责。

林秋月：所以，你决定把《神州策序》的真迹，交给你的军统上级，由他们去处理？

周天昊：是。

林秋月：那周教官你有没有想过，一个听见鬼子来了就撒丫子逃跑的政党，一个打着救国救民的旗号，实际上却在利用抗战大发国难财、中饱私囊的所谓你的上级组织，你觉得，他们会妥善地保管好这件国宝，而不是把它据为己有吗？

· 灰 雁 ·

周天昊：（神色稍显犹疑）这个？
林秋月：恐怕，周教官你也不敢打包票吧？
周天昊：……
林秋月：《神州策序》的真迹，凝聚了我父亲和钱伯伯一生的心血，不管是于公于私，我都不能把它交给你们军统。
周天昊：（面容一肃）对不起，林姑娘，我不能让你这么做——我必须对我的上级负责，我现在就要带走它。
　　　　△周天昊拎起装有《神州策序》真迹的鎏金木匣，转身欲走。
　　　　△忽然，林秋月冷冷的声音从他身后传来——
林秋月：（严厉地）站住！
　　　　△周天昊站定，回头，只见林秋月一脸冷肃，手中的枪口正对着自己。
　　　　△小丸子和唐二十三各自吃惊地啊了一声，同时捂住了自己的嘴巴。
林秋雁：（吃了一惊）大姐——
林秋月：（冲林秋雁）秋雁，这不关你的事儿。（冲周天昊）周天昊，你走可以，但《神州策序》的真迹，必须留下！
林秋雁：（有些不知所措，情急地）大姐——
周天昊：林姑娘，你逼我？
林秋月：我没有逼你。你是秋雁的教官，我林秋月不会为难你——但是，我也不会让你带着我们价值连城的国宝，去交给你们腐败的军统上级，中饱他们的私囊。
周天昊：……
林秋月：（厉声地）放下箱子，不然我开枪了！
林秋雁：（有些不知所措，情急地）大姐——
周天昊：（沉着地）好，林姑娘，我听你的，我放下。
　　　　△周天昊在搁下鎏金木匣的过程中，忽然出手，将林秋月的手枪打飞，同时拔出自己的枪，但旋即也被林秋月打飞。
　　　　△周天昊和林秋月两人为了争抢鎏金木匣，迅疾打斗在一处；而林秋雁、小丸子、唐二十三三人，则有些手足无措地呆立一旁。

27-2.　（空镜）某废旧工地·对面民居　　日　外
　　　　△某废旧工地、附近的街道，以及周边的民居楼宇外景。

27-3. 某废旧工地·对面民居　　日　内

　　△周天昊和林秋月两人近身搏击，双方力量显得势均力敌。
　　△打斗间隙，周天昊和林秋月两个人抽冷子，各自扑向自己的手枪，迅速捡起来瞄准对方，同时扣动了扳机。
　　△小丸子和唐二十三两人大惊失色。电光石火之间，林秋雁飞身扑上去，插身在两人之间，抓住林秋月和周天昊两人的手腕，往起一抬，两枚子弹均射向屋顶。

周天昊、林秋月：（同时失声惊呼）秋雁——
　　△黑屏。

同场切：

　　△屏幕唰地重新亮起。
　　△林秋月、周天昊、林秋雁三个人，保持各自的定势，像是凝固了一般。
　　△稍倾，从惊骇中反应过来的小丸子和唐二十三两个人，快步跑上前去。

小丸子：（关切地）大姐——
唐二十三：（嗲声嗲气）哟，周长官，你没事儿吧？
小丸子：（回头，一瞪眼）喂，娘娘腔，你到底是哪一边的？
唐二十三：（嗲声嗲气）哟，小丸子，这还用问吗？我呀，当然是属于你这一边的。
小丸子：（恶声恶气）那你还关心他？
唐二十三：（嗲声嗲气）啊，这个，这个……哟，这左右不都是自己人吗？
小丸子：（嗤鼻）哼，谁跟他是自己人啊？姓唐的，你把眼窝子揉亮一点儿，瞧清楚喽，我大姐和二姐，才是自己人呢……（回转身，冲尚在发怔的林秋雁）二姐，你没事儿吧？
林秋月：（关切地）秋雁，你没事儿吧？
林秋雁：（冲林秋月和小丸子，有些漠然地摇了摇头）我没事儿。
周天昊：（欲言又止）秋雁——
林秋雁：对不起，教官。
　　△周天昊神情复杂地望着林秋雁，稍倾，他慢慢地收起了自己的枪。
　　△林秋月望了望林秋雁，又望了望周天昊，也收起了自己的枪。

同场切：

　　△装有《神州策序》真迹的鎏金木匣再次摆在桌子，周天昊和林秋月两

人各坐一头，虽然依旧对峙着，但气氛较之前已经有所缓和；林秋雁抱臂站立一旁，冷肃着脸，看不出明显的喜怒之色。

小丸子：（挠挠后脑勺）啊呀，真是的……（指着林秋月）你是我大姐，（指着林秋雁）你是我二姐，（又指着周天昊）你呢，又极有可能是我未来的……二姐夫……

林秋雁：（呵斥）秋芸，别胡说！

小丸子：（不理林秋雁，指着林秋月）你是那个共什么什么党，（指着周天昊）你和我二姐呢，又是那个国什么什么党，还军什么什么统的……（挠挠后脑勺）啊呀，真是的，我说，你们这七拉八扯、党啊军啊的关系，可真是够乱的呀——（凑近林秋月和林秋雁两人）大姐二姐，你们说，这要是咱爹和咱娘还活在世上，会不会为了你们之间的这个事儿，脑袋都会胀大一圈去？

△周天昊、林秋月、林秋雁三人各自冷肃着脸，没人搭理小丸子的话。

小丸子：（抓耳挠腮）啊呀，真是的……不想了不想了，你们爱怎么折腾，就怎么折腾吧，我小丸子啊，不伺候你们玩了……（冲唐二十三）喂，娘娘腔，走，咱俩啊，到大街上溜达溜达去。

唐二十三：（神色为难地，嗲声嗲气）啊？还去呀？

林秋雁：（厉声地）不许去！

小丸子：哎，我说二姐，我和娘娘腔又不属于你们那个什么党、什么军什么统的，我们两个人啊，不掺和你们这七拉八扯的关系——我们躲远点儿还不行吗？

林秋雁：（冷冷地）不行。

小丸子：啊？为什么？

林秋雁：（冷冷地）你最好乖乖地待在这里。外边到处都是巡捕房的警察，还有龟田次郎的人，他们也在四处追查我们——你们出去，万一有个闪失，我可不想去大牢里边再救你一次。

林秋月：秋芸，听你二姐的话，不要乱跑。

小丸子：（抓耳挠腮地）啊呀，真是的……好，不出去就不出去。啊呀，我要疯了我要疯了，啊呀，我要疯了……要疯了……啊……

27-4. 街道　　日　外

△路卡处，数十名巡捕房的警察，挨个查询过往的路人。

△一名警察指着周天昊、林秋雁、林秋月、小丸子、唐二十三五人的通

缉画像，问询路人。

某警察：见过这几个人吗？

某路人：（小心翼翼地摇了摇头）长、长官，小的没、没见过。

某警察：（不耐烦地挥挥手）好了，走吧走吧……下一个。

△又一名路人战战兢兢地走过路卡，被重复刚才的问话。

27-5. 某废旧工地·对面民居　　日　内

△抓耳挠腮的小丸子，围着林秋月和周天昊两人转着圈儿。

小丸子：啊呀，真是的……你说这神什么什么序的宝贝吧，它只有一件，大姐你吧，想要，这我未来的二姐夫你吧，更想要……啊呀，头大，头大……

林秋雁：（厉声地打断小丸子）秋芸，不许胡说！

小丸子：（冲林秋雁）啊，好，好，我不胡说，不胡说……（嬉皮笑脸地）嘻嘻，是周教官，不是我未来的二姐夫，这下行了吧？

林秋雁：（厉声地）你再敢嘴里胡说八道，看我不揪下你的舌头！

小丸子：啊呀，二姐，你干吗反应这么激烈呀？……（指着周天昊）我说，你不会是也喜欢上他了吧？难道，你们两个人相互喜欢？

△林秋雁和周天昊两人有些尴尬地对视一眼。

林秋雁：（恼火地，作势欲打）秋芸，你……

小丸子：哎，别别别，二姐，我投降，我投降……我投降，总行了吧？（继续围着林秋月和周天昊两人转圈）咱们言归正传啊，说正经事儿……（挠挠后脑勺）啊呀，头大啊，头大……（回头，冲唐二十三）喂，娘娘腔，你说怎么办？

唐二十三：（举着小镜子，一丝不苟地画着自己的眉毛，头也不回，嗲声嗲气）哟，小丸子，你怎么问我呀？……那都是你的家事儿，我怎么知道该怎么办呀？

小丸子：（一瞪眼）喂，娘娘腔，你怎么说话呢你？你没听我二姐说了，他不是我未来的二姐夫，（林秋雁打断小丸子，厉声道："秋芸！"）不是，什么家事不家事的？……我大姐是共什么什么党，他是国什么什么党还军什么什么统的，这都是官家的事儿，知道不？

唐二十三：（嗲声嗲气）哟，我知道，知道。

小丸子：（恶声恶气）知道？知道还乱说话？

唐二十三：（嗲声嗲气）好，我不说，我不说。

△小丸子的眼珠子骨碌碌地乱转，在周天昊和林秋月两人的脸上，巡睃

·灰 雁·

来去。

小丸子：（抓耳挠腮）啊呀，怎么办怎么办？怎么办？……（忽然，眼前一亮，两只巴掌一拍）嘻嘻，有了，有办法了……嘻嘻……

△周天昊、林秋月、林秋雁三人，目光唰地朝小丸子看过来。

林秋雁：什么办法？

小丸子：（卖关子）嘿嘿，我小丸子想出来的，当然是好办法喽……嘻嘻。

△林秋月、林秋雁、周天昊三人，狐疑地相互看了看。

小丸子：嘿嘿，大姐二姐，还有二姐夫……啊不，姓周的，你们看啊，这个什么旷世国宝神什么什么序的，是不是我们大家伙儿共同从老龟田的手里抢回来的？

唐二十三：（嗲声嗲气）哟，小丸子，这还用说吗？当然是我们大家伙儿协同作战，共同从龟田次郎的手里抢回来的呀。

小丸子：啊哈，既然是这样，那关于这个神什么什么序，我小丸子，想出来个非常非常绝妙的主意……嘻嘻。

△周天昊、林秋月、林秋雁等人略显期待、又半信半疑地望着小丸子。

小丸子：你们看啊，咱们呢，一、二、三、四、五……一共是五个人，我们这五个人呢，举手表决，决定这件宝贝到底是该归我大姐呢，还是该归你姓周的呢？……怎么样，我小丸子的这个主意不错吧？嘻嘻。

△周天昊和林秋雁两个人，有些迟疑地相互看了看。

△稍倾——

林秋月：我同意秋芸的这个办法——既然你和我都不愿意后退一步，那大家就不妨来表决表决，虽然是一个不是办法的办法，但总比没有办法的强。

△周天昊和林秋雁再次对视一眼，没有说话。

林秋月：怎么，周教官，你不敢？

△林秋月有些挑衅似的盯着周天昊，周天昊也盯着林秋月，两个人的目光对峙着。

27-6. 大和洋行·走廊　　日　内

△龟田次郎带三四名黑衣打手，快步朝外边走去。

27-7. 大和洋行·大门口　　日　外

△龟田次郎带着三四名黑衣打手，快步走至大门口。

△龟田次郎忽然站定，怔怔地看着前方不远处。

△对切：一名二十岁出头、显得妖娆而又风情万种的女孩子，静静地站在一辆黑色轿车旁。

　　△龟田次郎和那名年轻妖娆的女孩子，一个凝望着一个，两人都没有说话。

　　△稍倾，龟田次郎的嘴角浮起一丝慈祥而又略显欣慰的笑容……

27-8. 某废旧工地·对面民居　　日　内

小丸子：喏，同意这个神什么什么序，归我大姐的呢，就站到她这一边；同意这个神什么什么序，归我二姐夫……啊不，归我们周长官的呢，就站到他这一边……好吧，开始表决，站队喽。

　　△没有人响应小丸子的招呼，都站着一动不动。

小丸子：（疑惑地）嗯？怎么回事儿？怎么都站着不动啊？

唐二十三：（嗲声嗲气）哟，小丸子，我呀，站哪一边？

小丸子：啊呀，真是的……（一瞪眼，恶声恶气）喂，娘娘腔，你到底是长的猪脑壳啊，还是脑子里面塞满了污泥啊？你当然要跟我站一边啦，这还用问？

唐二十三：（嗲声嗲气）啊，那个，那个……哟，小丸子，那你到底站哪一边呀？

小丸子：（挠挠后脑勺）我？我当然……（忽然犹豫起来，目光在林秋月、林秋雁、周天昊三人脸上扫来扫去）我……这个……这个……

周天昊：小丸子，你觉得这样的表决，公平吗？林姑娘是你嫡亲的大姐，你肯定要站在她那一边；唐二十三呢，又是你的跟屁虫，你说东，他向来不敢往西……你提出的这个表决办法，从一开始，我就输了。

小丸子：（挠挠后脑勺，支吾地）啊，这个啊……这个……这个……

林秋雁：我弃权！

　　△周天昊、林秋月、小丸子、唐二十三四人的目光，都看向林秋雁，然后，各自面面相觑。

　　△稍倾——

唐二十三：（嗲声嗲气）哟，小丸子，要不，咱俩也弃权吧？

小丸子：（一愣）嗯？弃权？

唐二十三：（嗲声嗲气）对，弃权。你想啊，咱们俩要是站你大姐那边呢，你二姐呀她不高兴；咱们俩要是站周长官这边呢，你大姐呀也肯定不高兴……你说，咱们俩夹在你大姐和你二姐中间，这选也不是，不选也不是，还不如学学你二姐，干脆呀弃权。

·灰 雁·

小丸子：（眼珠子骨碌碌一转）嗯，好像说得也蛮有道理的啊。（猛地一拍巴掌）啊哈，好，就这么定了，娘娘腔，咱俩啊，也弃权……嘻嘻。

　　　　△林秋雁、小丸子、唐二十三先后弃权，只剩下周天昊和林秋月两个人，面面相觑。

27-9.　（空镜）大上海　　日/稍晚　外

　　　　△大上海空镜：标志性的建筑、街道等。
　　　　△最后，镜头落在某废旧工地附近的街道，以及周边的民居楼宇外景等处。

27-10.　某废旧工地·对面民居·阳台　　日/稍晚　外

　　　　△林秋雁背身而立，静静地站在阳台上。
　　　　△特写镜头：林秋雁的面部，沉着、冷静，但又夹杂着一丝犹疑和迷惘。
　　　　△稍倾，周天昊走过来，站到林秋雁的身旁。
周天昊：秋雁，你是怎么想的？我想听听你的意见。
林秋雁：（摇摇头）我不知道。
周天昊：……
林秋雁：（目光有些茫然）一边是我大姐，是共产党那边的人；一边是教官您，是军统，军统的背后，又是我们的党国……国共两家，表面上看是联合抗战，但实际上，却又貌合神离，各自打着各自的小算盘。（顿了顿）教官你说，我应该怎么选择？
周天昊：当初，你加入军统的时候，我就告诫过你：身为军统的特工，在你的人生信条里边，就不应该有"选择"这两个字眼。
林秋雁：我知道，"服从"，无条件的"服从"——这才是我们军统人员的唯一信条。
周天昊：……
林秋雁：但是，教官你告诉我，一边是战争，生灵涂炭、民不聊生，一边是党国的某些达官贵人，利用手中的权力大发国难财……教官您觉得，我们的无条件"服从"，真的有意义吗？就正如我大姐说的，你相信这样一个残破的党国，真的能保护好《神州策序》这件国宝吗？
周天昊：……
林秋雁：如果，我们的上级根本无心好好地保护《神州策序》的真迹，那我们，难道也要无条件地"服从"他们吗？

△林秋雁一边说着，一边望着远处，面容虽然沉静，但却透出些许的迷惘。

△周天昊张了张嘴，本想说什么，但最后，什么也没有说出来。

27-11. 街道　日/稍晚　外

　　△来来往往的车辆。熙熙攘攘的行人。

　　△周天昊低压帽檐，夹杂在嘈杂的行人当中，有些心事重重地向前走着。

　　△一名小报童从远处跑过来，边跑边喊——

报童B：卖报喽，卖报喽，国民党高层再曝丑闻，勾结不良商贾，囤积居奇、哄抬物价，大发国难财……卖报喽，卖报喽，国民党高层再曝丑闻，勾结不良商贾，囤积居奇、哄抬物价，大发国难财……

　　△正在前行的周天昊，倏地停住脚步。

　　△周天昊快步走到小报童身旁。

周天昊：给我一份报纸。

报童B：好嘞，先生……给，您要的报纸。

　　△周天昊接过报纸，展开，一行醒目的黑体大字映入他的眼帘。

　　△特写镜头：报纸头版头条，标题赫然是"国民党高层再曝丑闻，勾结不良商贾大发国难财"。

　　△周天昊死死地盯着那一行标题大字，一双瞳孔急遽地收缩起来。

27-12. 某废旧工地·对面民居·林秋月房间　夜　内

　　△房间门开着，林秋月站在窗户旁边，凝望着窗户外边。

　　△特写镜头：林秋月的面部，显得雍容、大气而又坚毅。

　　△周天昊有些踌躇地走过来，站在林秋月房间的门口。

周天昊：林姑娘——

　　△林秋月回转身来，有些询问似的望着周天昊。

周天昊：我想跟你谈一谈。

27-13. 某废旧工地·对面民居·阳台　夜　外

　　△周天昊和林秋月两个人，站在阳台上。

周天昊：我考虑过了，我同意你的处理方案。

林秋月：（意外地）哦？

周天昊：这虽然违背我作为一名军人的职责，但是，就像你所说的，我的上级能

·灰雁·

　　　　　　不能妥善地保存《神州策序》的真迹，我真的不敢打包票，我不能……
林秋月：……
周天昊：做出这样的决定，说实话，对我来说，是一件很艰难的事儿，我这心里边，真的有些……
林秋月：周教官，我理解你的心情！
　　　　　△林秋月望着周天昊，目光显得坦诚、无私、包容。
周天昊：好吧，既然这样，多余的话我就不说了，关于《神州策序》的真迹，就按林姑娘你原定的计划处理吧，我和秋雁两个人，会全力配合你的。
林秋月：嗯，好。（真诚地）谢谢你，周教官！
　　　　　△林秋月望着周天昊，目光显得坦诚、无私、包容。

27-14. 某废旧工地·对面民居·林秋雁房间　　夜　内
　　　　　△应该是林秋雁和小丸子两个人的卧室。小丸子已经沉沉地睡去，嘴角还挂着一丝涎水；林秋雁抱膝坐在一旁，手里拿着那张发黄的全家福照片，轻轻地摩挲着，神情显得极为矛盾和复杂。

27-15. 某废旧工地·对面民居·阳台　　夜　外
　　　　　△林秋月依旧站在阳台上，周天昊则转身朝室内走去。
林秋月：（望着周天昊的背影，忽然喊）周教官！
　　　　　△周天昊停住脚步，回过头，问询似的望着林秋月。
林秋月：如果，你是真心喜欢秋雁的话，就应该替她多想想。
周天昊：？
林秋月：不要把她再往军统的泥潭里拖——那样下去，最终会害了她的。
　　　　　△周天昊有些发怔地望着林秋月，老半天没有说话。
　　　　　△稍倾，周天昊转过身去，背影落拓地走向室内。

27-16. 某僻静花园·亭子　　日　外
　　　　　△林秋月、周天昊、林秋雁、小丸子、唐二十三五个人，带着装有鎏金木匣的密码箱，在一座小亭子里等待着。
小丸子：（跷腿坐在栏杆上）啊呀，真是的……喂，我说你们这些人啊，可真算得上是傻不拉叽傻到家了，就这么好的一件宝贝，旷世国宝啊，明明可以卖好多好多的钱，就我们这几个人，花几辈子都花不完呐，哼，你们不但舍不得卖，还非要送到什么破后方去，说什么是保护国宝是民族大义，要我说，就一个字：傻！……哼，后方就很安全啊？要我看，也未必吧，说不定哪一天，这日本人的飞机一来，扔几颗炸弹下去，就都灰飞烟灭喽……还能永久性保存？

唐二十三：（哆声哆气）哟，小丸子，这你就说错了，你和我都是江湖人出身，没那么多的规矩……你大姐和二姐，还有周长官，他们不一样。

小丸子：哼，有什么不一样的？

唐二十三：（哆声哆气）他们是官家的人，吃官家的饭，自然要受官家的规矩约束。

△周天昊和林秋雁两人神情复杂，林秋月走来走去，略显焦急。

小丸子：（嬉皮笑脸地凑上去）嘿嘿，大姐，要不，咱别把这宝贝送到什么破后方去了……咱把它转手卖了，大家伙儿分钱走人，快快活活地过下辈子，多好？……嘻嘻。

林秋雁：（厉声地）秋芸，别乱说话。

小丸子：（冲林秋雁翻翻白眼）啊呀，真是的，二姐，你就知道一天到晚吼人家……人家说的也是好话嘛，还不是为了大家好？这东西多值钱呐，平白无故地交出去，多可惜呀！

林秋月：（语重心长地）秋芸，你二姐虽然严厉了点儿，但那都是为了你好，她是打心底里疼你，"爱之深、责之切"，知道不？……大姐这么告诉你吧，这幅《神州策序》的真迹呢，不光是凝聚着咱爹和钱伯伯两人大半辈子的心血，而且，它还是我们中华文明的象征和缩影，是非常非常重要的一件国宝，我们不能卖掉它，不但不能卖掉，还必须保护好它，明白吗？

△小丸子唔了一声，似懂非懂地点了点头。

同场切：

△亭子里，林秋月、周天昊、林秋雁等人神情各异，依旧在等待接头人的出现；林秋月稍稍显得有点焦虑，不时地抬腕看手表。

△稍远处，一辆人力车拉着一名戴绅士帽、身穿长袍的中年男子小跑过来。

△人力车停住，中年男子下了车，左右看了看，朝林秋月他们这边走过来——他叫王海涛，是上级组织派来跟林秋月接头的我党同志。

王海涛：（朝林秋月伸出手）秋月同志！

林秋月：（握住对方的手）你是……海涛同志？

·灰 雁·

王海涛：对，我是王海涛，组织上专程派我来的。
林秋月：太好了，海涛同志，我们正等着您呢。
王海涛：一接到你们传过来的消息啊，大宏同志非常高兴，立马派我来上海……这不，一路马不停蹄地赶过来，连喘气的工夫都没有。
林秋月：海涛同志，辛苦你了……魏队长他，还好吗？
王海涛：他很好……忘了告诉你，他现在已经是我们分区的首长了。
林秋月：（惊喜地）哦，是吗？
　　　　△一组面部特写镜头：周天昊和林秋雁的神情复杂，小丸子有些不大甘心，唐二十三事不关己的表情。
王海涛：秋月同志，东西呢？
林秋月：在这儿。
　　　　△林秋月回转身，拿过密码箱，递给王海涛。
王海涛：秋月同志，辛苦你们了。时间紧急，我还得连夜离开上海，多余的话我就不说了，总之，在敌占区，你们在完成任务的同时，也要保护好自己。
林秋月：秋月明白。
王海涛：那好，我走了。
　　　　△王海涛朝林秋月等人挥挥手，拎着密码箱，朝稍远处的人力车走去。

27-17. 某僻静花园·甬道　　日　外
　　　　△人力车拉着王海涛，小跑着向前走去。
　　　　△特写镜头：王海涛的面部，沉着冷静，没有任何明显的表情；装有鎏金木匣的密码箱，搁在他的身旁。

27-18. 某僻静花园·亭子　　日　外
　　　　△小丸子凑到林秋月身旁，有些漫不经心地吸了吸鼻子。
小丸子：王、海、涛……啊呀，真是的，大姐，这个人好奇怪呀。
林秋月：（不解地）奇怪？他哪儿奇怪了？
小丸子：你看啊，他明明是个大男人嘛，干吗非要跟娘娘腔一样，还擦什么香水？
林秋月：香水？
小丸子：是啊，你们闻不到吗？
　　　　△林秋月、周天昊、林秋雁三个人，同时看向小丸子。
小丸子：（莫名所以地）嗯，你们看着我干吗？
　　　　△林秋月、周天昊、林秋雁三人同时意识到哪里不对劲儿，相互对视了

一眼。
林秋月：我们上当了，刚才那个人有问题。
小丸子：（惊讶地）啊，有问题？那怎么办，大姐？
林秋雁：我们得追上他。
林秋月：走。
　　　　△林秋月、林秋雁、周天昊等，迅速转身，朝王海涛离去的方向追去。

同场切：
　　　　△刚跑出没几步，忽然，林秋雁指着旁边的一处树丛——
林秋雁：大姐，你看！
　　　　△林秋月、周天昊、小丸子、唐二十三顺着林秋雁手指的方向看过去：一只男人穿着鞋的脚，若隐若现地显露在树丛后边。
　　　　△林秋月、周天昊、林秋雁等人快步上前，扒开树丛：一具浑身血迹的中年男子，仰躺在地上，看他的面貌，赫然就是刚刚离去的王海涛。
林秋月：（摇晃着那名中年男子，急切地）喂，醒醒，快醒醒……快醒醒……
　　　　△稍倾，那名中年男子（真王海涛）挣扎着醒了过来。
王海涛：（挣扎着）你……你是……秋、秋月……同、同志？
林秋月：我是林秋月。
王海涛：（挣扎着）我……我是……王、王海涛……是、是大宏同志……派、派我……来、来的……
林秋月：海涛同志，这到底是怎么回事儿？
王海涛：（挣扎着）我、我……被、被人……袭、袭击……了……
林秋月：（急切地）海涛同志，是谁？是谁袭击了你？
王海涛：（挣扎着）是、是……蝎、蝎美人……
　　　　△王海涛的声音渐渐弱了下去，忽然头一歪，猝然死去。
林秋月：（用力摇晃着，急切地）喂，海涛同志，你醒醒，你不能死……你告诉我，蝎美人是什么？她是谁？……喂，海涛同志，你醒醒……你醒醒……
　　　　△林秋月徒劳地摇晃着王海涛的尸体，但王海涛已经永远醒不过来了。
　　　　△稍倾，林秋月强抑住自己的悲恸，站起身来。
林秋月：我们得追上刚才那个人，走。
　　　　△林秋月、林秋雁、周天昊等五人，快速向前跑去。

·灰 雁·

27-19. 某僻静花园·甬道　　日　外
　　　　△林秋月、林秋雁、周天昊、小丸子、唐二十三快速跑过甬道，向前追去。

27-20. 某僻静花园·另一甬道　　日　外
　　　　△林秋月、林秋雁、周天昊、小丸子、唐二十三，快速跑过来。
　　　　△对切：甬道边的草地上，人力车侧翻一旁，人力车夫趴在车身上。
　　　　△周天昊、林秋月、林秋雁等人快速跑上前，翻过人力车夫的身体，只见他的脖颈上有一处刀口，正在汩汩地往外流着血。

27-21. 某僻静花园·后门　　日　外
　　　　△假王海涛拎着密码箱，快步走向停在街道边的一辆黑色轿车。
　　　　△假王海涛迅速拉开车门，上了黑色轿车。
　　　　△镜头跳转至车内——

27-22. 黑色轿车内　　日　内
　　　　△假王海涛进了黑色轿车，旁边赫然坐着龟田次郎。
龟田次郎：（冲前排司机）开车。
　　　　△负责驾驶的黑衣打手打着火，黑色轿车向前驶出。
龟田次郎：（冲假王海涛）东西到手了吗？
假王海涛：（忽然变成娇滴滴的女声）到手了，你看。
　　　　△假王海涛将密码箱递给龟田次郎。
　　　　△龟田次郎打开鎏金木匣，取出《神州策序》的真迹，展开一角仔细端详。
　　　　△假王海涛揭下假发、撕去乳胶面具等外在化装，露出一张娇艳妩媚的女人面庞来——赫然正是之前跟龟田次郎在大和洋行门口对望的那名女孩子。
龟田次郎：哈哈，好，好，好……贞子啊，不愧是我的好女儿。
贞　子：父亲，用他们中国人的话说，这就叫"以其人之道，还治其人之身"。
龟田次郎：哈哈，好，好。看来，女儿你在土肥原将军麾下学到了不少东西嘛——有贞子你在我身边帮我，爹爹我就放心多了。
贞　子：土肥原将军这次派我来上海，就是全力协助父亲您完成"蝎美人计划"的，女儿的代号，就叫"蝎美人"。

龟田次郎："蝎美人"……哈哈，好，好。

27-23. 某废旧工地·对面民居　　夜　内

　　△林秋月、林秋雁、周天昊、小丸子、唐二十三，或坐或站，气氛显得异常沉闷。

小丸子：啊呀，真是的……我早就说过吧，咱们把那个神什么什么序，转手给卖了，大家伙儿分钱走人，好吃好喝、自由自在地过下半辈子，要多舒坦有多舒坦……哼，这下子倒好，宝贝被人骗走了吧？用古人的那个话怎么说来着，竹篮打水一场空，对，就是这句，说老实话，我小丸子从小到大，还从没有做过这么亏本的生意。

林秋雁：秋芸，你少说两句。

　　△小丸子冲林秋雁翻了翻白眼，有些不服气地嘟起嘴巴。

林秋月：这件事儿，都怪我，是我太大意了，才上了敌人的当。

林秋雁：这不怪你，大姐，是敌人太狡猾了，打扮得惟妙惟肖，我们都没有看出他的破绽来。

小丸子：（挠挠后脑勺）啊呀，这说起来也是很奇怪啊，你们说，今天来的这个什么假王海涛，他的化装易容术，竟然能骗过我们这一群老江湖，这手艺可是够高的啊……（回头，冲正在画眉毛的唐二十三）喂，娘娘腔，你不是说，在上海滩，你是造假和易容化装方面的祖师爷吗？怎么，你今天也被人骗了？

唐二十三：（嗲声嗲气）哟，小丸子，不是我唐二十三吹牛，在上海滩，我要说自己是第二，确实没人敢说自己是第一……不过，话又说回来，今天来的这个人吧，他的手艺呀，确实很高，应该不在我唐二十三之下。

小丸子：啊呀，奇怪啊，这上海滩，什么时候又冒出这样一个厉害角色呢？怎么从来都没有听说过呀？……（冲唐二十三）喂，娘娘腔，你听说过吗？

　　△唐二十三一丝不苟地画着自己的眉毛，头也不回地摇了摇头。

唐二十三：（嗲声嗲气）没听说过，他呀，应该是新近才到上海滩的。

林秋月：到底是什么人，能够预先知道我们的行动计划，从我们手中骗走了《神州策序》呢？

周天昊：这还用想？肯定是龟田次郎的人。

　　△林秋月和林秋雁、小丸子等人，同时看向周天昊。

周天昊：龟田次郎隐藏自己的真实身份，潜伏在上海多年，就是为了完成"蝎美人计划"，而《神州策序》的真迹，是"蝎美人计划"的核心目标……藤

　　　　　　原纪子虽然死了，但龟田次郎绝不会轻易地放弃自己的任务，如果我猜
　　　　　　得没错儿的话，那个王海涛临死前说的"蝎美人"，应该是龟田次郎新来
　　　　　　的帮手，跟日本人的"蝎美人计划"，刚好吻合。
小丸子：（半信半疑地）老龟田新来的帮手？
林秋月：我认为，周教官的分析很有道理。现在，虎视眈眈地觊觎《神州策序》
　　　　真迹的人，除了大和洋行的龟田次郎，就剩下巡捕房的马文涛了。但据
　　　　我们所知，马文涛的手底下，绝对没有易容化装术方面的高手……所以，
　　　　我们把调查的重点，仍然放在大和洋行。
小丸子：啊，既然是这样，那大姐你就下命令吧，我们大家伙儿，直接杀进大和
　　　　洋行，给老龟田先来一个下马威再说……嘻嘻。
林秋月：大和洋行肯定要闯，但不是现在。时间太晚了，大家都先休息吧，具体
　　　　的行动计划，等明天摸清楚情况以后，再说。
　　　　△周天昊、林秋雁、小丸子、唐二十三应和一声，各自散去。

27-24. 大和洋行·大门口　　日　外

　　　　△对面的隐蔽处，林秋月、林秋雁、小丸子三姐妹，密切地观察着对面
　　　　的大和洋行。

27-25. 某茶楼　　日　外

　　　　△一辆黑色轿车徐徐开来，停在茶楼门口。
　　　　△车门打开，马文涛下了车，左右看了看，不紧不慢地朝茶楼走去。

27-26. 某茶楼　　日　内

　　　　△一众喧哗的茶客。马文涛穿过大堂，掀开帘子，进了一个包间。

27-27. 某茶楼·包间　　日　内

　　　　△马文涛进了包间，在一个模糊身影对面坐下来。
　　　　△一只大手将一个信封推到马文涛面前（此人只出现大手和模糊的身形
　　　　侧影，不出现正面的面部镜头）。
模糊身影：文涛兄，这是给你的委任状，是由蒋委员长亲自签发的，今天刚刚送
　　　　到上海来。
　　　　△马文涛不动声色地拿过信封，打开，将里边的委任状抽出一角，端详
　　　　了片刻。

模糊身影：怎么样，文涛兄，还满意吧？
马文涛：（满意地点点头）嗯，不错。（掏出一个信封，推过去）这是花旗银行的本票，现兑现付。
　　　　△那只大手拿过信封，抽出半截来，露出花旗银行本票的一角和一串数字。
模糊身影：（愉悦地）好，文涛兄是个爽快人，跟你这样的爽快人打交道，真的是愉快极了，哈哈，哈哈。（顿了顿）不过，小弟有一点不明白，文涛兄不是一直在给日本人做事吗？怎么，现在想起要投靠我们蒋委员长了呢？
马文涛：生逢乱世，到处都在打仗，谁知道明天的世道，会是什么人的天下呀？我马文涛，不过是未雨绸缪，提前给自己留一条后路而已，省得到时候真的变了天，自己却无路可走。
模糊身影：（竖起大拇指）高明，高明，文涛兄实在是高明——是啊，没有人知道自己头顶上的哪片云彩会下雨，但是，只要你提前准备好了雨伞，管他哪片云彩下雨呢，反正，都淋不到你身上……哈哈，哈哈。
马文涛：对，就是这个理儿——这多一条路啊，终归有多一条路的好处，是不是？
模糊身影：（拍巴掌）对极了，对极了。文涛兄如此聪明，怪不得能在上海滩周旋于各股势力之间、屹立不倒这么多年，实在是令人佩服，令人佩服！
马文涛：咱们俩啊，彼此，彼此。
　　　　△马文涛和模糊身影，同时仰头哈哈大笑起来。
　　　　△稍倾——
马文涛：（冲模糊身影拱拱手）马某人还有公务在身，就先行告退了。
模糊身影：文涛兄慢走。
　　　　△马文涛抓起绅士帽戴在头上，走出包间。

27-27. **某茶楼　　日　内**
　　　　△马文涛穿过喧哗的大堂，朝外边走去。

27-28. **某茶楼　　日　外**
　　　　△马文涛走出茶楼，走向自己的黑色轿车。
　　　　△马文涛拉开车门，上了黑色轿车。
　　　　△稍倾，黑色轿车徐徐地向前驶出。

27-29. 大和洋行·大门口　　日　外

△大和洋行对面，林秋月、林秋雁、小丸子三姐妹，依旧隐身在树荫背后，观察着大和洋行的动静。

林秋雁：大姐，大和洋行的防备明显加强了。

林秋月：是啊，现在要闯大和洋行，恐怕是凶多吉少。

小丸子：（挠挠后脑勺）啊呀，真是的……大姐，那你说怎么办？难道，我们就这样，白白地便宜了那个老龟田？

林秋雁：不会白白地便宜他的，《神州策序》的真迹，我们一定会想办法夺回来。

小丸子：（有些泄气地）可是二姐，你说怎么个夺法呀？你看看，这个老龟田，里里外外守卫森严，比前段时间的守卫严密多了，就凭我们几个人，怎么夺？依我看啊，还是算了吧，万一把小命儿丢了，不划算。

林秋月：办法总会有的——我们先回去吧，看周教官和唐二十三那边，有没有什么消息。

△林秋月、林秋雁、小丸子三姐妹，转身离开。

27-30. 大和洋行·内室　　日　内

△龟田次郎正在忙碌地收拾着各种东西，主要是搜刮来的文物古籍等。

△稍倾，显得妖娆而又风情万种的贞子小姐走了进来。

贞　子：（奇怪地）父亲，你这是要干什么？

龟田次郎：贞子啊，我在收拾东西——我们得离开上海，回我们的大日本去。

贞　子：（不解地）哦？父亲，我们为什么要回去？

龟田次郎：贞子啊，我告诉你，只要夺得《神州策序》的真迹，我们的"蝎美人计划"，就算已经大功告成了，天皇陛下那里，肯定会给我们父女俩记一大功。

贞　子：……

龟田次郎：最近的战争形势，对我们大日本皇军非常不利。上海这边呢，虽然是在我大日本皇军的控制之下，但是，这个地方，各路势力云集，稍有不慎，就会给我们的"蝎美人计划"带来重创……所以，我考虑了一下，还是先带着这些中国文物返回日本。

贞　子：贞子明白了。

龟田次郎：你明白就好……来，帮我收拾东西。

贞　子：好的，父亲。

△贞子小姐上前，开始帮助父亲收拾一应文物古籍等。

27-31. 某废旧工地·对面民居　　日　内

　　△墙上挂着大和洋行的结构图，林秋月、林秋雁、周天昊、小丸子、唐二十三，正在一起商量对策。

周天昊：根据我和唐二十三得来的情报，这个代号叫"蝎美人"的，是日本关东军方面刚刚派到上海这边来的一名间谍，她具体的任务，就是协助龟田次郎完成"蝎美人计划"——从我们手中骗走《神州策序》真迹的，应该就是这个人。

小丸子：啊呀，真是的……"蝎——美——人"，哼，光听这个名字，就知道他不是什么好东西，叫什么名儿不好，非要起这样一个恶心的名字！喂，姓周的，这个叫"蝎美人"的，他是男的女的呀？到底长什么样儿呀？

周天昊：女的。这个"蝎美人"，行事向来诡秘，擅长变换声音和化装易容打扮，可以扮成各种各样的形象——反正，到现在为止，没有人知道她的真正长相到底是什么样儿。

小丸子：啊呀，这么厉害啊？难道她比那个藤原纪子，还要厉害？

周天昊：应该不比藤原纪子差，她的花样很多，经常让人防不胜防——她是土肥原贤二最得意的一名女弟子，素有"关东军第一枝花"之称。

小丸子：（挠挠后脑勺）土肥原贤二，又是谁呀？

林秋雁：土肥原贤二是日本的陆军大将、第三代特务头子，他一直在关东军主持情报方面的工作，几乎所有的日本间谍，都是这个土肥原贤二训练出来的。

小丸子：原来是这样啊。

林秋月：总之，形势非常严峻。龟田次郎拿到了《神州策序》的真迹，随时都有可能启身离开上海，回日本本土去——我们得抓紧时间，赶在他离开上海之前，把《神州策序》的真迹给夺回来。

—— 第二十八集 ——

28-1. 大和洋行·大门口　　夜　外

　　　　△大和洋行对面，周天昊、林秋月、林秋雁、小丸子、唐二十三五个人，隐身在树荫处，紧盯着大和洋行的门口。

周天昊：今天晚上，龟田次郎要参加一个非常重要的商务聚会。

林秋月：消息确实吗？

周天昊：应该错不了。

林秋雁：只要龟田次郎不在，大和洋行的防范肯定会出现一些漏洞——就是不知道那个叫"蝎美人"的，会不会跟龟田次郎一起去？

周天昊：不知道。

林秋月：我们没时间了，不管她去不去，我们都得闯进去，把《神州策序》的真迹给偷回来。

小丸子：（眼前一亮）偷？嘿嘿，大姐，这个偷东西啊，小妹我呀，可是最拿手了……你们呀，就等着瞧好儿吧，嘻嘻。

　　　　△对切：三四辆黑色轿车，一溜儿驶出大和洋行的大门。

林秋雁：（举着望远镜）龟田次郎出来了。

　　　　△林秋月拿过望远镜，向一溜儿黑色轿车望过去。

　　　　△望远镜中：其中的一辆黑色轿车上，龟田次郎坐在后排座上，面部的表情沉着、冷静。

28-2. 黑色轿车内　　夜　内

　　　　△一名黑衣打手在驾车，龟田次郎和另一名黑衣打手坐在后排。

黑衣打手：将军，他们会上当吗？

龟田次郎：放心吧，他们一定会上当的——那个姓周的军统教官，和林家的那三姐妹，为了《神州策序》的真迹，他们可以连自己的命都不要。

黑衣打手：哦？……这些中国人，可真是好笑！

龟田次郎：不，一点儿也不好笑。这些中国人，对自己信念的坚持和守护，达到了非常惊人的程度——这是这个民族真正可怕的地方！

黑衣打手：哦？
龟田次郎：该是收网的时候啦——今天晚上，只要他们几个人胆敢铤而走险，贞子布置的机关，保证会将他们一网打尽。

28-3. 大和洋行·大门口　　夜　外
　　　△眼看着龟田次郎的轿车渐渐驶远，林秋月冲其他人挥了挥手。
林秋月：时间差不多了，我们上。
周天昊：好。
　　　△林秋月、周天昊、林秋雁、小丸子、唐二十三五人，朝大和洋行潜去。

28-4. 大和洋行·某墙角　　夜　外
　　　△林秋月、周天昊、林秋雁、小丸子、唐二十三五人，蹭蹭蹭，顺着墙角蹿了上去，再一闪身，相继消失。

28-5. 大和洋行·走廊拐角　　夜　外
　　　△林秋月、周天昊、林秋雁、小丸子、唐二十三五人，潜行而至。
　　　△数名负责巡逻的黑衣打手走了过来，周天昊、林秋月等人迅速闪躲。
　　　△等巡逻的黑衣打手们走过，周天昊、林秋月等人闪身而出，继续向前潜行而去。

28-6. 大和洋行·外厅　　夜　内
　　　△周天昊、林秋月、林秋雁、小丸子、唐二十三五人，蹑手蹑脚地摸向内室。

28-7. 大和洋行·内室　　夜　内
　　　△周天昊、林秋月、林秋雁、小丸子、唐二十三五人，在密室内四处查找。
　　　△小丸子找到暗格，打开，鎏金木匣赫然在目。
小丸子：啊呀，真是的，老龟田啊老龟田，你果然又把东西藏在这儿呀，都不带换地方的……（回头，冲林秋月等人）大姐二姐，你们快过来，东西在这儿，嘻嘻。
　　　△周天昊、林秋月、林秋雁、唐二十三四人，迅速围上去。
　　　△小丸子得意扬扬地取出鎏金木匣，打开，众人顿时愣住：木匣中空空

·灰 雁·

  如也，并没有《神州策序》的真迹。
  △周天昊、林秋月、林秋雁、小丸子、唐二十三五人，一时面面相觑。
林秋雁：（一皱眉）不对劲儿。
周天昊：怎么了，秋雁？
林秋雁：我们进来这一路，有些太顺当了，几乎没有遇到任何阻拦——龟田次郎是日军方面的老牌特工，他不可能这么粗心大意，除非（欲言又止）……
林秋月：除非，是他故意设的圈套，引我们进来。
小丸子、唐二十三：（吃惊地，异口同声）啊，圈套?!
周天昊：我们中计了，快走。
  △周天昊、林秋月、林秋雁等五人转身，但没跑出几步，忽然，电光石火之间，四周迅速落下铁栅栏囚笼，堪堪将五人困在里边。
  △娇媚的贞子带着数十名黑衣打手现身，各执手枪，枪口直指着铁栅栏里边的周天昊、林秋月等人。
贞　　子：哟，各位，你们可真是稀客呀，不请自到——把你们的枪都扔出来，要不然，我的人，马上就会把你们几个打成筛子。
  △周天昊、林秋月、林秋雁等五人，面面相觑片刻，最后，各自将手中的枪扔到了栅栏外边。

28-8. 码头　　夜外
  △两辆大货车停靠在码头边，一众搬运工人正在往轮船上搬运箱子之类的货物，数名黑衣打手在一旁监督着。
  △龟田次郎的车队急速驶至，停住。
  △打头模样的黑衣打手小跑上去，拉开车门，龟田次郎下了车。
龟田次郎：（看了看表）让他们抓紧时间。
黑衣打手：是，将军。
  △打头的黑衣打手跑回，冲一众搬运工人——
黑衣打手：动作都快一点儿，都快一点儿。

28-9. 大和洋行·内室　　夜内
  △妖娆娇媚的贞子，有些轻佻地望着被困在铁栅栏中的周天昊、林秋月、林秋雁等五人。
林秋雁：（冷冷地）你是谁？龟田次郎人呢，让他出来！

贞　子：我是谁，并不重要，重要的是，你们几个人，现在都是我的阶下囚。
小丸子：啊呀，真是的……喂，臭娘们儿，你谁呀你？你是从哪个地洞里边钻出来的呀？有种的，你就放我们出去。
贞　子：哟，这不是林秋芸林三小姐吗，你的想法可真好笑。放你们出来？谁见过好不容易关进笼子里边的鸟儿，又给放了出来的？为了设置这个陷阱，可是费了我好大一番工夫的……放了你们？说得轻巧。
小丸子：你认识我？
贞　子：对，我认识你。你们这个所谓的行动队，每一个人，我都了如指掌。
　　　　△周天昊、林秋月、林秋雁三人，不由得对视一眼。
小丸子：喂，臭娘们儿，你就吹牛吧你，小心把牛皮吹上天去。就凭你，还能对我们几个人了如指掌？
贞　子：哟，林三小姐，看来，你的家教，肯定没有你大姐和你二姐的好。
小丸子：（一瞪眼）你什么意思？
贞　子：一个姑娘家，说话怎么跟一个爷们儿似的，可真糙！像你这个样子，将来可怎么嫁人呀？……我想，恐怕到现在为止，都从来没有男人喜欢过你，是吧？
小丸子：（恼火地）喂，臭娘们儿，你……
　　　　△周天昊一抬手，制止住小丸子。
周天昊：如果我没有猜错的话，你就是土肥原派到上海来的那名女间谍，代号叫"蝎美人"的？
贞　子：哟，这位帅哥哥，你可真是聪明，聪明极了，竟然能在这么短的时间内，就查出我的底细来……看来，我是有点儿低估你们的实力了。
周天昊：……
贞　子：对，我就是"蝎美人"，从你们手上骗走《神州策序》真迹的，也是我。听说，你们在执行任务的时候，经常化妆打扮成别人的样子；我呢，刚好对化装易容术也懂一点皮毛，就略微施了那么一点小计谋，这不，很容易就骗过你们了……用你们中国人的话说，这叫"以其人之道，还治其人之身"——怎么样，我的化装易容术，还行吧？
林秋月：说实话，不怎么样——是我林秋月太大意了，才中了你的计谋。
贞　子：哟，林大小姐，你别嘴硬嘛，输了就是输了，这没什么。在战场上，胜败乃兵家常事，这是你们中国人的说法儿——更何况，你们碰到的是我，"蝎美人"，关东军第一枝花，你们输在我的手里呀，不丢人。
林秋雁：（冷冷地）哼，贱女人，你别太得意——总有一天，我会将你撕成一条一条的碎片!

贞　　子：哟,是吗?

林秋雁：(冷冷地)不信,走着瞧!

贞　　子：(讥讽地)可惜呀可惜,林二小姐,我告诉你,永远不会有那么一天的——因为,你们这几个人,你们自己,马上就会轰隆一声,变成一堆血肉模糊的碎片,不,有可能连碎片都没有,就那么凭空消失了,无影无踪,最后,连骨头渣都不会剩下一点儿!

△周天昊、林秋月、林秋雁、小丸子、唐二十三五人,神情均是一震。

贞　　子：在布置这个陷阱的时候,我埋了足够的炸药,就埋在你们几个人的脚底下——(指着稍远处的定时引爆器)看见没有,引爆器在那儿,你们在这个世界上的生命,只剩下不到一个小时的时间。

△特写镜头:定时引爆器已经开启,有小红灯在不住地闪烁着。

贞　　子：我埋的这些炸药,足以将你们几个人,连同这个大和洋行在内,炸个灰飞烟灭。

周天昊：你是说,你要连你们自己的这座洋行,一并炸掉?

贞　　子：对,一起炸掉。我们的任务已经完成了,"蝎美人计划"大功告成,我们今天晚上就会出发,动身回我们大日本去。这座洋行,留着没什么用处,正好用来给你们几个人陪葬。(顿了顿)本来,我可以不用这么麻烦的,直接一顿乱枪,将你们打成筛子,既简单,又省事儿。不过,如果那样做的话,未免也太无趣了一些。我这人吧,天生喜欢玩儿,不管什么事儿,都喜欢把过程变得复杂、有趣一点儿,所以,我就跟你们玩了这样一出猫捉老鼠的游戏……当然了,我是猫,你们是老鼠。

△周天昊、林秋月、林秋雁、小丸子、唐二十三五人,表情各异地盯着贞子及一众黑衣打手。

贞　　子：时间差不多了,我要走了,祝你们在剩下的最后时光里,不要留下什么遗憾,再见,各位。(回头,冲一众黑衣打手)我们走。

△贞子带着一众黑衣打手,向外边走去。

△忽然,贞子停住脚步,回头——

贞　　子：忘了告诉你们,龟田先生,他其实是我的父亲,亲生父亲——我父亲说了,要你们几个人给纪子小姐陪葬。

△贞子说完,转过身,率领着一众黑衣打手扬长而去,只留下困在铁栅栏内的周天昊、林秋雁等人面面相觑。

28-10. 大和洋行·大门口　　夜　外

　　　　△贞子及一众黑衣打手，驾驶着摩托车，驶出大和洋行的大门。

28-11. 大和洋行·内室　　夜　内

　　　　△周天昊、林秋月、林秋雁、小丸子、唐二十三被困在铁栅栏内，面面相觑。

小丸子：大姐，怎么办？我们、我们不会真的死在这里吧？

林秋月：（搂搂小丸子）小妹，不要怕，有大姐二姐陪着你呢，不用怕……会没事儿的，我们一定能逃出去的。

小丸子：（带哭腔）大姐……

唐二十三：（嗲声嗲气）哟，小丸子，你别哭，还有我呢……就算是到了阴曹地府，我唐二十三呀，也一直陪着你！

小丸子：（带哭腔）娘娘腔，我以后……我以后，再也不吼你了。

林秋雁：（有些发呆地）我们的任务失败了，就连爹娘的仇，也没来得及报——爹、娘，女儿真是不孝！

周天昊：秋雁，你别胡思乱想，我们会出去的——我们一定能想出办法，从这里逃出去的。

　　　　△林秋雁愣怔片刻，忽然走到铁栅栏边，双手各握一根栅栏，试图强力掰开，但她努力了几次，均徒劳无功。

　　　　△周天昊急忙上前，抱住神态貌似癫狂的林秋雁。

周天昊：秋雁，你别这样……你别这样……这个牢笼，是用电闸控制的，从里边根本打不开……秋雁……

　　　　△林秋雁徒劳地挣扎着。过了片刻，她有些无力地靠在周天昊怀里，眼神呆滞。

　　　　△特写镜头：定时引爆器上边显示的数字，正在飞快地变动着。

28-12. 大和洋行·内室　　夜／稍晚　内

　　　　△特写镜头：定时引爆器上边显示的数字，已经剩下不到十分钟的时间。

　　　　△铁栅栏里边，周天昊、林秋月、林秋雁、唐二十三背靠铁栅栏坐着，小丸子依偎在林秋月身旁，所有的人都表情发呆，沉默着。

　　　　△特写镜头：定时引爆器上边显示的数字，剩下不到五分钟的时间。

　　　　△铁栅栏里边，周天昊、林秋月、林秋雁、小丸子、唐二十三五人，瞳孔开始慢慢收缩，恐惧气氛弥漫：林秋月下意识地搂了搂小丸子；周天

·灰　雁·

昊、林秋雁两人各自紧握拳头；唐二十三举着小镜子，动作飞快地描画着自己的眉毛，但额头上，已经有细微的汗珠渗出。

△特写镜头：定时引爆器上边显示的数字，剩下不到一分钟的时间，开始以"秒"倒计数。

△铁栅栏内，恐怖气氛更甚，周天昊、林秋月、林秋雁等人，均陷入临死前的极度绝望状态，各自喘着粗气。

△忽然，电光石火之间，林秋雁脑海中闪过一幅画面：

△**闪回**：林秋雁转身欲跑时，无意中瞥到贞子的手摁下一个按钮，铁栅栏瞬间落下。

林秋雁：（忽然警醒过来）开关……

周天昊：秋雁，你怎么啦？

林秋雁：（急切地）是开关。

△林秋雁倏地站起来，快速跑到铁栅栏旁，朝外厅门口的方向望过去。

△特写镜头：外厅门口的墙壁上，有一个不起眼的开关按钮。

林秋雁：（急切地）你们看，控制铁囚笼的开关在那里。

△围上来的周天昊、林秋月、小丸子、唐二十三，朝林秋雁手指的方向看过去。

林秋月：（沉着冷静，但有点泄气）来不及了。距离那么远，我们没办法打开的。

小丸子：（带哭腔）大姐，我不想死……

林秋月：小妹，你别怕，啊，有大姐和二姐陪着你呢，你别怕，别怕！

△特写镜头：定时引爆器上边显示的数字，剩下不到三十秒的时间。

△周天昊、林秋雁等人面面相觑，一时束手无策，恐惧气氛继续弥漫，众人的瞳孔开始收缩。

△忽然，周天昊眼前一亮——

周天昊：（急切地）小丸子，你的弹弓呢？

小丸子：啊，弹弓？

周天昊：（急切地）快，用你的弹弓……用你的弹弓打开关！

△所有人的眼中，都冒出一丝期冀的光芒。

小丸子：啊，弹弓……用弹弓打……对对对，用弹弓，用弹弓……（手忙脚乱地）弹弓在哪儿？……弹弓在哪儿？

林秋月：小妹，别慌，慢慢找！

△小丸子手忙脚乱地摸出弹弓。

周天昊：快，瞄准那个开关。

小丸子：啊，开关，开关。
林秋雁：秋芸，别紧张，沉住气，一定要沉住气。
小丸子：我知道，二姐。
　　　　△小丸子拉开弹弓，瞄准外厅门口的开关，猛地射出弹丸。
　　　　△弹丸直直地飞向开关，却堪堪打在旁边，没有击中。
　　　　△特写镜头：定时引爆器上边显示的数字，剩下不到二十秒的时间。

28-13. 码头　　夜 / 稍晚　外
　　　　△龟田次郎站在码头边上，一众黑衣打手们，监督着搬运工人往轮船上搬运东西。
黑衣打手：快，把这个也搬上去……动作都快一点儿。
　　　　△稍倾，贞子一行的车队驶至，停住。
　　　　△贞子下了车，走向龟田次郎。
贞　子：父亲。
龟田次郎：贞子，都处理好了吗？
贞　子：放心吧，父亲，都处理好了。（看看表）还有不到十秒钟的时间，他们几个人，就会和大和洋行一起，化为一堆灰烬。
龟田次郎：（狞笑）哼哼，好，贞子，干得漂亮，不愧是我龟田次郎的女儿。

28-14. 大和洋行·内室　　夜 / 稍晚　内
　　　　△特写镜头：定时引爆器上边显示的数字，以秒数"九"向后倒计时。
林秋月：（沉着地）小妹，你不要紧张，千万不要紧张……你能行的……你一定能行的……深呼吸，再深呼吸……
　　　　△小丸子按照林秋月的指示，长吸一口气，稳住心神，再长吸了一口气。
林秋月：（沉着地）好，现在瞄准，手别抖，再深呼吸一次……好，就这样，稳住……稳住……
　　　　△小丸子按照林秋月的提示，拉开弹弓瞄准，然后深呼吸。
　　　　△稍倾，小丸子猛地松开手，射出弹丸。
　　　　△弹丸以慢镜头飞向外厅门口的开关，嘭，刚好击中。
　　　　△几乎同一时间，铁栅栏飞速地升起。
周天昊：（喊）快，走。
　　　　△周天昊、林秋月、林秋雁、小丸子、唐二十三五人，拼命地朝外边跑去。

△特写镜头：定时引爆器上边显示的数字"5、4、3……"

28-15. 大和洋行·大门口　　夜/稍晚　外
　　△周天昊、林秋月、林秋雁、小丸子、唐二十三五人，拼命地朝大门外边跑来。
　　△轰隆一声，整个大和洋行顿时陷入一片爆炸的火海之中。
　　△巨大的爆炸气浪，将周天昊、林秋月、林秋雁等人掀翻了出去。
　　△黑屏。

同场切：
　　△大和洋行内外，一片爆炸后的狼藉。
　　△少顷，周天昊、林秋月、林秋雁、小丸子、唐二十三五人，从杂物中间，摇摇晃晃地爬起来。
林秋月：我们没时间了，得赶紧去码头——一定要夺回《神州策序》的真迹。
周天昊：他们跑不了的，我们走。
　　△周天昊、林秋月、林秋雁、小丸子、唐二十三五人，快速地朝大门外边跑去。

28-16. 街道　　夜/稍晚　外
　　△林秋雁驾驶着一辆轿车，载着周天昊、林秋月、小丸子、唐二十三四人，飞速朝前驶去。

28-17. 码头　　夜/稍晚　外
　　△码头上，来来往往的搬运工人，依旧在搬运着装满文物、书籍的箱子。
　　△船头上，站着值岗的黑衣打手们，他们警惕地盯着搬运箱子的码头工人。
黑衣打手：（呵斥）都快点儿都快点儿，开船时间马上到了，动作都快一点儿。
　　△隐蔽处，周天昊、林秋月、林秋雁、小丸子、唐二十三五人，悄悄地观察着码头及轮船上的环境。
林秋月：（低声地）船马上就开了，周教官，我们分头行动。
周天昊：（低声地）好。（回头，冲唐二十三）唐二十三，你跟我来。
唐二十三：（嗲声嗲气）是，周长官。
　　△周天昊转身走出，唐二十三跟在后边。

小丸子：（低声地）喂，娘娘腔！
　　　　△唐二十三站定，回头，询问似的望着小丸子。
小丸子：（低声地）你小心一点儿。
唐二十三：（嗲声嗲气）嗯，我知道了。
　　　　△周天昊和唐二十三两人走远，一闪身，没入夜色之中。
林秋月：（低声地）走，我们去这边。
林秋雁：（低声地）嗯，好。
　　　　△林秋月、林秋雁、小丸子三人，转身朝另一个方向走去。

28-18. 码头·货车一侧　　夜/稍晚　外
　　　　△周天昊和唐二十三两人，趁对方不备，打晕了两名搬运工人，然后换上了他们的衣服。
　　　　△打扮成搬运工人的周天昊和唐二十三两个人，各自扛起一只箱子，朝轮船走去。

28-19. 码头·江水中　　夜/稍晚　外
　　　　△黑黝黝的江面上，有三根芦管露出水面，悄悄地向轮船的方向移动而去。
　　　　△水面下，林秋月、林秋雁、小丸子三个人，口中各衔一根芦管，向龟田次郎的轮船方向潜泳而去。

28-20. 轮船·甲板　　夜/稍晚　外
　　　　△在数名黑衣打手的监视下，周天昊和唐二十三两个人扛着箱子，混杂在搬运工人中间，走过甲板。

28-21. 轮船·船舷一侧　　夜/稍晚　外
　　　　△林秋月、林秋雁、小丸子三人，露出水面。
　　　　△小丸子将抓钩扔上去，扣住船舷一侧。
　　　　△林秋月、林秋雁、小丸子三个人，抓着绳索，迅速攀爬了上去。

28-22. 轮船·船首舱　　夜/稍晚　内
　　　　△两三名日本船员在船首舱内，林秋雁、林秋月、小丸子三人忽然跃入，迅速将他们打晕过去。

　　　　△林秋月、林秋雁、小丸子三人摸出对方身上的手枪，各自举着，向船舱内部潜去。

28-23. 轮船·货舱　　夜／稍晚　内
　　　　△周天昊、唐二十三两人混杂在搬运工人中间，将箱子码好。
　　　　△其他工人都陆续离开了，周天昊和唐二十三两人故意磨蹭着，没有离开。
　　　　△两名负责监督的黑衣打手，朝周天昊、唐二十三两个人走过来。
黑衣打手：（呵斥）喂，你们两个，瞎磨蹭什么？马上离开！
　　　　△周天昊和唐二十三两个人，忽然转过脸来。
黑衣打手：（吃惊地）啊，你们……你们是……
　　　　△该名黑衣打手迅速去摸手枪，但周天昊迅疾出手，就将对方的手枪夺了过来；唐二十三则干脆将对方的脖子扭断了。
　　　　△周天昊卡住该名黑衣打手的脖子，用手枪顶着对方的下巴。
周天昊：说，《神州策序》的真迹在哪儿？
黑衣打手：我……我不知道。
　　　　△周天昊毫不犹豫地用枪托在黑衣打手的面颊上狠打了两记。
周天昊：（厉声地）说，《神州策序》的真迹在哪儿？
黑衣打手：我、我真的不知道……
　　　　△周天昊再次举起枪托欲打。
黑衣打手：（忙不迭地）好好好，我说，我说……在在在……在龟田将军那里。
　　　　△周天昊对准黑衣打手的脖颈猛地一枪托，将对方打晕在地。
周天昊：我们走。
唐二十三：（嗲声嗲气）嗯，好。
　　　　△周天昊和唐二十三两个人各自举着手枪，迅速走出货舱。

28-24. 轮船·龟田次郎舱内　　夜／稍晚　内
　　　　△四名优雅的日本歌伎舒展水袖，正在轻歌曼舞。
　　　　△案几后边，志得意满的龟田次郎席地而坐，一边品酒一边欣赏歌舞；装有《神州策序》真迹的密码箱，搁在案几一旁。

28-25. 轮船·船舱走廊　　夜／稍晚　内
　　　　△林秋月、林秋雁、小丸子三人，举着手枪，蹑手蹑脚地朝前边潜行而

去。

△中途，碰见一名巡查的黑衣打手，被林秋雁等人悄无声息地干掉，然后将尸体拖进了杂物间。

△林秋月一挥手，三人继续向前方潜行而去。

28-26. 轮船·舷梯　　夜／稍晚　内

△周天昊、唐二十三两人举着手枪，顺着舷梯走下。

28-27. 轮船·另一处船舱走廊　　夜／稍晚　内

△林秋月、林秋雁、小丸子三人，举着手枪，蹑手蹑脚地向后退去。

△另一头，周天昊、唐二十三两人蹑手蹑脚地也向这边退过来。

△听到身后的响动，双方几乎同时回转身，举着手枪指向对方。

林秋雁：教官！

周天昊：秋雁！

林秋月：（收起枪）找到东西了吗？

周天昊：还没有。东西在龟田次郎那里，得先找到他的船舱。

林秋月：应该在那边，我们走。

△林秋月、周天昊、林秋雁、小丸子、唐二十三五人，各自执枪，朝另一头走去。

28-28. 轮船·某较大的船舱　　夜／稍晚　内

△隐蔽处，一片旖旎风光：上半身赤裸着的贞子，正在跟一名同样赤裸着上半身的日本船员亲热。

△舱门被悄悄地推开，周天昊、林秋月、林秋雁、小丸子、唐二十三五人，举着手枪，蹑手蹑脚地走进来。

△隐蔽处，正在跟日本船员亲热的贞子听到异常细微的响动，猛地推开日本船员，戴上假发，瞬间变成了一个酷似中国人的姑娘。

△半裸身子的贞子跑出隐蔽处，看到举着手枪的周天昊、林秋月、林秋雁、小丸子、唐二十三五人，一时竟有些傻傻地呆住了。

贞　子：（OS）奇怪，他们几个怎么逃出来了？他们竟然没有死？……难道我的设计有漏洞，他们想法子打开了铁囚笼？应该不可能啊……

△稍倾，那名日本船员半裸着身体，从隐蔽处钻出来，看到周天昊等人，猛地拔出一旁的武士刀。

·灰 雁·

贞　子：（故作可怜状，语无伦次地）求求你们，快救救我，救救我……我是中国人……是他们……是他们抓我来的……他们强迫我……救救我……
　　　△日本船员举着武士刀，嗷嗷叫着冲向周天昊、林秋雁等人。
　　　△林秋雁抬起枪，扣动扳机，叭、叭两枪，被击中的日本船员仰面栽倒。

28-29. 轮船·龟田次郎舱内　　　夜／稍晚　内
　　　△略显沉闷的枪声传过来，正在品酒欣赏歌舞的龟田次郎，身躯明显一震。
　　　△龟田次郎猛一抬手，四名日本歌伎躬身行了个礼，悄悄退下。
　　　△龟田次郎伸手摸出案几下的手枪，推弹上膛。

28-30. 轮船·某较大的船舱　　　夜／稍晚　内
　　　△林秋雁蹲下身子，试了试日本船员的呼吸。
　　　△一旁半裸身体的贞子，故作可怜巴巴地望着周天昊、林秋月等人。
林秋雁：（捡起衣服扔给贞子）穿好衣服。
贞　子：（一边穿衣服，一边忙不迭地）哎，是，是……
林秋雁：跟在我后边，不要乱跑，记住了吗？
贞　子：（故作可怜巴巴地）哎，哎，记住了，记住了。
林秋月：我们走。
　　　△周天昊、林秋月一行人等转身，贞子紧跟在林秋雁身后，朝舱外走去。

28-31. 轮船·龟田次郎舱内　　　夜／稍晚　内
　　　△龟田次郎举着手枪，小心翼翼地走到舱门边，侧耳聆听。

28-32. 轮船·龟田次郎舱外　　　夜／稍晚　内
　　　△周天昊、林秋雁、林秋月等人，以及紧跟在林秋雁身后、故作战战兢兢的贞子，一行人小心翼翼地朝舱门口潜去。
　　　△周天昊倾听片刻，猛地一脚踹开舱门，舱门外的周天昊等人和舱门内的龟田次郎同时开火，爆豆般的枪声顿时响起。

28-33. 轮船·龟田次郎舱外　　　夜／稍晚　内
　　　△龟田次郎举着手枪射击，但看到冲进船舱来的是周天昊、林秋雁等人，明显一愣。

龟田次郎：（惊讶地）周天昊？

周天昊：（冷笑）怎么，看到我们还活着，很奇怪吗？

　　　　△龟田次郎和周天昊、林秋月、林秋雁等人，激烈枪战。

　　　　△龟田次郎一边射击，一边向后边退去。

28-34. 轮船·甲板　　夜 / 稍晚　外

　　　　△负责监督巡逻的一众黑衣打手们，听见船舱内传来激烈的枪声，立马拔出手枪。

黑衣打手：有情况，快，保护将军。

　　　　△一众黑衣打手们，快速朝船舱里边跑过去。

28-35. 轮船·龟田次郎舱内　　夜 / 稍晚　内

　　　　△龟田次郎与周天昊、林秋月、林秋雁、小丸子等人，各自利用掩体激烈枪战；贞子躲在林秋雁身后，故作战战兢兢状。

龟田次郎：（一边射击一边喊）周天昊，你们几个人的命，可真够大的——上次在王羲之的墓穴里边，就让你们逃过了一劫。

周天昊：（一边射击一边喊，下同）龟田次郎，你都还没死呢，我们怎么会死？别忘了，你还欠着林教授夫妇一条命呢。

龟田次郎：（狞笑）哈哈哈，林其轩顽固不化，他拒绝跟我们大日本皇军友好合作，他们夫妇死有余辜！

林秋雁：（冷冷地）龟田次郎，你好无耻！可怜我爹，还一直当你是他最好的朋友！

龟田次郎：（狞笑）哼哼，林二小姐，我跟你爹是朋友不假，他的学识修养，一直是我龟田次郎所仰慕的；但是，两国交战，我们各为其主，难道有错吗？跟我们天皇陛下"大东亚共荣"的宏伟目标比起来，牺牲一两个朋友，算得了什么？哈哈哈。

林秋月：龟田次郎，明明是你们这些侵略者，恶意侵犯我们的国家，还大言不惭地说是什么"大东亚共荣"？我们中华民族的儿女，绝对不会让你们小日本的阴谋得逞的！

龟田次郎：（狞笑）林大小姐，你别忘了，现在大半个中国都控制在我们大日本皇军的手里，全面占领你们中国，指日可待。

周天昊：龟田次郎，你放心，永远不会有这一天的。

小丸子：喂，老龟田，你还是废话少说，乖乖地出来受死吧，说不定本姑娘一高兴，还能留你一个全尸……要不然，惹火了我小丸子，今天晚上非扒了你的皮、抽了你的筋、喝了你的血不可！

龟田次郎：（狞笑地）哈哈哈，小丸子，哦不，林三小姐，恐怕你的如意算盘要落空了——我龟田次郎的血，可不怎么好喝！

林秋雁：（冷冷地）好喝不好喝，尝尝就知道了！

龟田次郎：（狞笑地）哼哼，好。你们不是打算给你们的爹娘报仇吗？那就来吧——我龟田次郎，身为我大日本皇军的武士，怎么会怕了你们？

林秋雁：（冷冷地）是吗？到底怕不怕，你马上就会知道！

△林秋雁忽然走出隐身处，一边射击一边朝龟田次郎逼过去。

△龟田次郎一边射击一边往后退，他试图抓过案几旁边的密码箱，但被林秋雁、周天昊等人的子弹所逼，未能如愿。

28-36. 轮船·船舱走廊　　夜/稍晚　内

△一众执枪的黑衣打手们，快速地朝龟田次郎的船舱跑过来。

28-37. 轮船·龟田次郎舱内　　夜/稍晚　内

△龟田次郎与周天昊、林秋月、林秋雁等人激烈对射。

△林秋雁一边朝龟田次郎射击，一边跃至案几旁，将装有《神州策序》真迹的密码箱拎在手里。

△就在这时，一众黑衣打手先后从舱门冲进来，从背后冲周天昊等人开枪射击；双方激战（夹杂近身搏击）。

林秋月：（喊）秋雁，我们撤。

林秋雁：（冷冷地）不行，我要杀了龟田次郎，给爹娘报仇！

周天昊：（靠近林秋雁，与林秋雁背对背）秋雁，我们还是先撤吧，他们人太多了——报仇的事情，以后再说。

△黑衣打手们源源不断地从舱门处涌进来，子弹密集地朝周天昊、林秋雁等人射来。

林秋雁：好，我们走。

△周天昊抬枪，冲舱壁连续射击，然后猛一脚，将舱壁踹开一个大洞。

周天昊：（喊）快，走。

△林秋月、林秋雁（拎着密码箱）、小丸子、唐二十三、周天昊，以及故作战战兢兢的贞子，先后蹿了出去。

28-37. **轮船·船舱走廊　　夜/稍晚　内**
　　△周天昊、林秋月、林秋雁、小丸子等五人，带着密码箱，保护着故作战战兢兢的贞子，一边回身射击，一边向外边撤退。
　　△稍后处，龟田次郎带着一众黑衣打手，紧追不舍。

28-38. **轮船·舷梯　　夜/稍晚　内/外**
　　△周天昊、林秋月、林秋雁、小丸子等五人，带着密码箱，保护着故作战战兢兢的贞子，快速顺着舷梯上来。

28-39. **轮船·甲板　　夜/稍晚　外**
　　△龟田次郎带着一众黑衣打手，与周天昊、林秋雁、林秋月等人，双方各自隐身在掩体后边，展开激烈的枪战。

龟田次郎：（喊）周天昊，林姑娘，只要你们放下《神州策序》的真迹，我龟田次郎，就放你们一条生路！

周天昊：龟田次郎，你就别做白日梦了——《神州策序》是我们中华民族的文化瑰宝，怎么会交给你这个侵略者呢？

龟田次郎：（狞笑）周天昊，林姑娘，你们大概还没有意识到吧，有的时候，你们亲眼看到的，未必就是事情的真相……哈哈哈。
　　△离得稍远的周天昊和林秋雁两个人，有些疑惑地对视一眼，但几乎同时，他们两人警觉地朝身后方的贞子看过去。
　　△贞子举着一支小巧的手枪，枪口直指着林秋雁——她抬手撕去假发，露出自己原本的面貌。

林秋雁：（吃惊地）原来是你？

贞　子：（讥讽地）哈哈哈，林二小姐，谢谢你"救"了我，哈哈……

林秋雁：（恼火地）你这个臭婊子！（欲往上冲）

贞　子：（枪口指着林秋雁）别动，林二小姐，你千万别乱动，不然，我这枪子儿，可不长眼睛——（厉声地）扔掉枪，把箱子交给我。
　　△林秋雁迟疑片刻，扔掉手中的枪，将密码箱递了出去。
　　△贞子将林秋雁的手枪踢到一旁，然后接过装有《神州策序》真迹的密码箱。

贞　子：说老实话，刚才看到你们几个人竟然还活着，我确实吃惊不小——我很好奇，我埋的那些炸药，竟然没能炸死你们。
　　△林秋雁冷冷地瞪着贞子，没有说话。

·灰　雁·

贞　子：不过，林二小姐，你现在可不会那么走运了……哈哈哈，去死吧，死吧。
　　　　△贞子猛地扣动了扳机，对面的林秋雁，有些绝望地闭上了眼睛。
　　　　△稍远处，周天昊、林秋月、小丸子、唐二十三四个人，几乎同时喊出声——
林秋月：（喊）秋雁——
周天昊：（喊）秋雁——
小丸子：（喊）二姐——
唐二十三：（嗲声嗲气）林姑娘——
　　　　△林秋月一边喊着"秋雁，不——"一边飞身扑过来，用身体挡住了贞子射出的子弹。
　　　　△林秋月胸口中弹，现场所有的人，一时都呆住了，时间好像静止了一般。
　　　　△黑屏。

同场切：
　　　　△林秋雁肝肠寸断地搂着胸口中弹的林秋月。
林秋雁：（悲恸地）大姐——
小丸子：（悲切地，喊）大姐——
　　　　△周天昊、小丸子、唐二十三三人一边冲龟田次郎等人射击，一边朝林秋雁这边跑过来。
　　　　△林秋雁目眦尽裂，猛地扑上去，磕飞贞子的手枪，两人迅疾近身搏斗在一处。
小丸子：（搂着林秋月，悲切地）大姐……大姐……（回头，死死地盯着贞子，咬牙切齿）臭女人，我要杀了你——
　　　　△小丸子恶狠狠地扑上去，迅疾加入了对付贞子的战团。
一组打斗场面：
　　　　△林秋雁、小丸子两人对付贞子，贞子处下风，接连被重创，最后在林秋雁和小丸子两人的合击之下，口中狂吐鲜血，掉入黄浦江中。
　　　　△几乎同一时间，周天昊和唐二十三两人干掉了所有的黑衣打手，只剩下龟田次郎一个人。

同场切：
　　　　△电闪雷鸣，肆虐的暴雨倾盆而下。

△大雨中，林秋雁、周天昊、小丸子、唐二十三四个人（各有不同程度的受伤），一步步逼向举着武士刀的龟田次郎。

林秋雁：（拔出匕首，目眦尽裂）龟田次郎，你受死吧！

龟田次郎：（近乎癫狂地狞笑）哈哈哈，你们这些支那猪，来吧，都一起上吧……哈哈，哈哈！

△林秋雁、小丸子、周天昊、唐二十三冲上去，与龟田次郎战作一团。
△一场混战。龟田次郎和林秋雁两人的神态，都几近癫狂。
△打斗片刻之后，龟田次郎被林秋雁等人重创，林秋雁的匕首接连在龟田次郎脸、胸、腹部猛地刺入，最后，龟田次郎也是在林秋雁的连环腿下，栽入了黄浦江中。

同场切：

△大雨倾盆中，伤心欲绝的林秋雁和小丸子两人，紧紧地搂着奄奄一息的林秋月；周天昊和唐二十三两人呆立一旁。

林秋雁、小丸子：（异口同声，悲痛欲绝）大姐——大姐——

林秋雁：（摇晃着林秋月）大姐，你醒醒，你醒醒啊……大姐……
△林秋月嘴角吐血，奄奄一息的她强自挣扎着睁开眼睛。

林秋月：（奄奄一息地）秋雁、秋芸——

林秋雁、小丸子：（带哭腔）大姐——
△林秋月抬起带血的手，抚摸着林秋雁和小丸子的脸庞。

林秋月：（奄奄一息地）秋雁，秋芸，你们别……别哭，大姐、大姐……不行了……大姐……要、要死了……

林秋雁：（带哭腔）大姐，龟田次郎死了，那个"蝎美人"，她也死了，咱爹娘的仇也报了……大姐，你不能死，你不能死啊……

小丸子：（带哭腔）大姐，你不会死的，你一定不会死的……秋芸不让你死，秋芸不让你死……大姐……

林秋月：（强自挤出一丝笑容）傻小妹，人哪……哪有不死的？大姐……不、不行了，以……以后，你、你……跟着你二姐，一、一定……要、要听你……二、二姐的话，啊？

小丸子：（带哭腔）大姐——

林秋月：（奄奄一息地）秋雁、秋芸，你们听……听我说……你们一定……要、要好好地……活下去，活、活下去……

林秋雁、小丸子：（带哭腔）大姐——

·灰　雁·

林秋月：（奄奄一息地）秋雁，你、你一定要……答、答应大姐，脱、脱离……军统，不、不要……再给、再给军统……卖、卖命了，那、那样下去，迟早……会、会害了你的……

林秋雁：（带哭腔）大姐，我答应你，秋雁答应你，秋雁一定离开军统，秋雁答应你……大姐……

林秋月：（挤出一丝笑容）那、那就好……（从怀中抖抖索索地摸出一封信，递给林秋雁）这、这是我……写、写给……组织上的……一、一封信，你、你一定……要……带着这封信，去、去……延安，亲手交、交给……魏大宏同志，一定……

林秋雁：（泣不成声）大姐，秋雁明白，秋雁一定会去延安，完成大姐你的心愿……大姐……

林秋月：（转脸，面向周天昊）周、周教官……

周天昊：（蹲下身子，握住林秋月的一只手）林大姐——

林秋月：（奄奄一息地）周、周教官，如果……如果你、你真的……喜、喜欢秋雁，就、就应该……替她着想，让她……脱、脱离军统，陪她去……去延安，投奔、投奔……真正的革命……

周天昊：（迟疑地）林大姐——

林秋月：（满怀期待地望着周天昊）周、周教官，请、请你一定……答、答应我……

△周天昊望着林秋月满怀期待的眼神，迟疑片刻。

林秋月：（奄奄一息地）周、周教官——

周天昊：（坚毅地点了点头）林大姐，我答应你，我一定陪着秋雁去延安！

林秋月：（露出微笑）那、那就好——那、那就好（声音渐渐弱下去）——

△忽然，林秋月头一歪，咽下了她在人世间的最后一口气。

林秋雁、小丸子：（撕心裂肺）大姐——

周天昊：（悲切地）林姑娘……林姑娘……林大姐……

△又一道明亮的闪电划过，照亮了：

——林秋月血污但安静的脸；

——林秋雁和小丸子悲痛欲绝的脸；

——周天昊悲恸而无力回天的脸；

——唐二十三呆立一旁的脸……

△倾盆大雨，哗、哗地降落了下来。

△定格。

—— 第二十九集 ——

29-1. (空镜)大上海　　晨曦　外
　　△曦光中的大上海：楼宇、街道，以及带有象征意义的其他建筑物等。
　　△最后，镜头落在码头边的轮船上——

29-2. 轮船·甲板　　晨曦　外
　　△甲板上，散乱地纵横着一地黑衣打手尸体。
　　△林秋雁怀中抱着大姐林秋月的尸体，眼神悲切、空洞、迷惘，慢慢地朝岸上走去。
　　△小丸子、周天昊（手中拎着密码箱）、唐二十三，跟在林秋雁身后，表情悲恸。

29-3. 码头　　晨曦　外
　　△一辆黑色轿车、数辆摩托车飞速驶至，咔的一声停住。
　　△马文涛、警察甲及一众巡捕房的警察等，先后下了黑色轿车和摩托车。
马文涛：把整个码头都给老子封锁起来，一个人都不许放走！
警察甲：是，探长。
　　△警察甲带着一众执枪的警察，分散开去，封锁住整个码头。

29-4. 轮船·甲板　　晨曦　外
　　△警察甲带着数名警察冲上甲板，用枪逼住林秋雁、周天昊、小丸子、唐二十三四人。
　　△稍倾，马文涛嘴里叼着硕大的烟斗，不紧不慢地踱到周天昊等人近旁，上下打量着他们。
马文涛：哟，巧了，这不是咱们巡捕房正在全力通缉的要犯吗？没想到，咱们竟然在这里碰上了，周天昊，你说，这算不算是冤家路窄啊？
　　△林秋雁、周天昊等人，表情木然地瞪着马文涛一众，没有说话。
马文涛：说实话，你们几个人能安然无恙地活到现在，确实是个奇迹，很大很大的奇迹——当初，为了抓你们，老子可是翻遍了整个上海滩，就差挖地三尺了，都没能抓到你们，（凑近周天昊，低声地）周天昊，你知道老子这心里边，有多恨你们吗？

周天昊：马文涛，你想怎么样？

马文涛：哼，我想怎么样？放心吧周天昊，老子今天来，不是来抓你们几个的。

周天昊：（半信半疑）哦？

马文涛：现如今呢，大形势有所变化，我马某人呢审时度势，紧跟着形势走——（压低声音）周天昊，你大概还不知道吧，我马某人，现在也是你们军统的一员，而且，级别比你高。

△周天昊倏地睁大眼睛，有些不大相信地看着马文涛。

马文涛：怎么，不相信？（走近，从怀中摸出委任状，展开一角）看见了没有，这是委任状，蒋委员长亲自签发的，以后呢，这上海滩的大小军统事务，就统统归我马文涛管了。

周天昊：（反应强烈）不，这不可能！

马文涛：哈哈，这有什么不可能的？我告诉你周天昊，这中国的政治啊，它就是江湖，别看你们几个挺能耐，但论起江湖经验来，就凭你们几个小毛孩，哪里是我马文涛的对手？哈哈，哈哈。

周天昊：……

马文涛：从现在起，与"蝎美人计划"有关的一切行动，都归我马文涛管；你们几个呢，统统退出，不需要你们再插手了……包括《神州策序》的真迹，得一并儿交给我，由我来负责处理（说着，伸手抓过周天昊手中的密码箱）。

△周天昊像是受到了奇耻大辱一般，充血的眼睛死死地瞪着马文涛，两只拳头紧紧地握在一起。

马文涛：不过，你们几个呢，应该感到庆幸——这上头发话了，不让我动你们，所以，老子会留着你们几个人的小命儿。（凑近，压低声音）但我警告你们，最好马上从上海滩消失，不要再在我的地盘上晃悠，否则的话，老子才不会管什么上头不上头，我会借助美国人和日本人的手，让你们死得很难看。

周天昊：……

马文涛：（回头，冲警察甲等人）我们走，回巡捕房。

△马文涛拎着密码箱，带着一众巡捕房的警察，朝岸上走去。

周天昊：（忽然喊）马文涛！

　　　　△马文涛站定，回头，望着周天昊。
周天昊：作为中国人，我为有你这样的同胞，感到羞耻！
马文涛：（摊摊双手）随你怎么想，我无所谓喽，哈哈，哈哈。
　　　　△马文涛回转身，带着警察甲等一众警察，走下船头。

29-5. 码头　　日　外
　　　　△马文涛及一众手下，先后上了黑色轿车和摩托车，离去。

29-6. 轮船·甲板　　日　外
　　　　△怀抱着林秋月尸体的林秋雁，眼前忽然一阵眩晕，向后倒去。
小丸子：二姐——
周天昊：秋雁——
唐二十三：（嗲声嗲气）哟，林姑娘——
　　　　△昏迷过去的林秋雁，受伤部位正在往外渗出血液。
周天昊：秋雁，你醒醒，秋雁……（回头，冲小丸子）她的伤口在流血，快，摁住伤口。
小丸子：哎，是，是。
　　　　△小丸子手忙脚乱地摁住二姐林秋雁的伤口。
　　　　△周天昊撕下衣襟，将林秋雁受伤的部位缠裹起来。

29-7. 某废旧工地·对面民居·林秋雁卧室　　日　内
　　　　△林秋雁仍然在昏迷中，周天昊将已经上过药的伤口部位细心地缠裹起来。
　　　　△小丸子和唐二十三两人站立一旁，神情复杂（他们两人身上的受伤部位，已经做了相应的包扎处理）
小丸子：（忐忑地）我二姐她，没事儿吧？
周天昊：（直起身来）暂时没事儿。但她受伤太重，又受了太大的打击，我真怕她一时挺不过来……
小丸子：啊，那怎么办？
周天昊：（拍拍小丸子的肩膀）放心吧，我不会让你二姐有事儿的。你和唐二十三守着她，我去抓药。
　　　　△周天昊说着，朝门口走去。
小丸子：（忽然喊）喂——

△周天昊站定，回头，望着小丸子。
小丸子：谢谢你！谢谢你对我二姐这么好！
　　　△周天昊一动不动地望着小丸子，没有说话。
　　　△默然片刻，周天昊转过身，走出门去。

29-8. 街道　　日　外
　　　△周天昊走到一家中药铺门口，抬头看了看招牌，然后走了进去。

29-9. 百草堂　　日　内
　　　△柜台后边，一位老中医正在按照药方抓药。
　　　△柜台外边，周天昊在一旁等候。
　　　△稍倾，三服药都抓齐了，老中医细心地把药包起来，然后递给周天昊。
老中医：先生，您的药。
周天昊：（接过药）好的，谢谢。

29-10. 街道　　日　外
　　　△周天昊拎着三副中药，从百草堂门口走出来。
　　　△周天昊左右看了看，戴上礼帽，朝前走去。

29-11. 某废旧工地·对面民居·厨房　　日　内
　　　△周天昊正在火炉上煎熬中药。

29-12. 某废旧工地·对面民居·林秋雁卧室　　日　内
　　　△周天昊端着药碗，正在用小汤匙给昏迷中的林秋雁喂药。
　　　△小丸子和唐二十三两人，在一旁默默地看着。

29-13. 某废旧工地·对面民居·林秋雁卧室　　夜　内
　　　△林秋雁依旧在昏睡中，周天昊给她掖了掖被角。
　　　△周天昊握着林秋雁的一只手，静静地望着林秋雁昏迷中的脸，陷入回忆当中。
　　　一组闪回镜头：
　　　△林宅，周天昊将受伤昏迷的林秋雁背出来的情景；
　　　△军统秘密特训基地，周天昊与林秋雁激烈对打的情景。

（另外，再插入一些在上海执行任务时，周天昊与林秋雁相互扑救的场景。）

闪回结束。

△周天昊望着昏迷中的林秋雁，两行热泪顺着他的脸颊，慢慢地滑了下来。

29-14. （空镜）大上海　　晨曦　外

△曦光中的大上海：楼宇、街道，以及带有象征意义的其他建筑物等。

△最后，镜头落在某废旧工地附近的街道上——

29-15. 某废旧工地·对面民居·林秋雁卧室　　晨　内

△一道曦光，透过窗户的缝隙射进来。

△周天昊握着林秋雁的一只手，趴在床边上睡着了。

△忽然，林秋雁的手指动了动，又动了动。

△紧接着，林秋雁的一双眼睛，异常艰难地睁了开来。

周天昊：（猛地惊醒）秋雁，你醒啦？……（欣喜若狂地）秋雁，你真的醒啦？

林秋雁：（虚弱，有气无力地）教、教官……

△林秋雁忽然闭上眼睛，大颗大颗的泪珠顺着脸颊滚落下来。

△这时，小丸子和唐二十三两人，听到响动跑了过来。

小丸子：（带哭腔）二姐——

周天昊：（忙不迭地擦林秋雁脸上的眼泪）秋雁，别哭，你别哭！没事了，已经没事了，（动情地）只要你醒了就好啦，你醒了就好啦……

△周天昊将泪流满面的林秋雁紧紧地搂在怀里。

△小丸子原本还想再喊二姐，但唐二十三拽了拽她的衣角。

△小丸子和唐二十三两个人，悄悄地退出门去。

29-16. 某废旧工地·对面民居·阳台　　晨　外

△小丸子和唐二十三走到阳台上。小丸子泪流满面。

唐二十三：（嗲声嗲气）哟，小丸子，你别哭啊，千万别哭啊……你这个样子，我、我唐二十三，也要哭啦……

小丸子：（带哭腔）娘娘腔……

△小丸子把脑袋靠在唐二十三肩膀上，唐二十三轻轻地搂住她。

29-17. 墓地　　日　外

　　　　△林秋雁、小丸子、周天昊、唐二十三四人，站在林秋月的墓碑前。
　　　　△林秋雁的眼神是那种巨大悲恸之后的空洞与迷惘，她的脑际回响过林秋月临死前的嘱咐——

林秋月：（OS）秋、秋雁，你、你一定要……要去延安，把、把大姐……这、这封信，交、交给……魏、魏大宏同志……一、一定……
　　　　△大颗大颗的泪滴，顺着林秋雁的脸颊滑落下来。

29-18. 某渔村·破败茅屋　　夜　内

　　　　△一灯如豆。
　　　　△一架破木床上，浑身血污的龟田次郎猛地从噩梦中惊醒，大汗淋漓地坐起身来。

贞　子：（OS）父亲，你醒啦？
　　　　△龟田次郎回头，贞子端着一碗汤药站在门口。

龟田次郎：贞子？

贞　子：（走进门来）父亲。

龟田次郎：（疑惑）贞子，我们没有死？

贞　子：没有，父亲，我们没有死，我们都活了下来。
　　　　△龟田次郎摸了摸自己的半边脸庞——看得出，那半边脸彻底破相了。

龟田次郎：贞子，我的脸怎么了？

贞　子：父亲，你的脸没事儿，只是受了一点轻伤，休息一段时间，就可以恢复了。

龟田次郎：你骗我，贞子，我的脸是不是被毁掉了？你拿镜子来，我要照镜子，我要亲自看看我的脸。

贞　子：（迟疑）父亲……

龟田次郎：（吼）快去。

贞　子：是，父亲。
　　　　△贞子转身走出门去。

同场切：

　　　　△贞子拿着一面镜子走进来，默默地递给父亲龟田次郎。
　　　　△龟田次郎接过镜子，有些抖抖索索地举起来，镜子中露出他破了相的半边脸。

△龟田次郎的瞳孔开始急遽收缩，脸部肌肉不住地抽搐着。他猛地摔碎了镜子，进而开始打砸家具等物。

龟田次郎：（歇斯底里）啊，怎么会这样？我的脸怎么会变成这样，啊？……我是天皇陛下派到中国来的特使，是天皇陛下亲封的少将……我的脸，我的脸，我的脸怎么会变成这个鬼样子，啊？！

贞　　子：……

龟田次郎：（依旧歇斯底里地打砸着家具）作为大日本帝国的一名军人，我竟然破了相——我龟田次郎的尊严和脸面何在？"蝎美人计划"也被林秋雁和周天昊他们破坏了，我又有何面目回日本去觐见天皇陛下，啊？我有何脸面去见昔日的同僚，啊？

贞　　子：父亲，您别生气，其实，我们并没有完全输掉——
　　△龟田次郎猛地停住动作，回过头，怔怔地望着女儿贞子。

贞　　子：林秋雁和周天昊他们，绝对不会想到，我们父女俩并没有死——或许，这就是老天爷留给我们的一次绝佳的翻盘机会。

龟田次郎：（冷静下来，沉吟地）哦？

贞　　子：至少，我们可以让破坏我们计划的人，付出代价。
　　△龟田次郎望着女儿贞子，一双眼睛渐渐变得炯炯有神起来。

29-19. 街道　　日　外

　　△林秋雁神情落寞，显得有些憔悴，在街道上慢步前行着。
　　△走到一处酒吧门口，林秋雁站定脚步，犹豫片刻，走了进去。

29-20. 某酒吧　　日　内

　　△熙熙攘攘的酒吧内，一众红男绿女闹腾着。
　　△林秋雁坐在吧台边上，一杯接一杯地喝着洋酒，神情抑郁。

闪回：
△轮船甲板上，贞子朝林秋雁开枪，林秋月飞身挡住子弹，中弹栽倒的情形；
△轮船甲板上，林秋雁、小丸子等人，近乎癫狂地将贞子、龟田次郎两人先后打落掉入江中的情景；
△轮船甲板上，林秋雁抱着大姐林秋月的尸体，仰天哀号的情景。

现实：
△林秋雁端起面前的酒杯，一仰脖子，干了。她貌似不经意地回了一下

·灰雁·

　　　　　头，发现一个酷似龟田次郎的身形背影，在人群中一闪。
　　　　△林秋雁一愣，迅速冲上去，拨开人群，但那个酷似龟田次郎身形的背影，已经消失不见了。

29-21. 某废旧工地·对面民居·客厅　　　日　内
　　　　△周天昊站在窗前作沉思状，忽然传来敲门声。
　　　　△周天昊打开门，林秋雁进来。
周天昊：秋雁，你去哪里了？
林秋雁：我心里闷得慌，出去走了走。
周天昊：秋雁，你的伤势还没有完全好，尽量不要出去乱跑……你喝酒了？
林秋雁：一点点，洋酒，没事儿。
周天昊：一点点也不行。你身上的伤口还没有完全愈合，喝酒会加重你的伤势——看来，从现在起，我得严密地把你看管起来，直到你完全康复为止。
　　　　△林秋雁机械地摇了摇头。
　　　　△周天昊有些疼惜地望着林秋雁，打算还说什么，又咽了回去。
　　　　△两人沉默。
　　　　△稍倾——
林秋雁：很奇怪，我今天在酒吧里，看到了一个人……
　　　　△闪回：林秋雁眼前闪过酒吧人群中酷似龟田次郎身形的背影。
周天昊：哦？你看见了谁？
林秋雁：（怔忡地，摇摇头）不，不可能是他，应该不可能。
周天昊：不可能是谁？秋雁，你到底看见谁了？
林秋雁：是……龟田次郎。
周天昊：（一愣）啊？龟田次郎？
林秋雁：是的，那个人的背影，像极了龟田次郎。
周天昊：不可能，不可能。秋雁，你肯定是看花眼了……龟田次郎已经死了，还有他那个叫贞子的女儿，也死了……
林秋雁：（怔怔地）我也觉得不可能……可是，那个背影，实在太像龟田次郎了……
周天昊：别瞎想了，秋雁，回卧室休息一会儿……你现在最重要的任务，就是养好伤，走吧。
　　　　△周天昊不由分说地搀起林秋雁，朝卧室方向走去。

第二十九集

29-22. 某废旧工地·隐蔽处　　日　外

△隐蔽处，龟田次郎（半边脸上破相的伤疤，显得很恐怖）和贞子两个人，举着望远镜，观察着对面的民居——正是周天昊、林秋雁她们藏身的地方。

贞　子：父亲，林秋雁和周天昊他们就躲在对面这栋楼里？

龟田次郎：是的。正如贞子你所说的，作为一名"已经死了的人"，最大的优势就是，他们不会提防你——哪怕他们是军统最顶尖的特工。

贞　子：他们再聪明，也不会刻意地去提防一个"已经死了的人"……是吧，父亲？

龟田次郎：是的。现在，他们在明处，我们在暗处，主动权就应该掌握在我们手里。

△龟田次郎盯着对面的民居，狞笑两声，一双眼睛渐渐变得狰狞起来。

29-23. 某废旧工地·对面民居·林秋雁卧室　　日　内

△林秋雁躺在床上，摩挲着大姐林秋月临终前托付给她的那封信，眼神显得有些空洞而茫然。

29-24. 公共租界巡捕房·马文涛办公室　　日　内

△马文涛的办公桌上，展开着《神州策序》的真迹，警察甲在一旁装模作样地横看竖看。

马文涛：怎么，能看懂吗？瞧出名堂来了没有？

警察甲：嘿嘿，探长，您是知道的，我这人呀，肚子里没有多少墨水儿……对这玩意儿，我也就是听别人说起过，说是什么什么国宝，但我看不出什么名堂来，真的，我认得它，它认不得我。

马文涛：王羲之是书圣，他的《兰亭集》被誉为"天下第一行书"，是中国书法史上的一绝，而这幅《神州策序》，其书法艺术价值，并亚于《兰亭集序》——要是随便那个阿猫阿狗都能够瞧出个名堂来，那也就不叫国宝了。

警察甲：嘿嘿，那是，那是。探长，你说，既然这《神州策序》的价值高得不可估量，难道您真的打算交给上头的军统？

马文涛：（冷笑）不，我从来就没想过要把这件无价的宝贝，交给什么上头的军统——我马文涛没有那么傻。

警察甲：那，探长您打算怎么办？这万一，要是让上头的军统知道了……

·灰　雁·

马文涛：哼，放心吧，我对付不了周天昊和林秋雁他们，难道还对付不了那帮整天坐在办公室瞎指挥的肥佬吗？他们一边拿着国家的俸禄，一边堂而皇之地大发国难财，眼中除了钱就是钱，不比我马文涛好到哪里去——对付他们，办法多的是。

警察甲：唔。

马文涛：等着吧，我已经安排好了，马上就会有结果。

△马文涛将《神州策序》的真迹卷起来，搁进密码箱，锁上。

29-25. 某女装店　　日　内

△各色款式的旗袍、丝巾等，柜台后边站着一位老板，另有女性顾客若干。

△小丸子观看着各色女装，东摸一下，西摸一下，唐二十三亦步亦趋地跟在她身后。

29-26. 某女装店　　日　外

△女装店门口左近，几名巡捕房的便衣警察，相互使了个眼色，分散开去。

29-27. 某女装店　　日　内

△小丸子忽然看见一条漂亮的丝巾，眼前一亮。

小丸子：咦！

△小丸子拿起丝巾，在自己身上比画。

小丸子：嘻嘻……喂，姓唐的，你看，漂亮不？

唐二十三：（嗲声嗲气）哟，还行，这个颜色，很搭配你，是挺漂亮的。

小丸子：你说，我要是把这条丝巾买下来，送给我二姐，她会不会喜欢啊？

唐二十三：（嗲声嗲气）嗯，我想，你二姐会喜欢——只要是你送她的东西呀，她肯定都喜欢。

小丸子：嗯，那就好……（冲店老板）老板，给我把这条丝巾装起来，包装好一点儿。

店老板：哎，好嘞，姑娘您稍等。

△店老板小心翼翼地把丝巾包装好，递给小丸子。

店老板：姑娘，您的丝巾包好了。

小丸子：嗯，好，谢谢……多少钱？

店老板：这条丝巾，是用上好的丝绸做的，整一百块。

小丸子：喂，唐二十三，给钱。

唐二十三：（嗲声嗲气）啊？

小丸子：啊什么呀？买东西不用给钱啊？

唐二十三：（嗲声嗲气）啊，那个，那个……你、你给你二姐买礼物，干吗是我掏钱啊？

小丸子：哼，是我给我二姐买礼物，这没错儿，不过，让你唐二十三掏钱呢，是给你唐二十三面子……你一个大男人家，难道还不乐意啊？不乐意拉倒，我自个儿掏钱。

唐二十三：（嗲声嗲气）啊，不是，我乐意，我乐意……我掏还不行吗？
　　　　△唐二十三有些不情愿地摸出一张百元面值的钞票，递给店老板。

小丸子：嘻嘻，这还差不多……走吧。
　　　　△小丸子拎着礼盒包装的丝巾，和唐二十三走出女装店。

29-28. 某女装店　　日　外
　　　　△小丸子和唐二十三两人从女装店走出来，又朝前边走去。
　　　　△路过一处洋装店，小丸子偏头看了看橱窗里边的衣帽等物。

小丸子：洋装？……喂，娘娘腔，走，去瞧瞧。

唐二十三：（嗲声嗲气）嗯，好吧，你说了算。
　　　　△小丸子和唐二十三两人，一前一后走进了洋装店。
　　　　△稍后处，几名便衣警察悄悄地跟在后边，不动声色地盯着小丸子和唐二十三两个人。

29-29. 某洋装店　　日　内
　　　　△小丸子在各式西服、礼帽、领带间穿梭，唐二十三亦步亦趋跟在后边。
　　　　△女店老板絮絮叨叨地在一旁介绍。

女老板：哟，这位姑娘，你是要给自己的丈夫买呢，还是给自己的情哥哥买呀？咱这店里啊，西装、礼帽、领带，应有尽有，用料好，款式新，甭管是送老公，还是送情哥哥，包管对方呀百分之百满意。

小丸子：喂，你的话也忒多了点吧？本姑娘我还没嫁人呢，目前既没有老公，也没有什么情哥哥。

女老板：（尴尬）啊，这样啊……

小丸子：咦，唐二十三，你看，这个领结好漂亮！

·灰 雁·

唐二十三：（嗲声嗲气）哟，小丸子，这领结再漂亮，那也不是女人用的东西；如果你是打算给我买呢，那还是免了吧，我呀从不戴那玩意儿。

小丸子：（一瞪眼）我说是给你买了吗？

唐二十三：（嗲声嗲气）啊，那你……

小丸子：哼，自作多情。我呀，是给姓周的买的，这个领结，他戴上，一定很帅气。

唐二十三：（嗲声嗲气）啊，周长官？你给周长官买领结？

小丸子：怎么，不可以啊？

唐二十三：（酸溜溜地，嗲声嗲气）啊，这个，这个……

小丸子：哼，我告诉你，姓周的喜欢我二姐，说不定哪一天，他就变成我二姐夫了……我二姐的伤还没有好，心情又很差，我呀巴结巴结姓周的，让他对我二姐好一点儿。

唐二十三：（松了一口气，嗲声嗲气）啊，原来是这样啊。

小丸子：当然是这样啊，你以为是哪样？……（冲女老板）老板，这个领结多少钱？

女老板：哟，姑娘，你真有眼光，这个领结啊，用的是最好的布料，顶尖设计师设计的……

小丸子：（打断对方）喂，我说，你别扯这些没用的，你就告诉我，多少钱。

女老板：（尴尬）啊，对不起，对不起……这个领结啊，一百五十块。

小丸子：啊，这么贵？

女老板：哟，姑娘，这个价格，已经很便宜了，一点都不贵。

小丸子：啊，太贵了，不要了不要了（转身欲走）。

女老板：（忙拉住小丸子）哟，姑娘，等等，这样吧，我给你便宜一点儿，一百二十块，怎么样？这我可是跳楼价了。

小丸子：（故作思忖）嗯，这还差不多……唐二十三，掏钱。

唐二十三：（苦着脸，嗲声嗲气）啊，怎么又是我掏钱？

小丸子：（一瞪眼）怎么，你不掏钱，难道是我掏钱啊？

唐二十三：（嗲声嗲气）好，我掏，我掏。

△唐二十三摸出钞票，递给女老板。

小丸子：走吧。

唐二十三：（觍着脸，嗲声嗲气）哟，小丸子，你说，你给你二姐买了丝巾，给周长官买了领结，要不，你也给我买一样礼物得了。

小丸子：你想要啊？

596

唐二十三：（嗲声嗲气）嗯，当然想要了。

小丸子：（头也不回地往出走）想要的话，你自个儿挑，自个儿买。

唐二十三：（泄气地，嗲声嗲气）啊？

　　　　△小丸子已经走出门去，唐二十三屁颠屁颠追出。

29-30. 街道　　日　外

　　　　△小丸子和唐二十三两人，优哉游哉地朝前方走去。

　　　　△在一条小巷口，几名便衣警察忽然闪身而出，执枪指向小丸子和唐二十三两个人。

便衣甲：站住，不许动。

小丸子：（一愣）你们谁啊？干吗拿枪指着我们？

唐二十三：（嗲声嗲气）哟，我说各位，枪这玩意儿太危险，别拿它指着我们。

便衣甲：少他妈废话，跟我们走一趟，走。

　　　　△小丸子和唐二十三一对眼色，迅疾出手，将几名便衣打翻在地。唐二十三夺过对方的手枪，分别指着他们。

唐二十三：（嗲声嗲气）哟，小兔崽子们，告诉我，你们是谁？谁派你们来的？……嗯？不说？

小丸子：唐二十三，少跟他们废话，先给他们的狗腿上，一人来一枪，看他们说不说。

　　　　△小丸子话音未落，忽然，一支黑洞洞的枪口顶在了她的后脑勺上。

　　　　△小丸子僵住，慢慢地举起手来。

便衣乙：不许动。（冲唐二十三）姓唐的，放下枪，不然我打死她。

唐二十三：（大急，嗲声嗲气）哟，别呀，千万别……我放下枪，我放下……

　　　　△唐二十三放下手枪，一众便衣爬起来，给唐二十三和小丸子两人戴上手铐，又用黑布套套住脑袋。

　　　　△一辆厢式车急速驶过来，一众便衣将小丸子和唐二十三两人扔进车厢，然后快速驶离。

29-31. 秘密羁押地牢　　夜　内

　　　　△被黑布套蒙着脑袋的小丸子、唐二十三两人，蹲在墙角，双手被反绑着，脚上戴着脚镣。

　　　　△马文涛挥了挥手，警察甲上前，取掉小丸子和唐二十三头上的黑布套。

小丸子、唐二十三：（异口同声）啊，马文涛？

马文涛：是我。怎么，感到很意外吗？

小丸子：喂，姓马的，你要干什么？你不是答应过那个什么上头，不动我们的吗？

马文涛：对啊，我是答应过。不过，我只答应过不动周天昊和林秋雁两个人，可没有答应不动你小丸子和这位姓唐的先生。

小丸子：（恼火）你！

唐二十三：（嗲声嗲气）哟，马探长，我和小丸子呢，不过都是一介草民，如果平常有什么得罪和对不住马探长您的地方呢，请您多多包涵……还望马探长高抬贵手，放我们离开。

马文涛：放你们离开，可以，但前提是，唐先生你得帮马某人完成一件事情。

△唐二十三和小丸子两人疑惑地对视一眼。

唐二十三：（嗲声嗲气）哟，马探长，您客气，有什么需要我唐二十三帮忙的，我呀，在所不辞。

马文涛：哈哈，那就好，看来，唐先生是一个聪明人。我知道，你是上海滩有名的造假高手，古玩字画，任何东西到了你手里，都可以仿制出跟原作一模一样的临摹品来。看见了吗，东西都已经准备好了，劳唐先生大驾，帮马某人我临摹一张《神州策序》的真迹出来，你们两个，就可以毫发无损地从这间地牢里走出去。

△马文涛指着一旁的案几，案几上摆放着笔墨纸砚等物，另有一张《神州策序》真迹的照片。

小丸子：啊？……喂，姓马的，你要调包那个神什么什么序的真迹？

马文涛：对，小丸子，你说对了。我就是要用假的《神州策序》，把真的《神州策序》调换出来。

小丸子：（冷笑）哼，姓马的，你以为我和唐二十三是小孩啊，就那么好骗？你既然处心积虑地要偷这件价值连城的国宝，就不会让我们两个人活着出去……这个神什么什么序的真迹，不临摹，我们是死；临摹了，我们照样是死。

马文涛：对，小丸子，你真是太聪明了。这间牢房，是我马文涛处心积虑修建的，知道这个地方的人，包括你们两个人在内，总共不超过十个人——进了老子的这间地牢，就等于一只脚已经踏进了阎罗殿的大门，想要活着出去，哼，等下辈子。

唐二十三：（嗲声嗲气）哟，马探长，既然左右都是一个死，那对不起，我唐二十三呀，还真不干了。

马文涛：（冷笑）哼，不干？唐二十三，到了这里边，就是老子说了算，干与不干，恐怕由不得你。
唐二十三：（嗲声嗲气）哟，既然这样，那请马探长现在就杀了我吧。
马文涛：我不会杀你，我还要你唐先生帮我临摹《神州策序》呢——不过，至于旁的人，那可就说不准了。（冲手下）来呀，把小丸子给我拉下去，先剁掉她的一只手。
△警察甲一挥手，便衣甲、便衣乙上前，架起小丸子就往外走。
小丸子：（挣扎）喂，姓马的，你要干什么？你们放开我……喂……
唐二十三：（貌似镇静，实则大急，嗲声嗲气）哟，马探长，等一等，等一等……
△马文涛一抬手，便衣甲、便衣乙停住脚步。
唐二十三：（嗲声嗲气）哟，马探长，咱们呀，有话好好说，好好说。
马文涛：这么说，唐先生你是答应了？
唐二十三：（迟疑，嗲声嗲气）哟，这个，这个……
小丸子：喂，姓唐的，你不能答应他，姓马的他是个骗子，他不会让我们活着出去的——我们左右是个死，干吗还要帮他临摹呀。
马文涛：唐先生，我马文涛把话搁这儿：你呢，要是答应帮我临摹这幅《神州策序》的真迹，你们两个人，说不定还有一丝活命的希望；如果唐先生你不答应呢，那就对不起，这个叫小丸子的，马上就会死在你面前。（凑近唐二十三）我知道，这个小丸子，可是你唐二十三的心上人呐。
△唐二十三盯着马文涛，眼珠子转来转去，思忖着。
马文涛：怎么，唐先生，想清楚了吗？
唐二十三：（嗲声嗲气）好，马探长，我答应你。
马文涛：痛快，这才是聪明人应该干的事儿。
小丸子：喂，唐二十三，你为什么要答应他？反正他会杀死咱俩的，干吗还要答应他呀？
马文涛：（踱到小丸子身旁）自古以来，英雄难过美人关，这位唐二十三先生呀，他也不例外，他的死穴啊，就是你小丸子，知道吗？
小丸子：（瞪着马文涛）姓马的，你好缺德。
马文涛：缺德就缺德，我马某人无所谓喽，哈哈哈。
△马文涛踱回唐二十三身旁。
马文涛：唐先生，你只有一个晚上的时间——明天早上，我就要见到东西。（冲手下）来呀，给唐先生松绑。
△两名便衣上前，松开唐二十三手上捆绑的绳索，但脚上的脚镣却依旧

·灰　雁·

戴着。

马文涛：（示意小丸子）把她给我关到隔壁去。
警察甲：（冲便衣甲、便衣乙挥手）押下去。
　　　　△便衣甲、便衣乙推搡着小丸子走出。

29-32. 秘密羁押地牢·隔壁囚室　　夜　内
　　　　△便衣甲、便衣乙两人将小丸子推搡进囚室，然后锁上，离去。
小丸子：喂，你们放我出去，喂……

29-33. 秘密羁押地牢　　夜　内
马文涛：唐先生，请吧。
　　　　△唐二十三有些不情愿，但又无可奈何地走向案几。
马文涛：你们几个，好生在这里看守，但凡唐先生有任何需要，尽一切可能满足他……还有，隔壁那个小丸子，也给我守住了，不能出任何差池，知道吗？
便衣甲等：知道了，探长。
马文涛：嗯，好。（冲警察甲）我们走。
　　　　△马文涛带着警察甲，向地牢外边走去。

29-34. 街道　　夜　外
　　　　△马文涛和警察甲走向停在街道边的黑色轿车，先后上了车，黑色轿车驶出。
　　　　△镜头跳转至车内——

29-35. 黑色轿车内　　夜　内
　　　　△警察甲驾车，马文涛坐在副驾座上。
警察甲：嘿嘿，探长，你这一招啊，实在是太高明了……这在兵法上叫什么来着？叫"偷天换日"，神不知鬼不觉的，就把《神州策序》的真迹给换出来了……
马文涛：哼，军统那帮老家伙，就是一群草包，知道个狗屁，把假的《神州策序》给他们送过去，他们还会乐得屁颠屁颠的。
警察甲：那倒是，哈哈。
　　　　△马文涛和警察甲两人，同时得意地大笑起来。

△稍倾——
警察甲：探长，等那个唐二十三把《神州策序》的真迹临摹好了，咱们怎么处理他们两个呀？
马文涛：还能怎么处理？反正不能让他们活着出来，就照老法子，这个（示意了一个抹脖子的动作）。
警察甲：属下明白了。
马文涛：到时候做干净一点儿，不要留下一丝一毫的痕迹。
警察甲：知道，您就放心吧，探长。

29-36. 街道　夜　外
△马文涛的黑色轿车，稳稳地向前行驶着。

29-37. 某酒吧　夜　内
△林秋雁坐在吧台旁，举着一杯红酒，一边品酒，一边漫不经心地扫视着喧闹的人群。
△电光石火之间，那个酷似龟田次郎身形的背影依旧在人群中一闪。
△林秋雁再次一愣，扔下几张钞票，迅速追上去，拨开人群，紧跟着酷似龟田次郎身形的背影往外走。

29-38. 街道　夜　外
△酷似龟田次郎身形背影的人，快步在前边走着。
△稍后处，林秋雁一直跟踪着酷似龟田次郎身形背影的人。

29-39. 某废弃防空洞　夜　内
△酷似龟田次郎身形背影的人，在前边深一脚浅一脚地走着。
△稍后处，林秋雁追上几步，拔出手枪，对准前边的人。
林秋雁：（冷冷地）站住，不然我开枪了。
△酷似龟田次郎身形背影的人站定，慢慢地举起双手。
林秋雁：（冷冷地）转过身来。
△酷似龟田次郎身形背影的人，缓缓地转过身来——却正是大难不死的龟田次郎。
△特写镜头：龟田次郎被毁的半边脸，在夜光下显得更为阴森恐怖。
龟田次郎：（狞笑）林二小姐，别来无恙！

林秋雁：（大吃一惊）龟田次郎？你没有死？

龟田次郎：是啊，林二小姐，你大概非常失望吧？我龟田次郎，不但没有死，而且，现在活得好好的。

闪回：

△林宅，林其轩夫妇的死，以及林宅的大火；

△轮船甲板上，林秋月中弹栽倒的情景。

现实：

△林秋雁瞪着龟田次郎，目眦尽裂。

林秋雁：（冷冷地）很好，既然你没有死，那我就让你再死一次，给我爹娘和大姐报仇！

龟田次郎：（狞笑）恐怕，这次又要让林二小姐失望了。

林秋雁：（冷冷地）是吗？

△林秋雁正要扣动扳机，忽然，一支黑洞洞的枪口顶在了她的后脑勺上。

贞　子：（OS）不许动！

△林秋雁顿时怔住，贞子上前，拿掉她手中的枪，扔向远处。

林秋雁：是你？你也没有死？

贞　子：对，我没有死。我这人命大，一时半会儿还死不了。

△林秋雁狠狠地瞪着龟田次郎和贞子父女，恼火、愤怒、仇恨，各种情绪兼而有之。

29-40. 某废旧工地·对面民居·客厅　　夜　内

△周天昊眉头紧蹙，有些焦急地在客厅里走来走去，不时抬腕看表。

△忽然，门外传来响声，周天昊脸色一喜，快步上前拉开门。

△林秋雁面无表情地站在门口。

周天昊：秋雁，你回来啦？

龟田次郎：（OS）周教官，别来无恙！

△龟田次郎和贞子两人各自举着手枪，推搡着林秋雁走进门内。

周天昊：（意外地）龟田次郎？贞子？

△周天昊迅速拔出手枪，推弹上膛，指向龟田次郎和贞子——双方对峙着。

贞　子：周教官，你最好放下枪，千万别鲁莽行事——你得看看清楚，林二小姐的身上，绑着什么东西。

△周天昊看向林秋雁身上，衣襟下缠裹着一条条的炸药（炸弹背心）

　　　　——他脸上的神色不禁一变。
龟田次郎：（举起控制器）看见没有？控制器在我这里，只要我轻轻地一按，林二小姐身上的炸药，就会把她炸成一条一条的碎片。
贞　子：（厉声）放下枪！
　　　　△周天昊犹豫片刻，慢慢地将手枪搁在地上，然后半举双手。

29-41. 秘密羁押地牢·隔壁囚室　　夜　内
　　　　△小丸子被关押在囚室内，百无聊赖地望着铁栅栏外边。
　　　　△有一名便衣警察守在囚室外边，蹲坐在地上，靠着墙壁打盹儿。

29-42. 秘密羁押地牢　　夜　内
　　　　△案几前，唐二十三正在挑灯夜战，看得出，临摹的《神州策序》真迹，已经完工了一大半。
　　　　△便衣甲、便衣乙等人，守在唐二十三不远处，监督着他。

29-43. (空镜)大上海　　晨曦　外
　　　　△曦光中的大上海外景。

29-44. 秘密羁押地牢　　晨曦　内
　　　　△灯光下，唐二十三终于描下了最后一笔，临摹的《神州策序》大功告成。
　　　　△特写镜头：唐二十三临摹的《神州策序》，几乎与真迹毫无二致。
唐二十三：（伸伸懒腰，嗲声嗲气）啊，终于完工了。
　　　　△便衣甲、便衣乙等人凑上去，端详片刻，不由得啧啧赞叹，说着真像啊之类的话语。
唐二十三：（嗲声嗲气）嗯，还有一点很小很小的瑕疵，再稍微处理一下，包管看上去，跟真迹一般无二。
便衣乙：哦？还有瑕疵？在哪儿？在哪儿？
唐二十三：（指着某一处，嗲声嗲气）在这儿，你们看，墨色太淡，需要再涂深一点儿……
　　　　△唐二十三话音未落，忽然迅疾出手，瞬间打晕了两名便衣警察。
　　　　△唐二十三戴着脚镣，与便衣甲、便衣乙等动起手来，接连磕飞了他们拔出来的手枪。

29-45. 秘密羁押地牢·隔壁囚室　　晨曦　内

　　△隐隐约约的打斗声传来，原本无精打采的小丸子倏地睁开眼睛。

小丸子：喂，我要撒尿。

该便衣：（迷迷瞪瞪地走到囚门前）嚷嚷什么呀？嚷嚷什么呀？

小丸子：我要撒尿。

该便衣：（上下打量）撒尿？哼，就撒在牢房里边。

小丸子：喂，人家是女孩子，当着你一个大老爷们的面，怎么撒啊？

该便衣：哼，就撒在牢房里边，爱撒不撒，不然，你还想怎么着啊？

小丸子：（忽然坏笑）嘿嘿，我呀，想这么着……

　　△小丸子忽然伸出手，扼住了该名便衣警察的脖子，死劲儿勒他。

29-46. 秘密羁押地牢　　晨曦　内

　　△唐二十三已经放翻了便衣甲、便衣乙等人，找出钥匙打开了脚镣。

　　△唐二十三卷起临摹的《神州策序》，又捡起一支手枪，踢了踢便衣甲等人的尸体，朝外边走去。

29-47. 秘密羁押地牢·隔壁囚室　　晨曦　内

　　△小丸子死劲地勒着该名看守的脖颈，该名看守唔唔地挣扎着。

　　△就在这时，另一头负责看守的两名便衣警察，一边举枪射击，一边向小丸子这边跑过来。

　　△子弹接连打在该名看守的身上，小丸子缩在该名看守身后。

　　△唐二十三正好走出来，举枪射击，打死了另两名负责看守的便衣警察。

小丸子：呀，唐二十三，你来得太好了，快，放我出来。

唐二十三：（嗲声嗲气）嗯，好，马上。

　　△唐二十三抬手一枪，打掉锁头，放小丸子出来，又打开了她的脚镣。

小丸子：嘻嘻，唐二十三，你太棒了。

唐二十三：（嗲声嗲气）哟，那是当然，我唐二十三，是谁呀？

小丸子：啊呀，真是的，说你胖，你还真就喘上了……快走吧。

唐二十三：（嗲声嗲气）哟，人家刚刚救了你，是不是应该有点什么奖赏啊？

小丸子：（莫名其妙）嗯？什么奖赏？

　　△唐二十三凑近小丸子，示意自己的半边脸蛋。

小丸子：（恼火地）呀，唐二十三，你又想找打是不是？

唐二十三：（嗲声嗲气）哟，不奖赏就不奖赏呗，嚷什么呀？
　　　　　△看着唐二十三悻悻的表情，小丸子忽然飞快地在唐二十三脸蛋上亲了一下。
小丸子：奖赏了，这下行了吧？
唐二十三：（刚开始懵懂，旋即反应过来，眉开眼笑地，嗲声嗲气）哟，行啦，行啦。
小丸子：（故意板着脸）那就快走吧，还磨蹭什么！要不然，姓马的该带人来了。
　　　　　△唐二十三和小丸子两人向外边走去。背过唐二十三，小丸子脸上忽然浮起一丝羞涩的笑容。

29-48. 街道　　晨曦　内

　　　　　△唐二十三和小丸子两人，手牵手地跑上街道。
小丸子：快，那边。
唐二十三：（嗲声嗲气）嗯，走。

29-49. 街道　　日　外

　　　　　△一辆黑色轿车急速驶至，停住。
　　　　　△车门打开，马文涛和警察甲先后下了车，朝地牢方向走去。

29-50. 秘密羁押地牢·隔壁囚室　　日　内

　　　　　△马文涛和警察甲走进来，见囚室门大开，地上倒着便衣警察，大吃一惊。
　　　　　△马文涛和警察甲两人，快速跑向唐二十三干活的囚室。

29-51. 秘密羁押地牢　　日　内

　　　　　△马文涛和警察甲两人快速冲进来，只见地上倒伏着便衣甲、便衣乙等人的尸体。
　　　　　△马文涛冲向案几，气急败坏地翻找着——却哪里有《神州策序》摹本的踪影？
马文涛：（咬牙切齿）这两个狗杂碎！
　　　　　△马文涛有些气急败坏地掀翻了面前的案几。
　　　　　△特写镜头：马文涛一张气急败坏、完全扭曲变形的脸。
　　　　　△定格。

—— 第三十集 ——

30-1. 某废旧工地·对面民居·附近街道　　日　外
　　△小丸子连蹦带跳地在前走着，唐二十三不紧不慢地跟在后边。
小丸子：这俗话说得好，大难不死、必有后福……嘻嘻，我们呀，又捡回一条命……啊呀，说真的，昨天晚上啊，我确实怕得要死，那个马文涛啊，他是绝对不会让我们两个活着离开的，我还以为，这次真的要玩完了呢……嘻嘻，活着真好……（回头）喂，唐二十三，你能不能走快一点儿。
唐二十三：（嗲声嗲气）嗯，好，好……哟，小丸子，你等等我。

30-2. 某废旧工地·对面民居·门口　　日　外
　　△小丸子和唐二十三走到门口。小丸子拍门，门却自己开了。
小丸子：咦，门怎么没锁啊？……喂，我们回来啦。
　　△小丸子和唐二十三推门走进。

30-3. 某废旧工地·对面民居·客厅　　日　内
　　△周天昊和林秋雁一动不动地坐着，表情显得古怪。
　　△小丸子和唐二十三推门进来。
小丸子：喂，我们回来啦……咦，你们两个怎么啦？怎么怪怪的呀？
　　△小丸子正要凑上去，唐二十三忽然伸手拉了拉她：只见周天昊和林秋雁两个人的身上，缠着炸弹背心。
小丸子：（捂嘴）啊？！
　　△这时，咔嗒一声，两支黑洞洞的枪口各自顶在小丸子和唐二十三的后脑勺上——是龟田次郎和贞子。
小丸子：龟田次郎？你没有死？
龟田次郎：（狞笑）你们都还活得好好的，我龟田次郎，怎么会死？
小丸子：你……
贞　子：父亲，看来，我们需要的人，都已经到齐了。
龟田次郎：对，一个都不少。

贞　　子：父亲，你有没有发现，我们这次的行动，非常顺利，顺利得几乎不可想象——用他们中国人的话说，这就叫"得来全不费工夫"。
龟田次郎：对，是很顺利，因为他们压根儿就没有想到，我们父女俩还活着……哈哈哈哈，哈哈哈哈。
　　　　　△贞子也跟着哈哈大笑起来。

同场切：
　　　　　△周天昊、林秋雁、小丸子、唐二十三四人身上，均缠裹着炸弹背心。
龟田次郎：这种炸弹背心是由我的女儿贞子一手设计的，遥控开关在我的手上，如果不听从我的指挥，我只需稍稍一揿，你们就会被炸得灰飞烟灭。（顿了顿）想起来，也真是有意思，就在半个月以前，我们之间还是生死不共戴天的仇人关系，但现在，你们摇身一变，就成了我龟田次郎最得力的手下，哈哈哈……
林秋雁：（咬牙）龟田次郎，如果我林秋雁今天侥幸不死，迟早有一天，我会杀了你和你的女儿，为我的爹娘和大姐报仇！
龟田次郎：林二小姐，你放心，你们现在还不会死，我需要你们帮我做的事情，还没有做呢，我怎么会舍得让你们先死呢？
周天昊：龟田次郎，你到底想怎么样？如果想要《神州策序》真迹的话，那就对不住了，《神州策序》的真迹不在我们手上，而是在马文涛的手里。
龟田次郎：我知道真迹不在你们手里。
周天昊：哦？
龟田次郎：我这次来，目标并不是《神州策序》，"蝎美人计划"已经失败了，我犯不着为一幅书法作品，再次搭上我的身家性命。
周天昊：是吗？那你想要我们帮你做什么？
龟田次郎：很简单，我需要你们，去帮我救一个人。
林秋雁：（冷冷地）真是好笑，整个上海滩都在你们日本军队的管控之下，还有什么人需要你费尽周折地让我们去救？
龟田次郎：（忽然发怒，冲上前卡住林秋雁的脖子，狰狞地）姓林的，你少说风凉话！我龟田次郎到了这步田地，这还不是拜你们几个人所赐？……你看看我这张脸，现在变成了什么样子？我处心积虑筹划的"蝎美人计划"，也被你们破坏掉了……（插入，小丸子："喂，老龟，你放开我二姐！"周天昊："龟田次郎，你放开她！"）任务失败，还破了相，最后变成一副人不人鬼不鬼的样子，这是我龟田次郎这一辈子最大的耻辱，你知道吗，啊？……你以为，就我现在这个鬼样子，还有脸面回日本去见天皇陛下吗？还有脸面去宪兵队见我的同僚、求他们出兵帮我去救人吗？

林秋雁：（讥讽地）噢，我明白了，原来，你龟田次郎，现在变得有国不能回了，甚至连你昔日的战友和同僚，你都没有脸面去见他们了，是这样吗？

龟田次郎：……

林秋雁：（讥讽地）不过，龟田次郎，既然你知道这是你这一辈子最大的耻辱，那你就应该剖腹自杀，向你那个什么天皇陛下谢罪才对……你们日本的军人和武士，不是一直都有这个传统吗？

龟田次郎：（慢慢冷静下来，松开林秋雁）对，林二小姐，你说得太对了，我龟田次郎，是应该剖腹自杀，向天皇陛下谢罪……不过，我如果那样做的话，岂不是白白地便宜了你们？白白地便宜了你们中国？所以，我要活着，我要报复你们，报复上海——中国最繁华的城市。

△龟田次郎忽然仰起头，貌似癫狂地狞笑起来。

△黑屏。

30-4. 街道　日　外

△一辆厢式车在街道上行驶着，驾车的人是唐二十三。

△镜头跳转至车内——

30-5. 厢式车　日　内

△林秋雁、周天昊、小丸子三人坐在车厢内，周天昊手中举着一张照片。

△特写镜头：一个大胡子、四十多岁的中年男人，应该是德国人。

闪回：

△民居客厅中，龟田次郎举着照片，冲周天昊、林秋雁、小丸子、唐二十三说道——

龟田次郎：这个人，是德国人，他的名字叫本·哈恩，是我很多年前的一位老朋友。他在中国境内犯了点事儿，一直被羁押在巡捕房的大牢之中。三天后，他将在上海法庭接受审判……你们如果想要活命的话，就把他完好无损地救出来，带到我的面前来。

闪回结束：

△小丸子指着照片上的德国人本·哈恩。

小丸子：二姐，这个大胡子德国人，他到底是什么来头啊？龟田次郎为什么要救他？

林秋雁：（摇摇头）我也不知道。但可以肯定的是，龟田次郎和他的女儿，正在筹划一个巨大的阴谋。

小丸子：啊，阴谋？那我们还帮他去救人？

△周天昊紧盯着照片上的本·哈恩，神情凝重。

周天昊：那又能怎么办？如果不帮他去救人，我们四个马上就会变成死人。

小丸子：那也不能让他的阴谋得逞吧？老龟田和他的女儿，人那么坏，杀死了咱爹和娘，还杀死了咱大姐，现在倒好，我们还帮不共戴天的仇人做事儿。

林秋雁：不会的，小妹。我们现在受他的控制，只是暂时听从他的命令——等到了关键时刻，不管龟田次郎在筹划什么阴谋，我们都不会让他得逞，二姐我哪怕就是死，也要和他们同归于尽。

周天昊：秋雁，别说这些丧气话。龟田次郎和他的女儿，必须死，一定得死——但我们得活着，还得好好地活着。

△特写镜头：照片上的本·哈恩，忽然幻化、动了起来，幻化成了在法庭受审的真人形象——

30-6. 上海法庭　　日　内

△大胡子的德国罪犯本·哈恩顶着一头乱蓬蓬的头发，坐在审判席上；另有法官、公诉人、律师、陪审团、听众，以及负责押送本·哈恩的马文涛和他手下的警察甲等人。

△法官正在宣读判决书，本·哈恩的眼中是一副近乎癫狂且无所谓的神态。

法　官：现查明，德国人本·哈恩在我国居留期间，违背妇女志愿，强奸妇女三人、强奸并致残妇女一人，涉嫌在医院停尸房猥亵女尸七次，上述罪状均证据确凿。基于此，本院根据中华民国刑法第二百二十一条、第二百二十四条，数罪并罚，判处本·哈恩有期徒刑十二年，刑期自该犯收监之日算起。本判决自即日起生效。

△法庭的观众席上，响起了热烈的掌声。

法　官：把犯人押下去。

△马文涛挥了挥手，警察甲等人上前，押着本·哈恩朝法庭外边走去。

30-7. 上海法庭·大门口　　日　外

△马文涛带着一众警察，押着本·哈恩走出法庭，数十名中外记者争相上

·灰 雁·

前拍照采访。
记者甲：请问马探长，一名外国籍犯人在中国境内接受审判，会不会引起国际纷争？
记者乙：请问马探长，这个案子是您破获的，在破案的过程中，你有没有顾虑到对方的德国籍身份？
马文涛：对不起，无可奉告。请让一下。
　　△马文涛带着一众警察，推开采访的数十名中外记者，押着本·哈恩上了囚车。
　　△巡捕房的一众车队，迅速驶离。

30-8. 街道　　日　外
　　△马文涛率领的一众巡捕房车队，缓缓驶来。
　　△街道中央，背对镜头，站着四名穿黑色风衣的人，手中各自拎着轻重武器。
　　△正面特写镜头：四名穿黑色风衣的人，脸上带着木偶面具，分别是唐僧（周天昊）、孙悟空（林秋雁）、猪八戒（小丸子）、沙和尚（唐二十三）形象。
　　△戴孙悟空面具的黑衣人（林秋雁）举起长枪，打爆了厢式囚车的轮胎，囚车侧倾冲到路边，然后停住。
　　△周天昊、林秋雁、小丸子、唐二十三一边射击，一边逼近巡捕房车队，同时扔出几个烟幕弹，烟雾弥漫。
　　△对切：马文涛、警察甲及其他警察乱纷纷地跳下车，朝逼近的林秋雁、周天昊、小丸子、唐二十三开枪射击。
警察甲：探长，他们是什么人？
马文涛：不知道。
　　△对切：周天昊、林秋雁、小丸子、唐二十三一边射击，一边向关押本·哈恩的囚车靠拢。
马文涛：他们是冲着那名德国佬来的……给老子打，狠狠地打！
警察甲：是，探长。

30-9. 某高楼顶　　日　外
　　△高楼顶上，龟田次郎和贞子举着望远镜，观望着楼下边的街道。
　　△望远镜中：周天昊、林秋雁、小丸子、唐二十三四人，一边与巡捕房

的警察对射，一边靠近关押本·哈恩的囚车。

贞　　子：父亲，你说，周天昊和林秋雁他们，能成功吗？

龟田次郎：放心吧，贞子，他们一定能把哈恩教授给营救出来……周天昊和林秋雁他们，差不多就是马文涛的克星，反正，他们之间交手多次，但巡捕房从来就没有占过任何便宜。

贞　　子：哦？

龟田次郎：这个马文涛，花着我们大和洋行送给他的钱，却动不动在背地里抄我们的后路，给我们的计划设置障碍，是该让他吃点苦头了。

30-10. 街道　　日　外

△林秋雁、小丸子、唐二十三一边与巡捕房警察对射，一边逼近囚车。

△林秋雁抬手一枪，打掉囚车门锁，一把拉开囚车门。

△囚车内，本·哈恩戴着手铐，有些疑惑地望着林秋雁等人。

小丸子：二姐，就是这个人？

林秋雁：是他。

小丸子：啊呀，长得可真难看，跟野人似的。

林秋雁：他一直关在巡捕房的大牢里，蓬头垢面，当然跟野人一样……（冲本·哈恩，冷冷地）下来。

本·哈恩：（没反应过来）嗯？你说什么？你刚才说什么？

林秋雁：（冷冷地）我让你下车，跟我们走。

本·哈恩：（反应过来，面露喜色）噢，天啦，我就知道，会有人来救我出去的——要知道，我可是忠实的基督徒，上帝不会那么绝情，一直让他忠实的信徒蹲在监狱里的。

林秋雁：（冷冷地）你信奉的那个上帝没有那么仁慈——你最好马上下来。

本·哈恩：（一边下车一边絮叨）好，好，我这就下来……不过，麻烦请你告诉我，你们是谁？谁派你们来的？你们到底是男人，还是女人？……还有，你们脸上戴的那个破面具，能不能摘下来？

林秋雁：（冷冷地）少他妈废话，快跟我们走。

本·哈恩：啊，好好好，我这就跟你们走，我这就跟你们走。

△林秋雁、小丸子、唐二十三三人，一边射击，一边保护着本·哈恩朝自己的车走去。

·灰 雁·

同场切：

△另一头，马文涛在烟雾弥漫中举枪射击，他落了单，冷不防被周天昊用枪顶住下巴，逼到了僻背的角落里。

马文涛：（惊而不乱）我是巡捕房的副总探长，你们是什么人？为什么要拦截我们的车队？

△周天昊取掉脸上戴的唐僧模样的木偶面具，露出原本的面貌。

马文涛：（惊讶地）周天昊?!（忽然恼火地）你们他妈的到底要干什么？我早就警告过你们，要你们从上海滩彻底消失，否则，老子一定会杀了你们——我放了你们一条生路，你们又跑来捣什么乱？

周天昊：很抱歉，马探长——我们今天来，也是被人所逼，迫不得已。

马文涛：（恼火地）被人所逼、迫不得已？……哼，你以为，我会相信你周天昊的鬼话？

周天昊：信不信由你。不过，我可以告诉你我们来的目的：我们要劫囚车，带那名刚刚被判刑的哈恩先生走。

马文涛：（恼火地）劫囚车？哼，这个德国佬，跟你们军统有什么关系？你奉了谁的命令来带他走？……周天昊，你最好别忘了，我马文涛现在也是军统的一员，而且，职级比你高。

周天昊：我知道你的职级比我高，但我所奉的，并不是来自军统的命令。

马文涛：那是谁的命令？

周天昊：龟田次郎。

马文涛：周天昊，你当我是三岁小孩吗？说瞎话也要有点由头，不要说龟田次郎已经死了，就算是龟田次郎还活着，你、林秋雁跟他之间，是不共戴天的仇人关系，你们几个会听他的指派？

周天昊：你说对了，龟田次郎没有死，不但他没有死，他的女儿贞子也活着。

马文涛：（惊讶地张大嘴巴）啊?!

周天昊：（解开衣襟，露出炸弹背心）看见没有？我们的身上都缠着炸弹——我们被龟田次郎控制住了，控制炸弹的开关，掌握在龟田次郎的手里，所以，我们不得不听从他的命令。

△马文涛再次啊了一声，眼珠子瞪得老大。

周天昊：你最好认真查一查这名德国犯人的具体来历。

马文涛：开玩笑。他不过就是一名普通的德国人，在中国境内犯了几宗强奸案子而已，有什么好调查的？

周天昊：马文涛，我没有跟你开玩笑。龟田次郎在筹划一个非常大的阴谋，虽然

　　　　　我不知道具体是什么阴谋，但肯定是针对上海制定的计划——而启动这个计划最关键的一环，有可能就是这名叫本·哈恩的德国人，要不然，他也不会让我们拼死来劫囚车。
马文涛：（有点迟疑）周天昊，我该怎么相信你？
周天昊：你必须相信我，因为我是冒着生命危险来提醒你——我敢肯定，龟田次郎和他的女儿就在附近监视着我们。
　　　　△马文涛听周天昊这样一说，下意识地朝龟田次郎可能隐身的地方望了一眼。

30-11. 某高楼顶　　日　外
　　　　△高楼顶上，龟田次郎和贞子依旧举着望远镜，观望着楼下边的街道。
　　　　△望远镜中：林秋雁、小丸子、唐二十三三人，一边与巡捕房警察枪战，一边将本·哈恩推搡出厢式车（因为有烟幕弹，视线不会太清楚，忽略周天昊的不出现）。
贞　子：看来，他们成功了。
龟田次郎：（点点头）嗯。我们走，贞子。
　　　　△龟田次郎和贞子收起望远镜，转身离开。

30-12. 街道　　日　外
　　　　△林秋雁驾驶着厢式车，快速驶至周天昊附近，咔地停住。
　　　　△僻背处，周天昊依旧在跟马文涛对话。
周天昊：另外，我知道你马探长想要什么——你想把《神州策序》的真迹调包出来，据为己有，但没有唐二十三的伪造版，你根本没法调包。
马文涛：……
周天昊：伪造版就在我们手上，如果你还想要的话，就按我说的做，查查这个本·哈恩的来龙去脉。
　　　　△驾驶室内，林秋雁一边隔窗打出几枪，一边冲周天昊喊——
林秋雁：教官，快上车。
　　　　△周天昊戴上木偶面具，用手枪指着马文涛，慢慢后退，然后迅速跳上厢式车。
　　　　△马文涛举起手枪，瞄准正在合上车门的厢式车，犹豫片刻，终于没有扣动扳机。
　　　　△林秋雁驾驶着厢式车，飞速驶离。

30-13. 另一街道　　日　外
　　△林秋雁驾驶着厢式车，在街道上疾驰。
　　△镜头跳转至车厢内——

30-14. 厢式车　　日　内
　　△周天昊、小丸子、唐二十三三人，摘下各自戴的木偶面具。
本·哈恩：噢，中国人，我太爱你们了……不过，能不能告诉我，到底是谁派你来救我的？
周天昊：闭嘴！
　　△周天昊冲本·哈恩晃了晃手中的枪。
本·哈恩：（举手，作投降状）好，好，我闭嘴，我闭嘴。

30-15. 公共租界巡捕房·走廊　　日　内
　　△马文涛虎着脸，大踏步走向自己的办公室，警察甲小心翼翼地跟在他身后。

30-16. 公共租界巡捕房·马文涛办公室　　日　内
　　△马文涛虎着脸走进办公室，将帽子摔在桌子上。
　　△特写镜头：一张早期的报纸搁在桌子上，头条是一张本·哈恩被捕的照片，旁边是一行粗体字标题"德籍嫌犯在华频强奸妇女，巡捕房神探马文涛火速破案"。
　　△马文涛拿起报纸，死死地盯着本·哈恩的被捕照片，脑际回响起周天昊的话。
周天昊：（OS）你最好认真查一查这名德国犯人的具体来历。
周天昊：（OS）我不知道龟田次郎到底在筹划什么阴谋，但他的阴谋中，最关键的一个人物，有可能就是这名刚判了刑的德国犯人本·哈恩……本·哈恩（"本·哈恩"几个字以回音方式在马文涛耳边回响）……
警察甲：探长……
马文涛：把这个案子的所有卷宗资料，都给我调过来，我要从头梳理一遍。
警察甲：是，探长（转身欲走）。
马文涛：等等。
　　△警察甲站住脚步，回转身，望着马文涛。

马文涛：再安排几个可靠点儿的弟兄，去查查这个本·哈恩，从他踏上中国国土以后的所有踪迹——记住，要悄悄地查，连龟田次郎一起查，但不要惊动日本宪兵队那边。
警察甲：（错愕地）探长，那个龟田次郎，他，不是已经死了吗？
马文涛：他没有死——就是他派人来，救走了那个德国佬。
警察甲：啊？！
马文涛：马上去安排。
警察甲：是，探长，属下这就去。
　　　　△警察甲转身走出。
　　　　△马文涛回转头，盯着报纸上本·哈恩的被捕照片，眼神渐渐地变得凝重起来。

30-17. 郊野·车道　　日　外
　　　　△林秋雁驾驶着厢式车，在郊外的车道上颠颠簸簸地行驶着。
　　　　△镜头跳转至车内——

30-18. 厢式车　　日　内
　　　　△周天昊、小丸子、唐二十三和本·哈恩，坐在车厢内。
小丸子：喂，姓周的，我们这是要去哪儿呀？
周天昊：去跟龟田次郎汇合。
本·哈恩：噢，等等，等等……你是说，是龟田次郎——龟田君派你们来的？
周天昊：怎么，你认识他？
本·哈恩：噢，我当然认识他，他曾经是我最要好的朋友……当然，是之一。
　　　　△周天昊嗤了一声，不再搭理他。
小丸子：娘娘腔，你说，咱俩怎么这么倒霉啊，这刚从马文涛的地牢里逃出来，又落入了龟田次郎的魔爪……
唐二十三：（哆声哆气）哟，小丸子，你呀，别怕……有我呢，我唐二十三呀，会保护你的……别怕……
　　　　△小丸子苦着脸，轻轻地偎在唐二十三的肩膀上。

30-19. 郊野　　日　外
　　　　△两辆带篷布的大卡车停在那里，龟田次郎、贞子，还有三四名五十岁左右的外国人，另有数十名全副武装的日本士兵，一应人等均站在卡车

旁。

　　　△林秋雁驾驶着厢式车驶至，停住。

　　　△林秋雁、周天昊、小丸子、唐二十三，以及本·哈恩，先后跳下车来。

龟田次郎：（张开臂膀迎上去）哈恩教授，别来无恙！

本·哈恩：噢，龟田君，你好吗！（与龟田次郎亲热拥抱）噢，龟田君，你的脸怎么啦？

龟田次郎：没什么，受了一点小伤。

贞　　子：哈恩先生！

本·哈恩：噢，贞子小姐，你变得是越来越漂亮了。

贞　　子：哈恩先生真会夸奖人。

本·哈恩：噢，你错了，我这不是夸奖，是真心话……真心话，懂吗？

贞　　子：谢谢，哈恩先生。

本·哈恩：哈哈，不用谢……来，性感的大美妞，拥抱一个。

　　　△本·哈恩与贞子小姐轻轻地拥抱了一下。

龟田次郎：都上车，我们要出发了。

　　　△本·哈恩和另几名外国人，上了其中一辆大卡车。

　　　△林秋雁、周天昊、小丸子、唐二十三四人，走向厢式车。

龟田次郎：喂，站住。

　　　△林秋雁、周天昊等人站住，回头，看着龟田次郎。

龟田次郎：上这辆车。

　　　△林秋雁、周天昊等人迟疑片刻，转身走向另一辆大卡车。

　　　△龟田次郎抓过一名日本士兵的长枪，对准厢式车的油箱部位，连续开枪射击。

　　　△轰隆一声，厢式车爆炸，腾起一团巨大的火焰。

龟田次郎：我们走。

　　　△龟田次郎、贞子、日本士兵等最后上车。

　　　△稍倾，两辆大卡车先后驶出。

30-20. 郊野·车道　　日　外

　　　△两辆大卡车颠颠簸簸地向前行驶着。

　　　△镜头跳转至车篷内——

30-21.　大卡车　　　日　内
　　　△第一辆大卡车中，坐着本·哈恩及另几名外国人，另有数名日本士兵看守；
　　　△第二辆大卡车中，坐着周天昊、林秋雁、小丸子、唐二十三四人，另有执枪的日本士兵等看守。

30-22.　郊野·车道　　　日　外
　　　△两辆大卡车行驶至一座山峰前，山崖自动向两边移开，露出一个巨大的山洞。
　　　△两辆大卡车缓缓驶入山洞内，山崖自动向两边合上，又变成了一座完整的山峰。

30-23.　公共租界巡捕房·马文涛办公室　　　日　内
　　　△办公桌后的马文涛，呼地一下站起身来。
马文涛：你说什么，那个叫本·哈恩的强奸犯，原来是化学武器专家？
警察甲：是的，探长，根据我们目前掌握的情况，这个叫本·哈恩的，他的真实身份，其实是一名来自德国的化学博士，专门进行化学武器研究的专家……他之前在东北，给关东军效过力，后来不知怎么的，就流窜到了上海这边犯了案子，被我们巡捕房给抓了起来……情况就这样。
马文涛：还查到什么啦？龟田次郎那边呢，查到什么没有？
警察甲：其他的，就没什么了，龟田次郎那边也没查到什么——哦对了，有几名来自国外的游客，最近忽然莫名其妙地失踪了。
马文涛：游客？失踪？这跟本·哈恩的案子有什么关系？
警察甲：表面上看起来，好像是没有什么关系，不过……
马文涛：别磨磨叽叽的，拣要紧的说。
警察甲：哎，是，探长。这几名游客，有从美国来，也有从意大利来的，总共四个人——他们都和那位本·哈恩一样，真实身份是化学武器和细菌研究方面的专家……
马文涛：（惊愕地）你说什么？
警察甲：他、他们……也是化学武器专家……
马文涛：（恼火地）既然是化学武器方面的专家，那他们就不是无缘无故地失踪了。想都不用想，跟那个德国佬一样，他们是被龟田次郎的人弄走了——说不定，这些人，就是龟田次郎专门从国外请来的。

·灰 雁·

警察甲：啊?!
　　　　△马文涛眉头紧蹙，有些焦灼地在地板上走着来回。
　　　　△稍倾——
警察甲：探长，您也不用太着急了，这龟田次郎和周天昊、林秋雁他们斗法，不关咱们的事儿，咱们巡捕房啊，正好坐收渔翁之利……
马文涛：（一瞪眼）你懂个屁！
警察甲：……
马文涛：龟田次郎这个人，我太了解他了——他是一个不达目的誓不罢休、为了达到目的又不择手段的人，他潜伏中国多年，一直秘密地搜刮着中国的文物古籍，而他的核心目标，就是《神州策序》的真迹……现在，他的任务失败了，他没有脸面回日本，肯定会抓住最后的机会，孤注一掷……你看看他搜罗的这些人，化学武器专家、细菌研究专家——他要造毒气炸弹！
警察甲：（惊愕地）啊?!
马文涛：如果龟田次郎的目标是上海，毒气炸弹一爆炸，整个城市都得毁掉——到了那时候，你以为你和我两个人，还能够活命吗？
警察甲：啊，那怎么办？
马文涛：（恼火地）还能怎么办？加派人手，继续查，一定要找到龟田次郎制造毒气炸弹的老窝。

30-24. 秘密基地·空旷大厅　　　日　内
　　　　△本·哈恩和另外四名外国专家站成一排，龟田次郎居中对他们讲话；周天昊、林秋雁、小丸子、唐二十三四人站在一旁；贞子及数十名荷枪实弹的日本士兵，站在龟田次郎身后。
　　　　△在龟田次郎等人身后，影影绰绰地能看到用于研究和组装化学武器的一应实验室及相关的设备。
龟田次郎：各位，欢迎你们来到我的地下工厂——（指着身后的实验室）大家看到了，你们即将进行的，将是一项极为艰难的工作，但也是一项将要写入历史记载的伟大工作，因为你们的工作成果，将给我大日本皇军快速实现大东亚共荣，贡献重要的力量！
汤　姆：龟田先生，你到底要我们制造什么？
龟田次郎：汤姆先生，我要你们制造的，是一种新型的毒气炸弹，扩散范围至少要在五平方公里以上。

△除了本·哈恩眼中露出狂热之色以外，其他专家各自啊了一声，一时面面相觑。

龟田次郎：怎么，各位有问题吗？

美国专家：（生硬的汉语）No，No，No，龟田先生，很抱歉，我不能接受你的工作。我是一个虔诚的基督徒，我做的细菌实验，是为了救人，而不是用来做你疯狂的杀人武器……我拒绝做这样的实验，No，No。

龟田次郎：是吗？

美国专家：Yes，yes.

龟田次郎：（狞笑）既然你是虔诚的基督徒，那我现在就送你去见你们的天主！

△龟田次郎猛地拔出腰间的武士刀，挥出。

△只见一道白光闪过，美国专家的脖颈间喷出一道血柱，然后仰面栽倒。

△在场的人除了本·哈恩、贞子及日本士兵，其他人等均打了个寒噤。

△长时间的静默。

△稍倾——

龟田次郎：各位，还有什么问题吗？

△大家都有些惧怕地摇了摇头。

龟田次郎：汤姆先生，你呢？

汤　姆：没、没有了。

龟田次郎：那就好，现在进你们的实验室，开始工作，我需要各位在最短的时间内，研制出我需要的东西……（冲本·哈恩）哈恩教授，这项工作，由你来牵头负责。

本·哈恩：放心吧，龟田君，没有问题——你是知道的，我这个人，最擅长这个。

龟田次郎：哈恩教授的实力，我龟田次郎当然放心。

△本·哈恩和其他三位外籍科学家，各自穿上实验服、戴上防毒面罩，进了自己的实验室。

△周天昊、林秋雁、小丸子、唐二十三相互对视一眼，神情复杂。

30-25.（一组交错镜头）秘密基地·各实验室　　日　内

△本·哈恩以及另三位外籍科学家，身穿实验服、戴防毒面罩在各自的实验室进行工作的情景。

30-26. 秘密基地·大厅　　日　内

△身穿防化服的周天昊、林秋雁、小丸子、唐二十三四人，在日本士兵

·灰　雁·

　　　的监督下，往各实验室搬运东西。
　　　△周天昊和林秋雁两人走进汤姆先生的实验室，小丸子和唐二十三两人则搬着东西进了本·哈恩的实验室。

30-27．秘密基地·汤姆实验室　　　日　内
　　　△汤姆先生正在埋头做实验。
　　　△周天昊和林秋雁两人搬着东西进来。
汤　姆：把东西搁在那里。
　　　△周天昊和林秋雁放下东西，但并没有当即离开。
汤　姆：（疑惑地抬起头）请问，你们还有事吗？
　　　△周天昊和林秋雁两人对视一眼。
周天昊：汤姆先生，我们能问问，你们所做的这个毒气实验……
汤　姆：（打断）NO，NO，我知道你们是中国人，我也知道你们跟我一样，都是被人胁迫的，但我们不能谈论这个话题——你们都看到了，那个龟田先生，他压根儿就是个杀人魔鬼。
林秋雁：汤姆先生，正因为他是个杀人魔鬼，我们才更要搞清楚，你们帮他制造的毒气炸弹，他到底要用来做什么？到底有多大的威力？
汤　姆：（为难地）这个，这个……
周天昊：（恳求地）汤姆先生，请你一定告诉我们！
林秋雁：（恳求地）汤姆先生！
汤　姆：（无奈地摊摊双手）哦，好吧。我就这么告诉你们，我们现在所要制造的毒气炸弹，是一种在战场上从来没有出现过的新型武器，它的威力，表面上，可能跟普通炸弹没有什么太大的区别，但它的杀伤力，却远远地超过普通炸弹，十倍、二十倍……具体的，我们自己也无法估计。因为这种炸弹一旦爆炸，炸弹中所携带的病毒和细菌，就会像瘟疫一样，迅速扩散……
周天昊、林秋雁：啊？！

30-28．秘密基地·汤姆实验室　　　日　内
　　　△小丸子和唐二十三将东西搁在地上。
　　　△正在打着呼哨工作的本·哈恩扫视了小丸子一眼。
本·哈恩：你们两个，是中国人？
小丸子：（没好气地）是，怎么啦？

本·哈恩：（盯着小丸子）小姑娘，摘掉你的防毒面具，让我看看，你长得漂亮不？说实话，你们劫我出来的那天，我由于太紧张，都没能仔细瞧瞧。

小丸子：（往后躲）喂，你要干什么？

本·哈恩：（猥亵地笑着，逼近小丸子）我要干什么？……我喜欢女人，非常非常喜欢女人，难道你们不知道吗？就在你们救我那天，我刚刚因为强奸妇女罪，被你们中国政府判了十二年有期徒刑……你们难道忘了？……哈哈哈……

△小丸子往后躲，唐二十三顺势拿起一柄手术刀，顶在本·哈恩的脖颈上。

唐二十三：（嗲声嗲气）哟，哈恩先生，你最好退回去，规规矩矩地坐在那儿，别乱动……（本·哈恩无奈，老老实实地坐回去）哈恩先生，你好像忘了比较关键的一点儿，我们几个，虽然被龟田先生控制着，但是，我们既然有能力从巡捕房的警察手里把你给救出来，自然也就有能力，像捏死一只蚂蚁一样把你捏得粉碎……

本·哈恩：你、你们……

唐二十三：哈恩先生，你给我记住了，以后，离我们远一点儿……（回头）小丸子，我们走。

小丸子：喏。

△唐二十三和小丸子出。

30-29. 秘密基地·大厅　　日　内

△小丸子和唐二十三从本·哈恩的实验室走出来。

小丸子：（开心地）嘻嘻，唐二十三，你刚才拿刀逼住那个德国佬的样子，老帅老帅了。

唐二十三：（嗲声嗲气）哟，那是当然，为了保护我未来的媳妇，我自然要拿出点男子汉的气魄来。

小丸子：啊呀，真是的，说你胖，你还真就喘上了！……喂，谁是你未来的媳妇呀？再敢胡说八道，小心我拔掉你的舌头！（话说得凶恶，但表情中抑制不住喜悦）

唐二十三：（嗲声嗲气）好，我不说，我不说。

△这时，周天昊和林秋雁两人走了过来。

周天昊：你们说什么呢？

小丸子：（尴尬、心虚地）啊，没说什么，没、没什么。

·灰 雁·

　　　　△林秋雁有些狐疑地看了小丸子一眼,又看了唐二十三一眼,唐二十三
　　　　却有意把脸别了过去。
林秋雁：走吧。
小丸子：嗯,好。
　　　　△周天昊、林秋雁、小丸子、唐二十三四人离开。

30-30. 秘密基地·周天昊等人休息室　　夜　内
　　　　△周天昊、林秋雁、小丸子、唐二十三,或坐或站,神情凝重。
小丸子：二姐,老龟田找这么多人帮他造毒气炸弹,他到底要干什么呀?
林秋雁：他要毁掉上海。
小丸子、唐二十三：啊?!
林秋雁：我们破坏了他的"蝎美人计划",他想用这种方式复仇。
小丸子：那、那……那个毒气炸弹,真的有那么厉害?就能……能毁掉上海?
林秋雁：(摇摇头)我也不知道——他们打算把细菌和病毒装进炸弹里边,想一
　　　　想,应该是很可怕的。
小丸子：唔。
周天昊：虽然我们不知道毒气炸弹的具体威力,但根据那个汤姆先生的说法,这
　　　　种炸弹一旦引爆,就会引发大面积的病毒流行,就跟瘟疫一样——在某
　　　　种程度上,这种炸弹可能比战场上使用的常规炮弹,更具破坏力和杀伤
　　　　力。
唐二十三：(嗲声嗲气)哟,周长官、林姑娘,如果龟田次郎真的把上海滩给毁
　　　　掉了,那我们几个,岂不是都成了罪人?那个叫什么本·哈恩的教授,可
　　　　是我们几个给救出来的。
　　　　△周天昊、林秋雁、小丸子不由得面面相觑,一时沉默,不知道该说什
　　　　么。

30-31. 秘密基地·龟田次郎指挥室　　夜　内
　　　　△墙上挂着一张上海军用地图,龟田次郎举着放大镜,正在地图上做标
　　　　记。
　　　　△特写镜头:龟田次郎身后的办公桌上,摆着一个台历,显示的日期是
　　　　十月二十一日。

30-32. 秘密基地·周天昊等人休息室　　夜　内

周天昊：是啊，如果上海滩真的被龟田次郎毁了，我们几个，就都成了民族的罪人、党国的罪人！

林秋雁：龟田次郎所要求的爆炸扩散范围，是不低于五平方公里——依我的判断，他的行动目标，应该不是针对上海。

周天昊：（沉思片刻）秋雁说得对，龟田次郎的目标，有可能不是毁掉上海——他也没必要毁掉上海，毕竟上海目前是在日本军队的管控之下。

小丸子：啊呀，真是的……你们两个分析来分析去的，到底有个结果没有啊？老龟田到底要炸哪里呀？

林秋雁：暂时还没有头绪——不用急，我们迟早会知道的。

小丸子：唔。

林秋雁：总之，不管付出什么样的代价，我林秋雁，都不会让龟田次郎的阴谋得逞——不管他的目标是哪里。

△林秋雁的眼神之中，透出一股坚毅之色。

30-33. 秘密基地·龟田次郎指挥室　　夜　内

△龟田次郎依旧举着放大镜，在军用地图上仔细察看。

△贞子走了进来。

贞　子：父亲。

龟田次郎：（回头）哦，贞子啊，来来来，过来……（在地图某处画了一个圈）你来看，这个地方，就是美国大使馆的所在地。

贞　子：哦？

龟田次郎：一周后，美国驻华大使亨利·鲍威尔先生，将在美国大使馆召开一次中外记者见面会，届时，会有很多外国的记者前去现场采访——那个时候，就是我们动手的好时机。

贞　子：当美国大使馆和那么多的外国记者，在我们毒气炸弹的攻击下，死的死、伤的伤，再加上有毒气体的迅速扩散和传播——那个时候，世界范围内的媒体舆论，肯定会是一片哗然。

龟田次郎：最关键的是，最后所有的调查证据，都会严丝合缝地指向中国政府的军统组织——而不是我们。

贞　子：父亲，您的这个计划，简直太妙了。计划一旦成功，不光会令中国政府相当被动，而且，还会引起中美两国之间的猜忌，如果能断了美国对中国政府的军需援助，甚至引起中美两国之间的战事摩擦，我们大日本帝

·灰 雁·

国的皇军，就可以坐收渔翁之利。
龟田次郎：是啊，我的这个计策，用他们中国人的话说，就叫一石三鸟。
贞　　子：对，一石三鸟。
　　　　△龟田次郎和女儿贞子对视一眼，会心一笑。

30-34．（空镜头）秘密基地　　日　外
　　　　△秘密基地外的郊野、山峰、车道等。

30-35．（一组镜头）秘密基地　　日　内
　　　　△各个实验室内，穿着防化服的本·哈恩，以及另三位外籍科学家，正埋头在瓶瓶罐罐之间，卖力地工作（重点突出本·哈恩的工作状态，加边工作边吹口哨之类例证性动作）。
　　　　△大厅中：
　　　　——穿着防化服的日本士兵在巡逻、警戒；
　　　　——龟田次郎带着贞子小姐，挨个对实验室进行巡查；
　　　　——穿着防化服的周天昊、林秋雁、小丸子、唐二十三，时不时进出各实验室，或搬或送一些东西。

30-36．秘密基地·大厅　　夜　内
　　　　△夜已经很深了，其他实验室的灯光早已经灭掉，唯独本·哈恩的实验室，灯光还亮着。
　　　　△贞子小姐不紧不慢地走过来，站定，隔着玻璃望着实验室中正在忙碌的本·哈恩。

30-37．秘密基地·哈恩实验室　　夜　内
　　　　△本·哈恩一边吹着口哨，一边在瓶瓶罐罐中勾兑药水之类——看得出，他对制造毒气炸弹的工作很是狂热。
贞　　子：（OS）哈恩先生！
　　　　△本·哈恩抬起头，只见贞子小姐娇媚地站在他的实验室门口。
本·哈恩：噢，贞子小姐，你怎么来啦？
贞　　子：怎么，我不能来吗？
本·哈恩：噢，不，不不不，我不是这个意思，只要贞子小姐喜欢，你随时可以来我这里。

△贞子小姐紧盯着本·哈恩，一双纤纤玉手慢慢地解开上衣纽扣，两只雪白的乳房跳了出来。

△本·哈恩的一双眼睛渐渐闪现出亮光来，他死盯着贞子小姐雪白的乳房，喉结不由自主地蠕动了一下。

30-38. 秘密基地·大厅　　夜　内

　　△周天昊悄悄地探身出来，四下观察一番，挥了挥手。
　　△林秋雁、小丸子、唐二十三三人冒出身来，一行人等悄悄地向前潜去。
　　△到了本·哈恩实验室近旁，忽然传出男女的调笑声，周天昊立即做了个噤声的动作，一行人等停住。

贞　子：（OS）喜欢吗？
本·哈恩：（OS）噢，喜欢，当然喜欢。
　　△周天昊、林秋雁等人悄悄地朝实验室内望去，只见本·哈恩和贞子小姐正拥吻在一起。
　　△小丸子惊讶地啊了一声，但旋即被林秋雁捂住了嘴巴。

30-39. 秘密基地·哈恩实验室　　夜　内

　　△本·哈恩和贞子一边急切地接吻，一边互相脱着对方的衣服。
　　△身体半裸的贞子和本·哈恩两个人，一边接吻一边转入布帘后边。
　　△布帘后边，顿时响起一片男女恩爱的旖旎之声。

30-40. 秘密基地·大厅　　夜　内

　　△周天昊轻轻地挥了挥手，带着林秋雁、小丸子、唐二十三，继续向前潜去。

30-41. 秘密基地·龟田次郎指挥室·门口　　夜　内

　　△周天昊、林秋雁、小丸子、唐二十三四人，蹑手蹑脚地走到龟田次郎指挥室门口。

周天昊：（压低声音）小丸子，你上。
小丸子：（低声）嗯，好。
　　△小丸子上前，用一根细铁丝，轻轻地鼓捣了几下，门锁就开了。
　　△小丸子推开门，一行人等潜了进去。

· 灰 雁 ·

30-42. 秘密基地·龟田次郎指挥室　　夜　内

　　　　△周天昊、林秋雁、小丸子、唐二十三四人，推门进来。
　　　　△四个人就着外边照射进来的昏暗灯光，各自查看、翻找文件等物。
　　　　△特写镜头：桌子上摆着台历，显示的日期是十月二十一日。
　　　　△林秋雁举着一个小手电筒，仔细地察看着挂在墙上的军用地图。忽然，光柱停留在了龟田次郎标注在地图上的一个圆圈上边。

林秋雁：教官，你来看。
　　　　△周天昊、小丸子、唐二十三三人围上来。

林秋雁：（指着地图上的圆圈）你看，这里……这应该是龟田次郎做的标记。

周天昊：（思索状）这个地方……

林秋雁、周天昊：（同时反应过来，异口同声）美国大使馆！
　　　　△周天昊迅速回转身，抓起桌子上的一张报纸，举到林秋雁的手电光下。
　　　　△特写镜头：报纸上，一行醒目的黑体字标题："美驻华大使亨利·鲍威尔先生将于十月二十八日举行中外记者见面会。"

林秋雁：十月二十八日，中外记者见面会……（低低地惊呼一声）他的目标是美国大使馆！他要在中外记者见面会上动手！

周天昊：应该错不了，他要在中美两国之间，制造事端。

小丸子、唐二十三：啊？！
　　　　△忽然，吧嗒一声，灯光大亮，同时响起不紧不慢拍巴掌的声音。
　　　　△周天昊、林秋雁、小丸子、唐二十三四人，遽然回头——
　　　　△只见龟田次郎一边拍着巴掌，一边走进了指挥室；在他身后，跟着数名荷枪实弹的日本士兵。

龟田次郎：林二小姐、周教官，你们还真是聪明，就单凭我在地图上做的一个简单标记和一张旧报纸，就能推断出我确切的行动目标，不简单，不简单。

林秋雁：龟田次郎，你太狠毒了，你在美国大使馆的中外记者见面会上使用毒气炸弹，你知道会引起国际社会多大的反响吗？

龟田次郎：我知道，我当然知道——我之所以苦心孤诣地安排这一切，就是为了这样一个目标。

周天昊：你要在中美两国之间制造事端，进而让你们大日本皇军，在中国战场上渔翁得利？

龟田次郎：对，你说得一点儿都没错。我就是要制造一起人为的毒气炸弹袭击事件，为这一事件丧失掉性命的，将会有美国驻华大使亨利·鲍威尔先生，以及他手下的一应工作人员，还有前去采访的众多中外记者……想想看，

626

这样一个爆炸性的事件，还不引起全世界范围的瞩目？

小丸子：啊呀，真是的，喂，老龟田，你这个人，也真够缺德的你……

龟田次郎：（冷笑）哼哼，缺德？缺德算什么呀？你们中国人不是有句古语，成者王侯败者寇，在战场上，从来是以胜败论英雄，而不是以道德论英雄。

林秋雁：（厉声）龟田次郎，你的阴谋不会得逞的！

龟田次郎：得不得逞，你林二小姐说了不算，是我龟田次郎说了算——我之所以让你们几个都活着，就是要让你们亲眼看一看，美国大使馆是如何在一瞬间化为一片灰烬的，而迅速扩散的毒气，又会像无法控制的瘟疫一样，让全世界都感到震栗和恐慌……

周天昊：你留着我们，就是为了看你丧心病狂的这一"杰作"？

龟田次郎：不，不不不，周教官，你想得太简单了——我之所以留着你们的命，是为了把你们几个人所有的剩余价值都挖掘出来。

△周天昊、林秋雁、小丸子、唐二十三四人，不由得对视一眼。

林秋雁：你要嫁祸给我们？

龟田次郎：对，还是你聪明，林二小姐——这么大的袭击事件，总得有人，把所有的罪名给承担下来。

林秋雁：……

龟田次郎：你们毁掉了我的一切：我的荣誉、我的忠诚、我的前途、我的事业——现在，我要加倍地还到你们身上。

林秋雁：（低吼）龟田次郎，我现在就杀了你！

△林秋雁欲往上冲，周天昊、小丸子、唐二十三三人死死地拽住她。

周天昊：秋雁，你冷静一点儿。

小丸子：二姐……

唐二十三：（嗲声嗲气）哟，林姑娘……

△龟田次郎有些轻蔑地望着目眦尽裂的林秋雁等人。

龟田次郎：林二小姐，你还是省点儿力气吧。我只要轻轻地一摁遥控开关，你们身上的炸弹背心，就会把你们炸得灰飞烟灭！……（冲手下）把他们押回房间，锁起来，不许他们再乱跑。

士兵甲：是，将军。

△数名荷枪实弹的日本士兵上前，推搡着周天昊、林秋雁、小丸子、唐二十三四人，朝外边走去。

·灰 雁·

30-43. 秘密基地·大厅　　夜　内
　　△数名日本士兵押着周天昊、林秋雁、小丸子、唐二十三，朝休息室方向走去。

30-44. 秘密基地·周天昊等人休息室·门口　　夜　内
　　△数名日本士兵将周天昊、林秋雁、小丸子、唐二十三四人推搡进房间，咣当一声，在门上挂了一把大锁。

── 第三十一集 ──

31-1. 郊野·车道　　日　外

　　　△一辆车驶来，停在山峰前，马文涛带着三四名警察下了车。
　　　△马文涛蹲下来，查看地上的车辙印，车辙印一直通向山峰前。
马文涛：走，前边去看看。
　　　△马文涛带着三四名警察，向稍远处的山峰走去。

31-2. 山峰　　日　外

　　　△马文涛带着三四名警察，循着车辙印，一直走到山峰近前。
　　　△忽然，枪声响起，草丛中射出数枚子弹，马文涛身旁的三四名警察，一一应声栽倒。
　　　△马文涛伸手拔枪，但刚刚拔出一半，数名身穿防化服的日本士兵，就已经端着枪围了上来。
士兵甲：不许动！举起手来！
　　　△马文涛缩回拔枪的手，慢慢地举起双手。

31-3. （一组镜头）秘密基地　　日　内

　　　△实验室内，穿着防化服的本·哈恩，以及另三位外籍科学家，正在埋头工作（重点突出本·哈恩的癫狂投入、专家A的小心翼翼和惧怕）。
　　　△大厅内，穿着防化服的周天昊、林秋雁、小丸子、唐二十三四个人，依旧在日本士兵的监视下，搬送一些东西。

31-4. 秘密基地·大厅　　日　内

　　　△马文涛居中，数名身穿防化服的日本士兵执枪跟在他身后，一行人走了进来。
　　　△正在搬运东西的周天昊、林秋雁、小丸子、唐二十三四人均一愣。
林秋雁：（惊讶地）啊，马文涛？……他怎么来了？
小丸子：啊呀，真是的……还真是姓马的呀。

·灰　雁·

周天昊：……
林秋雁：难道，他跟龟田次郎是一伙的？
周天昊：应该不可能。劫囚车那天，我跟马文涛照过面，我要他重新查查那个哈恩教授的真实身份，但他根本不相信龟田次郎还活着——看当时的情形，不像是假装出来的。
唐二十三：（嗲声嗲气）哟，周长官、林姑娘，你们看清楚，马探长他呀，也是被抓进来的。
　　△周天昊和林秋雁啊了一声，同时朝马文涛的方向看过去。
　　△对切：一名日本士兵，有些不耐烦地推搡了马文涛一把。
某士兵：（呵斥）看什么看什么？快点干活！
　　△周天昊、林秋雁、小丸子、唐二十三四人，抱着箱子之类的物件朝另一头走去。

同场切：
　　△龟田次郎带着两名日本士兵，大踏步走到马文涛近前。
龟田次郎：（阴森森地）马探长，能在这里看到你，还真是稀奇啊——好长时间不见，马探长你可还好？
马文涛：（假装热情）哎呀呀，这不是龟田先生吗？哎呀呀，真是"大水冲了龙王庙，一家人不认识一家人"啊……（故作一愣）哟，龟田先生，你这脸怎么啦？怎么弄成这个样子了？
龟田次郎：马文涛，你就别假惺惺的了，我的脸变成什么样子，不关你的事儿——你老老实实地告诉我，你，巡捕房的马副探长，怎么会出现在这里？——要知道，我修建的这个秘密基地，外界几乎没有人知道，就连宪兵队的岗村司令，他都不知道这个秘密基地的存在。
　　△对切：稍远处，周天昊、林秋雁等人，一边干活，一边竖起耳朵聆听着龟田次郎和马文涛的对话。
马文涛：哟，龟田先生，这些都是误会，误会……我呢，最近比较烦，破事儿一大堆，憋屈得慌，就带着几名弟兄出来瞎逛逛，打打猎散散心什么的，这不，就逛到了这附近。想来是这几位皇军弟兄误会了，开枪打死了我的手下，还把我也给抓了进来……要不是他们抓我进来，我都不知道这座山峰里边别有洞天……
龟田次郎：（冷笑）马文涛，你以为，我会相信你的鬼话？
马文涛：龟田先生，真的是误会，你想啊，咱们之间是什么关系？那可是过了命的交情，马某人的巡捕房，没少给您龟田先生办事吧？还有……

龟田次郎：（打断马文涛）马文涛，你少给我打哈哈。这么多年，你花着我龟田次郎送给你的钱，背地里却两面三刀，时不时给我们使绊子、破坏我们的行动计划……你以为，你干的这些事情，我都不知道吗？

马文涛：哟，龟田先生，误会，误会，真的是天大的误会呀……你看，今天你的人打死了我的手下，我都不生气，一点儿也不生气，还不是念着跟龟田先生您的老交情啊？

龟田次郎：（冷笑）哼，交情？马文涛，咱们之间早就没有什么交情啦——从你杀死青木一郎的那一刻起，我们之间的所有交情就都一笔勾销了。

马文涛：龟田先生，冤枉啊，冤枉啊，我没有杀青木先生，我没有杀他，真的没有……

龟田次郎：够啦。（冲日本士兵）把他拖出去，就地枪决。

　　△对切：稍远处，周天昊、林秋雁等人听到龟田次郎的命令，身躯明显一怔。

　　△士兵甲等人，押着马文涛朝外边走去。

马文涛：（挣扎着，大急）不要啊，龟田先生，你听我解释，你听我解释啊……

　　△忽然，一个娇脆的女声响起——

贞　子：（OS）等等。

　　△贞子小姐姗姗走了过来。

　　△马文涛求救似的望贞子小姐。

马文涛：（恳求）贞子小姐，麻烦你向你父亲解释解释，我们之间真的是误会呀，我没有杀青木先生，我不知道他是怎么死的啊，我也没有背着你们两面三刀，我手下的弟兄们，一直都是全力配合你们大和洋行的呀……贞子小姐……

　　△贞子小姐微微一笑，没有理会马文涛。

贞　子：父亲，哈恩教授告诉我，我们的毒气实验马上就要成功了……既然已经有了毒气，为什么还要白白地浪费一颗子弹呢？

龟田次郎：（眼前一亮）哦？贞子，你的意思是？

贞　子：我的意思是，先把这位马探长给关起来，等到我们的毒气实验大功告成，就拿他来做第一份实验品——那样，岂不是更好、更有趣？

龟田次郎：嗯，贞子，你的这个主意好。（冲士兵甲等人）先把他押下去，关起来。

士兵甲：是，将军。

△士兵甲等人推搡着马文涛离开。

马文涛：（一边挣扎一边喊）龟田先生，是误会呀，真的是误会呀……我没有杀青木先生，我没有杀他啊……我也没有做对不起龟田先生您的事情啊……贞子小姐，你帮我劝劝你父亲啊……贞子小姐……

△对切：周天昊、林秋雁、小丸子、唐二十三相互对视一眼，交换了一个复杂的眼神。

31-5. 秘密基地·库房　　日　内

△周天昊、林秋雁、小丸子、唐二十三四人走进来。

小丸子：嘿嘿，二姐，你说这个老龟田，要拿姓马的做毒气实验，那会不会很恐怖啊？姓马的是不是会死得很难看啊？

△林秋雁摇了摇头，一副沉思的表情。

唐二十三：（嗲声嗲气）反正呀，好看不了。

小丸子：嘿嘿，他呀活该，谁让他人那么坏来着？……上次，他派人把我和唐二十三抓去，逼着唐二十三给他临摹那个神什么什么序，我们俩啊，差点儿死在他手里。

林秋雁：（忽然插话）我们得救他。

小丸子：（惊讶地）啊？还救他？

周天昊：马文涛现在跟我们是一根绳上的蚂蚱，当然得救他。

小丸子：啊呀，真是的……二姐、二姐夫，我说你俩是不是昏了头了呀？你们忘了这个姓马的是怎么对付我们的吗？栽赃、陷害，给我们扣一顶杀人凶手的大帽子，四处通缉我们，最后，为了抢功劳和夺那个神什么什么序，还摇身一变，成了你们俩军什么什么统的上级……哼，像他这样的大坏蛋，就是死一百次，也不过分！

林秋雁：马文涛是该死，但现在，不是计较个人恩怨的时候。

周天昊：是啊，秋雁说得对，国难当头，加上龟田次郎又要用毒气炸弹对付美国大使馆，蓄意挑起中美两国之间的事端——在这样严峻的形势下，我们必须联合所有能够联合的力量，来对付龟田次郎。

唐二十三：（嗲声嗲气）嗯，周长官和林姑娘说得对，姓马的是得救——敌人的敌人，肯定就是我们的朋友；哪怕不是朋友，我们也得想办法把他变成朋友。

林秋雁：对，龟田次郎想杀的人，我们就得救；救下马文涛的命，反过来再利用马文涛对付龟田次郎。

小丸子：哼，怎么对付？咱们身上都缠着炸弹，老龟田把我们几个人控制得死死的——我们自个儿都没法子脱身，还琢磨着救那个姓马的？……依我看啊，就让他自生自灭算了，是死是活看他的运气，省得咱们几个人一着不慎，白白地惹祸上身，别人没救出来，自个儿先栽了。

周天昊：龟田次郎目前不杀我们，是因为我们还有利用的价值——至于如何救马文涛，等到了晚上我们再详细筹划。

△小丸子有些不情愿地冲周天昊和林秋雁两人翻翻白眼，没有再说话。

△周天昊、林秋雁、小丸子、唐二十三四人，搬着东西出。

31-6. 秘密基地·囚室　　夜　内

△双手被反绑着的马文涛，头上套着黑布套，蜷缩在角落里。

31-7. 秘密基地·周天昊等人休息室　　夜　内

△午夜时分，周天昊、林秋雁、小丸子、唐二十三四人，正在为营救马文涛做着相应的准备。

小丸子：二姐，咱们真的要冒着风险，去救那个姓马的？

林秋雁：是，我们必须救他——不然，他就没命了。

小丸子：没命就没命呗，他几次三番地害我们，还跟日本人勾勾搭搭——死在老龟田的手里，也是他活该。

周天昊：马文涛死了，对我们没有任何好处；马文涛活着，说不定，还能帮我们对付日本人。

小丸子：？

周天昊：我们四个，现在受制于龟田次郎，要想脱困并有效制止龟田次郎的阴谋，就得想办法借助外部的力量，救下马文涛，那么巡捕房的警察，就可以为我们所用——至于我们跟马文涛之间的恩怨，还是等以后再详细算吧。(顿了顿) 当然，前提是我们能活到那个时候。

林秋雁：……

周天昊：走吧。

△周天昊、林秋雁、小丸子、唐二十三走出。

31-8. 秘密基地·大厅　　夜　内

△大厅一片死寂，只有本·哈恩的实验室还亮着灯光。

31-9. 秘密基地·哈恩实验室　　夜　内

△半裸的贞子正在和本·哈恩忘情地亲吻着，互相撕扯着对方的衣服。

31-10. 秘密基地·大厅　　夜　内

△周天昊、林秋雁、小丸子、唐二十三四人，蹑手蹑脚地摸过来。

△到了哈恩实验室附近，小丸子、林秋雁等人朝里边瞄了一眼。

△对切：实验室内的布帘后边，影影绰绰地能看到贞子正在跟本·哈恩亲热，传出一阵旖旎的喘息声。

小丸子：（低声地）啊呀，这个小骚娘们儿，她又来跟这个德国佬鬼混，真不要脸！

△林秋雁冲小丸子嘘了一声，示意她别作声。

周天昊：（低声地）我们走。

△周天昊、林秋雁、小丸子、唐二十三四人，蹑手蹑脚地朝囚室方向潜去。

31-11. 秘密基地·囚室门口　　夜　内

△一名日本士兵在囚室门前站岗。

△林秋雁从背后跳出来，箍住该名日本士兵的脖子，将其勒晕过去。

△周天昊、小丸子、唐二十三闪身而出。

周天昊：快，小丸子。

△小丸子上前，鼓捣了两下，就将囚室门的大锁打开了。

31-12. 秘密基地·囚室　　夜　内

△周天昊、林秋雁、小丸子、唐二十三四人，将晕过去的日本士兵，拖进囚室内。

△周天昊上前，拿掉马文涛脑袋上的黑布套，取掉塞在他口中的布团。

马文涛：（惊讶地）周天昊、林秋雁……是你们？

周天昊：不错，是我们。

马文涛：（眼睛一亮）快，帮我解开绳子。

△周天昊、林秋雁、小丸子、唐二十三望着马文涛，一动不动。

△马文涛一怔，眼中刚刚亮起的求生光芒，又渐渐地暗了下去。

马文涛：（语气变冷）怎么，龟田次郎要杀我，你们几个也希望我死？

小丸子：哼，姓马的，像你这号子人，阴险狡诈，满肚子的坏水儿，早就该死了。

马文涛：（不理小丸子，转向周天昊）周天昊，你想清楚，马某人现在也是军统，职级比你高……你如果见死不救的话，回头到了戴局长那里，你也交代不了。

周天昊：马文涛，你别拿这些话来吓唬我，戴局长那里能不能交代得了，用不着你来操心——你是死在日本人的手里，我周天昊犯不着去给上头交代什么。

马文涛：（气急败坏）你……

林秋雁：马文涛，按道理，你早就该死了；但你放心吧，我们暂时还不想看着你死——我们今天晚上冒着危险来，就是救你出去的。

马文涛：（眼睛再次闪出求生的亮光）林小姐，我就知道，你这人深明大义，一定会救我的……快，帮我解开绳子。

小丸子：哼，就知道拍我二姐的马屁！

周天昊：马文涛，我们救你可以，但你必须答应我一个条件。

马文涛：你说，什么条件？

周天昊：龟田次郎正在制造毒气炸弹，他要对付的目标，是美国大使馆。

马文涛：啊？！

周天昊：……

马文涛：龟田次郎，他到底想要干什么？

周天昊：他要制造事端，挑起中美两国之间的嫌隙，进而让日本军队在中国战场上渔利。

马文涛：原来是这样。

林秋雁：大后天，美国大使馆的鲍威尔大使要主持召开一次中外记者见面会，到时候会来很多记者——龟田次郎选定的行动日期，就在记者发布会的那一天。

马文涛：消息可靠吗？

林秋雁：报纸上已经登了发布会的消息，龟田次郎也亲口承认了，他要在那一天动手。

马文涛：……

周天昊：我们的条件很简单：救你，可以，但你必须协助我们，破坏龟田次郎的阴谋。（走到马文涛身旁，蹲下）你和我们，现在都是一根绳上的蚂蚱，我不管你是巡捕房副总探长的身份，还是军统上级的身份，我都只认你是中国人，我们得放下之前所有的恩怨，联起手来对付日本人。

马文涛：……

·灰 雁·

周天昊：……
马文涛：好，我答应你们——但是，我也有一个条件。
小丸子：啊呀，真是的，都死到临头了，还敢跟我们谈什么条件？你……
　　　　△周天昊一抬手，止住小丸子的话。
　　　　△周天昊一动不动地盯着马文涛。
周天昊：什么条件？
马文涛：我可以帮助你们对付龟田次郎，事成之后，我要唐二十三临摹的那幅假摹本。
唐二十三：（嗲声嗲气）哟，马文涛，你的脸皮可真厚。上次，为了那幅摹本，你都打算杀死我和小丸子灭口，今天，还敢提这个茬儿？
小丸子：是啊，姓马的，你最好搞清楚，是我们在救你——如果今晚不救你出去，等老龟田的毒气实验一成功，你便是第一个试验品，那时候，你会死得很难看。
马文涛：一码归一码。只要我能逃出去，巡捕房的力量，尽可为你们所用，你们并不吃亏。
　　　　△小丸子还要再说什么，周天昊抬手止住。
周天昊：我答应你。
马文涛：好，成交。
　　　　△周天昊解开马文涛身上的绳索，马文涛站起身来，舒展了一下胳膊腿儿。

31-13. 秘密基地·哈恩实验室　　夜　内
　　　　△本·哈恩半裸身体躺在简易床上，贞子站在地上，她已经穿上了衣服，正在系腰带。
　　　　△贞子身形款款地走向门口。
贞　子：（回头，冲本·哈恩狐媚地一笑）再见，哈恩先生。
本·哈恩：（飞吻）再见，宝贝儿。
　　　　△贞子拉开门，走了出去。

31-14. 秘密基地·囚室门口　　夜　内
　　　　△换上日本士兵服装的马文涛（戴面罩的防化服），以及周天昊、林秋雁、小丸子、唐二十三，从囚室内闪身而出。

31-15. 秘密基地·哈恩实验室　　夜　内
　　　△贞子身形款款地向前走着，忽然，囚室方向传来细微的声音。
　　　△贞子犹疑片刻，转身朝囚室方向走去。

31-16. 秘密基地·囚室门口　　夜　内
　　　△马文涛背着枪，笔直地站立在囚室门口，装作正在值岗。
　　　△周天昊、林秋雁、小丸子、唐二十三四人正要转身离去，忽然传来清脆的脚步声，并越来越近。
　　　△周天昊、林秋雁等人面面相觑。
林秋雁：是贞子。
马文涛：快，你们躲起来，我来应付她。
　　　△周天昊、林秋雁、小丸子、唐二十三四人，迅速闪入隐蔽处。

　　　同场切：
　　　△稍倾，贞子走了过来。
贞　子：（日语）刚才什么声音？
马文涛：（日语）报告贞子小姐，属下刚才没有听到什么声音。
贞　子：（日语）哦？
　　　△贞子走到囚室门口，隔着窗户朝里边望去
　　　△对切：囚室内，戴着黑布罩的马文涛（实际上是被调包的日本士兵）一动不动地缩在墙角。
贞　子：（日语）提高警惕，不能出现任何纰漏，知道了吗？
马文涛：（日语）知道了，贞子小姐。
　　　△贞子转过身，身形款款地离去。

　　　同场切：
　　　△马文涛冲隐蔽处招了招手，周天昊、林秋雁、小丸子、唐二十三四人，闪身而出。
周天昊：就按照我们商量好的计划行事。
马文涛：放心吧，从现在起，龟田次郎也是我的敌人——不，应该是从他要杀我的那一刻起。
周天昊：好。（冲林秋雁等人）我们走。
　　　△周天昊、林秋雁、小丸子、唐二十三四人，转身离去。

·灰 雁·

31-17. 秘密基地·哈恩实验室　　日　内

　　　　△本·哈恩勾兑瓶瓶罐罐中的各色药水,然后紧紧地盯着药水的反应。
　　　　△特效镜头:玻璃瓶中的药水,颜色瞬息万变,最后变成了暗红色。
　　　　△本·哈恩的脸上,浮现出狂热的笑容。
本·哈恩:噢,天啊,终于大功告成。
　　　　△本·哈恩得意地打起了呼哨。

31-18. 秘密基地·大厅　　日　内

　　　　△龟田次郎带着两名日本士兵从一旁走过来,正从本·哈恩实验室走出来的贞子,迎了上去。
贞　子:父亲,哈恩先生说,我们的毒气实验成功了。
龟田次郎:(眼中倏地射出狂热的光芒)成功了?
贞　子:是的,父亲。
　　　　△对切:稍远处,正在搬运东西的周天昊、林秋雁两人,不由自主地相互对视了一眼。
龟田次郎:太好了。(回头,冲身后的士兵)把马文涛押上来,马上让哈恩先生做实验。
士兵甲:是,将军。
　　　　△两名日本士兵转身朝囚室方向走去。

31-19. 秘密基地·囚室门口　　日　内

　　　　△身穿防化服的马文涛背着枪,守卫在囚室门口。
　　　　△两名日本士兵走过来。
士兵甲:把门打开。
马文涛:嗨。
　　　　△马文涛掏出腰间的钥匙,打开囚室门的大锁。

31-20. 秘密基地·囚室　　日　内

　　　　△两名日本士兵架起戴黑布套的假马文涛,向外走去;假马文涛支支吾吾地挣扎着。

31-21. 秘密基地·哈恩实验室　　日　内
　　　　△两名士兵连同马文涛在内，将假马文涛押进了本·哈恩的实验室，绑在椅子上。
　　　　△本·哈恩正在用针管抽取药液；龟田次郎、贞子以及周天昊、林秋雁、小丸子、唐二十三，另有汤姆教授等三位外国专家，均在一旁观看。
龟田次郎：周教官、林二小姐，今天，我就让你们开开眼界，看看我们的哈恩教授负责研制出来的毒气，到底有多厉害。

周天昊：……

林秋雁：……

龟田次郎：哈恩教授，给他注射。

本·哈恩：好的，龟田将军。
　　　　△假马文涛支支吾吾地挣扎着，本·哈恩毫不犹豫地将针头扎进他的胳膊，推进药液。
　　　　△随着药液推进，假马文涛全身激烈地震颤着，最后，手脚胳膊等全部长出了长长的绿毛，显得很恐怖。
　　　　△周天昊、林秋雁、小丸子、唐二十三以及马文涛等人，包括汤姆先生等外国专家在内，都看得毛骨悚然。

龟田次郎：怎么样？见识到这种毒气的厉害了吧？……到了后天，在鲍威尔大使召开的中外记者见面会上，只要我安置的毒气炸弹一爆炸，就会是震惊全世界的大事件；而后，所有的调查证据，都会指向你周天昊、林秋雁、林秋芸、唐二十三，所有的证据都会指向你们，指向你们军统，你们会成为这次爆炸事件的幕后黑手——到了那时候，看美国还怎么支持你们支那人！

小丸子：啊呀，老龟田，你这个人太阴险了！

龟田次郎：哼，阴险？……现在是战争时期，只要能打胜仗，能实现我们大日本皇军大东亚共荣的宏伟目标，阴险算什么？

林秋雁：（咬牙，冷冷地）龟田次郎，你的阴谋不会得逞的！

龟田次郎：能不能得逞，你林二小姐说了不算，是我龟田次郎说了算。

林秋雁：（冷冷地）哼，恐怕未必。

周天昊：秋雁。
　　　　△林秋雁看向周天昊。

周天昊：（冲林秋雁摇摇头）别再说了。

同场切：

△贞子无意中看向椅子上的假马文涛，发现其手脚的细微处有些不大对劲儿。

△贞子一愣，走上前，掀开假马文涛的黑布套。

△贞子大脑中闪过：假马文涛布满绿毛的脸与真马文涛的脸部对比镜头。

贞　子：父亲，他不是马文涛。

龟田次郎：什么?!

△龟田次郎快步走过去：全身布满绿毛的假马文涛，很明显是一名日本士兵。

△气急败坏的龟田次郎，目光盯向周天昊、林秋雁等人。

龟田次郎：（咬牙）周天昊、林秋雁，是你们，是你们把马文涛掉了包？

△龟田次郎再次盯向协助士兵甲等押假马文涛进来的真马文涛。

龟田次郎：（咬牙）是你？……好手段，把我的人掉了包，还装模作样地背着枪，站在门口值岗？你以为这样，就可以蒙混过去，逃出我这个基地吗？

△马文涛迅速举起枪，对准龟田次郎。同时，周天昊、林秋雁、小丸子、唐二十三四人，迅疾夺过近旁日本士兵的长枪，指向龟田次郎等人。

△几乎同一时间，贞子以及剩余的日本士兵迅速举起枪，瞄准马文涛、周天昊、林秋雁等人。

△双方对峙。

△几名外国专家，除了本·哈恩以外，都看得目瞪口呆。

马文涛：（摘下防化服帽子）龟田先生，我实话告诉你，我马某人压根儿就没打算从这里逃出去——因为我答应了他们，要帮助他们毁掉你的阴险计划。

龟田次郎：是吗，你要帮助他们？马探长，你和他们之前不也是生死不共戴天的仇人关系吗？他们到现在都还是你们巡捕房的通缉犯人，这什么时候，你们变成一伙的了？

马文涛：此一时彼一时。龟田先生，是你要杀我，然后，是他们救了我，马某人只好投桃报李，跟他们结成了同盟。

林秋雁：（冷冷地）龟田次郎，我说过，我们不会让你的阴谋得逞的。

龟田次郎：（冷笑）哼哼哼，很好，很好！（举起遥控开关）周天昊、林秋雁，你们是不是忘了，你们的小命儿还在我的手里攥着呢——只要我的手指头轻轻一摁，你们四个就会灰飞烟灭。

△周天昊、林秋雁、小丸子、唐二十三四人，面面相觑。

龟田次郎：（手指摁在遥控开关上）放下你们的枪，不然，我就摁开关了。

△周天昊、林秋雁、小丸子、唐二十三四人，有些不甘心地将枪扔在地上。

　　△马文涛依旧举枪指着龟田次郎，目光在龟田次郎和周天昊等人身上扫来扫去，急遽思索着。

龟田次郎：怎么，马探长，你要眼睁睁地看着你刚结成的同盟军去死吗？

　　△马文涛举着枪，脸上的神色变幻不定，显得迟疑不决。

　　△忽然，一旁的汤姆趁龟田次郎不备，一把夺走了遥控开关。

龟田次郎：（怒极）汤姆先生，你干什么？你要背叛我？

汤　姆：很抱歉，龟田先生，你这个人嗜杀成性，我不能再让你杀人了。

龟田次郎：（拔出武士刀，厉声地）快把东西给我！

汤　姆：不、不、不。

　　△龟田次郎挥刀劈向汤姆先生，汤姆先生情急之下将遥控开关吞下了肚子。

　　△汤姆先生中刀、倒地；周天昊、林秋雁、小丸子、唐二十三迅速捡起枪，和马文涛一起冲龟田次郎、贞子等人开枪射击。双方混战。

龟田次郎：（气急败坏地喊）哈恩先生，马上组装毒气炸弹。

本·哈恩：是，龟田先生，马上就好。

　　△本·哈恩眼中射出狂热的光芒，迅速将毒气炸弹组装完毕，然后装进了一个手提箱内。

　　△打斗过程中，整个实验的简易墙壁、窗户、屋顶等坍塌，与大厅连为一处。

　　△贞子冲毫无防备的小丸子瞄准，扣动了扳机；稍远处的唐二十三见状飞身扑救。

唐二十三：（喊）小丸子，小心——

　　△贞子射出的子弹，以慢镜头射中唐二十三。

小丸子：（撕心裂肺）唐二十三！

　　△周天昊和、林秋雁同时喊着唐二十三，将火力转向贞子方向。

　　△小丸子搂着奄奄一息的唐二十三，悲痛欲绝。

小丸子：（哭喊）唐二十三！唐二十三！

唐二十三：（奄奄一息）小、小丸子，我、我再也……不、不能……陪你一起……去……去偷东西了……

小丸子：（哭喊）唐二十三，你不能死，你不能死啊，你死了我怎么办，啊？

·灰 雁·

唐二十三：（奄奄一息，努力挤出一丝微笑）小、小丸子，你要……好好地……活、活着，如果……如果有、有下辈子……我、我唐二十三……还会……还会喜欢你……

小丸子：（哭喊）唐二十三！

△唐二十三的眼睛缓缓地闭上，然后脑袋一歪，死在小丸子的怀中。

小丸子：（撕心裂肺）唐二十三——

△双方激战。本·哈恩被林秋雁击毙，另有一名外国专家被流弹击中。龟田次郎拎起手提箱，一边射击一边向卡车退去。

△小丸子抽出一柄日本士兵的武士刀，死死地盯着贞子，一步步向她逼过去。

△贞子举枪朝小丸子扣动扳机，但扳机空响，没有子弹了。她扔掉手枪，拔出一名死去日本士兵的武士刀，与小丸子对峙。

△小丸子和贞子各执武士刀，恶狠狠地对决。

△打斗到最后，小丸子与贞子两人的武士刀，相互贯穿了对方的身躯，同时死去（此处打斗场面，突出小丸子的悲壮和贞子的不甘心）。

△稍远处，林秋雁看到小丸子死，撕心裂肺地喊道——

林秋雁：（目眦尽裂）秋芸——

△龟田次郎拎着手提箱跳上卡车，发动，向外边冲去。

专家C：快、快走，这里边埋满了炸弹，马上就要爆炸了！

周天昊、马文涛：啊?！

△林秋雁欲扑向小丸子，周天昊和马文涛死死地抓住她。

周天昊：快走，秋雁，时间来不及了！

△特写镜头：定时炸弹的倒计时：60、59、58……

31-22. 秘密基地·山门口　　日　内／外

△龟田次郎驾驶着卡车，朝外边冲出来。

31-23. 秘密基地·大厅　　日　内

△特写镜头：定时炸弹的倒计时：10、9、8……

周天昊：秋雁，快跑——

△周天昊、林秋雁、马文涛、专家C朝外边冲去（设计专家C中途跑不动，周天昊等回身搀扶的细节）。

31-24. 秘密基地·山门口　　日　内／外

　　　　△周天昊、林秋雁搀扶着专家C，和马文涛等人拼命朝外边冲出来。
　　　　△特写镜头：定时炸弹的倒计时：3、2、1……
　　　　△轰隆一声，巨大的爆炸气浪，将周天昊、林秋雁、专家C、马文涛等人，掀翻出去……

31-25. 山峰　　日　外

　　　　△硝烟散尽。四周一片死寂。
　　　　△过了片刻，周天昊、林秋雁、马文涛等三人，从一片狼藉的废物堆中，摇摇晃晃地爬起来。
　　　　△林秋雁望着被炸成废墟的基地，眼神显得空洞、呆滞。
　　　　△周天昊眼光四顾，看到专家C倒在稍远处的血泊中，遂冲上去扶起他。

周天昊：喂，怎么样？你没事吧？

专家C：（受伤严重，虚弱）周先生，谢谢你们冒着危险救我出来——不过，我、我不行了……

周天昊：放心，你会没事儿，我们这就送你去医院。

专家C：（虚弱）不、不用啦……我受的伤，我、我自己……心里……清、清楚，去、去医院……也、也没有用的……周、周先生，你、你听我说……我们造的毒气炸弹，有、有一个……致命的缺陷……只要毒气一遇到水，就、就会溶解……与、与水……起化学反应，不但不会扩散，而且没有毒……你、你们快去……拦住龟、龟田，不、不要让他……再、再杀人了，不、不要……殃及……无、无辜的生命……

周天昊：你放心，我们一定会阻拦龟田次郎的。

专家C：（虚弱）还、还有，你、你们身上的……炸、炸弹背心……是、是我设计的……里边……藏、藏有一根……很、很细的红线……只、只要……把红线……剪、剪断……就、就没事了……

　　　　△专家C挣扎着说完，接连抽搐了几下，嘴角溢出大量的鲜血，随后就不动了。

周天昊：（摇晃着专家C）喂，你醒醒……喂，醒醒……

马文涛：省省力气吧，他已经死了。

　　　　△周天昊抬起头，望着被炸成一堆的废墟，眼神渐渐变得坚毅起来。
　　　　△黑屏。

31-26. **公共租界·美国驻华大使馆·走廊　　日　内**
△美国驻华大使亨利·鲍威尔带着几名工作人员向前走着。
亨利·鲍威尔：（生硬的汉语）现在是战争的非常时期，整个中国境内都很混乱，上海也不例外，这次的记者见面会，要来很多别的国家的记者朋友，我们一定要做好安防工作，不能出现一丝一毫的纰漏，以免出现不必要的意外。

31-27. **公共租界·美国驻华大使馆·大门口　　日　外**
△铁围栏门口，全副武装的美国士兵正在认真地执勤警戒。
△各色人等挨个接受检查入内。

31-28. **公共租界·美国驻华大使馆·杂物间　　日　内**
△一名背对镜头的中年男人，正在换清洁工的衣服。
△特写镜头：一双男人的脚，从被褥等杂物中露出来——很明显，是已经被杀死的清洁工。
△中年男人穿好衣服，转过身来——赫然是龟田次郎所扮。
△龟田次郎嘴角带着阴笑，打开手提箱，给毒气炸弹定好时间，然后搁进清洁车的底部。
△清洁工装扮的龟田次郎，推着清洁车出了杂物间。

31-29. **公共租界·美国驻华大使馆·走廊　　日　内**
△清洁工装扮的龟田次郎，推着清洁车，朝会议室方向走去。
△来去匆匆的工作人员，不时从龟田次郎身旁经过。

31-30. **公共租界·美国驻华大使馆·大门口　　日　外**
△各色人等凭借证件接受美国士兵的盘查入内。
△忽然，一辆黑色轿车、数辆摩托车急速驶来，周天昊、林秋雁、马文涛，以及警察甲等一众警察，先后跳下车。
林秋雁：我要见你们鲍威尔大使，我们有非常重要的情报，需要马上向他汇报。
美国大兵：（拦住周天昊、林秋雁等人）对不起，我们大使先生今天没有空闲时间，没有证件，你们是不能进去的。
周天昊：情况紧急，你必须让我们进去。
美国大兵：对不起，你们不能进去。

马文涛：（带着警察甲等人，挤上来）我是巡捕房的副总探长马文涛，是这样，他们两位说的都是实情，情况确实紧急，麻烦你给通报一下，我们必须尽快见到鲍威尔大使。
美国大兵：（举起枪）马探长，请你带着你手下的警察退回去——不然，我们就开枪了。
马文涛：啊，别，别别别，我们这就退回去，这就退回去。
　　△马文涛带着警察甲等人，无奈地退到了警戒线以外。
　　△周天昊和林秋雁对视一眼，几乎同时动手，各自挟持了一名美国士兵，夺过他们腰间的手枪，顶在对方太阳穴上。
周天昊：得罪了，我们今天必须进去，必须马上见你们的鲍威尔大使。
林秋雁：都让开，都让开，马上——不然，我就打爆他的脑袋！
　　△其他美军士兵举着枪，有些忌惮地往两旁退了退，让出一条通道。
　　△周天昊、林秋雁两人，各自挟持着一名美国大兵向大使馆内退去。

　　同场切：
　　△警戒线外边，警察甲凑到马文涛身旁。
警察甲：探长，他们两个进去了，我们要不要也冲进去？
马文涛：瞎说。这里是美国大使馆，这道围栏以内的地方，就代表着美利坚合众国，如果我们端着枪冲进去，无异于发起了一场战争，等于向美国宣战。
警察甲：啊？！

31-31. 公共租界·美国驻华大使馆·一楼大厅　　日　内
　　△周天昊和林秋雁各自挟持着一名美国大兵，向楼梯口退去。
　　△楼梯口，周天昊和林秋雁放开挟持的美国大兵，迅速向楼上跑去。
　　△稍后处，一众美国士兵冲周天昊、林秋雁两人开枪。

31-32. 公共租界·美国驻华大使馆·会议室　　日　内
　　△鲍威尔大使、一众工作人员，以及已经进来的部分中外记者，正在各自分散闲谈。
　　△咣，会议室的门被撞开，周天昊和林秋雁两人拎着手枪闯了进来。
　　△众人尖叫，场面一时混乱。
周天昊：大使先生，现在发生了一个非常紧急的情况，有人要在这里引爆毒气炸弹……你必须下令，停止记者见面会，疏散这里的所有人。

·灰 雁·

亨利·鲍威尔：（生硬的汉语）你们是什么人？
周天昊：我们是什么人并不重要，重要的是你必须相信我们，马上疏散人群。

31-33. 公共租界·美国驻华大使馆·会议室　　　日　外
　　　　△装扮成清洁工的龟田次郎，推着清洁车，到了会议室门口。

31-34. 公共租界·美国驻华大使馆·会议室　　　日　内
亨利·鲍威尔：（生硬的汉语）我凭什么相信你们？对不起，我的大使馆非常安全，请你们马上离开……啊，我认出你们来啦，你们是那几名通缉犯，是杀死奥利弗先生的凶手……马上来人，把他们两个给我抓起来……
周天昊：大使先生，奥利弗先生不是我们杀的，我们也是被栽赃陷害的……你必须相信我们。
亨利·鲍威尔：（生硬的汉语）那你们告诉我，奥利弗先生到底是谁杀死的？
周天昊：大使先生，我们是军统的人，你相信我们，我们不会平白无故地杀死一个友邦的公民……而且我告诉你，准备引爆毒气炸弹的凶手，你应该认识，他叫龟田次郎，是大和洋行的总经理，非常凶险狡猾……
亨利·鲍威尔：（生硬的汉语）我怎么知道你们不是在骗我们？
　　　　△林秋雁的眼睛，一直在人物中四顾，寻找可能隐藏炸弹的人和物。
　　　　△这时，会议室的门被推开，装扮成清洁工的龟田次郎推着清洁车走进来。
　　　　△林秋雁盯着那名清洁工，但旋即，她就认出对方是龟田次郎。
林秋雁：（喊）他是龟田次郎！
　　　　△龟田次郎迅疾拔出枪来，瞄准亨利·鲍威尔大使。
周天昊：快。保护大使先生。
　　　　△双方枪战。人群混乱，周天昊和部分工作人员，保护着鲍威尔大使。
　　　　△林秋雁怀着满腔仇恨，一边射击一边逼近龟田次郎。当双方同时近距离瞄准对方脑门扣动扳机的时候，双双撞针空响，没了子弹。
　　　　△林秋雁和龟田次郎近身肉搏，打得异常惨烈，最后，林秋雁用一根绳子勒住龟田次郎的脖子，自己拽着绳头跃出窗户外悬吊在半空中，活活勒死了龟田次郎。
　　　　△就在这时，数名美国士兵端着枪，破门冲了进来……

同场切：

△周天昊和林秋雁迅速检查清洁车，找到了搁在底部的手提箱，打开箱盖。

△特写镜头：毒气炸弹的倒计时。

林秋雁：还有不到二十分钟的时间。

周天昊：快，海边。

林秋雁：走。

△周天昊和林秋雁拎着装有毒气炸弹的手提箱，飞步朝外跑去。

31-35. 公共租界·美国驻华大使馆·大门口　　日　外

△周天昊和林秋雁拎着手提箱奔跑出来，跳上一辆摩托车，一脚油门，向前疾驰而出。

31-36. （一组飙车特技镜头）街道　　日　外

△林秋雁和周天昊驾驶着摩托车，向前飞驰。

△特写镜头：定时毒气炸弹的倒计时数字……

31-37. 悬崖·海边　　日　外

△林秋雁和周天昊驾驶着摩托车，直冲悬崖边飞驰而来。

△快到悬崖边的时候，摩托车凌空跃起，直直地冲向大海——

林秋雁：快跳——

△周天昊和林秋雁跳出摩托车，摩托车则带着手提箱落入大海。

△紧接着，轰隆一声，巨大的爆炸掀起滔天的巨浪。

△悬崖边，周天昊和林秋雁堪堪抓住岩石，悬吊在悬崖边上，看着爆炸的巨大水柱。

同场切：

△翻上悬崖的林秋雁和周天昊两人，仰躺在地上，喘着粗气。

△这时，一阵汽车和摩托车的声音，忽然突突突地传来。

△周天昊和林秋雁坐起身，只见马文涛带着一应巡捕房的警察，驱车赶了过来。

△车队停住，马文涛下了车，大踏步走向周天昊和林秋雁两人。

马文涛：周天昊，事情办完了，你答应给我的东西呢？

·灰雁·

　　△周天昊迟疑片刻，拿出唐二十三临摹的《神州策序》摹本，扔给马文涛。
　　△马文涛接住，展开来仔细查看了一番，渐渐地，他的脸上露出了笑容。
　　△马文涛卷起《神州策序》假摹本，然后，一挥手，警察甲等人忽然举起枪，瞄准了周天昊和林秋雁两个人。
周天昊：马文涛，你要杀我们？
马文涛：留着你们两个始终是祸害，只有你们死了，我才会绝对放下心来。
　　△周天昊和林秋雁对视一眼。
马文涛：开枪！
　　△警察甲等人扣动扳机，周天昊和林秋雁则以百米冲刺的速度，奔向悬崖，然后在密集的子弹中跳了下去。
　　△周天昊和林秋雁以慢镜头的方式落入大海。
　　△悬崖边，马文涛、警察甲以及一众警察，冲落入大海的周天昊、林秋雁密集射击。
　　△稍倾，马文涛一抬手，警察甲等人停止射击。
　　△海面上海浪汹涌，周天昊和林秋雁两人已经消失得无影无踪。
　　△马文涛的脸上，慢慢地露出满意的笑容，然后，一挥手——
马文涛：收队，回巡捕房。
　　△马文涛、警察甲及一众警察回到车上，先后驶离，扬起一股烟尘。

31-38.（空镜头）大海　　日/夜　外
　　△浩渺的大海、长长的海岸线等，天光由明到暗，再到最后完全黑了下来。

31-39.　海岸边　　晨曦　外
　　△一缕天光从水天相接处，慢慢地照射过来
　　△稍倾，红红的太阳从海平面上露出了半边脸。
　　△稍远处，周天昊和林秋雁两人紧紧地相拥在一起，昏迷在沙滩上（腿部还泡在海水中）。
　　△稍倾，周天昊和林秋雁相应地动了动，又动了动。
　　△周天昊和林秋雁两人，慢慢地睁开了眼睛，有那么一瞬间，两人一动不动地相互凝视着。
周天昊：秋雁——

林秋雁：教官——
　　　　△周天昊和林秋雁两人坐起来，相互深情地凝视着。
林秋雁：（有些不相信地）教官，我们没有死？
周天昊：我们没有死！我们还活着！
林秋雁：教官——
周天昊：（打断）不要叫我教官。
林秋雁：？
周天昊：叫我天昊。
林秋雁：……
周天昊：……
林秋雁：（迟疑、试探地）天、天昊……
周天昊：（激动地）秋雁！
　　　　△周天昊和林秋雁两个人，嘴唇渐渐靠近，试试探探地相互吻了一下。
　　　　△周天昊和林秋雁两个人，深情地拥吻在一起……

31-40.　墓地　　日　外
　　　　△三座崭新的坟墓，墓碑上各自刻着"林秋月之墓、林秋芸之墓、唐二十三之墓"等字眼。
　　　　△一身白裙的林秋雁（装扮和神情突出女性的柔媚和文静美，与之前一以贯之的冷峻形成强烈反差），捧着一大束花，慢慢地走到墓碑前，搁下。
　　　　△林秋雁神态平静，很明显，她已经度过了巨大的悲痛阶段。
　　　　△稍远处，周天昊靠在一株大树旁，默默地望着林秋雁一袭白裙的背影。
　　　　△微风吹拂，吹起了林秋雁的发丝和白裙，衬托得她更加曼妙美丽。
　　　　△过了良久，周天昊像是下定了决心似的，大踏步走上前，将自己的风衣披在林秋雁身上，然后轻轻地抚摸了一下她的发丝。
　　　　△周天昊一句话也没有说，毅然转过身大踏步离去。
　　　　△过了良久，林秋雁慢慢地转过身，凝望着周天昊愈走愈远的身影。
林秋雁：（OS）天昊，对不起！……我多么希望自己能留下来陪着你，一起浪迹天涯和海角，远离战争，远离死亡……可是，我不能，我不能……我要完成大姐的遗愿，去延安，去参加共产党……因为，中国的希望在延安，中国的未来，在延安……天昊，对不起，真的对不起！
　　　　△两行清亮的泪滴，顺着林秋雁的脸颊滑落下来，在她泪眼蒙眬的视线

·灰　雁·

中，周天昊的背影越来越远、越来越模糊，最后消失……

31-41． **闸北火车站　　日　外**
　　△一众乘客，各自拎着大包小包挨个上火车。
　　△人群中，神情略显犹豫的林秋雁也随着人流向车厢门口走去。
　　△临进车门前，林秋雁最后一次回过头，怅惘地向后边望了一眼，似有一丝期待，又似有一丝不舍……

31-42． **码头　　日　外**
　　△一艘国际巨轮停靠在码头边。
　　△甲板上，一名戴着大墨镜的商人拎着一个棕色的密码箱，混杂在人群当中，登上了国际巨轮。

31-43． **国际巨轮·走廊　　日　内**
　　△戴大墨镜的商人拎着密码箱，背对镜头，顺着廊道向前走去。

31-44． **国际巨轮·船舱　　日　内**
　　△该名商人始终背对镜头，他将棕色的密码箱搁在桌子上，然后摘下墨镜。
　　△该名商人的面部特写镜头：这名商人赫然是马文涛装扮的。
　　△马文涛伸手打开密码箱，里边装着一幅卷轴，是《神州策序》的真迹。
　　△马文涛望着《神州策序》真迹，一丝不苟地给自己的烟斗装上烟丝，点燃，慢慢地抽着，稍倾，他的嘴角浮出一丝满意的笑容。
　　△忽然，马文涛脸上的笑容，一点一点地慢慢凝固了——一支黑洞洞的枪口，顶在他的太阳穴上。
　　△一声沉闷的枪响，马文涛的脑袋上当即出现了一个枪洞，汩汩地流出鲜血来。
　　△一只大手合上棕色手提箱，拎了起来。
　　△稳健的脚步声，渐渐远去。

31-45． **闸北火车站　　日　外**
　　△汽笛鸣响，火车咣当、咣当地驶出站台。

第三十一集

31-46. 火车道　　日　外
　　△火车鸣响着汽笛，在原野上疾驰。

31-47. 火车车厢　　日　内
　　△林秋雁坐在靠窗的位置上，看着窗户外边一闪而过的原野，神情忧郁。
　　△慢慢地，林秋雁眼前幻化出父亲、母亲、钱亦秋、林秋月、小丸子、唐二十三等人的音容笑貌，但最后，所有人的身影都重叠成了一个人的身影——周天昊。
　　一组闪回镜头（与火车行进、林秋雁忧郁的面孔快速切换）：
　　△从周天昊自大火中救出林秋雁、到训练林秋雁，再到执行任务时的点点滴滴……

31-48. 火车车厢　　日　内
　　△林秋雁坐在窗户边，神情忧郁，似乎沉浸在很久远的回忆当中。
　　△稍倾，林秋雁使劲儿晃了晃脑袋，起身朝卫生间走去。

31-49. 火车·洗手间　　日　内
　　△林秋雁将整张脸，浸在了冷水中。
　　△过了良久，林秋雁才抬起头来，盯着面前的镜子。
　　△林秋雁的主观视角：朦胧的水汽中，面前的镜子中，竟然也幻化出了周天昊的脸庞。
　　△林秋雁情不自禁地伸出手去，擦掉镜子上的污迹和水汽，那张坚毅而棱角分明的脸庞，变得愈加清晰。
　　△林秋雁一动不动地看着镜子中的那张脸，神情显得痴迷而动情。
　　△忽然，镜子里的周天昊习惯性地嘴角一弯，挑出一丝笑容。
　　△林秋雁一怔，猛地回过头——
　　△真实的周天昊就斜靠在她身后的门框上，似笑非笑地望着林秋雁……周天昊脚边，搁着那只棕色的密码箱。
　　△定格。

(全剧终)